KB262579

김기림金起林 문학비평

한국문학평론①

김기림 문학비평

| 윤여탁 편 |

푸른사상

이 책을 출판하기 위해 마무리 작업을 해야 하는 순간이 되었다. 원고를 써서 출판을 맡긴 후에 교정 작업이 끝나면 머리말이라는 것을 쓰라는 청탁을 받았기 때문이다. 이 순간이 나에게는 가장 고통스럽고 부끄러운 때다. 또다시 소중한 자원(資源)의 하나인 종이를 낭비하지는 않을까 하는 두려움에서다. 이런 걱정을 하면서 이 책에 대해서 다시 생각하여 보았다.

우리는 때때로 격동의 시대를 살아가는 지식인의 삶이 대체 어떠해야 하는가를 고민을 하곤 한다. 이럴 경우 나는 일제 강점기 지식인으로, 시인으로 살았던 몇몇 사람들을 떠올린다. 프로 문학의 거장(巨匠) 임화, 모더니즘 시의 선구자 김기림, 순수 서정시인 정지용 등이 그 사람들이다. 이들은 지식인 시인으로 일제 강점기를 치열하게 살았던 사람들이다.

이같은 지식인 시인들은 행동으로 적극적인 저항을 하기보다는 문학적 실천을 통해서 일제에 맞섰다. 자신들의 문학관을 설명하는 시론을 발표함은 물론 이 문학관을 창작적 형상화를 통하여 실천하고자 했다. 아울러 일제 강점기의 역사적 상황의 변화에 따라 자신들의 문학론을 수정하면서, 이들이 문학으로 보여줄 수 있는 능력의

범위 내에서 고민하는 모습을 보여주었다.

이 책은 이들 시인들 중에서 모더니즘 시와 시론의 선구자라고 할 수 있는 김기림의 시론을 묶었다. 특히 처음 발표했던 당시의 원본을 찾아서 최대한 그대로 옮기고자 했다. 그래서 Ⅰ부에는 1935년 「오전의 시론」을 발표하기 이전의 글, Ⅱ부는 1935년 『조선일보』에 발표한 「오전의 시론」, Ⅲ부와 Ⅳ부는 1935년부터 1940년까지 발표된 글, Ⅴ부는 해방 이후에 발표한 글, Ⅵ부는 1932년부터 1948년까지 발표한 시집평이나 시평(詩評)을 묶었다. 부록으로 김기림 시론에 대한 해설과 이 책에 수록된 시론의 서지 목록, 김기림 작품 연보, 김기림 연구 자료 목록을 수록하였다.

김기림의 시론 전부를 이 책에 수록하지는 못했다. 선자(選者)의 안목에 따라 김기림 작품 연보 작성 과정에 수집된 목록 중에서 각각의 시기에 중요한 의미를 지니는 시론들을 선정하였다. 그리고 이 선정 작업 이후 자료의 수집과 원본 대조 작업에 내 연구실에 있는 대학원생들의 도움을 받았다. 이들의 도움이 없었다면 이 책은 나오지 못했을 것이다. 끝으로 어려운 출판 여건 속에서도 '한국문학평론 시리즈'를 기획한 푸른사상 한봉숙 사장님에게 고마운 마음을 전한다.

2002년 12월 겨울의 문턱에
연주대가 보이는 연구실에서

편저자 윤여탁 씀.

차례

책머리에

제 I 부

<h1 style="text-align:center">제Ⅱ부</h1>

<h1 style="text-align:center">제Ⅲ부</h1>

제 VI 부

제 I 부

「피에로」의 獨白

― 「포에시」에 對한 思索의 斷片

1. 現實과 感覺

現實에 對한 산 感覺의 活動과 批判밧게 나는 詩를 본 일이 업습니다.

2. 第二의 意味

單語가 가지고 잇는 第二의(숨은) 意味와 單語와 單語사히의 第二의(숨은) 關係 全然 생각해지 안튼 엇던 單語와 單語사히의 새로운 關係 이러한 方面에 詩人을 기다리는 領域이 處女林대로 가로 누어 잇는 것이나 아닐가?

3. 蛇性

「포에시―」는 자기의 情熱까지를 客觀的으로 具像化하는 徹底한

技術이다.
　「포에시-」는 배암이와 가티 차다.

4. 「넌센쓰」

잇슬수 업는 일이 대수롭지 안케 잇슬수 잇는 것이
어린 아히의 世界에서밧게 어듸 잇슬가?

5. 너무나 적은 世界

　엇던 한 개의 「테-마」를 중심으로 다람쥐와 가티 그 周圍만 回轉
하는 詩人이 잇다.
　나로 하여금 말하게 하면 한 개의 「포엠」은 題目 가튼 것이 잇슬
必要가 업지 아니 할가?
　가장 잇슬 수 잇는 意味에서 한 사람의 詩人은 一生에 한 개의 詩
를 繼續해 쓰고 잇슬 것이다.

6. 「포에시」

「포에시」라고 하는 것은 모-든 瞬間에 灼熱하는 感覺 우에 暝目
하는 꿈의 發花가 아닐가.

7. 構成

　우리들의 世紀에 드러와서 가장 큰 發見 속에 훌륭한 單語의 發見이 잇다 ．「構成」 ―그것은 (一)選擇바든 本質的인 現實의 斷片의 (二)有機的 結合에 依하야 (三)新現實을 創造함을 가르친 말이다. 그것은 現實의 意識的 發現이다 그럼으로 否定主義며 超現實主義다.

8. 포에시―

　「포에시-」는 한 개의 「아드베튜어」다.

9. 觀念

　그의 頭腦속에서만 그의 智識이 活動할 째에 나는 당신이 실습니다.

10. 꿈꾸는 感覺

　想像-空想이라함은 現實 우에 쩌러지는 감각(感覺)이 잠간 現實의 구석에서 꿈꾸는 것입니다. 그것은 그 자신조차 모르는 未知의 꽃임니다.

11. 당신의 城廓

당신이 당신 自身만을 말할 때 나의 興味는 당신으로부터 逃亡함
니다.

12. 혼자 부는 「피리」

당신 혼자서 부는 「피리」를 부는 것은 그만두서요. 그러할 때 당
신은 맛치 沙漠에서 혼자 쩌는 「포푸라」의 「넌센쓰」와 가티 殺風景
임니다.

13. 客觀과 당신

客觀世界와의 關係에 잇서서 움직이고 잇는 당신의 魂이 읽고 십
습니다.

14. 本質

엇던 一點에 對하야 너무 지나치게 말하지 말라 당신이 把握한 本
質 우에 만흔 言語의 衣服을 입히지 마옵소서.
「벌거숭이思想 感動은 벌거숭이 女子와 가티 굿세다」
— 부루톤・엘류아―르 —

15. 당신의 魂

당신의 魂이라고 하는 獨自의 幽靈을 본 일이 업슴니다. 世界에
向하야 多角的으로 움직이는 째 비로소 나는 당신의 魂을 봅니다.
그 째에만 당신의 人間은 빗츨 쏨냄니다.

16. 유토―피아

엇던 想像과 空想―
당신의 머리 속에서만 당신의 꿈이 집을 지을 째(可憐한 超現實主
義자여) 나는 당신의 骸骨의 灰屑을 봅니다. 나리단니는 꿈을 보여
주세요.

17. 일하는 일의 美

過去의 藝術家는 항용 한가한 사람들의 한가한 時間을 그렷다. 일
하고 잇는 사람과 일의 美를 發見한 것은 文學上의 地動說과 갓다.

18. 詩와 女子

戀愛를 主題로 일삼는 詩人처럼 害蟲은 업스리라. 「궤―테」며 「단
테」는 엇저면 그러케 好色家엿든가.

19. 大衆

偉大한 表現은 大衆을 恐怖하지 안는다.

20. 危險

恒常 쓸 것을 銘心해라. 그러나 한 글자라도 無用한 것을 쓰는 일
에서 너의 詩를 防禦해라.

21. 拘束

自由詩는 낡은 詩의 「리듬」 旋律 格式까지를 抛棄한 것은 아니다.
그 拘束만을 切斷해 버렸다. 우리는 또 다시 自由詩까지 버릴 째가
왔다. 自然스러운 言語의 가장 解放된 狀態에서 詩를 發見해야 하겠
다.

22. 古典과 屍體

「삼보리스트」나 「네오로만티스트」의 創始者의 詩를 나는 古典이
라고 부른다. 그 末流(現代에 잇서서도 오히려)의 詩를 나는 屍體라
고 부른다.

23. 反抗

反抗은 새로운 光明에의 慾望이며 「스튜러글」이다.

24. 詩人

그는 시대의 사람이다. 同時에 超時代의 사람이다.

25. 힘

均整이라고 하는 것은 內包한 몇 個의 「힘」이 妥協的으로 잘 相對
하고 잇는 狀態다. 그것은 發揮가 아니고 萎縮이다. 「힘」은 不均整이
다.

26. 神經의 非常性

詩라고 하는 것은 詩人의 神經이 그의 內部的 或은 外部的 感覺에
依하야 動搖되엇슬 때 그 瞬間의 神經의 非常性의 表現이다.

27. 理解

보는 것은 지나가는 幻影이다. 理解함에 이른 것만이 藝術이 된다.
理解는 理性的인 抱擁—즉 愛에서 始作한다.

28. 飛躍

人知의 歷史를 平凡에서 救해내기 爲하야 絶對로 必要한 「히로이즘」이다.

29. 謠詩人

그 녯날에 民謠詩人은 民衆의 代言者엿다. 따라 그는 雄辯家 모양으로 사랑의 「마쓰」에 向하야 소리치는 쯥慣에서 산 까닭에 雄大하엿다.

그런데 近代의 詩人은 恒常 孤立한 個人만을 豫想하엿다.

오늘날의 詩人은 또한 한 번 「오레이터-」가 될 必要가 잇지 안흘가.

30. 藝術活動

藝術活動의 最初의 出發은 素材選擇에서 始作한다.

31. 「리씀」의 死亡

「리씀」은 「삼보이즘」의 冗漫한 音樂과 함께 死亡햇다. 이 시대는 그러케 「로만틱」하기에는 너무나 急한 「템포」로 超越的인 飛躍을 사랑한다.

32. 「슈-르레알리스트」의 誤謬

「슈-르레알리스트」는 「個人의 視覺의 窓」으로 그 自身의 「個人의 形而上學的 精神」을 바라보려 한다.

33. 散文化

詩는 맨 처음의 司祭官과 豫言者의 生活手段이엿다. 그 후에 그것은 또다시 宮廷에 橫領되엿다가 「뿌르조아」에게 몸을 파럿다.

그러나 「民衆」의 成長과 함께 詩는 民衆에게까지 接近하여 갓다.

「리듬」은 詩의 貴族性이며 形式主義다. 民衆의 日常言語의 自然스러운 狀態에서 發見하는 美와 强力한 調和가 새로운 散文藝術이다.

〈조선일보 (1931. 1. 27)〉

詩의 技術, 認識, 現實 等 諸問題

(一)

詩에 잇서서 技術(tecknique)의 問題는 엇더한 內容을 가지고 잇는가?

詩를 全然 한 個의 形而上學的 無機的 對像으로 思惟하고 晉이면 晉 形이면 形으로 各各 分解할 수 잇다고 생각하는 詩派가 現在 잇다. 그것은 可能할가?

이러케 詩가 한 個의 技術로서 問題된 것은 「쏘-드레르」가 自身을 鍊金師라고 부를 째 「체호푸」가 그의 막대에 부대치는 모든 것은 當場에 美化되고 만다고 햇슬 째부터 始作하엿다. 그러케 이는 極히 近代的 事件이다.

自由詩는 決코 詩의 「리씀」을 抛棄한 것은 아니다. 「리씀」을 古典的 形式의 固陋한 障壁에서 解放한 것이다.

그래서 詩에 잇서서 晉이라고 하는 것은 매우 關心되지 아니하면 아니 된다.

20

그러나 그것은 決코 音樂의 音은 아니다.

音樂의 對像은 純粹한 音 즉 單語를 超越한 抽象的 音과 音 相互間의 問題다. 그런데 詩가 對像으로 하는 音은 單語의 先在的 自然的 音과 그 相互의 關係다. 卽 音樂의 音은 音 自體며 詩의 音은 單語의 具體的 音을 말함이다.

그리고 우리들이 「아포리네-르」의 遊戲를 極端으로 伸張식혀 詩의 形 그것에 너무나 만흔 活動을 許諾한다고 하면 그 일은 차라리 畫家나 植字工에게 미는 것이 조흘 것이다. 웨그러냐 하면 거긔는 벌서 繪畫的 領分이 詩의 世界를 暴露한 까닭이다 .그러나 나는 詩의 印刷를 植字工에게만 맛길 수 업다. 印刷는 詩에 잇서서 매우 重要한 意義를 가지고 잇다.

以上에 列擧한 假說은 實上은 假說은 아니다. 今日 近代詩의 最尖端을 걸다 잇다는 「슈르레알리즘」은 이 假說을 이미 實行에도 飜譯하고 잇다.

그러나 이것이 果然 詩의 技術問題일가? 아니다. 그것은 恒常 그 主題와 關聯하고 잇는 問題다. 엇던 焦點에의 構成의 問題다. 즉 目的意識에서 獨立한 音이나 或은 形 自體의 問題가 아니다. 이리하야 詩의 技術問題는 스스로 意의 問題로 必然的으로 有機的으로 發展한다.

우리들이 萬若에 詩에 잇서서 形이나 音만을 技術의 問題로 取扱하기 始作한다면 우리는 벌서 枯渴한 形式問題에 墮落하고 마는 것이다.

일즉히 古典主義에 抗議를 提出하고 自由詩의 世界로 詩를 解放하엿슬 째 우리는 形式偏?에서 벌서 脫却하엿다. 그러면 詩의 技術問題의 本質은 무엇이며 그것은 엇더케 提起될 것인가?

詩는 세 方面의 神經系統과 가튼 것을 有機的으로 包含하고 잇다. 그럼으로 그것의 明確한 區分이라고 하는 것은 매우 困難하다.

다만 觀念的으로 그러나 嚴正한 科學的인 立場에서 이것을 分析하면 詩는 單語와 行과 聯의 音과 意味와 形(或은 色)의 三要素로 分析할 수 잇겟다. 그래서 音과 意와 形은 다시 두 개의 範疇에 包括된다. 意는 「이데」의 問題에 音과 形은 「포-ㅁ」의 問題에 各各 區分할 수가 잇다.

한 時代의 時代精神 卽 그 時代의 「이데-」는 그것에 가장 適?한 具象作用으로서의 形式을 要求한다.

精神的 革命的 勃興時代는 「로만티시즘」의 形式을 要望하엿다. 科學的 物質的 精神이 橫溢한 時代에는 實驗的인 科學的인 「리앨리즘」의 形式을 要求햇다. 人類가 理想을 일허버리고 灰色의 薄暮에서 彷徨하던 世紀末的 頹廢時代에는 「심보리즘」의 形式을 要求하얏다.

그럼으로 詩人은 그가 位置한 時代—卽 過去로부터 未來로 向하는 特定한 時間性은 엇더한 特殊한 「이데」에 依하야 彩色되엿든가를 恒常 理解하지 아니하면 아니 된다. 따라서 特殊한 具象作用으로서의 形式에 敏感하지 아니하면 아니 된다. 그럼으로 詩의 革命은 「포-름」의 革命인 同時 아니 그 以前에 「이데-」의 革命이라야 한다. 그러타고 「이데-」의 革命이 긋침으로써 詩의 革命이 完成되었다고 볼 수는 업다. 한 個의 「이데-」가 必然的으로 發展 形成한 特殊한 「포-름」을 獲得하엿슬 째 비로소 詩의 革命은 完成된 것이다.

〈조선일보 (1931. 2. 11)〉

(二)

過去에 잇서서 立體派의 詩는 「포-름」의 革命이엿다. 「아포리네-르」의 立體詩 「비」를 普通의 詩의 慣例대로 排列하면 一編의 純情的 抒情詩에 不過하다.

그것은 當代의 다른 抒情詩人과 色別할 革命的 「이데-」를 가지고 잇지 못하다.

追憶의 속에 죽고 마럿든 것 가티 안악네들의 목소리로서 비는 나리 퍼붓는다.

나의 生의 不可思議한 機會에 나려 퍼붓는 것도 너고나 오- 작은 물방울이며 그러고 저 소란한 구름도 이 聽覺의 모-든 世界에 소리를 친다.

「아포리네-르」은 이러한 物情的인 小曲을 다만 特殊한 所謂 立體的 形式으로 비 나리는 모양으로 排列햇슬 뿐이다.

「다다이즘」은 詩를 破壞하엿다 破壞 自身이 目的의 全部며 同時에 行動의 全部엿다 「슈-르레알리즘」—이것은 한 個의 傾向이다. 그래서 一般的 「슈-르레알리즘」이라는 것은 업다. 「쑤루통」의 「슈-르레알리즘」 쏘 누구의 「슈-르레알리즘」 等 個別的 「슈-르레알리즘」만이 잇다—은 單語와 單語 相互間의 衝突 反撥 等 人巧的 交互作用에 依하야 생기는 「델리케이트」한 「쏀쓰」—이것이 詩의 形成過程이라고 한다. 거긔에서 엇더한 意外의 「쏀쓰」가 생긴다고 하여도 거긔 對하야는 詩人은 아모 責任업다고 한다. 卽 詩를 全然 自然發生的 無意識의 發現으로서 理解하는 것이다.

그러나 詩의 革命이란 것은 이러케 「포-름」 그것의 革命에서 終結하는 것이 아니라함은 의미 力說한 바이다.

詩는 恒常 有機的 化合狀態의 全體로서 우리들의 鑑賞의 限界로 드러 오는 것이다. 詩는 한 個의 生命的 存在다.

만흔 性急한 詩派나 詩人이 너무나 躁急하게 二十世紀的이고 십흔 까닭에 詩의 三要素 中의 하나를 不當하게 誇張하고 新興의 일흠에 依하야 불리워 지고 십허 하는 것은 우리의 눈에는 固執이나 偏狹으로 밧게는 보이지 안는다.

眞正한 詩의 革命은 詩의 生命의 發展이 아니면 아니 된다 詩는 本質的으로 音의 純粹藝術音樂도 아니며 形의 純粹藝術인 造形美術이나 繪畫도 아니며 그러고 意味의 完全 單純한 形態인 數學일 수도 업다.

音 或은 意味나 形을 孤立的으로 强調하는 만흔 詩人 或은 그 類型은 詩의 本質에 對하야 無知인 까닭이다. 그들은 「포-름」과 「이데-」의 有機的 必然的 關係를 沒覺한 것이다.

繪畫的 詩 音樂的 詩는 잇서도 繪畫인 詩 音樂인 詩는 업다. 그럼으로 「톨쓰토이」를 詩人이라고 부르는 것은 儼然한 語弊다. 다만 詩的인 XX家라고나 부를 것이다. 詩는 第一 먼저 「말」의 藝術이다 近代에 와서 印刷術의 發達에 伴하야 「文字」의 藝術로 再轉하엿다 詩가 民族의 입에서 입으로 口誦되여질 쑨 아니라 印刷에 依하야 活字로서 우리들의 視覺에도 「애필」하게 된 까닭이다.

그리해서 詩의 素材로서의 言語는 音과 意味와 그러고 近代에 와서 새로히 獲得된 形의 세 가지 作用으로 詩의 目的에 奉仕하는 것이다. 이리하야 詩人은 그의 意識에 써올라 오는 엇더한 數種의 「일류-슌」을 엇더케 客觀化하고 具象化할가?에 最大限度의 努力을 集

中할 것이다. 數만흔 單語를 起用하야 詩人이 그의 魂의 입김을 부러너허서 別다른 사러잇는 言語로서 그의 目的을 爲하야 躍動하게 하는 것이 「포에시」나 詩의 技術이다. 그의 詩는 엇더한 程度로던지 그 詩人의 魂의 呼吸을 들려주지 아니하여서는 아니 된다.

〈조선일보 (1931. 2. 12)〉

(三)

即 詩人은 사람의 觀念界에 뒹구는 잠자고 잇는 말을 주어다가 그의 目的째문에 生命을 불러너허 산 말을 만드는 것이다.

말이 우리들의 字典이나 「보캐부라리」의 倉庫 속에 監禁當하야 잇는 동안은 無盡藏의 可能을 包含하엿스나 한 個의 靜止에 狀態며 짜라서 假死의 狀態다. 그것이 詩人의 呼吸을 바더 活動하기 始作할 째에 비로소 숨쉬기 始作한다. 詩人이 말의 倉庫 속에서 그의 등불에 빗처서 選擇作用을 하지안코 即 말 自體의 可能性을 考慮하지 안코 漠然히 엇더한 말과 말을 反撥 衝突식힘으로써 「포에시」를 創造하엿다고 生覺한다면 그는 屍體를 戱弄하는 考古學者에 不過하다. 「말」은 恒常 目的 때문에만 살 수 잇는 것이다.

이 말은 스스로 아래와 가튼 것을 意味한다. 詩人의 視野를 채우고 잇는 수업는 現實의 斷片을 그 自身의 目的에로 向하야 選擇 構成할 것이다.

웨 그러냐하면 言語라고 하는 것은 記號가 그것은 수업는 現實의 斷片의 그 어느 것을 代表하기 때문이다.

따라서 詩人은 平凡한 눈이 發見할 수 업는 現實의 엇더한 斷片의

意氣를—다시 말하면 言語가 가지고 잇는 숨은 意氣를 不斷히 發揮하야 提示하는 것이다. 사람들은 詩人의 助力에 依하야 現實의 意味를 理解함으로 그의 人生을 더 豊富하게 할 수 잇을 것이다.

萬若에 「리앨리즘」이 다만 寫實主義로써 解釋된다면 이러한 意味의 「리앨리즘」의 藝術은 우리에게 必要치 안타. 웨 그러냐 하면 거기 보여지는 現實은 우리들의 日常 逢着하는 現實과 무엇이 다를 것이 잇느냐? 그것은 粗雜以外에 아모 것도 아니다. 이리하야 「포에시」는 새로운 現實의 創造 構成이다. 이러케 새로히 出現한 現實의 再生産을 사람들은 超現實이라고 부르던지 新現實이라고 부르던지 그것은 그들의 任意다.

다만 그것은 反現實이 아니라는 것만 理解한다면—

「슈르레알리스트」는 主觀을 强調하는 表現主義나 「이미지스트」에서 한 거름 더나가서 그 自身의 主觀의 소리에 귀를 기우리며 언제까지든지 그 속에 耽溺하려고 한다.

그러나 우리들이 主觀을 觀念할 째 完全히 「靜止한 狀態의 主觀을 觀念할 수는 업다. 엇더한 形態로던지 動搖할 째에 비로소 主觀을 觀念할 수 잇다. 그리고 客觀世界에서 全然 獨立한—客觀世界가 絶對로 滲透하지 아니한 純粹한 主觀의 世界란 잇슬 수 잇슬가? 그러한 主觀의 活動이 可能할가? 本能이라던지 先天性이라던지 潛在意識이라던지 이러한 主觀의 純粹한 屬性만이 詩의 內容을 構成하는 째 우리는 都是 거기서는 藝術의 普遍性을 차저낼 수 업다. 그것은 우리들의 認識 以前에 屬한 不可知의 世界다.

主觀의 存在는 客觀을 通하여서만 可能하다. 그 逆도 眞理다. 兩者는 認識의 두 支柱다. 詩를 너무나 獨特한 主觀의 眞空中에 幽閉하는 것을 假定할 째 우리는 그러한 詩를 批判 鑑賞의 對像을 삼을 수가 엇더케 잇는가? 그러한 詩人의 主觀 以內에서 繼起하는 主觀 以

內의 事件은 假令 잇다고 假定해도 우리들의 認識은 그 以前에서 拒否되고 말 것이다.

(四)

詩는 詩人의 主觀이 不斷히 客觀에로 作用할 때 그래서 그것이 相互作用에 依하야 旋律할 때 거긔 發生하는 生命의 소리다.

이 말은 決코 詩에 잇서서 客觀性만을 高調함이 詩의 價値의 水準을 놉히는 일이라 함을 十「퍼-센트」도 意味하지 안는다.

主觀의 소리만이 詩일 수 업는 것과 마찬가지로 客觀的 事實의 羅列만이 詩도 아니다. 그것은 自然 自體다. 「자인」이다. 그러나 「졸렌」은 아니다.

偉大한 詩人은 그의 主觀의 最大限度의 活動을 持續하면서 그 속에 亦是 最大限度로 客觀을 本質的으로 살리는 天才다.

그럼으로 우리가 擯斥하려는 詩人은 主觀의 象牙塔 속에 漸次 隱遁하는 너무나 消極的인 詩人과 아울러 客觀的 事物의 骸骨을 부즈런하게 陳列하는 일에 실증을 늣기지 아니하는 精力的인 事務家다.

存在는 價値가 아니다.

價値는 活動의 속에서만 發生한다. 價値라고 하는 것은 生活의 더 놉흔 層階로 向하는 努力이다.

主觀과 客觀의 問題는 다시 認識의 問題로 轉換한다.

우리는 일즉히 말한 일이 잇다. 主觀은 客觀의 一部分이며 主觀이 消滅한 뒤에도 客觀은 依然히 存在한다고—그리고 主觀은 客觀의 至極히 작은 一部分임을—그러나 이러한 客觀世界가 엇더케 主觀世界로 導入되는가? 卽 認識의 可能의 問題다.

이와 同時에 主觀世界에서 內容化한 客觀世界란 무엇인가? 即 認識의 內容問題가 그것이다.

우리의 認識은 主觀과 客觀의 關係에 잇서서 相互作用에 잇서서만 可能하다. 그러고 이러케 成立되는 認識의 內容은 主觀의 活動(或은 主觀內에서 活動하는 客觀의 活動) 自體다. 더욱 嚴密한 表現을 求한다면 우리들이 認識할 수 잇는 全部는 主觀과 客觀과의 相互의 活動 自體다. 짜라서 主觀이나 客觀이라는 槪念은 決코 絶對的인 意味內容을 가진 것이 아니라 恒常 言語의 相對的 意味에서 使用되는 것이다.

이리하야 뒤를 니어 가장 決定的인 主題가 우리들의 解決을 바라며 登場한다. 그것은 「現實」의 問題다.

槪念의 正當한 內包에 잇서서 現實이라함은 主觀까지를 內包한 客觀의 엇더한 空間的 時間的 一點을 意味한다.

現實은 時間的으로 不斷히 엇더한 一點에서 다른 一點에로 動搖하고 잇다.

藝術에 잇서서 엇더한 現實의 斷片이 具象化 되엇슬 째 그것은 벌서 現實 以前이다.

거긔는 固守化한 歷史와 人生의 斷片이 잇슬 짜름이다.

다만 相對的 意味에서 이러케 不斷히 推移하고 잇는 現實을 如實히 捕捉할 수 잇는 主觀은 亦是 움지기고 잇는 主觀이 아니면 아니된다.

그럼으로 客觀的 「리앨리즘」은 날근 「리앨리즘」의 녯 形態에 잇서서도 그러고 엇더한 새로운 解釋에 잇서서도 臆說이고 假說 以上일 수 업다.

〈조선일보 (1931. 2. 14)〉

象牙塔의 悲劇

—「싸포—」에서 超現實派까지

(一)

1. 「뮤—즈」를 니저버린 現代

藝術을 爲하야 젊은 째의 만흔 時間과 精力을 바친 사람 中의 한 사람으로서 이 種類의 論文을 쓰는 것은 매우 苦痛스러운 일이다. 그것은 한 個의 悲劇이기도 하다. 나는 내게 잇서서 宿命的인 이 작은 論文을 佛蘭西의 점잔은 紳士 「듀마엘」의 「씨네마」에 對한 辱說의 引用으로써 始作하려고 한다. 그는 말한다.

「씨네마는 못난이들의 노리처다……암 山羊의 쏭집이다」하고. 그러나 巴里의 市民은 이러한 「듀마엘」의 辛酸한 冷笑에는 全然 無關心하게 「쓰루—통」이나 「스포—」나 「슈—르레할리즘」에 關한 이야기보다는 「슈바리에」나 「클라라보우」나 「난시캐를」 等의 주착업는 艶聞에 關한 話題를 즐겨서 가진다고 한다.

일즉이 「말라르메」가 朦朧한 帳幕의 저편에 감추어 노흔 「포에시」
는 現代의 大衆의 至極히 現實的인 눈에서는 아마 「아라비아」의 洞
穴처름 永久히 닷겨잇다보다 「윌리암 뿔레이크」가 「한줌의 모래를
通하야 無限을 알고 一瞬의 짧은 時間을 通하야 永遠을 늣기던」 그
러한 詩의 神秘主義도 大衆의 認識能力의 먼 後方에 노혀잇는 것인
가 보다.

그것을 自己의 것으로 할 수 잇는 것은 오직 例外的인 天才-或은
狂人이나 그것에 類例한 病的 感受性의 所有者들쑌인지도 모른다.

詩는 한번 自由詩에서 勇敢하게 貴族性을 抛棄하고 佛蘭西革命의
勝利者인 平民과 安協하려고 손을 내밀엇스나 今日에 이르러 이들
平民은 完全히 詩를 저버렷다.

詩보다도 小說—그 中에서도 通俗的인 大衆小說 「씨네마」, 「레뷰」
가 平民의 大衆의 嗜好를 滿足시키고 잇다.

그것을 反證하는 한 例가 잇다. 全世界의 병아리 美術家들의 「멧
카」와 가티 생각되고 잇던 巴里의 「사론도-톤느」(秋期美術展覽會)도
昨年에 와서는 아주 人氣를 喪失하여 버려서 「마티쓰」나 「샤갈」이나
「키리코」 가튼 大家의 作品은 그곳에서는 차저 볼 수 업섯다고 한
다. 一部의 「딜렛탄트」를 除外하고는 巴里의 市民의 記憶에서는 인
제는 그들의 光景이엇든 「사론도-톤느」는 그림자도 업시 사라저 버
렷나보다.

그것도 그럴터이지 元來 有閑階級의 客室에서 자라난 近代美術은
그들의 「파트론」인 有閑階級의 末梢神經이 그들에게서 써나간 오늘
날에 純粹美術의 閑散한 末路는 當然코 쏘한 必然한 것이다. 그들의
늙은 「파트론」은 벌서 그 客室에 「쎄잔느」나 「피카소」를 裝飾하는
것이 그들의 剩餘價値에 아모러한 影響도 미치지 안는다는 것을 怜

悧하게도 會得하고 마럿다.

「아방갈트」의 美術家의 무리가 아모리 華著한 그들의 雜誌에서 新奇한 美術論을 提起하여도 도모지 새 人氣를 集中하는 것은 姑捨하고 「키스링」, 「로-트」 等 中堅作家의 展覽會에서까지 軍樂을 울려서 겨우 觀客을 부르고 잇는 오늘날에 그것도 當然한 일이다. 얼마나 듯기에 慘憺한 美術의 弔鐘인냐?

畢竟 거리의 畫家 「스틴란」은 日常生活의 神秘야말로 美術의 神秘보다도 神秘롭다고 씀어버리고 마럿다. 近代美術의 最後의 그러고 最初의 正直한 嘆聲이기도 하다.

「안나바브로봐」나 「칼사비나」 等의 「발레룻스」(露西亞 舞踊)에 그처름 拍手를 보내던 巴里市民이 오늘에 와서는 「조세핀 베이키」의 暗褐色의 裸體에서 發散하는 「그로테스크」한 野性의 迫力엔 어쩌케 恍惚하고 잇는가?

「모찰트」나 「베-토벤」의 正統的 音樂보다도 「화이트맨」의 「짜즈」가 비저내는 野蠻的인 噪音과 「에로티시즘」 속에 卽 現代人의 官能이 더 親近한 蠱惑을 늣기지 안는다고 누가 말할 수 잇는냐? 낡은 意味의 純粹한 藝術에서 現代라고 하는 顧客은 벌서 먼 곳에 잇다.

〈동아일보(1931. 7. 30)〉

(二)

1. 「뮤-즈」를 니저버린 時代(續)

現代는 그것들에게 敬意를 表할는지는 몰으나 確實히 사랑하지는 안는다. 그것은 벌서 現代와 同一한 地點에 서잇는 것이 아니라 回顧의 世界에 남어잇는 一種의 달큼한 記憶에 不過하다. 오직 그 親知들의 回想속에서만 사러잇는 모-든 죽은 사람의 運命과 가티― 아모리 우리들이 純粹한 藝術의 「팬」일지라도 우리의 眼前에 展開는 一種의 現像을 우리들에게 낡은 意味의 藝術의 가을이 갓가워 왓다는 것을 直覺시키고야 만다.

우리들이 어들 수 잇는 材料에서 歸納的으로 獲得하는 知識은 그것이 正確한 事實임을 認定시킨다.

現代라는 妖婦는 確實히 옛날 「파르나쓰」 山上의 「뮤-즈」(詩神)들을 저바리고 「아메리카」의 「메카니즘」과 「쏘벳트로샤」의 集團主義로 愛嬌에 넘치는 우숨을 보내고 잇다.

或은 「에-게」의 맑은 바다가에서 자라난 「뮤-즈」들은 喧騷와 煤煙으로 充溢한 現代의 文明의 거리에 그만 窒息하야 옛날의 象牙塔 속으로 숨어 버렷는지도 모른다.

2. 幸福하엿든 「뮤-즈」

詩의 부드러운 첫 빗흔 人類歷史의 새벽보다도 더 일즉이 原始人

의 野性的인 魂을 싸고 돈 것이다.

그러치만 그것은 決코 우리들이 近代詩의 이름으로 理解하는 詩—卽 分化한 享樂의 手段으로서의 詩는 아니엿다.

「生活-勞動-快樂이 嚴密히 合一하고 잇든 그들에게는 消閑의 其 享樂의 봄을 特히 要하지 안헛든 것이다.」

詩와 音樂과 舞踊 그것은 原始藝術의 三位一體엿다. 素朴한 原始人들은 戰爭이나 狩獵을 아페 두고 그 士氣를 振興시키기 위하야 그들의 部落民 속의 누구의 作인지도 모르는 詩를 曲調를 마추어 노래하며 쏘한 거긔 마추어 춤을 추엇다. 이 境遇에 그들이 노래한 詩는 그들의 種族 全體의 것이엇다. 거긔는 詩人의 主觀은 問題가 아니엿다. 그는 그가 屬한 種族의 感情과 意思를 忠實하게 代辨하면 그만이엿다. 그들도 쏘한 詩人 個人의 이름 우에 花環을 씨우고 그것을 記念하고 記憶하는 일에 名譽를 늣기려고 하는 아모 衝動도 가지지 안헛섯다.

이러한 習慣은 確實히 現代人의 머리를 複雜하게 하는 부질업는 虛榮의 하나다.

여긔에 누구의 입에서 처음으로 불러진지도 모르는 詩가 잇섯다면 그들은 그들의 種族 全體의 것으로 口傳하엿스며 種族 全體를 爲하야 利用하고 享樂하엿다. 이윽고 傳說時代로부터 歷史時代로 드러온 후 詩人의 職業化의 새 現象이 나타낫다. 이러한 分裂이 생기는 것은 生活의 分裂 卽 勞働과 快樂이 반드시 合一하지 아니하는 狀態에 이르고 그 우에 有閑階級(搾取階級)과 勞働階級(被搾取階級)이 分立의 傾向을 낫코 이리하야 搾取者는 더욱더욱 閑暇를 그 享樂을 搾取함에 反하야 被搾取者는 더욱더욱 勞働을 强要를 當하게 된 까닭이다. 그리하야 이 對立이 激化하면 할스록 짜라서 享樂者의 生活

程度가 向上하면 할스록 享樂의 機關도 向上한 것이다.」 이러케 詩
人의 職業化의 現像은 希臘社會의 分裂過程의 産物이다. 그래서 우
리는 有閑階級의 高級的 發達의 段階인 資本主義社會에서의 完成된
享樂의 道具인 近代詩의 먼 祖先을 希臘詩에서 벌서 發見햇다.

〈동아일보 (1931. 7. 31)〉

(三)

2. 幸福하엿든 「뮤一즈」 (續)

그들은 「올림피아」의 競技의 優勝者의 榮光을 爲하야 그들에게
바치는 自作의 讚歌를 希臘의 市民들 아페서 목을 쌔가며 노프게 노
래하엿다.

그럼으로 詩人인 同時에 그들은 歌手엿으며 쏘한 그 노래를 「리
라』(Lyra)라고 하는 樂器에 맞추어 노래하엿다. 「리릭」(Lyric)(抒情
詩)이라는 말은 바로 樂器의 이름 「리리」에서 생긴 것이다.

저 有名한 「레쓰비아」의 詩人—人類가 가진 最初요 最大의 抒情
詩人 「싸포」가 그의 노래를 부르기 위하야 「리리」를 들고 「올림피아
」의 競技場에 「뷔-나쓰」와 가튼 아릿다운 모양을 나타냇슬 째 希臘
의 市民들은 어쩌케 熱狂하엿는지 모른다고 한다.

이 時期에도 그 北方에 新興波期 勢力의 壓迫을 漸次 늣기게 된
希臘은 오직 神殿保護同盟과 「올림피아」 競技에 依하야 겨우 連合의
機會를 가지고 잇던 各 都市를 한 個의 民族觀念 아래 굿세게 連絡
해서 刻刻으로 그들의 運命을 威脅하고 잇는 닥처올 暴風雨에 準備

할 必要가 잇섯다.

그래서 이곳에 詩人들에게 賦課된 큰 일자리가 잇섯스니 그들은 마치 愛國心의 傳令처름 거리와 거리를 그들의 祖國에 바치는 모-든 犧牲과 情熱을 戀憑하며 鼓吹하고 단여든 것이다.

쌀하서 詩人은 亦是 民族의 보배로서 尊敬되엇스며 그들이 노래하는 詩는 그대로 全民族의 血管 속에 쓰거운 피와 가티 흘럿든 것이다.

原始時代와 멋 이 時期의 抒情詩의 內容을 이룬 것은 主로 戰鬪와 異性愛엿다. 그것은 항상 한 種族의 敵에 對한 憎惡은 怨恨과 사랑과 깃씀과 슬픔을 담고 잇섯든 것이다.

中世紀에 이르러 詩人은 「밍그렐」(Mingrel)의 모양으로 封建諸侯의 宮廷에 나타나서 城主와 밋 그 一族을 즐겁게 하기 위하야 『하-푸』라는 樂器에 맞추어서 古詩나 或은 自作의 詩를 노래하엿다.

世界는 恒常 實力잇는 者의 것이다.

그 秩序를 維持해가며 制度를 運用해가는 것은 勿論 그들이다.

일즉이 種族이 한 個의 全體로서 思惟하고 行動하던 時期에 詩人은 아모 것에게도 屬하지 안헛다.

種族 全體가 種族의 一員에게 賦課하는 義務박게는 詩人을 拘束하는 아모 것도 업섯다.

그러던 것이 早晩間 人類가 歷史를 가지기 始作하고 歷史의 舞臺에 實力잇는 者와 그러치 못한 者가 分立 共存하면서부터 詩人에게 잇서서 悲劇的인 일은 그들은 主人을 가지지 아니하면 아니된 일이다.

「모나-키」의 時代에는 君主를, 「올리가-키」의 時代에는 僭王을, 「쩨모크라시」의 時代에는 貴族을, 封建時代에는 城主와 地主를 詩人

은 그들의 上典으로 歷事하지 아니 하면 아니 되엇다.

그 反動으로서 「푸랑쇼아 빌롱」 가튼 盜賊질을 職業으로 하는 奇怪한 詩人까지 생겻든 것이다.

이째까지의 詩는 恒常 曲調를 부처서 노래되엇든 것이다. 그러고 多少間 그것은 民衆의 입에 올려저서 그들과 親近하엿다. 이것을 要約해 말하면 이째까지의 詩는 形式上으로는 사람들의 귀에 「어필」하엿던 것이다. 聽覺을 通하야 사람의 意識 속에 새로운 心象을 現出시켯든 것이다.

그것은 音響과 意味만을 가지면 그만이엿다.

3. 近代詩의 搖籃

오랫동안 歐洲의 天地를 휩싸고 잇던 暗黑한 中世期의 밤도 새벽을 마지하는 째가 왓다. 「단테」, 「페드라르카」, 「포캇쵸」 等 黎明의 先驅者들이 두다리는 어지러운 種소리는 歐羅巴에 잠겨잇던 기픈 잠을 째여 이르켯다. 到處에서 封建制度의 城趾에 向하야 決定的 破壞의 손이 나리고 歐洲에 居住하는 各 種族은 各各 民族國家의 形成에로 一路邁進하고 잇섯다.

「希臘과 羅馬의 옛날로 돌아가자」

하는 熱狂的인 絶叫가 歐洲의 全表面을 震動시켯다. 그 우에 一四三八年頃에 獨逸人 「구-텐벨이」가 完成한 活字術은 詩의 形態 우에 革命的 變移를 招來하엿다.

從來에 「싸운드」(音), 「쎈쓰」(意)만을 가지고 잇스면 足하던 詩는 새로운 屬性으로서 「形」을 獲得하엿다. 單純히 사람의 귀를 通하야 사람의 魂에 呼訴하던 詩는 새로히 視覺의 門을 通하야 사람의 心象

에 作用하기 始作햇다. 둘재로 希臘的인 옛 格調를 恢復하기에 努力
햇다.

그러고 神에 對한 無上革命的 歸依와 基督敎의 獨斷論만이 橫行
하든 無明의 曠野에서 오랫동안 彷徨하든 歐洲人의 굿게 閉鎖되엇든
知性의 들창이 「루넷쌴쓰」의 黎明의 햇볏으로 向하야 열려젓다. 잠
들엇든 「사람의 魂」이 解放을 渴求하며 모든 肉體의 內部에서 눈을
떳다.

새로운 詩는 地中海의 한울 밧가티 明朗한 智性과 짜쯧한 ?가 通
한 人間性을 그 內容으로 담게 되엇다.

〈동아일보 (1931. 8. 1)〉

(四)

3. 近代詩의 搖籃(續)

그런데 文藝復興의 두 個의 特性으로서의 知性과 人間性은 그 初
期에 잇서서 中世紀의 城壁을 破壊하는 데는 매우 必要한 두 個의
武器엿스나 이윽고 그 敵을 克服한 後에는 두 個의 性質은 서로 反
撥하기 始作하야 畢竟 均齊가 일허지고 矛盾現像이 나타낫다.

사람의 主觀的인 人間性까지라도 客觀化하려는 慾求를 知性은 가
지고 잇스며 사람의 마음속에서 한 번 눈을 뜬 人間性은 어대까지라
도 冷酷하려고 하는 차디찬 知性의 울타리에서 탈출하려고 애쓴다.

그러나 한 번 눈을 쓰기 始作한 人間性은 決코 눈을 쓰고만 잇는
程度에서 停止하려고 하지 안헛다.

김기림 문학비평 37

더 한거름 나아가서 그것을 움직이려고 하는 衝動이 굿세게 불타 올으는 것을 늣것다.

思想은 思想의 境地를 超越하야 行動化하야 말엇다. 詩는 새로운 主人이든 貴族의 앞에를 써나서 또다른 새로운 主人을 마지하고 시펏다.

그래서 詩의 革命的 飛躍의 歷史가 始作되엇다.

獨逸에서는 有名한 「스트룽 운드 드랑크」의 時代가 華麗하게 展開되엇다. 그 뒤를 이어 全歐羅巴의 天地를 휩쓸고 「로맨티시즘」의 波濤가 滔滔하게 넘처 흘렀다.

그것은 世界의 明日의 主人일 것을 約束밧고 舞臺의 前面에 새로 登場한 佛蘭西革命의 勝利者인 新種 第三階級의 精神活動의 發現에 틀림업다.

「또버」海峽을 건너서 大陸에 怒濤와 가티 밀려온 「로맨티시즘」의 波浪은 詩의 世界에서도 낡은 希臘的인 拘束을 남김업시 蹂躪햇다.

「르네쌍쓰」와 「로맨티시즘」時代에 詩가 바든 決定的 變化는 그것이 人間을 發見햇다는 點에 잇다.

그러고 詩는 漸次 分化된 享樂, 消日의 手段으로 化하야 우리들이 近代詩라는 名稱으로 總括하는 特殊形態하게 되엇다.

4. 쌍볼리스트의 運動

前述한 바와 가티 歐洲의 天地를 熱病의 發作처럼 痙攣시키고 지나간 「로맨티시즘」은 틀림업시 佛蘭西革命에서 만든 第三階級의 「無限한 野心」과 「勝利의 信念」과 「破壞의 快樂」의 發顯이엇스며 그것의 具象化의 技術家로서만 詩人은 그들의 主人에게 가장 忠實히 奉

仕하얏든 것이다.

모-든 熱의 現像은 冷却할 것을 豫期하지 아니하면 아니 된다.

發作的인 歐羅巴의 熱氣도 健康을 恢復할 째가 왓다. 웨 그러냐 하면 第三階級은 벌서 破壞事業을 畢하고 建設에로 向하야 새로운 出發을 하지 아니 하면 아니 되엇든 것이다. 그것은 닥처올 産業革命에 對한 準備의 時期엇다.

廣汎한 文學史的 見地로는 「로맨티시즘」의 「안티테-제」로서의 自然主義의 擡頭라고 史家는 말한다. 그러나 藝術의 一分野로서의 詩의 歷史에는 「로맨티시즘」 直後에는 작은 그 反動으로서 「루큰·드·릴」을 盟主로 한 所謂 「파트낫산」(高踏派)의 古典主義運動이 잇섯스나 이윽고 그것은 불이 꺼지고 「쏘-드랠」의 惡魔主義와 「말라르메」, 「베르네느」, 「람보-」 等을 先驅者로 한 象徵主義의 時代가 始作되엇다. 象徵主義의 特徵을 일우는 것은 그 現實逃避의 傾向이다.

「베르레느」의 「詩論」을 暫間 引用하자.

「밝음과 어둠이 이러케 짜내는 어슴푸레한 詩보다 그리운 것은 업다고—」

그러고 가튼 詩 속에서

「그것은 「벨」의 그늘에 숨기는 아름다운 눈동자다」

라고 노래햇다.

卽 不可見의 世界와 無限의 世界를 有限한 言語로써 可見의 型態로 具像化하려는 것이다.

「스테판 말라르메」는 「쥬-르유레」의 質疑에 對하야 象徵派의 信念을 吐露안 同答 속에서 이러케 말하엿다.

「對像을 觀照하야 그곳에서 생겨나는 幻想 속에 스스로 映像이 마음에 쩌 올라오면 그것이 詩라」하고—

이러케 象徵派가 꿈이려고 하는 詩의 世界는 現實하고는 멀리 써 난 眞空의 世界다.

그들은 錯雜多端하고 醜惡한 現實을 곱게 避하야

「꽂이 업는 倦怠의

曠野—」

或은

「한울은 동쇠빗

빗도 업다

숨이 잇는 것 갓기도 하고 써진 것 갓기도 한 달빗」

이러한 別世界에 遊離하엿다. 그럼으로 「알멜싸만」은 즐겨서 薄暮 를 노래햇다.

그래서 象徵派는 畢竟에는 「마-텔링크」의 神秘主義의 「溫室」 속 으로 숨어버리고 말엇다.

그러나 나는 詩가 象徵派에 이르러 어든 收穫은 「現實에 눈쓴 일」 이라고 하고 십다.

웨 그러냐하면 現實에 對한 認識이 全然 업시는 現實逃避라는 것 은 잇슬 수 업다. 巡避하지 아니 하면 아니 되도록 그러케 醜態한 것으로서 爲先 現實이 認識된 뒤에 逃避라는 行動이 뒤를 싸를 것이 다.

〈동아일보 (1931. 8. 2)〉

(五)

4. 쌍볼리스트의 運動(續)

象徵派의 先驅者의 한 사람인 「쏘-드렐」의 「죽음의 깃븜」이라는 알에와 가튼 詩를 보아라.

「나는 遺書를 써리고 墳墓를 실혀한다.

죽은 뒤에 부질엄시 사람의 눈물을 잣게 하느니 보다는 사라 生前 에 차라리 가막이를 불러서

더러워진 脊髓의 씃까지 쪼기우런다.

오—굼벵이여 눈업고 귀업는 어둠의 벗

너를 위해 腐敗의 아들 放蕩의 哲學者

깃거워하는 依支업는 죽엄은 온다.

나의 屍體에 주저함 업시 썩어드러가서

죽엄 우에 죽고 魂 일흔 낡은 고기에

굼벵이여 내게 무러라 아즉도 苦悶이 잇는가 업는가고」

이러케 悲慘하고 絶望的인 詩는 現實의 暗黑面에 부대처 깨여지 는 純情의 애처로운 悲鳴이 아니고 무엇이냐?

그 후에 이 詩派는 現實暴露의 文學 自然主義의 運動과 恒常 並行 하고 잇은 것만 보아도 그것은 가장 反現實的이면서도 가장 現實的 인 까닭을 알 수 잇겟다.

그러고 우리는 이 時期에 象徵主義運動과 째를 가티하야 이러난 차라리 가튼 運動의 半面이라고 할 수 잇는 自由詩運動을 이저서는 아니 된다.

이것이야말로 近代詩의 形態에 全然 革命的 變化를 이르킨 것이다.

한 줄에 반드시 十二綴音式 너허야만 하는 古典的인 「알렉싼드란」調의 拘束에서 詩를 詩人 各者의 主觀的 創造에 依한 自由奔放한 「리뜸」의 躍進에로 解放하려고 한 것이다.

이 運動의 主張者는 象徵派의 詩人 「규스타-브카-ㄴ」이엿스나 그 以前에 「쥬-르라폴그」며 「풀닙새」의 詩人 「월트 휫트멘」이서 그들의 獨創的인 詩에 그것을 試驗한 것이다.

要컨대 十八世紀 以後 宏壯한 形勢로 發展하야 이윽고 世界의 「헤게모니」를 把握한 第三階級은 그 祖先은 封建諸侯 사이를 돌아다니든 商人이다.

詩의 古典的 格調가튼 것을 알기에는 넘우 野昧하엿다. 마치 亞米利加의 移民들의 無敎養과 粗野가 到底히 古典的인 詩를 理解하지 못한 것과 가티—.

그래서 恒常 그의 主人의 눈치만 바라지 아니하면 아니 되는 詩人은 그 主人의 口味에 맛도록 새로히 詩를 料理하지 아니하면 아니 되엇다. 그것이 自由詩다.

新大陸往復의 汽船을 타고 다니는 密輸入者의 무리가 「루콘드릴」의 莊重한 詩나 그 以前의 古典詩를 鑑賞할 수 업섯을 것은 勿論이다.

그들은 그것들을 「덕크」 우에 집어던진 後 「쏘-드레르」의 散文詩集을 집어들고는 빙그레 우섯슬 것이다.

「응 이것이면 알만하다」하고 : 저 「폴」의 明朗하고 「쎈티멘탈」한 詩에 이르러서는 더욱 그러하엿을 것이다.

「폴」이 그의 詩 속에서 자조 「全佛蘭西 市民 諸君-」하고 불른 그

소리는 夜市 商人이 사람들을 向하야 웨치는 「싸구려」의 소리와 함께 그 顧客에게 손질하는 점에 잇서서는 性質上의 差異는 업는 것이다.

5. 生活을 찾는 詩派들

十九世紀의 末葉처름 陰散한 時期는 아마도 有史以來 처음 일일 것이다.

언제나 黎明이 올지 모르는 失望과 無爲와 倦怠와 無明 속에서 方向을 일코 彷徨하는 人類의 焦燥한 形狀은 참아 볼 수 업서 慘憺하엿든 것이다.

그러나 絶望한 것은 決코 第三階級 그것이 아니엇다. 그들은 産業革命을 치르고 나서 軍國主義와 提携하야 더 굿세게 地球上의 處女地에까지 地步를 닥고 잇섯다.

실망한 것은 물론 창백한 知識階級이엇다. 知識階級 자신의 薄暮에 對한 예감이 그들의 마음을 어둡게 한 것이다. 佛蘭西革命의 진두에서 意氣좋게 달고 잇던 세 개의 깃발-自由・平等・博愛는 人類의 위에 그 아무데도 實現된 것을 보지 못하엿다.

〈동아일보 (1931. 8. 3)〉

(六)

5. 生活을 찾는 詩派들(續)

아니 人類라고 하는 말 自體가 한 個의 漂白된 概念 以外에 아모 것도 아니다. 現實的으로 잇는 것은 다만 分裂의 過程을 急하게 거러가고 잇는 階級의 人뿐이다.

自由도 平等도 博愛도 다 第三階級의 살진 腹臟을 더 불르게 하는 그들의 餌食이엿다.

그 우에 不斷히 知識階級을 威脅하는 唯物論的 宿命觀은 그들의 어린 心臟을 動作시키기에 充分하엿다.

그리하야 象徵主義에 依하야 보다 漸漸 各自의 孤獨의 世界로 숨어버린 詩人은 넘우나 偏狹한 特殊한 自身의 象牙塔 속에서 돌보아주는 者 업시 갓가워 오는 斷末魔의 暗影에 戰慄하엿다.

그러다가 二十世紀에 들어서부터 詩는 그 모-든 부질업는 苦悶과 彷徨에서 써나서 오랫동안 그것이 이저버렷든 生活을 恢復하려고 하는 衝動을 늣겻다.

『美를 爲한 美를 찾는 者의 다음에 「꿈꾸는 일의 美」를 求하는 者의 뒤에 오는 것이야말로 生活의 美를 찾는 사람들이라」고 1902年 「휴매니즘」을 못토로써 내우고 나온 「페르난·그레이그」는 表明하엿다.

「니코라쓰 보듀안」, 「알벨못켈」, 「졸슈에쿠」 等 白耳義人의 一團으로 된 「파록씨즘」 一派가 쏘 한 사람의 精神의 高揚과 生活에 對한

熱愛를 高唱하면서 一方에 이러낫다.

이 派의 先驅者인 「에밀벨 아-란」은 「악숀」이라는 詩 속에서 「聰明하게 사러라……崇高하게 사러라」하고 마치 全人類의 生活行進의 先頭에서 號令하는 것처럼 激越한 語調로 노래한다는이보다 부르지젓다.

여긔에 쏘한 生活 讚美의 詩派 「나츄리즘」의 一派가 잇다. 그 主唱者 「쏴에리에」는 勇敢하게 「日常의 히로이즘」을 說敎하얏다. 自然이 生長하는 것처럼 그것의 生命의 躍動의 맞추어 우리들의 實生活을 敬虔과 勇氣를 가지고 미리 나가자고 한 것이다. 그 中에서도 가장 注目할 價値가 잇는 것은 「쥬-르로멘」의 「유나니미즘」이라

그가 「유나니미즘」을 宣布하기 始作한 것은 1905年 四月이고 同年 七月에 「샨노비에-르」도 「유나님」의 精神을 「복쓰」 誌上에서 高調하엿다.

사람의 魂이 現實生活에서 認知하는 것을 假裝업시 率直하게 表出한다는 것이나 그들이 生活이라고 하는 것은 決코 個個의 生活은 아니나 全一的 自我의 그것이다.

그래서 그들은 群衆이라는 것에 만흔 魅力을 늣기고 「群衆은 發作이다……群衆은 다른 集團에 對하야 英雄이 다른 사람에게 對하는 것과 가티 擴大에 依하야 特殊한 性格을 보히고 그러고 그 大小에 依하야 經驗업는 觀察者의 注目을 꿋는 「타입」이다」라고 規定햇다.

쏘는 『劇場이나 街路는 그 自身에 잇서서 各各 總體的 生存을 賦與바든 사러잇는 現實的인 全一體다. 全一的 情緖는 누구에게서도 노래되지 안햇다. 그러나 그것들은 다른 것과 가튼 資格으로 作家의 情熱的인 努力에 갑잇는 것이다. 나는 藝術 속에 「유나니미즘」의 자리가 남어잇는 것을 밋는다』고 「로멘」은 말햇다.

그것은 사실이다.

「유나니미즘」이야말로 個性的인 넘우나 個性的인 「씸볼리즘」과 「쌔레쓰」의 傳統主義에 對應하야 이러난 것이고 가장 根據잇는 時間的 歷史的 生命의 發展이엿다.

1919年 國際的 「쑤로커」等의 손으로 殘忍한 配當表와 가튼 虛僞的 平和條約이 쑴여졋슬 째 이 派의 詩人 「산느비에-트」는 休戰 當時에 그들이 가지고 잇던 世界友愛의 建設의 쑴이 넘우나 無慘하게 超超된 것을 보고 이러케 노래햇다.

「世界地圖 우헤 둥굴고 잇는 장사부치들아

民衆을 발톱으로 抹殺하고 칼날로써 그 우헤 사람을 그린다」

〈동아일보 (1931. 8. 3)〉

(七)

5. 生活을 찻는 詩派들(續)

그러고 列强의 封鎖 속에서 露西亞 民衆이 空前의 飢餓에 喘息할 째 그는 「어썬 露西亞의 아이에게 보내는 詩에서 軍國主義者들의 일을 痛憤햇다.

이러케 한 「유나니미즘」이 戰爭에서 疲弊하고 背信당한 民衆의 마음속에 이르킨 期待는 當然히 컷섯다.

우리는 象徵主義의 朦朧한 「벨」의 空中에서 쑴꾸는 일에 沈溺하고 잇던 詩가 二十世紀의 동이 트기 시작한 후 갑작이 地上에 남겨두고 간 生活이 그리워저서 새벽의 들을 단니며 미친 듯이 生活을—

生活을―」하고 웨치고 단니는 것을 드럿다.

그러나 地上에 버려두엇던 生活은 그들이 다시 돌아왓슬 째는 기피 病들고 말엇다.

到處에서 그것은 矛盾과 欺瞞과 惡意를 暴露하고 잇섯다. 짤하서 生活을 겨우 차저온 詩는 다시 痛切한 自己崩壞의 作用을 이르키고야 말엇다.

6. 近代詩의 自己崩壞

文藝復興期에 그렇게 華麗하게 藝術의 꼿들이 一時에 피엿든 「레오날드 다빈치」와 「게무리엘 단테」의 나라 伊太利는 그 후 19世紀 末葉까지는 消息이 끈어저서 그 동안에 우리들의 記憶에 남어잇는 큰 音響은 오즉 「레오팔디」뿐이다.

그래서 世界의 실업는 澄遊客들의 訪問이나 째째 바도면서 이 偉大한 古典藝術의 照堂은 오랫동안 世界의 文化史에 積極的으로 寄與한 것이 업섯다.

그러다가 1909年 二月 二○일 突然 이 尊敬할만한 藝術의 墳墓의 죽음과 가튼 침묵을 破壞하고 全世界를 震駭시킨 爆音이 잇섯다.

「마리빗티」를 首班으로 한 野蠻的인 젊은 藝術家의 무리의 손으로 烽火를 든 「反哲學的 反敎養的」인 未來派의 運動이야말로 그것이 내가 略示하려고 한 것이다.

그러나 1905年 二月 「미라노」에서 橫行하는 詩雜誌 「詩」에 蟄居한 젊은 詩人들이 自己들의 運動 우에 未來派라고 하는 現代文學史上 可驚할 旋律을 가진 名稱을 부친 것이 未來派라는 말의 첫 出現이엿다. 그래서 1910年 三月 「듀란」 劇場에서 一千의 評家 아페서 그 第

一回의 宣言을 行하엿슬 때 그들은 「모-크렐」氏게 말한 것처럼 「氣勢조코 興味있는 그러고 厭症이 나지 아는 世上의 花形廣大」엿든 것을 認定하지 안흘 수 업섯다.

웨?

그들의 宣言은 實로 아래와 가티 公然하게 소리친다.

「우리들은 美術館을 破壞하고 圖書館을 부시고 道德, 잔잔한 것, 其他의 모든 投機的 公利的 手段을 打破할 것을 要望한다.…… 옛날의 繪畵를 讚美하는 것은 葬式行列에 參加하는 일이다.……」

그래서 그들은 그들의 所謂 「快走하는 美」를 創造하기 爲하야 無爲와 平穩에 찬 옛 花園을 餘地업시 그 巨人의 진흙발로 짓밟엇다.

그들은 詩의 古典的 約束이나 敎養을 쓰레기와 가티 몬지통에 던저 버렷다. 그리하야 우리들은 未來派에게서 最初에 近代詩의 崩壞作用을 보앗다.

窮地에 닥친 近代詩가 한줄기의 生路로서 探求해여든이 未來派의 길은 斷末魔의 最後의 蹂躪한 발버둥처럼 박게는 보이지 안는다. 그리고 「自然은 球體와 尖圓形과 圓筒形으로 追求된다고 한 「세잔느」에게서 出發한 最近의 繪畵史上 큰 「에포-크」를 그은 立體派의 畵家 「피카비아」의 周圍에 모엿든 詩人 「아포터넬」, 「콕토-」, 「모-란」 等의 立體詩가 어쩌케 過去의 詩를 抹殺하기 爲하야 狂態에 갓가운 憑戲를 敢行햇는가를 우리는 보앗다.

그러나 近代詩쑨 아니라 藝術의 모-든 分野에 잇서서 가장 果敢한 破壞를 實行한 것은 「다디」의 運動이다.

이는 한 個의 藝術運動이라기보다는 近代藝術의 最後와 漢字가 그 祖先의 花壇을 스스로 破碎한 것이라고 하겟다.

「안드레지-드」가 「다다이즘」이라고 하는 것은 決코 一定한 主張

을 가지고 잇는 것이 아니고 單純한 모-든 藝術의 破壞運動을 가르친 것이다」라고 말하얏슬 째 「다다이스트」 자신조차 그것을 否定할 수 업섯을 것이다.

이러케 近代詩는 二十世紀의 初頭에 와서 偶然히 새로운 光明을 捕捉한 것처럼 보히더니 未久에 그것조차 希望의 地平線을 넘어 永久히 일어버리고 이윽고 自己崩壞의 作用을 이르키고야 말엇다.

그것은 詩라고 하는 觀念形態가 依存하는 支配階級의 自己崩壞의 過程에 伴하야 이러나는 避치 못할 作用이다. 짤하서 그 生産者인 知識階級의 生活의 分裂이 招來하는 必然的인 歸結이다.

生活은 明白히 藝術을 規定한다. 그것은 眞理다.

〈동아일보 (1931. 8. 4)〉

(八)

7. 슈-르레알리즘의 悲劇

未來派—立體派—「다다」 조차를 차버린 現代의 詩의 前方에는 黎明과 같은 아모것도 보히지 안는다.

우리들의 가슴에 그러케 異狀한 激動을 이르키던 「주-르·로젠」도 넘우 回顧의 세계에만 잠긴 까닭에 畢竟 象徵主義의 古色이 蒼然한 宮殿 속으로 숨어버리고 말엇다.

未來派는 오늘은 完全히 「뭇소리니」의 「팟쇼」 國家의 忠實한 心腹이 任務에 榮光을 늣기고 잇고 「발레리」의 純粹詩의 高塔은 넘우나 孤獨한 까닭에 누구 하나 接近할 수조차 잇는 것 갓지 안타.

「이완쿨」, 「쑤루톤」, 「스-포-」, 「할리믄」 等에 依하야 唱導된 超現
實主義의 革命도 結局은 「다다」의 自己破壞作用의 相續에 不過하다.

웨 그러냐 하면 그들은 조흔 先驅者 「잭크와제」는 「藝術은 한 個
의 미련한 물건이라」고 하지 안헛는가?

그러고 「폴엘류일」은 말햇다. 「사람으로 하야금 이것이 美다 醜다
하고 公言하며 決心하기를 强要하는 虛榮은 文學의 몃 時代를 지나
洗練된 誤謬와 그들의 感傷的 興奮—그것이 낫는 無秩序에 基因하는
것이다.」하고.

그러나 「슈르레알리즘」이 「다다」의 破壞에만 始終하지 안코 새로
운 「포에시」에도 到達하려고 한 努力만은 肯定해야겟다. 그들 自身
이 말한 것처럼 「世紀의 한 「스릴」이기를 企圖한 것이다.

그러나 그들은 무엇을 發見햇는가? 暫間 그들의 말에 귀를 빌리
자.

「꿈만이 사람에게 自由에의 모-든 權利를 준다. ……「슈-르레알리
즘」은 잠, 알콜, 담배, 에텔, 阿片, 코카인, 몰핀의 魔術의 十字路다」.
그래서 그들이 意志하는 것은 무엇인가? 「自殺」이다.

「꿈의 恩澤으로 죽엄도 벌서 애매한 意味를 가지지 안케 되고 生
의 意味도 冷淡해진다」

벌서 그들에게 建設에 갓가운 무엇을 期待하는 것은 無意味하다.
「슈-르레알리즘」은 이야말로 近代詩의 最後의 層階다. 웨 그러냐 하
면 우리들 現實的인 世紀는 「슈-르레알리스트」가 꿈의 世界에서 어
쩌케 훌륭한 「엣펠의 塔을 築造할 지라도 全然 無關心할 것이다. 마
치 世界의 進行은 癲狂院의 存在와는 全然 無關係한 곳에서 繼續되
고 잇는 것처럼 「꿈」 使徒인 「슈-르레알리스트」의 무리 속에는 畢竟
分裂이 생것다 한다. 그들 중에서 가장 破壞的 傾向을 代表하고 잇

던 「스-포」 等 一派가 分離하야 짜로히 「콤뮤니스트」인 「슈-르레알리스트」의 「그룹」을 맨들고 「XX에 奉仕하는 슈-르레알리스트」라는 機關紙에 雄居하엿다고 한다.

그래서 昨年 十一月 「모스코-」에서 열린 國際 「프로」文學會에서는 「슈르리알리스트」, 「사바울」이 佛蘭西 代表로서 出席하여 붉은 氣熖을 吐하엿다고 하며 同會社에서 「프롤레타리아」作家의 「인터내슈날」의 委員의 한 사람으로 「슈르리알리스트」로서 너무나 有名한 「루이 · 아랑공」이 選出되엿다고 한다.

「꿈과 自殺의 誘惑」에서 社會革命에 — 이것은 너무나 意外의 轉換이다.

그러나 이 事實은 決코 近代詩의 更生을 意味하는 것은 아니다. 차라리 이 일은 近代詩에 잇서서 벌서 아모데도 救援의 길이 업다는 것을 힘잇게 主張하는 것 갓다.

〈동아일보 (1931. 8. 5)〉

(九)

8. 近代詩의 弔鐘

모-든 文化現像은 恒常 「必要에서 出發한다」 必要는 實로 文化發展의 어머니라 社會의 全機構를 領導하고 그 秩序를 維持하는 것은 實力잇는 社會支配層이다.

그들은 그들 自身의 物質力의 膨大와 安全을 保證하기 爲하야 社會機構의 組織化를 企圖한다.

그들과 對立하는 또는 寄生하는 모-든 層과 集團은 奴隸다. 그 自身이 奴隸인 것을 意識하던 間에 그들이 知識階級에게 强要하는 課業은 그들을 爲하야 知識을 提供한다면서 娛樂을 供給한다던지 그보다도 그들의 堡壘를 防禦하는데 忠實을 다하는 일이다. 그래서 詩人이라고 하는 特殊한 知識階級의 一部類에 向하야 그들이 命令하는 것은 娛樂을 提供하는 것이 아니다. 實生活을 떠난 「遊戲」를 爲한 遊戲」, 「享樂을 爲한 享樂」으로서의 近代詩의 存立의 根據도 여기 잇는 것이다.

그러고 또한 觀念的 催涙彈丸・煙幕・毒瓦斯로서 防禦線에 出動하야 사람들의 正確한 認識을 妨害하기 爲하야 主人의 正體를 「캄푸라-추」하는 일을 그들은 또한 詩人에게 要求한다.

그리하야 實力잇는 社會支配層의 熱烈한 要求 「네써시티」는 그것에 適當한 文化를 建設한 것이다. 이것이 廣汎한 資本主義文化다. 事實 畵家가 「쌀론」이나 畵商의 「겔러리」에 그 作品을 걸고 詩人이 그 詩를 出版하야 各各 그것을 파러서 그 糊口의 策을 圖하는 以上 藝術作品은 한 個의 商品以上 外의 아모것도 아니며 藝術家라 手工業者의 名稱 속에 包括될 性質의 것이다.

「藝術을 爲한 藝術」論者는 입을 모아서 藝術 우에 至極히 蜃氣樓와 가튼 定義로써 온갓 탈을 씨우는 것이 조흘 것이다. 그러나 「라틴쿼터」의 神經的 住民은 인제는 그 잇끼낀 榮光을 버림이 조흘 째가 왓다. 웨 그러냐 하면 우리들은 인제는 그들이 單純한 中世紀的 時代錯誤의 行商人임에 不過한 것을 看破햇스니까―

詩는 일즉이 平民과 安協하기 爲하야 貴族的인 「리뜸」을 버리고 散文詩로써 나타날 째가 잇섯다. 「알렉쌘드란」의 嚴格한 「틀」을 새로운 顧客 째문에 그만 째여버리고 自由詩의 새옷을 입고 나오기도 하얏다.

〈동아일보 (1931. 8. 6)〉

(十)

8. 現代詩의 弔鐘(續)

그러나 現代詩에 藝術의 分野를 闊步하고 잇는 것은 小說이다. 그것은 그 自身의 發展을 爲하야 째째로 藝術의 이름 박게 서는 것조차 躊躇하지 안는다.

그것보다 「씨네마」가 現代의 觀衆에게 가지고 잇는 魅力은 可憐할 程度에 잇다.

大衆은 勿論 最初부터 詩와 가튼 高價의 資料에는 無感覺하며 支配層은 쏘한 詩가 가지고 잇는 特殊한 娛樂性에 벌서 缺症을 늣겻스며 武器로서도 그것이 어쩌한 大衆에게도 갓가히 갈 수 업는 것을 안다.

그들에게 잇서서 詩를 읊브지 아니할 充分한 口實이 잇다. 詩人이 아모리 그들의 旗ㅅ쌀을 갈고 看板에 왼갓 近代色을 칠한다 할지라도 벌서 顧客을 일허버린 이 古風의 花商의 運命은 아마 世上에서 가장 慘憺한 것의 하나일 것이다.

나먹은 賣春婦여 인제는 粉칠하는 것을 그만두어라. 어쩌한 化粧도 너의 얼굴 우에 주름살을 감출 수는 업슬 것이다.

그러치만 近代詩의 解體作用의 誘因은 그보다도 더 기픈 根據를 가지고 잇다.

오늘의 世界를 支配하고 잇는 잇는 힘은 벌서 疲勞해지고 말엇다.

그것의 目前에는 現在와 一刻만이 잇다. 明日은 업다.

거긔는 悽慘한 生活의 自己分裂이 잇다.

그곳에 詩의 運命의 方向을 指示하는 決定的인 暗礁가 가로 노혀 잇는 것이다.

웨 그러냐 하면 그것은 어김도 업시 이윽고 기우러진 달은 「피라밋드」의 頭腦의 一細胞엿스니까.

그러면 明日의 詩는? 그러한 質問은 우리에게 잇서서는 아주 冷淡하다. 爲先 生活의 問題다.

藝術을 生活에서 分離하야 獨異한 對像으로 觀察하려고 할 째에 그것은 亦是 낡근 思考方法의 習慣을 犯한 것이다.

今日의 「푸로레타리아」藝術과 가튼 것은 다만 過渡的 意義박게는 가지고 잇지 안다.

그러치만 이 問題는 다른 곳에서 論議할 機會를 가질 수 잇슬 것이다.

다만 한가지만 가장 確信을 가지고 말할 수 잇는 것은 우리들의 아페 노혀잇는 큰 話題는 이것이다.

「集團과 그 生活」

이곳에는 「씨네마」의 領域이 無限히 크다.   (終)

〈동아일보 (1931. 8. 7)〉

詩作에 잇어서의 主知的 態度

序言=나는 나의 詩를 發表할 때마다 거진 同詩에 나의 詩論을 發表하는 것이 매우 조와슬 것이다. 그러나 그러케 하도록 조흔 機會가 없엇다. 나는 그윽히 現代를 呼吸하는 詩人은 반듯이 그 詩의 背景에 詩論을 準備하여야 하리라고 생각하고 잇다.

詩人은 恒常「詩에 대하야」 그러고 「詩를 엇더케 지을가에 對하야」 思索하는 사람이 아니면 안된다.

詩論은 詩人의 自己發展의 拍車이며 또한 새로운 詩의 誕生을 위한 不斷의 努力을 意味한다.

그러나 詩論은 詩學하고는 嚴密하게 區分되여야 한다.

詩學은 詩와 밋 詩論까지를 對像으로 할 수 잇다. 그러나 詩論은 詩人의 獨自性을 가진 詩作의 方法論이다. 여기에 「아리스토텔레쓰」의 「詩學」이 「詩學」이고 「호라리우쓰」의 「詩論」이 「詩論」인 理由가 잇다.

나는 나의 詩에 대하야 아니 詩 一般에 대하야 不斷히 思索한다. 그래서 나의 詩는 내가 그것을 製作하던 때에 가장 가까운 때의 나의 思惟하는 方法論의 實驗에 不過하다. 여기에 發表하려는 것은 나의 詩論을 담은 여러 개의 긴 論文 中의 하나다.

그러고 이것이 發表될 때는 벌서 나는 이 詩論보다도 前方에 나아가 잇을지도 모른다. 그러고 그 중의 엇던 部分은 訂正햇스면 하고 생각하게 될른지도 모른다. 아니 한 개의 論文 속에서조차 連絡이 없는 때가 잇을 것을 豫期한다. 그러나 그러한 일은 나를 失望시키지 못할 것이다. 모-든 瞬間에서 發展하고 움직이는 自身을 發見할 수 잇다면 그것은 차라리 나의 깃붐이 될 것이다.

그래타고 해서 나는 이 말을 나의 詩論을 모으는 攻擊者로부터 安全하게 하려고 하는 遁辭를 삼으려는 것은 아니다. 攻擊에 대하야는 是認할 것은 是認하고 反駁할 것은 反駁할 것이고 또 默殺할 것은 永久히 默殺할 것이다. 善良한 「휴마니스트」(人間主義者)의 一群은 表現이라고 名辭를 推辭라는 名辭와 對立시켜서 使用하는 習慣이 잇다.

表現主義者는 말한다—

藝術이 自然을 推辭하는 것은 藝術의 侮辱이다. 「藝術은 自然을 模倣한다.」고 한 「풀라토-」의 말은 그가 生存한 時代가 現代에서 먼 것처름 그러케 現代의 「제네레이슌」과도 距離가 먼 것이라고!

그들에게 잇어서는 「오스카-와일드」의 그 反對의 命題가 「人生은 藝術을 模倣하여야 한다」는 命題가 더 眞實하다.

그것은 正當한 일인가?

表現主義者(表現派까지 包含한다)는 客觀性은 藝術에 잇어서 아모것도 意味하지 안는다는 意見을 가지고 잇다.

그럼으로 表現主義는 一種의 「히로이즘」이다. 그것은 이윽고 目的性을 揭棄하고 發作的으로 脫線하는 것을 藝術에 잇어서의 英雄的

行爲(?)라고 稱讚한다. 거기는 組織과 秩序와 調和가 大膽하게 無視되고 激烈한 主觀의 自然發生的인 戰慄이 要求된다.

이러한 意見을 保證하는 科學的 根據를 우리는 初期의 心理學 속에서 求할 수 잇다. 情的 活動을 精神活動의 一分野로써 明確하게 區分할 수 잇다는 初期의 心理學의 假定이 이 情的 活動을 藝術속에서 極端으로 高調하는 表現主義者에게 잇어서는 有力한 證人이 될 수 잇엇든 것이다.

* * *

여기에 한 사람의 詩人이 잇어서 엇더한 때에 發動하는 自身의 主觀을 늣긴다고 하자. 그것을 그대로 文字라는 手段을 通하야 具像化할 때 「詩라!」 하고 感激한다.

우리 詩壇은 愛的인 激情的인 「쎈티멘탈」한 이 種類의 너무나 素朴한 詩歌의 洪水로써 汎濫하고 잇다.

나는 그것들을 一括해서 自然發生的 詩歌라고 命名하려고 한다. 그것들은 길가에 한 대의 나무가 서고 잇는 것처름 잇고 한 개의 조약돌이 물가에 잇는 것처름 그러케 잇다.

거기는 或은 動機의 美는 잇을지 모른다. 그러나 詩가 그 發生的 動機에 잇어서 엇더케 美的이엿다고 하는 것은 그 詩의 結局의 價値를 決定하는 것은 못된다.

우리들이 批判의 對像으로 삼는 것은 詩의 生成過程에 잇어서의 詩人의 態度 卽 한 개의 獨創的인 方法論과 그러고 固定化한 完成된 詩 그것이다.

詩人은 詩를 製作하는 것을 意識하지 안으면 아니 된다.

詩人은 한 개의 目的! 價値創造에 向하야 活動할 것이다. 그래서 意識的으로 意圖된 價値가 詩로써 나타나야 할 것이다.

　이것은 「나이-브」한 表現主義(人間主義)的 態度에 對蹠하는 全然 別個의 詩作上의 態度다. 나는 그것을 主知的 態度라고 부른다.

　그래서 이러한 態度에 立脚한 主知的 詩人은 「나는 나의 作品에서 全然 豫期하지 아니한 終局에 到達하엿다」고 한 「더퀸시」인가 누구인가의 告白을 眞實이라고 밋지 아니하며 尊重하지도 아니할 것이다.

　이러한 神秘主義는 詩人의 「낄드」的 心理에서 發生한 一種의 僞瞞이라고밧게 생각도 하지 안을 것이다.

　自然發生的 詩는 한 개의 「자인」(存在)이다. 그와 反對로 主知的 詩는 「졸렌」(當爲)의 世界다. 自然과 文化가 對立하는 것처름 그것들은 서로 對立한다.

　詩人은 文化의 全面的 發展過程에 意識한 價値創造者로서 參與하여야 할 것이다.

　主知主義는 自然發生的 詩와 明確하게 對立하는 것처름 單純推寫者와도 對立한다.

　詩에 잇어서 客觀世界의 推寫를 極度를 輕蔑하고 主觀世界의 表現만을 熱心으로 高調하는 表現主義者는 실상에 잇어서는 한 개의 推寫者에 끚첫다. 웨 그러냐 하면 그는 生理的으로 精神的으로 움직이는 自然의 一斷片으로서의 自己를 忠實하게(推寫) (發表)하는 까닭이다.

　詩는 나무닙히 피는 것처름 물이 흐르는 것처름 自然스럽게 던저서는 아니 된다. 피는 나무닙 흐르는 시내물을 支配하는 것은 自然의 法則이다. 價値의 法則은 아니다.

　詩는 위선 「지여지는 것」이다. 詩的 價値를 意慾하고 企圖하는 意識的 方法論이 잇지 안으면 아니 된다. 그것은 詩作上의 態度라고 불러도 조타.

그것이 없을 때 우리는 그를 詩人이라고 부르는 대신에 單純한 感受者라고 부를 것이다. 그는 다만 街頭에 세워진 呼吸하는「카메라」에 지나지 안는다.

「카메라」가 詩人이 아닌 것처름 그도 詩人이 아닐 것이다.

詩人은 그의 獨自의「카메라 앵글」을 가저야 한다.

詩人은 創造者가 아니면 아니 된다.

〈신동아 (3권 4호. 1933. 4) 〉

「포에시」와 「모더-니티」

　未知의 詩學徒 李源朝氏는 朝鮮日報 革新號 學藝面에서 쾌 넓고 詳細하게 詩作者로서의 筆者를 問題삼엇다. 그것은 우리들 사히에서는 가장 盛行해저서 좋은 일의 하나다. 웨 그러냐 하면 討論이라는 것 批判이라는 것은 새로운 더 높은 層階에로의 發展을 內包한 準備行動인 까닭이다.

　따라서 모-든 批判 討論은 늘 더 높은 다른 層階에로의 發展을 意慾하지 안으면 아니 된다는 그 逆定理도 正當하다. 그러나 나는 지금 李氏의 批判이 批判으로서의 이러한 性格을 갖우고 잇는가 업는가를 말하려는 것은 아니다.(그것은 賢明한 讀者의 判斷에 맛긴다) 다만 氏는 그의 論文 속에서 筆者를 「妖術쟁이」라고 命名한 일이 잇는데 나는 새삼스럽게 그 말을 기억하면서 그것을 나의 이 작은 글의 題目으로 引用하려고 偶然히 생각하엿다. 웨 그러냐 하면 「妖術쟁이」라는 말을 氏가 「言語의 妖術쟁이」라는 意味로서 썻다면 나는 그것을 怒하는이보다도 오히려 달게 받고 싶은 까닭이다.

일즉히 「쏘드레르」는 스서로 鍊金師라고 즐겁게 불럿다.

畢竟 「싸포」나 「빌롱」이나 「엘리옷드」나 「콕토」도 「言語의 妖術쟁이」에 不過하다. 事實上 그들이 平凡한 言語 우헤 수미는 훌륭한 建築은 卑俗한 批評家의 눈들을 中國人의 妖術 以上으로 眩惑시켯슬 것이다.

그러나 그들의 詩는 確實히 妖術 以上의 것이다. 한 대의 「포풀라」는 바라보는 角度와 時間과 더욱이 바라보는 사람의 精神的 狀態라던 網膜의 生理的 狀態를 따라서 「포풀라」 그대로도 보혀지기도 하고 全然 한 개의 푸른 잠옷을 걸친 魔女로도 나타난다.

그래서 이러한 錯覺에 대하야는 生理學者가 친절하게 說明해줄 것이다.

나는 이곳에서 生理學者가 되려는 것은 아니다. 모든 反駁 辨明 質問 以前에 더 充分히 내 自身을 이야기하는 것이 便利하다고 생각하엿다. 그래서 한 「言語의 妖術쟁이」의 秘法을 公開키 위하야 나의 手帖의 一部를 發表하기로 하엿다.

1

詩는 엇더한 時代에도 生長한다.

그것은 사람과 함께 사는 까닭이다.

詩는 한 개의 「엑쓰타시」의 發電體라.

─한 個의 「이메지」가 成立한다. 音과 形의 修辭學은 「이메지」의 「엑쓰타시」로 향하야 有機的으로 戰慄한다.

그래서 詩는 꿈의 表現이라는 말이 거짓말이 아니 된다.

웨?

꿈은 不可能의 可能이다.

엇더한 時間的 空間的 同存性도 飛躍도 이곳에서 可能하니까 이
以上의 「엑쓰타시」가 어대잇슬가.

「이메지」를 通하지 안코 抽象化한 主觀의 感情이 直接 讀者의 感
情에 感染하려고 하는 그러한 傾向의 詩가 잇다.

첫재는 感傷的 浪漫主義 詩다.

다음에는 激情的 表現主義 詩다.

그러나 우리들의 感情은 이러한 詩들의 威脅 아래서 매우 困境에
서게 된다. 果然 激烈한 혹은 哀愁에 가득찬 感情이 잇슴은 아나 그
것이 人生의 具體的 事件과 엇더케 關聯이 잇는가를 알 수 업는 限
그러한 感情을 그대로 露出시킨 詩와 讀者의 사히에는 아모 交涉도
成立될 수 업다. 다만 우리 것을 보고 우리들의 눈물은 우러지지 안
는다. 무엇 때문에, 다시 말하면 엇더한 具體的 事件과 關聯해서 그
가 우는가를 理解할 째 비로소 우리들의 우름은 眞實하게 우러진다.

그럼으로 詩人은 그의 「엑쓰타시」가 엇더한 人生의 空間的 時間
的 位置와 事件하고 關聯하고 잇는가를 보혀 주어야 할 것이다. 그
는 항상 卽物主義者가 아니면 아니 된다.

2

詩는 한 개의 主題에만 固着할 것은 아니다.

詩의 形式的 機械性을 습득함으로써만 詩를 쓸 수 잇다고 생각하
는 사람은 「포-프」가 막난이엿던 것처름 막난이다.

쏘한 詩人은 단 한 벌의 옷밧게 가지지 못한 黃喜의 안해처름 그

의 個性으로써 着色된 그의 詩風이라는 옷만 입고 댕겨야 한다는 옛날의 詩學을 고지드러서는 안 된다.

　모든 詩 속에는 詩的 精神만이 굿세게 움직여야 한다. 그래서 그속에 時代的 感覺과 批判에 接觸할 수 잇슬 째 우리는 처음으로 우리들이 바라는 詩를 차즐 것이다.

　　　3

　어린 「쑤르조아」는 「스포쓰맨」이다.

　그러나 늙은 「쑤르조아」는 遲鈍하다. 하지만 問題가 利潤에 關한限 그의 中樞神經組織은 百度로 緊張한다. 그러고 그들은 「스포-쓰」의 「팬」이다.

　「푸로레타리아」의 xx된 生活은 鈍重하다. 그러나 그 xx은 街頭에서 鑛山에서 工場에서 活潑하고 敏捷하다.

　그래서 「스-피드」(速度)는 現代의 性格이다.

　　　4

　「쑤르조아」는 銳敏한 感覺을 가지고 잇다. 「푸로레타리아」도 敏捷한 感覺을 가지고 잇다. 感覺에는 두 가지에 짠 「카테고리」가 잇다.

　「다다」 以後의 焦燥한 末梢神經과 頹廢的인 感覺과 다른 하나는 아주 「푸리미티브」한 直觀的인 感覺이 그것이다.

　새로운 詩속에서 後者의 感覺을 拒否한다는 것은 무슨 固陋한 생각일가.

現代에서 承認되여 잇는 우리들이 가지고 잇는 文學속에 흐르고 잇는 經驗的인 聯想的 惰性的인 感覺에 실증을 느끼지 안는다는 것은 무슨 일일가. 四千年 전 녯날의 祖先으로부터 지금까지……오히려 우리는 밥에 대하여 아모 실증을 늣기지 안코 잇는 것과 가튼 理由로설가 우수운 일이다. 나는 강아지와 가튼 그 놀라운 忠實에 感嘆할 뿐이다. 事實 그러한 感覺에서 人類는 무엇을 얻엇슬가. 그것은 過去의 知識의 演繹에 不過하다. 「풀은 푸르다」고 가르켜저 왓스니까 너도 「풀은 푸르라」고 感覺해야 한다고. 詩人이여 너는 이러한 卑俗主義者의 말은 고지듯지 마러라. 「푸리미티브」한 感覺은 새로운 觀念(人類의 財貨)을 構成한다.

새로운 詩人에게는 이러한 感覺이 必要하다.

詩라고 하는 것은 結局 詩人의 마음이 外部的 혹은 內部的 感覺에 依하야 搖動되엿슬 째의 그 마음의 非常性의 表現에 지나지 안는다. 그것이 讀者의 意識面에도 거지 가튼 振幅을 가진 波紋을 이르킬 것이다.

5

우리들의 先行者가 自由詩運動을 이르켯슬 째 그들은 詩의 「리듬」 (운율)이나 멜로듸까지를 抛棄한 것은 아니다. 다만 그 拘束을 破棄하엿슬 뿐이다.

外部的인 「리듬」이나 「멜로듸」 그것들은 亦是 아름다운 詩的 傳統의 하나다.

우리는 이러한 傳統마저 絶緣해 버릴 수 업슬가. 詩는 그것들밖에 잇슬 수 업슬가.

잇다.

새로운 詩人은 「리듬」의 支離한 音樂에게도 「애듀」를 告하여야 한다. 現代를 橫行하는 「로맨틱」한 쎈티멘탈한 亡國的인 「리듬」은 知的인 透明한 飛躍하는 우리의 時代와 함끼 쒸놀 수 업다.

우리들의 詩壇에는 아직까지도 未來派的인 突起─爆音─閃光─그러한 것들을 紙上에 暴發시킨 大膽한 運動이 업섯던 까닭에 「새납과 쌩맹이」의 粗雜한 音樂인 것들(亡國的인 로맨틱한 「리듬」)은 아직도 灰燼이 돼버리지 안엇든 것이다.

「로맨티시즘」의 詩는 感情을 追求하엿다.

象徵主義는 氣分과 情緖를 사랑하엿다.

그러나 感情은 詩의 本質은 아니다. 萬若 感情이 詩의 本質이라면 우는 얼굴과 怒한 목소리가 第一 詩的일 것이다. 時代는 詩에서 感情을 手術해 버렷다.

그래서 感情은 現代의 새로운 性格이다. 各 時代의 詩는 그 時代의 「이데-」의 特色을 따라 詩의 各 屬性 中에서 그 하나를 高調함으로써 時代와 함께 거러간다.

오늘의 詩人(우리 詩壇에 잇서서는 明日의 詩人)은 人工的이고 外面的인 不自然한 「리듬」에는 一顧도 보내지 안코 言語의 가장 自由스러운 狀態에서 詩的 關係를 發見할 것이다.

그래서 새로운 詩는 비로소 內面的인 本質인 「리듬」을 담게 될 것이다.(이것은 人間生活의 實際의 對話를 美化하는 副次的 效果도 가지고 잇다)

廣汎한 語彙 속에서 그의 「엑쓰타시」를 불러이르킨 「이메지」에 대하야 가장 本質的인 唯一한 單語가 가려저서 그 「이메지」에 대하야 말할 것이다.

이 일은 始作上에 잇서서 가장 知的인 純粹한 態度다.(「섁레몽」師
의 純粹詩는 純粹한 詩에가 아니라 純粹한 音樂에로 詩를 잇그러간
것이라고 생각한다. 사실 그것은 現代의 詩를 救援하는 한가지 길인
지도 모른다)

6

「쿨트스윗타-쓰」는 말하엿다.

「무슨 까닭에 우리들의 機械는 아름다운가. 그것은 그들은 일하고
움직이는 까닭이다. 무슨 까닭에 우리들의 집은 아름답지 아니한가.
그것은 그들은 아모 일도 하지 아니하고 먼하니 서고 잇는 까닭이
다.」

그는 이 짧은 반가운데서 現代詩에 대한 매우 重大한 세 개의 命
題를 말하엿다.

첫재 우리들의 詩는 機械에 대한 熱烈한 美感을 가저야 된다는
것.

「運動과 生命의 具體化」(페르난레제-)로서의 機械의 美를 認定하
는 것이다. 그리고 그것은 明日의 社會秩序와 人間生活에 잇서서 새
로운 基調가 될 것이다.

둘재 靜止 대신에 動하는 美

그것은 美學에 잇서서의 새 領域이며 詩에 잇서서의 새 力學이다.

따라서 사람의 行爲는 움직이는 것인 까닭에 價値잇는 것이라고
해서 讚美할 것이다.

셋재 일하는 일의 美

다시 말하면 勞働의 美다.

움직이지 안는 것은 「죽엄」이다.

움직이지 안는 神 움직이지 안는 天國 涅槃은 「죽엄」의 狀態가 아니고 무엇일가.

活動은 生命이다. 進步다. 그것은 그 自體가 美다.

7

詩史上의 한 「스쿨」(流派—엇던 新聞에 「스쿨」이라고 써보냇더니 賢明한 編輯者는 「써쿨」이라고 고처버렷다. 羅馬글자를 친절히 다라서 訂正을 부탁햇더니 다음에는 羅馬글자를 걱구로 심것다. 나는 할 일이 업시 웃고 斷念해버린 일이 잇다)을 다른 「스쿨」 屬한 批評家들이 理論的으로 排擊함으로써 完全히 克服한 것처름 自慢하는 素朴한 생각이 잇다.

다만 價値의 最後의 決定權은 時間만이 가지고 잇스며 엇던 「스쿨」에 대한 價値判斷의 對象은 그날 그날의 목숨을 가진 批評이 아니고 작품 그 물건이다.

그러니짜 파뭇첫던 「윌럼쌜레이크」나 「써틀러」도 賢明한 時間은 필경 永久한 忘却속에 그들을 버려 두지 안코 건저 주엇다.

平凡한 「포프」는 弟子들을 경게하엿다.

「말은 樣式으로서 가튼 法則을 지킬 것이다. 너무 새로웁거나 너무 낡은 것은 狂想的으로 보일 것이다.

그의 손으로 새로운 것이 實驗되는 그러한 사람이 되지 마러라.

그러고 넷것을 整理하는 最後의 사람이 되지 마러라.」

웨 그러냐 하면 古典을 完全히 整理하는 사람과 쏘 文學의 領域에 잇서서 處女地로 突進하는 實驗的 精神의 所有者는 언제던지 그 時

代의 뭇 愚物로부터 異端者로 取扱되며 迫害될 運命에 잇다.

「포-프」가 드리운 中庸의 길은 英文學에 잇서서 오래인 傳統이며 따라서 그것을 平凡에 墮落시키고만 安全한 修書 敎科書엿다.

이러한 周圍에 에워싸혀 잇는 「씻트웰」 兄妹들은 依然히 不幸할 것이며 「쎄임쓰죠이쓰」는 당분간 「써불린」으로 도라 못갈 것이다.

8

지나간 날의 詩는 「나」의 精神世界의 一部分이엿다. 새로운 詩는 「나」를 濾過하야 構成된 世界의 一部分이다. 그것은 새로운 世界다.

낡은 「눈」은 現實의 엇던 一點에만 直線的으로 單線的으로 集中한다.

새로운 「눈」은 작은 主觀을 中軸으로 하고 世界—歷史—宇宙 全體로 向하야 曲線的으로 複線的으로 無限히 擴大할 것이다.

過去의 詩	새로운 詩
獨斷的	批判的
形而上學的	卽物的
局部的	全體的
瞬間的	經過的
感情的	理智的
唯心的	唯物的
想像的	體系的 構成的
小主觀的	客觀的

이러케 모든 點에 잇서서 今日과 明日은 明瞭하게 對蹠한다. 그래서 必然的으로 詩는 새로운 一段에로 進展할 것이다.

9

世界詩에 잇서서 新生面을 開拓하려는 野心잇는 詩人은 그의 遺傳인 亡國的 感傷主義에서 그 自身을 救援하는데 努力하는 同時에 色彩라던지 明確性 혹은 通俗性만을 主張하는 平凡한 寫實主義(리앨리즘)의 俗學아페서 唐慌해서는 아니 된다.

우리에게 잇서서 重大한 것은 事物의 表面을 흐르는 「빛」과 「그늘」이 아니다.

「빛」과 「그늘」의 「밸류」(價値)다.

10

그래서 한 篇의 詩는 그 自體가 한 개의 世界다. 그것은 一樣的인 詩人의 個性(혹은 詩風)이 아니고 詩로서의 獨創性에 依하야 讀者를 붓잡을 것이다.

그것은 恒常 淸新한 視角에서 바라본 文明批評이다.

그래서 詩는 늘 人生과 깊은 關聯을 가지게 된다.

單只 消費體系에 屬한 享樂的 裝飾物이 아니고 積極的으로 人生에 向하야 움직이는 힘을 詩는 가지지 안으면 아니 된다.

그래서 비로소 詩는 文化現象 속에서 한 개의 價値形態로서의 位置를 要求할 權利를 가지게 되어 또한 當然히 榮光잇는 그것의 位置

에 향하야 詩는 意識的으로 努力하여야 할 것이다.

따라서 詩에 나타나는 現實(혹은 超現實)은 단순한 現實의 斷片은 아니다. 그것은 意味的인 現實이다. 그러고 그것(現實)이 全文明의 時間的 空間的 關係에서 굿세게 把握되여서는 言語를 通하야 組織된 것이 詩가 아니면 아니 된다.

여기서 意味的 現實이라고 한 것은 現實의 本質的 部分을 가르처 한 말이다. 그것은 現實의 한 斷片이면서도 그것이 相關하는 現實 全部를 代表하는 部分이다.

〈신동아 (3권 7호. 1933. 7)〉

手帖 속에서……

(上) 現代藝術의 原始에 對한 慾求

◇……◇

어떤 文化構成 속에서 어느 사이에 原始에의 要望이 생겻슬 째 그 文化는 벌서 기울음당하엿슴을 豫言하여도 조타.

◇……◇

歷史는 항상 突進하는 것은 아니다. 째째로 그것은 回顧的이기도 하다. 웨 그러냐 하면 그것은 成長하는 까닭이다. 그것이 青春일 동안은 사람의 青春과 가티 飛躍한다. 그러치만 一定한 어느 時期에 이르면 歷史는 달큼한 녯 追憶 속에 自身을 파뭇는 늙은이가 된다. 그도 벌서 老朽한 까닭이다.

엇던 文化가 原始를 꿈꾸기 始作하는 것은 그 自體가 充分히 늙어 가고 잇는 것을 告白하는 것이다.

◇……◇

至極히 健康하고 野蠻이고 粗野하던 原始形態에서 藝術이 文化的

價値 形態에 滲列하기까지에는 그것은 사람의 만흔 努力과 苦難을 必要로 하엿다.

詩人의 「포에시」에의 努力이 文化的 價値創造의 活動 그 自體엿스며 그가 目標로 하는 價値의 現實은 그대로 사람의 生活을 指導할 째까지는 그 文化는 아직 健康狀態에 잇는 것이다.

그러나 한 個 文化의 內部에 「늙음」이 숨어들기 始作한 째부터 그 文化는 스스로 頹廢期를 마지하지 아니하면 아니 된다.

病이 무거워 갈수록 그것은 回顧的이 될 수밧게 업시 된다.

◇……◇

現代의 藝術의 內部에서 原始에의 憧憬이 눈트기 始作한 것은 오랜 일이다. 그것은 자못 强烈하게 움직여서 바야흐로 現代藝術의 內部에 自己分裂을 이르키엿다.

◇……◇

原始性의 缺乏- 그것은 現代藝術의 偉大한 不滿이다.

◇……◇

頹廢的인 藝術일스록 原始的 慾求는 더욱 强烈하엿다.

「포-비스트」에게 잇서서는 原始는 藝術 自體엿스며 따라서 藝術의 全規範이엿다.

더 한層 單純에로 向하려고 하는 慾望이 詩속에 나타난 것은 「삼볼리스트」가 「파르낫산」의 「벨사이유」 宮殿과 가튼 豊滿하고 宏壯한 詩에 不滿을 늣겻슬 째부터다.

◇……◇

「이마지스트」(寫象派)의 簡潔한 詩라던지 未來派의 表現의 最少限度에 到達한 擬音詩에 이르러서는 單純에는 憧憬은 熱病이 되고 마럿다. 一見不可解의 非難을 免치 못하는 極端의 單純 속에서도 銳敏

해진 感受性을 가진 現代의 讀者는 만흔 暗示를 바덧슬 것이다.

單純(Simplification)과 暗示(Suggestion)는 原始性의 두 개의 S다.

◇……◇

그리하야 우리는 現代의 畵家 가운데 原色을 愛?하는 癖을 가진 사람을 만히 發見한다. 그러고 「루-즈」한 粗野한 感觸을 쑈한 現代人의 굿세게 바라는 것이다.

◇……◇

粗野는 力의 狀態다. 그것은 쑈한 健康의 發露다.

◇……◇

完成된 均整이라고 하는 것은 多數한 力의 相殺(中和)狀態다. 그것은 死의 境地다.

◇……◇

粗野라 함은 力의 英雄的 躍動이다.

◇……◇

그리하야 現代藝術이 到達한 死와 가튼 均整에 飽滿한 現代의 感覺은 粗野 속에 自身의 不滿을 救濟해 주는 「메시야」를 發見하고 雀躍하엿다.

〈조선일보 (1933. 8. 9)〉

(下) 現代詩의 性格 原始的 明朗

「포에시」는 悲壯이라든지 「靈魂의 昂揚하는 興奮」(The elevoting excitement of the Soul)(포-)과 갓흔 深奧하고 複雜한 情操(Sentiment)를 벌서 追求하지 안는다.

쏘한 幻想의 저 쪽 나라에서 잠자는 神秘로운 情緒(Emotion)의 鐵扉를 두다리는데도 벌서 厭症을 늣것다.

◇……◇

現代에 잇서서 「포에시」가 차증하는 것은 東海의 물결과 가치 맑고 直觀한 感性(Sensibility)이다. 그것은 感情(Feeling)의 第三階級의 活動이다.

◇……◇

明朗—그러나 「포에시」는 인제는 아모러한 秘密도 사랑하지 안는다.

現代를 呼吸하는 새로운 詩人들은 그러한 까닭에 複雜한 感情을 翫弄하는 것을 꺼리고 爲先 「言語의 經濟」라는 「못토」를 걸리라. 그리하야 「폴폴」 以前의 詩人에 依하야 恒常 感情의 表白을 誇張식히는데 有用하게 씨워지고 잇던 韻律과 格式까지를 抛棄할 것이다. 過去에 잇서서는 詩의 本質이며 生命이라고까지 規定되여 잇든 「리듬」(韻律)이라든지 格式을 쓰럭이통에 집어넛는 것은 現代의 詩人에게 잇서서는 決코 賞讚할만한 冒險도 아모 것도 아니다. 그것은 벌서 한 個의 常識으로 化하엿다.

◇……◇

그리하야 그들은 너무나 詩的인 言語의 選擇에 苦心하든 것을 쓴치고 生命의 呼吸이 걸려잇는 日常의 繪畫 속에서 「포에시」를 探究하리라. 이리하야 그들은 새로운 散文詩에로 出發하리라. 그것은 理智에 依한 感情의 淨化作用이기도 하다. 아니 「포에시」의 原始的 明朗에 對한 慾望이다.

◇……◇

「포에시」의 世界에서 이러한 勇敢을 要하는 突進을 敢行하는 者

는 엇더한 類에 屬한 詩人일가? 그는 決코 暗黑과 死와 靜?를 사랑하지 아니할 것이다. 光明을 活動을 사랑하는 그의 純眞한 마음은 나아가 太陽 아래서 躍動하는 生命을 抱擁할 것이다. 그는 情熱을 가지고 붉은 피가 흐르는 生活속에 그의 작은 自我를 파무들 것이다. 우리들은 現代詩의 曠野 우에 나타날 이 놀라운 原始的이고 無謀(?)하고 野蠻한 突進을 祝福할 것이 아닐가?

頹廢와 倦怠와 無明 속에서 헐덕이는 現代詩를 現在의 窮地에서 건저 내가지고 太陽이 微笑하고 機械가 아름다운 音樂을 交響하는 街頭로 解放하지 아니면 아니 될 것이다.

우리들의 周圍로부터 우리의 귀는 늙어빠진 現代文化의 괴로운 숨소리를 귀 아푸게 들른다. 그것은 人類生活의 지나간 部分을 支配하엿다. 그러나 現代人의 銳角的 生活은 그것에 대하야 한 큰 不滿을 품고 잇다.

原始的인 粗野한 野蠻한 부르지즘이 어대로서던지 울려와서 그 倦怠로 한 雰圍氣를 깨트러 주지 안코 우리가 엇더케 견댈 수 잇으랴? 그러나 그것은 全然 낡은 文化의 抹消가 아니다. 野蠻에의 復歸는 더욱 아니다. 文化的의 領域에 잇서서의 새 出發 째문에 必要한 힘의 回復을 위하야서다.

〈조선일보 (1933. 8. 10)〉

藝術에 잇서서의 「리알리티」「모랄」問題

(一)

一.

우리는 藝術에 대하야 「藝術이 아닌 것」을 思惟한다.

수업는 春畵는 裸體畵를 區別한다.

大衆小說에 대하야 藝術小說을 다른 것으로 分別한다.

그러면 무엇이 藝術과 「藝術 아닌 것」의 區別을 짓는 標準이 되는 가?

大衆小說은 엇더한 「로맨쓰」를 우리에게 提供한다.

大衆小說家는 다만 그 「로맨쓰」를 讀者의 속에 興味를 불러이르 키도록 巧妙하게 이야기(나레이트)하면 그만이다.

그런데 藝術이 참말로 우리를 魅了하는 것은

巧妙하게 이야기하는 「로맨쓰」의 興味 以外 或은 以上의 것이 아 니면 아니 된다.

그것은 무엇인가?

偉大한 藝術일스록 우리는 그것이 우리를 사로잡는 힘이 더 굿센 것을 늣긴다.

淺薄한 데로 向하야 나저갈스록 우리를 붓잡는 힘은 弱한 것을 늣긴다.

나는(主로 小說에 대하여서는) 그 힘이라고 하는 것은 「리알리티」의 힘이라고 생각한다.

藝術家 自身에게 잇서서 그가(例를 들면 金東仁氏와 가치) 藝術家와 大衆作家가 한 사람 속에 共存할 째에 後者로부터 前者를 區別하는 것은 그가 興味잇는 「로맨쓰」를 追求하는냐? 그보다도 한 개의 人生—

밋 世界의 엇던 한 개의 「리알리티」를 追求하면서 잇는냐 하는 점이 아닐가? 나는 그러케 생각한다.

이야기는 매우 자미 업스나 文章은 아름답지 못하나 張赫宙氏의 小說은 노푸게 評價되고 잇다고 兪鎭午氏는 말하엿다고 記憶한다.

그 말은 半面에 잇서서 「자미잇는 이야기」는 藝術에 잇서서 매우 附隨的인 것에 不過하다는 것을 意味한다.

쏘한 「아름다운 文章」은 藝術에 잇서서 매우 附隨的인 것에 不過하다는 것도 意味한다. 事實 「버-지니아 울프」의 小說 속에는 자미잇는 이야기가 업다. 「쪼이쓰」의 「율리씨-즈」의 日本譯을 읽엇더니 거기는 자미잇는 이야기는 업섯다.

낡은 作家로서도 「체홉흐」나 「모-팟상」의 短篇들이 우리를 싸리는 것은 자미잇는 이야기 以外의 것이 아니엿든가?

藝術에 잇서서 根源的인 것은 形象的으로 把握된 「리알리티」 그것이다.

藝術家가 追求하여야 할 것도 싸라서 그것이 아니면 아니 된다고 생각한다.

二.

　　내가 여기서 「리알리티」

　　(現實이라고 譯할가 혹 眞實이라고 譯할가 하고 망서렷스나 두 가지 말이 다 「리알리티」의 內包와 外延을 滿足하게 나타내기에는 別다른 意味를 부처저서 지금까지 씨여저 왓슴으로 나는 그대로 「리알리티」라고 쓴다. 구지 譯하려고 하면 내가 意味하는 「리알리티」는 現實이라는 말보다 眞實이라는 말에 더 갓가운 것 갓다)라고 하는 것은 抽象한 것이다.

　　그럼으로 나는 반드시 모-든 藝術家나 藝術에 잇서 把握된 리알리티가 一樣化 標準化 一般化하는 것을 要求하는 것은 아니다.

　　藝術家가 廣大한 世界와 複雜한 人生 속에서 엇더한 「리알리티」를 붓잡는 것은 全혀 그의 自由다.

　　그는 選擇의 自由를 가지고 잇다. 그가 쏘한 그 「리알리티」를 엇더한 方法으로 붓잡는냐 하는 것도 全혀 그의 自由와 個性의 活動에 맛겨저 잇다.

　　選擇과 方法에 잇서서의 個性의 活動의 自由—이 두 가지의 自由가 藝術을 一樣化의 危險으로부터 건저 주는 것이다.

　　이것은 藝術家에게 잇서서 創造的 活動에 屬한다. 藝術에 잇서서는

　　獨創性의 問題가 된다. 그것은 다른 말하면 方法의 問題다. 엇던 藝術家에게 잇서서는 方法의 獨創性이 매우 빗나서 우리를 魅惑하는 일이 잇다. 例를 들면 우리가 最近의 李孝石氏의 作品에 잇서서와

가튼 째다.

어대선가도 引用한 일이 잇지만은 「엘리옷트」는 「에즈라 파운드」에 대하여선가 이런 意味의 말을 하엿다. 「내가 그에게 잇글리우는 것은 그가 무엇을 말하는가 하는 점이 아니고 엇더케 말하는가 하는 점이다」라고—

무엇을 말하느냐 하는 것은 藝術에 잇서서 重要한 일이다. 쏘한 엇더케 말하는가 하는 점도 重要하다. 엇던 境遇에 「엇더케 말하는가」—하는 그것만이 엇던 藝術의 魅力이 되는 째도 잇다.

그러나 더 노푼 段階에 잇는 完成에 갓가운 藝術은 決코 一面的으로 偏向해서는 아니 된다.

〈조선일보 (1933. 10. 21) 〉

(二)

三.

藝術의 歷史에 잇서서 눈에 쉽게 씌이는 部面은 方法의 變遷이다. 날근 「로맨티스트」는 이야기(나레이트)하엿다. 날근 寫實主義者는 描寫하엿다.(잇는 그대로 描寫할 수 잇다는 그릇된 前提 우헤 서서)

表現主義者들은 表現하엿다.

「모더-니스트」는 傳達(컴뮤니케이슌)이라고 한다.

表現主義의 熱病을 지나온지 오랜 우리에게는 「모더-니스트」의 意見이 時間的으로도 우리에 갓갑거니와 지금에 나는 그것이 가장 方法論의 眞論에 부듸젓다고 생각한다.

四.

　「리알리티」의 뒤에 오는 問題는 「모랄」의 問題다. 「리알리티」와 「모랄」은 混同되여서 살려지기 쉽다. 또는 全然 對立되여서 알려지기 쉽다. 作家가 그 作品 속에서 사람의 行動이나 作生의 位置에 대하야 가지는 態度—그것이 곳 「모랄」을 意味한다. 만흔 境遇에 作家는 그 作品 속의 사람의 行動 乃至 人生의 位置에 대하야 한 개의 角度 乃至 態度를 가지기 쉽고 그러한 限해서는 人家는 「모랄리스트」다.

　그러나 나는 생각하기를 모-든 作家는 반드시

　모랄리스트가 되어야 할 義務는 업다고 한다. 作品속에 作家의 「모랄」이 나타나는 것은 아주 自然스러운 狀態에서 잇서야 하리라고 생각한다. 作家가 無理하게 그의 「모랄」을 表示하기 위하야 作品을 맨든다면 例外的인 天才를 除外하고는 失敗할 것이다.

　公式主義의 危險이란 이런 것이다.

　作品 속에 나타나는 「모랄」을 指摘하고 發掘하야 내가지고 生에 잇서서의 그것의 可能性과 새로운 「모랄」로서의 價値를 判斷하야 提示하는 것은 批評家의 任務이고 決코 作家 自身이 抑志로 「모랄」을 쑤렷하게 나타내려고 할 것은 아니다.

　그리고 作家가

　그의 作品을 通하야 가지는 「모랄」을 決코 講壇에서나 書齋에서 배흔 것이여서는 아니 된다. 그러한 觀念的인 「모랄」은 作品 속에서는 대개는 枯死한 狀態에서 暫間 入院(?)해 잇는 程度의 效果박게는 엇지 못한다. 作品 속에 나타나는 「모랄」은 作家가 그 속에서 眞摯하게 冷情하게 「리알리티」를 追求할 째 거긔서 自然스러운 狀態에서 나타나야 할 것이다. 나는 結局 이러케 斷定해 버렷다. 「모랄」이라는 것은 藝術作品의 評價에 잇서서 또 鑑賞에 잇서서 決定的인 것 第一義的인 것은 아니라고―

藝術作品은 恒常 한 개의 全體로서 잇슬 것이고 그것의 分析은 批評家의 領土에 關한 일이라고 생각한다.

그러함에도 不拘하고 우리는 露骨한 「모랄리스트」로서 藝術家들의 멧멧 사람의 커다란 그림자를 文學史上에서 認定할 박게 업다. 例를 들면 「톨스토이」는 누구나 觀念的 「모랄리스트」인 것을 容認하는 作家다. 그처름 또한 偉大한 藝術家라고 宣傳된 作家도 아마 업슬 것이다.

그런데 더욱히 그의 後年의 作品에서는 사람들은 觀念的 「모랄리스트」로서의 그를 明瞭하게 看取하엿슬 것이다. 그것은 엇더케 分解視하여야 할가.

나는 생각한다. 勿論 「톨스토이」는 例外的 天才의 一面도 가젓지만 그의 作品의 魅力은

全體로서의 作品의 魅力은 아니고 그 안에 담겨잇는 그의 人道主義라는 「모랄」 그것의 新味엿다고 생각한다.

한 사람의 「모랄리스트」가 喧傳되고 親愛되고 尊敬되는 것은 그의 「모랄」이 그 當時의 一般에게 대하야 아주 새롭거나 魅惑的인 동안뿐이다.

엇던 時期에는 그가 그 作品속에서 나타내는 「모랄」 그것의 新味로써 强하게 우리를 짜리는 것이 잇섯지만, 그의 「모랄」이 時代와 함께 變하여 가는 「리알리티」와 함께 잇슬 수 업는 까닭에 偉大한 作家的 素質을 가지고 잇슴에도 不拘하고 現代로부터 대리워 지려고 하는 作家의 例를 우리는 朝鮮에서도 發見할 수 잇다.

갓가운 日本에서는 里見弴氏의 「マユユロ」라고 하는

그의 獨特한 「모랄」의 固定化 觀念化로부터 오는 그의 藝術의 頓挫를 우리는 經驗하엿다.

朝鮮에 잇서서 한동안의 「푸로레타리아」文學의 旺盛時期 그 뒤에 온 엇던 時期의 低徊라는 現像을 나는 以上과 가튼 一面으로도 解釋할 수 잇슬 것 갓다.

藝術에 잇서서 永久히 쪼한 決定的으로 우리에게 肉迫해 오는 生生한 힘은 「리알리티」의 迫力이다.

그것은 모-든 偉大한 藝術의 性格이다.

느저가는 봄인 것처럼 너도 나도 하고 어지럽게 피는 일흠모를 들의 百花 속에서 호울로 남을 수 잇는 꼿은 쪼한 그러한 꼿이 아닐가?　　　　　　(끗)

附記 : 이 小說 속에서 藝術이라고 한 것은 藝術 一般을 가르친 말이 아니고 大衆 小說에 對立하야 「藝術로서의 小說」을 가르처 便宜上 藝術이라고 말하엿다.

〈조선일보 (1933. 10. 24)〉

文藝 時評

1. 文學에 대한 새 態度

原稿 한 장에 一金 十錢 乃至 十五錢에 팔려나가는 곳에서 生命과 人格의 全部를 기우린 文學의 誕生을 바라는 것은 無謀한 일일른지 모른다. 文學 生産을 위하야 必要한 時間과 努力의 餘裕는 爲先 生活이 빼아서 버린다.

이것은 마치 學窓에 잇든 學生들이 校門을 나선 후 한번은 꼭 맛보아야 하는 現實의 悲哀와 마찬가지로 文學靑年이 文壇의 現實에서 배호는 最初의 苦痛이다. 다만 自己의 性向이라든지 嗜好라든지 素質의 方向이 指示하는 대로 마치 그것을 한 개의 避할 수 업는 運命인 것처럼 생각하고 無條件하고 文學에 熱中하던 文學生 時代는 幸福스럽지도 不幸스럽지도 아니한 漠然한 無反省의 時期다. 그 時期에는 文學 以外에 生活의 賦課에 대한 考慮가튼 것은 할 必要도 업섯다.

墮性的인 傳統에 대한 反逆이라는 文學的 行動은 前後를 돌볼 사이도 업시 旣成文學의 弛緩된 空氣속으로 오직 突進할 줄만 아럿다.

그러나 문학보다는 훨신 더 直接으로 生理的으로 우리를 制約하는 生活이 우리의 時間속에서 文學을 위한 時間을 驅逐해버리고 文學이 또한 그러한 第一義的인 生活의 支持者로서의 能力에 잇서서 아주 無資格한 것을 表示하엿슬 때 우리는 文學에 대하야 一種의 生理的 幻滅을 느끼고 만다.

또한 어대까지든지 選擇바든 「幸福스러운 少數」를 除하고는 지극히 적은 讀者박게 가지지 못하엿다고 생각할 때 自己의 文學活動에 대한 幻滅은 거진 몸을 죽이는 듯한 悲哀까지를 이르킨다.

말하자면 이러한 幻滅期는 自己의 文學에 대한 自信과 그 文學活動에 대한 自暴自棄라는 心理的 特徵을 가지고 나타낸다.

이러한 時期에 作家는 흔히 雜誌社로부터 註文밧는 대로 함부로 써내던지어 그 自身이 多作 濫作에 놀라도록 多産的이 되지 안흐면 永久히 붓대를 꺽거버리고 「善良한 會社員」이나 「模倣的인 學徒」로 轉向해버린다. 筆者 自身은 前者에 屬하엿스나 새로히 到着되는 雜誌들의 「페이지」를 뒤지다가도 그곳에서 自己의 無反省한 作品을 어더 볼 때에는 그만 그 「페이지」를 지여버리고 시픈 부끄러움과 悔悟에 쪼긴다.

文學이 文人을 위하야 生活의 方便이 되지 못할 때 그것은 畢竟에는 生活의 餘技와 가튼 地位에 떠러지고 만다. 作家 個人의 生活에 잇서서는 지금과 가튼 環境에서는 그러케 되는 것이 매우 自然스러운 일이다.

우리 文壇의 表面의 現象을 支持하는 文學活動의 大部分이 文壇의 悲痛한 現實의 서리를 맛고는 대개는 以上과 가튼 自信과 情熱이 發散되여버린 뒤의 漂白된 意志의 惰性의 所産이 아니면 天下에 類

업시 싼 商人들의 「세르로이드」製品뿐이라면 우리에게 남는 寂寞은 너무나 큰 것이다.

事實 이러한 濫造品들에 依하야 文運은 한거름도 더 隆盛해지지는 안흘 것이다. 또한 偉大한 文學은 作家의 生活과 人格의 全部를 溶解시킨 鎔鑛爐 속에서 비저저 나오는 것이고 그러치 안코 偉大한 文學의 誕生을 要望하는 것은 부질업는 일인 것 갓다.

文學을 「스포-쓰」나 賭博과 가튼 餘技의 地位에 나리처버린 것은 慘酷한 現實의 작난이지만 偉大한 文學에의 志向은 文學을 하는 者에게 잇서서 永久히 꺼질 줄 모르는 慾望의 물길이다. 여기 不滿한 境界線의 限界에 언제까지든지 억매여 두려고 하는 現實의 制約과 그것을 끈임업시 너머서려고 하는 精神의 苦鬪가 잇다.

우리의 中에서 萬若에 文學에 대한 情熱이 겨우 다른 餘技에 대하는 程度에 끈치고 또한 自身의 作品에 대하야 아모러한 自信도 가지지 못하면서 다만 惰性的으로만 文學 製作을 繼續하는 者가 잇다면 그 態度를 하로바삐 修正할 必要가 잇지 아니 할가. 누구보다도 筆者 自身이 그러한 必要한 切迫한 最初의 사람인 것은 스사로 느낀다.

文學은 겨우 餘技여서는 아니 될 것을 느낀다. 그것은 文學生의 作文에서 나흔 것이 업다.

〈조선일보 (1934. 3. 25)〉

2. 批評의 態度와 表情

一篇의 詩 一篇의 評論 一篇의 小說도 餘技로서 씨여저서는 아니
될 것이다.

오직 한 篇의 二行詩라고 하여도 그것은 作者의 生活과 人格을 기
우린 것이 아니면 아니 된다고 생각한다.

그것만이 作文의 領域으로부터 文學을 本格的인 「일」에 까지 高
揚시키는 方法이라고 생각한다. 文學을 위하야 自己의 全餘生을 提
供한 過去의 巨匠들의 傳記가 至極히 崇高한 모양으로 우리의 머리
속에 사러나온다.

우리 中의 大部分은 다시 한 번 出發하여야 하지 안홀가. 眞實로
文學의 길은 作家가 文學에 對하야 眞正한 의미에서 眞摯하고 情熱
的인 態度를 가짐으로써 시작된다고 생각한다. 餘技로서 하는 文學

작난삼아 해보는 文學 그러한 行樂的 氣分 風流的 態度로부터 우
리는 自身을 救해내야 할 것이다.

最近 學界의 一方에서 或은 普專學報니 延專學報니 하는 學報 發
刊의 消息을 듯고 筆者는 朝鮮의 學界도 인제야 겨우 本道에 드러서
기 시작하는 것이며 이것을 契機로 하고 인제는 할 수 업시 假짜 學
者와 眞짜 學者의 區別이 서고 말 것이고나. 大學의 「노-트」를 再讀
해 주든 程度의 假ㅅ자 學者들은 스사로 淘汰되여 가고 말 것이고나
하고 생각되엿다.

文壇에 잇서서도 時間의 흐름은 언제든지 그러한 淸算期를 가저
오고 말 것이다. 作家가 生命을 기우려 붓는 文學 作家의 生活과 人
格과 情熱의 全部를 榮養分으로 攝取하고 그 우에 發花하는 文學 남

을 것은 오직 그것뿐이다. 그러함으로써 文壇으로부터 「아마츄어」와 「딜렛탄트」를 驅逐할 수가 잇스며 우리 文學이 바야흐로 本道에 드러서게 될 것으로 생각한다.

批評의 態度와 表情

따라서 作者의 人格과 生活의 大部分을 기우려 가면서 부어놋는 生命的인 文學에 向하야 批評이 單純히 作品의 構成이 엇더니 自然 描寫가 엇더니 心理解剖가 엇더니 하는 등의 조심스러운 匠人바치의 尺度만을 가지고 자질하려고 할 때 그 작품은 매우 厄運에 걸린 것이 되며 그 批評은 不具임을 면치 못할 것이다. 希臘 古瓶의 表面의 花草 模樣의 部分部分에 대하야 植物學者는 그 分科의 特徵을 살피고 잇슬지 모른다. 幾何學者는 構圖의 線과 面에 대하야 말할지도 모른다. 그러나 不幸한 일은 그들은 한 藝術作品의 內部의 精神에는 한 손가락도 건드리지 못한 일이다.

結局은 文學은 人生 一代의 事業이다. 個個의 作品은 그러한 긴 文學 製作의 途上에 피에 물드러 잡바진 坐標들이며 그러한 수업는 未完成品 속에서 發展하는 生命을 把握하지 못하는 批評이 무슨 소용이 잇스랴?

그럼으로 作家는 한 作品의 成功에 너무나 滿足할 것도 아니오 一時의 失敗에 너무나 落望할 것도 아니다.

다만 永久한 그의 未完成의 連續線이 完成에로 向하는 生命의 意志에 불타기만 하면 그만이라고 생각한다.

筆者는 批評의 最惡의 例로서 狹隘하고도 可憎스러운 匠人바치的 批評을 드럿다. 그러한 批評에서 우리 밧는 印像은 解體된 部分部分

에 對한 商品學과 가튼 것이다. 그것도 노푼 標準에 비최진 것이 아니고 배좁은 批評家의 嗜好쯤에서 나오는 것이라면 文學에 대한 汚辱은 더욱 클 것이다. 이와는 딴 方面으로 우리는 만흔 一面的 批評을 가지고 잇다. 例를 들면 美學的 批評 社會的 批評 政治的 批評 等等이다. 그것들은 文學의 部分部分에 잇서서는 若干식의 眞理를 말하는 까닭에 筆者는 匠人바치的 批評보다는 以上의 것으로 評價한다.

그러나 그 어느 것도 文學의 모-든 性格을 남김업시 설명하지는 못한다. 그러한 批評들은 겨우 文學의 一面 그러치 안흐면 表面을 어르만지다가는 그만 둔다. 文學은 「藝術을 위한 藝術」論者가 생각하는 것처럼 그러케 局限된 것도 아니고 政治主義的 批評家가 생각하는 것처럼 그러케 單調로운 것도 아니다.

그러케 넓고 自由로운 文學의 世界를 全體的으로 理解하는 批評家는 不幸하게도 아직은 우리 地平線上에 나타나지 안엇다.

〈조선일보 (1934. 3. 27)〉

3. 批評의 態度와 表情

오늘의 批評家들의 共通한 心理는 大體로 判斷하기에 燥急한 것이다. 判斷은 勿論 批評의 最後의 職能이지만 判斷하기 前에 爲先 한 번은 對像을 分析 說明하고 最後의 職能을 批評은 니저서는 아니 된다고 생각한다. 그것은 近代의 科學이 가르치는 方法論이다. 例를 들면 批評家 林和氏는 매우 率直하고 單純한 人間學을 가지고 잇다. 그의 批評의 視野에는 作品이 먼저 드러 오는 것이 아니고 階級的

88

化粧을 입은 作者의 얼골이 먼저 드러 온다. 거기서부터 作品에 對한 價値判斷이 아니고 作者의 人間에 對한 무수한 判斷들이 뛰여 나온다.

「이것은 小뿌르가……그러니까 砂上의 殿閣이다……破産된 精神이다. 物質的으로 破産햇다……」는 等等하고 그는 자못 峻嚴하게 論告한다. 그러한 論告들은 「푸로레타리아는 조타. 적어도 푸로레타리아인 체 하는 것만 해도 조타. 小뿌르는 나뿌다」라는 그의 例의 單純한 「모랄」에서 나오는 것이다.

한 사람의 作家가 그가 사는 社會와 時代의 矛盾을 엇더케 그의 藝術 속에서 몸으로써 苦痛하엿느냐 하는 所謂 「씬세리티」(眞摯性)와 가튼 것은 얼마 問題가 아니 되는 모양이다.

社會學的 批評家에게 向하야 讀者와 作者가 함께 바라는 것은 한 개의 作品이 어느 部分에서 엇더케 現代의 疾病과 自發的으로 意識的으로 關係하고 잇는가를 分析 究明해 주는 일이 아닐가? 엇더한 小「뿌르」作家의 作品에도 그것은 自發的으로는 반드시 나타나고 잇슬 것이다.

그러한 일은 簡單하게 作者의 身元調查를 하는 것보다도 몇 곱으로 어려운 일에 屬한다. 自身도 讀者도 作家도 그 어느 것도 啓發하지 못하는 손쉬운 일에 始終하는 것은 批評家로서는 自殺이다. 나는 勿論 現代批評의 새로운 發見은 그 對像이 作品에만 끈치지 안코 그것이 依存하야 나오는 作者의 人間學에까지 發展한 곳에 잇는 것을 모르는 것은 아니다. 그러나 그러한 人間學은 世界와 個性의 精神的 苦鬪를 恒常 차즈려고 하엿지 單純히 小「뿌르」니 무어니 하는 「레텔」 그 우헤 惡意와 中傷에 찬 註釋까지 부처서 울부침으로써 한 作家의 努力을 全然 無視하면서 戶籍史와 가치 그것을 處理해 버리는 것은 본 일이 업다.

蒼白한 知識階級의 存在는 資本主義社會의 宿命이다. 그 個個의 分子의 「모랄」의 問題가 아니다. 社會的 批評家의 「메쓰」는 아모 防衛도 업는 個個의 分子에게 向하기 前에 그들이 依存하는 社會的 時代的 疾病의 深所로 向할 것이나 아닐가?

批評家는 무슨 반드시 아는 체하여야 할 必要는 업다. 그의 威嚴을 아모리 기푸게 讀者에게 感銘시킬지라도 自身 或은 남의 「文學의 일」에 대하야 아모 것도 加하지 못하는 批評은 밤한울에 피엿다가 꺼지는 爆竹의 空虛와 가튼 것이다.

다만 批評家로서 體面을 뽐내기 위한 批評은 空漠한 虛榮을 追求하기 위하야 對像의 中心에서는 점점 더 머러저 간다. 그곳에 批評의 悲劇이 잇다. 위선 한 作品과 그것을 비저낸 作者의 思考의 全課程을 理解해주고 손쉽게 判斷을 나리기 前에 한 번은 充分히 分析說明하고 自己의 判斷은 늘 最後에 부치기를 즐거워하는 批評—그리고 그 根底에는 恒常 文學의 發展을 위한 强한 意志가 흐르는 그러한 批評을 待望하는 것은 非單 筆者뿐이랴?

이 境遇에 그 批評이 가지는 表情이 엇더 하여야 하리라는 것까지는 規定할 必要는 업다.

例를 들면 李軒求氏와 가튼 이는 한 개의 評論의 表情이 隨筆的인 것을 매우 걱정한다. 그의 價値論의 體系에서는 隨筆的이라는 것은 매우 低級한 位置에 노혀잇나 보다. 그가 隨筆的이 아닌 批評의 屬性으로서 思惟하는 것은 아마 알기 어려운 論理의 실마리에 감겨 잇는 것을 가르친 모양이다. 말하자면 佛蘭西的이 아니고 獨逸的인 것이 조타는 말 갓다.

論理라고 하는 것은 原則이며 따라서 常識이다. 文學의 世界에 잇서서 常識처럼 卑俗하고 無益한 것은 업다. 거기서는 固定은 死를 意味한다. 그런데 原則은 한 개의 固定이다. 文學의 世界에서는 固定보다는 차라리 飛躍을 常識의 安全보다는 冒險의 危險이야말로 노피 評價되여야 한다.

隨筆的이라고 하는 것은 評論의 表現型態의 한 表情에 不過하다.

批評은 그것의 表情은 別問題로 하고 恒常 文學의 새로운 發展을 위한 啓發과 刺戟과 衝動을 가지고 잇기만 하면 그만이다.

〈조선일보 (1934. 3. 29)〉

4. 作品과 作者의 距離

趙碧岩氏의 「失職과 강아지」(形象 三月號)를 읽고(내가 읽은 三月의 創作 中에서는 가장 조흔 것이라고 생각하엿지만) 나는 作品과 作家와의 距離라는 것을 생각해 보앗다. 일즉이 나는 이 作家의 「失職과 고양이」를 읽엇슬 때에 作品과 作家의 距離가 너무나 각가운 까닭에 아름다운 素質의 約束에도 不拘하고 素材가 充分히 整理되지 아니 한 것을 遺憾으로 생각한 일이 잇다. 그런데 이번 作品에서는 作者는 作品에서부터 必要한 距離에까지 退却하야 作品 박게 서서 作品 全體를 充分히 觀察하면서 悠悠하게 客觀化시키고 具像化시키는 일을 배왓다고 생각한다.

「모델」과 畫家 「칸바쓰」와 畫家 사이에는 適當한 空間的 距離가 必要한 것처럼 文學에 잇서서도 對像과 作品者와의 사이에는 充分한 觀察을 作品과 作家 사이에는 充分한 具象化를 할만한 距離를 必要로 한다. 그 距離라고 하는 것은 空間的인 것은 勿論이오 時間的인

김기림 문학비평 91

것까지도 意味한다. 單純히 感性의 感受만으로 되는 것이 아니고 거기에는 統一된 思考의 世界가 構成되지 아니 하면 아니 되는 까닭이다.

自己自身에게 이러난 體驗까지라도 (그것을 作品化하려면) 위선 그것과 作者의 눈과의 사이에 適當한 距離를 맨드는 것—그것은 作家에게 잇서서 第一義的인 條件이며 作家로서의 必要不可缺한 姿勢다. 또한 이 作家는 이 作品에서 비로소 한 個의 個性的인 手法을 보여 주엇다고 생각한다.

나는 現代小說의 手法을 大槪 아래의 네 가지로 區別한다.

가. 意識의 面에 남는 모-든 事象을 남김업시 감추어 두엇다가는 얼마동안의 時間이 지난 뒤에 슬며시 記憶을 通하야 그 意識의 보작이를 펴보고 그 속에 숨겨두엇든 事象을 하나식 하나식 들추어 가는 方法(이 方法의 開祖는 勿論 「푸르스트」고 「죠이쓰」에 依하야 大成하고 우리 文壇에서는 朴泰遠氏가 試驗하엿다)

나. 靈魂의 苦鬪의 記錄
(作家와 世界의 關係를 한 개의 危機에 잇서서 發見할 때 그의 靈魂은 分裂을 始作하고 그곳에서 苦悶이 계속된다. 이것은 만흔 人道主義作家의 特徵이엇스나 반드시 建設的이 아니라도 조타. 아모로한 建設도 意味하지 안는 破壞的인 것이라도 조타. 우리는 그 가장 適切한 例를 「더스터이엡스키」와 「지드」의 文學에서 본다)

다. 社會와 人生의 어떠한 「아이로니칼」한 位置나 「파테틱」한 狀態를 捕捉하야 提示하는 方法(모-든 諷刺作家와 悲劇作家를 包含한 一群의 理知的 作家가 글거서 쓰는 手法이다)

라. 社會와 人生을 잇는 그대로 描寫하는 「리알리스트」의 手法(所謂 「발작」의 方法이란 이것을 가르친 것이라고 본다. 그러나 現代의 「리알리스트」가 「졸라」나 「풀로베-르」와 다른 것은 그들은 單純이 事物의 生物學的인 表面의 眞實만 模倣하려고 하지 안코 表面의 기푼데 숨은 「리알리티」를 捕捉하려고 애쓰는 點이다」

그런데 趙碧岩의 獨特한 手法이라는 것은 「첫재」의 回想的인 것에 屬하지 안엇나 하고 생가한다. 따라서 對像에 向하야 放射되는 「눈」은 本質的으로 다를는지 모르지만 手法만은 朴氏와 趙氏는 서로 共通된 것을 가지고 잇다고 생각한다.

그리고 이러한 作品들은 「둘재」의 靈魂記錄이 主로 사람의 意志에 影響하고 「세재」 「네재」의 方法이 사람의 知性에 向하야 움직일 때 이것은 사람의 情緖에 呼訴하는 힘을 가지고 잇다. 에 잇서서는 그의 感性의 門을 通하야 드러오는 모-든 事實을 拒絶한 일이 업스며 「헉쓸레이」에 잇서서도 수업는 關係 업는 逸詁라든지 餘談의 侵入을 自由로 許諾하엿다.

그래서 人間을 그리는 데도 眞空中의 사람을 追求하는 것처럼 性格만을 살리려고 하는 것은 낡은 風俗의 하나다.

社會(社會的 動物)와 自然과 本能(生物的)과 記憶과 聯想과 그러한 것들의 聯關作用 속에서 人間을 붓잡으려고 하는 것이 現代小說의 새로운 努力이며 發見인 것 같다. 이러한 意味에서 張赫宙氏의 「갈보」(文藝和文)에는 人間은 잘 그려젓지만 亦是 낡은 小說의 型을 버서나지 못해서 多少 不偏이엿다.

〈조선일보 (1934. 3. 31)〉

5. 「인텔리겐챠」의 눈

趙碧岩의 「失職과 강아지」는 知識階級의 感情을 그렷다. 일즉이 李無影은 그의 「蒼白한 얼골」에서 知識階級의 性格에서부터 오는 悲劇을 그렷다.

以上의 두 作品이 知識階級을 題材로 하엿다는 것은 매우 興味잇는 일이다. 그보다도 知識階級을 苦悶 속에서 發見하엿다는 것은 더욱 意義잇는 일이라고 생각한다. 現代의 知識階級은 感情에 잇서서 XX을 回避할 지 모른다.

意志에 잇서서 現狀打破를 즐기지 아니 할 지 모른다.

그것들은 確實히 知識階級의 性格의 一面을 各各 말한다.

그러나 「苦悶하는 인텔리켄차는 知識階級의 또 다른 한 面이다. 그러한 苦悶은 現代의 知識階級의 文學 속에 血液과 가티 슴여잇슬 것이다. 「슈-르레알리즘」은 現代 知識階級의 苦悶의 한 개의 極點이다. 그 文學은 주름살과 悲痛한 表情을 한 現代의 거울이라고 생각한다.

「文學의 일」은 「보는 일」에서부터 시작한다. 作家에게 잇서서 必須한 條件은 붓만이 아니다. 그는 붓의 修業을 하기 前에 爲先 「作家의 눈」을 準備하여야 될 것이다.

그 「作家의 눈」은 作家의 生活이 가장 正直하게 反映하는 生理的인 것이라고 생각한다. 生活 그 속에서 獲得한 것이 아니고 書冊이나 說敎에서 急速하게 어든 「觀念」이 文學에 잇서서 엇더케 失敗하엿다고 하는 것은 「푸로」文學의 陣營에 잇서서의 (略)「리알리즘」의 새로운 提唱에서 우리는 그 산 敎訓을 보앗다. 「푸로」文學에 잇서서도 위선 必要한 것이 한 作品 속에서 觀念이 賦課하는 結論을 强制하기 전에 그 作家가 「푸로레타리아의 눈」을 獲得하는 것이 아닐가?

事實 「푸로」作家들의 作品을 우리가 읽고 觀念이 作品 속에서 풀려잇지 못하고 날로(生硬하게) 딩구는 作品에서는 不快를 느끼고 차라리 「푸로레타리아의 눈」을 가지고 生生하게 그려진 作品에서는 기픈 感銘을 바든 것을 記憶한다. 飜譯을 通하야 읽은 「싸벳트러시아」의 큰 作家들의 作品에서 感銘은 바드면서도 이 小說이 대체 「푸로」文學인가 하고 한 번은 의심까지 해본다. 이따에서 「푸로」文學이라고 배워 온 觀念과는 매우 딴 것이기 때문이다.

나는 이 時代에 사는 知識階級이 그 獨自의 눈을 가지고 社會와 人生을 바라본 그러한 正直한 文學의 必要를 느낀다.

「헉쓸레이」나 「루이쓰 씽클레아」나 「지-드」는 그

個性의 別을 따라서 若干식의 視度의 差는 잇슬지언정 各各 「知識階級의 눈」을 가진 作家들인가 한다. 내가 碧岩과 無影의 두 作品을 興味를 가지고 對하엿다는 것도 이 때문이다. 그러나 그들은 그 두 作品에 잇서서 「知識階級의 눈」을 가지고 充分히 苦憫하는 知識階級을 붓잡지는 못한 것 갓다.

그들의 눈은 모다 主로 知識階級의 生理的 苦憫을 붓잡엇다. 그 中에서도 無影의 作品에는 知識階級의 食慾이 너무나 露骨하게(飮食物의 냄새를 發散할 지경으로) 들추어낫다.

「蒼白한 얼골」 속에 나타난 苦憫은 또한 時間的으로 보아서 이미 人道主義時代의 文學이 通過해버린 地點이 아닐가?

그것은 한 거름도 새로운 思考의 發展을 보여주지 못 하엿다. 내가 그 속에서 發見한 것은 思考의 卑俗性 뿐이다. 그것은 그의 文章의 卑俗性에서부터 오는 것인지도 모른다.

現代를 呼吸하는 우리들 知識階級의 苦悶은 生理的 食慾에서부터 形而上學的 世界에까지 至極히 널분 振幅을 가지고 잇다.

그것이 人道主義時代의 幼稚한 그것과 明白히 區別되는 點이다. 다시 말하면 現代智識階級의 思考의 날개는 天使와 惡魔의 사히에 퍼저잇다. 그러한 偉大한 對像을 生命을 通하야 把握한 正直한 文學은 君과 나의 마음을 한결가치 붓잡고야 말리라고 斷言하는 나의 保證은 단순한 大膽에서만 나온 말이라고 할가?

그러한 文學을 가지기 위하야는 위선 우리는 「正直한 知識階級의 눈」을 準備하여야 하겟다.

나는 그것을 現狀 肯定的인 知識階級의 또 다른 한 가지의 눈과 區別하기 위하야 「인텔리겐챠의 눈」이라고 命名한다.(끗)

〈조선일보(1934. 4. 1)〉

現代詩의 發展
— 難解라는 非難에 대하야

(一)

새로운 詩는 알 수 업다고들 말한다.

假令 鄭芝溶 張瑞彦 趙靈出 李箱의 詩는 아러 볼 수가 업다고 한다. 나의 詩에 대하야도 勿論 알 수 업다고 非難하는 소리를 여러 사람의 입으로부터 혹은 글에서 듣고 보앗다.

「왜 남이 보고 모르는 詩를 쓰느냐?」

이 말은 文章 그것만으로는 한 개의 攻擊의 「포-즈」를 이루고 잇다. 그러나 作者 以外에 한 사람도 아러 볼 수 업는 詩를 쓴 詩人을 나는 본 일이 업다. 다만 그 詩를 아러보는 사람이 大多數이냐? 그러치 아니면 極히 少數이냐? 하는 算術上의 問題뿐이다.

또한 大多數의 사람이 얼른 보면 알 수 잇는 쉬운 詩만을 쓴 큰 詩人을 나는 모른다. 東洋의 漢詩人들의 例를 볼지라도 李白이나 杜子美나 孤雲이 村夫子가 얼른 보고 아러보는 詩만을 쓰지는 안엇다.

詩를 理解하려면 適當한 準備가 必要하다. 더 平凡한 말로 하면 어떤 程度의 詩에 대한 敎養이 必要하다는 말이다.

그것 업시 다만 새로운 詩를 모르겟다고만 하고 非難攻擊하는 것은 山을 내게로 거러오라고 號令한 「마호멧드」의 蠻勇과 가튼 일인가 한다.

政治나 經濟에 關한 論文을 읽는 데도 어느 程度의 準備가 잇서야 한다. 全然 準備업시 새로운 詩를 읽는 것은 大槪는 所得이 업는 일이다.

그러나 새로운 詩의 難解의 責任은 반드시 讀者의 便에만 잇는 것은 아니다. 事實 相當한 詩에 關한 敎養을 가지고 잇는 사람에게도 難解할 지경으로 그것은 難解한 것도 事實이다.

그 原因은 單純하다. 우리가 「새로운 詩」라는 槪念으로써 부르는 詩 以前의 낡은 詩는 詩論이라는 것이 업섯다. 그러니까 한 거루의 丹楓나무나 或은 한줄기의 맑은 시내물처럼 누구의 아페나 던저저서 鑑賞을 밧는다. 그러나 한 개의 精神活動으로서의 새로운 詩에는 그 精神活動의 方法論으로서의 詩論이 잇다. 그 方法論의 引導 업시는 그 詩의 속에까지 드러가기 어렵다.

나는 언젠가 이 詩論의 有無가 곳 낡은 詩人과 새로운 詩의 區別을 짓는 것이라는 意味의 말을 한 일이 잇다.

그래서 새로운 詩는 낡은 詩가 鑑賞의 對像으로서 提供되는 것과는 딴판으로 理解의 對像으로서 提示된다. 그것은 낡은 詩보다는 훨신 知的 對像임에 틀림업다.

「로멘·로-란」은 理解라고 하는 것은 對像의 모-든 부분을 알고 그러고 사랑하는 것이라고 말하엿다.

이것이야말로 새로운 詩를 對하는 讀者의 態度가 아니면 아니 된다.

또한 詩人과 讀者 사히에는 詩에 대한 讀者의 理解를 도웁기 위하야 註解해주는 忠實한 仲介者가 必要할 줄 안다. 그러한 조흔 註解者가 업슬 때에는 詩人 自身이 註解者가 되어도 조타고 생각한다. 「뿌르톤」의 詩論과 宣言들은 그와 못 「슈-르레알리스트」의 조흔 註解의 任務를 다다햇고 생각한다. (계속)

〈조선일보(1934. 7. 12)〉

(二)

象徵主義的 鑑賞方法과 現代詩

내가 前回에 理解라는 말을 쓴 것을 보고 讀者 中에는 놀란 사람도 잇슬른지 모른다. 웨 그러냐 하면 지금까지는 大體로 詩는 勿論 모-든 藝術은 鑑賞할 것으로만 아렷스며 理解라고 하는 것은 科學이나 哲學만을 相對로 할 때에 씨여지는 말로 되어 왓든 까닭이다.

그러나 詩人이 그 詩 속에서 한 개의 獨創的 世界를 設計하고 計劃하는 가장 緻密한 精神活動으로서의 새로운 詩는 그 精神活動 自體를 理解함이 업시는 結局 그 詩를 모르고 말 것이다. 다시 말하면 그 詩 속에는 詩人이 企圖한 한 개의 價値의 世界가 詩人의 意圖대로 實現되여 잇슬 것이다. 그 속에는 詩人이 提示한 價値가 오직 하나 잇슬 뿐이다. 讀者는 그 唯一한 價値를 붓잡어야 할 것이다. 卽 詩作의 過程에 잇서서도 그 일은 매우 主知的이며 그것을 읽는 方法도 亦是 至極히 主知的이라는 말이다.

지금까지의 詩와 또는 그것을 대하는 태도는 그러치 안엇다.

낡은 詩 속에는 아모 計劃된 詩的 價値가 업섯다. 그 詩는 한 黃昏의 수풀처름 혹은 한 포기들 菊花처름 無心히 나타난다. 黃昏이나 들菊花 그것 自體는 한 개의 存在고 價値는 아니라 거기서 價値를 發見하는 것은 보는 者(詩에 잇서서는 讀者)의 편이다.

卽 詩 속에 讀者가 그의 感情을 移入함으로써 發見되는 價値는 讀者의 수효가 다은 것처럼 그러케 다를 것이다. 마치 한 개의 똑가튼 風景도 슬픈 사람이 바라 볼 때에는 그것은 슬픈 表情으로 나타나고 幸福한 사람의 눈 아페는 明朗한 表情을 짓는 것 가치—

이것이 卽 鑑賞의 態度엿다. 鑑賞할 때에는 價値는 鑑賞을 當하는 詩 속에 잇는 것이 아니라 鑑賞하는 讀者의 心理過程 속에서 形成된다.

여기에 새로운 詩와 그 以前의 詩를 對하는 態度의 根本的 差異가 잇다.

가장 露骨하게 이러한 鑑賞의 對像으로서의 詩를 쓴 것이 象徵派다.

象徵派의 金科玉條며 또한 가장 適切하게 그들의 本質을 밝히 보여준 佛蘭西 象徵派의 巨匠 「베를렌」이 그의 「詩法」 속에서 主張한 것은 가장 「朦朧하고 싸라질 듯 말 듯한」 「灰色의 노래」다. 「面紗의 그늘에 숨는 아름다운 눈이오」 「식어 가는 가을 하늘에 照耀하는 연두빗 별떼다」 色彩가 아니라 色調다. 그가 追求한 것은—그래서 「라콜」이 「님이여」하고 노래를 햇슬 때에 그 「님」는 읽는 사람을 따라서 愛人도 될 수 잇슬 것이고 神도 될 수 잇고 自由의 女神도 될 수 잇슬 것이다. 그러니까 그러한 詩를 읽는 사람은 마치 迷宮 속에 드러온 사람처름 그의 空想을 따라서 여러 가지로 제 各其의 解析을 한다.

우리는 이 境遇에 「롯제」의 有名한 말을 記憶하지 아니 할 수 업다. 「엇더한 形態를 물론하고 우리들의 空想이 그 속에 드러갈 수 업도록 冷淡한 것은 아니다」

즉 이 말은 藝術의 製作過程에 잇서서의 感情移入을 말한 말이지만 象徵派의 詩는 그 享受過程에 잇서서도 感情移入의 作用을 豫想한다.

지금까지 우리 先輩와 同僚가 輸入한 外國의 詩와 詩論의 大部分이 象徵派 或은 그 以前이엿슴으로 그들이 影響을 밧고 薰陶된 것도 亦是 主로는 象徵主義엿든 까닭에 그리고 우리들이 敎育을바든 大學이나 專門學校의 文科도 亦是 大體로 이 程度를 버서나지 못한 까닭에 오늘의 詩壇에 彌滿한 것은 대개는 象徵主義的 詩論과 鑑賞態度다. 이 線을 너머서 現代의 水準에까지 우리(讀者나 詩人)를 이끄러 올리는 것은 不得已 우리 自身의 努力과 感性에 期待할 박게 업다.
(계속)

〈조선일보 (1934. 7. 13)〉

(三)

超現實主義의 方法論

그러면 大體로 難解하라는 非難 속에 차혀잇는 뭇 「새로운 詩」들의 새로운 方法論—詩論이란 엇던 것인가?

그런데 朝鮮의 새로운 詩는 한 개의 統一된 詩論 우에 세워진 詩運動의 形態까지는 가추지 못하엿다. 잇는 것은 다만 分散된 個個의

實驗이다.

그러고 發表된 詩論이라고는 거의 업다.

卽 새로운 詩人 全體를 理解하기 위한 共通되는 詩論은 準備되여 잇지 안코 그러타고 個個의 詩人은 各各 그의 詩論을 보여주지 안은 까닭에 따라서 나의 이 解說은 매우 現像的이고 充分히 客觀性을 띌 수가 업다.

한가지 다만 確信을 가지고 말할 수 잇는 것은 그들은 대개는 「슈-르레알리즘」(超現實主義)을 標準點으로 하고 或은 그것을 너머서고 잇스며 或은 조곰 못미처 잇스며 或은 그 속에 멈처서고 잇다고 말할 수 잇다.

비록 個個의 詩人 自身은 意識하거나 말거나 現像으로는 이러한 말을 할 수 잇다고 생각한다.

事實 西洋에 잇서서는 「슈-르레알리즘」은 「로맨티시즘」 以後 表現主義에서 그 最高潮에 達한 一聯의 主觀的 詩의 最後의 段階요 또한 極致라고 생각한다.

항상 外國詩壇의 影響을 바드면서 成長해 온 우리 詩壇의 절문 詩人들이 가장 刺戟的인 「슈-르레알리즘」의 旋風에 全然 無感覺할 리 업스며 또한 그것은 詩의 使徒가 한 번은 반드시 通過하여야 할 修練의 煉獄이기도 하다.

나는 이 짤분 論文에서는 차라리 「슈-르레알리즘」을 解說하는 것이 새로운 詩와 讀者와의 親密을 도읍는 가장 便宜잇는 方法이라고 생각하고 그 길을 취하기로 하고 때로는 우리 詩人의 詩를 引用하면서 竝行的으로 이야기를 進行시키기로 하엿다.

그런데 그 發生地인 佛蘭西에서도 「슈-르레알리즘」은 이미 歷史上의 事件으로 化하엿고 分裂 轉向 等의 뒤에 새로운 發展 속으로

解消되고 잇는 것은 넓이 알려진 일이다.

事實 精神運動으로서의 「슈-르레알리즘」은 그것이 大戰中의 狂亂 混沌한 歐羅巴의 精神의 所産인 「다다」의 直系이니만치 오늘에 와서는 벌서 사람들의 머리를 惑亂시킬 수도 魅了할 수도 업다.

「다다」는 아모 것도 意味하지 안는다……「다다」는 아모 것도 바라지 안는다……이러한 말은 精神의 混亂 그것의 表現에 지나지 안는다.

「슈-르레알리즘」은 勿論 그 精神 속에 이러한 破壞的인 否定的인 虛無한 思想을 相續바더 가젓다.

「뿌르톤」,「스-포-」,「아라곤」等 「슈-르레알리즘」의 首領들은 事實上 「다다」의 猛將들이엿다.

우리는 前後의 歐羅巴의 狀態와 따라서 그 精神界의 困惑 不安相에 대한 理解업시 「슈-르레알리즘」을 理解할 수는 업다. 그러나 「슈-르레알리즘」 속에는 「다다」에게서는 어더 볼 수 업는 것이 잇섯다. 그것이야말로 兩者의 區別을 지어주는 것이며 前者를 後者의 한 發展으로써 意義부처 주는 것이다. 그것이라고 하는 것은 다른 것이 아니라 秩序에의 意慾이다.

그것이 나아가서는 現代詩의 革命的 方法論으로서의 「슈-르레알리즘」을 나은 것이다.

精神運動으로서의 「슈-르레알리즘」은 이미 그 存在의 時代的 社會的 根據를 일허 버렷다. 그것은 終熄되여야 할 때를 당하야 드디여 終熄되여 버렷다.

그러나 詩의 方法論으로서의 「슈-르레알리즘」의 남긴 足跡은 너무나 뚜렷하다. 그것을 그대로 踏襲하지는 안트라도 그것이 가르치고 잇는 方向은 오늘의 「새로운 詩의 大部分 속에 發展하면서 잇다.

내가 여기 論議하려고 하는 것도 의미 死滅해버린 精神運動으로
서의 「슈-르레알리즘」이 아니고 새로운 詩의 形態의 發展 우헤 決定
的인 影響과 暗示를 던저 준 方法論으로서의 「슈-르레알리즘」이다.
(계속)

〈조선일보(1934. 7. 14)〉

(四)

— 꿈 —

모-든 旣存의 秩序에 대한 容赦업는 否定—그것이 「다다」의 精神
이엿다. 그럼으로 「다다」라는 藝術은 다만 活動이 잇섯다. 그들은 藝
術까지를 미련한 것이라고 하엿다.(와시에)

모-든 것-드디여 生까지라도 破壞하려는 意志에 불타는 「다다」는
한편으로 보면 救援할 수 업는 絶望的 精神의 發現에 틀림 업다.

이러케 虛無 속에 헤매든 「다다」는 「슈-르레알리즘」에 이르러서
는 「꿈」 속에 한 줄기 血路를 차젓다. 現實에서는 아모 것도 바라지
안튼 그들은 꿈만이 사람에게 自由를 주고 모-든 權利를 준다고 생
각하엿다. 꿈을 通하야서는 죽엄조차 蒙昧한 것이 아니고 삶의 意味
라는 것도 冷淡해 진다고 생각하엿다.

그래서 「슈-르레알리즘」은 歐羅巴의 闇夜 속에서 헤매는 사람들
에게 꿈의 門을 여러주려고 하엿다.

그것은 잠 「알콜」 담배 「에텔」 阿片 「코카인」 「몰핀」의 魔術의 十
字路다. 그러나 그것은 바줄의 破壞者」라고 말하엿다.

一九二四年 十二月에

　創刊된 잡지 「超現實主義 革命」의 序文은 이러케 꿈을 擁護하고 力說하엿다.

　꿈속인 까닭에 나무가 거러당기고 새가 웃고 아저씨의 머리는 大砲알일 수도 잇다.

　그것은 現實에 疲困해진 사람이 꾸미는 魔術의 慰安이다. 事實 우리는 그들의 詩에서 이러한 荒唐無稽한 듯한 것을 만히 차저 낼 수가 잇다.

　그러나 그들이 追求한 것은 결코 「로맨티시즘」이 追求하는 꿈은 아니다. 또한 꿈에 대한 兩者의 態度도 根本的으로 다르다. 卽 「로맨티시즘」은 盲目的으로 꿈속에 파뭇기우려고 하엿스며 또한 그것이 차즌 꿈은 아름다운 것 뿐이엇다.

　그러나 「슈-르레알리스트」는 決코 아름다운 꿈만을 찾지 안는다.

　또한 꿈속에 파뭇기우는 것이 아니고 꿈 그것의 本質까지 사정업시 分析하야 꿈의 「리알리티」를 探求하려고 한다. 그러한 까닭에 「슈-르레알리즘」은 究竟에 잇서서는 「리알리즘」과 接觸하느 面을 가지고 잇다. 그러나 이 問題는 다음 回에 따로 이야기하련다. 이리하야 登場하는 것은 美의 問題다.

─ 美와 醜 ─

　「惡의 꼿」의 詩人 「뽀-들레르」에 依하야 의미 「로맨틱」한 美는 粉碎되엿다. 그래서 美는 벌서 過去의 文學史上의 傳說이 되어 버렷다. 나는 아페서 「슈-르레알리즘」의 追求하는 꿈도 決코 아름다운 꿈만이 아니라고 하는 말을 하엿다.

여기에 「폴·앨류알」의 말이 잇다. 「美醜는 벌서 우리에게는 必要치 안은 것 갓다. 우리는 恒常 그 박게 것 力量 또는 優雅에 대하야 柔軟 또는 殘忍에 대하야 單純 또는 數量에 대하야만 걱정한다. 사람으로 하여곰 이것이 美다 혹은 醜다 하고 公言하게 하며 決心시키기를 强要하는 虛榮은 文明의 여러 時代를 지나면서 洗鍊되여 온 誤謬 그들의 感傷的 興奮 그 結果로 생기는 無秩序에 基因하는 것이다. 어려운 일이나 絕對로 純粹하도록 힘쓰자」 그럼으로 그들은 아름다운 꿈을 붓자부려고 하는 것이 아니고 참다운 꿈을 붓자부려고 한다.

꿈의 美가 아니고 꿈의 眞이다.

― 超現實 ―

그러면 大體 超現實이란 무엇인가?

그것과 꿈의 關聯은 엇더한 것인가?

그들은 말한다. 우리의 意識的 活動과 꿈의 活動이 混然하게 融和하는 곳에 超現實의 世界를 假說하엿다. 즉 意識的 活動과 꿈의 活動이라는 두 가지의 矛盾된 活動을 超越하고 解決짓는 綜合의 世界로서 超現實을 豫想햇다. 그것은 實在와 꿈의 狀態를 統一하는 絕對的 實在라고도 한다. (계속)

〈조선일보 (1934. 7. 15)〉

(五)

自働記述

    이러한 超現實의 世界를 內容으로 가지는 詩는 過去의 詩의 手法과는 全然 다른 手法에 依하지 아니하면 아니 된다.

    그래서 이에 相應한 手法으로써 考案된 것이 有名한 自働記述이다.

    그것은 우리들의 꿈을 꿈의 狀態에 가장 適合한 方法으로 記述하려고 하는 것이다. 그래서 엇던 때는 催眠術的 問答도 試驗한다.

    卽「슈-르레알리스트」는 自働記述에 依하야 꿈의 「매캐니즘」을 가장 正確하고 深奧하게 捕捉하리라고 할 것이다.

    以前의 象徵主義가 不可解한 神秘의 世界를 假想하고 그것을 조심스럽게 暗示하고 表現하려고만 한 것과는 딴판으로「슈-르레알리즘」은 사람이 가진 最大의 秘密이라고 할 無意識世界를 속기피 探究해 드러가서 이것을 分析하야 밝히 보혀주려고 하엿다.

    自働記述은 또한 單純히 꿈의 記述에 끈치지 안코 꿈의 狀態를 故意로 불러오는 方法이기고 하엿다. 여기에 이르러「슈-르레알리즘」은 單純히 새로운 記述의 方法을 지여냇슬 뿐 아니라 새로운 客觀을 創造하려고 하엿다.

    그러한「슈-르레알리즘」의 方法과 世界는 사람의 精神의 가장 複雜하고 微妙한 活動의 過程을 代表하고 잇다.

言語

詩가 材料로 삼는 것은 勿論 言語다.

言語는 自働記述이 잇서서는 엇더한 機能을 發揮하엿느냐? 더 廣汎하게 「슈-레알리스트」는 言語를 엇더케 待遇하엿는가?

이 問題는 매우 重要하다. 지금까지의 文學은 위선 文章이엿다. 그 것은 한 개 以上의 「쎈테쓰」(句節)로써 構成되엿다. 한 「쎈텐쓰」는 여러 개의 「클로-쓰」(文句)나 「프레이스」(句)로 解剖된다. 그 各個의 文句니 句는 다시 單語에 依하야 構成되는 것이다.

卽 單語는 文章의 한 細胞로써 서로 依存하야 文章의 意味를 表現하는데 動員되엿다. 그런데 「슈-르레알리스트」는 文章의 要素로서의 單語보다도 言語의 記號로서의 機能을 노피 評價하고 利用하엿다.

文章이란 頭腦의 産物이다. 그런데 꿈은 頭腦의 産物이 아니고 頭腦의 「메카니즘」이다. 그것은 文章으로써는 捕捉할 수가 업다. 다만 記號만이 그것을 나타낼 수가 잇다. 그리하야 「슈르레알리스트」는 言語가 가지고 잇는 固有한 意味를 아주 無視한다. 그리고 言語의 結合의 因習的 法則을 全然 돌보지 안는다. 單語와 單語가 無味에 依하야 結合되는 것이 아니고 單純한 記號로서 거의 獨立하야 씨여진다.

엇던 觀念이 對像으로써 賦與되여 잇고 그것을 讀者의 意識에까지 傳達하기 위하야 그것을 描寫한다든지 表現한다든지 暗示하기 위하야 言語가 씨여지는 것이 文學에 잇서서는 傳統的인 言語의 使用法이엿다. 그러나 「슈-르레알리스트」는 對像을 豫想하지 안는다.

記號 自體가 記述됨으로써 全然 새로운 意味를 捻出하려는 것이다. 卽 至極히 關係가 먼 單語와 單語를 結合 惑은 反撥시킴으로써

至今까지 잇서 보지 못한 또한 豫想하지 안니 하엿든 突然한 意味를 비저낸다는 것이다.

　이것이 가장 重要하고 또한 獨特한 「슈-르레알리즘」의 方法이다. 「뿌르톤」이 超現實主義 宣言 속에서 超現實主義의 作詩法으로 提示한 「影像의 光線」이란 이것을 가르친 것이다.

　아주 다른 種類의 두 單語의 아주 突然한 相逢에 依한 새로운 關係에서 생기는 效果를 겨눈다. 그것은 두 개의 다른 實在의 接近에도 比할 수 잇다.

　꿈의 狀態와 몃 뭇 無意識世界를 記述하는데 잇서서 이 方法은 가장 適合한 것임에 틀림 업다.　(계속)

〈조선일보 (1934. 7. 17)〉

(六)

─ 形態美 ─

　詩의 素材로서의 言語가 그 固有한 意味에 依하야 씨여지는 것이 아니고 記號로서 씨여지는 「슈-르레알리즘」은 가장 極端의 形態主義임에 틀림이 업다. 假令 繪畵에 잇서서 表現의 素材로서의 線이나 色彩가 엇더한 豫想된 對像을 描寫하고 表現하기 위하야 씨여지는 것이 아니고 線 自體 또는 色彩 自體의 美라든지 그 박게 다른 다른 變化를 즐기기 위하야 씨여지는 때 그것은 極端의 形態主義가 되는 것과 마찬가지다. 事實 그러한 그림─卽 事物의 客觀的 安定性이라든지 一致를 全然 돌보지 안코 畵面에 이러나는 오직 線과 色의 觀

念的인 結合에 依하야 가장 純粹한 形態美만을 追求하는 그림을 現代의 우리의 눈은 그러케 어색하지 아니할 程度로 보아서 익어왔다.

「슈-르레알리즘」의 詩는 드듸여는 그 엇더한 精神的 內容을 가지는 것도 要求하지 안는다. 다만 使用되는 文字의 形態의 陰影·數炙·變化·統一運動 等의 效果를 追求한다.

素材인 言語는 그것의 곱과 形―다시 말하면 聽覺的 價値와 視覺的 價値가 지극히 노푸게 評價된다. 그래서 活字로 나타나는 (現代詩는 宿命的으로 活字에서 自由로울 수 업는 運命을 태여 가지고 잇다) 個個의 文字는 勿論 活字의 配列이 매우 人工的으로 丹念하게 考慮된다.

「슈-르레알리즘」은 이러한 形態의 獨立한 價値를 主張한다. 形態自體가 價値의 內容이오 그것은 形態 그것 外에 아모러한 對像도 미리부터 賦與되여 잇지 안타.

形態 自體의 結合과 構成에 依하야 亦是 全然 豫期한 일이 업는 意味를 어느 새 나타내고 잇슬 뿐이다.

詩의 價値評價에 잇서서 그것은 아모러한 外在的 表準의 參與도 拒絶한다.

「막쓰제이콤」은 말하기를 한 個의 作品의 價値는 그 作品 自體에 잇는 것이지 그 作品이 現實과 엇더케 一致하는냐 하는 點에 잇는 것은 아니라고―

그래서 「슈-르레알리즘」은 한 거름 더 나아가서 詩의 評價에 잇서서 廣汎한 精神의 參與조차 外在力의 干涉이라고 하야 不肯한다.

― 形而上學 ―

　意味에서 解放된 詩 그것은 드듸여 詩에서 精神까지를 拒否한다.

　그것은 單純히 사람의 觀念的 活働의 가장 純粹한 斷面을 나타낸다. 그것은 가장 人工的일 것이고 또한 아모러한 混濁이 업는 知的인 精神活働을 담고 잇슬 것이다.

　또한 그 精神活働이야말로 지극히 主觀的인 것임은 勿論이다. 꿈을 追求하는 「슈-르레알리스트」의 詩作에 잇서서의 記號로서의 言語의 驅使린 참말로 아모러한 因習的인 法則이나 約束의 參與도 許諾지 안는 全然 作者 自身의 主觀的인 創作的인 것이다. 이 자못 微妙한 엇더한 지극히 主觀的인 精神의 「메카니즘」에 參與한 일이 업는 作者 以外의 사람에게 그것은 엇더케 同感될 수가 잇슬가? 또한 그 精神 活働을 理解할 수가 잇슬까?

　事實 「슈-르레알리즘」의 詩는 歷代의 어느 詩派의 詩보다도 難解하다는 非難 속에 서고 잇다.

　그러나 한 사람의 「슈-르레알리스트」도 그의 詩가 다른 사람에게 아주 알려질 수 업다고 생각한 일은 업다.

　그러면 그러한 確信은 어디서 생기는가?

　그들은 밋는다. 우리들의 精神의 흐름은 勿論 爲先 한 번은 個人的인 것이나 드듸여는 個人을 떠나서 全宇宙的인 오직 하나인 精神에 合流되는 것이라고―詩가 지여지는 過程은 全然 主觀의 가장 獨創的인 일에 屬하나 그 지여진 結果는 사람의 「아-푸리오리」한 엇더한 普遍的 約束에 一致한다고 밋는다.

　그러니까 「不可解한 아모 것도 잇지 안타」고 한 「로-트레아몬」의 말은 그대로 「슈-드레알리스트」 全體의 信念이엿다.

이러케 사람의 精神이 「아푸리오리」한 엇던 統一을 假定하고 精神活働의 가장 純粹한 形態를 追求하는 「슈-르레알리즘」은 가장 形而上學的 詩派라는 말을 듣는 일에 自他 한 가지로 異論을 揷入할 수는 업슬 것이다. (계속)

〈조선일보 (1934. 7. 18)〉

(七)

1. 스타일리스트의 例

現代詩의 理解를 도웁기 위하야 한 가지 準備로서 極히 簡略하게 「슈-르레알리즘」의 方法論의 輪廓을 大略 彷佛시키려는 것이 이 작은 解說의 지금까지의 目的이엿다.

以下 筆者는 우리들 中의 젊은 詩人 몃 사람의 作品을 引用하면서 具體的으로 若干의 解說을 附衍하고저 한다.

李箱은 지금까지 얼마 알려지지 안은 詩人이다. 雜誌 「카톨닉」을 읽은 분 가운데는 惑은 그의 一見 奇怪한 듯한 詩를 記憶할 분이 잇슬 줄 안다.

— 運動 —　　　　　　　　　　　李箱

一層 우의 二層 우의 三層 우의 屋上庭園에를 올라가서 남쪽을 보아도 아모것도업고 北쪽을보아도 아모것도업길래 屋上庭園아래 三層아래 二層아래 一層으로나려오닛가 東쪽으로부터 떠올은 太</pre>

陽이 西쪽으로저서 東쪽으로떠서 西쪽으로저서 東쪽으로 떠서 하늘한복판에와잇길래 時計를 끄내여보닛가 서기는 섯는데 時間은 맞기는하지만 時計는나보다 나히 젊지안흐냐는 것보다도 내가時計보다 늙은 게아니냐고 암만해도 꼭그런것만 갓해서 그만나는時計를 내어버렷소.

그의 詩는 大部分 우리가 가지고 잇는 難解하다는 詩의 部類에 屬한다. 그럼으로 筆者는 그의 詩를 맨 꼭댁이에 紹介한다. 이 詩에는 爲先 아모러한 意味가 업는 것을 發見할 것이다. 모-든 人道主義者를 失望시키도록 이 詩人은 이 詩에서 爲先 表現하려는 意味나 傳達하려고 하는 무슨 이야기들을 미리부터 定해 노코 그것을 표현 또는 傳達하려고 計劃하지는 안엇다.

또한 十九世紀를 通하야 우리들의 詩史를 적시고 잇든 눈물겨운 「로맨티시즘」과 象徵主義의 感激도 哀愁도 또한 아모 데도 남어 잇지 안타. 그 무엇인가를 陰謀하고 象徵하는 새벽의 陣痛도 追放人과 移民들의 서러운 동무인 黃昏의 哀愁도 求道人의 마음을 滿足시키든 밤의 神秘의 한 방울도 이 詩는 가지고 잇지 안타.

그 代身 讀者는 대낫의 海岸과 가튼 明朗한 表情을 본다. 「明朗—그러타. 포에서는 인제는 아모러한 秘密도 사랑하지 안오리라」 그러고 讀者도 느낄 것이다. 이 詩에서 言語는 文章의 表現手段이 아니고 言語 自體가 構成하는 한 개의 組織體—그러고 그 組織體 속에서 個個의 單語는 前後의 다른 單語로 向하야 惑은 이끌려 가고 惑은 이끌려 오면서 이르키는 不斷의 運働을 느낄 것이다. 이 詩가 겨눈 目標가 거기잇는 것 가트며 그럼으로 詩의 제목도 그렇게 붙인 것처럼 생각된다.

李箱은 事實 우리들 中에서 누구보다도 가장 뛰여난 「슈-르레알
리즘」의 理解者다. 이 詩도 亦是 「슈-르레알리즘」의 詩라고 規定해
도 조흘 것 갓다. 그러나 이 詩人은 「슈-르레알리즘」의 가장 顯著한
方法上의 特色이 形態(폼)에 대한 追求—卽 可視的인 그러고 可視的
인 言語의 外的 形態에는 얼마 飛躍的 試驗을 하지 안코 그보다도
오히려 言語 自體의 內面的인 「에너-지」를 捕捉하야 그 곳에서 內面
的 運働의 律動을 發見하려고 한 點에 그 獨創性이 잇는가 한다. 그
러한 點에서 李箱은 「스타일리스트」다. 한 가지 흘려버린 것은 讀者
가 이 詩를 대할 때는 위선 過去의 傳統的인 語法이나 文法의 古色
蒼然한 定規를 내던지라는 것이다. 詩人은 오히려 거진 故意로 그러
한 것들을 이 詩 속에서는 無視하엿다. 그러한 낡은 옷을 이러한 潑
剌한 運働體 우헤 억지로 이피는 것은 危險하고 또 無用한 일이다.
웨? 그것은 一瞬間에 散散히 襤褸가 되고 말 것이니까—　　(계속)

〈조선일보 (1934. 7. 19)〉

(八)

아름다운 音樂性

— 歸路 —　　　　　　　　　　　鄭芝溶

　　舖道로 나리는 밤안개에
　　엇게가 저윽이 무거웁다

이마에 觸하는 쌍그란 季節의
입술
거리에 燈불이 함폭!
눈물겹고나

제비도 가고 薔薇도 숨고
마음은 안으로 喪章을 차다

거름은 절로 디릴 데 리디는
三十ㅅ적 分別
咏嘆도 아닌 不吉한 그림자가
길게 누이다

밤이면 으레 홀로 도라 오는
붉을 술도 부르지 안는 寂寞한
習慣이여
〈카토릭 (一卷 五號에서)〉

― 古花瓶 ―   張瑞彦

古磁器 항아리
눈물처럼 굽으러진 억개에
두 팔이 업다

파랏케 어럿다.
늙은 看護婦처름
孤寂한 항아리.

愚鈍한 입술로 季節에 어그
러진 풀을 담복 물고
그 속에 안울빗을 이즌 한 五
合 남는 물이
山ㅅ 골을 꿈꾸고 잇다

떠러진 花甁과 함께 깔린 푸른
黃昏 그림자가
거북을 타신 모양하고
窓을 너머 터덜터덜 너머갈 때

고요히 품는
淡淡한 香氣

〈카톨릭 (第二卷 第三號에서)〉

* * *

여기에 시른 두 篇의 詩에는 「슈트레알리즘」의 手法은 씨여지지
안엇다.

그리고 이 두 詩처럼 서로 接近한 것 가트면서도 지극히 다른 「카
테고리」에 屬하는 詩는 찻기 어려울 것이다.

「歸路」에서는 지용氏의 詩風을 一貫하고 잇는 엇더한 咏嘆이 그
속에서도 흐르고 잇는 것을 느낄 것이다. 氏는 그의 詩 「海峽의 午
前 二時」 속에서 서러울 리 업는 눈물을

少女저름짓자.

하고 노래하엿다.

氏의 詩를 읽을 때마다 우리는 恒常 그 속에서 떨리는 一種의 咏
嘆의 感染에서 自由로울 수는 업다. (그것은 아마도 近代文明으로부

터 쪼껴난 靈魂의 故鄕을 일흔 近代人의 永久한 孤獨에서 오는 것인지 모른다) 그러나 그 咏嘆은 淫奔한 「쎈티멘탈리즘」과는 다르다. 近代的 哀愁의 가장 「리알」한 숨결이다.

咏嘆이라고 하는 것은 처음에는 勿論 어떤 對像 ― 卽 動機를 가질 것이나 結果로 보아서는 主觀의 한낫 表情에 지나지 안는다. 氏의 詩를 主觀的이라고 形容하는 것은 그 까닭이다. 그럼으로 氏는 매우 深刻한 感性의 所有者이면서도 그것이 外部의 어떤 對像에로 向하야 發火하지 안코 主觀의 內部로 向하고 잇는 것을 본다.

그래서 거기는 「이메지」(影像)의 飛躍이라든지 結合에서 오는 美라느니보다는 「메타폴」(隱喩)의 美가 더욱 뚜렷하게 눈에 띄인다.

「가버리는 제비」나 「숨는 薔薇」는 아마 이 詩人의 靑春 幸福 지나가버린 모-든 아름다운 過去의 「메라폴」이며 「마음이 안으로 차는 喪章」은 일허버린 모-든 것 그리고 分裂과 幻滅에 느껴 우는 一近代人의 失望의 가장 아름답고 또한 全然 누구의 模倣이 아닌 獨創的인 「메라폴」의 美를 가지고 잇다고 생각한다.

우리는 또한 이 詩를 읽으면서 그 抑揚이 심한 獨特한 「리리시즘」을 늣긴다.

나는 다른 機會에 獨立하야 이 問題를 생각해 보려고 하지만 우리 말의 韻律은 「가나」(假名)와 가티 長短으로만 이르어지는 것이 아니고 차라리 抑揚에 依하야 생기는 것이 아닌가 한다. 이 詩를 읽어보아도 그 韻律은 上下로 屈曲이 만흔 것을 알 것이다. 그런 意味에서 우리말은 高低와 長短에 잇서서 各各 豊富한 可能性을 가지고 잇서서 매우 陰影이 多彩한 말이라고 생각하며 그것을 證明한 사람은 今後의 젊은 詩人이라고 생각한다.

지용氏의 詩는 또한 우리들의 視覺에 「애필」한다느니 보다는 차

라리 우리의 聽覺에 「애필」한다. 그럼으로 詩의 讀者는 이러한 詩에
서는 그 詩의 音樂性을 즐길 줄 아러야 한다. 그러나 그 音樂性은
素朴한 自然發生的인 詩人들의 詩의 亦是 素朴한 音樂性과는 달러서
作者의 作詩術 속에서 個個의 말은 가장 周密하게 取捨選擇되여서
그 個個의 말이 가진 特異한 音響을 가지고 適當한 位置에 配列되여
效果를 나타내고 잇는 것을 發見하리라. 지용氏의 詩는 過去의 詩의
傳統에 가장 각가운 詩면서 우리가 노피 評價하는 까닭은 또한 이러
한 點에도 잇다. (계속)

〈조선일보 (1934. 7. 20)〉

(九)

感性과 知性과 彫塑性

인제부터 張瑞彦氏의 「古花瓶」에 대하야 이야기하련다.

讀者는 前回에 실린 이 詩를 다시 읽으면서 이 解說을 가추 읽기
를 바란다.

前回에 말한 지용氏의 詩에는 어대라 업시 生活의 냄새가 난다.
읽는 사람의 머리에 어느새 作者가 떠오른다.

아마 咏嘆하는 主觀―그것은 生活 漂流物인지도 모른다.

그러나 「古花瓶」에는 생활의 냄새가 아주 업다. 그러고 作者도 머
리에 떠올라오지 안는다.

읽는 동안에 점점 鮮明해 오는 것은 이 詩 속에서 取扱된 對像에
대한 아주 確實하고 特異한 詩人의 認識의 角度다.

다시 말하면 詩人은 도모지 그 自身의 「포-즈」를 꾸미려고 하지 안는다.

다만 詩人의 獨特한 視角에서 춤추는 對像의 「포-즈」의 變化가 잇슬 뿐이다.

따라서 이 詩의 價値는 主로 詩人이 對像을 엇더게 보는가? 하는 點에 잇다고 생각한다.

取扱된 對像은 黃昏 속에 꼿을 꼿고 잇는 한 낡은 花瓶이라는 지극히 평범하고 누구의 눈에도 띠이기 쉬운 現實이다. 그러나 詩人의 獨特한 視角의 角度의 光幅 속에 드러올 때 죽엇든 花瓶은 갑작이 숨을 쉬기 시작한다. 아주 別다른 모양을 가주고 사러난다. 거기는 한 平凡한 對像을 超點으로 하고 豊富한 「이메-지」가 꼿을 피운다. 花瓶의 曲線을 눈물이라든지 구부러진 억개와 結合하고 그 차디찬 固體를 파랏케 어럿다고 보고 늙은 看護婦의 孤寂을 聯想시키며 그 박게도 더욱이 셋재 節 넷재 節을 通하야 그곳에 發火하는 「이메-지」는 豊饒한 봄의 花壇을 생각케 한다. 또한 이 詩人은 한 번 언듯 보기에는 關係가 지극히 먼 듯한 두 單語(다시 말하면 그것이 代表하는 두 「이메-지」)를 結合시킴으로써 훌륭한 效果를 나타냇다. 이 詩에서 「이메지」의 聯想은 거진 古典的 風貌를 가추고 잇다. 그것은 詩人의 매우 洗鍊되고 秩序잇는 感性의 所産이라고 생각한다. 直覺的으로 매우 確實한 그의 感性은 이 詩에 使用된 個個의 「이메지」에 彫塑的 正確狀을 준다. 따라서 이 詩는 지용氏의 「歸路」와는 거의 對應的으로 可聽的이 아니고 可視的이며 音樂性을 가지고 잇다느니 보다는 아주 明瞭하고 透明한 繪畫性을 가지고 잇는 것을 發見한 것이다. 억지로 말한다면 寫像派(이미지스트)의 系統에 屬하는 詩일 것이다. 그의 銳敏한 感覺은 그러케 彫塑的인 明確性을 가지고 잇스면서도 그것은 決코 畸形的으로 過度하게 强調되여 잇지 안타. 奔放하려는 感覺은 明證한 知性에 依하야 適當하게 整頓되여 잇다. 이 感覺이 知性의 調和—이것이 또한 이 詩에 古典的인 風貌를 賦與하는 다른 理由다.

이 調和의 아름다움은 그 詩形에도 나타난다.

처음 두 節에서 「이메지」는 고요한 埃及의 춤처럼 어두운 우리의 意識面에서 자못 조용하게 이러난다. 셋재 節에 와서 그것은 最高調에 達하엿다가 넷재 節에서부터 下向하기 시작하야 끗 節에서는 다시 「이메지」와 言語의 舞姬들은 소리업시 舞臺面에서 사라진다. 「헨더-슨」은 일즉이 「커-츠」의 「나이팅게일에게 부치는 賦」 속에는 嗅覺까지 나타난다고 말하엿지만 事實 「古花甁의 最後의 節은 香氣까지를 發散한다.

이 皮面的 調和는 外面的인 詩形에도 나타나 잇다. 「키-츠」가 希臘的이라는 意味에서 이 詩는 希臘的이라고 할 수 잇다.

그 우헤 全篇을 香氣와 가티 싸고 잇는 부드러운 「유머」와 決코 冷酷하지 아니한 「아이로니」는 차디찬 知性과 感性의 硅角은 감추는 밋그운 肉體다.

「프로이드」는 「유머-」와 「에스푸리」에 無意識의 作用을 認定하엿다고 한다. 이 詩의 高尙한 「유머-」와 「아이로니」는 아마도 詩人의 無意識世界의 發現인 것 갓다.

(이것은 解說의 範圍를 超越하는 過分한 말이지만 나는 「古花甁」을 今年 前半期에 나타난 傑作의 하나라고 생각한다)

(계속)

〈조선일보. (1934. 7. 21)〉

(十)

速度의 詩文明 批判

起林

西班牙의 노래……

「포풀라」의 마른 가지에 가마귀 한 마리
검은 묵바울가튼 검은 가마귀
「웨스트민스터」의 寺院의 종이
大英帝國의 黃昏을 느껴(껴, 껴, 껴) 우는 소리
가마귀는 거문 「징키쓰시칸」의 後裔올시다
하나 지금은 營養不足으로 卒倒의 症勢까지 보입니다
紳士는 아니외다
葬式의 行列에 끌려가는 「알폰소」廢皇陛下의 帽子는 四十五度로기
우러져 잇습니다
「사모리」의 키보다 큽니다
「칼멘」아 노래 불러라
西班牙의 피를 마시면서—

〈女性朝鮮 (第一號에서)〉

＊＊＊

假令 「파우스트」의 巨大한 演劇이 바야흐로 幕을 열려고 하기 前
觀衆의 아페 나와서 자못 奇怪한 목소리로 그 演劇에 대한 一場의
序詞를 느러놋는 「피에로」를 諸君은 想像하여라. 그러한 「피에로」의
語調를 이 詩는 본떠 왓다. 자못 變幻이 만흔 尨大한 世界에 讀者의

聯想을 案內하려고 하는 作者는 그것이 이 詩의 表情에 賦與하는 가장 適當한 化粧이라고 생각햇든 까닭이다.

이 詩는 速度를 나타내려고 햇다. 速度를 나타내는 方法으로는 活字의 直線的 橫列 音響의 斷續 等 外的 方法과 「이메지」의 飛躍에 依한 內的 方法의 두 가지를 筆者는 試驗해 보앗다.

여기 씨여진 方法은 後者의 例다. 그래서 詩의 各行이 代表하는 「이메지」는 各各 다르며 그것들이 눈이 부시게 飛躍한다. 다시 말하면 聯想作用에 依하야 이 「이메지」는 다른 「이메지」를 그 「이메지」는 또 다른 「이메지」를 불러온다. 나는 이것을 「聯想의 飛行」이라 부른다.

그러고 手法으로는 「슈-르레알리즘」의 方法을 만히 應用하면서도 엇더한 主題에 依하야 意味의 統一을 企圖하엿다.

單語의 結合은 各各 無目的的인 것 가트면서도 엇더한 意味에 依하야 有機的으로 結合하려는 志向을 가지고 잇다.

이 詩의 主題는 다른 것이 아니다. 沒落한 前夜를 마즌 主人公으로 하는 世界 그것의 悲劇이다.

寺院의 종소리 不吉한 가마귀 廢皇 이는 모다 悲劇을 强調하기 위한 素材로 쓴 것이다.

「느껴」의 「껴」字의 흡을 가마귀의 우름소리와 목메인 鍾소리에 부처서(껴, 껴, 껴,)하고 連續함으로써 擬音의 直接的인 效果를 나타내려고 했다.

「營養不足의 가마귀」는 大英帝國의 말발굽아래 깔려 잇는 東方의 諸民族의 「메티폴」임은 勿論이다.

그래서 이 詩는 現代文明 그것의 爆音이려고 企圖하엿스며 그러함으로 現代文明에 대한 한 개의 批判이려고 하엿다.

作者의 이러한 志向에도 不拘하고 이 詩가 그만한 效果를 나타내지 못하엿엿다면 그것은 오로지 나의 技術의 未熟의 結果라고 할 박게 업다.

* * *

어느듯 回數는 讀者를 支離하게 맨들도록 豫定을 훨신 너멋다. 나는 이 글의 冒頭에서 詩의 解說은 조흔 仲介者나 詩人 自身의 손으로라도 잇섯스면 조켓다고 하엿다.

그러나 그 解說이 詩를 쓰는 사람 自身에 依하야 해질 때 그 사람에게 잇서서 그 일이 얼마나 苦痛인지를 나는 이번에 비로소 배윗다.

또한 講座라는 性質 때문에 讀者에의 傳達이라는 點에 너무나 先入的으로 觀念이 拘束을 바든 까닭에 思考의 發展이 不自由로윗든 것은 그보다도 더한 苦痛이엿다. 그럼으로 後日 自由로운 評論의 形式으로 여기서 不滿을 느낀 나의 中斷 또 萎는縮된 思考는 自由로운 舞臺를 가지고 십다. 끄트로 나의 熟한 未 解說의 被害를 당한 李箱, 지용, 瑞彦 三氏의 恕諒을 바라고

—(三四, 七, 一八)—

〈조선일보 (1934. 7. 22)〉

將來 할 朝鮮文學은?

世界의 文學은 煩惱하고 잇다. 르네쌍스 以後의 文學의 發達은 여러 가지 이즘을 胚胎하엿고 지금의 世界의 情勢 미테서 나아갈 길이 阻止되엿는가? 하엿슬 때 文學 그 自體로써도 文學의 大路의 遮斷된 危機를 뛰여 넘지 안흐면 안 되게 되엿다. 民族, 惑은 傳統主義의 文學이냐 世界的인 文學이냐 다시 말하면 옛날로 다시 도라가느냐? 새 길로 나아가느냐가 問題다. 더구나 歷史가 짜르고 그 環境이 다른 朝鮮의 文學은 將次 어듸로 가야 조흘 것이냐. 沈滯에서 끈처버리랴는 朝鮮의 文學은 이제 새로운 出發이 잇서야만 되겟다. 그래서 朝鮮의 文學의 새 길을 열고자 하야 諸氏의 高見卓論을 傳達하는 바이다.

朝鮮主義의 諸 樣姿

1.

끈침 업시 움직이면서 잇는 各 民族의 文學活動에서 文學 一般을 抽象하는 것은 文藝學의 傾分에 屬한다.

現實로 生動하고 잇는 한 民族의 文學의 將來를 豫言하는 것은 文藝 一般을 抽象하는 일보다 더욱 어려운 일인가 한다. 그러나 그 脈搏이 노팟거나 나젓거나 간에 現實로서 變遷해 온 朝鮮文學의 過去와 現在의 뭇 材料를 綜合하야 이 切斷된 한 瞬間의 朝鮮文學의 全樣姿를 가장 잘 歸納하면 先進 諸國의 文學史의 發展에서 演繹하야써 朝鮮文學의 未來를 論斷하는 것은 반드시 不可能한 일은 아닌가 한다.

　　　O⋯⋯⋯O
　　　　O⋯⋯⋯O

그러타고 해도 그것은 大體로 文學史家의 할 일이다. 나는 決코 이 問題에 대하야 뛰여난 豫言者를 假裝하지는 안는다. 다만 賦與된 機會에 朝鮮文學의 將來에 대한 나의 平素의 思考의 一端에 發言權을 주엇슴에 不過하다.

그런데 다른 때에도 그러치만 더욱히 文學에 잇서서 그 將來를 云謂할 때는 두 개의 態度가 잇슬 수 잇스리라고 생각한다.

첫째, 事態의 發展을 잇는 그대로 客觀的으로 觀察하는 境遇와 둘째, 觀察에 그 當者의 모랄(倫理)이 參加하야 「이러하리라」는 것보다 「이러해야 한다」고 하는 規範을 보이는 境遇가 그것이다.

○⋯⋯⋯○
　　○⋯⋯⋯○

前者는 어듸까지든지 事實의 客觀性과 實然性에 忠實하는 科學的 態度요 後者는 한 개의 價値論에서부터 事態의 必然性을 論하야 當爲로서의 規範을 보혀주는 哲學的인 態度다.

大體로는 이러한 性質의 問題를 取扱할 때에는 論者의 속에 이 두 가지 態度가 混在하는 境遇가 만흔가 한다.

이 問題에 대하야 學的 準備를 充分히 하지 못한 한 常識家에 지나지 안는 나는 나의 態度를 分明히 規定하기에는 너무나 卑怯한 것을 告白한다. 다만 될 수 잇는 대로 事實에 忠實하기를 힘쓰면서 同時에 나의 價値論이 때때로 加味할 수 잇는 權利를 또한 保留한다.

○⋯⋯⋯○
　　○⋯⋯⋯○

이러한 準備 아래서 大體로 問題를

1. 文學의 質과 量
2. 文學思潮
3. 文學의 「장르」(種類)

의 세 가지 方面에 잇서서의 朝鮮文學의 將來를 論究해 보고 십다.

* * *

엇더한 나라에서도 文學에 대한 文學者의 態度는 「내슈날리즘」과 世界主義와의 두 가지로 對立한다. 愛蘭에 잇서서는 「예-쓰」派는 前者에 屬하고 「쪼이쓰」 가튼 사람은 孤立한 世界主義者다.

「나치쓰」의 號令 아래 잇는 獨逸文學은 極端의 「내슈날리즘」이라고 들른다.

그런데 朝鮮에 잇서서의 文字上의 「내슈날리즘」은 朝鮮主義의 일흠으로 불러진다. 이것이 朝鮮的 特性을 가지고 世界文學에 參與하려는 强烈한 意圖를 가젓슬 때에만 우리는 그것을 許容한다. 그것은 究竟에 가서서 世界主義와 一致하는 建設的인 까닭이다.

　　　　○………○
　　　　　　○………○

한편에는 漠然한 朝鮮情調를 基調로 한 朝鮮主義가 잇스나 우리는 그것의 可能性을 認定하지 안는다.

先代로부터 물러가지고 온 우리들의 녯 노래와 現在의 우리들 중의 自然發生的인 노래들 속에 담겨잇는 朝鮮情調는 果然 朝鮮歷史에 엇더한 感情을 結果햇는가?

우리는 朝鮮情調라는 것은 (略)情調 以上의 것이라고 생각지 안는다. 그것은 現實로서는 幾多의 「쎈티맨탈리즘」의 亞流를 맨드러 내고 잇다.

한편에는 이와 類似한 또 한 개의 朝鮮主義가 잇스니 그것은 前者보다는 좀더 意志的인 것이여서 强烈한 排他的 意慾을 보이면서 나타난다.

　　　　○………○
　　　　　　○………○

大體로 文學上의 排他的 「내슈날리즘」은 그 民族이 孤立한 狀態에 잇슬 때의 感情에 比例하는 것 갓다.

그것은 外方의 包圍에 대한 그 自身의 半撥力의 한 개의 發現인 것 갓다.

例를 들면 獨逸과 가티 그 民族의 運命이 다른 民族의 脅威 아래 노혀저서 항상 不安을 느낄 境運에 가장 明瞭한 色彩를 가지고 나타나는가 한다. 그것은 恒常 政治的 潔癖과 關聯되고 잇다.

그럼으로 朝鮮에 잇서서의 이 種類의 排他的 朝鮮主義는 그러케 活潑하지는 못다. 그러면서도 一部의 文學者 속에 속일 수 업는 感情으로서 存在하는 것은 事實이다.

〈조선일보 (1934. 11. 14)〉

朝鮮의 舞臺에서 世界文學의 方向으로

이른바 朝鮮 情調를 固守하는 偏狹한 感傷的 「내슈날리즘」을 否定하는 굿세인 文學精神은 이미 左右 兩翼의 文學 속에서 同時에 擡頭하고 잇슨 것을 우리는 쉽사리 看取할 수가 잇다. 素朴하고 追한 自然의 否定—그것은 언제든지 文化의 根源的인 意志다.

이러한 消極的인 朝鮮主義는 우리들의 「進步」의 일흠에 依하야 이윽고 깨끗하게 淸算되고 말 것을 우리는 安心하고 豫言해도 조흘게다.

또한 排他的 「내슈날리즘」은 오늘에 와서는 그것을 滔滔한 潮水의 아페 작은 木柵을 세우는 無謀한 宣言의 되푸리박게는 아니 된다. 偉大한 獨逸人 「괴-테」의 머리에 世界文學이라는 觀念이 떠오른 그때보다도 世界의 事情은 世界文學의 到來를 위하야 훨신 有利하게 變해젓다. 文學은 이미 그것을 産出한 한 民族만을 影響함에 끈치지 안는다.

事實 文學은 方今 急한 템포로 모-든 國境을 너무면서 잇다.

　○⋯⋯⋯○
　　○⋯⋯⋯○

文明의 急激한 發展—레디오·電送寫眞·「코멧트」機의 新記錄(最初의 제트여객기:편자주)·短波長의 利用 等等—은 世界의 距離를

128

날로 短縮시키면서 잇다.

그래서 世界는 엇던 種類의 精神이든지 어느새 共通하게 所有하야 享有할 수 잇도록 便利하게 되엇다.

따라서 各 民族의 文學과 文學 사이에는 統一되는 것 共通되는 것이 차츰 增加되면서 잇는 것은 속일 수 업는 사실이다.

엇던 나라의 文學史든지 그것을 그 나라의 單獨으로 理解하려고 하는 것은 오늘에 와서는 엇더케 腐敗한 方法論인가는 아모도 否定하지 못할 것이다. 한 民族의 文學은 다른 民族의 文學의 影響 아래 또는 相互 影響아래서 發展을 繼續하고 잇다고 함은 우리들의 常識이다.

○⋯⋯⋯○
　　○⋯⋯⋯○

이미 朝鮮의 新文學의 發生과 成長을 外國文學의 影響에서 切斷시켜 가지고 思惟할 수 업는 것은 무엇보다도 밝은 사실이다.

우리는 엇던 作品을 評價할 때에 그것이 어느 다른 外國作家의 模倣이라고 하는 오직 한 가지의 理由로써 그 作品을 파무더 버리려고 하는 性急한 批評을 구경한 일이엇다.

그러나 그것은 文明의 向上 過程에 잇서서 또한 文化의 發展過程에 잇서서 模倣이 차지하고 잇는 重大한 位置와 機能을 無視한 暴論이다. 模倣이 다만 機械的으로 되어지지 안코 그 뒤에

1. 文化的 慾求가 잇슬 경우
2. 創造的 意慾을 가지고 잇슬 경우

그러한 때에는 模倣은 創造의 어머니로서 차라리 推獎되여야 할 것이다.

○⋯⋯⋯○
　　○⋯⋯⋯○

이 뒤로 各 나라의 文學이 相互間에 그 意識에 잇서서 그 樣式에 잇서서 共通點을 더욱더 가지게 되여 統一化 一般化하고 말 것을 唐突히 推論한다고 할지라도 「르네쌍쓰」 以來의 歐羅巴의 文學史는 이 論斷을 위하야 조흔 證人이 되엿슬 것이다. 歐羅巴에 잇서서는 이미 佛蘭西 英國 獨逸 等 여러 나라의 文學의 發達이 例를 들면 古典主義—「로맨티시즘」—自然主義—이러케 거진 同一한 過程을 지나면서 왓다. 多少間의 年代의 差異는 잇섯슬지라도 共通된 時代的 特徵을 보인 點은 明瞭하다.

今後 世界의 文學은 더욱더욱 類似性을 만히 나타내는 反面에 엇던 民族의 獨特한 文學的 性格 가튼 것은 차츰 形成되면서 잇는 世界文學 속에 解消되고 말지나 안흘가?

○⋯⋯⋯○

○⋯⋯⋯○

따라서 古典主義나 自然主義時代의 佛蘭西나 「로맨티시즘」時代의 英國이나 獨逸처럼 그 民族만이 가지고 잇는 特性을 가지고 世界文壇의 前面에 나타나서 이것을 支配하고 指導하는 일 가튼 일은 아마도 이 뒤에는 바랄 수 업슬 것 갓다.

그래서 世界가 共通하게 所有하고 理解할 수 잇는 世界的 性格을 가춘 世界文學의 時代를 우리들의 子孫은 반드시 마즐 줄 밋는다. 내가 말하는 世界文學이라는 槪念은 「슈트릿히」等이 使用하는 그것과는 內容이 다르다.

「슈트릿히」는 超國家的 安當性과 世界的 普遍性을 가진 世界文學을 現實的으로 可能하며 의미 存在하다고 생각하는 모양이다.

○⋯⋯⋯○

○⋯⋯⋯○

그래서 그는 理想的인 世界文學을 이러한 空間的 安當性 以外에

時間的으로 超時代性과 世界的 永續性을 가춘 것으로 豫想하고 「괴
-테」의 「윌헬름마이스터」 가튼 것에서 그러한 것을 發見하엿다고
밋고 잇다. 亦是 獨逸人 一流의 觀念的인 생각이다.

그러나 나의 理解力의 範圍에서는 그것은 다만 世界的인 文學이
나 世界主義的 文學이고 眞正한 世界文學은 未來에 잇서서의 歷史의
엇던 發展段階에 이르러 必然的으로 오래인 國民的 文學의 뒤를 바
더가지고 올 것인가 한다.

지금이 世界的 影響力을 가진 文學 乃至 各 民族의 文學의 사히에
나타나고 잇는 世界意識 世界樣式은 世界文學으로 向하는 過渡期의
現象이 아닌가 생각한다.

O⋯⋯⋯O
O⋯⋯⋯O

結論으로서 朝鮮文學도 今後 더욱더욱 活潑하게 그 自體 속에 世
界意識 世界樣式을 具備하면서 世界文學에 각가워 갈 것이나 아닐
가?

우리는 또한 조금치도 世界에 대하야 卑怯할 필요도 吝嗇할 필요
도 업다.

문을 넓게 열고 世界의 空氣를 寬大하게 貪慾스럽게 마저드려도
조흘개다.

그러함으로써 우리는 世界的 水準으로 向하야 成長할 수도 잇고
또한 世界에 줄 우리들의 特性이 무엇인가도 차저 낼 수가 잇슬 것
이다.

〈조선일보 (1934. 11. 15)〉

3. 文藝思調의 方面

文學은 永久히 人生을 對像으로 하거나 그러치 안흐면 人生을 對像으로 한 것을 對像으로 한다.

그것은 또한 人生의 냄새를 完全히 떨어버릴 수 업는 宿命을 가지고 잇다.

그런데 우리 文壇에는 마치 人生을 藝術以下로 評價하고 藝術은 人生을 멀리하여야 한다는 印像을 주도록 지여진 名稱이 잇다. 藝術派라는 名稱이 그것이다.

그러한 名稱 아래 包括되는 作家들과 對立한 陣營에서는 될 수 잇는 대로 그들은 藝術에서 人生을 驅逐하려고 計劃하는 듯한 印像을 주려고 한다.

O………O
　O………O

그러나 濃度의 差는 잇슬지언정 作家는 그가 地上에서 쓰는 限 무슨 形態로든지 人生과 關聯을 가지지 안흘 수 업다. 問題는 그가 積極的으로 人生에 向하야 動力하려고 意圖하느냐 안느냐에 잇다.

그러나 그것은 文學 以前의 問題다. 文學의 問題는 차라리 그 作家가 얼마나 기피 人生의 眞實에 肉迫하야 그것을 形象化할 수 잇섯느냐에 잇다. 文藝思潮의 方向의 問題는 大體로 文學 以前에 잇서서의 뭇 作家의 態度와 밋 그러한 것들이 結果하는 作品에 나타나는 普遍的인 時代色에 依하야 抽象될 것이다. 그런데 우리 文學 속에는

確實히 人生에서 머러저 가는 傾向이 나타나고 잇는 것도 事實이다.

　○………○
　　　○………○

文學의 가장 純粹한 形態인 詩에 잇서서 더욱 그러타.

그 傾向은 大體로 文學에 잇서서 形式主義에서 方向을 指示하는 點에서 一致한다.

이것은 朝鮮만이 가지고 잇는 特殊한 것은 아니다.

西洋에 잇서서는 벌서부터 그러한 傾向이 藝術의 모든 分野에 굿세게 나타나섯다.

예를 들면 繪畫에 잇서서는 文學的인 內容的인 모-든 것을 驅逐하고 線 色彩 陰影 等의 結合과 配置에 依한 形向上的 美만을 追求하는 傾向이 全歐羅巴의 畫壇을 支配햇다.

詩에 잇서서도 主題라든지 哲學을 拒否하고 素材로서의 言語의 純粹한 音이나 形의 結合反撥에 依하야 合理的인 效果만을 겨누는 詩派가 旺盛햇다.

　○………○
　　　○………○

朝鮮에서는 文學이 樣態가 主로 形式의 擁護에 끈진 듯한 印象을 준 것은 한동안 暴風과 가치 휘몰어온 左翼의 公式的 社會哲學에 依한 外部的 壓迫에 대한 反動으로서 더욱 그것이 意識的으로 되고 明瞭해진 것 갓다.

또한 左翼의 偏政治主義의 壓迫에 反撥하는 心理는 政治 그것의 忌避를 結果햇스며 偏政治主義의 全盛은 그 幕下에 잇지 안는 文學人은 더욱더욱 政治에 冷淡한 듯한 印像을 주엇다.

이러한 傾向은 또한 文明史的 根據가 잇다.

오늘의 文明은 人間에서 出發해서 이미 人間을 無視하는 境地까지에 이르럿다.

○………○

　　○………○

오늘의 知識階級을 形成하는 層은 人間을 떠난 機械的인 敎養을 싸흔 사람들이며 그들은 또한 都會에 알맛도록 敎育되여 왓다.

田園은 벌서 그들의 故鄕도 現住所도 아니다. 그들의 「멕카」는 더욱 아니다.

知識階級의 都會集中의 傾向은 이일을 가장 밝게 證明해 준다.

現代文學의 集中地帶인 都會에서는 그들의 生活은 露骨하게 人間을 떠나서 機械에 각가워 간다.

人間에서 멀어지는 比例로 또한 그들과 民衆과의 距離도 멀어지고 잇다.

○………○

　　○………○

知識階級이 分出하는 오늘의 文學에 機械主義 偏形式主義의 思潮가 흐르는 것은 必然的인 事態다.

한편으로 公式主義的 社會哲學의 文學에의 重壓으로부터 左翼文學조차가 自由로워 지려고 한다.

偏政治主義의 支配에서 文學은 그 自體를 主張하기 시작햇다. 그러타고 해서 今後 形式主義 機械主義 反政治主義가 文學의 各 分野에 잇서서 永久한 勝利를 獨占하고 잇스리라고는 생각되지 안는다. 또 오늘처름 文學現像이 支離滅裂한 때는 업섯다.

詩는 詩 自體의 적은 世界에 跼蹐하려고 하고 잇고 小說은 高度로 發達된 技術 속에 그것의 작은 運動場을 發見하고 잇고 批評은 그

職務를 完全히 怠慢에 부친 겨으른 脫走兵이 되엇다.

이러한 「아나르시」의 狀態에 文學도 사람도 그러케 오래동안 견디고 잇슬 수는 업슬 게다.

<조선일보 (1934. 11. 16)>

4. 怠慢 休息 脫走에서 批評文學의 再建에

이윽고 文學은 人間을 그리우게 될 것이고 深奧한 「휴매니치」(人間性) 우헤 文學의 모-든 分野를 새로히 建設하려는 慾求가 나타나고야 말리라고 밋는다. 그것은 廣汎하고 또한 全體的인 새로운 「휴매니즘」의 文明批判의 態度를 確立하고 그 우헤 모-든 文學現像을 統一할 것이다.

歐羅巴에 잇서서는 이러한 傾向이 部分的으로 擡頭하엿다. 그것은 主로 政治에의 關心의 形態로 나타낫다.

佛蘭西의 新進 評論家 「페르난태쓰」의 行動主義에도 나타나 잇고 또 「지-드」의 轉向 一部의 「슈-트레알리스트」의 集團的 轉向도 벌서 三四年 前 일이다.

英國에서는 그 嚴格한 「엘리옷트」의 主知主義의 溫床에서 자란 「오-덴」 「스펜더」 「데이, 루이스」 등이 「xx니즘」的 內容을 가지고 登場하엿스며 伊太利며 獨逸의 젊은 詩人 文學者들이 「파씨즘」의 傘下헤 뛰여들고 잇는 것도 반드시 政權의 强制에만 依한 것이 아니라고 생각한다.

○⋯⋯⋯○

　　　　　　○‥‥‥‥○

　이윽고 世紀의 色彩로서 나타날 새로운 「휴매니즘」은 그러나 空想
的 「로맨티」한 것은 勿論 아닐 것이고 宗敎的 微溫的 「톨스토이즘」
的인 것은 더욱 아닐 것이다. 그것은 이미 二十世紀的인 「리알리즘」
의 煉獄을 卒業한 더 廣汎하고 深奧한 人間性의 理解 우혜 서서 더
高貴하고 完成된 人間性의 集團을 通하야 實現할 것을 目的으로 하
리라고 생각된다. 集團은 二十世紀의 有力한 發見의 하나라고 생각
한다. 우리들은 다시 한 번 人生 그 속에 우리들의 土臺를 찾고 그
우혜 人間性에 立脚한 새 文學을 세울 것이다. 이 일은 그 일 自體
가 文明의 强한 批判이 될 것이다. 그리하야 우리는 비로소 우리들
의 勞作의 價値를 發見할 것이다.

　　　　　　○‥‥‥‥○

　　　　　　　○‥‥‥‥○

　以上은 勿論 내가 知識階級의 良心과 潔癖을 信用한 뒤에 하는 말
이다.

「장르」에 잇서서

　知的作用의 參加 업시는 文學의 製作이라고 하는 것이 全然 不可
能하다. 「지-드」는 이것을 「惡魔의 參加」라고도 하엿다.

　文學의 各 「장르」 속에서도 가장 旺盛한 知的 活動을 要하는 것이
批評이고 知的 活動의 可能性이 가장 넓게 許諾되여 잇는 領域도 또
한 그것이다.

　오늘 全面的으로 그다지 活潑하지 못한 우리들의 文學活動의 全
分野에서도 다른 各 分野의 現像에 比하야 더한층 萎微不振하는 것

136

이 批評이다. 나는 여기서 그 原因을 究明하는 것이 目的이 아니다.

現像으로서 그것은 우리들의 知的 活動의 萎縮의 如實한 表明이라는 것을 指摘하면 그만이다.

古典主義 以來 가장 知的인 世紀에서 呼吸하면서도 가장 知的이 아니라고 하는 것은 「함렛」보다 더 悲痛한 悲劇이 아니고 무엇이랴?

○⋯⋯⋯○

○⋯⋯⋯○

强烈한 知的 活動의 助力이 업는 곳에 偉大한 文學의 出現은 차라리 斷念하는 것이 더 賢明한 것이다. 朝鮮文學의 現實 속에서 무엇보다도 더 悲觀할 事實이 잇다고 하면 위선 나는 批評의 休息이라고 들고 십다.

爲先 批評은 그 獨自性을 獲得하여야 할 것이고 또한 그것은 文學의 다른 各 分野와 平等하게 그러치 안으면 더 旺盛하게 勃興할 날을 마저야 할 것이다.

그러함에는 爲先 그것은 小說이나 詩에의 依存性에서 解放되여야 할 것이다.

批評의 가장 卑俗한 形式으로서 月評이라는 것이 잇다.

그것은 흔히 「저-날리즘」의 需要에 依하야 되는 急造品이며 또는 技術批評이나 部分批評에 끈치는 일이 만타.

그러한 것이 批評의 全部인 것처름 通用되는 곳에서는 그 無用論을 主張하는 作家들의 편에도 當然한 論據가 잇는 것이 된다.

○⋯⋯⋯○

○⋯⋯⋯○

事實 批評家는 作品의 모-든 部分에 잇서서 作家가 企圖한 작은 技術的 實驗 가튼 것까지 發見할 수는 업스며 그런 일을 하는데는

그는 매우 서투른 것을 免치 못한다.

〈조선일보 (1934. 11. 17)〉

5. 怠慢 休息 脱走에서 批評文學의 再建에

그 代身 批評은 다른 方面에 더 넓은 일의 舞臺를 가지고 잇지나
안흘가?

例를 들면

一, 作家의 人間的 發展과 그 作品活動의 發展過程의 相互關係에
잇서서의 作家의 成長의 考察

二, 文學의 思考 技術 方法의 內容에 잇서서의 時代性의 約束과
社會性의 制約의 提示와 抽象

三, 한 時代의 文學活動의 根底에 흐르는 文學精神의 發掘

四, 새로운 時代에의 敏感과 先見의 明에 依하야 今日의 文學을
明日의 文學에로 恒常 高揚할 것을 慫慂하는 일 等等……

　　　○………○
　　　　○………○

批評의 일은 다시 말하면 더 綜合的인 全體的인 方面에 가로 노혀
잇지나 안흘가?

批評은 個個의 作品의 具體的인 解剖에만 끈치지 안코 文學 一般
의 더 抽象的인 觀念的인 方面에 自由로운 일자리를 發見할 것이다.
그리함으로써 批判은 單純한 依存物로서의 배좁은 制約을 벗어나서
그 獨自의 더욱 確乎한 存在 理由와 價値를 獲得할 것인가 한다.

그럼으로 作家가 批評家에게 企待할 것은 熟鍊한 木工의 일의 標本보다도 더한층 高度의 文學精神의 指導性에 대해서다.

O………O
　　O………O

批評家는 單純히 「賢明한 讀者」여서는 아니 된다.

그는 批評 無用論의 작은 安全地帶에서 自身에 일에 아모 反省도 高揚도 꾀하지 안코 차라리 批評을 怯내 하는 作家의 怠慢을 容恕하여서는 아니 된다.

그와 同時에 그는 엇더한 直輸入한 公式主義로도 作家의 自由로운 創作活動을 制御하는 無謀를 되푸리 해서는 아니 된다.

批評家도 作家도 한가지로 우리들의 文學活動의 現實 속에서 우리들의 오늘의 文學을 築造하는 同時에 明日의 文學을 設計하는 百퍼-센트 現實的인 突擊隊가 아니면 아니 된다.

한 作家의 內部에서 하는 知的 作用을 批評하는 우리의 文學 全體의 속에서 함으로써 支離滅裂한 現像에서 우리 文學을 整理하야 不斷의 向上에로 引導할 것이다.

O………O
　　O………O

우리는 그러한 健全한 批評精神의 再建을 企圖하여야 하겟스며 또한 批評이 우리의 文學活動의 全領域 속에서 그 適當한 地位를 도루 차저서 써 그 機能을 十分 發揮할 때가 올 것을 밋고 십다.

總結論

朝鮮文學의 將來를 좀더 現實的 條件을 通하야 考察하려고 하야 시작한 일이 결국은 나의 커-다란 꿈을 그리는데 끈치고 마럿다.

오늘 朝鮮文學의 將來를 말하는 것은 局外者에게 잇서서는 한 개의 喜劇이오 그 속에서 일하는 當事者에게 잇서서는 悲劇임에 틀림 업다.

或은 우리 文學의 前途는 豫想할 수 잇는 最惡의 境遇에 잇슬지도 모른다.

O·········O
　　O·········O

우리는 이 거진 참을 수 업는 社會的 冷淡과 侮蔑과 虐待와 모-든 客觀的 不利를 견듸여 가면서도 오히려 이 일을 계속하여야 할 보람을 안고 우리에게야말로 忍耐가 最上의 美德인 것을 깨다러야 될 것이다. 그러한 까닭에야말로 이 일은 우리에게 잇서서 더욱 野心的이 아니면 아니 된다. 돈을 求하야 떠날 것이고 名聲을 求하야 떠날 것이고 地位를 求하야 떠날 것이다. 脫落者는 各各 그들의 가는 곳으로 보냄이 조타.

오직 忍耐에 찬 무리만이 가품 업는 이 일 속에 남어 잇슬 것이다. 우리는 다만 未來를 미듬으로써 慰安을 밧는다.

O·········O
　　O·········O

그러나 우리 중의 아모도 單純한 꿈꾸는 「로맨티스트」여서는 아니 된다.

우리야말로 現實 속에서만 未來를 發見할 줄 아는 참된 「리알리스트」여야 될 必要를 世界의 누구보다도 가장 느끼는 사람들이다.

(1934. 一一, 一五)

〈조선일보 (1934. 11. 18)〉

現代詩의 技術

1

　詩와 抒情詩라는 두 말은 區別되어서 쓰이어져야 할 것이다. 오늘의 우리 詩壇에서는 詩－抒情詩라는 觀念이 한 개의 常識이 되어 있지만 그것은 變態的 現象이다.

　抒情詩는 敍事詩와 함께 詩의 한 種類에 지나지 안는다. 敍事詩(或은 史詩)가 「로망」에 地位를 물려준 후 抒情詩는 詩의 全領域을 차지하여 왔다.

　그러나 言語의 가장 嚴密한 解釋에 依하면 抒情詩는 다만 주로 사람의 感情을 對像으로 한 詩에 지나지 않는다. 感情을 對像으로 하지 않는 詩도 있을 수 있으며 이미 있어 왔다. 그러므로 抒情詩는 어떤 獨特한 性格의 詩에 賦與한 相對的인 名稱에 不過하다. 詩의 全體는 勿論 아니다.

2

그러나 「詩는 感情의 表現」이라는 詩論이 詩壇을 支配하는 동안은 詩-抒情詩라는 誤謬가 아무 疑問 없이 通用되는 便宜를 가진다.

그런데 感情을 對像으로 한 詩는 이미 「이마지스트」(寫象派)의 時代에 死滅한 것이라고 생각하였다. 死滅까지는 아니했어도 이미 그 時代를 終結한 것으로 생각해 왔다.

「로맨티시즘」은 모-든 束縛에서 感情을 制限 없이 解放하는 것이 目的이었다.

그러니까 「로맨티시즘」時代는 同時에 抒情詩의 黃金時代였다. 「빅토-르유-고-」의 詩며 포-의 詩論이 全盛했으며 「빠이론」 「쉘리」의 奔放한 熱情이 讚美되었다.

象徵主義는 感情의 지극히 淡白한 狀態인 情緒(氣分)을 사랑하였다.

그러니까 如前히 抒情詩의 時代였다.

「이마지스트」는 「이메지」(影像)의 創造를 目的하였으므로 따라서 感覺을 새로운 價値에 있어서 發見하였다. 그러나 그러한 影像의 感覺을 通하야 亦是 感情의 世界를 象徵하려고 하였던 까닭에 그것도 抒情詩의 範疇를 아직 完全히 벗어나지 못했다.

例를 들면 리촤-드 올랭튼의 포풀라라는 詩는 포풀라를 中心으로 한 한 개의 華奢한 影像의 祝宴이나 그것을 싸고 있는 것은 如前히 부드러운 情緒의 雰圍氣다.

3

우에서 보아온 것처럼 異常스러운 일은 詩의 歷史는 차츰차츰 感情을 떨어버리면서 왔다는 것이다. 사람의 喜, 怒, 哀, 樂이라는 가장 原始的 感情을 대상으로 하던 詩의 時代는 훨신 옛날에 勿論 지나갔다. 아마도 獨逸의 「暴風怒濤의 時代」가 그 最高潮였던 것이다.

象徵主義 時代에 와서는 그 詩는 훨신 이러한 感情의 거친 部分을 떨어버렸다. 「이마지스트」는 情緒까지를 아주 떨어버리지는 못하였지마는 이미 그 內部에 抒情詩의 强大한 敵을 길르면서 있었다. 彫塑性에의 追求가 그것이다. 그것은 다른 方面으로 보면 繪畵에의 憧憬이다. 다시 말하면 「이마지스트」의 詩 속에는 抒情詩와 또한 抒情詩를 否定하는 것이 함께 깃드려 있었던 것이다.

4

그런데 感情의 動機에는 恒常 具體的인 事物이나 事件이 있겠지만 感情 自體는 지극히 抽象的인 것이다.

그것은 音樂에 있어서 가장 適宜한 具象者를 發見한다.

그러므로 抒情詩는 가장 音樂的인 것을 理想으로 했다. 定形律 詩와 고 自由詩를 莫論하고 그것은 반듯이 韻律을 밟어 왔다.

一部의 사람들은 自由詩는 韻律을 버린 것처름 말하지만 그것은 誤解다. 自由詩는 다만 定形律 詩에 있어서의 韻律의 拘束을 께트리고 自由로운 呼吸에 伴하는 自由로운 韻律을 創造하려고 하였을 따름이다. 韻律의 本質에 한층 더 가까워간 點에 있어서는 自由詩는 차라리 定形律 詩보다도 더 忠實한 韻律의 奉仕者였다.

抒情詩가 直接한 感情의 表現으로서의 名譽에 滿足하지 않고 漸次로 感情을 洗濯해버리면서 있는 동안에 그것은 어느새 抒情詩가 아니고 따라서 차츰 그것이 生命처름 尊貴해 하던 音樂性조차를 잃어버리며 왔으어 드디어는 音樂性이 訣別했다. 그래서 畢竟에는 新散文詩의 提唱을 봄에 이르렀다.

5

웃어운 일은 많은 사람들은 韻律이야말로 詩의 本質인 것처름 생각하고 있는 일이다. 世上의 수 없는 詩의 試作者들은 韻律을 밟어서 말을 羅列함으로써 詩를 지었다고 생각한다. 그래서 世上에는 怪狀한 亡靈들이 韻律의 制服을 입고는 詩라고 自稱하면서 大道를 橫行한다. 그 때 詩神은 아마도 그들의 부엌에서 슬프게 울는지 모른다.

한편으로 새로운 詩的 精神은 어느새 이 韻律이라는 禮服이 그들의 몸에는 금색한 것을 느끼기 시작했다. 그것은 혹은 結婚式에는 써도 괜찮을 지도 모르나 街頭에서 事務所에서 農園에서 工場에서 모-든 산 詩의 現實속에서는 그것은 얼마나 不便한 것이냐?

그래서 벌서 音樂은 우리들의 벗이 아니다.

二十世紀의 詩의 發展이 그 繪畵의 歷史와 어떻게 密接한 關係가 있었는가에 대하야는 다른 獨立한 題目으로 研究하려고 하지만 爲先 二十世紀의 音樂은 詩에 대하야 繪畵가 가진 것처름 그렇게 緊密한

關係를 가지지 못하였다.

「쎄리」의 音樂은 「쎄잔느」나 「피카스」나 「마리쓰」의 그림처럼 그렇게 詩에 影響할 수 없었다.

二十世紀 詩의 가장 革命인 變遷은 實로 그것이 音樂과 作別한 때부터 시작된 것 같다.

6

「에즈라, 파운트」는 詩를 세 가지로 分類하였다.

1. 멜로포이아—거기서는 言語는 그 平凡한 意味를 超越하야 音樂的 資産으로써 채워진다. 그래서 그 音樂的 含蓄이 意味의 內容을 指示한다.

2. 파노포이아—可視的인 想像 우에 影像의 무리를 가져온다.

3. 로고포이아—言語사이의 理智의 舞蹈 即 그것은 言語를 그것의 直接한 意味 때문에 쓰는 것이 아니다. 言語의 習慣的 使用 言語 속에서 發見하는 文脈, 日常 그 相互 連絡 그것의 旣知의 承認과 및 反語的 使用의 獨特한 方法을 考慮한다.("How to Read" pp. 25)

그 中에서 主로 귀로써 들을 수 있는 것은 「멜로포이아」뿐이오 다음의 둘은 하나는 主로 視覺에 다른 하나는 그러한 官能을 通하지 않고 直接 意識 속에 享受되는 것이다.

그래서 「멜로포이아」는 莊嚴한 韻律이라는 것보다도 아름다운 繪畫로써 우리들의 詩에 남어 있을 뿐이오 우리들이 要望하는 詩는 主로 2와 3에 屬한 詩다. 現代의 詩가 主로 귀와은 親하지 않고 눈과 親하고 있는 事實을 指摘한 것을 나는 다른 詩論家의 詩論 속에서도 읽은 것 같이 記憶된다.

7

그리하야 그 二十世紀 詩에서 音樂性을 驅逐한 繪畫性이란 무엇이며 그것은 대채 어떠한 形態로써 나타낫는가?

1. 文字가 活字로서 印刷될 때의 字形 配列의 外形的인 美.

勿論 詩가 單純히 朗讀되기 않고 印刷되어 읽혀지기 시작한 뒤에 活字로서의 形態美가 詩의 새로운 屬性으로 登場한 것이다.

「아폴리네르」「콕토-」等의 立體派 以來 그것은 이미 常識이 되어버려서 詩에 있어서 이 活字의 外形的 形態美만을 追求하는 極端의 詩派 「포-말리즘」까지 생겨났다. 現代의 繪畫運動에 가장 많은 影響을 받은 것은 아마도 이 流派에 包含할 수 있는 詩人으로서 같은 性質의 繪畫運動에도 參加한 사람들이 많았다.

그러나 우리는 이 「포-말리즘」에 어떠한 種類의 時間的 價値는 賦與할지언정 그것을 全面的으로 肯定할 수는 없다. 웨 그러냐하면 言語의 活字로서의 形態美는 어디까지든지 詩의 部分的 美며 더욱이 本質的인 것은 아닌 까닭이다.

2. 讀者의 意識에 可視的인 影像을 出現시키는 것을 目的으로 하는 때의 그 詩의 內容으로서의 繪畫性.

이것이 卽「올링튼」「커밍쓰」H, D 等의 寫象派의 露骨한 目的意識이었으며 「파운드」가 말한 「파노포이아」다.

勿論 우리는 詩를 그 形而上學的인 音樂性에 까지 純化하려는 純粹詩의 主張이 現代에도 있는 것을 無視하지는 안는다. 그러나 그것

146

은 어디까지든지 例外的이고 詩의 發展의 大勢는 恒常 繪畫性을 憧
憬하면서 있을 것은 事實이다.

8

結論을 짓자.

우에서 나는 主로 「로맨티시즘」 以後의 詩의 技術의 發展과 그것
의 方向을 살펴왔다. 그래서 그것이 音樂性에서 繪畫性에로— 大體
로 그러한 方向을 더듬어 온 것을 究明했다. 그러면 今後 詩는 技術
的 方面에 있어서 어떠한 길을 걸어가고 말 것인가?

그것을 判斷하는 것은 매우 困難한 일이다. 다만 나의 信念을 表
明해 둠으로써 그치려고 한다. 即 詩에 있어서 音樂性만을 高調하는
것은 病的이다. 그와 同時에 極端으로 繪畫性을 主張하는 것도 病的
이다. 單純한 外形的인 形態美에로 偏向하는 「포-말리즘」은 더욱 畸
形的이다. 그렇다고 意味는 意味의 曲藝에 그치는 것도 部分的인 일
밖에 아니 된다.

「로맨티시즘」은 勿論 原始的인 幼稚한 것이지만 象徵主義 以來
모든 詩派들은 詩의 技術의 一部分을 誇張하기에 汲汲하였다. 거기
는 時代의 約束과 要求가 勿論 있었다.

이제부터의 詩人은 先人들이 努力에 依하야 發見한 새로운 方法
들을 綜合하야 한 개의 全體로서의 詩를 把握하여야 할 것이다.

人工的이라는 한 가지 理由로 先人의 功績을 全部 否定하는 것은
野蠻에의 復歸다. 「로-렌쓰」의 原始主義는 그 自體가 近代文明의 批
判으로서만 意義가 있다. 그가 現代의 異敎徒요 邪敎徒인 까닭이 거

기 있다. 卽 人類의 歷史를 發展이라고 보지 않고 觀念的인 否定 속에서 勇猛한 혼차 소리를 소근거린 데 지나지 안는다.

그렇다고 單純히 技術의 綜合的 把握에 依하야 詩의 問題는 끝나는 것은 아니다. 그것만이라면 그것은 如前히 一方的인 形式主義에 떨어지고 말 것이다.

그러한 技術에의 새로운 認識은 活動的인 詩的 精神과 그러고 또한 불타는 人間的 精神과 함께 있지 아니하면 아니 된다. 二十世紀의 詩는 많은 境遇에 그 高度의 技術的 發達과 그 背後의 熾熱한 詩的 精神에도 不拘하고 單純한 技術的 運動에 그치고 더 根元的인 人間的인 精神을 紛失하고 있는 것이 事實인 것 같다.

잃어버렷던 人間的 精神을 어대 가서 찾을가. 물론 生活 속에서 現實 속에서 아름다운 行動 속에서 밖에는 찾을 대가 없다.

結局 生活은 文學의 永久한 故鄕이다. 그러나 現代의 詩人은 故鄕에서 너무 먼 곳에 있다. 여기에 詩人의 苦悶이 있다. 그러나 여기서는 技術의 問題만 이야기하기로 했다. 더 根本的인 問題는 다른 機會로 밀기로 하자. (一一, 二九日)

〈詩苑 (1권 1호. 1935. 2)〉

제 Ⅱ 부

午前의 詩論, 第 一篇 基礎論

(一) 現代詩의 周圍

序言

한 개의 생각은 그것을 肯定하므로써 利를 볼 수가 잇다. 또한 否
定하므로써 利를 볼 수도 잇다. 여기에 純全히 詩를 사랑하는 이 또
는 알려고 하는 이들에게 이야기하려는 나의 意見은 或은 獨斷일는
지도 모른다.

또한 나는 나의 말이 退却이라든지 停頓이라든지 怠慢에 대하야
는 너무나 苛酷하다는 非難을 바들 것을 豫想한다.

그러나 事實 나는 「十九世紀」를 擁護할 수 잇는 아모러한 말도 알
지 못한다.

나는 반드시 나의 意見이 肯定되는 것만 바라는 것은 안이다. 萬
若에 나의 말을 否定하므로써 諸君이 한거름 더 나아갈 수가 잇다면
그것은 이 論文의 別個의 成功일 것이다.

붓을 잡을 때마다 痛切히 느끼는 것은 오늘에 사는 作家나 詩人처럼 不幸한 사람들은 업다는 일이다.

實로 벌서 말해질 수 잇는 모-든 思想과 論議와 意見이 거진 先人들에 의하야 말해젓다. 그들은 우리가 말할 수 잇는 것을 別로히 남겨두지 안코 그들의 머리에 떠오르는 뭇 일을 吝嗇함이 업시 吐露해버렷다. 남어잇는 可能한 最大의 일은 先人이 말한 內容을 다만 다른 方法으로 說明하는 程度라는 것을 더군다나 自身의 作品에서 發見하는 때 우리들의 自尊心은 餘地업시 쓸어진다.

낡은 일을 낡은 方法으로 언제까지든지 써가면서도 아모러치도 안케 생각하고 잇는 作家나 詩人을 내가 幸福스럽다고 말하는 것은 그 까닭이다.

그러컨마는 詩는 언제든지 停止할 줄 모르는 움즉이는 精神 속에 살어야 한다는 것은 얼마나 무서운 일이냐?

敎養이라는 것은 이우에 업시 貴重한 것이지만 그것이 進步에 奉仕하지 못하고 오히려 停頓을 合理化하는 데만 씨여질 때 詩는 차라리 그러한 怠慢한 敎養에 대하야는 反抗을 宣言하고 野蠻의 地位로 잠시 돌아간 때도 잇섯다.

여기서 또 한 가지 障害가 잇다. 그것은

公衆은 언제든지 새로운 「에스프리」를 무서워한다는 일이다.

이 일은 政治的 公衆이나 文學的 公衆이나 그러케 틀림이 업다. 公衆은 새로운 「에스프리」에 아주 익어버리기까지는 그들의 압헤 그들과는 너무나 懸隔된 賢明이 提示되엿슬 때 그것에 각가히 가기를

躊躇한다.

公衆은 언제든지 그들이 가지는 文學 속에 若干의 興行物이 석겨 잇기를 바란다.

그런데 詩는 그 時代의 「에스프리」일뿐 안이라 더욱히 그 時代의 모-든 文學의 「에스프리」기도 하다.

여기에 現代가 가지고 잇는 몃 가지의 特徵的인 時間的인 困難과 또한 地理的 困難을 아울러 헤일 수가 잇다.

이러한 障害物 競走場에 잇는 것이 바로 오늘의 詩人이 通過할 수박게 업는 瞬間이다.

◇

여기에 지금까지의 나의 詩에 대한 思索의 決算을 지여서 써 이 困難한 瞬間을 함께 經驗하면서 잇는 詩徒에게 보내는 말을 사므려 한다.

허나 이것으로써 나의 思索이 停止하는 것은 아니다. 다만 너무나 支離한 길에 한 標木을 세우므로써 自身의 思考를 整理하려고 할뿐이다.

全編을 基礎論과 技術論의 두 篇으로 난호고 基礎論에 잇어서는 主로 詩의 精神에 關한 方向을 이야기하고 技術論에 잇어서는 우리들 詩徒를 위하야 가장 怜悧하다고 생각되는 狩獵法을 考究해보려고 했다.

〈조선일보 (1935. 4. 20)〉

*원본이 잘못이 있어 바로 잡았음.

(二) 詩의 時間性(上)

　우리는 한 個의 終點이고 同時에 出發點이다.

　過去는 이 한 點에서 退却하고 來日은 이 한 點에서 밝어 올 것이
다.

　우리에게는 지금까지의 歷史의 모-든 收穫을 所有할 權利가 잇다.

　同時에 그 우에 무엇이고 「풀러쓰」할 義務도 잇다.

　이는 詩의 나라에 入籍하려는 市民의 最初의 權利요 義務다.

○

　詩라고 하는 것은 아모리 純粹한 狀態에서도 그것은 不潔한 吸紙
의 一種이믈 면치 못한다. 어떠한 경우에도 그것은 時代의 斑點을
발러 가지고 잇다.

　우리는 歷史가 도모지 건드려본 일이 업는 沙漠 속에서와 가치 살
수는 업다.

　要는 우리의 位置를 산 歷史의 銳角의 頂點에서 찾느냐 마느냐가
問題다.

○

　詩는 위선 詩 自體의 歷史를 가지고 잇다.

　다음에는 歷史性의 일홈으로 代表되는 歷史一般의 時間性의 制約
을 바들박게 업다.

　歷史一般의 時間性은 그것을 詩가 消極的으로 反映하는 것과 積
極的으로 그 속에 現代에 대한 解釋을 가지려고 할 때의 두 가지의
境遇를 豫想할 수가 잇다.

　아모리 反時代的인 藝術일지라도 自然發生的으로는 時代의 어느

部分的인 病症일망정 代表하는 것이 事實이다.

이에 反하야 詩 속에서 詩人이 時代에 대한 解釋을 意味할 때에 거기는 벌서 批判이 나타난다. 나는 그것을 文明批判이라고 불러왓다.

이 批判의 精神은 어느새에 「쌔타이어」(諷刺)의 文學을 胚胎할 것이다.

다시 말하면 詩에 잇서서의 時間性의 問題는 하나는 詩를 그것의 發展過程에서 理解하는 것을 意味하며, 다른 하나는 詩人은 그가 呼吸하는 現實에 敏感하기를 要求하며 現實의 瞬間을 立體的으로 理解하는 것조차 命令한다. 하나는 批評의 時代性을 意味하고 다른 하나는 詩의 時代性을 意味한다.

○

嚴密한 意味에서 우리는 벌서 「쉑쓰피어」를 「엘리자벳」朝의 사람들처름 感受할 수는 업다. 우리의 感受性에는 時代의 때가 발려잇는 것을 속일 수 업는 까닭이다. 詩에 대한 一般의 要求와 밋 詩人自身의 詩에 대한 觀念의 內容도 時代를 따라서 다른 것이 事實이다.

〈조선일보 (1935. 4. 21)〉

(三) 詩의 時間性(下)

그러므로 詩의 理解에 잇서서 가장 重要視되여야할 範疇는 時間이다. 時間性에 대한 理解도 업스면서 오늘의 詩를 알 수 업다고 하는 誣告들은 실로 一顧의 價値조차 업는 無謀한 일이다.

우리는 이것을 時間主義라고 命名해도 조흘 것이다.

時間主義라함은 製作과 批評에 잇서서 認識과 判斷의 最初의 標準을 時間—다시 말하면 歷史의 우에 두는 見解를 이름이다.

○

詩의 時代性이 極端으로 高調된 現像의 流波다.

그들은 한 개의 共通된 時代性을 紐帶로 한 共通된 藝術活動을 意慾한다.

그런데 流波는 그 自體의 存在理由를 굿건하게 하기 위하야서는 詩의 時間性이라는 것이 現在의 瞬間에서 未來의 無限에로 延長되고 잇다는 事實을 無視하기 쉽다. 流波만의 價値를 가지고 잇는 詩人은 한 개의 歷史的 事件으로서의 興味의 對象임에 끈친다. 詩人은 單純히 現在의 地上만을 구버볼 것은 아니다. 人間의 根源的인 것 —다시 말하면 永遠한 것에 대한 追求를 겨을리 해서는 아니 될 것이다. 그러나 이 말은 조곰치도 詩人은 現在를 無視해도 조타는 말은 意味하지 안는다.

○

詩人은 恒常 時代의 사람이며 同時에 超時代의 사람인 것이다.

○

새로운 時代의 思考는 새로운 表現樣式을 要望한다. 그런데 한 時代는 그것의 藝術 속에서 그 表現을 가진다.

그러니까 뛰여난 藝術은 恒常 그 時代의 樣式(스타일)이엿다. 藝術은 또한 그 時代樣式에까지 高揚되려는 努力에 살어야 할 것이다.

한 時代의 藝術的 表現의 慾求.

詩의 時代的 樣式化의 努力.

그것은 詩의 極致에 잇서서 綜合되고야 말 두 線이다. 또한 詩의

時間性의 問題의 다른 한 개의 方向이다.

〈조선일보 (1935. 4. 23)〉

(四) 人間의 缺乏

그 속에 人間이 參與하는 것을 極度로 排除하는 藝術이 잇다.

藝術뿐 아니라 現代文明의 모-든 領域에서 人間이 쪼껴나고 잇는 事實은 누구나 쉽사리 指摘할 수 잇는 일이다. 人間의 缺乏—그것은 現代文明 그 自體의 性格이다. 文學에 잇서서 人間을 拒否하는 이러한 主張은 일즉이 英國에서는 "T·K 흄"이 體系를 세워서 오늘에는 "T·S·엘리옷"에 依하야 繼承되고 잇다.

文明이 人間的인 것을 洗滌해버리고 그 獨自의 世界로 蒸發될 때 그것은 이윽고 眞空의 狀態에 이를 것이다.

오늘의 知識階級을 構成하는 우리들은 벌서 어려서부터도 이러한 雰圍氣속에서도 人間을 考慮하지 안는 方向에로 智的 訓育을 바더왓다. 더욱이 幾多의 層을 이루고 잇는 現代生活의 어느 限界 以下에 대하야는 오직 盲目의 美德만이 獎勵되여 왓다. 文學에 잇서서는 이는 古典主義의 體系를 形成한다.

「T·E·흄」은 「빅토리아니즘」의 飽和된 人間主義에 대한 批判으로서 이러한 非人間的인 古典主義를 생각하엿스나 그것은 表面的인 現像이고 오늘에 와서는 이 非人間性이야말로 高度로 發達된 現代文明 그 自體의 本質임이 발혀것다.

허나 人間을 점점 멀어저 가고 잇는 文學이 裝飾(레코레이슌)의
一種으로 떨어지고 말 念慮가 만흔 것은 明瞭한 일이다. 超現實主義
와 가튼 것도 文字의 裝飾인 경우가 만헛다. 天使들의 形而上學的
遊戲에 끈치는 詩들은 大體로 裝飾的인 壁畵를 想像시킨다.

어떠한 精神的 形骸를 가르처 詩의 本質이라고 생각하는 假說 미
테서 抽象된 한 개의 方向으로 詩의 純粹化를 企圖하는 모-든 淸敎
徒的 意見은 結局은 詩를 裝飾의 一種을 맨드러버리는 結果를 가저
올 것이다.

이 일은 나아가서는 技術에의 偏向이라는 現像을 나타낸다.

또한 文學的 「이메지」(映像)를 維持하므로써 겨우 極히 稀薄한 程
度의 人間性을 남겨 가지고 잇는 詩가 잇다.

그러나 그 속에서 人間的 感激과 批判이 參加하지 아니한 詩는 文
字의 裝飾에 지나지 안흘 게다.

그것은 地上의 모-든 것으로부터 虛空에로 눈을 돌리고 아름다운
黃昏이나 찬란한 별들의 잔채에 참여하려고 하는 일이다.

모-다 대낮에 疲勞한 午後의 心理다.

眞空의 狀態는 事實에 잇서서 지극히 純粹하고 淸潔한 狀態일 것
이다.

그러나 不幸한 일은 그러한 너무나 깨끗한 空間에서는 사람은 살
수가 업다.

사람의 生存을 위하야는 實로 若干의 「炭酸까쓰」와 「박테리아」를
包含한 不潔한 空氣가 必要한 것이다.

여기에 詩에 잇서서 人間의 參與를 要하는 根據가 생겨난다.

〈조선일보 (1935. 4. 24)〉

（五）東洋人

以上에서 나는 現代文化 그것의 重要한 性格을 指摘하엿지만은 다시 視野를 조펴서 우리의 詩壇으로 돌아오면 거기서는 또한 이와는 매우 다른 風景의 羅列을 구경할 것이다.

卽 우리의 周圍에는 수업는 肥滿症이 汎濫하고 잇슴을 보다

爲先 너무나 肥滿한 情緖가 잇다. 다음에 過剩된 主題의 橫行이 잇다. 壓倒된 興奮의 暴行이 잇다. 十八世紀的인 感情을 오늘도 오히려 十九世紀的인 모양으로 아모러치도 안케 노래부르는 太平한 할미새도 잇다.

詩壇의 한 구석에는 李朝 五百年의 꿈이 그대로 자는 平和한 마음도 잇다.

저 주착업시 느러놋는 多辯을 드럿느냐?

이러한 너무나 肥滿한 病的인 肉體들은 데체 어대서 그들의 脂肪質을 攝取하엿슬까?

그것은 모다 詩는 一時的 感興의 쓰레백기가 아니면 政治學敎授의 심부름꾼에 지나지 안는다는 見解를 骨子로 한 낡은 詩論에서 그 不均衡한 營養을 어든 것이다.

大體로 東洋人은 事物을 全體的으로 統率하는 知性이 缺如한 것이 通弊다.

西洋人의 「피아노」는 「키-」가 數百個나 되는데 東洋人의 피리는 구멍이 다섯 개박게 아니 된다. 「타고아」가 그만한 成功을 한 것은

俄然하게도 그는 偉大한 憂鬱의 時代를 타고난 까닭인가 한다.

우리들의 感情은 「T·S·엘리옷」의 詩보다도 「예-ㅅ쓰」의 우름 소리에 얼마나 신통하게도 適應하느냐? 그처름 떠드는 한 사람의 「발작」이나 한 사람의 "뜨라이서-"조차가 東洋에서는 한 困難한 彼岸인지도 모른다. 人間의 缺乏이 아니라 知性의 缺乏은 東洋의 性格的 缺陷인 것 갓다.

建築을 한대도 밤낮업시 단간 草間이나 짓는 데 익숙하다. 그러한 집은 「타고어」나 素月이 살기에 얼마나 알마즌 집인냐? 周密한 設計圖는 물론 해본 일이 업고 巨大한 構造를 가진 大建築에 우리는 어떠케 서투른지 모른다.

이러한 缺陷을 自慰하는 意見이 잇다.

卽 東洋的인 것의 本質은 情的인 데 잇다는 自己陶醉로부터 意識的으로 그러한 方向에로 우리의 藝術을 시들어버리게 하는 見解가 잇다. 나는 그러한 엇더한 退嬰的인 敗北主義的 呼訴속에서도. 미들만한 아모것도 차저내지 못한다.

일즉이 나는 말한 일이 잇다. 「詩는 言語의 建築이다」. 그러타 詩는 어디까지든지 正確하게 計算되여야 한다.

내가 機會잇는 대로 知性을 高調하고 「센티멘탈리즘」을 排擊하려고 하는 것은 이 瞬間에 잇어서의 모-든 모양의 肉體的 肥滿과 東洋의 性格的 缺陷으로부터 애써 逃亡하려는 까닭이다. (계속)

〈조선일보 (1935. 4. 25)〉

(六) 古典主義와 로맨틔시즘

古典主義와 「로맨티시즘」은 單純히 文藝思潮上의 反對槪念일 뿐이 아니고 藝術家의 精神속에서도 이 두 가지의 精神은 끈임업는 鬪爭을 게속하고 잇다.

우리는 이 「로맨티시즘」이라는 말 代身에 「휴매니즘」이라는 말을 박구어 너허도 조타.

萬若에 政治의 領域이라면 그러한 精神의 陣痛은 必要치 안흘 것이다. 그러나 特定된 藝術의 領土 안에서는 이 戰爭은 休戰을 바랄 수 업는 것 갓다.

웨 그러냐 하면 「로맨티시즘」 乃至 「휴매니즘」은 藝術의 製作過程에 잇서서 破壞의 作用을 하는 까닭이다.

"T·E·흄"은 말하엿다.

「사람을 充分한 可能性의 貯蓄器처럼 생각하는 見解를 나는 "로맨틱"이라고 부르고 사람을 매우 有限한 限定된 生物로 보는 것을 "클라시클"이라고 부른다」고.

이 制限업는 人間性의 信賴는 否定的인 肉體的인 惡魔와 通한다. 여기에 制裁를 加하야 秩序를 주고 形象을 주려는 것이 古典主義精神이다.

◇

다시 말하면 人間性에 대한 非人間的인 知性의 對立이다.

그런데 사람들은 어쩐 까닭인지 이 두 가지 中에서 오직 하나만 읽으려 한다.

우리는 반드시 그 중의 하나만을 가려서 加擔할 必要는 업다.
우리들의 過去의 여러 時代는 이 두 精神을 交替해가면서 信奉하
엿다.

現化에 오기까지는 아모도 이 두 가지의 極地의 中間地帶를 생
각한 일은 업다. 투쟁 속에서도 거기에 얼켜지는 連綿한 關係를
明瞭하게 생각해 본 사람은 드물다. 藝術은 肉體의 參加—다시 말
하면 "휴매니즘"의 助力에 依하야 비로소 生命性을 獲得한다는
것은 어떠한 古典主義者도 否定할 수 업슬 것이다. "로맨티시즘"
은 秩序 속에 組織되므로써 古典主義에 接近해가지고 古典主義는
또한 그 속에 肉體의 소리를 끌어드리므로써 「로맨티시즘」에 가
까워 간다.

이 두 線이 連結되는 그 一點에서 偉大한 藝術은 誕生되는 것
이라고 생각한다. 詩에 잇서서도 問題는 勿論 마찬가지다.

나는 여기에 다른 한 개의 比喩를 提示하련다.

古典主義에 依하야 代表되는 知性을 詩의 骨格이라고 하면 肉體
로써 代表되는 「휴매니즘」은 筋肉이오 血液일 것이다.

完全한 詩란 結局은 骨格과 筋肉과 血液이 한 개의 全體에 依하야
統一된 健康한 體格을 聯想시키는 것이라고 생각한다.

너무나 여윈 知性은 드듸여 肉體를 憧憬할 것이고 肥滿한 肉體는
또는 堅固한 骨格에 대한 鄕愁를 드듸여 버리지 못할 것이다.

大體로 「르네쌍쓰」는 人間의 發見에 依하야 「휴매니즘」을 孵化하
엿고 한편으로는 그것을 抹殺하려는 「카인」인 줄도 모르고 「헬레니

즘」에서 「아드리아」의 바다빗 가티 明澄한 知性을 배호는 矛盾을 犯
하엿다.

〈조선일보 (1935. 4. 26)〉

（七）古典主義와 로맨틔시즘（續）

「르네쌍쓰」에 그 淵源을 가진 所謂 近代精神 속에는 이 두 가지의
相反한 精神이 살고 잇서서 드듸여 둘 사히에 調和를 發見 못하고
그 鬪爭이 近代의 精神史와 同時에 文明史를 展開식킨 것이 아닌가
생각한다.

辨證法과 가튼 것도 이 鬪爭의 方式을 說明햇슴에 지나지 안는다.
그래서 오늘의 文明은 그것이 너무나 人間의 소리와 肉體를 無視하
므로써 가장 病的 古典主義의 時代를 이룬 것처름 생각된다.

現代의 새로운 古典主義(例를 들면 「흄」이나 「엘리옷」에 依하야
代表되는 것)는 文學에서 人間을 肉體를 完全히 쪼차내기를

企圖하야 人間의 냄새라고는 도모지 흐르지 안는 「삐잔틴」의 幾
何學的 藝術을 尊重하엿다. 勿論 이는 前에도 말한 것처름 英國에
잇서서 「빅토-리안」과 그 末流의 不潔하고 混濁된 人間的인 너무나
人間的인 「휴매니즘」의 傾向에 대한 反動으로서는 充分히 時代的 意
義를 가지고 잇기는 하다.

그러나 그들의 理想하는 完全히 人間性을 抹殺한 藝術―生命的인
것에서 아주 斷絶된 狀態에 잇는 藝術은 至極히 透明한 知性의 狀態
에 到達할 지는 모르나 드듸여는 한 개의 虛無에로 發散하지나 안흘

가?

虛無 속에서는 藝術도 人間도 한가지로 消失되고 말 것이다.

허나 虛無로 通하는 것은 반드시 知性만이 아니다. 詩에 잇서서의 「로맨티시즘」의 放任은 詩 以外의 外在的인 人間的 價値의 跋扈를 結果하기 쉬워서 이윽고는 亦是 詩를 消失할 憂慮가 만타. 道德이라든지 行動이라든지 思想이라든지 한 人間的인 것들이 詩보다 압서서 考慮될 때에는 詩 그것은 이저버리우기기 쉽다. 그 중에서도 가장 幼稚한 것은 사람의 本能이라든지 感情을 그대로 崇拜하는 素朴한 野蠻主義다. 事實에 잇서서 「로맨티시즘」의 精神이 勃興하든 時期에는 藝術로서는 그러케 成功한 時期가 아니엿다고 함은 歷史가 우리에게 暗示하는 바다.

「빠이론」의 征服은 지금 생각하면 실로 우수운 熱中에 지나지 안헛다. 十九世紀 初葉은 藝術的으로는 失敗하엿다고 생각한다.

非人間化한 수척한 知性의 文明을 너머서 우리가 意慾하는 것은 知性과 人間性이 綜合된 世界가 아니면 아니 된다.

우리들 內部의 「쎈티멘탈」한 「東洋人」을 깨우처서 우리는 위선 知性의 門을 지나게 하여야 할 것이다. 萬若에 詩가 被動的으로 現代文明을 反映하므로써 滿足한다면 「흄」이나 「엘리옷」의 古典主義가 바른 것이 될 것이다.

그러나 우리의 詩 속에 現代文明에 대한 能動的인 解釋—批判을 求한다면 그것은 그 속에 現代文明의 發展의 方向과 姿勢를 提示하고야 말 것이다.

그런데 오늘의 우리들의 詩는 大體로 얼마나 文明 그것보다도 뒤떨어저 잇느냐? 文明 그것에 대한 認識이 거진 오늘의 우리 詩人들에게는 굿세게 把持되여 잇지 아니한 것도 우리들이 怠慢하다는 證據에 틀업다.

이 唾棄할만한 怠慢과 그러고 自己陶醉에서 우리는 一刻이라도 바삐 떠나야 할 것이다.

◇

우리는 지금 갑작히 文明을 버리고 野蠻으로 도라갈 수는 업다. 歷史를 發展하는 것이라고 밋는 사람들에게는 文明은 絶望을 敎唆하지는 안는다. 그것은 다음 段階로의 發展을 確信시킨다.

來日의 文明은 「르네쌍쓰」에 依하야 賦課된 「휴매니즘」과 古典主義가 綜合된 世界일 것 갓다. 너무나 機械的으로 달아나고만 文明이 肉體의 共動에 依하야 生命的인 것에로 高揚되여야 할 것이라고 생각한다. 그것은 古典主義나 「로맨티즘」의 一方的 高調나 否定이 아니고 그것들의 綜合에 依하야 到來할 것이나 아닌가고 생각한다.
(계속)

〈조선일보 (1935. 4.
28)〉

(八) 도라온 詩的 感激 (上)

우리는 「흄」 等을 배와서 「르네쌍쓰」를 賤視할 것은 업다.
따라서 새삼스럽게 中世紀에 愛着할 수도 업다.

原罪(오리지날・씬)를 認定하므로써 끗업는 悲嘆속에 失望할 必要도 업고 너무나 지나치게 生의 可能性을 信仰할 수도 업다. 우리는 미들 수 잇는 아모러한 神도 가지고 잇지 안타. 그것을 가지고 잇는 것은 至極히 幸福스러운 몃 사람에 지나지 안는다. 그래서 드듸여 아모 것 속에서도 詩的 感激을 찻지 못하고 잇는 것이 大部分의 現代詩人들의 속임 업는 姿態인 것 갓다.

우리는 벌서 「뽀-들레르」 以來 차츰차츰 詩를 일허버리면서 온 것이 事實이다.

「버지-니아・울프」가 文明에 대한 關心을 現代詩人에게 勸告한 것은 거지반 시들어버린 우리들의 詩的 感激의 復興을 바라는 老婆心에서엿다.

나는 現代의 大部分의 良心的인 詩人이 詩的 感激을 喪失하고 따라서 詩가 斷崖에 直面하고 만 責任을 現代의 文明에게 돌린다. 이러케 殺風景인 人間을 無視한 文明 속에서 그 속에 사는 가장 敏感한 詩人들의 神經은 萎縮될 박게 업슬 것이다. 일즉이는 彈力에 차든 마음이 지금은 「밤」을 안고 어두운 지붕 미테서 드듸여 우름조차 울 수 업는 것도 無理가 아니다.

그러나 이러한 虛無를 虛無로써 肯定하기만 하면 그것은 虛無에 끈지고마는 일이다.

文明에게 시달려 맥빠저 자빠진 우리의 마음을 깨우처서 文明의 正體를 蔑視하기를 시작하여야 할 것이다. 그래서 그 本質을 發見하므로써 그것이 向하여야 할 方向까지를 차저 보아야 할 것이다.

그것은 生의 可能性의 狂信이 아니고 發展하는 活動 속에서 生의 可能性을 차저내는 일에 틀림업다.

여기에 現代詩의 새로운 詩的 感激의 源泉이 잇다고 생각한다. 詩에 잇서서 이것은 具體的으로는 모다 人間的인 感激으로써 나타날 것이다.

◇

이것과 代立하야 여기에 別다른 詩的 感激의 源泉이 잇다. 그것은 말하자면 人間的인 感激에 대하야 文學的인 感激이라고 말할 수 잇는 것이다. 卽 詩에 잇서서의 「낡은 것에 대한 潔癖과 同時에 「새로운 것에 대한 情熱」이다. 다시 말하면 文學的 「리볼류순날·스피릿」이다. 그것은 젊은 冒險의 精神이다. 저 未來派와 「다다」와 「슈-르레알리스트」들을 거진 理解者가 全無한 寂寞 속에도 그러케 수업는 突進을 敢行하게 한 것은 實로 이 文學的 情熱이엿다.

이 冒險의 精神을 通하여서만 그들을 理解할 수 잇는 것이다.

그들의 악착한 努力이 單純히 曲藝나 헛일처름만 비최는 눈을 가진 철업는 觀衆들은 歐洲에도 얼마든지 잇섯다.

그러한 눈을 가진 것을 자랑사마 이야기한 사람들은 結局은 自身이 老人이라고 함을 公言한 것에 지나지 안는다.

우리 詩壇에서는 그러한 「젊은 老人」들을 諸君은 얼마든지 맛나 볼 것이다. (계속)

〈조선일보. (1935. 5. 1)〉

(九) 도라온 詩的 感激 (下)

우리는 인제 人間的 感激과 文學的 感激의 相互關係를 생각할 時期에 이르럿다. 우리는 二十世紀를 잡아서부터 到處에서 文學的 感

激의 勃興을 보앗다.

　그러나 그것이 이윽고는 아주 文學的으로 退却의 姿勢를 取하게
되고만 것도 구경하엿다. 그것은 大體 무슨 까닭일까?

　文學的 感激이 그것의 方向을 더듬을 때에는 그것은 이윽고 單純
한 形式……技術에 대한 感激에 끈치고 만다. 그래서 필경에는 오직
技術에의 熱中 속에 詩를 아주 일허버릴 뿐 아니라 그들의 文學的
感激도 함께 일허버리고 마는 일이 往往 잇따. 이것은 二十世紀의
만흔 文學上의 新精神들의 大部分이 當하고 만 運命이엿다.

　그래서 良心的인 詩人은 누구나 「람보-」와 가티 詩에서 逃亡할
면 航海를 그리게 되엿다.

　그러면 이 文學的 感激은 어떠케 永遠히 保存될 수가 잇슬가?

　그것은 다만 人間的 感激과 함께 잇서서만 不斷히 타는 生命으로
서 살어 잇슬 수 잇슬 것이다.

　메마른 形式의 技術만의 豊穰 속에서는 詩는 드듸여 아름다운 屍
體가 되어 누어잇는 것을 우리는 發見한다.

　그런데 일즉이 「뽀들레르」는 驚異라는 말을 썻다. 驚異라고 함은
對像에서 항상 새로움을 發見함에 틀림업다.

　그러한 意味에서 詩는 항상 驚異를 담고 잇서야 함은 올흔 일이
다. 旣成의 槪念을 담는 것도 지나간 敎理를 槪念의 모양으로 그대
로 쑤서넛는 것은 詩를 죽이는 일이다. 旣成의 槪念이나 敎理가 詩
속에서 다시 살어날 수 잇는 것은 詩人이 그것들에서 무슨 새로움을
發見하엿슬 때뿐일 것이다.

　이러케 發見된 한 瞬間의 驚異는 詩人의 內部에 多少 繼續的인 感
激으로서 남어서 그의 形象化의 作用 속에 血液처름 흘러서 그것에

潑剌한 生命을 賦與하는 것이라고 생각한다.

人間的 感激을 늘 그 詩作 속에 가진다고 하는 것은 旣成의 모-든 價値와 常識化한 認識에 대한 不滿에서 끈임 업시 그것의 批判에로 詩人의 精神을 끌어가는 일이다.

그래서 그것은 人間의 思考에 늘 한 變革을 準備할 것이다.

한편에 잇서서 生氣잇는 文學的 感激은 詩의 技術的 方面에 잇서서에 恒常 飛躍的인 變革을 가저온 것이다.

가장 偉大한 詩는 그 思考에 잇서서 또한 그 技術에 잇서서 「리불류-순날」하여야 한다고 함은 이 까닭이다.

◇

詩人의 精神 속에서 일어나는 觀念의 不斷한 破壞와 建設, 技術, 領域에 잇서서의 根氣잇는 探險, 이러한 일은 다만 活動하는 精神에서만 期待할 수 잇는 일이다. 結局은 詩的 感激이란 精神의 活動 속에 깃드는 것이라 함은 明白한 일이다. 固定된 槪念 固定된 思想 固定된 論理 固定된 認識 固定된 敎理의 解釋에 始終하는 固定된 詩속에 잇는 것은 感激이 아니고 惰性이오 怠慢이오 死일 것이다. 또한 世界를 固定한 것이로 볼 때에 거기서는 詩的인 아모 것도 發見하지 못할 것이다.

萬若에 君이 世界를 움직이는 것으로서 享受할 때에는 거기는 詩的 感激의 整脈이 끈허질 理가 업슬 것이다. (基礎論 終)

〈조선일보 (1935. 5. 2)〉

午前의 詩論, 基礎篇 續論

(1) 角度의 問題

角度의 問題에 關聯해서 保守的 詩人들이 보이고 잇는 두 개의 忠實이 잇다.

하나는 先人들이 定해 준 한 개의 角度를 늘 대중하게 지키고 잇는 일이고 다른 하나는 그들은 恒常 한 자리에서 박게는 事物을 바라볼 줄을 모른다는 일이다.

일즉이는 空間만이 認識의 極限인 때도 잇섯다.

그 中에서도 網膜에 비쵤 수 잇는 物體의 平面이 理解되는 全部인 幼稚한 時代도 잇섯다.

이 點에 잇서서 立體派라는 말은 새로히 考慮되여야 할 充分한 價値를 가지고 잇다고 생각한다.

時派로서의 立體派가 그 指導者들의 精神的 貧困 때문에 單純히 詩의 印刷의 異變에 끈치고 만 것은 詩를 위하야 슬픈 일이엿다.

우리는 이 「아폴리네-르」 等의 一時의 運動으로서의 立體派보다
도 單純히 立體派라는 말 그것에서 오는 새로운 意味를 배흘 必要가
잇다고 생각한다.

事物을 空間的으로 認識할 境遇에도 平面的에 끈치는 것은 認識
의 喪失을 結果한다.

우리는 우리의 角度를 移動시킴으로 事物을 立體的으로 理解할
수가 잇다.

平面의 저 편에 숨어잇든 秘密을 우리의 것을 맨들 수가 잇슬 것
이다.

여기에 또한 새로운 角度가 提示되엇다.

時間이 그것이다.

어떤 事實이 끄을고 잇는 時間에 대한 理解업시 그 事物을 完全히
理解햇다고 말할 수는 업슬 것이다.

時間을 發見하엿다는 點에 잇서서 超現實派와의 詩와 唯物史觀과
新「칸트」派는 各各 우리에게 敎訓을 주고 잇다.

그러타고 우리의 位置는 空間의 一點 또는 時間 우헤만 억매여둘
必要는 업다.

空間과 時間—그 속에서 우리들의 角度의 移動, 變化의 可能性은
時間平面 自體의 限界처름 널븐 것이다.

가튼 事物이라도 「카메라」의 「앵글」을 바꿈으로써 거기에서 發見
되는 價値도 各各 달러질 것이다.

그런데 우리의 周圍에서 들려오는 피리소리는 어젹게나 오늘이나
東에서나 西에서나 너무나 한결 갓다.

平生을 구멍이 업는 角笛을 불거나 그러치 안흐면 밤낫 업시 똑

가튼 詩를 쓰는 것에 실증이 나지 안는다고 하는 일도 分明히 奇蹟의 一種이다.

우리들의 大部分은 單音을 사랑하는 버릇을 아직도 떨어버리지 못하고 잇다.

그래서 여기서부터 單純과 單調에 대한 錯覺이 이러나는 것이다. 卽 單純은 詩作上 至極히 高貴한 美德이나 그러나 그것은 詩의 속에 씨여진 個個의 "이메지"나 "메타포어"가 至極히 明確하고 直截한 것을 意味하는 것이고 詩는 오직 다만 한 개의 "이메지"나 "메타포어"를 가져야 된다는 말은 ― "페-센트"도 意味하지 안는다. 卽 單調에 빠지는 것을 許諾하는 아모러한 寬大도 意味하지 안는다.

單調―그것은 우리들 東洋人이 가장 빠지기 쉬운 藝術上의 陷穽이고 同時에 모-든 偉大한 藝術이 삼가 避하는 藝術的 缺陷의 하나다. 또한 詩의 構造에 잇서서도 誤解된 單純-單調-와 統一은 混同되어 씨여지는 경우가 만타.

卽 短詩에서는 그러치도 안치만 長詩에 잇서서는 그 構造가 자못 複雜해 보이는 것만 가르처서 單純하지 안타는 口實로 非難하는 소리를 듯는다.

그러나 그러한 外觀上의 複雜에도 不拘하고 거기에 萬若에 「多樣 속의 統一」이 잇기만 하면 非難될 것은 아니다. 「神曲」이 그러햇고 「失樂園」이 그러햇다. 또 「荒蕪地」가 그러타.

이러한 過誤는 大體로 短詩만을 조아하고 長詩를 꺼려하든 寫象派에게도 잇섯다.

"콕토"는 이런 말을 햇다. "진짜 「리알리즘」이란 우리들이 날마다 接觸하고 잇스므로 벌서 機械的으로박게는 보이지 안는 事物을 마치

그것을 처음 보는 것처럼 새로운 角度로서 보여주는 것이다.”

오늘의 詩人은 언제든지 그 自身의 角度를 準備해야 할 것이며 또한 角度를 變化시키고 移動시킬 줄도 알어야 할 것이다. (계속)

〈조선일보. (1935. 6. 4)〉

(2) 몃 개의 斷章

당신이 萬若에 대낫의 住民이라면 아마도 대낫의 恩惠에 대하야 無感覺할 것입니다.

萬若에 밤의 住民이라면 당신은 새벽을 가장 사랑한다고 말할 權利가 잇습니다.

그러므로 表面은 “아메리카” 騎手처럼 지극히 華奢해 보이는 明朗性의 안을 뒤지면 그것은 뜻박게도 黑眞珠보다도 더 어두운 밤일지도 모릅니다.

哀傷, 悲嘆, 啼泣, 絶望, 諦念 그것들은 虛無의 나라 미테서 길러낸 얼마나 殘虐한 病든 병아리들이냐?

그것은 모도다 드듸여 行動을 斷念한 狀態다.

이것들보다도 조곰 進步된 병아리가 잇다.

그것은 嘲笑다.

어떠한 時代이고 간에 그 時代의 “쌔타이어”의 文學의 根底를 흐르고 잇는 底流는 이것이다. “엘리옷” “헉쓸레” “웨스트” 等 오늘의 “쌔타이어”의 中心에서 울려나오는 것도 文壇에 대한 이 嘲笑의 소리에 틀림업다. 허나 그들은 憤怒까지는 가지지 못하엿다.

김기림 문학비평 173

그것은 보다더 積極的인 것이다. 그것은 다음 瞬間에 가질 行動의 準備姿勢거나 그러치 안으면 적어도 行動에의 可能性을 가지고 잇다.

◇

感性이라는 말을 너무나 한글 가튼 意味로 쓰는 것은 誤解를 사기 쉽다.

비닭이 가치 얌전하고 조심스러운 感性 독수리 가치 거츨고 틱틱한 感性은 各各 質에 잇서서 다른 것이다.

文明이 至極히 安定된 狀態에 到達하야 다만 受動的이고 享受的인 感受狀態를 要求할 境遇에는 前者가 尊重되며 그러치 안코 그것이 疲勞하야 그 속에서 새로운 것과 낡은 것과 意志와 斷念이 함께 뒤복기는 속에서는 차라리 後者가 要望되는 것이라고 생각한다.

우리들의 偉大한 電氣技師들은 若干의 星座를 맨드러서 흐린 한 을에 거러서 음산한 海水浴場의 밤을 밝힐지도 모릅니다.

그러면은 우리들의 先輩의 한 분은 이러케 말할 것입니다.

「그러나 별빗의 찬 숨결만은 아마도 별에게서만 올 수 잇는 것이다.」

그러치만 오늘의 子孫에게 잇서서는 電氣照明 街路燈 미테 기대서서 文明의 疲勞를 근심하는 것이 얼마나 그들에게 알마즌 「포-즈」입니까?

詩人의 內部에서 아름다운 行動과 아름다운 詩에 대한 選擇이 切迫되엿슬 때에 그 어느 것을 擇하는냐 하는 것은 大體로 그 疑問의 詩人의 「모랄」이 決定할 것이나 人間의 一般的인 全體的인 基準에서 볼 때에는 아름다운 行動을 아름다운 詩보다 더 아름다울 것이다.

내 自身에 대하여 말한다면 나는 勿論 아름다운 詩보다는 아름다운 行動을 사랑한다.

아니 때로는 아름다운 體格조차를 아름다운 詩보다도 훨신 사랑한다.

그러한 意味에서 나의 詩는 혹은 아름다운 行動에 대한 鄕愁일지도 모른다.

한 줄의 詩도 쓰지 아니한 「쩩크봐시에」를 詩人이라고 부르는 것은 그는 行動으로써 「다다이즘」의 詩를 썻다는 때문이 아니면 아니된다.

詩人은 차라리 그의 조흔 詩를 찌저서 休紙통에 던질 境遇도 잇슬 것이다.

저 有名한 藝術至上主義者 「단테 게부리엘·로젯티」조차가 그 詩를 愛人의 棺속에 무더버리지 안엇는냐?   (계속)

〈조선일보 (1935. 6. 5)〉

(3) 詩의 製作過程(上)

詩가 製作되는 過程을 나는 이러케 생각한다.

1. 生에 잇서서의 精神의 燃燒

2. 創造的 精神

3. 作品

結局은 詩作은 生의 복판에서 燃燒하고 잇는 詩人의 精神이 創造的 精神이라는 藝術活動의 풀무를 지나서 그리하야 結實하는 것이라고 생각된다. 여기서 말하는 生이라고 하는 것은 時代의 色彩에 强烈하게 着色된 것은 勿論이다.

素朴한 「로맨티시스트」들은 詩가 製作된다는 말에 不快를 느낀다. 봄뜰에 꼿이 피는 것처럼 그러케 詩도 사람의 心靈 속에서 피어나는 것이라고 그들은 본다. 그러니까 詩는 天才의 參與에 依하야 誕生하는 것이지 製作되는 것은 아니라고 解釋한다. 卽 어듸까지든지 詩는 自然發生的인 것으로 思惟하고 그것에서 目的意識을 認定하지 안는다.

이러한 部類의 詩는 暫間 우리의 對像으로서는 除外하고 오늘의 知識階級의 손으로 되는 詩의 가장 進步된 領域에서는 그 創造的 精神에 잇서서 實로 先代에 匹敵할 바를 차즐 수 업슬만치 熾熱한 것을 볼 수가 잇다.

그러나 不幸하게도 그들의 詩는 生에 대한 彈力을 일허버리고 잇는 것도 事實이다. 그들의 精神은 生속에서 불타기는커녕 오히려 그 重壓에 눌려서 바야흐로 꺼저버리려고 한다. 그러므로 이러한 生의 속에서 燃燒되는 精神을 喪失한 詩는 그 强烈한 創造的 精神의 潑剌에도 不拘하고 一種의 裝飾에 떨어지고 마는 것은 거진 宿命的인 일이다.

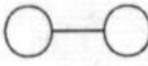

그러나 生과 詩와의 關係에는 또한 아래와 가튼 限界가 잇는 것을 니저서는 아니 된다.

遺産으로서의 詩에 잇서서는 그것을 思想과 方法(技術)의 두 方面으로 區分해서 假想할 때에 思想은 보다 더 可變的이고 方法은 보다 더 永續的이다. 그것은 詩의 속에 담긴 思想은 곳 時代에 뒤지기 쉬우나 어떤 詩人이 發明한 새 方法은 무슨 形式으로든지 다음 代의 詩人에 依하야 繼承되고 活用되는 것을 보아도 明白한 일이다. 예를 들면 「모더니스트」에 依하야 一部 相續된 것은 「뿌라우닝」의 思想이 아니고 그 技術的 成就엿든 것은 누구나 認定할 事實이다.

또한 이 一章의 冒頭에 提示한 것은 心理的 分析이고 事實로 詩의 製作에 잇서서 일의 大部分은 技術的 實驗인 것도 指摘할 수가 잇다.

그러타고 해서 技術的 高揚만의 詩를 맨드라고 獎勵하는 것은 아니다. 우리는 조금도 다음 代에 남길 遺産만을=化石만을 製作할 必要는 업다. 오늘의 詩는 爲先 現實의 詩 산 詩가 아미면 아니 된다. 산 詩라고 함은 思想과 技術이 渾然하게 融合한 全體일 것이다. 次代의 子孫들이 그 속에서 무엇을 擇할가는 오로지 그들의 自由意思에 屬할 것이다.

〈조선일보 (1935. 6. 6)〉

(4) 詩의 製作過程(下)

單純한 技術的 裝飾의 藝術을 바라는 것은 누구냐?

그것은 틀림 업시 文明의 現狀에 대하야 주저 업는 批判을 꺼려하는 사람들일 것이다.

○

詩人이 조흔 詩를 쓰기 원하야만 산다고 하는 것은 詩人에 대한 最大의 侮辱이 아니면 아니 된다.

조흔 詩를 쓴다고 하는 것은 生 自體의 唯一한 目的이 될 수는 업다. 그것은 單純히 詩作 그 自體의 目的에 不過하다.

조흔 生을 살기 위하야— 이는 詩人뿐 아니라 모-든 사람의 倫理

的인 態度다. 詩人의 이러한 態度는 詩의 製作過程에서의 人間的 基本的 "포-즈"고 詩의 製作에 손을 대는 瞬間부터는 그의 全目的은 조흔 詩를 맨든다는 一點으로 向할 것이다.

即 詩人은 조흔 生을 살기 위하야 詩를 쓰는 것은 아니다. 다시 말하면 詩는 生의 道具는 아니다. 그것은 人間的 一般的 價値와 藝術的 價値라는 各各 다른 範疇에 屬한다. 이러한 여러 개의 價値의 系列 사이에는 勿論 位置의 高低가 잇겟스나 그러한 比較는 더 廣汎한 人間學 乃至 文化哲의 學領分에 屬할 것이다.

이 境遇에 한 개의 價値로서 論議되는 詩는 個個의 作品이 아니고 抽象的인 詩 一般일 것은 勿論이다.

詩에 잇서서의 生의 關係의 限界를 더 端的으로 말하면 詩는 아래의 두 陷穽을 避하면서 實가 斷岸의 絶頂에 沿하야 生에 각로워 가야 한다는 말이다.

하나는 詩를 生에 잇서서의 모-든 價値의 參列 속에서 最高의 位置에 올려놋는 일 그래서 때때로는 生 그것보다도 더 노픈 곳에 詩를 모시는 일, 다른 하나는 生 그것에서 詩는 샘처름 소슬 것이고 그것만으로 詩가 된다고 생각하는 일. 古來로 수업는 詩人들이 이 두 陷穽에 빠저서 시들엇고 오늘에 와서조차 그 속에서 헤매는 수업는 그 後繼者들을 본다.

일즉이는 藝術至上主義者가 第一의 陷穽에 빠젓고 그보다도 더 만흔 「로맨티시스트」들이 第二의 陷穽에 빠저서 詩를 일허버렷다.

○

詩에게 너무나 지나치게 生의 壓力을 課하거나 또 放任할 때 그것은 그릇된 「로맨티시즘」에 흘러버리고 그와 反對로 아주 生의 侵入을 拒否할 때 그것은 또 마찬가지로 過度한 古典主義로 떨어지고 만

178

다.

○

生의 냄새라고는 도모지 풍기지 안는 詩가 잇고 또 그것을 目的하는 詩論도 잇다. 그러나 그러한 詩에 조차 어떠한 모양으로든지 그 詩人 自身의 生活의 그림자는 깃드러잇는 것이라고 생각한다.

生에서 全然 絶緣된 詩는 生에 대하야 絶斷狀態를 企圖하는 그 詩人의 生活態度를 反映시키고 잇다고 볼 수 잇다.

이 點에 대하야는 詩人과 批評家의 意向은 各各 對角線으로 背馳한다.

卽 詩人의 편에서는 그의 詩를 될 수 잇는대로 그의 個性生活에서 絶斷시켜서 獨立한 客體를 맨들려고 한다. 完成되여 한 번 그의 손을 떠난 한 편의 詩는 그와는 아모 관련업시 그것 自體의 獨創性에 依하야 呼吸하기를 願한다.

그러치만 그것을 對像으로 하는 批評家의 便에서 본다면 어떠한 詩도 그 作者의 精神 더 適?하게 말하면 生理의 一部分으로서 비칠박게 업다. 다시 말하면 詩는 詩人의 生活의 漂着物이거나 結實이다.

그러니까 批評家는 어떤 詩든지 그 詩와 作者의 人間과의 關係에서 考慮될 수박게 업다.

나아가서는 그 詩 속에 담긴 人間的 價値를 發見할 것이다.

다음에 技術的 價値를 抽出한다. 그래서 그의 最後의 또 最高의 일은 이 人間的 價値와 技術的 價値가 渾然히 비저내는 綜合的인 藝術的 價値를 發見하는 일이다.

그러나 그는 詩 以外의 外在的 價値—卽 政治라든지 宗敎라든지 倫理에서 비최어서 어떤 個個의 作品의 價値를 論해서는 아니 된다.

그것은 前述한 바와 가티 詩의 批評 以外의 領分이고 그 경우에

조차 거기서 取扱되는 것은 個個의 詩가 아니고 詩 一般인 것이다.

　(계속)

〈조선일보　(1935. 6. 7)〉

(5) 詩人의 포-즈

　한 번은 모-든 藝術이 사람에게서 出發한 것은 事實이다. 그러케
사람에게서 出發한 藝術이 다음에는 사람을 떠나기 시작하야 藝術
自體의 속에 凝結해버렷다. 그것이 오늘의 「藝術의 現狀」이다.

　허나 그것은 다시 사람에게로 도라가려고 한다.

○

　누가 藝術은 恒常 사람을 憧憬한다고 말하엿다.

　그것은 똑바른 말이다.

　그러면서도 이 말은 거진 十九世紀를 亡처노흔 말이다. 過誤는 그
말 自體에 잇는 것이 아니라 그것을 誤解하는 사람들의 便에 잇다.

　即 藝術은 사람만을 憧憬한다고 燥急하게 解釋해버린 것이 過誤
의 根源이엿다. 한 개의 副詞는 往往히 이러케 한 世紀를 그르치기
도 한다.

　嚴密한 意味에서 物質的으로 解釋한다면 詩는 말만을 材料로 삼
는다. 그런데 그 말이 代表하는 物像이나 觀念은 往往히 詩의 對像
이라고 解釋되여 왓다. 이 假定 暫間 肯定하고 그러면 大體 詩의 對
像은 엇떠한 것들인가?

180

1. 自然
2. 人間=生活
   A. 行動
   B. 感情
   C. 其他의 精神活動
3. 哲學

허나 이것들이 詩 속이 들어올 때에는 벌서 그것들 自體의 自主性을 일허버리고 全體的 構成의 一部分을 일움에 지나지 안는다는 것을 니저버리는 사람들에게는 詩의 對像을 따로히 생각하는 것은 危險한 일이다.

웨 그러냐 하면 그 일은 자칫하면 詩는 그 對像을 위하여 存在하는 한 개의 方便처름 誤解될 염려가 잇는 까닭이다.

딴은 지금까지의 作詩의 風俗에 依하면 詩는 對像을 通하야 主觀을 노래햇거나 그러치 안으면 大體로 對像의 印象을 노래한 것이엿다.

그러나 오늘에 와서는 一見 對像처름 보이는 것은 모다 詩的인 것으로 變形되여 詩 自體의 世界를 構成하는 한 部分的 材料에 지나지 안는다.

詩人은 한 개의 感情을 지여낼 수가 잇다. 한 개의 感覺의 世界를 지여낼 수가 잇다.

한 개의 思考의 世界를 지여낼 수가 잇다.

그러나 詩는 그 속에 씨여진 自然이나 觀念을 위하야 잇는 것이 아니다.

다시 말하면 詩의 對像은 詩 自體고 詩의 속에 씨인 얼른보면 對像처럼 보이는 것은 모다 詩의 材料에 지나지 안는다.

「막쓰·재콥」은 말하엿다.

"한 개의 作品의 價値는 무엇에 잇는냐 하면 그 自體에 잇는 것으로서 그 作品이 現實과 一致하는냐 안는냐 하는 일과는 關係가 업다"

웨 그러냐 하면 詩 속에 씨여진 모-든 現實은 現實 自體를 위하야 잇는 것이 아니고 詩를 위하야 잇는 까닭이다. 그래서 그 現實의 斷片은 詩人의 感情의 代表하든지 印像으로서가 아니라 詩의 建築을 爲하야 綿密하게 計算되고 裁斷되여 活用되는데 지나지 안는다.

○

나는 以上의 意味內容을 다른 말로 박구어서

詩人의 「포-즈」의 方面으로부터 생각해 보고저 한다.

詩人의 「포-즈」는 大體로 아래의 세 가지로 假定할 수가 잇다.

1. 내 自身을 노려봄

2. 나에게 反映된 世界를 구버봄

3. 나를 通하야 世界를 바라봄

「이마지스트」(寫像派) 以前의 모-든 時派와 詩人의 「포-즈」는 大體로 第一의 것이엿다.

「이마지스트」의 「포-즈」는 第二의 것이다.

여기까지는 詩人은 現實에서 될 수 잇는대로 멀리 떨어저서 그것을 論하려고 했다. 다시 말하면 「리-비쓰」의 所謂 「浪漫의 詩」엿다. 너는 엇재서 오늘도 薔薇와 노을과 별과 「캐나리」와 海邊과 꿈과 憧憬과 中世紀的 戀愛와 해오라비와 天使와 아가씨의 庭園과 갈마기와 墓地와 搖籃과 참새들과만 놀고 잇는냐?

이것이 保守的인 詩人들의 詩的인 材料다.

娼女의 목쉰 소리, 機關車의 「메캐니즘」 「뭇솔리니」의 演說 共同

便所의 博愛思想 公園의 欺瞞 "헤-겔"의 辨證法, 電車와 人力車의 競走 — 우리들의 周圍를 돌고 잇는 이 奔走한 文明의 展開에 대하야는 그들은 一切 이것들을 非詩的이라고 하야 얼굴을 찡그리고 도라선다.

오늘의 詩人에게 要望되는 "포-즈"는 實로 그가 文明에 直面하는 것이다. 그래서 거기서 그의 손에 부대치는 모-든 것은 그의 材料가 될 수가 잇다.

그러나 그는 恒常 그 속에서도 그 眩慌하고 豊富한 材料에 壓倒되지 안키 위하야 强靭한 感性과 健實한 知性의 날을 갈어야 될 것이다. 例를 들면 일즉이 "엘리옷트"는 "빅토-리안"의 꿈나라와 "죠-지안"의 田園과 "이마지스트"의 美學의 동산에서 詩를 現代文明의 "荒蕪地" 속에 끌어 내오기까지는 조앗스나 그는 드듸여 尨大한 現實에 壓倒되여서 겨우 忠實한 "카메라"와 가치 享受할 뿐이엿다.

나아가서 그는 굿센 批判까지는 가지지 못하엿다.

(계속)

〈조선일보 (1935. 6)〉

(6) 秩序와 知性

「아나톱・프랑쓰」는 말하엿다. 「批評은 記念의 남은 香氣에 豊富하고 또한 傳統도 때가 지나서 낡어버린 매우 文化가 開放된 社會에 놀라울 만치 適合하다. 批評은 穿鑿하기를 조와하고 學殖이 잇는 洗鍊된 人種에게는 神奇하게도 適應한다」 또한 「T・S 엘리옷트」는

「現代的이라는 것은 事實上 더욱 實證的으로 批評的으로 되는 일」이라고 말하엿다.

이것은 모다 現代의 頭腦의 習性을 가장 잘 指摘한 말이다.

事實에 잇서서 二十世紀는 小說의 時代도 아니고 詩와 時代는 더군다나 아니고 바로 批評의 時代임은 누구나 指摘할 수가 잇는 일이다.

文學의 領域에 잇서서 實證的인 點은 科學에서 批評的인 點은 哲學에서 影響된 것은 勿論이다.

따라서 그 極端의 産物로 多少 衒學的이고 論辨的인 現代의 만흔 「스놉」들을 들 수가 잇다.

그런데 아페 引用한 말들은 事實을 事實대로 指摘한 것은 勿論이지만 그 우에 各各 그 筆者들의 企願도 包含시키고 잇는 것을 이저서는 아니 된다.

或은 사람들은 現代의 政治方面에 잇서서의 여러 가지의 無批判的 行動의 勝利를 引證하야 나의 말을 反駁할른지 모른다.

그러나 우리들의 環境이 無批判的 發作的 反射的이면 그럴스록 그 속에서 呼吸하는 우리의 문학은 더욱더 着實하고 平靜하고 强靭한 姿勢를 일치 마러야 할 것이라고 생각한다. "批評的"이라고 함은 現代의 事實이오 同時에 當爲가 아니면 아니 된다. 또한 文學史는 반드시 政治史와 一致할 것도 아니오 하는 것도 아니다.

文學은 때때로 政治보다도 훨신 먼저 時代의 戰慄을 느끼는 것이 차라리 事實이다.

文學에 잇서서의 無批判的 行動의 發作은 이미 "다다"나 未來派에서 經驗하엿고 現實派에서도 多少 經驗한 것이다.

○

批評的인 時代에 가장 適合하고 有用한 武器는 틀림 업시 知性이다.

事實에 잇서서 오늘의 詩人을 어적게 以前의 詩人에서 區別하는 것은 이 知性의 有無다.

知性은 두 方面으로부터 생각할 수가 잇다.

하나는 手段(방법)으로서의 知性.

다른 하나는 目的으로서의 知性

오늘의 批評的 精神이 企求하고 願하는 것은 바로 手段으로서의 知性이다.

目的으로서는 우리는 知性 以上의 또 以外의 여러 가지를 意識한다.

手段으로서의 知性은 위선 詩와 詩人 사이에 距離를 設定한다.

그래서 作品 그것에 位置를 賦與한다.

다음에는 文學 自體에 秩序를 준다. 또한 個個의 作品에 그것에 該當한 秩序를 준다.

卽 內容의 秩序性을 준다. — 아름다운 內容이다.

形態의 秩序性을 준다. — 아름다운 "스타일"이다.

비록 그 속에 "로호틱"한 것처름 보이는 것이 잇슬지라도 그것은 벌서 統禦되고 計算된 것일 것이다. 어떠한 時代에도 進步的인 頭腦는 個人的으로라도 豊富하고 强한 知性을 가지고 잇섯다는 것은 記憶할 價値가 잇는 일이다.

○

따라서 모-든 藝術은 두 가지의 相反하는 部類에 난호인다.

1. 意識的 · 計劃的 · 知的 藝術

2. 無意識的 · 自然 發生的 · 寫生的 藝術(여기서 寫生的이라 함은

實像의 素朴한 模倣을 意味한다.)

前者는 作品의 일홈에 該當하지만 後者는 事實은 人間의 知性이 參與하지 아니한 全然 自然(本能)의 排設에 지나지 안는다.

(此篇 終)

〈조선일보 (1935. 6. 20) 〉

午前의 詩論, 技術篇

1. 思惟와 技術

詩를 말할 때에 內容과 形式을 항용 區別한다. 內容은 思想이라고도 불러지고 形式은 技術이라고도 불러진다.

그래서 內容主義라고 함은 思想을 偏重하는 것이고 形式主義라 함은 技術을 偏重하는 것을 가르처 이르는 것이다.

內容과 形式=思想과 技術의 渾然한 統一體로서만 詩를 理解하려는 意見은 全體主義라고 불러도 조흘 것이다.

이 세 가지 態度의 根本的 差異로부터 技術에 대한 意見도 各各 달러진다.

詩는 어떠한 事物에서 밧는 靈感에서 또는 偶然한 靈感 그것에서 香氣와 가치 피어오르는 것이라는 생각은 로맨티시스 나의 詩論이엿다.

이러케 靈感에서 天才的으로 發現하는 詩에 技術의 問題는 따로히 考慮될 必要가 업다.

　그러한 限度 안에서 十九世紀의 「로맨티시즘」과 後裔는 內容主義
에 屬한다. 그런데 十九世紀의 「로맨티시즘」은 靈感의 源泉으로 感
情 속에서 차젓지만 二十世紀의 流行한 「로맨티시즘」은 想像 속에서
그것을 차젓다. 嚴密하게 말하면 思想의 興奮 속에서 그것을 차즈니
까 亦是 感情을 尊重하는 傳統에 歸依한다. 둘 다 技術을 無視하는
點에서 똑가튼 內容의 偏向에 흘럿다. 思想만 잇스면 詩가 된다든지
詩的 靈感만 잇스면 詩가 된다든지 하는 便利한 생각은 어느 時期의
우리 詩壇을 風靡한 法典이엿다.

　그러나 남은 것은 詩가 아니고 感情의 生硬한 原型이거나 觀念의
化가 될 뿐이엿다.

◇

　이 나라서의 技術主義의 擡頭는 이러한 原始的인 素朴한 風潮에
대한 「안티테-제」로서 提出된 것이다.

　情緖와 思想과 感興과 靈感의 萬能에 대한 反逆이엿다.

　아주 技術의 問題를 니저버린 벌판에 그것을 다시 불러이르키기 위
하야는 技術主義는 너무 過激하엿다. 性急하엿다. 極端으로 흘럿다.

　그것은 勿論 첫재로 强烈한 文學的 反逆의 精神 우헤 섯고 적어도
文學的으로 時代的 意義를 意識한 行動이엿다. 둘재로 그것은 詩의
純粹를 熱望하는 詩的 情熱의 所産이엿다. 情緖的 思想的 靈感의 壓
倒 미테서 숨을 죽이고 잇는 詩的 精神은 드디여 그러한 것들을 詩
의 本質하고는 關聯이 업는 것으로 懷疑하기 시작하엿든 것이다.

　그래서 더한층 純粹한 詩의 本質을 技術 속에서 發見하엿다고 생
각한 것이다.

　音樂에 잇서서의 純粹音樂의 可能, 그림에 잇서서의 純粹畵의 可

能은 詩에 잇서서도 純粹詩의 可能을 밋게 하엿고 또 그 企圖를 慫
慂하엿다.

　純粹에의 길—그것은 詩뿐 아니라 現代의 모-든 藝術의 間斷업는
志向이엿다. （續）

〈조선일보 （1935. 9. 17）〉

（2）

　그러나 技術主義는 內容主義가 性急한 것처럼 技術의 偏重에 性
急하엿다.

　둘재로 그것은 詩의 純粹化의 方向으로 더듬다가 그릇 技術의 一
面化에 떨어젓다.

　셋재로 그것의 反逆은 文學的 精神의 限度에 끈치고 詩의 根源인
人間精神의 思考에까지는 發展하지 못햇다.

　물론 技術的 革命이 업는 藝術革命은 생각할 수가 업다.

　思想的 革命이 업는 藝術革命은 잇슬 수 잇다.

　技術의 問題는 모-든 文化의 根源的인 問題다. 그러나 그것은 問
題의 全體는 아니다.

　技術的 革命과 思想의 革命이 함께 잇는 藝術革命이야말로 最大
의 藝術革命일 것이다.

◇

　맨 처음 어떠한 思惟가 머리에 떠오른다.

　그것은 思惟 自體일 때도 잇고 어떠한 事物에 依하야 喚起된 것일
때도 잇다.

김기림 문학비평　189

어쨌든 그 思惟가 詩의 動機가 된다.

나는 여기서 思想이라는 말을 避하려 한다. 思想이라고 함은 보다 더 큰 體系와 組織을 가진 廣汎한 觀念內容이다. 그런데 詩의 作品에 나타나는 것은 그러한 體系 선 思想 그것이 아니고 차라리 그 斷片斷片이다. 그러한 쪼각쪼각을 한 時代의 여러 作品에서 또는 한 사람의 一生을 通한 作品 속에서 綜合해서 思想으로서 提示하는 일은 批評의 다른 한 개의 일이다.

그러므로 個個의 詩 또는 詩 一般으로 論할 때에 그 內容을 이루는 觀念을 나는 思惟라고 불러서 思想과 區別하련다.

그런데 이 動機로서 생겨난 思惟를 한 개의 詩的價值의 世界로 組織하는 方法이 技術이다. 이것은 詩作의 心理的 過程에 지나지 안코 賦與된 作品은 벌서 思惟와 技術은 別個의 것으로 並存하는 것이 아니라 不可分의 關係에서 서로 依存하는 것이다.

우리들의 鑑賞과 理解와 評價의 對像으로서 提供되는 것은 實로 이러한 全體다.

그것을 內容과 形式으로 對立시키고 思惟와 技術로 分離하는 것은 批評의 相對的 假定이다. 우리는 다만 그러한 全體에서 마치 生理學者가 사람의 몸에서 骨格과 筋肉을 區別하는 것처럼 思惟라든지 技術을 抽象할 수가 잇슬 뿐이다. 거기서 技術을 通하야 認知되는 以上의 또는 以外의 思惟를 期待할 수가 업고 賦與된 技術以上의 또는 以外 技術을 想定할 수가 업다.

아모리 優秀한 思惟도 서투른 技術을 通해서 나타난 일은 업다. 아모리 優秀한 技術도 技術만으로는 遊戱요 裝飾에 지나지 안는다.
(續)

〈조선일보 (1935. 9. 18)〉

190

(3)

　아름다운 思惟는 그것에 相應한 아름다운 技術을 通해서만 認知할 수가 잇다. 여기서 注意할 것은 賦與된 것은 오직 賦與된 것의 全部라는 일이다. 批評이 賦與된 것 以上의 것—外在的인 것—을 가지고 그 詩의 評價에 援用하는 것은 不當하다. 그 作家가 「레-닌」이라든지 「뭇솔리니」라고 해서 그 詩가 더 價値가 잇다고 해서는 아니 된다.

　한 作品이 가진 價値를 社會的 倫理的 政治的 其他 여러 가지 角度로부터 바라보는 것은 조흐나 賦與된 作品의 技術과 또 그것을 通하야 提示된 思惟 以前의 다른 일—例를 들면 想이 조왓다는 둥 하는 일을 가지고 어떠한 詩의 幼稚를 擁護하는 것과 가튼 일은 아니 된다. 萬若에 그림에 잇서서 線이라든지 色彩라든지를 技術的으로 把握해서 配合해 본들 그것은 한 작난에 지나지 안는다.

　詩에 잇서서도 마찬가지다. 抽象된 技術의 運動은 骸骨의 無秩序한 動搖에 끄칠 것이다.

　거기는 技術이 組織되는 統一된 한 개의 目的이 잇서야 할 것이다. 詩에 잇서서 思惟는 目的이고 技術이란 方法이라고 생각한다. 技術主義는 一九三〇年 前後로부터 우리 詩壇에 若干의 技術上의 可能性을 開拓 또는 暗示한 것은 事實이면서도 항용 이 「目的」을 니저버리기 쉬웟든 것이다.

　勿論 그 技術의 豪華 自體를 統一하는 原理는 잇섯지만—抽象化에 잇서서처럼—그것은 裝飾的 價値에 지나지 안엇고 人間精神 속에

뿌리를 박은 思惟 그것은 아니엿다.

　나는 의미 基礎論에서 詩의 源泉으로서의 人間精神의 問題를 提示하엿거니와 그러한 基礎 우에서 思惟와 技術의 完全한 調和의 世界로서의 새로운 詩的 價値를 計劃하려는 것이다. 오늘의 우리를 魅惑하는 것은 實로 이러한 綜合의 世界다.

◇

　그런데 詩에 잇서서 技術의 鍊磨는 修道의 길을 通하여서만 豫想할 수 잇는 일이다.

　卽 機械的으로 배워질 것이 아니라 不斷히 그 길을 것는 사람만이 그것을 參考하므로써 體得할 수 잇슬 뿐이다.

　넷날부터도 뛰여난 韻律學者가 반드시 詩人이 될 수 잇는 것은 아니엿다는 事實의 原因은 여기 잇다.

　詩의 技術의 進展은 詩的 精神과 또 詩的 直觀과 竝進하는 것이다.　(續)

〈조선일보　(1935. 9. 19)〉

(4) 言語의 要素

三位一體

　詩는 위선 말의 藝術이다. 말을 表現手段으로 하는 藝術이다.

　詩의 技術論이라고 하는 것은 말이 가지고 잇는 모-든 要素를 硏究하야 거기서 詩的 效果에 有用한 部分을 發見하는 일이다.

　「풀·발레리」는 「말의 祝祭」라는 말을 썻다. 詩란 「말의 舞踊」이라고 해도 조흘 것이다.

말을 單純히 主觀의 주착업는 排泄物이라고 하는 생각은 역시 「로맨티시즘」의 詩論이다.

말을 統制하는 일은 詩作에 잇서서 가장 初步的인 또 가장 根本的인 準備다.

◇

말은 맨 처음에 입으로 말해젓다. 그것이 이윽고 글로 씨여지기 시작햇다.

「말해지는 말과 씨여지는 말」. 말이 文字로 씨여질 때에 그것은 두 가지의 다른 形態를 가진다.

表意文字(或은 象形文字)와 表音文字가 그것이다.

우리들의 말을 빌면 하나는 繪畫的이요 다른 하나는 音樂的이다.

그러나 이 區別은 相對的인 것이오 絶對的인 것은 아니다.

假令 繪畫的인 象形文字에도 勿論 音樂性은 잇는 것이고 表音文字에도 繪畫的인 美가 잇슬 수 잇다.

맨 처음에는 입으로 "노래해 지는 詩"가 잇섯다.

그 傳授와 傳播의 方法도 오로지 입을 통하야 되얏다.

이윽고 文字가 생겨난 뒤부터 그것은 어느새 씨여지기 시작햇다. 처음에는 單純히 傳授나 傳播의 方便으로서 文字로 쓰는 것이 確實하고 便하니까 한 것인데 어느 사이 「確實히 쓸 수 잇다는 일」은 詩에 定形을 約束하기에 이르럿다.

「노래불러지는 詩」는 읽는다는 새로운 性質을 가지기 시작햇다. 卽 文字가 잇기 전에는 「노래불러지기만 하든 詩」는 文字가 생긴 뒤로부터는 「읽어지는 詩」라는 새로운 性質을 가추게 된 것이다.

그러나 이때까지도 詩는 如前히 들려지는 것이엿다. 즉 우리가 그

것을 感受하는 感官의 門은 오직 귀뿐이엿다. 또한 詩의 草創時代에
는 그것은 音樂과 舞踊―그 中에서도 特히 音樂과 不可分의 關係를
가지고 잇섯다.

그것은 節調를 맞추어서 노래해젓스며 그 노래는 온갓 原始人의
儀式이나 歡樂에서 춤에 맞추어 불러젓다.

그래서 詩가 音樂이나 舞踊에서 떠나서 獨立한 뒤에도 그것은 音
樂性을 表現의 生命으로 하엿다.

이 일은 詩는 귀로 들려지고 잇섯다는 事實과 또한 不可分의 關係
가 잇는 것이다.

〈조선일보 (1935. 9. 22)〉

(5)

一四五四年(?) 「구-텐베륵」에 依한 活版印刷術의 發明은 實로 詩
의 歷史에 決定的인 革命을 가저왔다.

이때를 契機로 「노래해지든 詩」는 決定的으로 「읽어지는 詩」로 變
하엿스며 오직 귀를 通하야 듯든 詩는 눈으로 보기도 한다는 새 性
格을 어더 가진 것이다. 그래서 오늘의 우리가 詩의 技術을 研究함
에 當하야 생각되는 말은 벌서 말해지는 말이 아니고 씨여지는 말이
며 따라서 그 말의 機能을 分類할 때에 文字의 「모양」이라는 方向이
重要해진다.

西洋에서도 詩에 잇서서 이 文字의 「모양」 乃至 그 配列의 「모양」
이 意識的으로 問題되기는 立體派 以後의 일인즉 매우 그 發見이 느
젓다고 볼 수 잇다. 自國의 表音文字 以外에 支那의 象形文字를 오

194

히려 더 넓이 詩의 表現의 材料로 쓰는 우리 나라에서 이 文字의 「모양」에 대하야 지금까지도 等閑한 것은 아마도 活版印刷術의 輸入이 느진 것과 그 發達이 매우 더된 데 原因하는 것이라고 생각한다.

그래서 항용 우리가 말의 要素라고 생각하는 것은 그 音響과 意味다. 그러나 우리는 이 音響과 意味에 「모양」까지를 加해서 이것을 말의 세 개의 要素라고 부른다.

$$
\text{말(Word)} \begin{cases} 意味(Sense) = 可想的(Thinkable) \\ 音響(Sound) = 可聽的(Audible) \\ 모양(Form) = 可視的(Visible) \end{cases}
$$

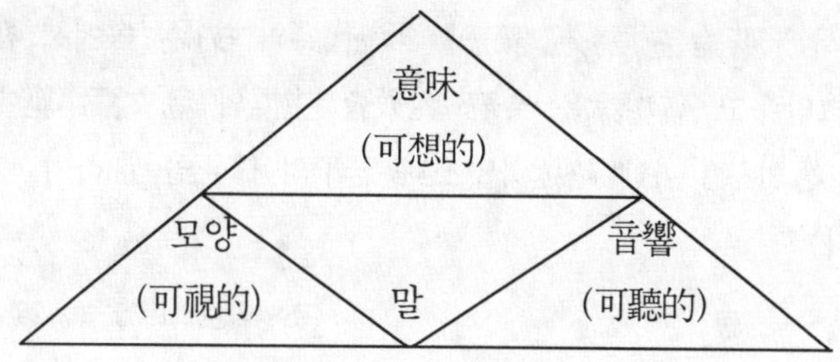

이 音響과 모양을 한데 너허서 形式이라는 더 廣汎한 말속에 包含시키는 일도 잇스나 나는 차라리 便宜上 截然히 區別해 생각한다.

말의 單位는 勿論 個個의 말이다. 이 個個의 말이 單獨으로 詩에 參與하는 外에도 個個의 말의 結合의 여러 가지 方法에 依하야 된 句, 文句, 句節로도 獨自의 效果를 가지고 亦是 詩에 參加한다. 따라서 個個의 말의 要素를 土臺로 하고 여기에 文章으로서의 새로운 要素를 發揮하는 것인가 한다. 卽

文章

一. 意味(Suggestion 或은 Idea, Pensee, Significance, Thought)

一. 音響(個個의 말의 音響의 連絡, 反撥, 衝突에서 생기는 單音自體의 效果・旋律・韻・律・頭韻・押韻・類音・等等……)

一. 모양(配列의 모양)

그래서 個個의 말과 밋 그 結合에서 오는 여러 가지 要素가 詩的 直觀力에 依하야 相互作用할 때에 거기는 感覺, 象徵, 影像, 隱喩, 機智, 速度, 構成, 位置, 유머, 아이로니, 쌔타이어, 運動, 몬타쥬, 觀念, 舞踊…等의 詩的 效果를 發生시키는 것이다.

아래에 나는 意味論 音響論 形態論의 세 方面을 各各 따로히 생각해 보려고 한다.

(그 中에서 形態論은 「詩苑」 第一號 「現代詩의 技術」 속에서 畧述하엿기에 그만두고 音響論은 今春 九人會 主催의 新文藝講座에서 「詩의 音響美」의 題 아래 略述하엿스나 若干의 修正을 加하야 再錄하려고 한다)

〈조선일보 (1935. 9. 26)〉

(6) 用語의 問題

어떤 말을 쓸가?

말의 要素의 分析에 드러 가기 전에 잠간 여기서 먼저 規定해야 할 것은 詩에서 씨여지는 말은 어떠한 말이냐 하는 問題다. 詩는 늘 살어 잇는 것이다. 이 말은 거기서 씨여지는 말도 亦是 살어 잇서야 한다는 것을 意味한다.

詩를 떠나서 말 自體만을 보드라도 그것은 分明히 살어 잇는 것이다. 우리는 古語字典 속의 말을 가지고 이야기하지는 안는다. 살어 잇다고 하는 말은 늘 成長하는 것을 前提한다. 그것은 그 自體의 흐름을 가지는 同時에 여러 가지 外的 衝激과 影響을 바더서 그 自體의 흐름을 굵고 넓게 맨들면서 흘러가는 것이다. 詩에 잇서서 씨여지는 말도 當然히 이러한 살어 잇는 말이 아니면 아니 된다. 다시 말하면 그 어느 時代고 간에 그 時代의 詩는 그 時代의 말로 씨여저야 한다는 말이다. 우리는 바로 現代의 말로서 써야 한다. 또 쓸 수박게 업다.

웨 그러냐 하면 죽은 말은 이미 우리들의 산 思惟나 感情의 옷으로서는 잘 맞지 안는 까닭이다. 갓과 행건을 쓰고 신은 蹴球選手의 모양을 상상만 해도 웃습지 안으냐?

現代의 말 가운데서도 더군다나 日常의 會話 속에서 말을 집어서 쓰고 또 會話體에 까지 가까워 가려는 努力은 우리 詩壇에는 亦是 一九三〇年 直前에서 시작된 것으로 記憶한다.

詩가 「아름다운 會話」이므로써 日常의 會話를 美化시킨다고 하면 그것은 決코 詩가 自進해서 擇할 效果는 아닐 것이다.

그런데 여기서 한 가지 問題되여야 하는 것은 가튼 現代의 말이라도 階級의 分布를 따라서 여러 가지 말의 差異가 잇다는 일이다. 그래서 그러한 말들처름 그 階級이 질머지고 잇는 文化의 活力과 疲勞의 濃度를 詳明하게 보여주는 것은 업다. 詩人이 疲勞한 말을 가지고 詩를 써야한다고 하면 그 以上 不幸한 일이 어대 잇는냐?

英國에 잇서서의 「엘리옷」의 不幸은 이러한 곳에도 잇섯고 또 「오-든」 「스펜더-」 「루이쓰」 等의 幸福은 또 여기도 잇는 것이라고 생각한다. 오늘 詩를 쓰는 사람의 大部分은 知識階級인 以上 그들은 그들의 階級의 말에 가장 능난하고 敏感한 것은 勿論이다. 따라서 그들의 詩에 씨여지는 말도 亦是 그들의 오늘의 말일 것은 至極히

自然스러운 일이다. 富裕한 有閑階級의 말은 그들의 부엌에서 그들의 사랑에서 그들의 宴會場에서 벌서 얼마나 기운이 빠젓고 힘업고 죽음에 가까워지고 잇는냐?

詩人은 그러한 말에는 嘔吐를 느낄 것이다.

더군다나 曾祖父나 더 올라가서는 李朝初期의 말을 가지고 詩를 써서 骸骨들과 親하려는 詩人을 우리의 周圍에서 맛나지 안으리라고 期必키 어렵다는 것은 이 얼마나 우리 詩壇의 不幸이냐?

知識階級이란 말은 勿論 이러한 有閑階級의 말과는 다르나 그러나 그들이 걸머진 文化의 疲勞는 그들의 말에 深刻하게 影響하야 만히 活氣를 일허버리고 잇다.

그래서 오늘의 詩에 씨여지는 말에는 多少의 疲勞와 또 生氣가 석겨잇스믈 면치 못할 것이다.

그러나 早晩間 詩人은 그들이 求하는 말을 차저서 假頭로 또 肉體的 勞動의 일터로 갈 것은 피치못할 일인 것 갓다.

거기서 오고가는 말은 살어서 뛰고 잇는 彈力과 生氣에 찬 말인 까닭이다.

街頭와 激烈한 肉體的 勞動의 일터의 말에서 새로운 文體를 組織한다는 것을 이윽고 오늘의 詩人 내지 來日의 詩人의 즐거운 義務일 것이다.

詩人처럼 生命的인 것에 더 잘 魅惑되는 사람은 업슬 것이다.

富裕한 有閑階級의 말은 벌서의 일이고 知識階級의 말조차가 얼마나 演說하기에 알맞지 못하냐? 演說할 수 잇는 말만이 산 말일 것이다.

나는 그러나 여기서 詩에 잇서서의 雄辯을 擁護하는 것은 아니다. 雄辯이란 虛勢고 또 修辭學이다. 그러한 虛張聲勢는 실타. 내가 말하는 演說은 雄辯이 아니라도 조타. 더듬어도 조타. 다만 直接 心臟에서 心臟으로 울려가는 말을 가르친 것이다.

知識階級의 말은 보다 더 「머리」로서 이야기해지고 잇고 下層階級의 말은 보다 더 「心臟」으로써 말해진다.

「히틀러」는 말은 獨逸의 大地主資本家의 말로가 아니고 그 나라의 勞動者의 말을 써서 煽動한다. 그의 演說의 魅力이 거기 잇다.

오늘의 詩人이 「히틀러」보다도 미련하다고 하는 것은 얼마나한 不名譽냐?

〈조선일보 (1935. 9. 27)〉

(7) 意味와 主題

말은 恒常 어떤 事物을 代表하는 記號다. 그 代表되는 것이 말에 잇서서 可想的인 部分이다. 그것이 말의 內容이요 意味다. 따라서 記號로서의 말이 다른 客觀世界와 서로 關聯을 맺고 잇는 部分도 主로 이 意味의 方面이다(詩와 客觀世界와의 關係에 대하야는 今年 「藝術」 第三號 拙稿 「客觀에 대한 詩의 포-즈」를 參照하기를 바란다).

또한 意味의 斷片이 綜合되여 詩 한 篇의 「이데-」가 되고 그 個個의 「이데-」가 詩人의 全思想體系에 有機的으로 連結되는 것이다.

그런데 現代詩에서 意味는 매우 虐待되여슬 뿐 아니라 나아가서는 意識的으로 拒否되엿다.

純粹詩는 詩의 音樂性을 高調하므로써 意味를 輕視하엿고 「포말리즘」은 意味를 떨어버린 「모양」만의 詩를 理想햇다.

그들은 各各 意味를 去勢므로써 「소리뿐인 詩」「모양뿐인 詩」를 企圖하엿다. 이 일은 모다 詩의 獨立에 대한 意慾에 깁히 原因한다.

客觀에의 從屬과 思想에의 隸屬에서 詩를 獨立시키기 위하야는 詩 自體의 純粹性을 擁立하여야 하엿다. 그리함에는 틀림 업시 그러한 外的 權威를 拒否하는 것이 捷徑이엿다.

또한 現代는 커-다란 思想의 建設期인 同時에 한편에 잇서서는 그보다도 더 커-다란 思想의 喪失期다. 그것은 昏迷와 確信의 混明의 時期다. 思想의 昏迷와 喪失은 詩에 잇서서의 意味의 去勢와 緊密한 關係가 잇섯슴은 勿論이다. 우리는 記號로서의 말의 소리와 모양의 反撥, 衝突, 結合, 牽引에 依하야 생기는 數理的인 效果의 可能性을 밋는다. 또한 그것은 詩의 技術의 重要한 部分이기도 하다.

그러나 詩의 可能性을 겨우 이 限度에 끈치게 하려고 하는 것은 말을 한 개의 벽돌이나 材木과 가튼 無機的인 것이라고 생각하는 躁急한 判斷에서 나온 일이 아닐가?

한 덩어리의 흙덩이에 어떠한 모양을 주므로써 그것은 벽돌이 된다. 그 個個의 벽돌이 어떠한 秩序에 依하야 配列되고 싸혀질 때 그것은 建築의 外廓이라는 別다른 形態를 엇는다. 거기서 ?과 ?의 作用은 한 덩어리의 흙 그것에서는 애초에 期待할 수조차 업섯든 效果인 것은 分明하다.

그런데 벽돌에 잇서서 그 個個의 벽돌이 이루워지는 데는 한 개의 秩序(또는 原理라고 해도 조코 目的이라고 해도 조타)가 必要하엿고 全 建築에 잇서서는 한 개의 全體的인 秩序가 必要하엿든 것이다. 그래서 그 境遇에 흙은 한 外在的 秩序에 向하야 變通性을 내재해 가지고 잇슬 뿐으로서 面이라든지 線은 建築에 잇서서 흙덩이가 가

200

질 수 잇는 形態의 極限이엿다. 形態는 恒常 外方으로부터 賦與된 秩序의 所産이엿다. 다만 그것 뿐이엿다.

그러나 詩의 材料로서 씨여지는 말은 그 말 自體의 속에 意味를 가지고 잇고 소리나 모양은 또한 말의 機能의 部分이고 權限은 아니다.

個個의 말은 意味 그것을 內在해 가지고 잇다.

우리는 말의 소리와 모양의 運動과 姿勢에 依하야 생겨나는 數理的인 效果는 必然的으로 거기에 나타나는 意味를 어떠케 막을 수 업다는 것을 아럿다. 말은 意味를 떨어버릴 수가 업고 따라서 詩는 意味를 가지도록 宿命되고 잇다.

그 일은 結局 말은 有機的이라는데 歸因한다.

〈조선일보 (1935. 10. 1)〉

(8)

現代에 와서 詩에서 意味가 虐待된 것은 詩의 獨立에의 慾求와 無思想과 밋 말에 대한 認識의 不足에서 온다는 것은 아페서 말하엿지만 다시 나는 그 原因의 하나를 現代의 人間拒否의 文學思潮 속에서도 發見한다. 現代에는 明白히 非人間性의 藝術을 主張한 流波가 잇섯다.

例를 들면 無機的인 藝術 幾何學的 線 等을 尊重하야 不連續性의 理論을 세운 「T・E・흄」과 밋 그의 古典主義를 傳受한 "T・S・엘리옷"의 個性逃避의 說이 바로 그것이라고 생각한다.

이것은 勿論 人間性과 뚜렷하게 對立하는 現代文明의 "메캐니즘"

과 신통하게도 符合하는 說이다. 그러므로 그들의 古典主義는 現代 文明의 反映者일지언정 批判者는 될 수 업다. 「엘리옷」의 詩의 限界 는 여기 잇는 것인가 한다.

그런데 意味는 말의 內部를 흐르는 피라고 생각한다.

그런 까닭에 意味를 빼여버린 뒤의 말의 堆積 또는 行列은 신긔하 게도 「흄」이나 「엘리옷」 等이 바라는 幾何學的인 「삐잔티움」의 「모 자익」에 가까우나 암만해도 墓地나 博物館박게는 聯想시키지 안는 다. 그것들 속에 淸新한 피가 흐를 때에 그것은 비로소 死骸이기를 끈치고 우리들의 人間性에 呼訴해 오는 것이라고 생각한다.

意味의 再發見—그것은 人間性의 復興과도 이러케 關聯하는 것이 다.

「파운드」는 말하엿다.

「音樂이 舞蹈로부터 너무 멀리 떠러저 잇슬 때 그것은 썩는다. 詩 가 音樂에서 너무 멀리 떨어질 때 그것은 시드러 버린다」고. 나는 차라리 詩가 意味로부터 멀리 떨어질 때 그것은 死滅한다고 생각한 다.

◇

參考로 詩에서 意味가 取扱된 方式의 變遷을 도라보자. 象徵主義 以前의 詩는 意味에 若干의 韻律을 옷이펴 노흐므로써 지여젓다.

象徵主義의 詩는 나타난 意味 以上의 神秘와 含蓄을 감춘 것처름 꾸미므로써 超自然的인 效果를 거두려하엿다. 그것은 心靈學의 假裝 舞蹈會엿다.

詩의 內容에 深奧하고 漠然한 灰色의 世界를 幻出시키려고 한 것 은 「베를레-느」「메-테르링크」 等의 솜씨나 事實 「메-테르링크」의 灰色의 溫室은 灰色의 溫室처럼 텡빈 것 以上의 아모 것도 아니엿다.

　이러한 習慣은 詩를 드디여 黃昏의 숩속으로 끌고 드러갓다. 그러나 寫像派는 훨신 詩를 明朗한 것을 맨드럿다. 그들은 詩에게 어떠한 明確한 映像 以外에 마모러한 秘密도 要求하지 안헛다.

　超現實主義의 內容의 世界란 無意識의 世界니까 至極히 透明하지 못하다. 그것을 가르켜서 秘密을 假裝하는 一種의 擬態라고 非難하지만 그들 自身으로 하여곰 辨明시킨다면 그것은 이 우에 업시 透明하다고 할 것이다. 그들은 詩에서 意味 가튼 것을 問題삼고 잇지 안헛다. 거기에 알 수 업는 秘密이 잇다고 생각하는 것은 낡은 詩學의 影響 아래서 길러난 鑑賞者의 期待라고 할 것이다.

　그러나 宿命的으로 意味를 질머진 말을 그것을 無視하고 驅使한 結果는 意味의 洗滌이 아니고 意味의 混亂임을 어찌 할 수가 업섯다. 이러케 보아왓슬 때에 象徵主義의 意味는 虛張聲勢엿다는 것을 쉽사리 發見할 수가 잇다.

　「쟌·포-란」이 말한 것처름 말의 意味란 언제든지 相對的인 것이여서 거기는 늘 몃 개의 意味가 可能한 것이다. 여기에 象徵派의 便宜가 잇섯든 것이다. 그러나 오늘의 詩人이 말의 이러한 弱點을 利用하는 것은 卑怯한 일이다.

　그는 위선 意味를 말의 다른 要素 卽 소리와 모양과 함께 要素의 하나로 把握하야 가장 正確한 計算에 依하야 運用하므로써 明哲, 分明한 것으로써 提示하여야 할 것이다.　　(續)

〈조선일보　(1935. 10. 4)〉

제Ⅲ부

詩에 잇서서의 技巧主義의 反省과 發展

(上) 技巧主義의 發生과 環境

爲先 技巧主義 發生의 環境과 雰圍氣에 對한 簡單한 素描에서 始作하련다.

詩的인 思考나 感情은 아마도 萬人에게 屬한 것 갓다. 그것을 가지는 것은 반드시 詩人의 特權은 아니다.

實로 勞苦 그것처럼 人生의 뒷골목을 거러가는 한 박물장사 늙은이조차가 때때로는 詩的인 思考나 感情을 가질 수 잇다.

그러므로 엇더한 사람이건 文字를 아는 限度 안에서는 詩를 쓸 수조차 잇는 것이다. 만흔 文學靑年은 大槪는 詩로부터 시작하는 것이 通例인 것 갓다. 事實 詩는 小說처름 廣汎하게 읽어지지 못하는 代身에 더만흔 範圍의 사람에 依하야 지여지고 잇스며 또한 지여지려는 衝動을 밧고 잇다.

小說은 文學의 한 形態로서 더 만히 鑑賞될 수가 잇도록 되엿고 詩는 더만히 自己表現에 利用될 수 있도록 되어 잇다.

"

그래서 이러한 自然的인 事態의 結果로서 朝鮮은 만흔 詩를 쓰는 사람을 가지고 잇다.

環境과 時代가 던저주는 偶然의 恩德으로 그 중의 몃 사람은 多幸하게도 詩人이라고 불러질 수조차 잇섯다.

事實 詩는 엇더한 時代에도 만흔 바보와 그러고 至極히 적은 數爻의 天才의 손에 依하여 지여저 왓다. 그러면 大體 詩的 바보와 天才는 엇더케 區別되는가?

우선 詩的 思考와 感情은 그 認識되고 所有되는 方式에 잇서서 差異가 잇다. 따라서 그 內容에 優劣의 差가 생길 것은 勿論이다. 여기에 天才의 活動을 위한 機會가 잇는 것이다.

더한층 나아가서 單純히 詩를 쓰는 수업는 사람 속에서 詩人을 區別하는 것은 그 非凡한 表現力이다.

나는 여기에 한 사람의 詩的 凡人으로부터 天才에 이르는 세 段階를 便宜上 假說하려고 한다.

1. 平凡한 詩的 思考나 感情을 所有한 者(勿論 그것을 더욱 貧弱한 表現을 비러서 詩에 담어 놋는 사람들까지 包含한다.)

2. 天才的인 詩的 思考나 感情은 가젓스나 表現力에 잇서서 不足한 者.

3. 뛰여난 詩的 思考나 感情을 훌륭한 表現力으로써 具像化할 수 잇는 사람.

나는 여기서 조심성 업시 天才라느 말을 썻스나 그것은 亦是 便宜上의 假定에 不過하다.

以上의 階段은 한 詩人의 內的 發展의 階段이기도 한다.

鎭定할 줄 모르는 潑剌한 詩的 精神이 精進하는 方向은 實로 이 階段에 沿하여서다.

우리가 輕蔑하고 忌避하려고 하는 것은 다만 (1)의 狀態에 停頓하는 일이다.

即 至極히 平凡하고 偶然하고 暫定的인 詩的 思考나 感情으로써 詩의 全部라고 생각하야 그것들을 주착업시 羅列하고 排泄하므로써 詩가 되엿다고 安心한다. 感傷과 詩를 混同하기조차 한다.

그것을 一層 煽動하는 것은 舊式「로맨티시즘」의 思考方法이다.

그것은 때때로 內容主義라는 새로운 服裝을 박구어 입으나 亦是 自然의 尊重이라는 素朴한 思想에서 出發하느 것은 마찬가지다. 即 엇더한 思考나 感情의 自然的 露出을 그대로 詩의 極致라고 생각햇다.

靈感이라는 말이 매우 尊重되엇스며 그것은 詩의 源泉이며 同時에 詩人의 特權을 지키기 위한 神秘로운 呪文인 것처럼 생각되엿다.

오늘까지도 오히려 이 靈感이라는 말이 詩人의 怠慢에 대한 自慰의 口實로서 남어잇다.

그러나 現代人은 딴은 靈感이라는 多少 神秘的인 印象을 주는 말은 避한다. 그 代身에 더 凡俗한 文句로서 感興이라는 말을 쓴다.

이러한 雰圍氣 속에서 實로 얼마나 만흔 平凡이 天才라고 하야 擁護되여 왓는가?

當代에 의미 編成된 詩學은 大體로는 半世紀 以前까지의 思考를 整理한 것에 지나지 안는다. 사람들은 적어도 半世紀의 餘白을 隔하야 죽어버린 時代와 交涉하려 한다. 이 救援할 수 업는 低徊와 平靜 속에서 들려오는 것은 詩의 呻吟소리 뿐이다.

大體 그들의 詩의 어대서 뛰여난 詩的 思考를 發見햇느냐?

優秀한 詩的 表現의 完成은 더군다나 차즐 수가 업다.

이러한 素朴하고 原始的인 思考와 竝立하야 詩의 貧困을 招來하는데 힘이 된 것은 觀念主義다.

그것은 한 개의 學說이나 思想이 그대로 詩가 될 수가 잇다는 至極히 簡單한 信念에 基因한다. 한 學說이나 思想이 詩속에 나타날 때에는 그것은 詩的 思考로 醇化되고 整理되고 統制된 뒤가 아니면 아니 된다.

엇더한 思想的 興奮은 그대로 詩가 될 수는 업다. 만흔 「로맨티스트」의 一時的 感興에 依한 卽興詩가 아직 發展하지 못한 詩의 素材의 境地를 버서나지 못한 것처름 生硬한 觀念的 詩는 觀念의 注入에 性急하기 前에 詩로서의 完成을 圖謀하여야 할 것이엿다.

이러한 混沌 속에서 眞正한 詩的 自覺―다시 말하면 詩的인 思考와 形象에의 自覺에 이르기까지에 詩壇은 거진 四分의 一世紀라는 긴 時間을 要하엿다.　　(續)

〈조선일보 (1935. 2. 10)〉

(中) 近代詩의 純粹化 運動

朝鮮에 잇서서의 技巧主義 發生의 環境에 대하야 以上에 大略 그 輪廓을 그렷다고 생각한다. 이것을 要約하야 말하면 詩壇의 이러한 原始的 狀態에 대한 한 개의 否定 反動으로서 技巧主義가 나타난 것이다. 그 背景에는 强烈한 文化的 慾求가 잇서서 素朴한 自然狀態의 整理에 依한 高度의 文化價値의 實現을 企圖하엿다. 여기에 技巧主義의 文化史的 意義가 잇다.

그런데 우리의 新詩運動은 반드시 內部的 自覺에 依하여서만 進展한 것은 아니다. 그것을 더욱 促進시킨 外部的 刺戟으로서의 先進

諸國의 詩運動의 影響을 거기서 否定할 수는 업다.

外國의 조흔 詩論이나 詩運動의 影響을 바드면서 한 나라의 詩가 成長해 가는 것은 絶對로 侮辱이 아니다. 그것은 차라리 더욱 바라고 시푼 일이다.

若干의 偏狹한 國粹思想家는 이러한 文學의 外的 影響을 過小評價하거나 甚하면 排擊하려고 하나 그것은 無謀 以外의 아모 일도 아닐 게다.

오늘에 잇서서는 벌서 한 나라의 文學은 世界的 交涉에서 全然 絶緣된 狀態에서 存立할 수는 업다.

이러한 見地에서 나는 여기서 잠간 우리들의 詩運動에 刺戟이 되엿다고 생각되는 先進 外國—主로 英佛의 近代詩에서 現代詩에 이르기까지의 特徵을 論하야 그것과 우리들이 가지고 잇는 技巧主義와의 關係에 미치고저 한다.

英佛의 近代詩에 잇서서 우리가 特히 注目할 일은 그것은 恒常 純粹化의 慾求를 가지고 그러한 方向으로 향하야 發展되여 왓다는 點이다. 그 傾向의 가장 顯著한 發露를 우리는 純粹詩의 主張과 「포-말리즘」(便宜上 形態主義라고 할가)의 詩에서 볼 수가 잇다.

◇ 純粹詩

象徵派에 依하야 그러케 尊重되엿든 詩의 音樂性은 純粹詩에 잇서서 詩의 本質에까지 노펴젓다. 그래서 이 音樂性에 依한 詩의 純粹化의 企圖가 그대로 「쁘레몽」師의 理論의 根底가 되어잇다. 그는 一九二六年 佛蘭西 「아카데미」에서 이 주장을 發表하야 넓히 歐米의 詩壇에 非常한 波紋을 이르켯다. 「허-버-트·리-드」는 이에 對하야 말하기를 비록 한 개의 主張으로서 明瞭한 모양을 가춘 것은 「뿌레몽」에 依하여서나 事實은 英詩의 傳統이야말로 이 純粹詩의 行向을 더듬어 온 것이라고 하엿다.

그는 「모-든 藝術은 恒常 音樂의 狀態를 憧憬한다」는 「월터·페이터-」의 有名한 文句와 또 「靈魂이 詩的 感情에 衝動되여 崇高한 美를 創造하려고 애쓸 때에 그 偉大한 目的을 거진 達成하는 것은 音樂에 잇서서다.」

「音樂이 愉快한 思念과 結合되엿슬 때, 그것이 詩다」

라는 「포-」의 文句도 引用하야 純粹詩는 事實에 잇서서 英詩의 傳統일 뿐 아니라, 理論으로서도 이러케 英國이 先輩라는 것을 確認시키려고 햇다. 佛蘭西에 잇서서의 이 純粹詩의 主張이 그 前後의 佛詩壇이 「포-」에 熱狂的으로 傾倒햇든 事實과 아울러 생각할 때에 「리-드」는 決코 億說을 세운 것 갓지는 안타. 如何間 내가 여기서 强調하려고 하는 것은 英佛의 近代詩의 純粹化의 慾求는 이 純粹詩의 主張 속에 그대로 나타나 잇다는 點이다.

◇ 形態詩

詩에 잇서서의 音樂性의 高調는 詩의 本質은 時間性에 잇다는 見解에서 이것을 中心으로 하고

編成된 날은 形態學에서 나온 것이다. 純粹詩의 理論은 여기서 새로운 現代的 解釋을 附與한 데 지나지 안는다. 그런데 여기에 詩의 純粹化를 이와는 딴판으로 空間性의 方向으로 향하야 企圖한 詩論이 잇다.

이것은 詩의 本質은 時間性에 잇다느니보다는 차라리 다른 文學

形態와 똑 가티 空間性에 잇다고 思惟하는 새로운 形態學에 根據를
가진 것이다.

　卽 詩는 音樂性에 依하야 成立하는 것이 아니라 보다 더 外形(폼)
이 주는 繪畫性에 本質的인 것이 잇다는 새로운 美學的 發見에 基因
하야 드디여는 오직 外形的 繪畫性의 效果만을 追求하는 詩가 나타
나게 되엿다.

　이 氣運을 가장 促成한 것은 立體派의 運動인 것 갓다. 詩에 잇서
서의 立體派는 繪畫上의 立體派처럼 詩의 內容에 잇서서까지 그러케
分明한 美學을 樹立할 수는 업섯고 차라리 外形에 對한 革命에 끈첫
다. 보다 適切하게 말하면 印刷術의 詩的 表現이라고도 말할 수 잇
다.

　「아폴리네-르」나 「콕토-」의 이상스럽게 紙面에 活字를 排列해 노
흔 詩도 그 內容은 至極히 穩健한 抒情詩인 것이 만햇다.

　「막쓰웨버-」의 詩는 더 만히 이 內容的인 것을 去勢하고 純粹한
「포-말리즘」의 詩에로 각가히 오고 잇섯다.

　(나는 「포-말리즘」의 詩를 先例에 의하야 便宜上 여기서는 形態詩
라고 부르기로 햇다.) 이러한 詩에서 意味나 音樂性을 求하는 것은
잘못이다. 詩人은 그 속에서 그러한 것은 計劃하지도 안헛든 까닭이
다. 그는 차라리 그러한 것들은 非詩的인 挾雜物이라고 思惟한다. 그
래서 그러한 것들을 脫却하고 純粹한 外形의 效果만을 겨누므로써
詩의 純化를 意圖한 것이다. (續)

〈조선일보 (1935. 2. 13)〉

(下) 詩를 에워싼 新情勢들

超現實派는 일즉이 詩에 잇서서 主題의 抛棄를 宣言하엿다.

그것은 그들의 意見에 依하면 主題는 詩에 잇서서 非本質的인 까닭에 차라리 放棄하고 더 本質的인 것에로 詩를 純粹化시키려는 것이엿다고도 말할 수 잇슬 게다. 「쁘레몽」이 純粹詩의 代表者라고 指名한 「풀·발레리」는 「리-드」의 말을 그대로 빌면 詩를 將棋나 數學問題에 比喩하엿다고 한다.

大體 數學의 狀態처럼 明證한 것이 또 어대 잇는냐?

規定된 區劃 안에서 一定한 法則의 命令에 絶對로 穩順한 將棋노리처럼 明確한 것이 또 어대 잇느냐?

「발레리」는 틀림업시 詩의 究竟의 純粹한 狀態를 이러한 明確하고 明瞭한 것으로 意慾한 것이다.

나는 近代詩의 이러한 純粹化의 傾向의 原因을 아래의 네 가지라고 생각한다.

1. 社會情勢의 變移, 科學文明의 急速한 發展을 따라서 그 속에서 呼吸하는 사람들의 生活感情에 豫期할 수조차 업섯든 變化가 왓다. 그래서 그것은 그것의 變貌를 따라서 詩에 향하여도 恒常 새로운 樣式을 求하엿다.

2. 科學思想은 爲先 歐羅巴 사람의 머리 속에서 神의 觀念을 崩壞시켯고 宗敎를 문허버렷다.

그것은 나아가서 詩를 에워싸고 잇는 오래인 神秘의 보작이를 그냥 버려 두려고 하지 안엇다. 詩는 드의여 殘忍한 科學의 解剖臺上에서 그 모-든 秘密의 衣裳을 벗기우고 裸體대로 解體당하엿다. 그래서 거기에 最後에 남은 것이 音樂이거나 或은 벽돌쪼각 가튼 文字의 形骸거나 또는 「아라비아」數字엿든 것이다.

3. 旺盛한 努力으로 文學의 前分野를 風靡하기 시작한 小說—散文의 威脅에 對抗하야 詩는 그 自體의 獨自性을 主張하여야 햇다. 그것은 그것의 本質을 把握 提示하야 散文과의 區別을 明瞭하게 하여야 할 必要에 直面햇다.

4. 詩人은 한 時代 以前의 先祖들이 세워 노흔 價値의 體系에 無條件하고 信賴를 가질 수는 업섯다. 事實 十九世紀 以來의 藝術家들처럼 慌忙하게 뒤를 니어서 價値의 否定을 敢行한 일은 일즉이 先代에는 보지 못하엿다. 이 일은 內面的으로는 만히 詩人의 潔癖에 基因한 일이다.

그러고 近代詩의 이러한 純粹化의 運動은 恒常 技巧主義의 方向을 더듬어 온 것은 注目할 일이다. (나는 이제 여기서 技巧主義의 內容을 規定하지 안으면 안 되겟다. 이 말은 形式主義라는 말과 近似하야 詩의 價値를 技術을 中心으로 하고 體系化하려고 하는 思想에 根底를 둔 詩論을 指稱한 것이다. 낡은 「藝術을 위한 藝術」論이라든가 「이스테리시즘」 或은 藝術至上主義와는 儼然하게 區別되여야 할 것이다. 그러므로 나는 이것들과 類似한 말을 쓰지 안코 技巧主義라는 말을 썻다. 卽 藝術至上主義는 차라리 倫理學의 問題에 屬하나 技巧主義는 純全히 美學圈內의 問題다.) 朝鮮에 잇서서의 技巧主義와 詩의 純粹化의 企圖 等은 勿論 한 運動의 形態를 가춘 일도 업고 그러케 뚜렷하게 一般의 意識에 떠오르지도 못햇다. 그러나 우리는 四,五年 以來로 이것을 個別的으로는 얼마간이고 指摘할 수가 잇고 또한 한 傾向으로서는 充分히 우리가 認識할 수가 잇섯다고 생각한다. 그래서 그것은 어느새 詩壇의 大部分을 着色한 時代的 色彩가 되엿다고 하는 것은 무계일가? 이 氣運이 由來하는 內部的 自覺에 대하여서는 이미 말하엿고 前述한 先進諸國의 새로운 詩運動의 影響도 指摘할 수가 잇다.

지금은 近代詩의 發達에 잇서서 特徵이 되어잇는 技巧主義와 밋 詩의 純粹化運動을 批判할 이 論文의 究意의 目的으로 向하지 안으면 아니 되겟다.

詩의 喪失과 全體性

한 개의 混沌한 狀態는 그 自體가 野蠻한 것이다.

詩가 더 純粹한 狀態에로 向上되는 것은 勿論 贊成이다.

이 意味에서 近代詩가 純粹化의 方向을 꾸준하게 더듬어왓다는 일은 十分 正當한 일이엿다. 그러나 音樂性이나 外形 가튼 것은 各各 詩의

技術의 一部分이 아닐가? 그 中의 어느 것만을 抽象하야 高調하는 것은 詩의 純粹化가 아니고 차라리 一面化(偏向化)가 아닐가?

技術의 一部分만을 浮彫하는 것은 確實히 明證性을 獲得하는 일이다. 그러나 그것은 어대까지든지 詩의 技術의 一部分에 끈처야 할 것이다. 全體로서의 詩는 훨신 그러한 것들을 그 속에 統一해 가지고 잇는 더 놉흔 價値의 體系에 屬한 것이 아닐가? 二十世紀의 詩 속에는 分明히 破壞의 要素가 만히 잇섯다. 「다다」와 가튼 것은 破壞的 精神 以外의 또 以上의 아모 것도 아니엿다. 超現實主義는 이

破壞의 面을 그 속에 만히 相續해 바든 것도 事實이엿다. 그러고 破壞의 作用은 一面에 잇서서는 分析의 過程이엿다. 分析은 詩를 멋 개의 部分으로 解體하엿스며 畢竟에는 詩의 一面化의 現象을 結果할

것인가 한다.

그래서 이윽고는 純粹詩는 音樂 속에 形態詩는 繪畵 속에 各各 詩를 喪失해버리고 말지나 안을가? 이것은 單純한 杞憂냐?

오늘의 偏向化한 技巧主義는 벌서 全體로서의 詩에 綜合되기를 要求하고 잇지 안느냐? 그것은 한 秩序에의 意志다.「全體로서의 詩는 엇던 것이며 技術의 各 部分은 그 속에서 엇더케 統一될 것이냐? 또한 그러한 全體로서의 詩의 根底가 될 精神은 무엇일가?」이것은 따로히 한 개의 論文의 題目이 될 것이다. 다만 여기서는 지금은 技巧主義를 위하야는 反省의 時期라는 것과 詩의 全體性의 理解를 通하야 詩의 純粹化를 企圖하는 것―그것이야말로 現代詩의 새로운 課題가 아닐가? 하는 點을 말해두면 그만이다.

따라서 今後의 새로운 詩의 形態學은 單純히 音樂性을 中心으로 한 從來의 것과는 달리 더 廣汎한 意味에서 外形까지라도 包含시켜서 改編하여야 할 것이다.

(二月 十二日)

〈조선일보 (1935. 2. 14)〉

現代詩의 肉感
— 感傷과 明朗性에 대하야 —

1

詩는 恒常 必要 以上으로 슬픈 表情을 하지 않으면 안 되었다.

2

明朗性은 曖昧와 感傷에 對立한다.

그보다도 그런 것들을 차라리 否定한다. 없는 意味를 있는 것처럼 꾸미는 데서 曖昧가 생긴다.

必要 以上으로 슬픈 表情을 하는 것이 感傷이다.

하나 사람들은 明朗性이란 暗黑의 거죽이라는 것을 잊어버리기 쉽다. 江面에 뜨는 平靜만을 보고 그 江은 죽엇다고 非難하는 사람이 많다. 물밑을 흐르는 鎭定할 줄 모르는 물구비에 대하야 사람들은 생각한 일이 없다. 悲劇이 悲劇的인 것은 그 中의 人物이 우는 때가 아니다. 차라리 그 속에 나타나는 人生의 동딴 位置가 觀客을 울리는 것이다. 詩가 스스로 울므로써 讀者를 울리려고 하는 詩가 있다. 그런 경우에 우리는 차라리 그러한 稚氣를 웃을 밖에 없다.

詩는 充分히 건방져도 좋을 것이다.

그러나 詩를 한 개의 星雲狀態처럼 豫斷할 수 없는 可能性의 狀態로서 提示하므로써 實로 한 創造의 神일처럼 뽐내는 詩人이 있다.

黑海 속에는 한 마리의 고기도 살지 않을 수도 있으며 날이 새고 보니까 그것은 意外에도 보잘 것 없는 荒野인 때도 있다.

例를 들면 「메-테르링크」나 「뿌라우닝」도 그러한 黑海나 荒野의 一種이였다.

○

暗黑 속에서 깊이 잠겨서 그것에 浸透하려고 하는 文學이 있었다.

낡은 自然主義의 文學과 露西亞의 人道主義文學이 그것이였다. 그릇 「리알리즘」이라 고 불려져오기도 하였다.

그와는 反對로 暗黑을 暗黑으로 是認하고 그 속에 빠저서 自身을 잊어버리는 것이 아니라 暗黑을 超克하려는 精神을 精神으로 하는 文學이 있다.

그것은 暗黑의 저편에 太陽이 있을 줄 안다. 그러한 의미에서 「르

「네싸쓰」의 精神과 通하는 點이 있다.

中世紀的 暗黑은 羅馬舊敎的 灰色으로 칠해졌지만 그것에 그 이상 견딜 수 없었던 聰明한 사람들은 그러한 陰鬱한 基督敎의 敎理 以上에 希臘과 「라틴」의 明朗한 異敎의 生活과 또 生의 喜悅이 있음을 發見한 것이 「르네쌍쓰」다.

○

暗黑을 暗黑대로 쓴 詩가 있다.

暗黑을 超克하는 熾熱한 精神을 가진 詩가 있다.

暗黑을 超克한 後의 대낮을 쓴 詩가 있다.

그것은 詩의 세 개의 「포-즈」다.

○

暗黑을 暗黑대로만 쓰는 詩는 때때로 深刻하게 보여서 大體로 東洋人을 기쁘게 하나 그것은 暗黑 以外에 光明에의 可能性을 보지 못하고 暗黑을 全體인 것처럼 印象시키는 점에서 如前히 「쎈티멘탈리즘」이다. 「九十年代」는 바로 그것이었다.

二十世紀의 暗黑은 或은 十九世紀의 暗黑보다 더 深刻할른지도 모른다. 그렇지만 二十世紀人은 이미 「쎈티멘탈리즘」은 黑奴들의 美德에 지나지 않는다는 것을 充分히 알었을 것이다.

지금쯤에 슬픈 望鄕歌를 부르는 못난이 「니그로」가 어대있을가?

○

現實을 全部 認定하지 않고 꿈의 狀態만을 認定한 超現實主義도 亦是 「쎈티멘탈리즘」이였다.

現實의 理解로부터 그것을 超克하려는 姿勢가 오늘의 詩人의 精神의 位置며 方向이다.

허나 너무 지나치게 現實을 믿는 것도 너무 지나치게 明日을 믿는 것도 함께 「쎈티멘탈리즘」이 될 念慮가 많다.

그러한 危險에서 詩人을 救援해내는 것은 明證한 知性에 틀림없다.

○

「리앨리즘」이라고 하는 말은 精神의 方向으로 보아서 「로맨티시즘」이라는 말보다는 차라리 「쎈티멘탈리즘」과 對立하는 말인 것 같다.

文學의 態度로서는 「로맨티시즘」은 古典主義에 對立하는 것인가 한다.

○

知性은 現實에 대한 態度로서는 「리알리즘」을 代表하고 文學態度上 다시 말하면 藝術活動에 있어서는 古典主義를 代表한다. 더 嚴正하게 말하면 古典主義와 「로맨티시즘」의 圓滿한 戰爭의 狀態를 代表한다.

「로맨티시즘」과 古典主義의 鬪爭은 個人의 마음에도 存在하고 있는 것을 記憶할 것이다. 그래서 그 鬪爭에서 作品이 생기는 것이다……. 그것을 統制하려는 鬪爭이 크면 클스록 그 作品의 美는 더 커지는 것이다…….

이것은 「앙드레·지-드」의 말이다.

이 말 중에서 統制하는 것은 古典主義고 統制당하는 것은 「로맨티시즘」이다.

○

「로맨티시즘」은 「쎈티멘탈리즘」에서 그러케 먼 距離에 있지는 않다.

「허-버-트·리-드」는 그의 「近代詩의 形式」 속에서 巧妙하게도

「쎈티멘탈-로맨티시즘」이라는 말을 썼다.

오늘에 와서도 「T·S·엘리옷트」 「마리탄」 「쟌·콕토-」 等이 「카톨리시즘」으로 도라 가고 있지만은 그것은 中世紀의 暗黑으로 도라 가는 것을 조곰치도 意味하지 않은다. 다만 中世紀 속에 때때로 나타나고 있든 知性에 魅惑된 것에 지나지 않는다.

그들은 얼른 보면 「르네쌍쓰」의 「휴매니즘」을 否定하는 것 같으면서도 그것을 否定하기 위하야 準備한 武器는 亦是 「르네쌍쓰」에서 물러갖인 知性이 않이냐?

그들은 그들의 知性조차를 버리고 中世紀의 市民이 되려고까지는 하지 않을 것이다. 「T·S·엘리옷트」가 「文學에 있어서는 古典主義 政治에 있어서는 王黨派 宗敎에 있어서는 英國國敎」라고 宣言하였을 때 거기에 統一된 低流는 知性에 틀림없다.

그러나 理論的으로나 論理的으로는 거기서는 矛盾을 發見할 수 있는 빈틈이 얼마든지 있다.

다만 그의 獨斷이 獨斷인 줄을 번연히 알면서도 그러한 破綻에서 그를 건저주는 것은 그가 單純히 批評家만이 않이고 實로 詩人이라는 點이다.

4

以上은 主로 精神의 位置와 態度上의 明朗性이다.

다음에 우리는 現代詩의 表情을 明瞭하게 할 때가 왔다.

그의 表情은 活動 속에 있는 사람의 얼굴에서 찾을 수 있는 表情이다.

오늘밤 속에서 내일 아츰을 비저내는 사람의 얼굴이다.

結局 完全한 精神은 完全한 肉體에 깃드러서 비로소 完全할 수 있다는 것이 眞理다.

여기에 健康하고 明澄한 明朗性을 볼 수가 있을 것이다.

陰鬱, 敗北感, 隱遁, 耽溺―그러한 世紀末的인 아모 것도 그것은 拒絶할 것이다.

그것은 「아폴로」的인 것이 않이다.

차라리 「디오니쏘쓰」的인 것이다.

○

詩(製作이 필요한 作品으로서)는 曖昧性과 感傷性을 排除하므로써 明朗性에 到達할 수가 있다. 그것은 詩人의 꾸준한 知的 活動에 依하야 어들 수가 있는 일이다.

統制되고 計劃된 秩序 以外에 마저 整理되지 않은 部分이 남어 있으면 그 部分이 曖昧性을 갖어온다.

또한 詩를 感情에게 마껴 두는 것은 危險한 일이다. 感情은 늘 混沌하려고 하고 肥滿하려고 하는 傾向을 갖이고 있다. 이 感情의 肥滿이 다시 말하면 感傷이다. 詩를 이러한 肥大症에서 건저내서 그것에게 스파르타人과 같은 健康한 肉體를 賦與하는 것이 오늘의 詩人의 任務다.　　　　　　　(三, 一八)

〈詩苑 (1권 2호. 1935. 4)〉

現代詩의 難解性

1

詩는 늘 孤獨 속을 걸어가야 한다고 하는 일은 詩의 悲劇이오 同時에 榮光일 것이다.

어떠한 時代에도 進步的인 詩의 前衛部隊는 非難과 寂寞 속에 버리워진 時期를 반드시 거졌다고 해도 過言이 아니다.

現代의 進步的인 詩를 包圍한 敵軍의 가장 큰 攻擊은 「그것은 알 수 없다」는 非難이다.

「알 수 없다.

그러니까 나쁘다」

이러한 簡單한 命題는 얼른 드르면 매우 公衆을 즐겁게 하는 音響을 울리나 仔細히 그 內容을 살펴보면 그 속에는 몇 개의 虛構와 認識不足과 惡意가 包含되여 있는 것을 發見할 것이다.

「알 수 없다는 것」은 바로 醜한 것 惡한 것 거즛이라는 判斷은 암만해도 利己的인 것이 아닐가 한다.

「알 수 없는 것」이 醜하고 惡할 때도 있겠으나 또한 알고 보면 意外에 美하고 善할 때도 있을 것이다.

醜하다든지 惡하다든지 하는 價値判斷은 언제든지 그 對象을 똑바로 認識 然後의 일이라야 할 것이 아니냐?

例를 들면 「T·S·엘리옷」 같은 사람의 詩는 가장 이 種類의 禍端을 많이 받은 것 가운데 하나일 것이다.

그러함에도 不拘하고 그의 詩는 英國에 있어서의 二十世紀前半의 詩의 한 時期의 終點이오 同時에 出發點이라는 것―오늘의 英詩의 新時代는 그의 詩에서 한 黎明을 經驗하였다는 事實은 오늘에 와서는 그의 贊同者도 非難者도 한가지로 認定할 수밖에 없는 일이 되었다.

그러므로 우리들의 興味는 이러한 至極히 單純한 非難攻擊에 對하야 反駁한다든지 攻擊하는데 있지 않다.

그보다도 現代詩가 大體로 알 수 없다는 印象을 주는 點에 對하야―卽 그것의 難解性은 果然 어대로 불어오는 일이며 그러한 難解性의 障壁을 넘어서 現代詩에 가까워질 수 있는 可能性은 없을가 하는 點에 對하야 생각해 보고저 한다.

2

일즉이 「폴·뿌-르제」는 文學을 現動的(액츄알)인 것과 歷史的(히스토리클)인 것의 두 가지로 난호았다.

現動的이라 함은 現實로서 우리를 鼓舞시킬 수 있는 것을 가르친 말이오 歷史的이라 함은 비록 現存한 作家라 할지라도 우리에게 直

接한 影響을 미칠 수 없는 作家까지라도 넣어서 形容한 말이다.

따라서 이 區別 속에는 스스로 論理가 섞여있는 것이다.

우리의 興味는 오로지 詩에 있어서도 이 現動的인 것에도 集中함은 勿論이다.

그런데 現代에 있어서의 現動的인 詩의 特性의 一面은 「허-버-트·리-드」의 말을 빌면 「……가장 넓은 範圍의 可能한 呼訴—即 共同體 그것과 同量의 範圍—로부터 가장 좁은 呼訴의 範圍—即 오직 詩人 한 사람에게만 呼訴하는 範圍에도 進展해 왔다.」는 點임은 속일 수 없는 일이다.

大體로 「르네쌍쓰」는 人間을 發見하였다고들 말한다. 이 새로히 發見된 人間은 人間 一般이 아니고 舊敎의 馬蹄 아래서 呻吟하든 個人이였다. 이 일을 確認시킨 것은 「루쏘-」인가 한다.

「로맨티시즘」은 文學에 있어서의 個人의 無制限 主張에 틀림없었다.

個人의 解放은 個性의 高調를 結論함은 自然스러운 일이다.

그래서 以來 個性은 모-든 文學에 있어서 根元的인 것으로서 固執되였다. 그러니까 오늘에 와서 「T·S·엘리옷」이 主張한 個性에서의 逃避가 革命的인 意見을 取扱되는 것이다.

政治主義에 있어서도 近代를 風靡한 民主主義의 根底를 이룬 것은 個人主義思想이였다.

個人主義的 自由競爭에 依한 經濟의 修正方法으로써 提出된 統制의 思潮와는 別다른 文明史的 意義를 가지고 文學에 있어서도 個性의 統制의 問題가 論究되여야 할 時期가 왔다.

그런데 個性이라고 하는 것은 全體와 連絡하는 一般的 普遍性을 가지고 있는 同時에 一般으로부터의 隔離를 望하는 半面도 가지고 있는가 한다.

　그래서 個性의 遠心力은 客觀性이라고 부를 수 있고 求心力은 主觀性이라고 부를 수 있을 것이다.

　個人이라는 말과 個性이라는 말과 主觀이라는 말은 흔히는 같은 意味로 써여지지마는 나는 爲先 이렇게 各各 區別해 놓고 個人에서 個性에게로　個性 中에서도 다시 極端의 主觀性에로 延長된 線과 平行하야 近代詩의 發展의 線을 假想해 본다.

　그래서 現代詩의 難解性의 內面的인 原因은 詩가 너무나 極端으로서의 主觀化한데 있지 않은가고 생각한다.

3

　나는 詩의 難解性의 外在的 原因을 생각해 보고저 한다. 이는 勿論 內面的인 原因이라고도 할 수 있겠으나 오늘의 모든 燥急한 非難이 由來하는 것이 主로 이 方面이며 이는 허물이 大部分은 非難하는 편에 있는 까닭에 外在的이라고 便宜上 부른 것이다.

　첫재로 새로운 詩는 새로운 價値의 體系에 屬하는 것인데 새로운 價値의 體系에 對한 理解없이 새로운 詩를 對하니까 이를 알 수 없는 것은 自然스러운 일이다.

　將棋의 法則을 모르면 將棋의 妙味란 그에게는 彼岸에 屬하는 일일 것이다. 그러나 아즉 將棋를 배호지 못한 사람들 중에는 多幸히 자기가 將棋를 모르니까 將棋는 나쁘다는 暴論을 吐하는 이는 없다.

　언제든지 固定된 旣成美學만만 固守하야 이에 비최어서만 詩를 論評하려는 것은 어찌면 그렇게도 保守黨이냐?

일즉이 未來派, 立體派마다 超現實派 「모-더니즘」에 對한 保守黨의 모-든 非難은 實質에 있어서 傳說的 美學이 이들 新精神을 재기에는 너무 적었지나 그렇지 않으면 新精神이 엄청나게 옛날의 美學보다 커지나 두 가지 중의 하나임을 스스로 說明하고야 말았다.

둘재로 어떤 前衛的 作品을 그것이 그 뒤에 끄을고 있는 歷史를 理解함이 없이 알려고 함은 無理한 일이다.

이것은 映畵의 이야기지만 最近에 드러왔든 「商船테나시티」가 外國에서는 그렇게 높이 評價되였음에도 不拘하고 朝鮮에서는 識者의 사이조차 그다지 評判이 좋지 못한 것은 무슨 까닭이였을가?

나는 생각하기를 이는 全혀 朝鮮의 比較的 高級한 觀客조차가 「商船테나시티」가 그 뒤에 끄을고 있는 歷史를 外國觀客들처럼 感銘깊게 理解할 수 없는 까닭이였든가 한다.

우리는 順序없이 斷片的으로밖에는 外國映畵를 鑑賞할 수 없는 매우 不利한 觀客일 수밖에 없다. 卽 「商船테나시티」의 價値는 어느 瞬間의 歐洲映畵의 常識의 水準 우와 한 새 方向을 보여준 點에 있었든가 한다.

새로운 詩에 있어서도 그것의 歷史的 位置에 對한 理解하지 않고는 알 수 없는 것이 차라리 無理가 아니다.

4

우리는 現代詩의 難解性의 內面的 原因은 거진 詩 自體의 宿命이여서 그 打開策으로서 詩의 普遍性의 問題와 및 個性의 客觀的 方向

과 詩의 獨創性의 問題 等이 이제부터 眞摯한 詩徒와 心理學者의 目
前에 課題될 줄 안다.

그러고 外在的 原因으로부터로는 難解性은 事實로 難解性이 아니
고 非難하는 편의 怠慢의 結果임도 알았다.

그들의 非難이 正當하려면 「詩는 進步하여서는 안 된다」는 戒嚴
令을 가지고 詩의 領域에도 한 사람의 「히틀러」가 나타나는 날에만
可能할 것이다.

모-든 文化의 領域에서 그런 것처럼 詩에 있어서도 새로운 價値
體系의 發見은 進步를 意味할 것이고 그와 反對되는 모-든 陰謀는
다만 退步에의 길일 것이다.

(五. 一二)

〈詩苑 (1권 3호. 1935. 5)〉

客觀世界에 대한 詩의 關係

한마디 한마디의 말은 各各 한 개의 客觀的 事物을 代表하거나 그
렇지 않으면 그러한 事物에 對하야 있는 것이다. 다시 말하면 그것
의 位置라든지 動作이라든지 形狀이라든지 性能이라든지 또는 그것
들 相互間의 關係를 記號한다.

말을 素材로 써야하는 詩는 結局은 그러한 말들이 代表하는 事物
의 世界(自然=客觀世界)와 어떠한 모양으로든지 關係하지 않을 수가
없다.

아무리 主觀的인 詩에도 事物은 參與하고 있다. 지극히 孤立한 主
觀的인 것으로 보여지는 것은 따라서 그 속에 씨여지는 말이 代表하
는 事物이 全然 別다른 것이 아니라 다만 그러한 말들의 特異한 用
法에 지나지 안는다.

그런데 詩가 그 素材로 쓰는 말이 代表하는 客觀世界에 對하야 가
지는 關係는 결코 한갈 같은 것은 아니다.

그렇게 여러 가지로 關係하는 모양을 따라서 詩가 形成하는 價値
의 世界도 커-다란 差異를 가저오는 줄 안다.

A. 事物을 通하야 詩人의 마음을 노래하는 것.

B. 事物에 對하야 (또는 事物에 부대처서) 詩人의 마음을 노래하는 것.

C. 事物의 印象.

D. 詩 自體의 構成을 위한 事物의 再構成.

詩가 事物에 對하야 가지는 關係를 대체로 이렇게 抽出할 수가 있다. 이를 따라서 우리는 詩에 있어서 네 개의 範疇를 豫想할 수가 있다.

그런데 이 順序는 또한 「로맨티시즘」 以後의 近代詩의 發展의 여러 段階를 그대로 나타내기도 했다.

이제 이와 相應하야 近代詩의 歷史를 大略 區分해 본다.

1. 表現主義 時代―로맨틱 象徵派 表現派까지를 包含한다.

2. 印象主義 時代―寫象파.

3. 過度時代―超現實派 모더니스트―

4. 客觀主義.

1은 勿論 主觀을 노래하기 위하야 事物을 쓰거나 그렇지 않으면 事物에 對하야 主觀을 노래하는 時代나 範疇를 말함이오 2는 事物의 印象을 노래하는 時代나 範疇다.(表現派와 寫象派와는 時期를 거진 같이 하고 나타나서 嚴密히 말하면 거기는 時間的 前後의 關係는 明瞭하지 않으나 大體로 表現派는 寫象派와는 對峙되는 廣汎한 意味의 自己表現의 詩의 系統에 屬하였다고 생각함으로 이렇게 區分했다.)

4는 事物에 依하야 主觀을 노래하거나 또는 事物의 印象을 表現하는 것이 아니고 다시 말하면 詩가 主觀의 方便이 아니고 詩가 事物을 再構成하야 詩로써 讀者의 客觀性을 具備하는 그러한 새로운 價

値의 世界를 意味한다. 이는 全然 지금까지의 詩의 觀念과 對峙하는
範疇로서 實로 詩의 革命조차를 意味한다.

「쁘르통」 等의 超現實主義라든지 「T·S·엘리었트」 等의 「모더
니즘」은 4에 이르기까지의 摸索의 時代- 卽 過渡期였다고 생각한다.

客觀主義의 詩는 아직은 完全히 發花한 것은 아니다. 그러나 到達
하지 않은 것도 아니다. 以下에 우리 新詩의 發展의 段階와 거기에
相應하야 變遷해온 客觀에 대한 詩의 關係를 생각해 보기로 한다.

○

新詩運動 勃發以來의 朝鮮의 詩는 大體로 表現主義의 時代를 벗
어나지 못하였다. 卽 主觀의 咏嘆이 特히 唯一의 動機요 또한 果實
이였다. 그것은 詩人의 感情과 意志 우에 立脚하는 것으로서 第一人
稱 或은 第二人稱의 것이 많았다.

主觀의 不潔한 呼吸이 그대로 주책없이 껴 언처 있었다. 이러한
主觀의 無意識的 流露에 대하야 우리는 거진 寬大를 强制당하였다.
主觀은 一種의 信仰까지 參加하야 無條件하고 最高의 詩的 價値에
까지 끌려 올려졌다. 別로이 이에 대하야 懷疑하거나 反省하지 않었
다. 孤獨感이라던지 哀傷이라던지 憐悶이라던지 憂鬱이라던지 鬱憤
이라던지 그 自體가 詩的 價値처럼 誤解되었다. 詩가 萬若에 單純히
어떤 個人의 때때로 일어나는 感興의 發現이라면 그것은 우리가 節
季를 따라서 「넥타이」의 빛깔을 가는 일 以上으로 크게 떠들 일은
못될 것이다. 거기서는 事物은 單純히 울거나 웃기 위한 方便에 지
나지 않었다.

○

우리 詩壇에 「이메지」의 饗宴과 「에스프리」의 香氣가 大量的으로
發露된 것은 아마 三○年代 以來의 일인 것 같다. 많은 젊은 詩人들

이 끝이 없는 主觀의 咏嘆에 不滿을 가지고 새로운 詩의 王國을 憧憬한 까닭이었다.

그것은 이 일만으로도 充分히 높이 評價되고 論議되어야 할 意義있는 歷史的 事件이었다. 그런데 이는 모다 主觀의 印象의 領域을 거진 벗어나지 못하였다. 그것이 모다 너무나 斷片的이라는 點에 있어서는 모-든 表現主義 詩와 마찬가지였다. 이러한 寫象派的 詩는 結局은 神秘나 感興 대신에 「이메지」를 愛玩함에 끄치기 쉽다. 거기 씨어진 事物은 詩人의 投影이오 事物 自體의 性格을 아니었다.

○

우리 詩壇에서 낡은 表現主義的 風潮를 一掃하기 위하여는 當分間은 모처럼 擡頭한 이러한 새로운 氣風이 더욱 活潑하게 瀰滿하여야 할 것이었다. 우리와 같은 後進 詩壇에서는 避치 못할 不名譽스러운 修業임도 안다. 그러나 早晩間 우리 詩壇에서도 이 새로운 標말을 너머서 또 다른 段階로 向하려는 意慾이 動할 것이었다. 그것은 틀림없이 客觀主義的 詩에의 方向이어야 할 것이었다.

여기에 와서 事物은 비로소 事物 自體의 性格이 發見되어 새로이 構成되는 詩의 建築에 그 獨自의 性格을 가지고 參與할 것이다.

우리들을 에워싼 文明은 우리로 하여금 아름다운 詩的 「이메지」만 주물르고 있기를 許諾하지 않는다.

또한 우리 自身도 그러한 일에는 곧 쉽사리 실증이 나고야 말 것이다. 그러한 見解에서 나는 東西古今의 詩를 똑 같은 眼鏡을 쓰고 享樂鑑賞하려는 「이디스·쎗트웰」의 意見 같은 것에는 反對한다. 그것은 一種의 「에피큐리아니즘」이요 「틸렛탄티즘」이여서 文明에 對한 人生에 對한 詩人의 積極的 精神을 抹殺하기 쉽다. 우리들의 詩는 咏嘆이나 感興이나 「에스프리」의 發火나 「이메지」의 華麗에만 滿

足할 수가 없고 그 以上으로 사람의 思考의 組織에 關聯하며 또한
文明의 認識과 批判에 關聯되어야 할 것이다. 그것은 틀림없이 詩人
自身의 感興이나 印象의 無秩序한 一部分이거나 延長이 아니고 詩人
에 依하야 맨드러지는 別個의 價値의 世界로서 獨立하야 그 自體의
秩序를 秩序로서 가질 것이다.

〈藝術 (1권 3호. 1935. 7)〉

時代的 苦憫의 深刻한 縮圖

한 사람의 作家는 作家이기 前에 爲先 한 사람의 人間이다.

한 사람의 技師가 技師이기 전에 위선 人間인 것과 똑 마찬가지로—. 作家엿다고 하는 것은 그의 한 特殊한 條件이고 그는 그 일보다 먼저 또는 以上으로 人間으로서의 一般的 價値와 義務의 實現을 企圖하지 안으면 아니 된다.

作家이기 위하야 그의 人間을 犧牲시킨다고 하는 일은 얼마나 不潔한 殉敎냐? 藝術을 人生 以上으로 評價한 사람들도 十九世紀에는 살엇다. 그것은 醜惡한 人生에 대한 한 개의 復讐로서 作家의 머리에 떠오른 사랑스러운 幻想박게 아모 것도 아니다. 그 時代에는 作家들은 時代의 潮流의 거츤 소리가 겨우 到達할가말가 하는 곳에 閑寂한 象牙塔을 세우고 그 곳에서 될 수 잇는 대로 天使의 잠고대에 각가운 作品을 썻다.

그러나 오늘의 作家는 그러한 天使의 風俗을 얼마 밋지 안는다.

그는 時代의 潮流의 복판에서 일을 하지 안으면 아니 된다. 그런데 時代의 潮流는 半洋舘의 書齋의 附近을 흐르는 게 아니라 實로

띠끌에 싸인 街頭를 흐른다.

이 時代의 潮流가 매우 明朗하고 順調일 때에는 우리는 그러케 深刻하게 그것을 認識하지도 안으며 또 그럴 必要에 切迫되지도 안는다.

그러나 어떤 때에는 그것은 말할 수 업시 거츨고 混沌하며 그것을 에워싼 氣象配置가 또한 至極히 均衡을 일허서 險惡한 境遇가 잇다.

한 개의 歷史的 陣痛期다.

그러한 時代에는 作家는 두 가지 方面으로부터 制約을 바들 수박게 업다.

卽 한 가지는 人間으로서의 制約- 다른 하나는 作家로서의 制約이 그것이다.

一般的 人間的 價値라고 함은 두 개의 方向으로부터 成立된다.

個人的 人格과 社會的 行動(勿論 그것은 그처럼 截然한 分岐點을 가진 것은 아니다)

爲先 그의 社會的 行動이 시들어버릴 박게 업다. 따라서 그 일은 純粹한 人格的 方面인 私生活에서도 彈力을 빼앗는다.

거기서 그가 人間으로서 어떠한 行動을 가지느냐 하는 것은 個個人의 倫理觀念에 依할 것이지만 여긔서 課題된 中心題目인 이에 대한 作家의 態度에 關한 平素의 私見을 披瀝하려고 한다.

作家로서 밧는 制的도 오직 漠然한 雰圍氣에서 오는 것하고 더 具體的인 直接的인 것이 잇슬 것이다.

그런데 文學은 作家의 信念을 表現할 수 잇슬 뿐 아니라 苦悶이나

236

矛盾도 그릴 수 잇다는 것은 文學의 名譽가 아니면 안 된다.

私見으로서는 文學의 能動性이라든지 積極性이라는 것은 恒常 行動綱領을 提示하는 일이 아니고 차라리 時代에 대한 作家의 意慾과 關心의 問題라고 생각한다.

要는 作家가 그를 에워싼 時代의 氣象을 얼마나 强烈하게 感受하고 把握하야 表現하느냐 하는데 問題가 잇다고 생각한다. 그러한 限度에서 그는 能動的이고 積極的이엿다고 불려질 수가 잇다. 人間的으로 能動的이고 積極的이라는 일은 文學上의 그것들과는 決코 가튼 것이 아니다.

우리의 周圍에서는 이 時代의 苦悶을 가장 深刻하게 縮圖한 作品을 그리 보지 못한다. 지극히 徘徊的인 것이 大部分임은 遺憾이다.

"觀察의 妥協이다"

原來 文學은 本質的으로 宣言的이라는 것보다도 觀察的이라고 생각한다. 觀察은 文學의 지극히 重要한 面이다. 우리는 人格과 行動에 잇서서 늘 더욱 宣言的이고 文學에 잇서서는 보다 더 觀察的이다. 이 일은 決코 文學에서 宣言的 部分을 抹殺하라는 것은 아니다. 다만 觀察을 그것보다 더 노피 그리고 무겁게 評價하는 意見이다.

深刻지 못한 觀察은 우리의 文學을 觀念의 化石이나 意匠에 몰아보낸 큰 原因의 하나이다.

如何間 오늘의 作家의 아페 노힌 길은 一等道路는 아니다. 꼬부라진 오솔길이다.

一等道路를 걷지 못하는 者의 모-든 苦惱와 辛苦가 그에게 適應한 宿命임을 엇지 할 수가 업다.

그런데 여기 자미잇는 일이 잇다. 오늘이야말로 「세르로이드」나

金屬의 屈伸性이 豊富한 「펜」軸이 流行하지만 옛날에는 東洋人은 몃
十年을 두고 오직 참대만을 붓대로 썼다.

그것은 부러는 저도 구펴지지는 안는다. 그러한 점을 우리의 先祖
들은 매우 사랑햇는지도 모른다.

(八. 二〇)

〈조선일보(1935. 8. 29)〉

現代批評의 「딜렘마」

批評・鑑賞・製作의 限界에 對하야

1

批評과 現代

歷史가 한 새로운 建設로 向해서 方今 出發햇거나 또는 活潑한 그 途程에 잇슬 때에는 그 社會의 成員들은 思辨이라는 우울한 일에는 견디지 못하고 훨신 더 明朗한 行動으로 끌려간다.

그들의 行動에서 흘으는 自然스러운 「리듬」으로서 노래가 불러진다. 市民社會의 建設과 밋 그 工作이 아모런 矛盾도 失望도 苦憫하지 안튼 時期에 文學上으로는 「로맨티시즘」이 勃興한 것은 至極히 安當한 일이엿다.

그러나 한 社會의 發展이 成熟의 域을 지나서 벌서 老耄의 徵候를 보이기 시작한 그때부터는 無限한 未來만 約束하는 듯하든 모-든 建設과 進步 사히에 어느새 矛盾撞着이 생기기 시작하야 말하자면 建設의 노래 대신에 建設의 過多로부터 오는 아름소리가 들려오고야 만다.

　盲目的인 建設에의 信賴는 動搖된다. 行動은 躊躇된다.

　그러고는 建設의 榮光과 行動의 「로맨티시즘」으로 向하야 懷疑의 强한 視線이 쏘아진다. 그리해서 거기는 現代人의 軟弱한 精神을 壓倒할드시 두터운 思索의 雲霧가 휩쓸려오는 것이다. 그러고 그것은 어차피 苦悶의 徵候를 띨 수박게 업다. 現代의 기픈 昏迷 속을 헤매는 까닭이다. 한편으로는 그것은 새로운 무엇을 차즈려는 끈임업는 摸索이기도 하다.

　그러므로 現代의 知識的인 作家나 詩人의 思索은 그들에게 잇서서는 避할 수 업는 倫理다. 卽 消極的으로는 더 求心的인 自己反省의 慾求요 積極的으로는 새로운 「모랄」의 探究의 方向을 指示한다. 그래서 필경에는 그들의 行動이 目的도 希望도 업는 일에 關聯하고 잇는 것을 깨다를 때에 그들은 「키엘케골」이나 「쉐스톱흐」의 絶望의 說敎에 共鳴하고야 만다.

　「스페큘레이슌」(思辨)이라는 題名을 가진 冊이 大戰 以後의 英國 主知主義의 舊約全書가 된 것은 偶然한 일이 아니다. 「아드레·지-드」가 現代人에게 가진 魅力은 그의 思想의 內容이라는 것보다도 思想에서 思想에로 옴겨가는 그 끈임업는 「컬럼버쓰」的 航海때문이 아닐가? 「아리스토텔레쓰」 以來 오늘까지 二十世紀 그 中에서도 大戰 以後의 十八年間처름 文學이 思辨的으로 되고 또 文學에 대한 問題가 거진 絶望的 努力을 가지고 가장 熱烈하고 眞摯하게 反省되고 追求된 일을 업다.

　現代人은 위선 人間的으로 盲目的行動의 無意味를 아럿다. 그런데 文學은 한번은 반드시 人間에 대한 意見이다. 現代의 文學이 혼이는 人間의 絶望의 소리를 담은 까닭이다.

다음에는 모-든 分野에 잇서서 價値와 權威가 動搖될 때에 文學
上의 價値와 權威만이 호올로 平聲을 지킬 수는 업섯다. 文學 自體
의 冒險이 始作되지 안흐면 아니되엿다. (계속)

〈조선일보 (1935. 11. 29)〉

2

二十世紀는 分明히 小說의 時代가 아니다. 詩의 時代는 더군다나
아니다. 그것을 批評의 時代라고 할 때 그 말은 틀림없이 歷史가 한
疲勞의 時期에 잇다는 것을 反證하는 일이다.

그런데 어떠한 時代에는 文學上의 새 發見이라고 하는 것은 根氣
잇는 思索의 선물이엿다.

思索의 中止는 知識的 成長의 中斷을 意味한다. 思索은 知識의 健
康과 成長을 가저오는 頭腦의 體操다. 다만 歷史의 陣痛期에는 平時
에는 例外的으로 天才的이든 그것이 至極히 深激해지고 또 一般化한
다는 것을 强調해슬 뿐이다.

그러므로 價値의 權威가 安定되엿슬 때에 아모러한 懷疑도 업시
文學에 從事하는 일을 우리는 幸福하다고 하야 부러워하고 그 代身
思索없는 文學을 永久히 輕蔑하려고 하는 까닭도 거기잇다.

오늘의 知識的인 作家나 詩人은 文學하는 일 自體의 理由와 根據
를 究明하는 일 업시는 一瞬間도 일할 수가 업다. 文學上의 오래인
權威들이 거진 潔癖에 가까운 敏感에 依하야 否定되고 새로운 價値
의 樹立이 到處에서 計劃되엿다. 즉 그들은 絶望的으로 批評의 慾求
에 몰려잇는 것이다. 現像的으로 이 일은 批評家와 作家 批評家와

詩人을 兼한 例를 들면 이른바 「批評家詩人」이 만히 나타나는 일을 結果했다.

이러케 한 사람에게 잇서서 作家 或은 詩人과 批評家가 兼해질 때 批評과 製作의 活動은 各各 어떠케 서로 調和되고 反撥하는가?

또한 한 作家나 詩人은 거진 例外업시 다른 사람의 作品의 鑑賞者다. 그러면 한 거름 나아가서 그것들과 鑑賞과의 사이에는 무슨 衝突이 생기지 안나? 그러한 方面으로부터 이 세 가지의 限界를 생각하며 그리하므로써 主로 一般的 批評의 問題에 대한 한 見解를 세우려는 것이 이 小論의 目標다.

批評과 詩論

그런데 作家 또는 詩人의 批評의 活動은 두 개의 方向으로 向해서 움직인다. 하나는 自身의 製作과 그 活動에로 다른 하나는 自己 以外의 사람의 製作에로—그가 完全한 批評家의 位置에 서는 것은 勿論 다른 사람의 製作과 마조 설 때다.

批評의 눈이 自己自身에게로 쏠려질 때 그것은 痛烈한 自己反省으로서 나타나는 同時에 한편으로는 그 自身의 文學活動의 合理化의 作用도 하는 것이다.

그러나 作家나 詩人이 發表하는 批評—假令 詩論 가튼 데는 客觀的 批評으로 應用할 수 잇는 部分과 그의 生理에서 움이 나온 部分이 뒤서꺼 잇는 것이 보통이다. 다시 말하면 쉬일 새 업시 自己反省과 自己合理化의 作用을 게속하는 동안에 主觀的 缺點이나 長點에 대한 否定과 擁護의 努力이 어느새 理論化해서 스스로는 主觀的이 아니라고 생각하는 그의 批評 속에 심여버리는 것이다.

假令 「T・S・엘리옷트」가 個性에서의 逃避를 勸할 때에 그것을 얼른 批評으로서만 보기에는 無理가 만타. 그것을 차라리 自己反省의 悲痛한 宣言이라고 돌릴 때 그 意味는 더욱 밝어지는 것갓다. 卽 個性의 過剩 때문에 괴롬을 밧는 바로 「엘리옷트」 가튼 사람에게만 個性에서의 逃避는 福音일 것이나 一律的으로 그것을 獎勵한다면 그 結果는 매우 우수울 것이다.

이러케 한 作家나 詩人이 同時에 批評家일 경우에 우리는 그가 發表하는 批評 중에서 果然 어느 部分까지를 純粹한 客觀的 批評으로서 受納하고 어느 部分까지를 主觀的 反省이나 合理化의 理論으로서 바더드릴 가는 매우 區別하기가 어려운 일이다.

그러나 實際의 效用으로서는 客觀的 批評은 보다 더 讀者를 위해서 잇스며 또 利益되는 것이오 事實로 作家나 詩人을 實質的으로 影響하는 것은 詩人의 詩論과 作家의 批評의 便이다.

그래서 詩人의 詩論이나 作家의 批評은 그가 즐기든 말든 간에 그 主觀的 生理的 部分과 客觀的 論理的 部分은 分析되여서 解明되고 評價되여야 할 것이다. 이러한 일은 純粹한 批評家가 해야할 일의 하나일 것이다.

詩人의 詩論이나 作家의 批評은 그것의 特殊한 價値에도 不拘하고 客觀的 批評으로써 스스로 姿勢를 가출 때에 그것은 크게 警戒해야 할 限界를 스스로 알지 안흐면 아니 된다.

卽 詩論은 그것이 보다 더 客觀化될 때에 批評에 더욱 가까워 가고 그 主觀的 條件의 必要에서 생긴 孤立한 方法論으로 옴크려버렷슬 때에 그만치 批評에서 멀어진다.

뒤의 것은 大體로 偏狹하고 一方的일 것이여서 그 度가 甚하면 甚할수록 더 警戒할 것이나 詩人은 혹은 그것을 가지고 性急하게 다른 사람의 作品에도 批評으로 應用하려고 할 경우를 우리는 充分히 想像할 수가 잇다. 卽 當者도 意識하는 일이 업시 一方的인 方法論을 客觀的 批評의 原理나 基準으로서 肯定해 버려서 그러한 特殊한 制約들을 必要로 하지 안는 다른 사람의 作品에 適用하려고 할 때에 危險이 孕胎되는 것이다. (계속)

〈조선일보 (1935. 12. 2)〉

3

批評과 鑑賞

鑑賞이라는 것은 한 作品을 享受하야 共感하고 즐기는 일이다. 鑑賞者는 批評者이기 전에 享樂者다.

한 作品에 대하야 사람은 늘 批評家의 立場에만 서는 것은 아니다. 다만 鑑賞者의 限界 안에만 머물 수도 잇다. 大體로 讀者는 鑑賞者이고 批評者의 立場에 서게 되는 것은 特殊한 경우다. 또한 事實로 作品은 애초부터 批評의 對像으로서 提供되는 것이 아니라 그보다 먼저 鑑賞의 對像으로서 던저지는 것이다. 그런데 鑑賞의 根據가 되는 것은 詩論도 批評의 基準도 아니오 主로 趣味다.

勿論 한 사람의 趣味와 그의 批評的 基準은 共通點을 가지기 쉬운 것으로서 가령 한 流派는 그들이 즐기는 作品의 種類의 性質이 一致되기 쉬운 것이 事實이다.

그러나 한 사람의 趣味는 다만 그의 批評의 基準에만 影響되는 것이 아니라 그의 生理와 全敎養, 社交, 職業 그러한 것들의 總和가 決定하는 것이라고 생각한다.

　그런데 이 鑑賞의 問題에 關聯해서 우리는 두 가지의 困難을 가지고 잇다.

　첫재 한 詩人이나 批評家가 다른 사람의 作品을 鑑賞할 때에 먼저 그 自身의 詩論이나 批評의 基準이라는 色眼鏡을 쓰고 거기에 걸리는 모-든 것은 享受하기 전에 嫌惡하고 또는 拒絶해버리는 傾向이 생기기 쉽다. 그래서 스스로 그 鑑賞의 問題를 주려버리는 것을 왕왕이 본다.

　나는 批評이라는 活動의 必要를 否認하는 것은 아니다. 오히려 그 反對다. 다만 鑑賞만은 위선 다른 干涉者의 시끄러운 干涉이 업는 狀態에서 하며 또한 될 수 잇는 대로 그 範圍를 넓히는 것이 自身의 敎養을 위하야 生의 擴充을 위하야 自己反省을 위하야 매우 必要하다는 일을 強調하려는 것이다. 鑑賞에 關聯해서 이러나는 또 다른 困難은 이것이다.

　卽 鑑賞者가 자칫하면 鑑賞과 批評을 混同해버려서 鑑賞의 立場에서 批評을 하는 일이다. 다시 말하면 그의 趣味에 立脚해서 다른 사람의 作品을 判斷해버리는 경우다. 일즉이 印像主義라고 하는 것은 事實로 批評이 아니고 鑑賞이엿든 것이다. 十九世紀와 함께 그것은 終滅햇슬 터이나 오늘에도 간혹 그러한 混同이 우리 사이에 보이는 것은 遺憾이다.

眞正한 批評

　나는 批評과 詩論, 鑑賞의 關係를 생각해 보면서 批評을 둘러싸고 잇든 混沌한 雲霧를 한 겹 두 겹 버끼려고 애썼다. 이제 우리의 아페 나타난 또는 나타나야 할 批評의 正體란 어떤 것이냐?

우리는 위선 批評과 批評學과 批評論을 各各 區別해야 할 것 갓다.

批評의 本質과 밋 그 一般的 可能性, 機能과 가튼 것을 對像으로 한 것은 批評學이다. 批評의 方法 態度와 밋 그 現像을 論議하는 것은 批評論이다.

다시 말하면 批評學이나 批評論은 모다 批評에 關해서 잇는 것으로서 하나는 批評과 批評論들에서 一般的 法則을 發見하는 것이고 하나는 批評에 關한 具體的 論議다.

그러면 批評이란 어떤 것이냐? 批評은 바로 「作品에 關하야」잇서야 할 것이다.

「에즈라・파운드」 그가 編纂한 「活動的 詩華集」의 序文 속에서 英國의 批評이 作品에 대하야 말하지 안코 보다 더 批評 自體에 讀者의 注意를 끄을려고 하는 일을 痛烈하게 攻擊한 것은 正當하다. 事實 우리의 손으로 된 評論의 大部分은 「作品에 關하야」 잇지 안코 그 自體에 關해서 잇섯스며 따라서 作品에 대하야 말해야 할 批評의 第一義的인 任務를 떠나서 그 自體의 準備運動에 沒頭하엿다. 우리는 實質的 批評을 가저 본 일이 지극히 드물엇다.   (계속)

〈조선일보 (1935. 12. 3)〉

4

「파운드」는 가튼 序文 속에서 批評하는 藝術에 事實로 進步發展을 가저 오는 사람을 最上級의 批評家라고 하엿고 다음에 製作된 最上의 것에 讀者의 注意를 끄으는 사람을 그 다음가는 優良한 批評家

라고 하엿고 이러치도 저러치도 안코 最上의 作品에서 도리혀 讀者의 注意를 第二級 以下거나 또는 그가 쓰는 것 自體로 옴기게 하는 批評家를 毒蟲이라고 한 말은 우리에게 示唆하는 만흔 것을 가지고 잇다고 생각한다.

「엘리옷트」는 한 거름 더 나아가서 「勿論 批評的 著書나 論文이 만해지는 것은 事實로도 만해지고 잇지만 作品 그것을 읽는 것보다 作品에 關한 著作을 읽는 惡趣味를 맨드러낼 것이다. 그 일은 趣味를 敎育하는 대신에 意見을 供給하는 것이다」라고 말하엿다.

우리도 作品을 읽기 전에 그것에 대한 批評을 읽으므로써 그 作品에 대하야 어느듯 한 개의 偏見을 注射바더 가지고 잇는 때가 얼마나 만흔지 모른다. 오늘에 이르기까지도 「단테」나 「쉑쓰피어」에 대해서조차 뭇 사람은 그 作品에서 어데 세운 自身의 意見이 아니라 傳播된 남의 意見을 그대로 품고 잇는 것이 大部分의 事實이다.

오늘의 우리가 어떤 作家나 作品에 대하야 가지고 잇는 觀念이라는 게 大體로 이러한 移植된 偏見인 境遇가 만타. 作品에 關한 批評만을 읽는 것도 이처름 不具한 일인데 더군다나 直接 作品에 關한 것이 아닌 批評論만을 만히 읽게 된다고 하는 것은 病的 雰圍氣를 徵候하는 것이 아니면 아니 된다.

이러케 오늘의 文壇의 通弊는 사람들의 作品대신에 批評을 읽는 일이다. 그것도 더군다나 作品과 關聯이 업는 批評論인 때가 만타.

이 弊害를 업시하기 爲해서도 위선 批評家는 批評이 아니라 다른 사람의 作品을 읽고 그리하므로써 具體的인 作品에 關한 實質的 批評을 보여주어야 할 것이라고 밋는다.

다음에 批評은 哲學이기 前에 科學이라야 할 것이다. 다시 말하면 批評家는 對像으로써 提供되엿거나 選擇한 作品을 判斷하기 전에 그

것을 構成하고 잇는 뭇 要素로 分析하야 그 相互間의 關係와 밋 全
體와 그 各 部分과의 關係를 究明해야 할 것이다.

分析한 다음에는 解釋해야 할 것이다.

그러고 比較하고 判斷하는 것은 批評이 해야 할 最後의 일이다.
나는 批評의 基準은 批評하는 作品이 갈릴 때마다 갈려야 된다는
「엘리옷트」流의 意見에는 반드시 同意하고 십지는 안타. 萬若에 批
評家가 判斷하기 전에 充分히 또 公平하게 分析하고 解釋하엿다고
하면 그 다음에는 그 一流의 基準을 가지고 判斷할 權利를 그는 主
張할 根據가 十分 잇다고 생각한다.

또한 分析도 아니 하고 解釋도 아니 하고 다만 判斷만 提示되엿슬
때 우리는 그 判斷의 理由를 알 수 업서서 唐慌한다. 어떠한 意見의
理由를 說明하는 일이 업시 單純히 意見만을 가지고 오늘의 讀者에
强迫하려고 하는 것은 無理하기 짝이 업다. 우리는 事實로 우리의
周圍에서 科學이기를 逃避하고 性急하게도 哲學이고 시퍼 하는
「돈·키호-테」式의 부어오른 「아리스토 텔레쓰」들을 만히 구경할
수 잇는 것은 뼈아픈 風景의 하나다.

그 우헤 이 種類의 評家가 德性조차 업슬 경우에는 한 作品 속에
서 企圖된 여러 가지 文學上의 實驗이나 發見은 故意로 無視하거나
또는 盲目이여서 오직 自己의 判斷에 有利한 難點만을 가려서 攻擊
하거나 貶下하는 材料를 삼을 때에 그 作家나 詩人이 밧는 被害란
實로 큰 것이다. 그는 그 억울한 損害를 어디 가서 補償바더야 할지
모른다. 이러한 暴行에 가까운 批評에서 文學을 保護하는 것은 틀림
업시 文學의 進步를 위하는 일이 될 것이다.

또한 批評家는 그의 分析과 解釋의 過程에서 그 作家나 詩人의 立
場을 抽出해야 할 것이다. 假令 여기에 精神分析의 立場에서 쓴 作

品이 잇다면 그 作品이 그러한 立場에서 씨어젓다는 것을 提示하고
그러한 立場으로서는 그 作品이 얼마나 成功하고 失敗햇다는 것을
보여주어야 할 것이다. 그 다음에는 그는 그러한 일까지 통트러 너
허서 그 작품에 대한 自己 一流의 判斷을 나릴 것이다.

〈조선일보 (1935. 12. 5)〉

5

될 수만 잇스면 批評하는 作品에 關해서 成立할 수 잇는 여러 개
의 意見을 提示한 후에 自己의 意見을 强調한다면 더욱 理想的일 것
이다. 웨 그러냐 하면 詩人이나 作家는 오직 한 種類가 아니고 事實
로 한 種類로 統一할 수도 업는 일이다. 讀者도 또한 마찬가지다. 批
評이 그 自身의 意見에만 모-든 文學的 活動을 統一하려고 夢想한다
면 그것은 妄想일 것이다. 「批評理論의 誤謬의 하나는 한 편에 한
사람의 假定的 詩人을 생각하고 다른 편으로 한 사람의 假定的 讀者
를 생각하는 일이다.」(엘리웃트) 어떠한 時代에도 어떠한 곳에서도
進步에 奉仕하는 것은 堅實하고 公平한 意見이지 偏見은 아니다.

세 개의 圓周

詩人, 批評家 鑑賞者가 各各 다른 사람일 때에는 오즉 한가지 立
場에 대한 認識이 밝으면 그만이지만 萬若에 이 세 가지를 한 사람
이 兼할 때에 事實로 그러케 明瞭하지 안흘지라도 이 세 가지 立場
을 한 사람이 뒤서꺼서 經驗하는 것이 오늘의 作家나 詩人의 共通한

經驗이지만 그 경우에 그것을 混同하므로써 저도 모르게 過誤를 犯하는 일이 업는가? 또는 그 限界를 分明히 하지 못한 까닭에 스스로 混亂을 느끼는 일은 업는가? 또는 그것들 사이에 間隔이나 矛盾을 느끼는 일은 업는가?

잇다.

그것은 오늘의 知識的인 作家나 詩人이 內面的으로 부대치는 思索上의 暗礁를 이루고 잇는 것 갓다. 세 가지의 混同으로부터 오는 過誤는 이미 指摘햇거니와 그박게도 한 사람의 詩人이 批評家로서 提示한 批評의 基準과 그가 實際로 製作한 作品 사이에 생기는 距離는 그대로 그의 內面的 分裂을 불러오지 안흘가? 例를 들면 「허-버-트·리-드」가 그의 「近代詩의 形態」의 冒頭에서 吐露한 苦悶도 그러한 것이다.

「萬若에 한 文學批評家가 偶然히 詩人일 경우에는 그는 「딜렘마」를 經驗하기 쉽다. 그것은 그보다도 더 散文的인 친구들의 哲學的 平靜이 經驗하지 안는 일이다. 그는 그의 理論과 實際와의 사이에 무슨 方法으로든지 統一을 세워야 할 것이다.」

그러한 苦悶은 오늘의 詩人이나 作家에게 잇서서 거진 共通된 일이다. 우리는 대체 이 어려운 「딜렘마」들을 어떠케 가리고 나아갈가?

나는 생각한다. 우리는 우리의 內部에 엉크린 詩人과 批評家와 鑑賞者의 立場을 밝혀서 그 位置를 정해주어야 할 것이다. 그래서 우리는 그것을 各各 區別해서 驅使하므로써 「딜렘마」로부터 解放될 길을 차즐 것이다. 그러한 일은 勿論 어려울 것이나 그러타고 내버릴 것이 아니고 어떠케든지 努力해서 어더야 할 일이다.

드디어 나는 詩人 批評家 鑑賞者의 限界를 똑바로 그려야 될 場面

에 다닥첫다. 卽 詩人은 製作者다. 製作의 途程에 잇서서는 그에게는 그의 藝術만이 眞實하다. 그는 오직 한 개의 方法論을 쪼차간다. 그 것은 그의 製作上의 信念과 必要를 體系化한 것이다. 따라서 그것은 主觀的인 生理的인 部分 卽 自己反省과 自己合理化의 側面을 濃厚하 게 지니고 잇다. 그가 詩人의 限界를 넘어 드듸지 안는 限 그것으로 도 조타. 그러나 그가 한 번 그 境界를 너머서 批評家가 될려고 할 때에는 그의 生理的인 資産은 모다 떨어버리고 客觀的인 態度와 基 準을 準備해야 할 것이다.

批評家는 먼저 分析者다. 다음에는 判斷者다. 終始一貫 科學的인 客觀的인 立場에 서야 한다. 그는 그의 詩論을 超越해야 한다. 그것 마저를 다른 對像과 함께 가튼 系列에 노흘 胸度가 잇서야 한다.

鑑賞者는 享受者다. 分析이나 判斷의 强烈한 要求를 늣기는 일이 업시 다만 바더드려서 그 中에서 一部를 選擇해 가지고 一部를 拒絶 한다. 그 일은 그의 自由에 屬한다. 批評家에게는 그러한 自己가 許 諾되지 안는다. 그는 한 번은 拒絶하고 십흔 것도 그러치 안흔 것도 平等하게 分析해서 評價해야 하니까—.

그래서 우리는 가튼 中心을 가진 大小 세 개의 圓周를 假設할 수 가 잇다. 가장 外廓의 圓周는 鑑賞의 限界고 가장 적은 圓周는 詩論 의 線이고 그 中間의 것은 批評의 限界를 보이는 線일 것이다.

나는 最後로 「리-드」가 提示한 理論과 實際의 相剋에 대한 問題 를 생각해 보려고 한다.

詩論이나 批評 속에서 보인 理論은 勿論 製作의 理想에 關해서 말 하엿슬 것이다. 그래서 實際의 製作과 그 理想과의 一致는 詩人의 努力의 目標일 것이고 그의 製作이 그 理想에 미치지 못한다고 해서 곳 그 責任은 理想이 질 것은 아니고 오직 製作의 修業의 不足이 저야 할 것이다.

理想은 노풀수록 조코 그것을 追求하는 詩人의 詩作은 恒常 不幸하게도 그 近方에조차 가까이 가지 못하는 것이 通例다. 그것은 詩人의 永久한 悲劇이나 그러타고 這間에 妥協的 統一 가튼 것은 到底히 容納되여서는 아니 된다.

「散文的 思索에서는 그는 바로 理想에 依하야 占領되여야 하나 詩를 쓸 때에는 그는 오직 現實性을 取扱할 수 잇슬 뿐이라고 말하련다」라고 한 「엘리옷트」의 말은 그대로 「리-드」의 苦憫에 대한 괴로운 解答일 것이다.   （一. 二五）

〈조선일보 (1935. 12. 6)〉

詩人으로서 現實에 積極關心

1. 詩 種類의 分化

「아리스토텔레쓰」以來 오늘까지 二千 三百年 동안에 數千 數萬의 詩가 나왔건만 아직까지도 모-든 사람을 한꺼번에 說服시킬 만한 詩의 定義가 나타나지 못한 것은 事實이다.

또는 永久히 그럴는지도 모른다.

다만 이 무서웁도록 만흔 思索의 堆積 뒤에 남은 오직 한가지 움지기지 못할 事實은 「詩는 살어잇다」는 일이다.

詩學이 부짭엇다고 생각한 詩 一般이라고 하는 槪念은 結局은 그 詩學과 가튼 時代 또는 그 前時代까지의 詩에서 抽像한 것에 지나지 안는다. 그 동안에 現存한 具象的인 詩는 그 詩學의 境界를 너머서서 새로운 들로 다름박질할지도 모른다. 어떠한 時代에고 새로운 詩는 항용 非詩的이라는 口實을 가지고 심하게 非難되엿다. 그것은 非難하는 편의 詩學이 그 새로운 詩보다 키가 멋 자 더 적다는 것을 意味할 뿐이다. 어느새 이 非詩的이라든 詩는 時日이 지나믈 따라서

詩史上에 그 位置를 차지하고 만다. 그러므로 말의 嚴正한 意味에서 우리가 定義할 수 잇는 것은 어느 한 時代의 詩뿐인 것 갓다.

우리는 事實로 「오늘의 詩」를 가지면 그만이다. 어저께까지의 詩는 歷史의 所有에 마끼면 그만이다.

그런데 이 「오늘의 詩」조차가 決코 特定한 한 種類의 詩는 아니다. 오늘이라고 하는 特定한 時間을 흐르고 잇는 수만흔 詩의 물줄기가 한데 合처서 이루어지는 것이다. 勿論 그 中에는 大小의 區別이 잇서서 主流라는 것이 形成되여 잇슬 것이나 그러타고 다른 적은 물줄기는 無視해도 조타는 말은 意味하지 안는다.

벌서 우리는 우리의 詩 속에 여러 개의 潮流를 가지고 잇다. 그 일만으로도 우리의 詩壇은 進步햇다고 主張할 수가 잇다.

나는 雜多한 潮流를 이야기하기 前에 詩의 種類의 分化에 對하야 諸君의 注意를 喚起하려고 한다.

詩라고 하면 곳 抒情詩를 聯想한 것은 오래인 동안의 우리의 배좁은 習慣이엿다. 그 일은 結果로서는 詩에 오직 한 種類의 規範을 設定하므로써 滿足하엿고 나아가서는 오직 한 개의 規範만을 固執하는 데까지 이르럿다.

詩는 첫재 形態上으로 短詩와 長詩로 區別된다. 詩는 짧을스록 조타고 할 때 「포-」는 長詩의 일은 니저버렷든 것이다. 長詩는 長詩로서의 獨特한 領分을 가지고 잇다. 어떠한 點으로 보아 더 複雜多端하고 屈曲이 만흔 現代文明은 그것에 適合한 詩의 形態로서 차라리 劇的 發展이 可能한 長詩를 歡迎하는 必然的 要求를 가지고 잇는 것처름 보이기도 한다. 現代詩에 革命的 衝擊을 준 「엘리웃트」의 「荒蕪地」와 最近으로는 「스펜더-」의 「비엔나」와 가튼 詩가 모다 長詩인 것은 거기에 어떠한 時代的 約束이 잇는 것이나 아닐가? 나는 잇다고 생각한다.

또한 內容의 性質로 보아서 詩는 抒情詩 以外에 哲學的인 詩 諷刺詩 描寫的인 詩도 可能할 것이고 또 잇서서 조흘 것이다.

고요한 情緒를 노래하므로써 滿足한 것은 十八世紀까지의 牧人의 生活이엿다. 오늘의 우리는 詩에서 그 以上의 것을 企圖하고 시푼 衝動을 느끼는 것이 事實이다. 그런 것을 느끼지 안는다고 하면 거기는 怠慢 以外의 또 무슨 口實이 잇슬까?

그 동안에 우리는 벌서 그러한 衝動이 우리 속에 實現되고 잇슨 事實을 例證할 수도 잇다. 우리는 아프로도 詩의 世界를 그 배좁은 抒情의 領土에만 制限하지 말고 새로운 種類로 더 넓히 擴張할 것이나 아닐가? 이것이 새해의 詩壇에 建議하고 시픈 나의 提案의 하나다.

이 四 五年 동안 技巧派의 努力이 詩壇을 壓倒하엿다고 말한 林和氏의 말은 올타. 어떠한 歷史的 事實을 잇는 그대로 認定한다는 것과 判斷한다는 것은 다른 일이다. 비록 技巧派에 反對하는 사람들이라고 할지라도 이 四 五年來 技巧主義가 詩壇의 主流를 이루엇다는 事實은 認定할 바께 업슬 것이다.

〈조선일보 (1936. 1. 1)〉

2

技巧派를 다시 精密하게 分類한다면 그 中에서 言語에 대하야 古典主義的 信念을 詩論으로 한 一派와 一群의 尖銳한 形而上學派와

數에 잇서서 그보다도 더 만흔 寫象派로 區分할 수가 잇다. 그러나 그들은 모다 現實에 대하야 逃亡하려는 姿勢를 가지는 點에서 一致한다.

原來 「뽀-들레르」를 原祖로 하고 近年의 超現實派에 이르기까지의 佛蘭西를 中心으로 한 近代詩의 特徵은 그것이 一貫해서 現實을 醜惡한 것으로 認定하고 그것을 超越한 곳에 아름다운 詩의 세계를 想定하려는데 잇섯다.

우리 自身의 詩의 傳統을 가지지 못하고 主로 西洋의 詩에서 우리들의 滋養을 더 만히 攝取하여 온 우리 新詩가 그러한 影響을 强하게 바든 것은 避할 수 업는 일이엿슬 것이다. 그 우헤 우리를 에워싼 現實이 詩人을 기쁘게 하기에는 너무나 미웟다.

그러나 우리들 속의 現實逃避의 態度 속에는 얼마나 强한 現實憎惡의 感情이 흐르로 잇는가? 西洋의 超現實主義者들의 그것에 匹敵하다는 自信이 잇슬 수 잇슬가. 지난 해 六月에 巴里에서 文化의 擁護를 위한 國際作家會議가 열렷슬 때 그들은 어떠한 文化를 擁護할 것인가? 하는 問題를 위선 考慮하지 안으면 아니 되엿다고 한다. 그것은 勿論 오늘의 文明의 現實을 支持하는 文學은 아니다. 차라리 그것을 批判하고 超克하려는 文化일 것이다.

果然 우리들의 技巧派的 派詩는 擁護되여야 할 文學 中에 드럿슬가? 그보다 國際作家會議가 敵對하려는 努力이 無害無益한 可憐한 「카나리아」로써 放任하거나 도리혀 奬勵할 그러한 種類의 文學 속에 들지나 안엇슬가? 萬若에 그러타면 그것은 바로 文詩의 名譽가 아니고 屈辱일 것이다.

내가 나의 數만흔 同僚에게 한 개의 「도라우편아프로」—卽 現實에의 積極的 關心을 提議하려는 까닭도 거기 잇다.

國際作家會議의 席上에서 「루이아라곤」의 얼골을 發見할지라도 諸君은 도모지 놀랄 것은 업다. 그는 벌서 옛날의 超現實主義者 「아라곤」이 아니다.

英國의 現代詩에서는 「엘리웃트」의 作品에 一貫해서 現實의 反映이 濃厚한 것은 오래 전부터의 일이다. 오늘에는 「뉴우·씨그내튜어」「뉴우·컨튜리」에서 出發한 전문 詩人들은 이러한 消極的인 關心에조차 不滿을 품고 보다 더 積極的인 關心을 가지고 大戰 以後의 英詩에 第二의 變革을 가저 오면서 잇안지는가? 오늘의 文化는 바로 이러한 새로운 意圖와 設計를 통해서 來日에로 發展할 것이 아닐가? 웨 그러냐 하면 언제든지 批判者 超克者 만이 來日에 參與할 權利를 가질 수 잇는 까닭이다.

그러나 내 意見은 곳 技巧主義에 대신해서 內容主義를 가저오려는 것이라고 理解되여서는 아니 된다. 內容의 偏重은 벌서 一九三〇年 以前의 誤謬엿다. 내가 主張하엿든 것은 차라리 이 內容과 技巧의 統一 ―한 全體主義的 詩論이엿다.

林和氏는 新東亞 十二月號에서 나의 이 提案에 대한 批評을 試驗햇다. 나는 南國의 寂寞한 海岸에서 病을 나스라고 잇다고 傳하는 이 詩人이 내가 提示한 一聯의 論文을 忠實히 읽어준 일에 대해서 기뻐해 마지 안는다. 그의 論說에는 만흔 承服할 點도 잇스나 또한 承服할 수 업는 點도 잇다. 假令 나의 論文이 「푸로」詩를 看過한 것을 非難한 일은 옳다. 나로서는 내가 詩를 쓰고 또 생각하기 시작한 때는 벌서 「푸로」詩가 旺盛하지 못하엿고 따라서 내 思考 속에 强烈하게 壓迫해 오지 안엇든 까닭에 그 일은 極히 自然스러웟다.

그러나 내가 말한 詩에 대한 全體的 見解는 「푸로」詩가 卒業한 것처럼 말한 것은 事實에 대한 錯覺이거나 誣告갓다. 一九三〇年 以前

의 「푸로」詩는 암만해도 內容 偏重의 誤謬에 빠젓든 것 갓고 그것이
技巧를 意識하고 內容과 技巧를 統一한 한 全體로서의 詩에 到達하
는 것은 오히려 今後의 問題가 아닌가 생각한다. 나는 勿論 右로부
터 기우러지는 全體主義의 線을 그려 보앗다. 「푸로」詩가 萬若에 今
後 全體主義의 線을 쪼차서 發掘을 꾀한다고 하면 그것은 勿論 左로
부터의 線일 것이다.

이 두 線이 어떠한 地點에서 서로 만날가 또는 反撥할가는 이제부
터의 課題다.

나는 다만 여기서는 가튼 「제네레이슌」에 屬한 同僚들에게 새해
에도 계속해서 이 詩에 對한 全體主義的 意見을 提議하려고 한다.

〈조선일보 (1936. 1. 4)〉

3

最後로 내가 提示하야 諸君과 함께 記憶에 새로운 印象을 깁게 하
고 시픈 問題는 朝鮮말의 問題다. 이는 반드시 詩人만의 問題는 아
니지마는 詩人은 이에 대하야 더한층 關心해야 할 特別한 位置에 서
잇다고 생각한다.

어떠한 問題가 當然히 論議되여야 할 時期에 當事者들이 沈默을
지킨다고 하는 것은 반드시 그들이 鈍感한 罪때문은 아니다. 發言의
機會가 不利한 境遇도 잇다.

우리는 지금까지 文化人이라고 自負햇고 우리고 가진 文化의 뒤
에는 四千年이라는 世界 歷史에 비최서 조차 決코 짧지 아니한 時日
을 끄을고 잇서서 벌서 世界文化史上에서 文化朝鮮을 위하야 한 座

席을 要求하는 것은 當然한 權利고 그것을 抹殺하고 그 어떠한 暴擧
도 잇슬 수 업다고 생각햇다.

또한 朝鮮말은 朝鮮人의 表現의 意慾에 가장 알마즌 것이다. 그것
은 우리들의 性格과 本能과 感情의 思考에 다른 어느 말보다도 適合
한 것이다.

그런데 이 表現의 衝動을 가장 率直하게 代表하는 것은 우리들 글
쓰는 사람들이라고 함은 우리들의 自矜도 아모 것도 아닌 事實이다.

萬若에 우리가 어떠한 便法 以外의 口實 아래서 우리의 表現의 材
料로서 朝鮮말을 버린다고 하면 그것은 첫재 우리의 生理에 反逆하
는 것이 된다.

存在하는 모-든 것은 歷史의 進步에 矛盾되지 안는 限度 안에서
그것에 相當한 權利를 가질 것이다.

朝鮮民族의 生理에 安當한 朝鮮말은 그대로 한 개의 權利일 것이
다.

이 일은 朝鮮人의 文人에게 두 가지 일을 命令한다.

첫재, 우리는 朝鮮말을 붓들어 가야 한다.

둘재, 붓들어 갈 뿐만 아니라 잘 길러나가야 한다. 이 點은 特히
詩人에게 特別한 關心을 命令한다.

卽 詩人은 우리의 말을 그 現狀에 잇서서 잘 把握해 살릴 뿐 아니
라 산 말속에서 늘 새로운 것을 發見하야 그것을

組織하야 새말의 創造에 努力해야 할 것이다.

要컨대 우리는 朝鮮말에 대하야 一種의 倫理感을 가저야 할 것이
다.

그리고 우리가 더욱 感銘을 새롭게 해야 할 일은 다시 말하거니와
朝鮮말의 압날은 朝鮮文學마저를 包含한 朝鮮文化 全般의 運命과 一

致한다는 일과 그보다도 더욱 그것들은 모다 그 自體의 運命을 가진다느니 보다도 차라리 다른 總體的인 運命에 依存한다는 일이다.

이 일에 대하야는 特히 至今까지 文學에 대하야 冷淡하엿든 우리들의 周圍 全體와 또한 우리들 文人 中에서도 大局에 대하야 比較的 關心이 稀薄한 드시 보이든 層에서 다시 한 번 反省을 새롭게 해야 할 줄 밋는다.

卽 늘 大局을 論議하는 指導的 頭腦와 밋 一般人士는 朝鮮文學을 保護하고 助長하는 事業의 意義를 느끼고 그러한 곳에 實力과 誠力을 기우리는 것도 亦是 百年의 大計의 하나임을 깨달아야 할 것이다.

詩壇에 向한 建議가 어느듯 熱이 올라서 社會一般에 대한 建議로 脫線해 버렷다. 나는 다시 本題로 도라와야 하겟다. 아페서 나는 조선말을 위한 活動이 朝鮮文人의 거룩한 義務인 것을 强調햇다.

지금에 잇서 그 義務의 强調는 오히려 뒤느진 늣김을 준다.

한 말은 다른 한 말의 侵入 混流를 바들 때마다 더욱 그 含蓄과 外貌를 豊富하게 해가면서 스스로 成長의 方向을 그러나 各 言語는 人類 共同의 實質的인 意味의 世界文化 建設의 基礎로서 世界語의 形成이 要求되는 瞬間에 닥치면 自發的으로 그 自體를 버려도 조흘 것이다.

그러나 이러한 理念으로서의 世界語의 到來까지는 그 中間에 各 民族의 文化에 잇서서 말 以外의 世界化의 過程을 豫想해야 하니까 그것은 아직도 遼遠한 일이다.

〈조선일보 (1936. 1. 5)〉

科學과 批評과 詩

― 現代詩의 失望과 希望 ―

1

批評에 잇서서 科學的 態度와 訣別한다는 宣言을 들엇다. 論者는 그 宣言 속에서 「文學」이라든지 「小說」이라는 말은 거진 쓰지 안코 늘 「詩」라는 말을 썻다. 그래서 얼른 보면 그가 科學的 態度와 作別하고 도라 가려는 곳이 마치 詩인 듯한 印象을 주엇다. 거진 이저버리운 不遇한 處地에 잇는 詩에게 이처럼 遇然히 王國을 提供한다고 하는 것은 얼른 보면 반가운 일이나 그러타고 갑자기 詩가 춤출 일은 못된다. 詩가 科學的 態度의 反對槪念으로써 待遇를 밧는 것도 또 詩의 批評에서 科學的 態度를 몰아내는 것도 한 가지로 누구를 위해서나 慶事로운 일은 아닌 까닭이다.

新詩運動이 잇슨 후 二十年 가까운 동안 數千篇의 詩가 發表되엇스나 아직도 그 中에서 거퍼 두 篇이 科學的 態度로 究明되고 批判되엿다는 소문을 드른 일이 업는 오늘에 詩의 批評에서 科學的 態度

를 몰아내려고 하는 것은 좀 性急한 일이 아닐까?

그러나 다시 생각하면 論者 白鐵氏가 訣別한 것은 實로 「어떤 公式主義」엿다. 그것을 氏가 科學的 態度라고 그릇 불럿슬 뿐이엿다. 그러한 用語法의 混同은 氏뿐 아니라 一九三○年 前後의 한 風俗이엿다. 우리는 白鐵氏와 함께 그러한 「어떤 公式主義」가 버림을 밧는데 대해서는 누구나 아까워 하지 안흘 것이다. 그러나 그것이 科學的 態度라는 罪名을 쓰고 斷罪를 바덧슬 때 우리는 「어떤 公式主義」를 건지려는 것이 아니고 억울하게 訣別의 口實이 된 科學的 態度를 건지기 위해서 混同된 用語法을 訂正해야 하리라고 생각한다.

「어떤 公式主義」는 차라리 科學的 態度가 아니엿다는 理由로 訣別을 當해야 햇슬 것이다. 그것이 社會學的 假說로는 올흔 데가 만흐면서도 그 範圍를 너머서 濫用될 때 그것은 때때로 文學의 實際에 대해서 억울한 誣告엿든 까닭에 버려야 햇다. 그래서 文學의 實際로 도라 오는 것은 틀림업시 科學的 態度가 아니면 아니 된다. 公式主義를 떠난 氏가 다시 獨斷이라든지 印象主義的 態度로 도라 가는 것은 헛된 巡禮만 계속하는 것이 되지 안흘가? 氏는 마땅히 眞正한 科學的 態度로 도라와야 햇슬 것이다. 우리 評壇의 通弊가 잇다고 하면 그것은 너무나 수만흔 批評 原則論이나 創作方法論이 씨여지는 대신에 實際로 具體的 作品에 대한 科學的 分析과 그것을 基礎로 한 批評은 지극히 드물다는 일이라고 생각한다.

오늘의 詩는 또한 文學上의 亡命處가 되도록 適當한 密林은 아니다. 우리는 詩에 아모러한 形而上學的 「아프리오리」도 神學的 秘密도 부칠 必要가 업다. 詩는 일즉이는 神들과 살엇다. 다음에는 詩神의 派遣者엿다. 그러나 오늘은 그것은 우리 소리에 틀림업다. 그것은 科學的 分析과 究明에 견딜 수 잇고 또 그러케 할 絶大한 價値가 잇

다. 새로 써야 할 詩學은 美라든지 靈感이라든지 超時間的 價値라든
지 한 形而上學的 術語는 한마디도 쓰지 안코 써여저야 할 것이다.

오늘 어떠한 詩人이나 詩壇이 混迷에 빠저 잇다면 그 原因의 적지
안흔 部分은 詩에 대한 科學的 追求의 不足일 것이다.

勿論 科學으로서의 詩學은 이미 確立된 것은 아니다. 詩의 歷史的
社會的 關聯의 硏究는 社會學에 屬하고 詩的 經驗에 대한 具體的 解
明은 心理學에 屬할는지도 모른다. 그래서 그 사이에 詩學을 위한
일의 領域이 혹은 업슬는지도 모른다. 그럴지라도 우리는 그처럼 失
望할 것은 업다. 웨 그러냐 하면 우리의 目的은 詩學의 救濟에 잇는
것이 아니고 詩의 眞正한 認識을 엇는데 잇는 까닭이다.

形而上學的 講堂美學이나 詩學이 우리에게 준 것은 아름다운 觀
念과 그리고 失望이엿다. 詩에 대한 眞正한 知識이 아니고 머리 속
에서 꾸며낸 精妙한 論理엿다. 詩에 대해서 말하면서도 詩의 事實과
는 잘 드러맛지 안는 빌어온 禮服이엿다.

나는 여기서 잠간 「케풀러」「갈릴레오」 以來의 學問의 새 傳統에
대해서 이야기할 必要를 느낀다.

〈조선일보 (1937. 2. 21)〉

2

우리는 現在의 學問의 分野를 대개 세 型으로 난호아도 無妨하리
라.

1. 博識

東洋流의 在來의 學問 形式은 대체로 여기 屬한다. 그 決定的 缺陷은 體系가 업다는 點이다.

2. 形而上學

그 自體의 精妙한 論理는 가추고 잇다. 누가 "헤겔"다려 그 體系는 現實하고 맛지 안는다고 말하엿드니 "헤겔"은 卽席에 그것은 自己의 體系가 나뿐 것이 아니고 現實이 나뿌다고 대답햇다고 한다.

3. 科學

「갈릴레오」 以來의 新傳統으로서 主張을 품은 모-든 命題는 事實의 檢證에 비최어서 그 眞像을 決定하는 것을 眼目으로 한다. 論理 自體는 權利가 업다. 그것이 事實 ─ 實로 事實과 相應하지 안을 때는 거즛이라는 烙印을 어더맛는다. 科學의 가장 代表的인 것은 理論 物理學이다.

形而上學이 科學아페서 드디여 그 地位를 維持 못하는 것은 當然한 일이다. 학문으로서의 生命인 眞理(論理的 實證論에 의하면 假說이다.)를 包含하고 잇다고

主張하는 形而上學的 뭇 事實에 대한 主張일 수 업는 點에 決定的인 陷穽이 잇섯다.

"칸트"는 벌서 形而上學의 不可能을 主張하엿고 그 認識論은 科學

的 認識에 대한 研究엿다고 한다.

그 뒤에도 여러 가지 모양을 한 形而上學이 곳곳에서 나타낫지만 오늘 哲學이 科學을 떠나서 잇슬 수 업다는 結論은 到處에서 實證되고 잇는가 한다.

學問의 分野에는 아직도 在來의 博識 또는 形而上學이 혹은 單獨으로 혹은 얼려서 혹은 뚜렷하게 혹은 隱現中에 숨어서 널리 남어 잇다. 아직은 科學은 여러 世紀 동안의 苦鬪에도 不拘하고 낡은 傳統의 城壘를 完全히 깨트리지는 못햇다. 그것은 사람의 뿌리 기픈 蒙昧 때문이다. 早晚間 學問은 모조리 科學으로 統一되여야 할 運命에 잇다고 보인다. 오늘의 科學의 未熟을 가지고 곳 科學을 훼방하는 것은 勿論 어리석은 일이다. 그것은 先史時代 以來의 人類의 기픈 迷信을 粉碎해야 할 큰 일을 가지고 잇다. 그것은 完全한 精神的 一新을 企圖한다. 이러한 多事多難한 科學은 그 目的을 達하기까지는 아직도 만흔 時日을 要할지도 모른다. 오로지 사람의 蒙昧의 退脚과 反比例해서 目的에 점점 더 가까워 가리라.

科學은 科學的 方法 우에 선다.

個個의 特殊한 科學은 그 特殊한 方法을 가지겟지만 그것이 언제고 事實에서 出發한다는 것—그래서 事實의 綿密한 觀察과 分析에서 詩作한다는 것은 共通된 일이다. 그 뒤에는 모-든 偶像에서 (讀者는 「베이큰」의에 洞窟을 생각하라) 極力 떠나서 事務를 凝視해서 마지안는 科學的 態度가 숨어 잇슴은 勿論이다.

科學 — 科學的 方法—科學的 態度는 一聯의 새로운 世界觀 人生觀 生活態度와 照會한다.

批評이 萬苦에 한 作品이 조타든지 나뿌다든지 하는 오직 한 개의 命題를 세우므로써 일이 끗난다면 혹은 科學的 態度나 方法을 떠나서 幻想的 感嘆詞 한 마듸만 뿜으면 그만일지 모른다.

그러나 그런 批評은 업다. 批評은 長短間 그 作品에 대한 叙述을 해야 한다. 그 叙述은 그 作品에 대한 實로 그 作品에 대한 것이래야 한다. 다시 말하면 그 作品이 이르키는 效果를 事實에 則해서 記述해야 한다. 그래서 그것은 作品이 이르키는 效果와 一致해야 한다. 批評家가 判定을 나리는 것은 實로 그러한 準備가 十分되여슬 때 그 위에서 비로소 하는 것이다. 다시 말하면 批評家는 그의 判定을 보일 뿐 아니라 그 判定의 理由를 보여야 한다. 批評은 分析과 判定을 그 일의 部分으로 삼는다. 그러면서도 分析은 그 일의 가장 重要한 部分을 차지한다. 우리는 理由를 보여주기 전에는 어떠한 判決도 信用할 수 업다.

〈조선일보 (1937. 2. 23)〉

3

따라서 批評은 實로 자장 眞摯한 科學的 態度와 方法 우에서만 可能하다. 오늘의 作家나 詩人은 斷崖 우에서 一步 轉落을 늘 발아래 위태롭게 느끼면서 죽음과 싸우드시 製作한다. 그러한 眞摯한 努力의 結果인 作品에 대해서 自己流의 幻想이나 機智나 印象만을 가지고 批評하려고 하는 것은 現代批評의 倫理일 수도 업다.

우리는 다시 詩로 도라 가서 얘기를 계속하자.

形而上學的 方法이 破産한 地帶를 收拾할 科學的 方法에 依한 詩의 硏究는 詩의 事實에서 出發할 것은 勿論이다. 그래서 그것의 緻密한 觀察과 分析에서 일을 시작할 것은 勿論이다.

詩의 批評은 또한 論하려는 詩篇의 效果의 그러한 科學的 分析과 計劃을 土臺로 하고 그 위에 나리는 判定을 품은 것이다.

白鐵氏가 버리려고 한 것은 用語法의 錯誤로 온 것이지 決코 科學的 態度 그것은 아니기를 筆者는 간절히 바란다.

萬若에 氏가 무슨 理由로 기어히 科學的 態度를 否認해야 한다면 詩만 거기서 除外햇스면 한다. 될 수만 잇스면 文學 全體를 除外해 주엇스면 한다.

우리는 다시 詩의 認識 및 批評에 잇서서 科學的 態度와 및 科學的 方法이 不可避하다는 지금까지의 詩論보다도 더 重要한 命題로 옴겨 가자. ― 卽 科學的 態度는 오늘의 詩人의 새 「모랄」이며 뿐만 아니라 科學의 勃興과 함게 자라난 世界의 새 情勢가 要求하는 唯一한 眞正한 人生態度라는 結論이 그것이다. 거기 現代詩의 最大의 問題가 숨어 잇다. 詩의 問題는 決코 人生問題에서 떠러진 한 閑暇한 題目이 아니라는 것을 再認하게 한다.

筆者는 詩의 事實에서 論證하련다.

詩의 製作의 材料는 靑銅이니 大理石이 彫刻의 材料라는 意味에서 「말」이다.

그것은 單純히 소리나 글자의 모양을 한 記號가 아니고 우리의 經驗을 代表하고 組織하고 傳達한다. 그래서 意識의 活動을 代表한다.

意識이 歷史的 社會的 規定을 밧는다는 命題는 「말」이 歷史的 社會的 規定에서 自由로울 수 업다는 命題의 同語反覆이다.

篇篇의 詩는 한 全體로서 意識의 어떤 統一된 活動을 代表한다. 그래서 讀者의 意識에 한 態度를 불러 이르킨다. 그것은 人生에 대한 態度다. 詩의 散文的 意味가 어떤 人生態度를 說敎한다는 말이 아니고 讀者의 마음에 한 篇의 詩가 全體的 反應으로서 불러 이르키는 心理的 態度다. (이 點은 「리촤-즈」의 分析이 매우 參考가 될 것이다). 이 點에서 詩에서 「모랄」을 去勢하려는 모-든 藝術至上主義者의 辯舌은 結局은 그들이 辯護하려는 詩가 人生을 逃避하려는 態度를 支持하는 詩라는 것을 그릇 告白햇슴에 지나지 안는다.

우리는 詩와 人生態度의 關係를 歷史的으로 回顧하자.

어떠한 時代에도 사람은 그가 사는 宇宙에 대해서 한 世界像을 가지고 잇섯고 그것과 調和된 人生態度를 選擇한다.

神話는 古代人의 世界像이오 同時에 그 「모랄」의 源泉이다.

「호-머-」의 詩가 希臘神話를 人生態度의 詩的 經驗으로가 아니고 더 露骨한 具體的 記錄으로써 代表한 일은 너무나 有名하다. 그 뒤에도 「단테」의 神曲이 「카톨릭」의 神話엿고 「밀튼」의 「失樂園」이 淸敎徒의 神話엿고 「괴테」의 「파우스트」도 神話속에 들 수 잇슬 것이다.

歐羅巴 사람의 生活이 지금보다는 統一이 이섯든 시절에는 詩人은 全歐羅巴 또는 한 國民의 生活上의 指導者인 적도 이섯다. 「허-버-트·리-드」는 英詩에 잇서서 民謠詩人은 그 集團과 一致햇고 다음의 「휴매니즘」의 詩人은 그 集團의 中心點이엿고 다음의 宗敎 詩人은 그 圓周 우에 섯고 「로만티스트」 詩人들은 自己들의 世界를 따로히 가지고 잇섯다고 말햇다.

〈조선일보 (1937. 2. 24)〉

4

十九世紀를 一貫해서 西洋의 詩는 大體로 前代의 貴族의 意識을 反映햇다고 筆者는 본다. 社會의 새 變革에 대해서 詩人은 늘 貴族的 潔癖에서 消極的으로 非難하고 逃亡하려고 햇다. 科學과 새 産業 機構의 主人으로서 市民層이 멋대로 자라날 때에 十九世紀의 詩는 슬픈 敗北者의 노래엿다. 宮廷과 莊園과 지나간 날의 神話에 대한 달콤한 回顧와 鄕愁에서 언제고 깨려고 하지 안엇다. 그것은 알지 못하는 異國에 대한 憧憬으로도 나타나서 世紀末에는 東洋에 대한 꿈을 불타게 햇다. "타골"이 登場한 것도 그러한 雰圍氣속이엿다. "기탄자리"와 "오마카이얌"의 詩가 英國의 世紀末 詩人들과 끄러 안고 우는 동안 印度와 近東에는 英國의 支配가 날로 구더갓다.

(우리 新詩運動의 當初에 先驅者들이 輸入한 것은 바로 이러한 十九世紀의 傳統이엿다. 象徵派의 黃昏 "센티멘탈·로맨티시즘".……

그것들은 다시 말하면 「센티멘탈리즘」으로 어느 程度까지는

槪括할 수 잇는 逃避的인 敗北的인 回顧的인 一生態度를 代表햇다.

우리가 先驅的 功績에도 不拘하고 어느 部類의 先輩들과 그 末流의 詩를 十九世紀와 함께 輕蔑하는 것도 主로 그러한 까닭이엿다. 二十世紀의 機械體操場에서 土人의 춤을 추는 그 우수꽝스러운 嬌態 때문이다. 退步와 隱遁을 사랑한다는 東洋의 禮儀다.) 二十世紀의 初頭까지는 그래도 어떤 詩人은 그 國民의 꽤 넓은 範圍에 向해서 統一的 影響을 주엇다. 假令 「테니슨」이라든지 「키풀링」에게는 어찌 보면 「國民的」이라는 形容詞가 그리 어색하지는 안엇다. 그러나 大

戰이 한 번 지나간 뒤의 歐羅巴에는 國民의 生活이 支離滅裂해지고 가튼 知識階級도 다시 分裂을 시작햇다. 詩人의 소리는 거진 巨視的으로 分裂해버린 그가 屬한 지극히 적은 한 黨派속에서바께는 들리지 안엇다. 「리-드」는 오늘의 詩人은 혼자 呼訴한다고 햇다. 그 自身의 괴롬 아픔 밋 理想의 世界와 미운 現實의 不均衡을 뿜어 노흘 뿐이라고 햇다.

그것은 大戰 後의 한 世代—「판쟈망·크레뮤」가 말한 所謂 不安의 時代를 通한 詩人의 속임 업는 모양이다. 께어진 神話의 쪼각을 집어들고 그들은 너무나 어이 업서서 찌푸린 時代의 얼골을 처다 본다.

이 悲慘은 決코 約束된 未來 때문의 榮光잇는 受難이 아니다. 過去의 怠慢에서 온 차라리 不美한 刑罰이다. 卽 人類의 生活에 새로운 情勢가 展開되여가는 동안에 詩人은 그것에 無關心하엿고 도리여 反撥을 꾀한 刑罰이다.

早晩間 時代는 秩序를 回復해야 한다. 「크레뮤」도 그러케 말하고 「리촤-즈」도 그러케 말햇다. 秩序는 어떠케 回復할가? 問題는 共通되면서도 解答은 아모도 잘 모른다. 性急한 사람들 假令 「마리탕」이라든지 「엘리옷트」는 中世紀의 復活을 解答으로서 提出한다. 「파시즘」은 이러한 歷史의 龜裂을 가장 巧妙하게 利用햇다. 秩序는 오직 神學的인 形而上學的인 先史 以來의 낡은 傳統에선 世界像과 人生態度를 버리고 그 뒤에 科學 우에선 새 世界像을 세우고 그것에 알맛는 人生態度를 새 "모랄"로서 把握하므로서만 어들 수 잇스리라.

그것은 勿論 쉬운 일은 아니다. 하나 그것은 벌서 刑罰이 아니다. 希望이다.

그러하므로써 우리는 歷史의 中流에서 詩人의 發言이 한 커다란

振幅을 가지고 울리는 것을 다시 들을 수 잇스리라.

詩人은 비로소 아모 奇蹟도 神들의 일홈도 그 속에서 구경할 수 업는 二十世紀의 神話를 쓸 수 잇슬 것이다.

우리는 드디여 詩와 科學은 決코 서로 對立하고 否定하는 것이 아니고 調和할 수 잇는 것임을 또 調和해야 할 것을 깨다르리라. 詩가 組織하고 統一할 것은 科學的 世界像에 알마즌 人生態度일 것이다. 그래서 그것은 科學的 態度와 根底에 잇서서 一致하는 것이리라.

〈조선일보 (1937. 2. 25)〉

5

우리는 이제 마지막으로 우리 詩壇을 살펴볼 때가 왓다.

新詩運動의 始初에 대해서는 이미 論及한 바 잇지만 그 뒤에 한 重要한 時期는 二十年代의 後半期엿다.

한 時期를 다만 幻想 以外의 아무 것도 아니라고 一笑해버리는 것은 歷史에서 무엇을 배우려는 사람의 態度가 아니다. 우리는 한 時期의 動機와 成果를 冷靜하게 分析해서 그 중에서 失手와 收穫을 잘 가려내야 할 것이다. 여러 가지 焦燥와 獨斷에 차잇스면서도 이 時期는 우리 詩속에 科學的 要求가 처음으로 눈뜬 때이므로 우리는 重要하게 보아야 할 것이다. 그리고 三十年代의 前半期에 摸索한 것은 바로 詩의 科學的 把握과 밋 그것에 依한 詩의 實踐이 아니엿든가? (李時雨氏는 三四文學 第五卷에서 이 命題를 指摘햇다) 그 努力과 奮鬪에 比해서는 혹은 어든 것이 成果보다도 失敗가 더 만햇슬지 모른다. 如何間에 三十年代의 後半期가 그 前半期의 失敗와 成功 위에서만 一步前進을 꾀할 것은 事實이다.

절문 世代는 아페서 提示한 歷史를 兩分하는 새 神話의 建設을 最大의 課題로서 가지리라. 그러고 가장 細密한 「말」의 科學者리라. 그들은 時代와 社會의 움직임에 대한 根氣잇는 凝視者일 것이다. 人生에 대한 미뿐 實驗者일 것이다.

筆者은 逆說이 아니라 참말로 이러케 새로 詩를 하려는 사람에게 勸하고 십다. 날근 美學이나 詩學을 읽기 전에 위선 詩를 읽으라고—. 한 卷의 美學이나 詩學을 읽는이 보다는 한 卷의 "아인슈타인"이나 "에징튼"이나 하우씨 大佐의 領土 再分割論을 읽는 것이 詩人에게 얼마나 더 有用한 敎養이 될는지 모른다고 林和氏가 지금 詩에서 어떤 일을 하고 잇는지는 멀리 잇서서 筆者는 全然 모른다. 朴龍喆氏는 한동안은 現代英詩를 硏究하기도 해서 우리 詩의 새 氣運에 대해서 接近하려는 드시 보이드니 亦是 다시 傳統의 품속으로 도라가고 마럿다. 절문 世代의 彈力과 趣味가 잘 맞지 안헛나 보다.

늘 新鮮한 機智를 發散하는 李時雨氏의 "키쎄이"는 形而上學的 曲藝에 巧妙하기에만 汲汲하고 詩의 科學的 認識을 참말로 證明하지 못하는 것은 遺憾이다. 氏가 아직도 形而上學의 魅力을 完全히 이저버리지 못한 곳에 氏의 停頓이 잇는 듯하다. 우리가 가진 最初의 近代派 詩人 李箱은 지난 가을 "危篤"에서 適切한 現代의 診斷書를 썻다. 그의 憂鬱한 時代 病理學을 記述하기에 가장 알마즌 暗號를 그는 考案햇다. 氏가 쓰려는 神話가 多幸히 筆者가 생각하는 것과 符合되는 것이라면 筆者의 提議는 有力한 保護를 엇는 것이 될 것이다.

다만 우리는 目標만 안 以上 性急하지 안허도 조흘 것이다. 우리는 일직이 二十世紀의 神話를 쓰려고 한 「荒蕪地」의 詩人이 겨우 精

神的 火田民의 神話를 써노코는 그만 歐洲의 焦土 위에 無謀하게도 中世紀의 神話를 再建하려고 한 前轍은 똑바로 보아 두엇슬 것이다.

時代의 要求와 苦悶을 기피 體驗하면서 새 努力에 대해서 그처럼 敏感한 評論家 崔載瑞氏가 詩에 대한 關心이 또한 小說에 대해서보다도 決코 적은 것이 아니라는 일은 우리로 하여금 커-다란 信賴와 期待를 품게 한다. 氏는 늘 우리 아페 새로운 詩를 指摘해 주실 것이고 그러고 그 속에서 價値잇는 것과 업는 것을 잘 分別해서 보여 줄 것이다. 詩人은 이러한 有力한 助言者로부터 만흔 利益을 바들 것이다.

"I·A·리챠-즈"의 "詩와 科學"의 日記속에서 그처럼 넓은 敎養과 理解를 보인 李敭河氏는 웨 그 實力을 기우려서 우리 詩의 現實을 위해서 일하기를 아직도 아끼고 잇슬가? 或은 우리 詩의 水準이 너무 나즌데 그 躊躇의 原因이 잇슬지도 모른다. 허나 그것도 우리 新詩運動의 年齡이 아직도 어린 때문이다. 筆者는 氏의 實力의 發動을 아프로 愉快한 期待를 삼으므로써 이 小論을 끗막으려 한다. (一·二九)

(그것이 眞理의 解明을 위해서보다도 헛된 興奮만 觀衆속에 이르키는 職業 拳鬪戰에 그치고 마는 일이 항용 만키에 筆者는 늘 論戰은 避해 왓다. 그러나 이 小論을 써 노코 보니 그 속에서 公然하게 畢竟 여러 사람의 被告를 指名햇다. 勿論 그것은 人間에 대해서가 아니다. 그 主張에 대해서다. 이런 加害는 다만 내 主張이 正當하냐 아니 하냐를 따라서 容恕되고 혹은 아니 될 것이다.)

〈조선일보 (1937. 2. 26)〉

現代와 詩의 르넷상스
― 文化部面과 그것의 享受範圍 ―

1

요지음 우리 사회에는 詩集의 出版이 前에 업시 盛해젓다. 이는 或은 詩의 「르네쌍쓰」의 前兆나 아닌가 하는 疑惑을 품게 한다. 嚴密한 意味에서 詩의 「르네쌍쓰」라고 하는 말은 어느 한 時代가 詩에서 가장 그 適切한 表現의 方便을 차젓스며 따라서 文化의 部面에 詩가 特別히 뚜렷하게 나타나며 또 詩를 享受하는 範圍가 比較的 눈에 띠이도록 넓어젓슬 때 그러한 氣運을 가르쳐 부르는 말일 것이다.

그러면 오늘 우리 아페 展開된 「詩集의 洪水」는 果然 이러한 時代的 要求를 그 背景에 가지고 잇스며 또 이전보다도 훨신 넓은 層의 讀者를 吸收하고 잇는가?

詩는 分明히 오늘 만히 씨여지고 잇다. 그러나 그 反面에 詩는 실로 지극히 적은 사람들 사이에서만 읽어지고 잇는 것이 도리혀 事實이다. 또 그러케 적은 사람 속에서도 詩가 바로 읽어지는 일은 더욱 드물다. 누구의 말처럼 詩는 印刷되고 니저버리우기 위하야 씨여지는 것 갓기도 하다.

萬若에 "노아"의 洪水가 "노아"의 繁榮이 아니엿든 것처럼 詩集의 洪水가 반드시 詩의 "르네쌍쓰"인 것 갓지 안타고 하면 우리는 지금 가장 絶望的인 題目에 향해서 不幸한 붓을 든 세움이 된다. 그러므로 우리는 차라리 問題의 方向을 "現在 잇는지도 모르는 詩의 르네쌍쓰"에서 "잇서야 할 詩의 르네쌍쓰"로 돌리면서 우리 詩가 當然한 現實的인 問題의 몃 개에도 關聯시켜 가기로 한다. 現在라고 하는 領土 속에서 우리의 滿足한 對象을 찻지 못한다고 하면 未來라는 處女地에 向해서 設計하고 決意하는 것은 우리들의 權利일 것이다. 그러나 그러한 決意와 設計의 材料는 어듸까지든지 現實의 條件속에서 차저 내야 할 것이다. 우리도 다만 우리 詩가 處한 環境과 그것이 現實的으로 품고 잇는 뭇 條件을 周密하게 觀察하고 計算하므로써 그 속에서 詩의 「르네쌍쓰」의 實現에 有用한 契機를 추려내야 할 것이다.

* * *

말하자면 三十年來의 우리 新文學運動 自體가 一種의 「르네쌍쓰」運動이엿든 것은 두말할 것도 업다. 우리 아페는 우리들이 前代에 구경한 일이 업는 아주 새로운 世界 새로운 文明 卽 歐羅巴라고 하는 絢爛한 標本이 갑자기 提示되엿든 것이다. 모-든 社會的 努力과 文化的 目標는 위선은 이 標本을 어서 바삐 끄러드리는 일이고 다음에는 그 거울에 비추어서 自身의 文化를 새로 發見하는 데로 향햇다. 우리는 이러한 意味에서는 늘 文化主義者요 理想主義者엿고 또 아프로도 그럴 것이다.

(이 말은 勿論 文化와 그 物質的 根據를 切斷시켜서 생각하는 觀

念的 文化主義를 意味하는 것은 아니다.) 그 當初부터 어느 時期까지는 그 뒤에는 社會的 物質的 地盤도 움직이고 잇섯다. 오늘 와서는 文化는 그 推進力으로서의 物質的 地盤이 매우 히미하다. 文化事業의 한 部面인 出版 方面을 보드라도 그것은 終乃 犧牲的 奉仕的인 性質을 버서나지 못하고 잇다. 幸이랄가 不幸이랄가 여기서는 다른 데서 외가티 적어도 「쩌-널리즘」의 表面에서만은 詩가 小說에게 아주 쪼껴버리지 안코만 제일 큰 原因은 이러한 데 잇다고 생각한다. 이 現象을 보고는 마치 여기서만은 詩가 例外로 旺盛할 것처럼 말하는 論者를 前에 더러 보앗스나 그것은 커다란 誤解다.

＊ ＊ ＊

詩의 退却은 世界的인 現象이다. 오늘의 文化는 늘 世界的 交涉에서 分離해서 생각할 수는 업다. 한 나라의 文化속에서 傳統的인 것이 强하게 그 自體를 지키려고 하는 동시에 그것을 超越하려는 힘 사히에 이처럼 熾熱한 싸홈이 잇슨 일은 업다. 그래서 普遍的인 것은 점점 뚜렷하게 또는 은근히 特殊的인 것을 문허트리면서 잇다. 우리는 이 일속에 일즉이 量的이 아니고 質的인 世界文化의 發生과 發展을 推斷한 일도 잇거니와 文化의 世界的 交流라는 事實만은 속일 수 업는 일이다. 詩의 退却이 世界的으로 共通化하고 잇다는 일은 偶然한 一致가 아니고 거기는 有機的인 相關이 잇는 듯하다. 우리는 이러한 意味에서 잠시 歐羅巴의 事情을 살펴보는 것이 다시 우리 自身의 位置를 自覺하는데 도움이 크리라고 생각한다.

가령 英國의 例를 보면 詩는 지극히 적은 關사히에서바께 일켜지지안코 詩集의 出版은 거의가 限定版이고 大體로 自費出版이 아니면 算盤을 모르는 同人 出版社의 出版이라고 한다. Ｔ·Ｓ 엘리엇트는 벌써 古典이라고 해서 읽지 안코 그 뒤의 新人들의 것은 알 수 업다고 해서 읽지 안코 結局은 아무도 그리 詩는 읽지 안는다고 한다. 佛蘭西에서도 「슈-르레알리즘」의 詩는 그 理論이 여러 方面에 物議를 이르킨 것처럼 그러케 理解잇는 讀者를 어덧다고는 말할 수 업다.

〈조선일보 (1938. 4. 10)〉

2

어떤 論者는 詩의 世界的 退却에 대해서 "헤-겔"流의 간단한 說明을 나린다. 지금에 잇서서 보면 詩는 否定된 "테-제"인 세음이다. 또 그 原因을 "로맨티시즘"의 時代에 비해서 오늘은 情緖가 貧困해진데 잇다고 한다. 이러케 情緖를 죽인 犯人으로서는 物質文明 또는 科學이 告發된다.

이러한 見解속에는 물론 드를 만한 點도 잇다. 그러치만 그것은 事實의 全面은 물론 核心은 더군다나 붓잡지 못한 意見이다. 物質文明의 時代에도 그것에 適應한 詩가 잇슬 수 잇고 또 잇서 왓다. 科學과 詩를 敵對시키고 離間시키는 것은 그 두 가지의 機能에 대한 認識을 가지지 못한 俗見에 지나지 안는다. 우리는 詩의 不振의 原因을 十九世紀 처음부터 더욱 急하게 展開된 社會的 分業과 그로 因한 文化意識의 分裂과 밋 文明의 不調和 속에 구하는 것이 올타고 밋는다.

오늘의 文明이 調和잇는 發達을 하고 잇다고는 아모도 말할 수 잇슬 것이다. 近代人이 封建的인 身分的 拘束을 버서낫다고 조와 한 것은 한 때의 꿈이고 그들은 어느새 機械文明속의 한 齒輪처럼 各各 定해진 位置에서 每日 똑가튼 回轉을 하고 잇슬 수박게 업다. 우리는 이러한 機械的 人間의 典型을 "엘마·라이쓰"의 戱曲에서 가장 똑바로 구성한다. 社會의 上下에는 過剩된 文化意識 때문에 病身된 超知識層으로부터 아래로는 文化와의 사히에 餘暇와 餘裕라는 交通機關을 가지지 못한 널분 層에 이르기까지 가지각색의 文化意識의 程度가 分布되여 잇다. 物質文明은 巨大한 壓力에 밀려서 날로 나아가고 또 그 恩惠는 一部에 獨占되는가 하면 한편에서는 精神文化의 어떤 部門은 아주 돌보아지지 안는다. 調和잇는 人間이나 調和잇는 文明은 아직도 아직도 現實의 것은 아니다. 詩는 바로 現代文明의 擔當者가 가장 貴重하게 생각지 안는 것들 중에서도 필시 末席일 것이다.

그러한 우중에도 여기서는 그 社會的 發達이 오래인 傳統의 脈絡을 더듬어 되어 왔다느니보다도 잡자기 몃 世代를 건너뛰여서 새 文明을 바더드려야 하겟스므로 한 時代 한 地域속에 살면서도 그 物質生活과 精神生活에 잇서 심하면 한 個人에게 잇서서도 實로 二十世紀와 十九世紀 아니 封建時代 乃至 古代가 한데 어깨를 나란히 하고 잇는 奇異한 矛盾이 事實로 잇다. 그래서 文化意識의 混亂을 橫으로만 아니라 縱으로까지 더욱더 ?하게 맨드럿다.

이 일은 우리들의 詩에도 그대로 反映되엇다. 十九世紀 사람이 十九世紀의 詩를 쓰는 것은 그들의 權利일 것이다. 그러나 오늘에 와서는 비록 그것이 「바이론」에 匹敵한다고 치더라도 十九世紀의 시를 쓰는 것은 좀 우습다. 우리는 우리 詩壇에서 十九世紀적 榮光과 끊임없이 싸워왔다. 詩에서뿐 아니라 우리들의 世界觀과 態度속에서 封建時代와 十九世紀를 하로 바삐 끈허버려야 할 것이다. 時代에 뒤떠러진 것을 名譽로 생각하는 詩人이 잇다고 하면 그것은 幸福스러운 屯監이다. 混雜한 歷史가 한데서 오물거리는 우리들의 精神에서 자랑스럽지 못한 遺物을 몰아내고 그 대신 科學的인 人生觀 人生態度로써 新裝해야 할 것이다.

* * *

이러한 混亂속에서 다시 우리는 警戒해야 할 詩人에 대한 그릇된 態度 두어가지를 指摘하려고 한다. 詩가 점점 더 孤立해 가는 事態에 대해서 唐惶해버린 一部의 詩人 特히 旣成詩人 속에는 詩를 俗樂의 鑑賞 水準까지 나추어 가므로써 詩의 救濟라고 생각하는 태도가 그 하나다. 그들은 詩가 新聞의 連載小說처럼 일켜지고 流行歌처럼 읽혀지지 안는 일을 아타까워 한다. 詩의 價値는 그 讀者의 數爻로써 計算된다는 幻想과 距離가 그리 멀지 안흔 생각이다. 『뽀-들레르』以來 近代詩가 向上發達햇다고 말할 때 우리는 그 때 그 때의 讀者數의 統計를 참고한 일은 업다. 偉大한 作品은 늘 그 時代時代의 優秀한 感性이 發見하고는 共鳴하고 一般讀者는 그 뒤에 쪼차 선다. 山을 불럿스나 오지 안는 까닭에 自己편에서 山이로 향해서 걸어간 「마호맷트」는 말하자면 「아라비아」의 大衆小說家다. 우리들의 「마호맷트」들도 山으로 향해서 가기는 햇스나 그들이 山하고 친햇다는 이야기는 듯지 못햇다.

오늘의 眞摯한 詩人은 「마호맷트」를 본바들 수 업다. 詩는 決코 意思만으로써 이러케 저러케고 맨드러질 수 잇는 것이 아니고 詩人의 全人格的인 感性과 思想과 敎養과 體驗을 通해서 成熟하는 열매라. 詩人이 그 自身의 感性과 體驗과 敎養을 속일 때 그는 事實에 잇서서 讀者를 속이는 것이다. 이 말은 決코 詩의 「푸로파간다」性을 否認하는 말은 아니다. 이 點에 대해서는 우리는 차라리 「I·A·리촤-즈」氏와 意見을 달리한다.

〈조선일보 (1938. 4. 12)〉

3

詩의 意味에 詩人의 志向이 참여할 餘地가 잇다고 하면 그것은 「모랄」일 수 잇고 그런 限度 안에서는 詩의 「푸로파간디」性은 成立한다. 勿論 모-든 詩가 「푸로파간디」래야 할 것도 아니고 그런 것도 아니지만 如何間에 詩의 「푸로파간디」性은 可能한 것이다. 그러치만 그 作用은 詩人의 全人格을 通하야 그 「모랄」이 灼熱하고 또 그것이 詩가 詩가 讀者의 마음에 이르키는 具體的 全體的 直接的인 反應을 通해서 感受될 때에만 비로소 詩의 價値의 問題와 相關한다.

여기에 우리들이 警戒해야 할 詩에 대한 第二의 그릇된 態度가 잇다. 卽 統一된 詩的 效果를 考慮하는 것이 아니라 詩의 散文的 意味를 通해서 推理되는 實로 論理的으로 推理되는 詩人의 志向을 가지고 評價의 基準을 삼으려는 태도가 그것이다. 첫번째 五害가 先輩들 사이에 行해지는 것과는 달라서 두 번째 誤解는 우리들 절문 詩人사이에 아직도 상당히 널게 뿌리를 박고 잇는 듯하다.

더욱 생각할 일은 그러케 讚揚되는 「모랄」이라는 것을 눈여겨보면 우리들이 求하는 것과는 인연이 멀고 우리들의 傷處의 要處에는 닷지 못하는 한낫 感傷에 지나지 안는 때가 만은 일이다. 이러한 處方을 밧고는 患者는 그것은 벌서 通俗雜誌 附錄에 하도 만히 실린 家庭療法에 지나지 안는 것을 알고 도리혀 冷淡해진다.

◇

우리는 여기서 다시 英佛 두 나라 詩壇이 大戰以後 거러온 길과 또 이 뒤의 發展을 간단히 바라보면서 그 속에서 우리에게 참고될 멧 개의 問題를 집어보는 것이 매우 도움이 될 것 갓다.

大戰이 끗나고 뒤를 이어 二十年代의 約 十年間은 英國도 「방쟈
밍·크레뮤-」의 不安時代엿다. 그 동안의 英詩壇에는 누구나 아다시
피 「T·S·엘리엇트」가 君臨하고 잇엇다. 絶望과 眩暈과 嘲笑와 無
力과 — 그러한 것이 土色雲霧와 함께 「런던」거리를 휩싸고 잇는 숨
마키는 時代엿다.

그러나 그것은 決코 사람 사람이 언제까지고 견듸고 잇슬 雰圍氣
는 아니엇다. 三十年代의 開幕과 함께 이 「荒蕪地」에는 「再建」의 氣
運이 움직이기 시작했다. 詩人의 觀心은 물론 詩가 文化의 아름다운
꽃임에도 불구하고 그늘에서 시들고 잇는 일에 향해서 等閒할 리가
업다. 그러나 이러한 文壇의 不均衡의 校正은 決코 詩를 訂正하므로
써 될 일이 아니고 그보다도 실로 그 地盤이 되고 잇는 삐뚜러진 文
壇 그 自體를 訂正하므로써만 이루어질 것을 깨다랏다. 그리해서 그
들은 行動의 目標를 發見햇고 希望잇는 行動속에 情熱을 부을 곳을
차젓다. 이와 前後해서 佛蘭西에서는 “슈-르레알리스트”의 分撥이
잇서서 그 한 조각은 亦是 行動의 世界로 나타낫고 또 한편에 行動
主義의 提唱이 잇섯다. 마치 歐羅巴의 詩人들은 中世末葉 近世 劈頭
처럼 인제 다시 새로운 希望에 祝福되어 興奮한 듯 싶엇다.

그러나 昨今 그들의 祖國과 近隣에 밤을 새고 나면 뜻바게 展開되
어가는 새 事態는 果然 그들의 豫想을 배반하고 잇는 것이나 아닐
가? 미들 수 잇는 現實. 그들의 希望을 도모지 保護하려고 하지 안
는 未來. 이윽고 그들의 行動 自體에 대한 情熱이 現實의 찬바람을
마저서 식어가고 또 그들이 民衆에게 約束할 “모랄”에 대해서 스스
로 信用하지 못하는 悲劇이 닥쳐오지나 안을가? 그들의 아페는 또
다른 “밤”이 가까워 오는 듯 싶다. 그들이 “새벽”이라고 미든 것은
혹은 “밤”의 幻覺인 것 갓다.

◇

이러한 試鍊속에서 歐羅巴의 詩는 어대로 갈가? 실로 劇的興味조차 끄으는 問題다. 아래서 잠간 우리는 이에 대한 豫想을 시험해 보자.

大戰 以後의 詩(乃至는 모-든 藝術의 部門)에 "슈-르레알리슴"이 기친 動搖는 상당히 深刻한 것이엿다. "슈-르레알리스트"는 사실로 너무나 지나치게 만흔 現代人의 意識 때문에 압엇고 또 現代의 知識 階級의 苦憫을 가장 몸으로써 당한 사람이다. 「살바도르·달리」의 그림 아페 설 때 우리는 거기서 몰려나오는 너무나 悽慘한 呻吟소리 때문에 毛骨이 送宴해 진다. 그들의 作品을 읽거나 보고는 그 뒤에 남는 너무나 무거운 絶望 때문에 氣絶할 상시픈 때도 잇다. 그들의 藝術이 얼마나 친구를 잊지 못하고 마는 것은 勿論 그 중에는 너무나 病理?的 要素가 만흔 까닭도 잇지만 한편에는 그들의 苦憫과 洗鍊된 感性에 대해서 讀者가 理解가 업거나 理解를 가지려고 努力하지 안는 까닭에도 잇다.

〈조선일보 (1938. 4. 13)〉

4

「슈-르레알리스트」는 아페서도 보아온 것처럼 이미 오래 전에 두 편으로 쪼개져서 한편은 行動의 世界로 달려가고 남은 一派만이 從來의 孤壘를 그대로 지켜왔다. 行動과 現實로 同僚의 한 구석이 떠러저 나갓슬 때 남은 同僚들은 껄걸 우섯다. 事實 여기서나 거기서나 現實과 行動속에서는 때때로 사람들은 巧妙한 換衣術을 베풀 危險이 잇다. 現實에 대한 關心이란 이런 위태로운 一面도 잇다. 그러나 超現實 속에서는 그 危險이 업다. 이 點에 혹은 超現實의 倫理가 잇는지도 모른다. 行動을 위해서는 街頭의 交通狀態가 매우 危險하게 되면 될수록 超現實의 世界를 追求하든 사람들은 점점 더 高度의 超現實의 世界로 나러 올라가지나 안흘가? 따라서 이 一種의 藝術이 이 뒤로 더욱 抽象化해 가리라는 것은 推測할 수 잇는 일이다. 가튼 逃避라고 할지라도 거기는 積極的인 것과 消極的인 것의 區別이 잇다고 우리는 생각한다. 하나는 時代를 超越하는 逃避, 다른 하나는 時代에 채 못미치는 逃避, 뒤의 것은 現實을 끝내 모르는 幸福한 遊戲요, 아페 것은 現實의 鎭痛을 너무 느끼는 까닭에 하는 絶望的인 逃亡이다.

"슈-르레알리스트"의 逃避가 우리에게 어떤 共感을 가지게 맨드는 것은 그 積極? 때문이다. 우리는 逃避 그 自體에는 물론 反對하나 가튼 逃避 중에서는 消極的인 것보다 積極的인 것을 훨신 노피 評價하는 것이 올타고 생각한다.

行動에 失望한 사람들에게 다시 誘惑을 느끼게 하는 것은 逃避인 것이다. 그러나 죽자고나 하고 現實을 逃亡하는 사람도 現實의 終點에 조차 다을 수 업다. 그들이 가는 곳마다 어느새 現實은 쪼차가서 그들을 에워싼다. 逃避가 成功한 드시 보이는 것은 瞬間的이나 그러치 안흐면 幻想속에서다. 當者야 應하든 말든 現實은 詩人을 향해서 直面하기를 强要한다. 詩人은 차라리 그것을 뚜러지게 노려보아야 할 것이나 아닐가? 刻刻으로 變貌하는 現實에 대한 銳利한 批判者래야 할 것이 아닐가? 그러한 變化無常한 斷片的인 現實의 河床에 흐르는 덜 動하는 統一된 現實의 正體를 붓잡을 것이나 아닐가? 時代는 詩人에게 한해서 科學者 以上의 冷徹한 觀察과 分析과 因果關係의 追求를 命하는 듯하다. 科學者 以上이라고 하는 것은 科學者가

理智의 힘으로서만 對象을 노릴 때에 詩人은 具體的으로 感受하기까지 해야하는 까닭이다. 歐羅巴에도 여기에 못지 안는 淸風明月이 잇슬 터인데 여기서처럼 吟風咏月을 한 詩를 이지음은 구경하지 못하는 것은 아직도 우리는 幸福한 세음인가?

　인제는 우리의 이야기도 애초에 떠나든 데로 도라갈 때가 왔다. 詩集의 出版이 盛해젓다고 하는 일은 어쨰뜬 반가운 일임에 틀림업다. 설사 그 일이 直接 詩의 "루네싸쓰"를 의미하지 안는다고 할지라도 우리는 이 氣運을 詩의 "루네쌍쓰"를 가져오는 한 契機로서 援用하는 것을 생각해 볼 必要가 잇슬 것이다. 그래서 그 일속에서 警戒할 것과 獎勵할 것을 가려서 避할 것은 避하고 努力할 것은 努力해야 할 것이다. 詩의 "루네쌍쓰"를 위해서 詩의 地盤과 環境은 우리를 悲觀시키는 條件만이 풍부하다. 直正한 意味의 詩의 「루네쌍쓰」는 文明의 直正을 先行條件으로 하는 것은 勿論이다. 調和잇는 文明속에서만 그것은 發見될 것이다. 詩가 이러한 文明의 調和와 均衡을 일코 지나치게 文化의 面에 떠오를 때 그것은 도리혀 文化의 不具를 表示하는 경우도 이슬 것이다. 「페-터」流의 「詩를 위한 詩」의 主唱은 이러한 不健全性을 품고 잇다. 우리는 詩의 理解에 서서 判斷할 것이 아니라 그보다도 全體的 文化의 利害에서 詩를 보아야 할 것이다. 原則的으로 詩의 「루네쌍쓰」을 위해서 肯定할 材料를 現實속에 갓지 못하면서도 우리는 이 問題를 내던질 것은 물론 아니다. 現實이 提供하는 材料는 우리에게 無爲의 口實을 준비해 준다느니 보다는 차라리 새로운 決意에 便宜를 주는 點에 갑시 잇는 까닭이다.

　우리는 이러한 看點에서 詩의 批評과 敎養의 두 가지 問題를 提起하려고 한다.

〈조선일보 (1938. 4. 14)〉

5

우리가 요지음 出版된 의미 알려진 분 혹은 처음으로 내야하는 분들의 詩集을 읽을 때 거기 卽 서진 進步의 자최란 놀라운 정도의 것임을 깨달을 것이다. 적어도 二,三年과 비교만 해도 우리들 중에서 詩에 關心을 가지는 사람들이 決코 겨을르지 안헛다는 것을 느낀다. 처음 대하는 분의 詩作에 조차 우리가 先輩들 속에서 不幸히 구경하는 俗樂趣味에 대한 嬌態는 보이지 안는다. 그러함에도 不拘하고 아직도 거기는 아페서 우리가 詩에 대한 그릇된 태도의 하나로서 指摘한 "모랄"과 詩的 價値에 대한 誤解가 여전히 보이고 十九世紀的인 遺物이 적지 안케 保存되여 잇는 것을 發見한다. 얼마 전에 崔載瑞氏도 指摘한 것처럼 措辭에 대한 未熟조차 눈에 띄인다.

적어도 이러한 일은 참으로 詩의 進步에 도움이 되는 有用한 批評을 樹立하고 또 詩人과 讀者 사히에 詩의 眞正한 敎養을 깁게 하고 널게 하므로써 적지 안케 救할 수 잇는 損失일가 한다.

그러면 우리가 세워야 할 有用한 批評이란 어떤 批評이냐?

詩에 間接 直接으로 관계잇는 批評은 이미 過剩될 程度로 우리가 날마다 접하고 잇지 안는가. 그러나 그것은 大部分이 文學一般 혹은 詩의 一般的인 理論의 提唱이다. 그 대신 實際의 作品을 固密하게 分析, 比較, 評價한 참말 批評은 얼마나 드문가? 文學理論의 輸入 提唱도 물론 잇서야 할 일이다. 그러나 그것이 作品에 대한 實際의 批評과 "빨란쓰"를 일코 盛行할 때 文學의 發達과 關係를 가지지 못하고 理論만이 혼자 따로 나가서 遊戱하고 잇는 경우가 만타. 우리 사이에 過剩될 정도로 만히 提示되는 文學理論은 實際로 文學作品 속에 어느 정도로 援用되여 成果되고 잇는가? 우리는 冷靜이 이 點을

反省할 것이나 아닐가?

　이러한 文學理論이 文學의 事實에 대한 綿密한 觀察과 分析 기푼
洞察을 지닌 것이 아니고 다만 若干의 文學槪論과 觀念論을 配合해
서 머리 속에서 비저진 것일 때 그 危險은 實로 破滅的이다. 卽 그
것은 그 讀者의 머리에 文學에 대한 見解의 그릇된 鑄型을 어느새
부어넛는 까닭이다. 大多數의 觀念的 形而上學的 美學 詩學은 모다
이러한 毒素를 품고 잇다. 우리가 바라는 것은 文學의 科學 詩의 科
學이다. 오늘 文學을 공부하려는 사람들의 貴重한 時間과 精力이 얼
마나 이러한 有害無益한 觀念的인 美學 詩學 때문에 浪費되고 잇는
가. 그러나 아직까지는 滿足한 詩의 科學, 文學의 科學이 나타나지
않았다. 이 일은 今後의 世代가 스스로 達成해야 할 課題의 하나다.
다만 極히 部分的으로 박게는 몃 卷 그러할 有用한 冊이나 「페이지」
를 指摘할 수 잇슬 뿐이다. 當分間은 우리는 제 손수 될 수 잇는 대
로 實際의 作品에 接해서 直接으로 산 文學을 배호는 것이 觀念的인
文學論의 害毒에서 우리 自身을 보호하는 가장 有效한 方法이라고
생각한다. "쏨머셋·몸"은 자기는 늘 머리 속에 열두 개 가량의 戲曲
을 준비해 가지고 댕긴다고 말햇지만 事實 몃 권 文學槪論과 몃 편
文學評論과 그리고 若干의 "쎈쓰"만 잇스면 누구나 언제고 열두 개
가량의 文學理論을 머리 속에서 맨드러 내기는 아주 쉬운 일이다.
그러나 그것은 얼마나 위험한 불작난이냐?

〈조선일보 (1938. 4. 15)〉

모더니즘의 歷史的 位置

여기는 늙은이들의 나라가 아니다.
젊은이는 서로서로 팔을 끼고
새들은 나무숲에—
물러가는 世代는 저들의 노래에 醉하며—
— W·B·예이츠 —

文學史는 科學이래야 할 것은 말할 필요도 없다. 事實의 客觀的認
識에 忠實해야 하는 것은 爲先 그 眼目일 것이다. 그러나 그것은 個
個의 事件(流派, 作品, 作家, 理論 等等)의 特殊性을 붙잡어 끄집어내
는 同時에 그 事件의 系列을 한 體系에 整頓해야 한다.

어느 時期에 特히 文學을 하는 사람들 사이에 文學史를 要望하는
氣運이 움직인다고 하면 그것은 그 時期의 文學이 自身의 系譜를 整
頓하므로써 거기 連綿한 傳統을 찾아서 그 앞길의 方向을 바로 잡으
려는 要求를 가지기 시작한 證據일 것이다. 이러한 條件이 어느 사
이에 嚴正하게 槪觀的이래야 할 文學史에 時代의 主觀的 要求를 浸

김기림 문학비평　287

透視킨다. 文化科學의 時代性이란 이런 데서 오는 것 같다.

우리들 사이에서 隱現中에 들려오는 우리 新詩史 要望의 소리는 틀림없이 二三年來 詩壇이 昏迷 속을 거러오던 끝에 어대로던지 그 바른 進路를 찾어야 하겠고 그래서 敎訓을 받으려 歷史를 우르러보게 된데서 이러난 것이 아닐까? 視線은 바로 돌려야할 데로 돌려졌다.

우리 新詩의 歷史는 單純한 繼起, 竝存처럼 보이는 現象의 雜踏 속에서도(모-든 歷史가 그런 것처럼) 分明히 發展의 모양을 가추었던 것이다. 肯定과 否定과 그 綜合에서 다시 새로운 否定에로—이렇게 그것은 內容이 다른 價値의 끝임없는 鬪爭의 歷史였다. 새로운 價値가 要求되여서는 낡은 價値는 排擊되었다. 新詩의 黎明期로부터 시작한「로맨티시즘」과 및 象徵主義는 理論的으로는 벌써 二十年代의 중품에 끝나서야 할 것이다.

二十年代의 後半은 勿論 傾向派의 時代였으나 三十年代의 初期부터 중품까지의 約 五六年 동안 特異한 모양을 가추고 나왔던「모더니즘」의 位置를 歷史的으로는 어떻게 規定해야 할 것인가? 三十年代의 중품에 와서는 벌써 이「모더니즘」, 아니 우리 新詩 全體가 한가지의 質的變換을 이르켰던 것이다. 그 變換이 順調로 發展 못한 곳에 그 뒤의 二三年間의 昏迷의 原因이 있었던 것이다. 이 坦坦한 發展을 초시작에서 막아버린 데는 外的原因과 함께 詩壇 自體의 怠慢도 또한 原因이 되였던 것이다.

이 小論의 目的은 第一次의 傾向派의 뒤를 니어 第二次로 우리 新詩에 決定的인 價値換轉을 가저온「모더니즘」의 歷史的 性格과 位置를 究明해서 써 우리 新詩史 全體에 대한 一貫한 洞見을 가저보자는데 있다. 새삼스럽게 筆者가 이 題目을 가린 것은 最近 二三年來의

詩壇의 昏迷한 事實은 詩人들이 「모더니즘」을 창황하게도 잊어버린 데 主로 起因한 것 같으며 또 자칫하면 「모더니즘」을 그 歷史的 必然性과 進展에서 보지 못하고 單純한 한 때의 事件으로서 取扱할 危險이 보이는 때문이다. 永久한 「모더니즘」이란 듣기만 해도 몸서리치는 말이다. 다만 그것은 어떠한 歷史의 契機에 避치 못할 必然으로서 登場했으며 또한 그 뒤의 詩는 그것에 대한 一定한 關聯 아래서 發展한 것이 아니면 안 된다는 結論을 가짐이 없이는 新詩史를 똑바로 利害했다고 할 수는 없다. 또 「모더니즘」의 歷史性에 대한 把握이 없이는 그 뒤의 詩는 참말로 正當한 歷史的 「코-쓰」를 찾었다고는 할 수 없다.

그런데 新詩의 發展은 그것의 環境인 同時에 母體인 오늘의 文明에 대한 態度의 變遷의 結果였다는 것은 매우 興味있는 일이다. 「모더니즘」은 特히 이 點에 있어서 意識的이여서 그것은 틀림없이 文明에 대한 새로운 態度를 가저왔다. 이 일을 理解함이 없이는 新詩史 全體는 勿論 「모더니즘」은 더군다나 알 수 없이 된다.

十九世紀의 中葉以來 西洋文明은 더욱 急激하게 東洋 諸國을 그 影響아래 몰아넣었다. 日本, 支那, 印度 等 諸國에서 일어난 新文學—小說, 西洋詩의 모양을 딴 新體詩 等—은 맨 처음에는 西洋文學의 模倣에서부터 시작되었다. 그것은 그 文學의 母體인 文明의 侵入에 따라오는 不可避한 일이였다.

이렇게 한 色다른 文明의 進行을 따라서 거기는 반드시 거기 相應한 形式과 情緒를 가진 文學이 자라나고 있었다는 事實은 「文學의 孤高」를 믿는 信徒들에게는 놀라운 醜聞일 것이다. 東洋의 젊은 詩

人들은 벌써 李太白이나 人麿처럼 노래하지는 않었다. 그러나 아직
까지도 그들 自身의 固有한 性向을 大部分 그대로 가지고 있는 그들
이 먼저 맞어드린 것은 그들의 在來의 情緖에 가장 近似한 「로맨티
시즘」과 그 뒤에는 世紀末의 詩였다. 世紀末의 詩는 西洋에 있어서
는 그 文學이 가장 東洋에 接近했던 例다. 여기 「시몬즈」와 「예-츠」
와 「타고르」가 握手할 可能性이 있었던 것이다.

　우리 新詩의 先驅者들이 이윽고 마저드린 것은 「로맨티시즘」이였
고 다음에는 이른바 東洋的 情調에 가장 잘맞는 世紀末文學이였다.
그런데 이 두 文學은 한글 같이 進展하는 歷史的 現實에 대하야 退
却하는 姿勢를 보이는 文學이다. 「모맨티시즘」의 革命性은 勿論 認
定하나 그것의 目標는 잃어버린 中世紀의 奪還이였지 決코 새로운
市民의 秩序가 아니었다. 「로맨틱」의 貴族들이 처음에는 그렇게 革
命的으로 보이다가도 畢竟 「七月十四日」의 突進에서는 몸을 뒤로 끄
는 까닭은 實로 여기 있었다. 産業革命의 불길아래 形體없이 사라저
가는 城과 騎士와 公主의 中世紀的 殘骸의 完全한 終焉에 눈물을 뿌
린 最後의 輓歌詩人은 이른바 九十年代의 사람들이였다.
　隱遁的인 回想的인 感傷的인 東洋人은 새 文明의 開花를 目前에
기다리면서도 오히려 그 心中에는 허무러저 가는 낡은 東洋에 대한
哀愁를 길르면서 있었다. 愛蘭의 黃昏과 十九世紀의 黃昏이 이상스
럽게도 重複된 곳에 「예-츠」의 「갈대 속의 바람」의 魅力이 생긴 것
처럼 우리 新詩의 黎明期는 나면서부터도 黃昏의 노래를 배운세음이
다. 二十年代의 처음에 이르러서는 이들 先驅者와 및 그 末流들은
벌써 新文學의 建設이라는 偉大한 目標를 바라보면서 突進하기를 끈
치고 맞어드린 黃昏의 氣分 속에 自身의 여린 感傷을 파묻는 怠慢에

잠겨버렸다.

◇

最近의 反擊은 二十年代의 중품부터 시작된 傾向文學의 理論家의 손으로 되었다.

그러나 朝鮮에서 「詩에 있어서의 十九世紀」의 文學的 性格이 暴露되여 排擊되기 시작한 것은 三十年代에 드러선 뒤의 일이다.

◇

「모더니즘」은 두 개의 否定을 準備했다. 하나는 「로맨티시즘」과 世紀末文學의 末流인 「쎈티멘탈·모맨티시즘」을 위해서고 다른 하나는 傾向派詩의 內容偏重을 위해서였다. 「모더니즘」은 詩가 爲先 言語의 藝術이라는 自覺과 詩는 文明에 대한 一定한 感受를 基礎로 한 다음 一定한 價値를 意識하고 씨어저야 된다는 主張 우에 섰다.

①西洋에서도 오늘의 文明에 該當한 眞正한 意味의 새 文學이 나온 것은 二十世紀에 드러선 다음의 일이다. 二十世紀 속에 남어있는 十九世紀的 文學 말고 眞正한 意味의 二十世紀文學의 重要性은 여기 있는 것이다. 英國에 있어서는 「죠-지안」은 아직도 十九世紀에 屬하며 文學에 있어서의 二十世紀는 「이마지스트」에서 시작되였던 것이다. 佛蘭西에서는 立體詩의 試驗 以後 「다다」 超現實派에, 伊太利의 未來派 等에 二十世紀文學의 徵候가 나타났다.

朝鮮에서는 「모더니스트」들에 이르러 비로소 二十世紀의 文學은 시작되였다고 나는 본다.

낡은 「쎈티멘탈리즘」은 다만 詩人의 主觀的 感傷과 自然의 風物만을 노래하였다. 오늘의 文明의 形態와 性格에 대해서도 그것이 그 속에 사는 사람들의 心情에 이르키는 相異한 情緖에 대해서도 完全한 不感症이였다.

김기림 문학비평 291

「모더니즘」은 위선 오늘의 文明 속에서 나서 新鮮한 感覺으로써 文明이 던지는 印象을 붙잡었다. 그것은 現代의 文明을 逃避할려고 하는 모-든 態度와는 달리 文明 그것 속에서 자라난 文明의 아들이였다. 그 일은 바꾸어 말하면 우리 新詩史上에 비로소 都會의 아들이 誕生했던 것이다. 題材부터 爲先 都會에 求했고 文明의 뭇 面이 風月대신에 登場했다. 文明속에서 形成되여가는 새로운 感覺, 情緒, 思考가 나타났다.

②西洋에 있어서도 二十世紀文學의 特徵의 하나는(特히 詩에 있어서) 말의 價値發見에 前에 없던 努力을 바친데 있다. 過去의 詩作法에 依하면 말은 주장 韻律의 高低, 長短의 單位로서 생각되었고 朝鮮에서는 音數關係에서만 評價되였다.

말의 音으로서의 價値.

視覺的 影像意味의 價値(끝으로 가장 重要한) 이 여러 가지 價値의 相互作用에 依한 全體的效果를 意識하고 一種의 建築學的 設計 아래서 詩를 썼다. 詩에 있어서 말은 單純한 手段 以上의 것이다. 「모더니즘」은 이리하야 前代의 韻文으로 主로한 詩作法에 對抗해서 그 自身의 語法을 지여냈다. 말의 含蓄이 달러졌고 文明의 速度에 該當하는 새 「리듬」을 물결과 帆船의 行進과 이끗해야 騎馬行列을 描寫할 정도를 넘지 못하던 前代의 「리듬」과는 딴판으로 汽車와 飛行機와 工場의 燥音과 群衆의 叫喚을 反射시킨 會話의 內在的 「리듬」 속에 發見하고 또 創造하려고 했다.

그래서 「모더니즘」이 傳統的 「쎈티멘탈·로맨티시즘」에 向해서

攻擊한 것은 內容의 陳腐와 形式의 固陋였고 傾向派에 대한 不滿은
그 內容의 觀念性과 말의 價値에 대한 疎忽이라는 點이였다.

　그런데 朝鮮에 있어서「모더니즘」은 集團的 詩運動의 모양은 갖
지 모했다. 또 우에서 말한 特徵을 個個의 詩人이 모조리 가춘 것은
아니다. 오직 大部分은 部分的으로만「모더니즘」의 徵候를 나타냈다.
또 그것이 반드시 意識的인 것도 아니고 詩人的 敏感에 依한 天才的
發現인 境遇가 많었다. 그러나 如何間에 우에서 말한 두 가지의 指
標를 通해서 우리는 몇 사람의 優秀한 詩人과 및 그 詩風을 한 개의
流派로서 槪括하는 것은 妥當한 일이다. 더군다나 그들의 活躍한 三
十年代의 前半期에 있어서 詩壇의 젊은 追從者들이 壓倒的으로 이
影響 아래 있었던 事實은 이 時期를 한 개의 特異한 歷史的「에포-
크」로서 特徵짓기에 足하다.

　假令 最初의「모더니스트」鄭芝溶은 거진 天才的 敏感으로 말의
(主로) 音의 價値와「이메지」, 淸新하고 原始的인 視覺的「이메지」를
發見하였고 文明의 새 아들의 明朗한 感性을 처음으로 우리 詩에 이
끌어드렸다.

　辛夕汀은 幻想 속에서 形容詞와 名詞의 非論理的 結合에 依하야
아름다운 象徵的인「이메지」들을 비저내고 있었다. 그들의 韻文的
「리듬」을 버리고 아름다운 會話를 썼다. 좀 뒤의 일이지만 視覺的
「이메지」의 的確한 把握과 驅使에 있어서 누구보다도 뛰여난 金光均
氏, 辛夕汀氏의 詩風을 引繼하면서 더욱 彫塑的인 깊이를 가진 張萬
榮氏 그밖에 朴載崙氏, 趙靈出氏 等等에 이르기까지 上下로 一貫한
詩風은 詩壇의 完全한 새 時代였다.

　그러나「모더니즘」은 三十年代의 중품에 와서 한 危機에 다닥쳤다.

그것은 안으로는 「모더니즘」의 말의 重視가 이윽고 그 末流의 손으로 言語의 末梢化로 墮落되여가는 傾向이 어느새 發現되였고 밖으로는 그들이 明朗한 展望아래 感受하던 오늘의 文明이 漸漸 深刻하게 어두워 가고 이즈러가는데 對한 그들의 詩的態度의 再整備를 必要로 함에 이른 때문이다.

이에 詩를 技巧主義的 末梢化에서 다시 꺼어 내고 또 文明에 대한 詩的感受에서 批判에로 態度를 바로잡아야 했다. 그래서 社會性과 歷史性으로 이미 發見된 말의 價值를 通해서 形象化하는 일이다. 이에 말은 社會性과 歷史性에 依하야 더욱 含蓄이 깊어지고 넓어지고 多樣해저서 情緒의 振動은 더욱 강해야 했다.

全詩壇的으로 보면 그것은 그 前代의 傾向派와 「모더니즘」의 綜合이였다. 事實로 「모더니즘」의 末境에 와서는 傾向派 系統의 詩人 사이에도 말의 價值의 發見에 依한 自己反省이 「모더니즘」의 自己批判과 거이 때를 같이 하야 일어났다고 보인다. 그것은 勿論 「모더니즘」의 刺戟에 依한 것이라고 보여질 근거가 많다. 그래서 詩壇의 새 進路는 「모더니즘」과 社會性의 綜合이라는 뚜렸한 方向을 찾었다. 그것은 나아가야할 오직 하나인 바른 길이였다.

그러나 詩人들은 그 길을 버렸다. 스스로 버렸고 또 버릴 밖에 없다. 가장 優秀한 最後의 「모더니스트」 李箱은 「모더니즘」의 超克이라는 이 深刻한 運命으로 한 몸에 具現한 悲劇의 擔當者였다.

이제 最近의 兩 三年은 어느 詩人에게 있어서도 混迷였다. 새로운 進路는 發見되여야 하겠다. 그러나 그것이 어떤 길이던지 간에 「모더니즘」을 쉽사리 잊어버림으로써 될 일은 決코 아니다. 무슨 意味로던지 「모더니즘」으로부터의 發展이 아니면 아니 된다.

〈人文評論 (1939. 10)〉

제IV부

푸로이드와 現代詩

一

大戰 以後의 詩가 「푸로이드」氏 — 라느니보다 — 精神分析學에
진 負債는 實로 크다. 그 影響은 國境을 問題삼지 않고 적어도 世界
的 呼吸 속에 자라가는 모-든 나라의 詩壇에 有形無形으로 그러나
壓倒的으로 미쳤다. 「푸로이드」라는 다섯 글자는 마치 戰後의 새로
운 詩로 드러가는 한 避치 못할 關門처럼 되어 버렸다.

첫재로 그것은 詩의 題材에 아주 새로운 領土를 提供하였다.

둘재로 詩의 技術에 革命을 가져왔다.

셋재로 오늘의 詩에 別다른 哲學을 가져왔다.

二

사람의 意識의 世界만을 取扱하는 詩는 거진 餘地를 남기지 않고

그 鑛脈의 全部를 파버린 느낌이 있다. 男女間의 愛情이라던지 自然에 대한 興趣라던지 그러한 것들은 마치 永遠한 題目처럼 暗誦되었다. 「프로이드」는 위선 이렇게 開拓될 대로 다 開拓되어버린 詩의 題材에 한 새 領土를 提供하였다. 그가 門을 열어 보인 無意識이라고 하는 世界는 지금까지 詩가 숨쉬고 있던 意識의 世界보다는 훨씬 더 넓고 깊은 世界였다. 뿐만 아니라 그때까지는 오직 하나뿐인 獨立한 世界였던 意識의 活動을 操縱하는 것은 事實은 黑幕 뒤에 숨은 無意識의 活動이라고 말해 버렸을 때 그때까지의 詩의 秘密이란 모다 우수꽝스러운 것이 되어 버렸다. 詩의 領域이 單純한 意識에서 無意識에까지 넓어졌다는 말은 다시 말하면 詩의 사람—生活과 現實까지 넣어서—에 대한 理解가 그만치 깊어지고 넓어진 것을 意味한다. 더 밝히 말하면 詩人이 제 自身에 대해서 말할 때에도 그의 어린 시절부터의 모-든 經歷과 또 原始人으로부터 文化人으로 자라온 동안의 全種族史뿐만 아니라 人間 以前의 動物時代의 痕跡까지를 껴안고 있는 것이다. 그는 無意識活動을 分析하므로써 그 어둠컴컴한 無意識의 深海에서 잠자고 있는 「種族發生的」인 또는 「個體發生的」인 뭇 遺物의 堆積을 본다. 그래서 「프로이드」가 近代詩의 終點처럼 보이는 地點에 서서 망서리는 戰後의 詩人들 앞에 갑자기 펴놓은 가장 큰 膳物은 꿈(或은 幻想)이었다. 그것은 오늘의 神話를 맨드는 일이다.

神話는 일찌기는 詩의 故鄕이었다. 오래인 離別 뒤에 「프로이드」는 詩에게 잡자기 故鄕으로 돌아가는 길을 열어 놓았다. 假令 「프로이드」가 꿈의 解釋에 쓰는 여러 가지 「씸볼」들은 現代의 神話를 맨드는 有力한 道具를 暗示한다. 父母의 象徵인 임금과 女王. 裸體에 該當하는 衣服이나 制服. 3이라는 數字는 男根을 代表한다. 같은 手

段으로 쓰이는 短杖・洋傘・말뚝・수풀. 短刀・氣球・飛行機・「첸펠
린」도 거기 關聯해서 씨어진다. 性的 「씸볼」로서는 물고기와 特히
有名한 배암이가 있다. 洞窟이나 항아리 궤짝이나 호주머니나 特히
寶石바구니는 女性의 「씸볼」로 쓰인다. 이러한 「씸볼」에 대한 知識
을 가지고 戰後의 詩를 퍼든다면 우리는 詩人이 그의 主觀的인 意味
를 담은 여러 가지 「씸볼」과 마조친다. 여기 한 例로 「페레」를 보라.

     참한 人間(방쟈망・페레)
     삶믄 병아리와 復活術者의 싸홈은
     북소리처럼 우리에게는
     都市 웅을 지나간
     띠끌의 구름의 意味를 가졌다.
     너무 요란스럽게 부렸으므로
     너펄모자가 흔들렸다
     그러고 수염이 삐죽하게 이러서서
     코를 깨물었다
     너무나 요란스럽게 부러서
     코가 도토리처럼 쪼개졌다
     도토리는 멀리 적은 牛숨속으
     투겨졌다
     거기서 제일 어린 송아지는
     그 아버지가 硫黃을 탄
     쏘세지 가죽을 한 유리잔으로
     엄마 젓을 팔고 있었다

「허-버-트・리-드」氏는 이러한 「씸볼」들이 普遍性을 가질 수 있
다는 樂觀說을 主張하고 超現實主義의 前途를 祝福했다. 風月을 찾

어서 詩集을 사는 사람도 있을 것이다. 戀愛를 찾어서 詩를 뒤저 보는 사람도 있을 것이다. 말의 音樂을 찾어서 或은 「이메지」를 찾어서 詩로 가는 사람도 있을 것이다. 그러나 오늘의 많은 讀者들이 無意識의 世界의 燦爛한 舞臺를 구경하기 위하여 詩를 찾어가고 또 그 일 때문에 오늘의 詩를 즐기는 것을 우리는 알고 있다.

無意識을 取扱하는 詩가 부대처야 할 두 가지 難關이 있다. 하나는 그것이 單純한 어떤 症狀의 記述이 아니려면 普遍性을 가져야 한다는 일이다. 지금까지의 詩의 享受를 成立시킨 것은 사람의 意識의 普遍性의 豫想이었다. 勿論 文化意識과 敎養의 差異는 人間 一般의 普遍的 意識이라는 素朴한 價値의 標準을 詩에 있어서 세울 수는 없다. 그러나 歷史의 各 段階는 거기 相伴하는 文化的 水準을 반드시 豫想시킨다. 여기 相對的인 普遍性이 成立되는 根據가 있다. 無意識의 世界까지를 理解한다는 것은 그만치 사람사람이 서로서로 엉키고 껴안는 交涉의 範圍가 커진 것을 意味한다. 그러므로 無意識을 取扱한 詩에 있어서 그것이 어떻게 하면 普遍性을 얻어 갈가 하는 問題는 「十九世紀」的 人士의 모-든 反抗에도 不拘하고 時間의 趨稿와 함께 解決될 수 있는 것이었다.

다음으로는 無意識의 世界를 單純히 描寫하는 것은 지나간 날의 寫眞主義에 지나지 않는 것이 아닐가? 다만 달러진 것은 描寫의 對像뿐이 아닌가 하는 問題다. 無意識의 世界가 詩的 享受속으로 들어오려면 한 번은 意識化되어야 할 것은 避치 못할 것이다. 다시 말하면 「意味」로서 傳達되어야 한다. 뿐만 아니라 그것은 詩的 享受를 成立시키는 「意味」여야 한다. 이 일은 새로운 美學의 建設을 要求한다.

三

意識의 「메캐니즘」은 主로 心理學이 보여주는 것이나 心理學의 한 分野로서―그들 自身의 말을 빌면 낡은 心理學에 代身할 새로운 心理學으로서의 精神分析學은 意識의 「메카니즘」과는 全然 다른 無意識의 「메카니즘」을 펴놓아 보여준다. 詩가 「프로이드」氏의 硏究에서 暗示받은 가장 큰 所得은 事實은 이 無意識의 「메카니즘」을 詩의 技術에 應用한 일이었다.

「H·크라이튼·밀러」博士가 無意識의 여덟 가지 特徵 가운데서 가장 오늘의 詩의 技術에 關聯되는 것은

(1) 無時間性
(2) 그 「에너-지」가 한 觀念에서 쉽사리 다린 觀念으로 옴겨 가는 것,
(3) 非論理性,

의 세 가지다.

예전 詩는 無言 中에 古典劇의 「三一致」와 같은 約束에 充實해서 다만 回想이라던지 豫想이라는 形式 아래서만 過去나 未來가 現在에 從屬的으로 後從할 수 있었을 뿐이다. 그 일은 스스로 文法에 대한 忠實을 意味한다. 그러나 오늘의 詩에는 過去나 未來나 現在는 다만 同等한 權利와 重量을 가지고 서로서로 아모 豫告 없이 登場한다. 이 일은 實로 混亂에 가까운 變革이었다.

새로운 詩는 時間의 文法的 秩序의 無意味를 비웃는다. 神話는 歷

史를 超越한 곳에 그 威嚴을 세운다. 그리해서 새로운 詩는 스스로 神話고저 한 것이다.

時間性의 約束을 잃어버린 새로운 詩는 同時에 論理를 버렸다느니 보다는 오히려 「非論理」의 美를 發見한 것이다. 「十九世紀」의 彼岸에 서서 한 새로운 詩에 向한 非難은 主로 이 點이었다. 그래서 그들은 새로운 詩가 스스로 發見이라고 믿는 것을 오직 破壞라고 固執한다. 이리해서 두 개의 距離가 먼 두 개의 現實을 그것들과는 아모 關係가 없는 面에 同時에 가저오는 한 개의 「이메지-」——假令 「르베르디」의 「힌 헌겁쪼각처럼 겹어진 대낮」는 「아리스토텔레쓰」 以來 十九世紀까지의 모-든 思考의 風俗에 違反한다. 그것은 자칫하면 近世文明 그것의 모-든 秩序와 權威와 相克한다.

그리해서 觀念과 觀念은 時間的 系列과 論理를 無觀하고 새로 끌어오고 끌려가고 투기고 움직인다. 全然 우리의 意識의 經驗에는 屬하지 안는 일이 대수롭지 않게 꿈속에서는 實現하는 것은 우리 自身이 벌써 잘 알고 있고 「프로이드」가 밝혀 보여준 것이다.

四

그러나 「프로이드」에게서 戰後의 새로운 詩가 받은 것은 이러한 技術上의 暗示에 끈치지 안는다. 戰後의 歐羅巴 사람들을 掩襲한 絶望은 그 무슨 口實을 얻어보기 前에는 다만 自殺로 사람을 몰아보낼 밖에 없었다. 現代라는 것의 僞善과 假面을 罵倒하기 위하여 詩人은 精神分析學이 가르치는 冷酷한 分析을 利用했다. 卽 그것은 새로운 詩에게 現代를 否定하는 理由를 보여주었다. 어두운 宿命論의 그림

자를 뒤집어쓴 因果律은 無意識이라는 深淵을 구버보면서 거기에 現
代라는 이 醜한 結果를 낳은 모-든 험상한 原因들을 노려보는 것이
다. 이런 意味에서 現代詩는 現代文明의 痛烈한 批判이었던 것이다.
聰明한 科學의 아들들인 歐羅巴의 젊은 詩人들에게는 精神分析學은
가장 그들의 思考의 習性에 맞는 科學의 命題로서 비쵔었던 것이다.

　그러나 이 일은 角度만 달리하여 보면 現代詩는 꿈과 幻想속에 現
實로부터의 좋은 避難處를 찾은 것이라고도 말할 수 있다. 事實 無
意識의 慢然한 記述에 빠저서 헤여나오지 못한 詩의 溺死體를 우리
는 往往 구경했다. 이 點에서는 그것이 逃避의 詩며 精神分析學은
그 가장 重大한 敎唆犯이라는 告發이 항용 들려온 것은 반드시 理由
없는 일이 아니었다.

五

　이리해서 精神分析學은 二十世紀의 가장 큰 文學運動의 하나인
超現實主義에 理論的 基礎를 주었다. 또 이 文學運動에 直接 參與
하지 않았을지라도 間接으로 意識하고 或은 意識하지 안는 동안에
수많은 詩人에게 影響을 주었다. 勿論 「로-트레아몽」과 같은 先驅
者를 想定하나 超現實主義 宣言에서 「앙드레·쁘르통」이 告白한
것처럼 超現實主義는 「프로이드」에서 最大의 暗示를 받았던 것이
다.

　그러나 지금 앉어서 생각하면 戰後 約 十餘年間 새로운 詩가 精
神分析學에 驚倒한 것은 너무나 熱狂的이었다. 남은 問題는 이 熱
狂期에 해놓은 일들을 다시 冷靜하게 計算하므로써 다음 時代가

相續하여야 할 값있는 部分만을 整理하는 일이다. 그러고 우리는 그러한 값있는 部分이 「프로이드」의 影響속에 적지 않게 있는 것을 믿는다.

〈人文評論 (1939. 11)〉

言語의 複雜性

한마디 한마디의 말이 모두 그대로 各其 어떤 客體를 代表하는 것이 아니다. 가령 "개"라는 말은 그 말에 該當한 客體를 가지고 있다. 嚴格하게 말하라면 그것조차도 完全한 客體는 아니다. 왜 그러냐 하면 있는 것은 한 마리 한 마리의 "노랑개" "감장개" "얼룩이"지 그저 개라는 것은 없다. 개 全體를 代表시킨 記號에 지나지 않는다. 如何間에 "개"라는 말은 그 背後에 客體의 무리를 가지고 있는 것은 事實이다. 그러나 가령 "神"이라는 말은 그렇지 못하다. 即 사람은 그가 보나 듣는 어떤 客體를 代表시키는 말을 만드는 한편에 또 그가 마음속에서 생각하고 있는 것 想像하는 것에 이름을 붙이기도 한다. 이것이 뒤서껴 가지고는 客體를 가지지 못한 한 觀念조차가 客體를 가진 듯이 쓰여지고 쓰는 데서 이른바 言語의 複雜性이 생긴다.

"新世代"라는 말을 現在 있는 社會的 歷史的 事象을 代表시켜서 쓰는 사람도 있다. 또 한편에는 같은 말을 그가 있기를 바라는 한 理念의 意味로서 쓰는 사람도 있다. 하나는 現實속에 사는 것이오, 다른 하나는 理想속에 산다. 사령 偶然하게도 詩人 李秉珏氏와 體府

町 李秉珏氏가 이름이 같았을 뿐이다. 같은 外形은 가졌으나 "新世代"라는 同名異人은 各各 住所가 달랐던 것이다. 그래놓고 論爭을 해서는 아무 것도 안 된다.

論敵 사이에 쓰여지는 말들을 (全部는 못되어도, 적어도 重要한 論點이 되어 있는 말만이라도) 밝혀 서로 規定해 놓고 한다면 眞理는 훨씬 더 쉽게 붙잡을 수 있을 것이다. 大部分의 論爭은 事實은 서로 外形만 같고 內容은 딴판인 말들을 가지고 誤解와 固執 위에서 싸워진다. 말하자면 言語의 複雜性에 속은 것이다.

항용 詩는 말의 藝術이라 한다. 小說인들 안 그러랴? 하나 그 말만 가지고는 말이 詩의 手段이라는 뜻인지, 目的이란 뜻인지, 도무지 分明하지 않다.

말이 目的인 적은 오직 詭辯家에서 뿐이었다. 말은 언제고 手段이다. 詩에 있어서도 勿論 그렇다. 마치 말이 詩의 目的인 것처럼 誤解되어 이 誤解는 詩壇 三十年代의 最後의 三分之一을 詩의 剝製品의 夜市를 만들어 버렸다. 字典만 있고 그래서 그 속에서 아름다워 보이는 말을 집어 모으면 찬란한 하나 螺鈿器皿이 된다는 무서운 詩術이 橫行했다. 言語의 複雜性은 여기서는 놀라운 結實을 했다.

〈한글 (1940. 1)〉

科學으로서의 詩學

1. 古典的 詩學

詩學이라는 말이 우리에게 傳하는 不愉快한 印象은 그것이 주장 지금까지는 形而上學的이었던 까닭에 한 科學보다도 한 形而上學을 聯想시키는 때문이다.

科學으로서의 詩學의 性質을 밝히기 前에 科學 아닌 詩學 乃至는 그것에 類似한 여러 가지 幻影을 씨서 버리는 것이 옳겠다. 假令 여러 나라의 詩人의 일홈과 經歷과 逸話에 精通하고 또 그들의 若干의 詩篇을 暗誦할 수 있는 사람이 여기 있다고 하자. 그러나 그것은 詩의 科學과는 아모 因緣이 없는 한 博識에 지나지 못할 것이다. 博識이 科學이 아닌 것은 組織된 方法과 體系를 갖이지 못한 때문이다. 또 詩에 대하야 放言된 몇 개의 命題가 여러 사람에게 誤解되고 敷衍되어 몇 世紀를 거쳐가면서 한 實體와 같이 通用되군 했다. 假令 「월터어·페에터어」의 「詩는 音樂의 狀態를 憧憬한다」는 말이 「詩는 音樂을 憧憬한다」는 意味로 그릇 解釋되면서 詩를 音樂을 맨드러버리자는 純粹詩의 運動이 되기도 했다. 音樂의 狀態는 그러나 音樂 그것은 아니리라고 생각된다. 音樂이 비져내는 心的 效果는 그 質에 있어서 或은 詩가 비져내는 效果와 같은 것일 수 있을 것이다. 그러나 音樂을 詩를 맨든다든지 詩를 音樂을 맨드러버린다는 것은 大體 무엇을 意味할까? 모오든 形而上學은 理解된다느니보다는 解釋되기 위해서 있는 것이다. 다시 말하면 그것은 그 意味의 多義性속에 언제고 숨으려 한다. 客觀的으로 檢證할 길 없는 이러한 形而上學的 命題는 다만 發言者의 한 意見으로서 이해할 것이고 決코 어떤 客觀的인 事實의 記述이라고 받어서는 아니 된다. 한 意見으로서는 參考할 것이나 그것이 얼른 보아서는 代表하는 드시 보이는 一聯의 事實을 假想하는 것은 危險한 일이다.

내가 여기서 「페에터어」를 例로 든 것은 한 形而上學의 一齣이 萬若에 誤解된다고 하면 어떻게 深刻한 結果를 나을 수 있는가를 우리들과 그리 멀지 않은 詩史에서 引證하려고 한 까닭이다. 「페에터어」는 勿論 詩보다 音樂을 더 高位의 藝術이라고 생각하고 있는 것은 事實이나 詩와 音樂을 混同하도록 賢明치 못하지는 않었다.

2. 價値와 形而上學

우리는 그러나 決코 形而上學의 絶滅을 企圖하는 것은 아니다. 어떠한 時代에고간에 形而上學은 있어왔다. 또 앞으로도 있을 것이다. 形而上學은 組織된 價値意識인 때문이다. 偉大한 形而上學의 體系는 한 時代의 가장 普遍的인 價値意識의 宮殿에 지나지 않는다. 이러한 意味에서 形而上學이 사람에게 知識이 아니고 生活하는데 有用한 智

308

慧를 提供한다는 말은 옳은 말이다. 다만 病弊는 여기 있다. 卽 智慧에 지나지 않는 것이 知識으로 通用되려고 하고 또 受容되려고 할 때에 더 端的으로 말하면 示唆에 지나지 않는 것이 客觀的 妥當性을 主張할 때에 觀念이 科學이라고 하고 나올 때에 事實과 認識이 朦朧한 안개 속에 몰려가는 것이다. 假令 近代의 뭇 偉大한 形而上學이 우리에게 준 것이 知識이 아니었고 知慧였다고 하는 것은 누구나 쉽사리 認定할 수 있다. 「쇼오펜하우어」가 그랬고 「베르그송」이 그랬다. 人間學이라던지 實存哲學은 더욱 그렇게 보인다. 所謂 東洋哲學이라고 불러지는 것은 거진 例外없이 智慧의 提示었다. 그런 意味에서 東洋哲學은 늘 詩에 가까우려 한다고 한 林語堂의 말은 옳다. 그러나 그는 또한 거기 反해서 西洋哲學은 늘 科學에 가까우려고 한다고 말한다. 우리 見解로는 破綻은 哲學이 科學인 체하는 데서 오는 것 같다. 形而上學이 智慧로서의 限界를 너머서 知識인 체 꾸미는 때 結果로는 事實의 認識을 混亂시키고 또 事實의 認識 대신에 無數한 幻影을 事實의 周圍에 흩어놓는다. 詩를 學問의 對象으로서 取扱하려고 할 때에 위선 우리의 眼界에서 傳來하는 뭇 形而上學的 幻影을 물리치려고 하는 것은 이 때문이다.

3. 詩論

詩에 대한 陳述 가운데서 根本的으로는 亦是 形而上學의 斷片이면서도 學問의 모양을 하지 않고 차라리 技術論의 모양을 한 點이 다를 뿐인 것으로서 詩論이라는 것이 있다. 그것은 主로 한 流派 혹은 한 詩人의 그 流派 또는 그 個人의 詩의 合理化다. 또는 한 個人

이나 流派가 그가 있기를 願하는 詩의 假像을 그리는 것이다. 過去의 用語 例도 詩學과 詩論을 區別해 왔다. 假令「아리스토텔레쓰」의 詩學이라고 하면서「보왈로오」의 詩論이라고 하는 것 같은 것이 그것이다. 다만 詩論은 體系의 完備 때문에 더 많이 想像이 드러가는 詩의 形而上學들보다는 詩人의 作詩의 實際에서 비져나온 暗示가 豊富한 點에서 더 有用하다고 생각된다. 우리는 한 流派나 個人의 詩의 理解를 도웁기 위하야 그 詩論을 들추어보는 것은 옳다. 그러나 어떤 暗示 以上으로 거기서 詩의 科學을 찾는 것은 잘못이다. 그런 警戒 아래서 詩論을 읽는 것은 여러 가지로 必要하다. 鑑賞하는 사람에게는 도음이 될 것이고 詩史家에게는 좋은 史料가 될 것이다.

4. 어떻게 묻나?

詩의 形而上學과 밋 詩論의 存在 理由와 價値를 認定하면서도 그것들은 科學이 아니라는 理由로 우리의 學的 設計에서 驅逐한 다음에 우리가 意圖하는 詩의 科學이란 그러면 어떤 것인가?

詩란「무엇」이냐? 詩는「웨 있느냐?」이런 類의 設問에 대해서는 우리는 여러 種類의 對立된 或은 矛盾된 解答을 豫期할 밖에 없다. 詩에 대하야 定義를 나릴려고 計劃한 過去의 모오든 試驗은 앞의 것과 같은 問題提出의 方式을 取한 것이다. 그래서 그 여러 가지 定義를 統一할 一義的인 解決은 나타나지 않았다. 마치「바벨」의 塔처럼 그것은 騷亂했다. 그러고 뒤의 것과 같은 設問에 대해서는 黨派를 따라서 黨派의 數만치 많은 解答을 期待할 밖에 없을 것이다. 或은 政黨을 위해서 或은 敎會를 위해서 或은 政府를 위해서 詩는 있는 것이라고 할 것이다. 여기서도 亦是 「바벨」의 塔은 永遠한 混亂을 갖어 올뿐이다. 이러한 問題提出의 方式은 말하자면 本體論的인 또는 目的論的인 性質의 것이다. 形而上學의 問題提出의 方式에서 그대로 따온 것이다. 그것은 假令 「世界란 무엇이냐?」 「人生은 무엇 때문에 있느냐?」 하고 묻는 것과 같다. 「世界는 意志다」 「人生은 神을 위해서 있다」고 自問에 自答하는 것이 어떤 形而上學이었고 神學이었다. 그런데 그 命題들은 아모도 證明할 수는 없다. 中世紀의 神學은 神의 存在를 證明하는 몇 가지 三段論法을 갖었었다. 그러나 그것들은 모다 前提 未決定의 三段論法이었다. 그러므로 教權으로써 끊어놓지 않는다면 그것은 끝을 모르는 循環論法일 것이다. 十九世紀의 評壇을 그렇게 騷然케 한 「人生을 위한 藝術」派와 「藝術을 위한 藝術」派가 드디어 오늘까지도 解決을 보지 못하고 作家나 詩人을 가끔 괴롭히는 것은 다름이 아니라 問題提出의 方式 自體가 잘못되었던 탓이다.

그러면 새로운 詩學은 어떤 모양으로 무러야 될가? 그것은 「무엇」 또는 「웨」와 같은 무름은 一切 버릴 것이다. 그것은 다만 詩는 「어떻게」 있는가 하는 무름에서 시작해서 거기서 끝일 따름이다. 그러므로 詩에 대해서 무슨 幻像이나 理念을 그리거나 맨드는 것이 아니고 詩의 事實에 實로 事實에만 肉迫한다. 그것이 設定하는 命題는 形式論理의 式에 맞느냐 않맞느냐 하는 點으로서 完全함을 자랑할 수는 없다. 다만 참이냐 거짓이냐 하는 點에서만 肯定되거나 否定된다. 그것은 詩에 대한 아름다운 꿈을 보여주는 것이 아니라 詩의 事實만을 가르친다. 命題들은 詩의 事實과 한 번씩 비추어보아서 그 참이고 아닌 것을 決定한다.

5. 詩學과 그 補助科學

새로운 詩學을 위해서 미리부터 準備된 몇 가지 便宜가 있다. 그
것은 그것들을 賢明하게 利用할 것이다. 첫재는 이전의 뭇 形而上學
的 詩學속에 간간이 흩어져 있을 詩의 事實에 맞는 陳述을 뽑아서
自身의 體系속에 活用할 것이다. 假令 「아리스토텔레쓰」의 詩學 以
後 「호레이시어쓰」 「보왈로」 等等의 詩에 관한 陳述은 우에서 말한
것과 같은 意圖 아래서 다시 精選될 것이다. 「아리스토텔레쓰」나 「
호레시어쓰」나 「보왈로」가 各各 具體的으로 取扱되고 또 되어야 하
는 것은 詩史에 있어서의 일이다. 詩學이 問題삼는 것은 다만 이러
한 特殊한 事件이 아니고 詩의 一般的 事實에 대한 認識이다.

다음으로 그것은 近親科學의 業蹟에서 單純히 그 部分的 眞理를
비러올 뿐 아니라 基礎概念조차를 參考해야 한다.

이러한 點에서 詩學에 가장 重要한 도움이 될 科學으로서는 言語
學과 心理學과 그러고 社會學이었다. 지금까지 이런 方面의 先覺者
는 몇々 있섰으나 大槪는 어느 一面에만 固執하였섰다. 假令 「칼버
어튼」 같은 評論家는 文學硏究에 있어서 社會學의 必要를 高調했스
나 言語學이나 心理學에 대해서는 等閒했다. 「리촤아즈」 같은 사람
은 詩의 硏究에 있서 心理學의 援用은 力說하면서 社會學은 도모지
돌보지 않는다.

過去의 모-든 形而上學的 詩學을 모조리 拒否하는 「리촤아즈」와
같은 態度는 아직도 完全히 科學的이라고 할 수가 없다. 氏가 科學
的 詩學의 建設에 그렇게 出衆한 「일」을 남겼으면서도 다만 모오든
方面의 革新者가 그럴 수밖에 없었든 것과 마챤가지로 낡은 것에 대

하야 猛烈한 破壞者였다는 것은 諒解할 수 있으나 이미 單純한 破壞
者의 興奮이 지났을 우리는 古典的 詩學에 대하야 冷靜한 태도로 臨
할 수 있을 것이다. 「리촤아즈」氏 自身도 「콜릿지」에게서 「想像」論
을 援用하였든 것이다.

　새로운 詩學을 計劃하는 사람이 항용 부짭히기 쉬운 誘惑은 一擧
에 古典的 詩學에 匹敵하는 새 體系를 세울려는 衝動이다. 여기서
생기기 쉬운 結果는 바로 다른 것이 아니라 「또 하나 다른 形而上學
」이다. 앞에 말한 「리촤아즈」氏의 著述에서 우리가 받는 印象도 그
런 경우가 많었다. 우리가 지금 緊急하게 要求하는 것은 비록 적을
지라도 참인 知識이지 決코 한갓 尨大하고 整齊된 體系가 아닐 터이
다. 眞正한 意味의 科學은 그 첫 시작에 있어서는 不得已 部分的일
밖에 없다. 이 點에 대해서는 「랑송」의 말은 그대로 肯定되어야 할
것이다.

　새로운 詩學을 計劃하는 사람에게 있어서도 이 일이 重要한 것과
꼭 마챤가지로 새로운 詩學을 대해주는 편에서도 그것에 向해서 곧
體系의 「파노라마」를 要求하는 것은 그릇된 일이다.

　勿論 自然科學에서도 그런 것처럼 科學的 詩學속에도 假說이 드
러앉을 자리는 있다. 그 일을 갖이고 곧 그 科學性을 詰難하는 것은
科學에 대한 偏見에서 오는 誤解일 것이다. 그렇다고 해서 假說이
너무 날뛰어서는 아니 된다. 그것은 오직 事實에 비추어 檢證할 수
없는데도 꼭 必要한 경우에 限해서 "不得已 實로" 不得已해서만 씨
어저야 할 것이다. 한 卷의 形而上學書는 全篇이 假說로써 그러면서
도 아름답게 씨어질 수 있을 것이다. 過去의 哲學의 大部分이 實로
그러한 까닭에 아름다웠든 것이다. 그러나 科學書에는 오직 以上의
限度 안에서만 假說이 생길 수 있다. 그러고 그 假說은 이미 定해진

같은 體系 안의 다른 定說과 矛盾되어서는 아니 된다.

이렇게 假說은 暫定的인 것이다. 事實의 檢證에 依해서 一般的 命題가 定立되기까지 오직 代用될 뿐이다.

6. 詩史와 詩學

우리는 詩學의 對象을 어떤 美學이 普遍的인 美의 理想的 模型을 追求한 것처럼 普遍妥當的인 詩의 模型을 設定하는데 두지 않는다. 假令 純粹詩의 追求 같은 것도 이런 形而上學的 美學의 餘風을 받은 것이다.

詩學이 取扱해야 할 詩的 事實은 그러면 어떤 것인가? 모오든 個個의 詩篇을 整理해서 構成이나 韻律 押韻 等 部分的 裝飾의 文法과 같은 것을 計劃하는 것일까? 그런 것은 아니다.

具體的인 個個의 詩를 個人의 所産으로서 또는 한 民族 한 時代의 所産으로서 그대로 取扱하는 것은 詩史가 하는 일이다.

一般的인 詩學은 詩는 사람과 사람의 交涉이라는 部面을 갖인 言語의 한 特殊形態라는 事實에서 出發한다. 詩가 形成하는 意味의 世界는 한 社會 안에 사는 사람의 傳統的 交涉의 結果로서 成立하는 것이다. 이 關係를 除外한 詩라고 하는 것은 어떤 音의 系列이거나 文字의 羅列 以上의 것도 以外의 것도 될 수 없다. 이 點이 詩學이 言語學과 크게 關聯되는 곳이다.

이렇게 詩는 사람과 사람—卽 詩人과 讀者의 心理的 交涉 우에 成立된다. 卽 詩人의 製作過程이라는 心理現像의 한 記號로서 詩는 있는 것이고 그 記號가 讀者에게 미치는 結果는 어떤 心理的 反應에 틀림없다.

이리해서 詩는 한 心理的 事實로서 나타난다. 詩人의 製作過程과 讀者의 享受過程과 밋 이것을 통트러서 서로 이루는 傳達作用의 觀察 分析 綜合은 위선 詩學이 해야 될 일의 重要한 半面이다. 言語學 特히 意義學의 手續과 成果를 詩學이 크게 비러야 하는 까닭은 여기 있다.

詩는 이렇게 勿論 心理的 事實로서의 面을 갖이고 있지만 그 面을 成立시키는 것은 一定한 文化的 傳統의 約束이며 뿐만 아니라 그것은 늘 文明의 一定한 段階의 歷史的 特徵을 反映하며 그 時代의 文化의 諸面과의 사히에 相互 交流의 作用을 갖인다. 다시 말하면 詩는 이리해서 늘 一定한 歷史的 社會에 形成되는 産物이다. 따라서 文明의 어느 特定한 段階의 뭇 特徵과 그 時代의 詩의 特徵과의 사히의 相關關係를 밝히며 같은 時代의 다른 文化의 뭇 部面과의 사히의 交流를 더듬어 찾는 일은 詩史가 하는 일이나 詩의 歷史的 社會的 事實로서의 面을 그 一般的 性質에서 說明하는 것은 詩學의 남은 半面이다.

7. 詩學은 어떻게 更新될까?

이리해서 새로운 科學的 詩學은 心理的 事實 밋 社會的 事實로서의 詩에 兩面으로부터 肉迫할 것이다.

여기서 이러날 當然한 한가지 疑問이 있으니 그것은 다른 것이 아니라 이렇게 事實의 世界만을 取扱하는 詩學은 永久히 하나로서 足하냐 하는 問題다.

勿論 科學的 詩學은 一朝一夕에 奇蹟과 같이 나타날 것은 아니다. 그 全體系의 完成은 여러 사람의 部分的 硏究의 綜合의 結果로서만 期待될 것이다. 그러나 그것이 어느 時間的 經過 뒤에는 꽤 體系를 가춘 完成에 가까운 科學으로서의 面貌를 갖일 날이 올 것이다. 그런 然後의 詩學도 더 更新될 運命에 다닥치지 않을까?

文化는 어떤 歷史的 方向을 좇아서 새로워 간다. 價値實現의 過程으로서의 文化活動은 文明의 進度를 따라서 漸漸 더 意識的으로 된다. 文化의 創造가 大體로 無意識的이었던 原始社會로부터 高度로 意識化할수록 그 變遷은 더욱 急하고 甚해 간다. 이리해서 文化의 한 部門으로서의 詩는 實로 옛사람이 본다면 慌忙할 程度로 새로워질 것이다. 어느 段階에 完成되리라고 假定하는 詩學이 그대로 이 새로워져 가는 詩의 모오든 事實을 남김없이 說明해 버릴 수 있을까? 勿論 그것은 特殊한 詩的 變遷일 것이나 그 特殊性이 늘 한가지 一般性의 한 例에 끝이는 그런 簡單한 事例뿐일 수가 있을까?

어떤 段階의 詩學이 그 段階에서는 꽤 不便을 느끼지 않다가도 정작 새로워 가는 詩를 說明할 수 없을 때 詩學은 當然히 更新되어야 할 것이다.

그러므로 우리는 永久히 完成된 詩學이라는 것을 미리부터 規定할 수는 없다. 오늘의 文明生活이 사람들의 文化的 衝動을 더욱더 複雜多岐하게 해 갈수록 어떤 文化部門의 一般性까지에 새로운 事態가 나타나도록 變遷이 甚할 수 있으며 그 文化部門을 取扱하는 一般的인 科學도 그 事態마저를 包容하고도 남을 수 있게 體系의 擴充, 更新을 해야 할 것이다. 이 點은 決코 科學으로서의 弱點이 아니고 차라리 當然하고 또 必然한 運命이다. 自然科學에 있어서 새로운 理論의 發展은 그 먼저 理論이 새로히 나타난 事實을 說明할 수가 없

었을 때 늘 그 矛盾을 克服하기 위한 一段의 進展이였든 것이다. 다
만 自然에 있어서의 事態란 「나타나는 것」이고 文學에 있어서의 그
것은 「맨드러지는 것」이라는 差異가 있을 뿐이다.

8. 詩學의 効用

文化科學을 오직 歷史學에만 制限하야 特殊的 回的 文化現象들
만을 取扱할 수 있을 뿐이라는 意見과는 달라서 우리는 一般的인 科
學으로서의 詩學의 可能을 詩史와는 따로히 理論的으로 妥當하다고
生覺한다.

이러한 一般的 科學으로서의 詩學은 爲先 詩의 鑑賞에 있어서 基
礎敎養이 될 것이다. 自然現象이 아닌 詩를 그것에 대한 基礎敎養
없이 알려지지 않는다고 怒하기만 하는 無謀한 紳士를 우리는 가끔
만난다. 그들에게 우리는 이것을 줄 것이다.

다음에는 그것은 詩의 批評에 있어서 한가지로 基礎的인 準備가
된다. 批評이 具體的인 作品을 取扱할 때에 一般的 詩學의 準備없이
는 도저히 할 수 없는 일이다. 다만 獨斷的 批評家가 가령 「아리스
토텔레쓰」와 같은 古典的 詩學의 껍데기 속에 박힌다든지 또는 二流
以下의 批評家가 오직 漠然히 整頓되지 못한 詩學의 雜多한 原型을
갖었거나 할 수는 있다.

셋재로 詩史를 쓰는데 亦是 基礎準備가 될 것이다. 詩의 心理的
社會的 事實로서의 一般的 性質에 대한 分明한 認識없이는 個個의
具體的 作品의 心理的 効果와 그 社會的 歷史的 性質을 解明할 수는
없을 것이다.

　그런 일보다도 더 重要한 것은 이리해서 우리는 文化 그것이 우리의 心理的 衝動으로서는 어떻게 意慾되고 또 享受되며 社會的 歷史的으로는 어떤 作用을 하는가 하는 우리의 文化生活에 대한 自覺을 이 일을 통해서 더욱 높일 수 있을 것이다.

〈文章 (2권 2호. 1940. 12. 23)〉

詩人의 世代的 限界

　★…詩人이나 作家가 果然 두 世代를 살 수 잇슬가? 徐寅植氏가
이 비슷한 疑問을 일찌기 提出한 일이 잇섯다고 記憶한다. 私見으로
는 原則的으로 한 詩人이나 作家는 한 世代에만 屬하는 것이라고 생
각한다. 그가 屬한 世代에서 바든 骨格이나 神經이나 表情의 原型은
그 表情의 여러 번 變貌에도 不拘하고 그의 人間과 創作活動의 밋층
에 血液처럼 남어 잇는 것이다. 한 世代에 華麗하게 登壇햇던 作家
나 詩人의 그 뒤의 努力은 흔이는 이 原則의 宿命에 向하여 企圖하
는 끗 모를 謀叛인 境遇가 잇다.

　★…假令「T·S·엘리엇트」는 어쩔 수 업는 二十年代의 詩人이엿
다. 그의 悲劇은 三十年代의 사람일 수 업는 한 宿命的인 生理에서
온다. 그가 國敎로 달려간 것은 一種의 絕望的인 逃亡이엿다. 「엘리
엇트」와 함께 亦是 二十年代의 사람인 「허버-트·리-드」는 三十年
代에는 美術世界 속에 避身할 수박게 업섯다.

　三十年代는 암만해도 「오-든」 「스펜더-」 等의 것이엿다. 그러나
英詩壇의 다음 時代의 主人은 必是 그들도 아닐 것 갓다. 假令 「에-

츠」 晚年의 「塔」이라던지 「꾸부러진 層層階」 等에 어떤 社會的 關心
이 움지기고 잇섯다고 할지라도 그는 根本的으로는 九十年代의 사람
이엿고 그의 視覺은 九十年代의 原型에서 本質的으로 移動될 수는
업섯는가 한다. 그러므로 「엘리엇트」면 「엘리엇트」 「예-츠」면 「예-
츠」의 文學史的 重要性은 그가 世代的으로 屬햇던 時代와 聯關지어
질 경우에 「클로쓰업」되는 것이고 그 以後의 그들은 비록 그들이 꾸
준히 習作을 계속한다치드라도 文學史的으로라느니 보다는 個人的
傳記로서 興味가 더 클 따름이다. 或은 例外가 잇슬지 모르나 나는
아직 그 例外를 구경한 일이 업다.

　★…新世代라는 말을 한 價値觀念으로 보아서 그런 意味의 新世
代의 存在를 否定하는 見解가 잇다. 或은 그런지도 모른다. 그러나
現象으로서는 (或은 價値上으로는 반드시 노픈 標幟를 보이지 못한
다치드라도) 새로운 生理에 사는 世代가 登場하면서 잇는 거만은 事
實이다. 近年의 이만한 熾烈한 社會的 變化에도　不拘하고 世代의
交代가 오지 안헛다고 하면 이는 이미 定立된 社會法則을 일부러 無
視하는 말이거나 그러치 안흐면 文壇이라는 것을 無感覺한 木偶의
集團으로 생각하는 일이 된다.

　더군다나 「인제 겨우 몇 살인대 벌써 新世代니 舊時代니 하고 가
리려나?」하는 類의 말은 文化史라던지 文學의 社會的 關聯性이라던
지 創作活動의 自己反省의 過程이라던지에 대한 見識이나 體驗과는
全然 因緣이 먼 路傍의 雜談박게는 아모것도 아니다.

　★…「리-드」라던지 「엘리엇트」 等의 觀行現象은 우리 周圍에서도
쉽사리 차즐 수 잇다. 林和氏가 近年에 古典으로 다라던 것 가튼 것
은 顯著한 그 一例다. 永久히 「새로워질 수 잇다」고 생각되는 것은
한 詩人이 世代的으로 時代의 步調가 맛는 동안의 錯覺인 것 갓다.

이런 경우에 이미 世代와 時代 사이에 均衡을 일헛다고 해서 그 當
者를 채찍질만 하는 것은 그리 重要한 일이 아니다. 問題는 새 世代
가 그 自身의 時代的 生理를 가지고 文學史의 다음 「페-지」를 어떠
케 쓰느냐다.

〈조선일보 (1940. 4. 20)〉

詩와 科學과 會話
― 새로운 詩學의 基礎가 될 言語觀

A 진종일
  나룻가에 서성거리다
  行人의 손을 쥐면 따뜻하리라.

吳　章　煥

B 「아, 그래요?」 힐라리는 不快했다.
  「암 그럼, 무슨 험상한 독개비 장난 같구나. 내야 늘 똑같은 모
  양으루 해마다 이러구 있었지만 자넨 볼적마다 아주 달러.
  뒷방에서 豫備學校로 中學校로 大學으로……」
  「그리키두 하군요. 하지만 나는 인젠 그만이얘요」
  그는 좀 意氣등등하게 말했다.
  「천만에 그럴 리 있나. 자네 인젠 結婚할 테지 그렇지 않으면
  수염 길르고……」
  「어림없는 소리」 힐라리는 소리첫다. 「저 좀 봐요 그건 이
  런 시굴 구석에서 살면 하는 일이지요. 무서운 生活. 이 왼통

시굴떠기 小說을 봐요」

Priestley; The Good Companions의 一節

$$\frac{d}{dx}(ax^n)=a\frac{d}{dx}(x^n)=anx^{n-1}$$

2+3=5

여기 세 가지 例가 있다. 하나는 詩, 다음은 日常對話, 셋째 것은 數學의 式이다. 이 세 가지 例를 머리 속에 두고서 이 論文을 읽으면 좋겠다.

一

일찌기 우리는 詩를 言語의 한 形態라 했다. 거기서 言語라고 한 것은 勿論 舊式 言語學者가 말하는 죽은 말의 集團이 아니고 산 말＝다시 말하면 會話를 基礎에 두고 한 말이다. 이런 意味에서 言語는 한 개의 社會的 行動이다. 歷史的 社會라는 一定한 背景 아래서 바꾸어지는 사람과 사람의 交涉이다.

「가－디너－」는 일찍이 Languge와 Speech는 區別되어야 하고 言語學의 主要한 對象은 앞의 것이 아니고 實로 뒤의 것이라고 主張했다. 佛蘭西 學者들이 말하는 Parole이라는 觀念에서 따온 생각 같다. Langue에서 Parole을 區別하는 생각의 뒤에는 言語를 한 固定된 實體로서 取扱하는 낡은 文法觀念과 밋 그 觀念을 基礎로 한 낡은 言語學에 대한 抗議가 숨어있다. 이 抗議는 그러면 무엇 때문에 낡은

言語學이나 文法學을 「낡었다」고 하며 또 그 「낡은 것」 대신에 그 앞에 새로 펼처진 視野만 大體 무었이었나? 그것은 다른 것이 아니다. 言語라는 것이 實際로 이러나는 사람과 사람의 關係와 밋 그 背景을 이루고 있는 歷史的 社會에 눈을 뜬 일에 틀림없다. 그러므로 그것은 十九世紀 以來의 發見이며 特히 「테-느」의 祖國에서 오늘에 이르기까지도 旺盛한 學派의 基礎觀念을 이루었다. 「메이예」 「방드리즈」는 그 代表的 潮流다.

　우리는 그러나 여기서 詩의 「本質」이라던지 「目的」을 물지 않는다. 그것은 그 解答이 實로 百萬人에게서 百萬가지로 달러질 性質의 問題提出인 까닭이다. 「힛틀러」씨는 아마도 詩는 黨을 위하야 있는 것이고 「게르만」의 피를 담는 것을 本質로 삼는다고 말할 것이다. 한편 우리들 중의 어떤 詩人들은 「아름다운 말」이야말로 詩의 本質이요 目的이라고 할른 지도 모른다. 그러나 우리는 여지서 그러한 意見들의 戰爭 속으로 뛰여 드러가는 일의 부질없음을 잘 안다. 다만 詩의 機能을 冷靜하게 살피고 살피므로서 詩의 眞狀에 한 거름 더 가까워 가면 그만이다.

二

　詩를 言語의 한 形態라고 할 때에 그 말은 詩란 사람과 사람의 社會的 心理的 交涉 웋에 成立된다는 뜻이다. 다시 말하면 傳達作用의 한 部門이라는 말이다.

　言語形態로서의 詩와 對立시켜서 생각되는 것으로서 科學的 命題가 있다. 「I・A・리챠-즈」는 科學的 命題와 區別해서 詩를 「假陳述」

이라고 規定했다. 詩와 科學은 서로 敵對해야 할 것이라고 煽動한 것은 主로 十九世紀의 反動的 老人들이였다. 事實 詩人은 이들의 煽動에 誘引되여 産業革命 以前의 封建的 歐羅巴를 노래하므로써 「빅토리아」朝의 얼골 찡그린 老人들에게 아첨했다. 그래서 科學을 否定하고 科學者의 일을 輕蔑하는 것을 神聖한 任務로 여기는 詩的 十字軍은 반드시 오늘의 우리의 周圍에도 그리 드물지 않다. 「유-토피아」를 사랑하는 것은 詩人의 特權이오 科學은 늘 그것을 깨트리는 惡魔라는 誣告가 지금도 가끔 들려온다. 그러나 오늘 와서는 그것은 所用없는 敵意였던 것이 밝혀졌다. 무엇보다도 科學의 世界를 노래하는 詩가 생겼고 또 詩를 對象으로 삼는 科學이 成立되면서 있다는 것은 注目할 일이다.

詩의 危機라는 말이 科學의 勃興이라는 말과 매우 緊密한 聯想을 갖이고 씨어저온 것은 主장 웋에서 말한 誤解의 延長이다. 그래서 文化의 領域에서 詩의 地位를 科學보다는 훨신 밑層에 두어서 甚하면 「풀라토-」의 愚擧를 되푸리 하려는 意見까지 나온다. 그 結果는 오늘의 文化를 더한층 精神的으로 메마른 것을 맨드러 갈 것은 알기 쉬운 일이다. 「리챠-즈」가 「科學과 詩」 속에서 하려고 한 일의 절반은 이러한 偏見을 修正해서 文化의 領域에서 詩에게 適當한 地位를 主張하려는 眼目이 있었다. 그러나 이 課題는 여기서 取扱하려는 範圍를 버서난 社會學的 性質의 것이다. 그것은 딴 機會로 미루고 우리는 詩와 科學的 命題와의 言語形態로서의 機能을 分析, 比較하기로 한다.

①科學的 命題는 늘 一定한 客觀的 事物과 事件을 指示하는 記號다. 그래서 그것은 반드시 이 事物과 事件에 비춰어 檢證될 義務를 진다. 科學的 命題 속에는 勿論 假說이 드러있다. 그러나 그것은 이

미 세워진 體系와의 調和와 밋 必要不可缺이라는 最小限界를 버서날 수는 없다. 그러나 詩는 그러한 檢證의 責任을 지는 일이 없다.

②科學的 命題는 오직 한가지 實로 한가지 일만 明晳하고 判明하게 指示한다. 그러나 詩에 있어서는 그러한 一義性은 要求되지 않는다.

우리가 日常 쓰는 말이란 이런 두 가지 面이 한데 秩序없이 뒤서껴 있는 것이다. 이렇게 雜박한 日常言語의 두 極에 서있는 것이 科學的 命題와 詩다. 다시 말하면 現實的인 言語領域이라는 것은 이 두 極을 안에 쌓고서 그 中間에 日常會話를 안꼬 있는 社會的 現象이다. 그 하나하나는 日常的인 言語의 機能의 두 面 中의 하나를 어떤 目的때문에 醇化한 것에 지나지 않는다. 客觀世界의 認識이라는 目的때문에는 科學的 命題의 形態가 發達되였고 精神生活의 어떤 調整과 滿足을 위해서는 詩가 選擇되였었다. 價値의 形態로서도 科學과 詩는 서로 否定하는 것이 아니고 各各 獨自의 權利를 갖이고 文化의 領野 웋에 對立하지 않고 竝存하는 것이다. 그 일은 마치 같은 言語領域속에 科學的 命題와 詩가 竝存하는 것과 만찬가지다. 文化의 世界에서 詩와 科學의 領分에 대한 뚜렸한 分別이 없었다는 일의 結果로서 이 두 部門의 根據없는 對立이 나타나서 詩의 危機가 警告되였다 함은 앞에서 말했지만 科學的 命題와 詩의 意義學的 分折에 依해서 그 各者에 다른 地位를 찾어내므로써 이 危機를 解消하려고 한 것은 「리챠-즈」의 큰 功績이였다.

科學的 命題와 詩의 機能에 대한 뚜렸한 分別을 갖이지 못한 데서부터 오는 不幸한 結果의 하나는 詩에 向해서도 科學的 命題에 向해서와 마찬가지 責務를 우기는 일이다. 한 篇의 詩는 客觀的으로 움지기고 있는 主로 어떤 社會的 事實을 記述해야 한다는 것이다. 그

것은 차라리 그릇된 科學의 模倣이다. 科學의 숭내를 내는 동안에 어느새 詩가 蒸發되여버린 것을 論者는 發見할 것이다.

三

「리챠-즈」가 詩의 機能을 分折해서 보여주므로써 文化의 全分野에서 詩의 地位를 擁護하는 것과 바로 對稱되는 地點에서 言語의 한 形式으로서의 科學的 命題의 機能과 限界를 밝히므로써 自然科學과 文化科學의 統一이라는 新「칸트」派 以來의 宿題마저 解決지으려는 努力이 있다. 「윗트겐슈타인」을 先驅로 하는 「비엔나·써-클」의 運動에서 비롯해서 「카르납프」의 物理語(피지칼리즘)의 提唱과 밋 言語의 論理的 構造의 分折이 그것이다. 오늘은 「쉬카고」大學을 根據로 亡命學者 「카르납프」 「노이랏트」 等이 中心이 되어있는 科學統一運動에게 繼承되였다. (그들의 이른바 論理的 實證主義에 대하야는 稿를 달리해서 論하련다)

事實 오늘의 文化科學을 自然科學보다 뒤떠러지게 하고 있다. 原因의 하나는 文化科學이 아직도 整理하지 못한 粗雜하고 朦朧한 그 語彙와 語法의 雲霧다. 가령 한 術語가 여러 개의 意味를 겹처 갖이고는 筆者를 따라서 各々 다른 面이 高調되여서 씨어지면서도 오직 綴字가 같다는 까닭으로 해서 우수꽝스러운 論爭을 이르키기도 한다. 어떤 때에는 答案을 갖이고 다투 것이 아니라 똑같은 解答에 이르는 두 가지의 運算方式의 하나에 各々 依據하면서 運算은 오직 한 가지뿐이라고 부질없이 固執한 境遇를 우리는 흔히 보아왔다. 그 일은 主로 文化科學이 自然科學처럼 數學의 記號를 그대로 全面的으로

採用하지 못하고 綿密한 科學的 道具에서 距離가 먼 日常言語를 그 用語로 쓰고 있는 現狀에서 오는 것이다. 萬答에 文化科學이 그 相互間에는 勿論 自然科學과의 共通된 關心 아래서 그 用語의 語彙를 一義的으로 整頓하고 아울러 統一된 文法을 세운다면 더한층 높고 完成한 段階로 더 빨리 올라설 것은 自然한 趨勢다. 文化科學의 여러 分野에서 그 發達를 阻害하는 要素는 實로 적지 않게 그 속에 남겨 갖이고 있는 形而上學的 殘滓다.

그런데 論理的 實證派의 일 中에서도 여기서 重要한 것은 이러한 一般論보다는 그들의 科學的 命題와 形而上學的 命題의 鮮明한 區分이다.

科學的 命題라고 하는 것은 客觀的 檢證을 할 수 있는 命題다. 그러므로 神學속에는 科學的 命題가 한 줄도 없을 것이라. 「카르납프」는 形而上學的 「쎈텐쓰」들은 似而非 「쎈텐쓰」라고 불렀다.

그런데 이 見解의 重要한 未完成部分은 形而上學的 命題의 言語形態로서의 機能에 대하야는 注意하지 않은 點이다. 形而上學이 學問이 아니라는 것은 우리도 指摘한 바다. 形而上學이 學問을 假裝할 때에 그것은 매우 危險한 불작난을 하는 것이 된다. 論理的 實證派는 形而上學이 學問으로서는 설 수 없다는 것을 구쎄게 主張하려는 나머지에 形而上學의 社會的 役割과 밋 言語形態로서의 面은 미저 보지 못하고 形而上學을 全面的으로 否定한 느낌이 없지 않다. 그것은 一種의 汎科學主義다. 「리챠-즈」가 詩와 밋 言語의 情緒的 機能의 强調에 너무 熱中한 나머지 文化에 있어서의 詩의 地位를 不當한 寶座에까지 끌어올 것과 좋은 對照다. 이것은 汎科學主義에 대한 汎詩主義다.

四

　우리는 이 두 極端의 한 편에 서서 다른 한 편을 否定하는 態度는 獨斷이라고 생각한다. 우리는 우리들의 精神生活의 어느 分野의 滿足을 위해서는 詩를 찾고 自然現象의 精密하고 確實한 認識의 記號로서는 科學的 命題를 쓰고 日常의 對人交涉을 위해서는 日常會話를 하면 그만이다. 混亂은 言語의 이 세 形態가 함께 있는 데서 오는 것이 아니라 이 세 形態의 機能에 대한 뚜렸한 分別을 갖이지 못하는 데서 온다.

　科學的 記述이라던지 또 學問上의 論爭에 詩的 表現을 쓰는 것은 科學에 대한 神話의 反動의 한 形式일 것이다. 오늘의 形便으로는 日常用語를 科學的 記述에 많이 쓸 수밖에 없으나 그럴 때에는 意味의 曖昧를 갖어오지 않도록 概念을 規定하고 해야 할 것이다. 論爭인 境遇에는 더욱 그렇다. 우리 意見으로는 假令 文藝批評도 文藝作品의 效果라는 對象을 取扱하는 以上 그 用語는 늘 科學的 命題일려고 힘써야 하리라 믿는다. 오늘의 文藝批評에서 사람들이 좀더 冷靜할 수가 있다면 그래서 用語를 客觀的일 수 있게 힘쓴다면 必要없는 惡意와 誤解는 적지 않게 사라질 것이다. 우리가 한 人間으로서 人間과 交涉할 때에는 認識에 關한 일뿐 아니라 그보다도 훨씬 더 넓은 範圍로 情意的 方面의 交涉이 잦고 또 緊念하다. 이러한 複雜한 人間의 交涉(交通)의 道具로서 쓰이는 日常會話는 到底히 單純한 科學的 命題만으로 足할 수가 없다. 日常會話는 더욱 含蓄이 깊고 많어서 無妨하다. 다만 日常會話가 그대로 科學的 命題인 체 할 때는 마치 迷信이 知識인 체 行勢하려는 것과 마찬가지가 된다.

「말해질 수 있는 것은 分明하게 말해질 수 있다. 그래서 말할 수 없는 일에는 잠잠하여야 한다」

라고 한 「윗트겐슈타인」의 말은 科學의 世界에서의 日常的인 饒舌을 警戒한 말이다.

그러나 日常會話에 있어서 어떤 客觀的인 事態나 事物이나 事件에 말이 미칠 때에는 늘 正確을 期해야 할 것은 한 개의 「모랄」이다.

詩는 勿論 日常會話에 그 基礎를 둔 것이나 客觀世界에 關한 知識하고는 아모 關聯이 없다. 다만 사람의 心的 態度의 어떤 調整에 奉仕할 뿐이다. 넓리 認識의 部面과 情意의 部面으로 우리에 心的 活動을 便宜上 난우어 놓으면 情意의 部面에 끈치는 것이다. 여기 古典主義的 主知主義的인 意圖 아래서 設計된 詩가 있다. 그것은 일부러 情意를 避한다고 宣言한다. 假令 「T·S·엘리엇트」가 그렇고 「T·E·흄」이 主張하는 幾何學的 藝術의 同類가 될 詩가 그렇다. 그러나 그들이 꺼려서 避하려고 하는 것은 感傷에의 沈沒이였다고 생각한다. 그러한 詩라 할지라도 客觀的인 知識하고는 아모 關聯이 없다. 假令 「엘리엇트」의 「窓머리의 아츰」은 倫敦 거리의 客觀的 眞實을 追求하는 記述하고 무슨 關係가 있느냐? 다만 그 作品이 우리의 마음에 이르키는 어떤 內部的 態度의 調整이 있을 뿐이다. 그러므로 主知主義의 詩에 있어서조차 그것이 關聯하는 것은 知識이 아니고 知性(例를 들면 影像의 新奇, 鮮明이라던지 메타포아 쌔타이어 유머-의 認知 等等)에서 오는 內部的 滿足이다.

五

言語의 여러 形態가운데서 하나만 固執하는 것은 우리가 取하지 않는 길이다. 여러 形態를 한가지로 認定하되 그 하나하나의 機能을 밝히 認識하고 賢明하게 分揀해 써나가는 것이 問題다. 이것은 別것이 아니라 言語를 모―든 迷信과 倫理와 偏見에서 떠나서 科學的으로 把握하는 일에 틀림없다. 科學的 詩學은 言語의 論理的 構造의 分析과 함께 言語에 대한 神話를 깨트리고 그대신 科學을 갖어올 것이다. 그 어느 것에 있어서도 言語는 한 道具로서 그 機能을 通해서 取扱될 것이다.

言語가 客觀的인 實體처럼 생각되는 것과는 달러서 一定한 歷史的 社會를 背景으로 그것을 通해서 이러나는 人間的 交涉이라는 角度를 通해서 言語는 觀察될 것이다. 다시 말하면 言語는 意味의 傳達道具로서 取扱될 것이다. 그 意味라는 것은 一定한 社會的 關係에서 構成되여서 實際에 있어서는 個個人의 心理的 交涉으로 나타나는 것이다. 이런 意味에서는 새로운 詩學 卽 科學的 詩學은 넓은 意味의 言語學의 特殊部門을 이룰 것이다.

이 論文의 첫머리에 우리는 세 가지 例를 들어 놓았다. 그 세 例를 두 번 세 번 읽으면 讀者는 반드시 이 論文에서 筆者가 말하고 主張하려는 것이 言語의 지극히 平凡하고 親近한 實際에서 出發된 것임을 首肯할 줄 믿는다.

〈人文評論 (1940. 5)〉

詩의 將來

近代하고 하는 破廉恥한 商業의 時期를 一貫해서 詩는 늘 동떨어진 곳에서 孤獨할 박게 업섯다. 破廉은 그가 벌써 集團의 燦然한 部分도 아니오 中心도 아닌 데서 온다. 이르는 곳마다 잇는 것은 갈라지고 흐터진 個人뿐이다. 르네쌍쓰의 初期에 잇어서는 詩人은 오히려 集團의 豫言者요 時代의 先驅일 수 잇섯다. 그에게 잇서서 한가지 매우 有利햇던 것은 그 때의 歐羅巴는 비록 「카톨리시즘」이던 「푸로테스탄티즘」이던 基督教라고 하는 共通된 精神的 地盤을 골고루 난호아 가지고 잇섯던 일이다. 「단테」라든지 나려와서는 「밀튼」의 成功은 그들이 「近代精神」을 神의 손을 거쳐서 뿌린데 잇지 안헛는가도 생각된다.

그러나 어느듯 詩人은 「近代」의 힘찬 突進에서 뒤떠러진 한 힘업는 구경꾼이엿고 부질업시 中世를 그리는 悲歎者가 되엇다. 現代의 詩人은 드디어 「近代」에 대한 激烈한 否定者요 批判者요 諷刺者로서 登場햇다. 그들은 精神的으로는 現代 그것 속에 關聯을 두지 못한 永久한 亡命者엿다.

이러한 精神的 亡命者의 눈이 그 自身의 안으로 向할 때에 거기 일어나는 것은 沈滯한 自己分裂일 박게 업다. 「뽀-드레르」에서 시작된 이 쓰라린 問題는 오늘에 이르러서도 敏感한 詩人들이 드디어 逃亡하지 못하고 잇는 煉獄인 채로 남어잇다.

그의 눈이 박그로 向할 때 그는 痛烈하게 世上을 罵倒하고 꾸짓고 嘲笑할 박게 업섯다. 여기 近代詩의 한 連綿한 傳統이 잇다. 그것은 늘 反動의 精神에 타고 잇섯다.

어떤 閑暇로운 層에 慰安을 提供하는 것을 任務로 삼는 詩人도 잇섯다. 그것은 아마 保安警祭의 興行係의 事務에 통할지는 몰라도 詩의 論證과는 관계 업는 일이다.

또 어떤 素朴하고 單純한 情緒에 依支하여 살아가는 詩人이 잇다. 우리는 그를 가르쳐 幸福한 詩人이라고 햇다.

또 技巧의 細工에 依한 末梢神經의 氣脈으로 延命하는 詩人도 잇다. 神經의 磨滅을 따라 그 뒤에 오는 것은 곳 疲勞일 것이다. 그러나 歷代 詩人과는 調和할 수 업섯던 「近代」라는 世界는 實로 바로 우리의 눈 아페서 드디어 破局에 부디첫다. 그것은 “近代”그것의 內部의 部分的인 어느 時代의 局部의 破綻이라든지 그런 것이 아니다. 實로 「近代」 그것의 全部를 한데 묵거서 歷史는 그것을 한 決定的인 試鍊 속에 던젓다. 世界史는 更新되어야 하겟다는 것 또 更新의 첫 徵兆는 벌써 보이고 잇다는 것은 오늘 와서는 한낫 豫言이 아니고 嚴肅하게 橫行하는 現實이다. 時代는 詩가 겨을르게도 어떤 單調로운 情緒라든지 末梢神經에 支持되고 잇는 것을 許諾할 상 십지는 안타. 그것은 모두 患者가 가지는 症候이다.

時代와 詩人의 끗업는 對立은 詩人의 精神속에는 莫甚한 不均衡을 結果햇다. 現代詩人의 危機意識이라는 것은 精神的 均衡에 대한

渴望과 同時에 絶望에서 온 것인가 한다.

그러면 그는 그의 精神的 均衡의 支點을 언제까지고 求할 길이 업섯는가? 「近代」가 繁榮하는 동안 그것은 詩人에게 滿足한 解答을 줄 理 업다. 詩人은 自身을 위해서 世界를 위해서도 「來日」을 發見해야 햇다. 그것은 다름 아닌 한 時代를 사는 사람의 歷史的 自覺과 洞察과 豫感에 依하여 부짭은 生存의 信念이다. 그것은 決코 生活의 信念을 가르친 것이 아니다. 生活조차를 던저 버릴 수 잇는 生存의 信念이다. 그것은 또한 單純한 客觀世界의 槪念的 構成이 아니다. 그러한 槪念的인 思想의 砂土에서 詩가 발러 버린다는 것은 우리가 體驗을 거처서 겨우 어든 貴重한 收穫의 하나다. 現實의 事態가 刻刻으로 터트리는 霹靂은 모-든 地上에 住民의 精神에 수업는 龜裂을 남것다. 그것은 早晚間 메워저야 할 洞穴들이다. 이러한 精神의 形體를 收拾해서 그것에 均衡을 주고 來日과 오늘 사이에 跡理를 構成하여 거기서 生存의 理由와 보람을 차저서 보여 줄 수 잇는 것만이 오늘 와서는 生存의 信念일 수 잇다.

우리는 透明한 知性만이라고 하는 것이 時代의 激動 속에서는 얼마나 쉽사리 부서질 수 잇다는 것을 눈으로 보아 왔다. 知性과 情意의 世界를 아직 갈라서 생각한 것은 낡은 要素 心理學의 잘못이엿다. 精神을 肉體에서 갈라서 생각하는 것도 오래인 形而上學的 假說이엿다. 詩는 그 어느 하나에만 依存하지 안는다. 바로 그것들을 統一한 한 全體的 人間이야말로 詩의 宮殿이다. 그리고 이러한 全體的 人間이 時代時代의 激流속에서 한 全體로서 體得하는 均衡—그것이 바로 오늘의 詩人이 그 內部에서 熾烈하게 차저 마지 안는 일이다.

同時에 外部에서 時代가 詩人에게 向해서 바라는 것은 詩人을 通하여 歷史를 豫感하려는 일이다. 詩人은 다시 戀戀하게 要謠되고 잇다. 그는 마치 中世가 바루 끗나려 하고 또 近代가 胎動할 지음에 興奮에 싸여서 登場한 것처럼 또다시 近代의 終點 새로운 世界의 未明속에 서지나 안헛슬까?

歷史의 轉機라고 하는 것은 決코 한 天才의 손으로 處理되지는 안헛다. 늘 集團의 參與에 依해서 推進되엇다. 오늘 歐羅巴에 잇서서만 해도 世界史의 새로운 展開를 위한 여러 民族의 한데 엉켜서 演出하는 深刻한, 繼慄을 보라. 새로운 世界는 實로 한 天才의 머리 속에서 비저지지는 안는다. 차라리 各 民族의 體驗에 依해서 열어지는 것이다.

詩人의 孤立은 끗나 조흘 때가 온 듯 하다. 나는 그러케 느낀다. 崔載瑞氏는 "詩壇 三世代" 속에서 「모더니즘」이 問題되어야 할 것을 示唆하엿다. 그 一文만으로는 어떠케 問題되어야 하겟다는 方向이 分明치 안엇다. 나는 「모더니즘」뿐 아니라 오늘의 詩가 똑 가치 反影될 根據와 必要를 여기 두어야 하리라고 생각한다.

詩壇에는 近年에 와서 一聯의 어두운 노래가 盛行햇다. 그것은 어느새 「센티멘탈리즘」의 再生인 듯한 印象조차를 주기 시작한다. 다시 말하면 暗黑은 暗黑인 때문에 變玩되고 絶望조차가 戀慕되는 듯 하엿다. 그것들이 集團의 體驗으로 深化되지 못하는 동안은 激情의 「딜렛탄티즘」에 끈치고 말 것이다.

어떤 政治家가 適確하게도 「複雜怪奇」하다고 形容한 이 轉換期의 複雜怪奇한 雲霧를 뚫코 詩는 어쨋던 적으나마 끈임업는 閃光이라야 하겟고 그리하므로 새로운 時代의 傳令일 수 잇고 또한 다시 集團의 所有로 돌아갈 것이다.

〈조선일보 (1940. 8. 10)〉

朝鮮文學에의 反省
— 現代 朝鮮文學의 한 課題 —

우리 新文學이 시작된 후 항용 三十年의 時日이 지나갔다고 한다. 三十年이라고 하면 西洋流로 치면 겨우 한 世代다. 그러나 우리가 이 三十年 동안에 겪은 文學的 經歷은 實로 몇 世代가 아니라 三四世紀에 匹敵한다. 西洋에 있어서 또 所謂 九十年代 이후라고 하는 것은 거진 十年만식에 世代가 바뀌었다. 그것은 勿論 文明의 進展이 加速度的으로 急激해가는 때문일 것이다. 그러나 우리의 境遇는 그것과는 달라서 다만 後進社會의 當然한 欲求로서 現代文明을 集約的으로 效果的으로 또 될 수 있는 대로 짧은 期間에 吸收하여 그 水準에 하로 바삐 到達하려 함이였다.

朝鮮에 있어서의 지금까지의 新文化의 「코-쓰」를 한마디로써 要約한다면 그것은 「近代」의 模倣이였다. 模倣이라는 말이 誤解될 염려가 있다고 하면 「近代」의 追求였다. 따라서 이른바 新文學의 發生 當初의 그 性格은 西洋에 있어서의 「르네쌍쓰」와 符合되는 點이 많다. 그도 그럴 것이 「르네쌍쓰」는 近代精神의 發祥이였고 「近代」를 追求하는 後進社會가 于先 「르네쌍쓰」의 精神과 方法을 採用한 것은

極히 自然스러운 일이였다.

近代 市民社會의 「이데올로기」로서의 近代精神의 發芽였던 「르네쌍쓰」의 特徵으로서 「世界와 人間의 發見」을 든다. 이렇게 새로 發見된 人間이란 個性있는 한 不可侵體였고 啓蒙時代에 이르러서는 理性의 일홈에 依하여 絶對化한다. 또 近世의 초 시작에는 여러 나라 나라의 民族國家의 形成運動으로 해서 歐洲地圖는 여러 토막으로 갈라지면서도 「人間의 福音」은 商人들의 배에 실려 國境을 너머 서로 往來했을 뿐 아니라 全世界에 汎濫하기 시작했던 것이다. 商業의 새 市場은 곧 多少間의 「르네쌍쓰」의 領土이기도 하였다. 商品이 이렇게 「近代」 그것의 形成과 實로 密接하게 結婚하고 있었다는 것은 자미있는 일이다.

이렇게 「르네쌍쓰」의 世界化의 過程은 近代市民社會 自體의 宿命的인 意慾이였다. 商品과 資本은 간단없이 國境을 뛰여너머서 모든 未開大陸 或은 島嶼에 「近代」를 扶植하면서 도라댕겼다. 그래서 이 近代文化의 뜻하지 아니한 宣敎師들이 처음 갖이고 드러간 것은 다름 아닌 「르네쌍쓰」의 福音이였다. 그리하여 「近代」는 實로 世界的 規模로 進展하면서 있었다.

伊太利 그 중에서도 「피렌체」에서 端을 發하여 西歐 諸國을 휩쓸고 다음으로는 東洋의 諸後進民族에 까지 흘러온 「르네쌍쓰」의 流域을 더듬어보는 것은 文化史의 자미있는 課題의 하나일 것이다. 이러한 「르네쌍쓰」의 傳播에 있어서 적지 않게 媒介의 勞를 다한 것은 基督敎會였다. 元來가 그것은 世界宗敎여서 羅馬의 世界國家의 한 괴목으로서 採用된 것도 그 때문이다. 近世에 드러와서 新敎의 分裂 國民敎會의 分立 等이 있으면서도 그것의 世界性이라는 根本性格에는 變함이 없었다. 그래서 宣敎師들의 등뒤에는 어느듯 商人이 대선

것과 마찬가지로 「르네쌍쓰」의 精神이 또한 그들의 등에 의지하여 後進民族 속으로 드러갔던 것이다. 말하자면 宣敎師는 「르네쌍쓰」의 또 하나 뜻하지 않은 使徒였든 것이다.

二

李太王의 卽位로써 비롯하는 朝鮮最近世史는 다름 아닌 隱士國 朝鮮이 담을 너머 드러오는 이른바 「近代」를 어쩔 수 없이 맞어 드리기 시작하여 爾來 意識的 또는 無意識的으로 그것을 追求해 온 時期였다. 李朝는 一貫하여 支配해 오던 儒敎文化에 反旗를 든 全然 異質의 文化가 낡은 文化의 支礎를 파 드러가기 시작했던 것이다. 人間 本位의 이 世界的인 近代文化의 先鋒이 낡은 文化와 부대처서 이곳에서처럼 悽慘한 피의 祭典을 演出하고 苦鬪한 類例는 드물 것이다. 생각하면 主로 十九世紀 後半에 或은 宣敎師 或은 武裝商船을 거처서 片鱗的으로 흘러 드러온 「近代」라는 全然 빛다른 世界에 向해서 李朝 五百年의 가즌 惡夢에 찬 固執한 隱遁者가 한 일은 實로 門을 굳게 닫고 死力을 다하여 그것을 排除하는 일이였다. 日韓合倂으로써 끝나는 李朝 最後의 約 半世紀間은 朝鮮이 그 自身의 近代化를 必死的으로 回避하려고 하여 비저낸 世界文化史上 沈痛한 「동키호-테」의 再演이였다. 十八世紀의 저 佛蘭西의 「앵시클로페디스트」에도 匹敵할 丁若鏞 等의 啓蒙思想 金玉均 等의 政治的 改革運動은 그 無謀한 反動者들의 갓신에 짓밟혀 그만 죽어 버렸다. 게다가 또 當時 太平洋의 西岸을 舞臺로 하고 이러난 國際間의 錯雜한 角逐은 드리여 이 頑固하고 貧寒한 地帶를 돌볼 餘裕가 없이 되었다. 朝鮮

의 近代化를 더디게 한 또 한가지 條件은 朝鮮이 「近代」와 接觸한
것이 直接的이 아니고 大部分은 日本이나 淸國을 거처서 한 間接的
交涉이였던 일이다. 卽 刺戟은 皮膚에 곧 부다친 것이 아니라 늘 소
문의 形態로 傳해 왔던 것이다. 여러 차례에 걸친 이른바 洋夷의 侵
犯으로 하여금 그 直接的인 契機를 만들기에는 江華 守備가 지나치
게 强하였고 平壤 亂民의 돌팔매가 너무나 熟鍊하였던 것이다. 이리
하야 가장 順調롭고도 急速해서야 할 朝鮮의 近代化라는 課題는 그
첫거름에서부터 不具한 모양을 띠였다. 彼女의 最初의 世界史的 登
場은 할 수 없이 觀衆의 嘲笑와 識者의 痛嘆을 뒤집어 쓸 밖에 없었
다.

三

그러나 잠시 열렸다 다쳤다 하는 동안에 배좁은 門틈을 새여 드러
오고 또 維新 日本을 거처 밀려드러온 「近代」의 閃光은 드디여 開化
思想이라는 形態로 차츰 헝우리와 틀이 잡혔던 것이다. 다시 말하면
한 必須한 過程으로서 朝鮮에도 「르네쌍쓰」는 彼女 自身의 好惡에
不拘하고 進行되기 시작한 것이다. 新文學의 發生은 朝鮮에 있어서
의 「르네쌍쓰」精神의 한 發花였고 나중에는 차츰차츰 그것의 가장
뚜렸하고 重要한 部面으로 發展하였다.

朝鮮에서 이 「르네쌍쓰」가 싸워야 할 첫 敵國은 그것의 앞길에 頑
强하게 막아선 封建的 儒敎的 舊思想이였다. 그것은 李朝 五百年間
朝鮮社會의 骨髓에 매치고 細胞에 슴인 致命的인 毒素였다. 그러한
觀念形態의 魔術的 表現手段은 다름 아닌 漢文이였다.

「르네쌍쓰」의 가장 굳센 한쪽 날개였던 新文學은 舊思想과 決戰

하는데 있어서 그 새로운 武器로 採用한 새로운 表現手段은 諺文이었고 口語였다. 반드시 곧 그대로 口語가 아니였다고 할지라도 적어도 口語에의 意慾이 밑에 숨은 過渡期的 形態로서의 文語였다.

開化思想이 바라마지 않은 것은 近代思想 乃至 精神이라는 한 新鮮한 世界觀 人間觀 思考方式이었는데 이렇게 새로히 發見된 人間이 그 自身에 알맞는 表現手段으로 가지려 한 것은 當然한 일이였다.

西歐 諸國에 있어서 近世初에 그때까지도 國家나 敎會의 公用文이고 또 唯一한 學術語였던 「라틴」을 물리치고 各各 그 自身의 方言을 根據로 標準語를 形成해간 것과 이 땅에 있어서도 亦是 唯一한 學術語요 公用文이였던 漢文의 桎梏을 버리고 朝鮮말로써 새로운 時代와 民衆의 가장 自然스럽고 適切한 表現 傳達의 手段이라고 自覺한 것은 서로서로 符節이 맞는다. 지금의 英語, 獨語, 佛語와 밑 그 文學들은 이러한 共通된 自覺에서 發生한 것으로 伊太利에서조차 本來의 「라틴」은 어느듯 밀려가고 口語로 남은 「라틴」俗語에 基礎를 둔 새로운 言語로서의 오늘의 伊太利語를 形成함에 이르렀던 것이다. 우리 小說이나 詩가 意識的으로 漢文字나 漢文口調를 排擊하는데는 이러한 歷史的 意義가 깃드려 있었던 것이다. 오늘에 이르기까지도 小說이(勿論 그 前身인 이얘기冊이 純諺文으로만 씨어졌다는데도 까닭이었겠지만) 늘 純諺文으로 씨어지고 있는 것은 반드시 홀홀하게 여길 일이 아니다.

이렇게 開化朝鮮이 그 自身의 言語와 밑 그것에 依한 文學을 樹立하였다는 것은 朝鮮文化史上 劃期的인 成果였던 것이다.

四

　近者 林和氏의 新文學史 硏究로 現代小說의 어머니로서의 이른바 新小說의 性格이 매우 闡明되었는데 그것은 거진 共通하게 「유토피아」的 要素가 中心契機가 된 것으로써 우리 밖에 있는 「놀라운 새계」—卽 文明社會로 向하여 好奇와 驚異의 눈을 뜨고 있었다. 新舊 두 對蹠되는 精神의 葛藤—卽 中世와 近代의 鬪爭같은 것이 作品의 機軸이 된 것은 亦是 春園의 一部의 作品에서 시작된 듯하다. 새로운 文學이 바라고 힘쓴 일은 오로지 封建的 「이레올로기」를 부서버리는 일 儒敎的 秩序 永久한 停滯에서 身分的 拘束에서 人間을 解放하는 일이였다. 權利와 創造의 主體로서의 個性의 主張이였다.

　그러나 우리 新文學의 「이데—」는 決코 이 初期의 段階에 그리 오래는 머물지 않었다. 그것은 西歐가 이미 五世紀나 六世紀를 두고 거러온 近代文學의 形成過程을 그대로 더듬어 速成해야 했다. 實로 三十年이라는 짧은 동안에 그것을 卒業해야 할 벅찬 짐을 걸머지고 있는 것이다. 우리 新文學史가 나이로는 극히 어리면서도 그 內容에 있어서는 西歐諸國의 近代文學史 全部에 匹敵하는 複雜性을 가지게 되는 것은 그 때문이다. 그래서 小說에 있어서는 人道主義 自然主義 寫實主義 傾向文學 印象主義 心理主義, 詩에 있어서는 魯漫主義 象徵主義 社會派 「모더니즘」… 이렇게 最近 歐羅巴文學이 體驗한 內容을 우리도 또한 그러나 자못 倉惶하게 바삐바삐 消化된 狀態에서 或은 체한대로 받어드려야 했다.

　그러면 오늘의 우리 文學은 近代精神을 完全히 부짭았으며 그것을 體現하였는가? 그래서 二十世紀的 段階에까지 到達하였는가? 이렇게 스스로 물어볼 때에 遺憾이나마 우리 生活과 思考 思考와 生活 사이에는 中世와 近代의 틈아귀가 그대로 남어 있는 구석이 있으며 또 한 精神 속에도 封建思想과 人文主義가 同棲하며 한 作家나 詩人 의 文學 속에 十九世紀와 二十世世가 뒤섞여 있으며 한 象徵詩人 속 에 魯漫派와 民謠詩人과 流行歌手가 겹처있는 것조차 우리는 到處에 서 쉽사리 구경한다. 그러면 이러한 混沌과 「아나르시」는 大體 어디 서 오는 것일까? 以上에 나는 그 原因으로 생각되는 點 몇 가지를 들어보련다.

첫재=남은 實로 여러 世紀를 거처 必然한 發展의 結果로 얻은 열매를 우리는 極히 짧은 동안에 模倣 或은 輸入의 形式을 거처 速成 해야 하는 東洋的 後進性 때문인가 한다.

둘재=보다 더 根本的인 原因으로 文化 全般의 地盤을 이루는 朝鮮社會 그것의 近代化의 過程이 遲遲할 뿐 아니라 正常的이 아니였 다는 것을 드러야 하리라고 생각한다. 그것은 于先 生産組織을 近代 的 規模와 樣式에까지 끗끗내 發展시키지 못하고 있다. 高度로 發達 된 生産의 近代的 技述은 오직 傳說이나 逸話로밖에는 우리에게 알 려지지 못하였다. 그와 反對로 消費의 側面에서는 모-든 近代的 刺 戟이 거진 남김없이 日常生活의 全面에 뻗어 드러 온다. 말하자면 「近代」라고 하는 것은 實은 우리에게 있어서는 消費都市와 밑 消費 生活面에 「쇼-윈도-」처럼 斷片的으로 陳列되였을 뿐이다.

五

이러한 土壤 우에서 近代精神의 整然한 發花를 바라는 것은 오히

려 無理다. 그러나 우리는 이러한 現狀에 반드시 失望만 하는 것은
아니다. 우에서 말한 것은 勿論 槪括的인 記述이고 別個的으로는 近
代精神의 正確한 把握者를 찾을 수 있으며 또 그것의 發現인 文學도
指摘할 수가 있다. 混沌은 차츰차츰 秩序로 向하여 整頓될 것이다.
歷史는 반드시 事實만의 堆積이 아니고 거기는 創造의 意志가 參與
하고 餘地가 있는 것을 알기 때문이다. 뒤떠러졌다는 일만은 그러므
로 그리 큰 일을 아니다. 그 民族이 創造的 熱意와 前進의 意志에
불타는 동안은 若干의 後進性쯤은 克服될 수 있을 것이다.

  當場의 問題는 그러나 그런데만 있는 것이 아니다. 實은 엉뚱한
딴 곳에서 튕겨저 나왔다. 그것은 이것이다. — 우리가 開化 當初부
터 그렇게 熱心으로 追求해오던 「近代」라는 것이 그 自體가 한 막다
른 골목에 부대쳤다는 것 바로 그 일이다. 그리하여 「르네쌍쓰」 以
來 오늘까지도 近代社會를 꾀뚫고 나려오던 指導原理는 그것에서 演
繹할 수 있는 모-든 答案을 남김없이 꺼집어 내놓아 보였다. 그래서
얻은 最後의 解答이라는 것이 結局은 近代라는 것은 이 以上 발하나
옴겨 놓을 수 없는 狀態에 다다렀다는 深刻한 印象이다. 巴里의 落
城으로써 가장 象徵的으로 表現된 困惑이 바로 그것이다. 일찍이 李
源朝氏는 우리 論壇의 原理의 喪失을 痛歎하였다. 原理의 喪失이란
다름 아닌 思想의 喪失이라고 하면 오늘 남은 것은 思惟만의 形骸라
는 것이 우리 自身의 소김 없는 素描일 것이다. 最近 十年間 우리가
걸어 드린 여러 가지 思想 「모더니즘」 「휴매니즘」 「行動主義」 「主知
主義」 等等은 어찌 보면 戰後 歐羅巴의 허잘 수 없는 呻吟소리였으
며 「近代」 그것의 末期的 痙攣이나 아니였든가? 그렇다면 大體 지난
十年 동안의 우리의 努力은 무어이였나? 우리는 저도 모르게 한낫
混沌을 模倣한 것이며 열매 없는 徒勞에 끊지고만 것일까? 그것을

肯定하는 것은 그러나 早急한 判斷일까 한다. 以上의 混沌이 「近代」 그것의 避할 수 없는 過程이라면 우리에게 있어서 그것은 차라리 未來를 원한 값있는 한 體驗이였을 것이다. 우리는 거기 받힌 精神과 時間의 消耗를 굳이 後悔할 것은 없다. 다만 그것들을 應酬할 적의 우리의 態度가 그것들을 體驗에까지 深化할 수 있도록 眞摯하였든가 또는 한낫 輕薄한 模倣行爲에 끊졌는가 하는데 따라서 그것들은 或은 우리 文學과 精神 속에 좋은 肥料로서 沈澱할 수도 있었고 或은 한낫 지나가는 바람결이 되고 말 수도 있었을 것이다.

六

나는 앞에서 우리는 或은 지난 十年 동안 西洋의 混沌을 模倣하지나 않었나 하는 疑問을 걸어보았다. 事實 오늘에 와서 이 以上 우리가 「近代」 또는 그것의 地域的 具現인 西洋을 追求한다는 것은 아모리 보아도 우수워졌다. 「유토피아」는 뒤집어진 세음이 되었다. 歐羅巴 自體도 또 그것을 追求하던 後列의 諸國도 지금에 와서는 同等한 空虛와 動搖와 苦悶을 가지고 「近代」의 破産이라는 意外의 局面에 召集된 세음이다.

벌써 한 地域만을 料理할 수 있는 原理의 成功이라는 것은 可望이 없다. 그것은 早晩間 世界的 規模에서 試鍊을 이기고 勝利를 證明하기까지는 오늘의 原理라고 불리워질 수가 없다. 이런 意味에서 우리는 오늘을 單純한 西洋史의 轉換이라고 부르지 않고 보다 더 含蓄있는 意味에서 世界史의 轉換이라고 形容한다. 또 原理의 發見이라는 世界史的 契機는 반드시 歐羅巴만의 當面한 特權이 아니다. 웨 그러냐 하면 終點에서는 先後의 區別없이 한데 모여서게 되는 것이고 同時에 새로운 出發點에서는 한 例에 설 수 있는 때문이다. 우리의 焦燥와 興奮은 實로 여기 由來하는 것이다.

그렇다고 해서 오늘 기우러저 가는 「近代」그것에 罵叱이나 嘲笑만 퍼붓는 것은 그리 자랑이 될 것이 없다. 그것은 거리의 야지軍조차 쉽사리 할 수 있는 일이다. 차라리 우리는 前보다도 더 周密한 觀察과 反省과 計量을 준비해야 할 때다. 우리는 지나간 三十年 동안의 우리 自身의 體驗을 土臺로 「近代」그것을 다시 綿密하게 檢討할 必要가 있겠다. 個人主義 自由主義 民主主義 等等 「近代」를 指導하던 뭇 原理는 벌써 休紙가 되였다 한다. 이 뭇 原理는 흘러간다 할지라도 「近代」의 基礎에 가로 누은 이른바 近代精神 그것 속에는 勿論 버릴 것도 많겠으나 한편 추려서 새時代에 遺産으로 넘길 部分은 무엇무엇일까? 가령 事實의 正確한 計算과 法則에 대한 熱烈한 傾倒로써 表現할 수 있는 科學精神은 「近代」그것의 淸算場에서 어떻게 取扱되어야 할 것인가? 그것은 近代文明 그것의 錯雜巨大한 構造의 技師가 아니였던가? 그것을 부려온 雇主의 失策은 오늘 와서는 감출 수 없으나 그렇다고 해서 技師의 知識과 智慧의 産母인 科學精神조차를 告發하려는 것은 無謀나 蠻勇이 아닐까? 잘못된 것은 雇主의 意慾이였다. 새로운 世界의 構想에 있어서도 科學精神은 依然히 가장 正確한 指標일 것이고 또 科學은 가장 信賴할 수 있는 助言者일 것이다.

또 近代商業主義의 모-든 成功과 失策의 推進力이 되었던 冒險의 精神은 그것이 國家나 個人의 分別없는 利慾에 奉仕하는 동안 到處에서 失手만 저즐렸다 할지라도 理性과 知性의 參與에 依해서 創造의 精神으로 變身할 수도 있는 것이 아닐까?

이 瞬間에 우리는 「오늘」이라는 것의 性格에 대하여 確乎한 判斷을 나리지는 못하고 있다. 그것을 벌써 새로운 時代의 進水式으로 보고 驚異는 벌써 시작된 듯이 말하는 사람도 있다. 그러나 한편으로 보면 시작된 것은 實은 아직은 새로운 時代가 아니고 「近代」의 決算過程이나 아닐까? 새로운 時代는 오히려 當分間은 먼 混亂과 破壞와 模索의 저편에 있는 것이나 아닐까? 그렇다고 하면 지금이 瞬間에 우리에게 던어진 緊急한 課題는 새世界의 構想이기 前에 먼저 賢明하고 正確한 決算이 아닐까 한다. 우리가 깊이 생각해야 할 重要한 點이 여기 숨어있다고 나는 생각한다.

또 새로운 原理의 發見이거나 歷史的 決算이거나 그것은 어떠한 個人의 머리에서 번득이는 天才的 幻想만으로서는 아무것도 아니다. 비록 個人의 創意가 아모리 뛰여났다 할지라도 한 民族의 體驗으로서 結晶되고 組織된 연후에 비로서 時代의 推進力이 될 수 있게 된 것이 「오늘」이라는 歷史的 一瞬의 特異한 性格인 것 같다. 웨 그러냐 하면 오늘의 이 創造와 決算의 이상스러운 饗宴에는 實로 各 民族이 民族의 資格으로써 參與하고 있으며 그것이 唯一한 方式이 되여 있는 때문이다. 西洋에서도 東洋에서도 突進하고 蜂起하고 對立하는 것은 오직 民族뿐이다. 民族은 民族을 부른다. 그것은 個人主義의 諸國에서조차 낮잠자던 民族을 불러 이르켰다. 諸民族의 展覽會라 일컷는 米國조차 그 發言은 어떤 單一한 民族的 保證을 얻으려 하고 있다. 그래서 이번 歷史의 轉換은 한 哲人이나 文人의 創意라느니보다도 各 民族 卽 그 成員의 集團的인 體驗과 意慾의 投資를 要求한다.

그러나 여기는 한 限界가 있다. 앞에서도 이미 말이 밎인 일이 있지만 오늘에 와서는 한 民族만을 救할 수 있는 原理라는 것은 벌써 있을 수 없다. 한 民族을 건질 수 있는 것인 동시에 그것은 世界的인 原理여야 한다. 그것은 한 民族의 創造的 意慾을 諸民族의 支持우에 實現할 수 있는 普遍的인 原理여야 할 것이다. 가령 「로-젠베르크」의 神話說은 分明히 한 民族의 體驗에 뿌리를 박은 것일 터이나 그것은 그대로 他民族에게 無理없이 通用될 수 있을까? 딴은 「베르사이유」의 桎梏을 깨트리기 위한 戰線을 組織하는 데는 民衆의 絶好한 興奮劑였다. 그러나 「나치쓰」의 앞에 提出된 것은 벌써 한낫 獨逸만의 問題가 아니고 歐羅巴 全體의 問題인 오늘에 와서는 「로-젠베르크」는 獨逸民族만의 神話 대신에 歐羅巴 全體의 神話를 考案해야 하게 되었다.

그런데 歐洲에 있어서 或은 건 決算期 뒤에 앞으로 期待하는 新秩序의 建設에는 諸民族이 民族의 資格으로 參加할 것으로 보이는데 이 民族을 內包하면서도 民族을 超越해야 할 新秩序에 있어서 民族 相互間의 精神的 理解와 融合을 可能하게 할 有力한 手段은 무엇일까? 數百의 條文이나 規約이 達할 수 있는 形式의 限界를 너머서 그것의 저편에 다시 깊이 맺어질 수 있는 것은 서로서로의 文化의 接觸과 包容과 尊敬이라는 努力이다. 民族과 民族의 精神은 오직 文化라는 運河를 通해서 往來할 수 있다는 일은 매양 잊어버리기 쉽다. 그렇다고 해서 거기는 꾸며 보이는 「포-즈」나 「제스츄어」가 섞여서는 아니 된다. 그것은 차라리 誤解와 反撥의 作因을 지을 따름일 것이다. 한 民族의 文化는 늘 그 自身의 尊嚴과 獨創性과 意慾을 가지는 것이고 따라서 거기로 通하는 길은 오직 愛와 尊敬을 거처서만 뚫려진다. 한 民族이 世界에 向해서 實로 그 自身이 理解되기를 원한다면 그것은 自身의 文化를 버림으로써 얻어질 理는 萬無하다. 보다도 그 傳統 밑 生理와 普遍性과의 衝擊과 調和와 衝擊의 끈임 없는 運動을 따라 그 自身의 文化를 더 擴充하고 深化하고 進展시킴으로써 이루워질 수 있을 뿐이다.

七

朝鮮은 近代社會를 그 成熟한 모양으로 이루워 보지도 못하고 近代精神을 그 完全한 狀態에서 體得해보지도 못한 채 인제 「近代」 그것의 破局에 좋던 굳던 다닥치고 말았다. 벌써 새로히 文化的으로 模倣하고 輸入할 價値있는 것을 歐羅巴의 戰場에서 기대할 수는 없다. 또다시 不具한 狀態 그 대로로서 창황한 決算을 해야 하게 되었다. 그것은 어찌 보면 未曾有의 創造의 時期 같기도 하다.

우리 文學은 如何間에 以上에 列擧한 여러 問題를 解決할 밖에 없을 것이다. 그것을 겨을리하는 文學에는 우리는 아무 것도 期待하지 않을 것이다. 그러고 그것이 이 世界史的인 重大한 「포인트」에 서서 問題의 處理에 반드시 考慮에 넣어야 할 몇 가지 座標도 未備하나마 暗示하였다고 생각한다.

〈人文評論 (1940. 10)〉

제 V 부

우리 詩의 方向

一. 前言

詩를 이야기하는 이 歷史的인 自由로운 자리와 반가운 날을 함께
나누지 못하고 이미 故人이 된 詩壇의 여러 先輩와 同僚 李相和, 金
素月, 李章熙, 李箱, 朴龍喆 諸氏의 記憶에 깊은 敬意를 올림으로써
이 報告와 展望의 冒頭의 義務를 삼고저 한다.

二. 侵略의 素描

이번 大戰의 마지막 몇 해 동안 敵이 이 땅에서 저질른 文化의 惡
魔的 侵略과 破壞 속에서 우리 詩도 그 表現의 傳統的 手段이었던
말을 略奪당하였고 自由로운 詩의 精神은 虐殺당하였던 것이다. 그
동안 詩의 精神을 팔므로써 表現手段으로서의 民族의 말의 餘命을

保存하려는 一部의 計劃도 있었으나 이는 드디어 手段과 精神을 둘 다 敵의 手中에 넘겨주는 結果를 가저왔던 것이다.

暴力과 組織을 한 손에 갖인 敵의 거진 一方的 攻勢 아래서 이 나라의 政治, 經濟, 文化의 모-든 領野가 歷史上 類例를 볼 수 없는 가장 典型的인 帝國主義의 震蕩의 犧牲이 되었을 적에 우리의 詩도 또한 같은 運命을 나누었었다. 우리들의 八月 十五日은 이 나라의 政治上 文化上 最大의 危急한 瞬間에 實로 찾어 왔던 것이다.

三. 八·一五와 建設의 新氣運

民族文化의 가장 適切 有效한 傳達 表現의 手段이었던 우리말은 다시 우리 손에 돌아왔다. 敵의 武裝과 壓力이 하로 아츰 決定的으로 문어진 이 땅 우에는 우리들의 自由와 幸福과 正義의 實現을 約束하는 새로운 共和國의 希望이 갑짜기 찾어 왔던 것이다. 政治도 産業도 文化도 모-든 것이 우리들 앞에 새로운 建設의 領野로서 가로 놓여지게 되었던 것이다. 知識人과 靑年과 學生은 이 偉大한 創意와 理想의 無限한 可能性에 대하야 말할 수 없는 興奮과 感激에 휩싸였으며 敵의 無謀한 侵略戰爭의 奴隷였던 大衆은 그들의 팔다리에 감겼던 쇠사슬이 녹아 물러남을 따라 漠然하나마 그들의 끝 모르는 屈辱과 搾取의 歷史는 벌서 끝났고 새로운 希望에 찬 時代가 시작되면서 있다고 하는 것을 느꼈던 것이다. 詩는 새로운 文化의 建設의 한 날개로서 悽慘한 廢墟에서 不死鳥와 같이 떨치고 이러났을 때 그것은 틀림없이 이 새 나라의 것이었으며 그 중에도 새로운 나라의 燈불이며 별이고저 하였다.

四. 政治와 詩

일즉이 우리 詩는 될 수 있는 대로 政治를 忌避한 적이 있었다. 그것은 다름아니라 한 때 이 땅에서는 政治라면 敵의 侵略政策의 追窮뿐이었을 적에 詩는 그 自身의 被害를 될 수 있는 대로 적게 하기 위하야 이러한 意味의 政治로부터 悲痛한 待避와 退却을 決行하는 길을 가렸던 것이다. 그러나 오늘은 벌서 事情은 달러졌던 것이다. 오늘에 있어서는 政治란 우리들 自身의 손으로 하는 우리들의 生活의 設計와 組織이여야 되게 되었으며 이러한 政治의 段階에 있어서는 詩가 詩의 王國을 구름 속에 꾸미는 것보다는 한 새 나라의 建設이야말로 얼마나 詩人의 創造의 意慾에 불을 질러놓는 것이랴. 우리는 우리의 暗澹한 날의 記憶의 산 敎訓으로서 政治의 保障이 없는 곳에 文化의 自由도 詩의 自由도 없었던 것을 잘 알고 있다. 새 나라는 또한 詩의 自由를 保障하는 나라여야 할 것이다. 우리들이 그리는 새로운 共和國이 萬若에 意外에도 「뮨헨」과 「로-마」의 惡夢家들의 模倣者의 손에 略取된다고 하면 이는 또다시 詩의 自由도 文化의 自由도 아모 自由도 없는 날을 豫想해야 할 것이다. 이러한 可能한 陰謀의 實現을 막기 위하야는 詩人은 自由와 正義를 직히는 넓은 同盟軍의 一翼이 되어야 할 것이다. 波蘭 詩人 「밋키빗츠」의 말과 같이 「그것이 없이 지날 밖에 없는 경우를 當해보지 않고는 그것이 그에게 무엇을 意味하는가를 알 수가 없는 것이다.」 그것이란 무엇이냐. 말할 것도 없이 「밋키빗츠」와 더부러 우리가 한가지로 오래 동안 잃어버렸던 것—우리들의 運命을 직히고 生活을 직히고 文化를

직히고 또 그 自由로운 成長을 직혀주는 우리들 自身의 나라였던 것
이다. 일즉이 「플라톤」은 그의 共和國에서 詩人을 몰아내려 했던 것
이다. 그들은 「이데-」의 그림자의 또 그림자를 模寫한다는 口實로
해서 이 哲人의 나라로부터 除外되었던 것이다. 그러나 우리는 새로
운 共和國에 일러줘야 할 것이다. 詩人이야말로 이 새 共和國을 직
힐 가장 熱烈한 市民의 한 사람일 것이라는 것을—.

五. 前進하는 詩精神

　詩의 精神의 自由는 그러나 언제던지 前進하는 自由일 것이며 後
退하는 自由는 아닐 것이다. 인제 우리의 詩가 萬一에라도 封建的
特權的 貴族文化의 世界로 물러가는 일이 있다면 이는 歷史에 대한
叛逆일 것이다. 迷信과 奴隸狀態의 合理化와 無知 우에 피였던 貴族
的 特權層의 文化는 새로운 文明의 展開에 그만 眩暈을 이르켰던 詩
人들이 스스로 그 精神의 安定을 求하야 意識的 無意識的으로 憧憬
하고 追求하는 詩의 故鄕인 듯한 錯覺을 提供한 적이 있었다. 歐羅
巴에 있어서는 流派로는 象徵派의 主調가 그것이었고 이 땅에서도
우리들의 心理에는 적지 아니 이 封建社會의 「메카니즘」이 뒤섞여
있는 것은 否定할 수 없다. 詩人의 精神은 現在 속에조차 安住할 수
가 없다. 그것은 차라리 未來 속에 사는 것을 名譽로 삼을 것이다.
하물며 過去 속에 살려함이랴. 正確히 말하자면 詩人의 精神은 늘
現在와 未來가 나누이는 地點에 位置한다느니보다도 移動하는 것이
다. 그것은 現實의 眞實한 모양과 意味를 把握함으로써 거기 發生하
며 자라나가는 理想의 싹과 要素에 가장 敏感하며 또 그것을 북돋아

354

가는 園丁일 것이다. 그러한 까닭에 印度의 옛 民謠가 賢明하게 表
現한 것처럼 民族의 燈불이며 沙工이었던 것이다. 그것은 어떤 가장
爛熟한 時代에도 그러했지만 特히 詩人을 에워싸고 있는 現實이 말
할 수 없이 醜惡하고 不義일 적에 詩人이야말로 새로운 世界의 啓示
者며 豫言者래야 할 것이다. 그러한 暗黑과 無知와 壓制가 오래 동
안 한 民族의 무거운 運命이었을 적에 印度와 「켈트」의 民衆은 항상
詩人의 소리를 찾았으며 또한 眞實한 詩人들은 民族의 心靈의 귀에
늘 希望과 勇氣와 不屈의 精神을 속삭였던 것이다. 偉大한 歷史의
한 時期와 또 한 世界의 黎明에 서서 울린 「단테」의 警種은 다름 아
닌 未來의 소리가 아니었던가. 進步的 民主主義라는 말이 있다. 우리
는 그것을 이렇게 理解한다. 佛蘭西 革命 以後 十九世紀를 通하야
過去의 民主主義는 主로 만체스타-나 마르세이유의 株主들이나 商
人의 民主主義였던 것이다. 인제 우리가 가지려 하는 民主主義는 一
部가 아니라 萬人의 政治的, 經濟的, 文化的 民主主義일 것이다. 詩
人은 말할 것도 없이 늘 進步의 便이고 未來의 同伴者일 것이다.

六. 民族的 自己反省

　그러나 나는 朝鮮의 詩人에게는 한 개의 例外를 請하고 싶다. 우
리는 반드시 한번은 過去로 다녀와야 하리라고 생각한다. 다름이 아
니라 우리의 屈辱과 背信과 變節과 거즛과 訶諂에 찬 三十六年 特히
그 最後의 數年間을 우리는 쉽사리 잊어서는 아니 될 것이다. 안타
깝게 처다보는 大衆에게 아모 表情도 지어 보일 수 없었으며 더군다
나 大衆을 속이며 歷史를 속이며 가장 무서운 것은 스스로의 良心을

속여가며 侵略者의 福音을 노래하던 날을 너무나 값싸게 잊어서는
아니 된다. 나는 敢히 돌을 잡으라고 하지는 안는다. 누가 누구에게
돌을 던지랴. 돌을 던질 對象은 반듯이 우리들 周圍에만 있는 것이
아니고 實로 우리들의 精神의 內部에 먼저 있는 것이다. 偉大한 民
族의 受難期에 있어서 民族을 背叛한 政治的 文化的 모-든 叛逆行爲
는 勿論이지만 우리들의 精神의 內部에서 犯한 온갖 些少한 叛逆에
대하여서도 우리들 自身이 먼저 峻嚴해야 할 것이다. 八·一五 以後
實로 어디서보다도 먼저 우리들의 詩 속에는 이러한 痛切한 悔悟의
소리는 들려왔다. 나는 생각한다. 우리들은 우리들의 아픈 傷處와 過
失 때문에 좀더 痛烈하게 痛哭해야 하겠다. 民族의 慟哭소리가 좀더
沈痛하게 이 땅을 震動하지 안는 限 朝鮮民族의 앞날에는 맑은 하
늘은 얼른 개이지 않으리라 생각한다. 一九三六年의 「싸베트」새 憲
法은 드듸어 言論, 集會, 行列 等의 自由와 함께 「良心의 自由」를 法
律로써 擁護하였다. 良心은 이 나라에서 再建되어야 하며 더군다나
確立되어야 할 것이다. 그것은 우리가 세울려는 새 나라의 한 理想
이다. 「페아쓰」의 말과 같이 술을 마시면 政權을 얘기하고 다른 政
黨의 指導者들을 서로 辱하고 부르짖고 떠들고만 있는 동안은 朝鮮
에서는 悲劇의 歷史가 아직 끝나지 않은 것이다. 술을 마시면 머리
를 뜯으며 모다가 「아- 나는 罪人이다.」하고 呻吟하기까지는 우리
는 더 刑罰을 甘受해야 될 民族인지도 모르겠다. 詩人이 萬若에 한
集團의 心臟이라면 인제야 가장 峻烈한 自己批判의 풀무를 스스로
달게 거처야 할 것이다. 그러하므로써 우리는 民族的으로 새로운 共
和國에 발을 드려놓을 眞正한 市民權을 가지게 될 것이다. 인제야
詩人은 그가 쓰는 것에 대해서 良心의 保障을 해야 될 것이다. 그의
한 卷의 詩集을 翻覆하라고 强要될 적에 「아니다」 하고 대답할 수

있어야 할 것이다. 그러면 「一章만을」하고 强要되었을 적에도 「아니다」하고 대답할 수 있어야 할 것이다. 그 오직 「한 節」한 줄만의 變更을 要求받을지라도 「아니 한 字일지라도 할 수 없다」고 대답할 수 있어야 할 것이다. 그것은 거기 整列된 아름답고 調和된 言語의 秩序를 破壞當하는 때문뿐 아니라 한마디 한마디가 모다 詩人의 誠實 그것에서 울어 나온 避할 수 없는 또 갈아낼 수도 없는 眞實이기 때문이다.

七. 새로운 人間 타잎

우리들의 젊은이들은 敵의 侵略 동안 그릇된 神話와 世界觀과 人生觀을 扶植받았었다. 이러한 無理한 文化侵略의 犧牲이 된 우리 젊은이들의 心情은 不自然하고 삐뚜러진 모양으로 자라나올 밖에 없었다. 우리들은 눈에 보이는 面에서는 敵이 남기고 간 毒素와 損害와 破壞의 자최를 얼른 알아볼 수 있다. 그러나 눈에 보이지 안는 곳에 特히 젊은이들의 心情에 남긴 破壞의 자취란 實로 形言할 수 없이 큰 것이 있다고 생각한다. 짓밟히고 눌리고 마음껏 휘저서 버린 뒤의 靑年의 心情이란 自然스러운 發顯과 自由로운 成長을 가저 못 본 한 悽慘한 精神의 荒野가 아니고 무엇이랴. 靑年의 마음에서 모-든 壓迫感과 부질없는 屈曲을 除去해 주어야겠다. 아모 거침없이 自由롭게 자라고 世界와 人生의 現實을 쭈그러듬 없이 大膽하게 直面하며 그것을 克服해나가는 積極的인 精神 個人의 껍질 속으로 웅크리고 들지 않고 民族과 世界를 二重으로 個性의 周圍에 包容하며 높고 넓은 歷史的 視野에로 個性을 開放하는 끊임없는 擴充과 發展의 線

上을 움직이는 精神의 所有者를 우리는 북돋아 나가야 하겠다. 「르네쌍쓰」가 發見한 人間은 文化的 人間이며 世界的 人間을 理想으로 하였다. 그러나 그것은 그 特異한 歷史的 社會的 制約 때문에 할 수 없이 利益人으로서의 面이 壓倒的이 되고 말았다. 인제 우리가 새 나라와 새 時代에 企待하는 새 人間은 利益人을 完全히 止揚한 集團人, 科學人, 世界人, 文化人일 것이다. 우리의 젊은 世代는 이러한 새로운 人間으로서 成長해야 할 것이며 그 우의 世代들은 앞서 말한 것처럼 한 커-다란 民族의 慟哭을 거처 말하자면 한 「카타르시쓰」를 거처 다시 한번 醇化되고 淨化되어 낡은 時代의 毒素와 惡習을 모조리 떨어버린 뒤에 새 나라의 建設에 나가지 않으면 아니 될 것이다. 詩는 民族의 陣痛의 呻吟으로서 心情의 荒野의 再建者로서의 任務를 질머저야 하지 않을가.

八. 詩의 새 地盤

「허-버-트·리-드」의 말을 빌 것도 없이 詩人은 언제고 한 共同體에 所屬하는 것이다. 그가 表現하는 個性은 結局은 歷史的, 社會的 所産임을 免할 수 없으며 過去의 一部의 天才的 心理的 個性論은 말하자면 空想的인 觀念論의 한 分派였던 것이다. 또 表現의 手段으로 쓰이는 言語 自體가 決코 그들이 생각하는 것처럼 天使와 靈感이 보낸 膳物이 아니고 長久한 歷史와 廣汎한 社會的 文化的 交流의 現實的 傳達手段인 것이다. 지나간 날 進步的 知識層과 大衆과의 文化的 交涉이 侵略者의 干涉으로 하야 斷絶될 밖에 없었을 적에 詩의 孤立이라고 하는 것은 當然한 일과 같이 보여왔다. 우리가 建設하려는 새로운 文化는 말할 것도 없이 넓은 大衆的 基盤을 開拓해야 할 것이다. 오래 동안 우리로부터 隔離되었던 그 大衆이란 무엇이냐. 新羅 奴隷國家의 貴族文化를 培養해 가던 古代의 奴隷에서 始作하야 高麗 李朝의 封建社會를 通하야 土地에 얽매인 채 特權的 貴族兩班社會의 搾取의 對象이었으며 또 끝끝내는 이른바 日韓合併으로 하야 韓末特權階級이 日本帝國主義의 손에 팔아 넘긴 다음부터는 다시 瘦瘠한 日本帝國主義의 奴隷로 化하였던 數千年의 쇠사슬 자욱이 그대로 四肢에 남아있는 光明을 모르는 受難者들이 아니냐. 그들은 인제야 새로운 歷史에 登場하기 위하야 萬端의 準備를 가추면서 있다. 새로운 文化는 이 이러나는 大衆의 意慾과 苦憫과 理念을 組織하며 形象化하며 또 그것들이 侵透된 것이 아니면 아니 될 것이다. 大衆—그것은 새로운 詩의 溫床이며 領野일세 分明하다. 詩人은 이 傷하고 주린 그러나 새 나라의 主人이 될 大衆을 그 生活을 通해서 抱擁하고 理解해야 할 것이다. 詩人과 大衆의 分離는 近代社會의 分化過程이 낳은 한 不幸한 結果였던 것이다. 새로운 共和國은 이러한 分化를 許하지 않을 것이다. 大衆을 꺼리게 한 것은 낡은 貴族趣味의 遺習이었다. 前世紀의 七十年代의 露亞西의 靑年男女들이 부르짖은 말 「人民의 속으로」(브나르드)라고 한 말이 새삼스레 우리의 肺腑를 찌른다. 우리는 十九世紀末의 이른바 「데카당쓰」의 時代에 가장 깊고 큰 煩悶을 가진 者 卽 「토스카」의 벌레가 가장 몹시 좀먹은 사람들은 「몽-마르트르」의 「카페」에 모여들었던 것이다. 그 속에는 勿論 世界의 苦憫을 一身에 맡은 듯한 「뽀-들레르」도 있었다. 오늘에 있어서는 가장 깊고 큰 煩悶을 갖인 詩人은 아마도 人民 속으로 들어갈 것이다. 그리하야 生活의 體驗을 通하야 人民의 眞實한 모양을 붙잡게 될 것이다. 거기는 우리 詩의 새로운 源泉이 無盡藏으로 있을 것이다.

九. 超近代人

　우리는 일즉이 이번 戰爭이 이러나던 一九三九年에 이 戰爭이야 말로 「르네쌍쓰」에 依하야 展開되기 始作했던 「近代」라는 것이 한 歷史上의 時代로서 끝을 마추고 그것이 속에 깃드린 뭇 矛盾과 不合理 때문에 드디어 破算할 契機라고 보았으며 또 契機를 맨들어야 되리라는 見解를 表明한 적이 있다. 文化의 面에 있어서는 「近代」는 그 지나친 「아나르시」의 狀態 때문에 大量的으로 한편에 있어서는 無知와 貧困의 壓倒的 橫溢의 結果 精神의 荒蕪地가 남어 있는데 다른 한편에는 文化的 過剩으로부터 오는 精神의 浪費와 頹廢가 퍼저 가고 있는 不均衡을 가저 왔던 것이다. 文化의 健康을 回復하기 위하여도 近代는 이번 戰爭을 通하야 스스로의 處刑의 下手人인 되었던 것으로 알었다. 우리들의 信念은 오늘에 있어서도 그것을 修正할 아모 必要도 느끼지 안는다. 오늘 戰後의 世界는 勿論 「近代」의 決定的 淸算을 가저오지 못하고 있다. 또 이 나라 안에서만 해도 八·一五 以後 오늘까지 이르는 동안의 混亂한 政治的 情勢는 우리들이 期待하는 새로운 世界의 誕生의 陣痛으로만 보기에는 너무나 病的인 데가 있다. 그러함에도 不拘하고 우리는 主張한다. 우리는 이 땅에서 失敗한 近代의 反覆을 보아서는 아니 될 것이다. 새로운 時代가 近代를 否定하는 새로운 時代가 地球上의 어느 地點에 시작되어도 상관이 없을 것이다. 世界史의 한 새로운 時代는 이 땅에서부터 出發하려 한다. 또 出發시켜야 할 것이다. 封建的 貴族에 대하야 한 近代

人임을 宣言하는 것은 「르네쌍쓰」人의 한 榮譽였다. 오늘에 있어서 다시 超近代人임을 宣言하는 것이야말로 새 詩人들의 자랑일 것이다.

十. 詩의 試鍊

나는 以上에서 우리 詩의 앞에 展開되면서 있는 몇 가지 새로운 展望과 아울러 거기 直面한 重要한 中心問題의 몇을 집어서 提示하였다. 政治와 詩의 問題에서 비롯해서 詩의 精神의 살 곳으로서 未來를 發見하였으며 詩의 精神이란 究竟에 있어서는 前進만을 아는 精神이며 그것은 民族과 時代의 先頭에서 그 向하는 바 方向을 提示하는 豫言者며 激勵者라는 것을 말하였다. 다시 우리 詩는 偉大한 民族的 懺悔의 祭壇에 바치는 가장 淋漓한 祭物이라는 것도 指示하였다. 거기 우리가 曉望하는 새 人間 「타잎」의 素描도 잠시 시험해 보았다. 새로운 詩의 豊饒한 源泉으로서 넓은 大衆의 地盤을 提議하였으며 이 重大한 歷史의 轉換期에 있어서 詩人에게 必須한 歷史的 意識의 實體에 대하여도 言及하였다. 그러나 나는 반듯이 오늘의 詩人에게 어떤 옹색한 틀을 준비하야 뒤집어 씨우려는 것은 아니다. 다만 大體의 方向과 展望을 提示하므로써 滿足하려 한다. 우리 詩는 인제야말로 前에 가저 못 보았던 가장 豊富하고 多樣한 可能性을 賦與받었다. 百의 詩論보다는 한 卷의 뛰어난 詩集이 나와야 할 것이며 百의 詩論家보다는 한 사람의 참 詩人이야말로 우리들이 待望하야 마지 안는 바일 것이다. 偉大한 民族은 偉大한 試驗을 거처서 비로소 이루워지는 것처럼 한 偉大한 詩人과 詩의 時代를 준비하기 위하야는 實로 끊임없는 摸索과 冒險이 必要한 것이다. 나는 우리 詩가 당면한 여러 가지 困難한 課題와 또 詩를 에워싼 險惡한 氣流를 한가지로 한 試鍊이라고 생각하고저 한다. 어저께의 問題는 이미 어저께의 詩人들이 解決하였던 것이다. 어저께의 問題를 가지고 또 先人이 지어준 解決을 가지고 오늘의 詩人이 滿足한다고 하면 그것은 安逸이요 怠慢임에 틀림없다. 오늘의 詩人은 오늘의 問題를 스스로 解決해야 하며 다시 來日의 問題를 찾어나가야 할 것이다. 그러면 詩人을 끌어가는 問題란 어떤 範圍의 것이냐. 그것은 詩人의 內部에서 시작하야 民族에로 다시 民衆을 넘어서 世界에로 擴大한다. 그뿐만 아니라 空間을 넘어서 歷史의 世界에까지 展開한다.

우리 新詩는 三十數年 前에 民族文化建設의 한 尖兵으로서 侵略者에 대한 抗議로서 出發한 榮光스러운 歷史를 갖이고 있다. 「르네쌍쓰」가 發見한 새로운 近代的 人間의 意識과 世界觀의 提示者로서 登場하였었다. 몇 개의 階段을 거처 한 中斷期를 지나 인제야 詩는 새로운 時代를 가지게 되었다. 여러 가지 試鍊을 스스로 달게 받아드려 그것을 通하야 그 精神을 높이고 구처감으로써 人類의 精神史에 한 確乎한 位置를 차지하게 될 것이다.

詩의 精神의 自由라는 것은 한낮 奢侈한 裝飾이 아니였다. 그것은 이 나라에 도라온 여러 가지 自由—言論의 出版의 集會結社의 自由들과 마찬가지로 수많은 殉敎者와 戰鬪士들이 저 惡魔的인 拷問과 極刑에 견디면서 오히려 不屈히 싸와 얻은 선물이며 「파시즘」과 帝國主義를 打倒하기 爲하야 바친 聯合諸國의 「데모크라시」의 戰士들의 피의 값으로 우리들의 詩의 自由도 얻어진 것임을 銘記하자. 安易하게 享樂하고 甘受하기에는 너무나 비싼 선물이다. 다만 人類의 높은 理想의 忠實한 守直이 되어 자라가는 世界文化에 貢獻하므로서만 그것은 그것의 債務를 履行할 수 있을 것이다.

〈건설기의 조선문학 (1946. 2. 18)〉

詩와 民族

一

　八·一五 直後에 조선 詩人이 찾어 얻은 커다란 收穫은 共同體意識의 自覺이라는 意味의 말을 나는 어디서 쓴 일이 있다. 日帝 아래서 엉키고 엉켰던 反帝意識의 開放의 한 結果였다. 共同한 運命 아래 짓눌렸던 民族의 反抗意識은 解放과 함께 불시에 無制限한 建設의 可能性을 豫期하면서 同時에 民族의 良心은 이 偉大한 建設을 어떤 一部 特權層의 獨占이나 橫領에 매껴서는 않되겠다는 것 民族의 共同한 參與와 所有를 맨들어야 되겠다는 것을 사람들로 하여곰 直感시켰던 것이다. 이러한 感情과 意識의 가장 뚜렸한 代辯者의 하나는 詩人이었다는 것은 그리 놀랄 일은 아니다. 누구보다도 純情과 天眞속에 살기를 원하는 詩人들로서는 그밖에 다른 도리는 없었던 것이다. 그리해서 民族의 共同의 感情과 念願을 노래했으며 呼訴하는 것을 그들의 새로운 天職으로 여겼던 것이다. 누구나 다 民族詩

人인 듯했다. 이것이 八·一五 以後 詩人에게 이러난 첫 變化였다.

二

政治的 現實의 嚴肅하고도 無慈悲한 움지김은 그러나 언제까지 詩人의 素朴하고 天眞스러운 感情만으로써 헤아릴 수는 없었다. 그처럼 찬란턴 共同體意識에도 어느새 冷酷한 歷史의 現實은 차츰 금을 내기 시작하였던 것이다. 民族共同의 福利보다 먼저 特權의 維持와 擁護가 앞설 적에 금은 깊이 패우기 시작한 것이다. 그것은 다름 아닌 民族에 대한 反民族的 陰謀요 少數者의 大多數에 대한 叛逆이었다. 그리하야 特權的인 少數에 대한 人民大衆의 權利와 利益은 자못 굳세게 擁護되어야 했다.

詩人이 感情의 奔流속에서 다시 姿勢를 바로 가추었을 적에 그가 그렇게 熱烈하게 껴안었던 民族 그 속에 反民族的인 要素가 어느새 深刻하게 머리든 것을 그는 보았다. 이 民族과 그 共同體意識을 지니고 나가며 나아가야 하던 또 나갈 수 있는 것은 다름 아닌 人民大衆이며 人民大衆이야말로 歷史的 社會的 現實的인 民族의 中樞며 共同體意識의 維持者였던 것이다. 反民族的인 要素를 除外한 연후에 民族 全體의 遺漏없는 福利 우에 세울 民族의 共同意識과 連帶感의 連棉한 凝結로서의 우리 民族의 實體였던 것이다. 社會的으로는 自然發生的인 民族에의 擴大로부터 人民에의 再結晶이었으며 民族에 대한 把握이 現實의 試鍊을 거처서 漠然한 觀念으로부터 實體에로 醇化 昂揚되는 過程이었다. 이것이 八·一五 以後 詩人의 世界에 이러난 第二段의 變化요 發展이었다.

三

　그런대 八·一五 直後에 詩人이 받은 첫 번째 變化를 어째서 自然發生的인 것이라고 하느냐? 그 當時에 全民族을 휩쓸었던 一大 興奮은 오래고 혹독한 抑壓이 一時에 풀려버린 데서부터 온 力學的인 反撥作用이었던 것임은 우리가 스스로 느끼는 바다. 이 興奮은 그 뒤 그 反撥力이 强하였던만치 꽤 오래두고 우리들의 政治活動과 社會生活의 全般에 激甚한 波紋을 남긴 것이다. 그러나 興奮 속에서는 偉大한 科學이 나올 수 없는 것처럼 偉大한 政治도 또 偉大한 藝術도 나오기는 어려웠던 것 같다. 하지만 이 興奮속에 또한 將來할 偉大한 政治와 偉大한 藝術의 因子와 契機가 숨어있음도 속일 수 없는 일이다. 그 因子와 契機를 바로 그리고 잘 붓잡아서 그 將來에 살리느냐 못 살리느냐에 問題는 달려있는 것이다.

　民族이라는 槪念은 民族解放運動의 全歷史를 通해서는 매우 革命的인 含蓄을 가젓음을 모다 一致해서 認定했다. 그러나 八·一五 이후 民族 內部에 反民族的 要素의 分解作用이 이러나자 이에 대한 熾烈한 鬪爭 사이에 헛갈려서 民族이라는 槪念이 어느새 行方不明이 되어버릴 염려가 있는 것은 한 杞憂에만 돌릴 일일까?

　民族이라는 槪念이 다른 民族의 侵略의 道具로 씨어질 때와 또 民族 內部의 支配와 被支配 搾取와 被搾取 關係를 塗糊하기 위하야 利用될 때 그것은 勿論 反動性을 띠어오는 것으로 峻烈한 批判과 暴露 앞에 내세워저야 할 것이다. 그러나 民族의 共同意識을 살려 民族共同의 福利와 現實을 위한 支配와 被支配 搾取와 被搾取 없는 全人民

的인 民主國家의 建設에 民族의 일흠으로 結束함은 當面한 建國의 革命的 武裝으로서 民族의 槪念을 살리는 길이 아닐까? 그리하므로 써 모든 反民族的 反動要素를 除去한 共同社會의 建設을 더욱 效果 的으로 推進시킬 수 있는 것이 아닐까? 더구나 民族 앞에 帝國主義 의 威脅이 幻影 以上의 것으로 자꾸만 다닥치는 오늘의 現實에 있어 서랴?

詩人은 그가 한 번 껴안었던 뜨거운 民族的 連帶感과 共同意識을 우리 詩의 앞날에 結實시킬 重大한 因子로서 북돋고 키워가야 할 것 이다. 그것을 崇高한 詩精神에까지 結晶시키고 醇化시키고 높여서 한 「에폭」이나 「에콜」이나 詩運動에까지 發展시켜야 할 것이다.

四

詩人은 일찌기 憤怒에 타는 노래로써 모든 反動의 狂亂과 反民族 的 毒素의 醱酵를 꾸지젓던 것이다. 우리 詩가 憤怒라는 感情을 詩 的 感情에까지 끌어올렸다고 하는 것은 우리 詩의 한 새로운 收穫이 었음에 틀림없다. 웨 그러냐 하면 그것은 우리 詩가 前에 가저본 일 이 그리 없는 새 經驗인 때문이다. 우리 新詩는 일즉이 그 草創期에 있어서 主로 感情에 依支하는 魯漫主義나 또는 그보다도 부드러운 情緖의 調和를 追求하는 詩法을 西洋으로부터 받어 드렸던 것이다. 그것은 오랜 동안 우리 詩의 潮流를 이루었으며 그 餘韻은 오래두고 꽤 根氣있게 흘러왔었다. 그래서 우리 民族 獨特한 不幸한 條件으로 해서 여러 가지 感情과 情緖 가운데서도 特히 哀愁와 憂鬱과 懷疑 이러한 消極的인 것들이 詩人의 一貫한 財産으로 되어왔다. 感情 그보다도 情緖야말로 朝鮮에서는 자못 重要한 詩의 支柱였다.

　　그러나 八·一五는 이러한 稀薄하고 纖細하고 柔軟한 情緖의 世界에 던저진 큰 激動이었다. 黃昏이나 未明과 같은 稀薄한 雰圍氣는 그 以上 維持할 수가 없었다. 그리하야 情緖의 時代는 一時에 물러가고 感情의 時代가 온 것이다. 어찌 보면 象徵主義의 退却이오 魯漫主義의 復歸라고도 할 수 있을 것이다. 그러나 感情의 內容에는 한 개의 變換이 왔다. 첫째 말할 수 없는 喜悅과 感激의 波濤가 밀려오는 앞에서 詩人은 우선 그것을 노래해야 했다. 詩人은 그러나 그것을 말할 話術이나 話法의 준비가 되지 않었었다. 그들은 오랜 동안 哀愁와 悲痛과 우울과 懷疑를 알리는 간엷은 속사김밖에는 가지々 못했던 것이다. 風俗이 다른 風土에 갑작이 나선 異邦人 같기도 했다. 흔히들 八·一五를 取扱한 詩에 傑作이 없다고 한다. 그것은 主장 詩人이 全然 새로운 題材에 다닥처서 그것에 알맞는 話法을 體得할 사이가 없은 데서부터 온 것인가 한다. 八·一五를 옛날의 魯漫主義의 話術을 가지고 노래한 作品의 거이가 不自然한 것을 가지고 있었을 적에 林和氏의 「발자욱」이 뛰어난 收穫인 秘密도 여기 있었다. 그러나 反動的 潮流의 물구비에 抗拒하야 詩人의 純情과 情熱이 爆發할 때 詩人 特히 젊은 詩人들은 그것에 맞는 「忿怒의 言語」를 스스로 發見하였다. 이른바 朗讀詩의 出現은 그 端的인 表徵이다. 悲嘆이나 哀愁가 수얼하게 詩가 될 수 있을 적에 喜悅을 다루기란 지극히 어려웠으며 喜悅보다는 그래도 忿怒가 더 쉽사리 詩人의 發聲에 맞은 것이었다는 事實은 우리에게 한 敎訓이라 하겠다. 詩人이란 아마도 永久히 슬퍼하며 怒해야 할 「푸로메티우쓰」일지도 모른다.

五

모-든 反民族的 反動의 跋扈에 대하야 詩人은 자못 峻烈하게 叱咤하여 왔으며 또 계속해서 叱咤하리라. 한편에 있어서는 詩人은 까닭없는 分裂 避할 수 있는 龜裂에 대해서는 이를 틀어막고 끌어다가 아물게 하고 또 묽어저가는 共同意識을 아름다운 祖國의 建設을 위하야 收拾하고 엉키게 하는 團結과 統一을 노래하리라.

反動의 波浪이 날로 거츨어지매 一部에서는 벌서부터 한번 떳던 民族의 外延에 미친 視線을 灰色의 內部의 世界로 다시 거두고 마는 傾向이 아닌게 아니라 事實로 있어왔다. 한번 버린 孤立은 어느 意味에서도 벌서 우리가 다시 도라갈 故鄕은 아닌 것이다. 民族에의 昂揚—그것은 우리 詩의 한 革命이었다. 웨 그러냐 하면 草創期 以來 一貫해서 西洋의 個人主義的인 近代詩의 潮流를 받어온 우리 新詩의 傳統을 깨트리고 新生面을 가저올 劃期的 事件인 때문이다. 時代의 行進을 거슬리는 눈포래가 앞을 가릴 적마다 미래에 대한 展望이 漠々해질 적마다 詩人의 마음은 마치 週期的인 鄕愁처럼 孤獨과 情緖 부드러운 옛 詩의 境地로 이끌리군 할지 모른다. 더구나 이 배좁은 地域이 날이 갈수록 世界史의 거센 물결이 뒤몰아 구비치는 震動의 中心이 되어 있는 오늘이다. 이 激烈한 刺戟은 낱々이 詩人의 精神에 슴여 들고야 말 것이다. 詩人의 간엷은 感情은 자칫하면 그것에 壓倒되고 말지도 모른다. 그러나 詩人은 民族의 不幸과 希望을 한꺼번에 걸머저야 할 精神의 殉敎者와도 같은 것이다. 單純한 感情만으로서 處理해 가기에는 現實의 事態는 너무나 輻輳하고 壓倒하는 듯하다. 가장 要求되는 것은 現實의 焦點에 대한 銳利한 感受와 똑

바른 把握과 흐리지 않은 展望이다.

한번 個人으로부터 民族에로 옮겨진 詩人의 立場은 어떻게 해서
던지 그대로 維持될 뿐 아니라 더 깊이 뿌리박고 터가 잡혀야 할 것
이며 또 世界史 그것의 發展의 方向에 連이어저야 할 것이다. 詩想
의 動機는 늘 애써 個人的 心境의 좁은 테두리를 버서나 民族的 主
題에 連結되어야 할 것이다.

動機에 있어 보이는 새로운 意圖는 반드시 效果에 있어서 그대로
實現된다고 期約키는 어렵다. 動機와 效果 사이에 同價의 關係가 成
立되려면 詩人은 그 動機에 알맞은 새로운 話術을 體得해야 할 것이
다. 여기 詩의 大衆化의 課題와 關聯된 새로운 文體의 樹立이 問題
되어 오는 것이다.

그러면 民族의 立場에서 붙잡는 民族的 主題는 다시 大衆의 말에
通하는 새로운 文體를 具備하므로써 眞正한 民族의 詩는 確立될 것
이다.

〈新文化 (1947)〉

朗讀詩에 對하야

詩의 朗讀 問題가 요새 매우 關心을 끄으는 듯하다. 이 問題를 觸發한 것은 아마도 두 가지 事態였던 것 같다. 하나는 「라디오」의 詩 朗讀 放送이오 다른 하나는 大會와 같은 群衆集會에서 詩를 朗讀할 機會가 잦게 되었다는 일이었다.

詩의 朗讀에 대한 論議는 後日로 미루고 이와 關聯하야 한 커다른 意義를 가진 다른 問題를 여기서 살펴보고자 한다.

八·一五 以後 詩는 뜻밖에도 印刷 以外의 方法에 依하는 새로운 發表 場所를 가지게 되었다. 大會와 같은 群衆集會가 그것이다. 印刷될 책 혹은 紙面을 통해서 맛나는 個々人의 讀者와는 아주 性質이 다른 말하자면 한 統一된 群衆을 讀者로 하고 마조 서는 것이다. 그 群衆이라고 하는 것은 첫째 어떤 共通한

目的과 氣分에 얼켜 있는 것이다. 그 統一性이라고 하는 것은 어떤 緊切한 時事問題에 대한 關心의 共通性으로 해서 맺혀지는 것이다. 둘째로 그것은 바로 群衆인 때문으로 해서 매우 暗示性이 豊富한 것이다. 이러한 特殊한 與件이 그 앞에서 詩를 朗讀해야 하는 詩

人이 利解하거나 적어도 考慮해야 할 條件들인 것이다.

亦是 이러한 場所에서는 支離한 論文을 읽어주는 것보다는 雄辯이 더 쉽사리 歡呼와 갈채의 波도를 이르키드시 詩에도 이런 데서 읽어 效果있는 것과 그렇지 못한 것이 스스로 갈라지게 되며 또 朗독 方法의 如何에 따라서는 같은 詩편도 때로는 成功하며 때로는 默殺될 수 있는 것이다. 이리하야 詩는 인제 다시 雄辯과 어떻게 結合할 것이며 그 關係는 어떤 것인가 하는 問題가 새로운 意味를 가지고 論議되어야 하게 되었으며 나아가서는 群衆앞에서는 朗讀을 목적으로 한 朗讀詩의 새 種目이 考慮되기 시작했다. 말하자면 詩의 朗讀에 대한 問題로부터 朗讀詩라고 하는 새 種目이 어느새 나타난 것이다.

이 朗讀의 出現은 약 滿三年 동안 우리 詩壇에 나타난 자못 重要한 現象의 하나였다고 해도 過言이 아니겠다. 나는 우선 랑讀詩가 提供한 問題를 몇 개 집어내 보고저 한다.

詩가 고리탑々한 글방이나 사무소의 하나 하나의 讀者를 잠시 떠나서 興奮해서 怒呼하고 起狂하는 群衆 속에 뛰어들었다고 하는 것은 여간 큰 일이 아니었다.

어떤 意味에서는 詩를 溫室에서 끌어 내가지고 生生한 햇빛과 거츤 바람결에 쏘여보는 것이다. 詩人은 群衆의 呼吸과 表情과 움지김에서 새로운 詩想은 물론이려니와 어떤 새로운 「리듬」 새로운 力學을 그 詩에 받어드릴 수 있을 것이다. 이러한 面을 바로 붓잡아서 살릴진대 朗讀詩는 足히 우리의 새 財産임을 주장할 수 있을 것이다. 우리는 朗讀詩를 通해서 우리 詩에 寄與받을 여러 가지 問題에 대한 探求를 이미 끝냈다고는 생각지 않는다. 詩人이 自己의 主觀的인 內面世界의 소리를 千里眼式으로 傳해 주는 것과는 달러서 詩人

도 그 한 部分에 지나지 않는 群衆의 世界의 한 典型을 詩人이 把握
하야 그것을 表現한다는 일은 前日의 詩人의 觀念만으로 생각한다면
매우 벅찬 일이다. 朗讀詩는 이 題와 直接 關聯하는 程度를 따라 現
場의 成功이 달러지는 까닭으로 해서 어느새 그 詩가 時事에 치우치
기 쉽다는 點이 危險의 하나다. 따라서 時事의 變動과 함께 詩 그것
을 다른 詩에 대한 關心도 살아저가기 쉬운 것은 물론이다. 또 現場
을 떠나면 다음 순간에는 그 詩는 잊어버리우기 쉽다는 것이다. 그
러한 하루살이 일에 詩人은 어떻게 滿足할 수가 있을까 하는 것이
다.

다음에는 直接的인 效果를 걷기 위해서는 主題에 대한 解釋이 群
衆 自身의 解釋에까지 平均化해야 되므로 해서 詩 대한 批判자들이
吐露하는 難點도 무릇 비슷한 것 같다. 그러나 朗讀詩라는 생소한
財産이 불었다고 해서 우리는 조곰도 당황할 것은 없다. 차라리 새
財産의 값과 쓸모와 또 더 살릴 길을 찾어내려고 努力하는 것이야말
로 바른 態度겠다.

朗讀詩를 쓰던 詩人 自身도 아직도 失望만 하기에는 좀 일른 것
같다. 問題가 품고 있는 좋은 面과 나뿐 面을 바로 가려내서 그것을
늘 새로운 創造에로 發展시켜야 할 것이다.

새로운 것에는 늘 겁을 집어먹기 쉬운 것이 우리 勿論이다. 이러
한 모-든 경우에 處해서 詩는 제 能力을 試驗할 것이며 거기서 自體
를 굵게 하고 살지게 할 새로운 要素를 찾어낼 수 있을 것이다. 朗
讀詩는 말하자면 그러한 첫 契機의 所産인가 한다.

〈신민일보　(1948. 3. 13)〉

藝術에 있어서의 精神과 技術

1. 技術 問題의 바른 提起.
   (가) 精神과 技術과의 不可分의 관계.
   (나) 社會的 傳達作用.
   (다) 效果의 側面에서 본 技術.
2. 創作活動의 分析·享受過程·形象化.
3. 時代精神·技術概念, 藝術의 各 分野의 技術體系 相互間과
   文化의 다른 部門 및 生活技術과의 關聯.
4. 結語

1. 技術 問題의 바른 提起.

藝術이 藝術 아닌 것과 그 自體를 區別지으며 또 그것이 一定한 目的과 手段의 한 統一의 世界며 그리고 또 表現으로서의 效果에 있어서 程度의 差가 있을진대 그것은 一定한 技術의 體系로서의 面을 가지고 있을 밖에 없다. 技術이란 무엇이냐? 차츰 앞으로 나감을 따라 그것은 밝혀지겠지만 于先 藝術에 있어서 技術의 面을 아주 無視하는 素朴한 見解는 藝術의 實相을 붙잡아 낸 것일 수 없으며 또 藝術의 社會的 機能의 充分한 發揮를 「사보타쥬」하는 것이 된다.

그러나 지금까지는 技術問題가 提起될 적에도 터무니 없이 그것

이 誇張되거나 또는 그것이 걸머진 「이데-」와 機械的으로 分離되어
서 藝術의 實相과는 멀리 떨어진 論議가 되기 쉬운 것이 보통이었
다. 그 하나는 技術을 그것이 실려 있는 具體的인 內容에서 갈라내
가지고 마치 그것만이 獨自의 目的과 價値가 있는 듯이 主張하는 技
術偏重主義로서 一切의 逃避主義=藝術至上主義 純粹主義의 藝術論
에 內通하고 있는 것이다. 다른 하나는 藝術에 있어서의 「이데」 또
는 意味와 技術 둘을 機械的으로 갈라놓고 그 하나 하나가 獨立된
資格으로서 관련하는 듯이 생각하는 觀念論的 二元論이 그것이다.
그런 일은 없다. 그 뒤에 이러한 機械論은 이윽고는 「이데」와 技術
의 分離로부터 技術의 獨立을 主張하는 技術偏重主義를 爲한 그릇된
길을 論理的으로 準備하는 것이 되고 만다.

가령 文藝復興期의 畵家들은 遠近法이라고 하는 技術上의 一大
新境地를 開拓하였으나 그것은 後世의 一部 論者들이 그릇 생각하듯
技術 獨自의 發展이었다느니보다는 中世로부터 近世로 옮기는 이 黎
明期에 새로 눈뜨기 시작한 어떤 「리알리즘」의 精神과 뗄레야 뗄 수
없는 藝術的 實踐이었던 일을 잊어서는 아니 된다. 이리하여 古來로
技術의 새로운 發展은 그 自體의 活動의 法則에 依한 것이라느니보
다는 늘 어떤 藝術意慾의 避할 수 없는 衝動으로 해서 激發되고 推
進되어 왔다는 것이 더 事實에 가깝다고 하겠다.

이리해서 技術은 藝術的 創造의 全實踐過程 - 卽 어떤 藝術的 動
機에서 시작해 가지고 一定한 藝術的 分野에 있어서의 그것에 特殊
한 形象作用을 거쳐서 한 개의 表現으로서 完成하기까지 이르는 동
안의 全實踐을 一貫해서 具體的으로 把握할 수 있을 따름이다. 다시
말하면 그 技術을 떠밀고 바치고 있는 精神 「이데」의 活動과 떨어지
지 않는 忠實한 內容을 가진 具體的인 것으로서 把握되어야 할 것이

다.

　둘째로 注意할 것은 作品으로서의 藝術은 한 번 藝術家의 손을 떠난 연후에는 社會的 文化財로서 벌써 客觀的인 存在로 되어버린다는 일이다. 그래서는 곧 作家와 作品의 關係와는 따로이 作品과 享受者의 關係라는 第二의 關係가 생기며 끝으로 이 作品을 媒介로 해가지고 作者와 享受者 사이에 한 間接的인 關係가 成立된다. 享受者가 複數일 경우에는 이러한 여러 關係는 다시 두 겹 세 겹으로 거미줄을 이루는 것이며 또 享受者 서로 서로의 사이에는 그 作家와 作品을 因緣으로 해서 여러 가지 모양으로 共通된 世界가 어느새 形成되어가는 것이다. 이렇게 해서 藝術은 도저히 한 作家에게만 固有하며 그에게만 專屬된 것일 수 없고 어쨌든 社會的 交涉의 얽히고 얽힌 그들 속에 덤벼저서 大小의 波紋을 일으키고 만다. 그러한 限에서 藝術은 한 社會的 行爲라고 할 밖에 없다. 藝術의 이러한 機能을 우리는 傳達作用이라고 부르는 것이다. 그런데 그 任意의 效果的 實現을 企圖하는 이 傳達作用은 그 自體가 벌써 技術的 活動인 것이다.

　要約해서 한마디로 말하면 모든 藝術은 처음부터도 傳達을 豫想한 것이다. 어떤 경우에는 한 作者가 自己 自身의 自慰를 爲해서 어떤 藝術作品을 만드는 일도 있지 않느냐 하고 强調할 사람이 있을지도 모르나 그런 경우에도 한번 客觀化한 作品이라는 것은 비록 그 作者 自身에게로 되돌아온다 할지라도 그 경우의 作者는 벌써 그 作者라느니보다는 享受者로서 그 作品과 마주서는 것이다. 뿐만 아니라 그 作品이 그대로 모양이 아주 없어지지 않는 限 어느 기회에고 作者 以外의 사람들과 交涉을 가지고 말 것이다. 이러한 여러모로 보아서 藝術은 避할 나위 없이 社會的 行爲로서 把握되어야 할 것이다.

이렇게 藝術이 傳達을 目的으로 한 社會的 行爲인 以上 그 傳達行
爲에는 一定한 內容이 있을 터이다. 그것을 傳統의 意圖라고 불러도
좋겠다. 그 意圖의 자못 有效適切한 傳達을 達成하기 爲한 實로 그
러한 意圖의 實現을 爲한 手段이라는 看點에서만 技術의 問題는 提
起되어야 할 것이다.

技術은 그러므로 늘 統制와 組織을 그 本質的 過程으로서 속에 품
고 있는 創作的 實踐 그것인 것이다. 그러나 그 自體를 爲한 統制와
自律的인 組織活動이 아니라 어디까지든지 一定한 目的을 向한 統制
요 特定한 意圖에로 統一된 組織인 것이다. 어떤 藝術의 分野에서든
지간에 技術은 結局 한 作品의 全體的 效果의 形成過程에 그것과 가
를래야 가를 수 없는 關係에서 말하자면 有機的으로 빈틈없이 스며
있는 것이라 하겠다. 이리하여 技術이란 한 藝術的 表現의 效果와의
關係에서 評價되어야 할 것이다.

藝術에 있어서의 技術은 첫째 具體的 實踐의 面에서 藝術的 精神
과의 不可分의 關係에서 볼 것. 둘째 傳達作用을 任務로 하는 社會
的 行爲로서 볼 것. 셋째로 藝術作用의 動機가 아니라 實로 그 效果
의 側面에서 技術을 把握할 것—이것만이 藝術의 技術問題를 바로
提起하는 길일 것이다.

藝術을 어떤 天才의 個性에 돌리는 類의 虛妄한 생각은 藝術의 健
全한 社會面을 否定함으로써 藝術의 現實遊離 乃至는 그 墮落을 結
果하고 마는 것이다. 또 藝術의 傳達作用을 無視하고 藝術의 價値의
位置가 作家의 主觀的 面에서 어찌 보면 動機에 있는 것으로 여기는
「아마츄어」的 생각은 藝術의 社會的 機能을 일부러 또는 저도 몰래
눌러버리고 마는 것으로서, 하나는 不健全하기 짝이 없으며 다른 하
나는 幼稚 素朴한 見解다.

特히 藝術家가 그 製作過程에 있어서 한낱 主觀的 感興의 表出로
서 足하다고 생각한다면 그러한 創作態度는 主觀的 自慰的 陶醉가
아니면 「아마츄어」的 自己滿足의 境地를 벗어나지 못하는 것이 된
다. 藝術家는 늘 誠實한 社會的 責任에서 그의 作品이 享受者에게
傳達하는 效果를 刻刻으로 測定하면서 創作에 從事해야 할 것이다.
그러한 必要에서 본다면 技術問題는 결코 등한히 할 수 없는 무게를
가지고 藝術家의 앞에 登場해야 옳을 것이다.

2. 創作活動의 分析·享受過程·形象化.

　創作活動의 始初에 있는 것은 勿論 藝術家가 느끼는 어떤 藝術的
衝動일 것이다. 우리는 그것을 藝術의 「모티-브」(動機)라고 해도 좋
다. 藝術家가 藝術家 아닌 사람들이 느끼지 못하는 곳에서 또 느끼
기 前에 거기서 어떤 藝術的 「모티-브」를 發見하는 것도 事實이겠
다. 하지만 그것만으로서는 아직도 藝術은 되지 못하는 것이다. 어디
까지던지 動機요 端初인 것이다. 「모티-브」의 價値는 아직은 그 所
有者의 人間에만 屬한 主觀的 價値다. 그것이 充分한 藝術的 形象의
組織體로 發展 形成되었을 적에 따라서 藝術家가 意圖한 그 自身의
經驗 內容이 最大限度로 享受者에게 傳達되었을 적에 비로소 藝術은
成立되었다고 할 것이다. 그렇다고 하고 이 形象工程은 技術的 過程
이며 또 效果的인 傳達과 그렇지 못한 것 사이에는 스스로 藝術的
差異가 있었다고 할 밖에 없다.
　藝術家가 그 藝術的 動機에 있어서의 主觀的 興奮에 陶醉하고 만

다면 「아마츄어」的인 自己滿足에 그치고 말 뿐, 社會的 機能을 十分 바랄 수 없는 것이다. 앞에도 말한 藝術偏重의 傾向에서 藝術을 건져 내오기 위해서는 때로 이 「아마츄어」性이 그 解毒劑로서 處方될 때도 있으나 그것은 그러한 特殊한 例外의 경우에서 뿐이다. 그와 反對로 藝術的 動機가 旺盛 橫溢한 적에는 藝術의 形象工作 卽 技術의 面이 등한이 다루어지기 쉬운 것이다. 차라리 藝術家는 그 創作 過程에 있어서 끊임없이 自己自身을 享受者의 位置에 바꾸어 놓으면서 自己 作品의 傳達效果를 測定해 가야할 것이다. 畫家가 때때로 「팔레트」를 잡은 채 「칸바쓰」에서 물러서서 그것을 눈을 주려 가지고 바라보며 彫刻家가 끌을 든 채 제 作品의 테두리를 돌아다니며 살핀다든지 하는 것은 바로 이것이며 또 肖像의 「베토벤」은 樂譜 책에 마주앉아 입을 꼭 대문채 想像속에서 아마도 한 演奏를 듣고 있는 것일 터이다. 文學에 있어서 우리는 그 大衆化를 한 口號를 삼아 가지고 부르짖어 왔다. 여기서도 우리는 文學의 大衆化가 한갓 우리의 文學的 動機의 段階에 있어서의 自己 興奮에 그치지 않도록 銘心해야 할 것이다. 作家나 詩人이 文學의 享受者로서 大衆의 立場에 自身을 늘 바꾸어 놓으면서 創作에 말려들으며 그리함으로써 文學이 大衆化의 意圖만이 아니라 그 效果의 面에서 그 實現을 꾀해야 할 것이다. 그런 意味에서 文學의 大衆化는 提唱의 段階를 지나서 實踐의 具體的 技術面을 깊이자고 들어가야 할 때일 것이다.

그런데 여기서 銘心해야 할 것은 藝術的 動機라는 것은 말할 것도 없이 한 觀念現象이다. 그 觀念이 自體의 運動을 홀로 해나가는 동안에 그것에 알맞은 形式이 또한 제대로 技術的으로 整齊되어가지고 內容에 빈틈없이 뒤집어 씨워지는 것은 결코 아니라는 일이다. 그렇지 않고 動機로서의 觀念이 한 作品의 어떤 全體的 意圖의 싹을 지

니고 있음은 事實이나 作品이 完成되었을 적의 結果와 相等한 것은
아니다. 大體로는 近似한 것일지는 몰라도 간혹 가다가는 맨 처음의
意圖와는 다른 結果가 나타날 적도 있다는 것을 깨달을 必要가 있
다. 動機에서 出發된 創作活動은 그 自體의 自己發展 過程에서 形象
作用을 完成해 가는 때문이다. 要컨대 藝術이란 한 內部葛藤의 發展
의 表現이라고 하겠다. 動機로서의 觀念이 形象을 갖추면서 다시 생
기는 觀念과의 對立 反撥 統一의 過程을 밟아 더 높고 더 큰 形象의
組織으로 發展하여 이러한 發展의 한 完結體가 作品인 것이다. 文學
이나 그림이나 彫刻이나 建築에 있어서 그것은 作品으로서는 固定된
모양을 하고 있다. 映畵나 音樂 舞踊 演劇 같은 것은 한 動態로서
提示되는 것이다. 이런 경우는 말할 것도 없거니와 作品이 固定된
모양으로 나타나는 경우에도 創作過程을 遡及해 본다면 觀念의 形象
運動이 있으며 더군다나 享受者에게 들어올 적에는 다 같이 그 反應
이라고 하는 것은 어느 경우에도 固定된 것이 아니고 動態를 보이는
것이다.

다른 말로 바꾸어 말한다면 藝術의 創作過程이라고 하는 것은 精
神의 한 形象運動이며 享受者는 結局은 이러한 藝術家의 精神의 形
成運動의 過程을 作品을 媒介로 해 가지고 그 近似價値에 있어서 想
像속에서 再經驗을 하는 것이라고 하겠다. 처음에는 逆經驗을 하는
것으로 卽 形成過程을 거꾸로 거슬러 올라가는 것인데 한번 그런 연
후에는 다음에는 그 過程을 제대로 追經驗을 하는 것이며 이 逆經驗
과 追經驗의 統一을 거쳐서 再經驗은 자리잡혀 가는 것이다.

精神이 그 스스로를 形成하면서 發展하는지라 그것은 스스로를
形成하는 手段을 가진다. 形成하는 技術을 가진다고 해도 좋다. 가령
反映過程이 아니라 形成過程인지라 스스로 選擇作用이 參與할 밖에

없다. 함부로 하는 選擇이 아니라 一定한 傳達效果를 노리고 하는 意識的 活動이다. 省略되고 强調되며 이리하여 끊임없는 自己 否定과 肯定속에서도 한 統一있는 組織活動을 해 가는 것이다. 이러한 處理를 內容으로 한 것이기 때문에 技術은 于先 그 自體의 適確을 期待하기 위해서는 그 때 그 때의 象에 대한 正確한 認識을 前提로 한다. 그러기 때문에 技術은 가장 철저하게 科學에서 出發하는 것이라 하겠다. 그러나 지금 말한 것은 技術의 한 모를 잠시 잠시 指導한 뿐이지 技術을 곧 知性만의 機能이라고 判斷해서는 아니 된다. 技術은 어디까지든지 「만드는 일」이며 「만드는 가운데 實現되는 것이다」. 가령 彫刻家의 技術은 그의 머리에만 있는 것도 아니요 손끝에만 있는 것도 아니요 實로 머리와 손의 運動의 統一 속에 있는 것이다.

3. 時代精神·技術槪念, 藝術의 各 分野의 技術體系 相互間과 文化의 다른 部門 및 生活技術과의 關聯.

精神이 自己發展을 通하여 形成되어가는 過程이 藝術이 形象을 獲得해 가는 經路라 할 것인데 그러면 個個人의 藝術家에게 있어서 움직이는 藝術의 「모티-부」로서의 精神이란 어디서 어떻게 생겨나는 것일까?

한 時代에 있어서 사람들의 生活을 (精神 物質 兩面을 아울러) 領導해 가는 志向을 우리는 綜合 推定할 수가 있다. 지금까지의 史家와 批評家들은 사람을 따라서는 그것을 時代精神이라고 불렀다. 社會的 歷史的 存在로서의 藝術家의 精神이란 그러므로 결국은 이 時

代精神을 나눠 가지고 있는 것이라 하겠다. 그러나 이 記述은 比喩的인 表現이요 其實은 個個의 藝術家의 具體的 作品 그 밖의 文化領域에서 抽象해 낸 한 時代의 特殊한 徵候가 時代精神인 것이지 「헤겔」의 「絶對精神」이라든지 「플라톤」의 「이데」 모양으로 그것은 결코 超越的인 무엇은 아니다.

이 時代精神이 個個의 藝術家의 創作行動을 거쳐 나타날 적에 藝術의 各 「쟝르」를 따라 거기 固有한 形象化의 手段 때문으로 해서 特殊한 觀念으로 變貌되어서 되는 것이다. 가령 한 時代의 그 말이라든지 音樂이라든지 文學에 觀念上의 어떤 共通된 一般的 徵候를 診斷할 수 있으나 그것은 어디까지든지 各 「쟝르」 사이에 飜案은 될지어정 直譯은 아니 되는 것이다. 그리하여 그 사이에는 類推가 可能할 따름이다. 이렇게 해서 藝術의 各 「쟝르」는 그것에 固有한 技術을 發展시켜 온 것으로 「그림」은 그것의 特殊한 形象手段인 線과 色彩를 基礎로 해 가지고 그 材料로 쓰이는 바탕 卽 「프레스코」 「칸바쓰」 等과 물감의 製作技術 等 그 當時의 物質的 條件과 또 享受되는 方式에 制約되면서 어떤 固有한 技術體系를 發展시킨다. 音樂에 있어서는 音을 基礎로 해 가지고 樂器 製作의 技術的 條件과 演奏方式을 考慮에 넣어 그것에 特有한 技術體系를 갖게 된다고 하겠다. 文學에 있어서는 어떠냐? 다만 그것이 그림이나 彫刻 等 造形藝術과는 달라서 그 形象化가 直接的인 感性的인 것이 아니고 言語라는 記號組織을 通한 間接的인 것인 때문으로 해서 보다 더 觀念的인 點이 다를 따름이다. 그것은 記號組織으로서의 言語가 갖고 있는 短點과 長點을 지닌 대로 그 自體의 表現技術의 體系를 가지고 있을 터이다. 將來 言語學 特히 言語社會學 言語心理學의 發達은 이 方向의 事實 解明에 더욱 有力한 側光을 던저 줄 것이다.

藝術에 있어서의 技術體系를 우리는 우선은 提起하면서도 그것의 科學的 解明이라고 하는 것은 아직도 難事로 되어 있음은 무슨 까닭일까? 그 첫 까닭은 오늘까지는 藝術創作은 機械的인 劃一生産과는 달라서 藝術家 그 사람의 人格의 發展形成 속에 그대로 파묻힌 채 그 속에서 울어 나오고 있다는 것, 따라서 그의 藝術的 技術이라는 것도 그의 人格形成과 創作活動 속에 그대로 멎어버린 채 자라가고 있다는 것 그리해서 어떤 담겨질 수 있는 물건처럼 甲에서 乙로 그대로 容器를 바꾸어 낼 수는 없고 피와 살처럼 섞여있기 때문에 甚히 個性的인 面이 있음으로서다. 技術體系를 抽出해서 그것을 다른 사람에게 부어넣듯 가르칠 수는 없는 것은 이 때문이다. 가르침을 받는 사람의 人格의 發展, 精神의 形成, 創作活動에 그대로 얼려서 한 개의 個性的인 技術體系가 갖추어져 가는 것 같다. 그러나 앞에서도 잠시 言及한 것처럼 이 點에 있어서는 藝術의 各「쟝르」사이에는 程度의 差가 있는 것이다. 造形藝術처럼 物質的 材料를 더 많이 다루는 것일수록 그 技術體系의 抽出은 比較的 더 쉬움고 文學 모양으로 意識 內部에 記號를 통하여 間接的으로 불려 일으켜지는 觀念形成일수록 그 技術體系의 抽出은 더 어려운 것 같다. 그런데 技術體系는 앞에서도 말한 것처럼 精神形成의 過程과 各 藝術「쟝르」의 物質的 材料 또는 記號組織에 대한 適確한 科學的 組織에 基礎를 두어야 할 것이며 그러한 科學的 基礎의 進步 向上을 따라 그것의 實相도 더 分明해질 수 있을 것이다.

그런데 이러한 記述概念은 社會的 傳統과 그 當時當時의 客觀的 水準을 核과 限界로 삼은 表現力의 實現일 것이다. 個個의 藝術作品 사이에는 把握된 傳統 內容의 豊富, 水準의 高低에 따라 技術上의 差가 생길 뿐만 아니라 藝術家 自身의 洞察力과 熟練 等이 個人差로

해서 또 그 差를 深刻하게 할 것이다.

그러고 藝術의 各「쟝르」는 제각기 저의 技術體系를 形成하면서도 다른「쟝르」의 그것과의 사이에 共通된 徵候를 가지기도 하는 것이다. 가령「몽타-쥬」의 理論은 映畫에서 먼저 일어난 技術上의 새 實驗이었으나 小說과 詩의 場面 構成에 매우 利用되었던 것이다.「심포니」의 形式이 長篇小說과 長詩의 全體的 構圖에 얼마나 큰 示唆를 주었음은 널리 알려진 일이다. 立體派의 그림 속에 三次元의 世界를 끌어넣으려고 한 것은 主로 彫刻에서 온 暗示일 것이요 超現實派의 그림 속에 새로운 次元으로서 時間이 登場하였던 것은 文學에서 받은 刺戟이었을지도 모른다. 그러나 要컨데 그러한 共通現象이라고 하는 것은 같은 時代의 같은 時代精神의「쟝르」를 따른 變貌라고 할 수 있을 것이다.

藝術의 技術이 文化의 다른 分野에서 받는 影響이 매우 큼은 한 時代의 藝術과 哲學 科學 사이의 相互關聯이 아무도 否認할 수 없이 큰 것을 보아도 알 것이다. 科學이 갖고 있는 技術에 대해서는 다시 論及하겠거니와 哲學이 갖고 있는 思惟의 技術이라는 것도 그것이 屬한 時代에서 濃厚하게 着色되는 것이다. 科學의 方法 논리학 數學 속에서 찾어 보는 思惟의 技術이 또한 그렇다. 가령 辨證法에 藝術의 技術에 미친 影響은 文學上의 이른바「쏘시알 리알리즘」의 提唱 속에서 자못 뚜렷이 보았으며 具體的으로 오늘의 藝術의 各 分野에 實證할 수 있겠다.

特히 實은 記述槪念의 한 時代 한 社會의 生産技術으 모든 技術의 全體的 基盤으로 그것에 照應하는 藝術上의 技術에 갖는 關係는 具體的으로 어떻게 나타나고 있나? 이는 이 小論으로서는 ?理 못할 偉大한 研究를 기다리는 課題다. 이 生産技術은 科學의 面에서 본다면

應用科學의 實現일 터임은 더 말할 것도 없다. 藝術의 「쟝르」 中에
서도 映畵가 應用科學의 實現으로서의 生産技術과 갖는 關係만 다른
「分野」보다 더 直接的이요 全幅的인 것만은 속일 수 없겠다. 文學이
技術上 映畵에서 얻을 負債가 얼마나 클지는 헤아리기 어려울 것이
다. 그것은 兩者의 共通點의 綜合性에서 오는 自然스러운 結果일 것
이다.

4. 結語

  技術問題는 藝術에 있어서 다 아다싶이 빠지기 쉬운 陷井이요 避
하기 쉬운 구석이요 그러면서도 藝術의 本質에 密接한 중요한 問題
다. 科學으로 訓練되지 않은 눈을 가진 사람들이 항용 그 속에 빠져
藝術을 죽였으며 生活의 尊嚴과 意識을 모르는 蕩兒들이 즐겨 몸을
그 속에 가리우는 藝術의 剝製品을 가지고 入口를 「캄프타-쥬」했던
것이다. 인제야 우리는 技術問題를 바로 提起하고 옳게 把握함으로
써 우리 藝術이 當面해서 짊어지고 있는 社會的 任務를 자못 效果的
으로 遂行하는 實踐에 이바지해야 하겠다. 이 小論은 이 問題에 대
한 한 개의 발디딤돌이라도 놓았다고 하면 實로 다행이겠다.

〈문장. (4권 1호, 1948. 10)〉

Ｉ・Ａ・리챠아즈論
― 「詩의 科學」 設計의 一例 ―

第一次大戰 이후 特히 二十年代에 걸쳐 「리아챠즈」가 英國의 文學批評과 詩運動에 미친 影響이 매우 컸음은 누구도 否認할 수 없다. 그는 單純한 켐부릿지大學의 詩壇 批評家나 學者로만 볼 수 없었을 만큼, 새로운 詩運動과 文學運動에 深刻한 影響을 가졌던 것이다. 옥쓰포오드와 켐부릿지 두 大學에 依據하면서 現役文壇에 적지 않은 交涉을 가진 學者로서는 일찌기 「킬러쿠우치」 敎授든지 「케아」 敎授가 있었으나 戰後文學의 새 世代에 直接 推進力이 된 점에 있어 「리챠아즈」의 地位는 유달리 重要하였다. 그가 開拓한 詩의 分析은 많은 後繼者에 依하여 더욱 分化 發展하여 가령 「Ｗ・엠프슨」의 多義性의 七典型(Seven Types of Ambiguity)은 그 중에서도 顯著한 것임도 널리 알려진 일이다.

그는 特히 詩의 鑑賞 理解 解釋에 있어서 實로 前人未到의 새 領土를 넓히는데 成功하였으며 모더니스트 系統의 詩人들의 難解한 作品의 解明에 있어서 또한 큰 功績을 남겼었다. 또 한편에 있어서 難澁한 새 詩들의 朦朧한 雰圍氣를 助長한 刺戟이 된 것도 事實이라 하겠다. 如何間에 「리챠아즈」처럼 같은 世代와 및 다음 世代에까지 그처럼 顯著한 能動的인 影響力을 發揮한 詩學의 體系란 文學史上에도 類例가 드물다. 그것은 첫째로는 그가 周到한 科學的 用意와 洞察力을 가지고 詩의 事實에 肉迫하려고 한 點에 그 原因이 있을 것이다. 둘째로는 그가 文學과 藝術에 대하여 남달리 날카로운 感受性을 가지고 있다는 점을 그 原因으로 들어야 될 것이다. 그러고 文學이라는 觀點에서 보아서 가장 중요한 일로 새로운 世代에 대한 그의 깊은 關心과 理解를 셋째 原因으로 들어야 할 것이다. 大學의 講壇이라고 하는 것은 이상스럽게도 사람을 固陋陳腐하게 만드는 魔力을 가진 곳인가 보아서 자칫하면 時代에서 悠悠하게 뒤저 버리며 또 그것을 마치 아카데미의 榮光으로 錯覺하기 쉽다.

이렇게 남에 없이 귀중한 資質을 태어 가진 그는 自進하여 形而上學的 美學 乃至 詩學의 敵임을 宣言하였던 것이다. 한갖 體系의 誇張을 위하여 普遍的인 美의 假像의 考案에 熱中하는 말하자면 哲學의 遊戲를 그는 한없이 輕蔑하는 것이다. 「리이버어트·리이드」는 이 일을 이렇게 表現하였다. 「一般的 槪念으로서의 藝術에 대하여 그들은 많은 훌륭한 말할 건덕지를 가졌으면서도 그들은 모두 體系樹立이라는 哲學遊戲에 熱中하고 있는 것이다.」1) 모오든 分科 科學들이 哲學과 訣別할 적에 우선 體系의 樹立의 虛榮을 淸算한 것처럼 科學으로서의 詩學도 우선 낡은 美學이다. 詩學의 體系慾에서 벗어나야 할 것은 너무나 當然하였다. 또한 詩學은 그 時代와 乃至는 그 以後의 現役的인 詩나 批評에 무슨 모양으로고 간에 影響과 關聯을 가져야 하지 그렇지 못하다며는 한낱 부질없는 觀念의 장난에 지나지 않고 마는 것이다. 「리이드」는 近代 觀念美學의 潮流를 아래와

---

1) Herbert Read; Art Now. pp.33~38.

같이 같은 곳에서 要約하였다. 「칸트」 이후 世上에는 美學者가 輻輳하였다. 「칸트」의 美學의 基礎 위에 「실러」 「피히테」 「쉘링」과 같은 著名의 손으로 發展되었으며 「리히러」나 「노발리쓰」와 같은 詩人에 依하여 더 通俗的인 魯漫的 表現이 賦與된 藝術의 觀念的 槪念이 그 秘方을 了得하는데 소용되는 時間을 바칠만한 것이라고 나는 믿어지지 않는다. 그것은 모두 想像과 幻想, 形式과 理念과 같은 抽象的 範疇의 論議에 基礎둔 것이다. 그러고 그것들은 客觀的 藝術作品에 일찌기 關聯을 가진 일이 있다고 하면 그것은 稀貴한 일이다. 「리챠아즈」나 「리이드」뿐 아니라, 英國에 있어서의 實證的 科學的 學風은 어찌 보면 「베이큰」 以來 「톰」 「흄」을 지나 「쓴·스튜아아트·밀」에 引繼되어 내려 온 經驗論의 潮流의 한 分派로서 헤겔流의 獨逸哲學에 대한 本能的인 反撥이라고도 할 수 있겠다.

「W·H·오오든」은 英國의 새로운 文學에 寄與한 「지이그 문드·프로이드」에 대하여 이렇게 말한 일이 있다. 「「프로이드」는 文學에 確實한 分明한 技術上의 影響을 가저 왔다. 特히 空間과 時間을 다루는데 있어서, 그러고 論理的 連繫라느니보다도 聯想的 連繫에서 하는 言語의 驅使에 있어서 그렇다.」[2] 그러나 그러한 일은 英國에 대한 限 「프로이드」만의 功績에 돌리는 데는 異議가 없을 수 없다. 「리챠아즈」의 詩的 經驗의 分析과 態度論 및 意味論이 모더니즘 運動에 안팍으로 寄與한 功은 決코 輕輕히 여길 수는 없기 때문이다.[3] 詩에 있어서의 言語의 誘發的인 機能에 대한 그의 强調는, 象徵派의

---

2) W.H.Anden; Psychology and Art(The Art Today).

3) Principles of Literary Criticism. p.103. p.105. p.107.

   Meaning of Meaning. p.138. pp.357~359. p.369.

   Practical Criticism. Pt.ill.ca.11

   Coleridge on Magination. p.88. 以上 參編

詩論에서도 적지 아니 暗示받은 것 같다. 아닌 게 아니라 戰後의 英詩壇은 佛蘭西의 象徵派의 詩運動을 좀 뒤진 대로 標本으로 잡은 느낌이 있었다.[4]「리챠아즈」도 또한 詩作術로서「빅토리아」王朝式의 直接的 敍法을 排斥하고, 그 대신 暗示的 手法을 極力 獎勵하였던 것이다.

다음으로 英國詩壇에 미칠「리챠아즈」의 影響에 대해서는「마이클·로비이츠」가 잘 要約해서 말했다.「리챠아즈」氏의「文學批評의 諸原理」는 一九二五年에 나타났다. 그 主題를 다룬 그 뒤의 모오든 著者는 이 著作에 그 着想에 있어서나 刺戟에 있어서 莫大한 負債를 저 왔으며, 또 지는 것이 當然하다.」[5] 그의 用語 例와 또 詩研究 方法은 實로 戰後의 英國 評壇뿐 아니라 또 英語를 通하여 交涉할 수 있는 여러 나라에 한 重要한 새 方向을 指示하였다고 해도 過言이 아니겠다.

A. 逃避의 詩

英國에서「리챠아즈」의 影響이 가장 活潑하였던 것은 그러나 主로 二十年代의 일이었다. 三十年代에 들어서면서부터, 長詩「荒蕪地」로써 代表되는「엘리욷」의 全盛時代가 지나가고, 社會的 視野를 가진「새나라(New Country)」「새자취」(New Signature)에 雄據한 새 詩運動의 擡頭와 더불어, 詩壇에 있어서의「리챠아즈」의 영향력도 한물 꺾인 느낌이 있었다. 그래서 차츰「리챠아즈」批判의 소리가 젊은 世代 사이에서 들려오기 시작하였다. 가령「A·웨스트」는 아래

---

4) Shes and Vnies; Movement in Modern English poetry and prose. p.104.

5) Michael Roberts; Critique of Poetry. p.60.

와 같이 그 不滿을 吐露하였다. 「리챠아즈」博士가 詩의 情意的 價値를 客觀的 現實에 대한 뭇 信念으로부터 이를 孤立시킴으로써 維持하려고 願할 적에 그는 詩를 實踐에 依하여 陳述의 客觀的 眞理性을 檢討하는 社會的 活動으로부터 孤立시키는 것이다. 그는 詩의 反應을 그 唯一한 源泉으로부터 孤立시킴으로써 詩에 대한 그 어떠한 反應의 可能性도 破壞하는 것이다.6) 앞에서 言及한 옥쓰포오드 中心의 새 詩運動의 理論家의 한 사람인 「마이클·로비어츠」는 또 이렇게도 말하였다. 「「리챠아즈」氏는 賢明하게도 부란디 맛을 붙인 麥酒黨은 돌아오는 일이 드물다는 것을 指摘한다. 그러나 이는 오직 부란디가 麥酒보다 醉興劑로서 더 有效하다는 것을 立證할 따름이다. 우리는 世界에 대한 그 꿈을 흐릿하게 하기 위한(그래서 그 社會的 適應性을 制限하기 위한) 醉興劑로서 詩를 利用하려는 그러한 讀者들과 그 꿈을 밝게 하기 위하여 詩를 利用하는 사람들과를 區別해야 할 것이다.7) 「필립·헨더이슨」이 또한 이렇게 빈정대서 말하는 것을 듣는다. 「마찬가지로 우리는 「I·A·리챠아즈」가 「科學과 詩」속에서 우리에게 일러주는 것을 듣는다. 「眞인 陳述을 만드는 것은 詩人의 일이 아니다. 詩人은 假陳述을 만들어야 한다.」고. 사람들은 假陳述은 假詩를 結果하고 말 것이라고 생각하기도 한 것이다. 그러나 分明 그렇지는 않다. 왜 그러냐 하면 「리챠아즈」는 말하기를 「엘리온」은 「그의 詩와 모오든 信念과 斷絶」을 成果시켰다고 했기 때문이다. 또 「모오든 詩는 結論的으로 우리의 態度 가운데 가장 중요한 것조차가 信念의 介入이 조금도 없이도 惹起될 수 있으며 維持될 수 있다는 것으로 보여준다.」 그러므로 詩를 쓸 적에는 「리챠아즈」는 「우리의

---

6) A. West; Criticism and Crisis. p.78.
7) M. Roberts; op. cit; p.133. note.

假陳述을 信念으로부터 끊어 버리며, 그래서는 우리의 態度를 서로
서로 그리고 世界에 向하여 整頓하는 重要한 道具로써 이 解除된 狀
態대로 그것을 維持하라고 우리에게 타이른다. 그의 말대로 하면 우
리가 「誠實性」을 達成할 수 있는 唯一한 길은 우리의 非誠實性을 自
覺함으로써다.[8]

　이러한 不滿들은 勿論 主로 「와아드」의 이른바 「二十年代」에 反抗
한 새 世代 사이에서 우러나는 것이다. 그래서 거기 共通된 것은
「리챠아즈」의 全體系의 가장 弱한 面인 社會性의 缺如라고 할까 積
極性의 廻避라고 할까, 如何間 詩의 歷史的 社會的 面의 否定, 看過
라는 點에 대한 不滿이다. 이는 佛蘭西의 超現實主義가 三十年代에
들어서서야 비로소 英國에 晩到하여 「허어버어트·리이드」와 같은
有力한 同情者를 얻기는 하였으면서도, 이 時期의 英詩壇의 主調는
亦是 心理主義, 現實逃避로부터의 離脫, 새로운 社會的 視野의 追
求—말하자면 한 積極性에의 方向에 있었던 것과 아울러 생각할 때
그럴법한 일이다. 이러한 急速한 社會化의 傾向은, 大陸에 있어서의
파시즘의 脅威에 몹씨 刺戟되었던 것으로 보인다. 이러한 旺盛한 時
代의 心理가 한심 한심한 情意的 平面에 오로지 依據하려고 하는
「리챠아즈」의 體系에 滿足할 리가 없다. 그가 말하는 心理的 均衡이
라고 하는 것은 消極的 態度에의 隱退인 것이다. 그는 詩라는 말로
써 오직 한 種類의 詩—卽 「逃避의 詩」만을 意味하려 한 것 같다.
그러한 詩는 「프로이드」가 主張한 幻想으로서의 藝術임엔 틀림없다.
幻想이라고 하는 것은 그 動機에 있어서 볼 적에는 現實에 대한 精
神의 一種 復讐인 것이다. 그러나 結果에 있어서 본다면 한낱 힘없
는 消極的 否定—바꾸어 말하면 現實에서부터의 逃避인 것이다.[9]

---

8) Philip Herderson; Iiterature. p.112.

「藝術家란, 元來는 本能的 滿足의 斷念에 대한 要求가 처음 있었을 적에 그것과 調和할 수가 없는 까닭에 現實에 外面하는 사람이다. 그래서는 다음에는 幻想生活에서 그의 性的 野心的인 慾望에게 十分 活動을 許諾하는 사람이다.10) 이리하여 「프로이드」가 佛蘭西를 비롯하여 歐羅巴 詩壇에 미친 影響에 比할 일을 「리챠아즈」는 主로 英美 詩壇을 위하여 하였다고도 할 수 있다.

여기서 우리는 한 가지 매우 궁금한 일―卽 「리챠아즈」의 學說과 超現實主義와의 微妙한 關係를 살필 必要가 있다. 「웨스트」의 意見을 좇는다면 兩者는 表面은 매우 다른 것으로 보이나 本質的으로는 類似點을 많이 가지고 있는 것이 된다. 그는 말한다. 「「리챠아즈」博士의 手續은 超現實主義의 그것과 恰似하다. 超現實主義는 모오든 重點을 作者의 表現으로써의 陳述에 둠으로써 對象에 대하여 表現된 感情을 對象 속에 投入하여서 그 難點들을 解決하려 한다. 그러고는 그러므로 우리는 對象에 對한 우리의 關係를 變更함으로써 對象을 變化시킨다고 말한다. 「리챠아즈」博士는 心理的 事實로서의 發言에 모오든 强點을 둔다. 그러고는 그렇게 함으로써 詩를 이 危機의 時代에 있어서 「確實한 支柱」를 삼으려고 希望한다.11) 이렇게 보아온다고 하면 佛蘭西의 超現實主義이나 英國의 모더니즘 및 그 좋은 解釋者인 「리챠아즈」나 마찬가지로 文學史上 類例가 드문 저 精神的 內面的 危機의 時代였던 二十年代의 같은 生理의 發露였다고 할 수도 있겠다.

---

9) Freud; A. General Introduction to Psycho-analysis. p.323.
10) Freud; Collected Essays. IV. p.19.
11) A. West; Criticism and Crisis. p.74.

B. 心理主義

　詩學의 體系로서의, 「리챠아즈」의 學說의 特徵의 하나는 그것이 詩의 研究에 있어서 實利的 面만을 다루었으며 그 밖의 面에 대해서는 이를 是認하러들지 않았다는 點이라 하겠다. 비록 「批評에 대한 心理學 適用의 感歎할 例」[12]라고는 하면서도 그는 몰라서가 아니라 차라리 일부러 詩가 한편에 있어서 偶然한 歷史的 社會的 現象으로서의 面을 가지고 있다는 事實에 대하여 눈을 감으려 하였다. 「리챠아즈」博士는 이리하여 모오든 情意의 基礎가 그 生存의 生存을 持續하며 또 그를 위한 手段을 고쳐 가는 社會의 活動이라는 것을 대수롭지 않게 잊어버린다. 그러고 우리들 各自의 情意의 基礎는 上記한 活動에 있어서의 우리의 몫이라는 것을 간단히 잊어버린다. 이에 先行하는 社會的 活動 없이는 아무러한 詩도 또 詩에 대한 反應도 있을 수 없다.」[13] 詩는 人類의 오래인 歷史를 通하여 發展해 온 文明의 所産인 것이다. 그리하여 그것은 한 社會의 傳統과 그 時代的 特殊性에 意하여 制約될 밖에 없다. 詩는 그 形態와 情調와 思想을 아울러 社會의 여러 가지 歷史的 契機에 相應하여 變遷해온 것이다. 그리하여 「情意的 記號에 대한 反應은 受容者의 健康과 經歷과 그러고 環境에 依存한다.」[14]함은 속일 수 없는 일이라 하겠다.

　以上은 歷史的 社會的 現實로부터 詩가 받아들이는 受動的인 負債의 面에서 본 이야기지만, 같은 事實이 能動的 面으로서 나타나는 것을 우리는 이렇게 表現할 수도 있다. 卽 詩는 원 積極的이건 消極

---

12) M. Roberts; op. cit. p.78
13) A. West; op. cit. p.73
14) M. Roberts; op. cit. p.34

的이건 그것을 키워낸 生活을 反映하고 있는 것이다. 「事實上 어느 時代의 一般的인 特徵은 그 時代에 쓰이어진 詩에 反映된다.」[15]고 한 「질키스」의 말은 簡明直戒하게 이 일을 指摘한 것임에 틀림없다. 「T·S·엘리엍」은 말을 바꾸어서 이렇게도 表現하였다.

「歷史的 感覺은 사람으로 하여금 제 骨體에 제 自身의 世代를 품은 채 글을 쓸 뿐 아니라 「호오머어」 以來의 歐羅巴文學이 또 그 속에 있어서의 自國의 全文學이 共存했으며 때를 같이한 秩序를 이룬다는 느낌을 가지고 쓰게 한다. 이 歷史的 感覺은…同時에 한 作家로 하여곰 가장 날카롭게 時間에 있어서 그의 位置를[16] 意識하게 하며 그 自身의 現代性을 意識하게 한다.」

이리하여 우리는 한 個人의 詩的 趣味는 그의 個性에 依하여 決定될 뿐 아니라, 그가 살고 있는 時代와 그 時代의 文明과 또 그 自身의 社會的 位置에서 오는 生理와 陰影을 물려 가지게 된다. 詩의 價値에 대한 判斷이 여러 가지로 갈라지는 것은 이러한 여러 가지 契機의 特殊한 配合의 相違가 빚어내는 傾斜度일 터이다. 그러므로 價値의 問題는 心理的 事實로서의 詩的 經驗의 正確精密한 把握과 分析과 아울러 그것이 由來하는 歷史的 社會的 背景과 意味에까지 그것을 遡及, 關聯시킴으로써 비로소 完全함을 期할 수 있을 것이다. 從來 社會的 觀點에서 한 硏究는 文學과 그 社會的 背景과 根據와의 關係에 대한 基本的 公式을 宣明하여 왔다. 그러나 아직도 더 精密하고 體系가 선 硏究에 依하여, 豫見된 公式의 안을 充分히 떠바치고 또 남을 境地까지는 이르지 못하고 있다. 科學的 基礎 위에 確立된 詩의 社會學은 亦是 今後에 期待할 밖에 없다. 詩를 規定하는 根

---

15) Martin Gilkes; A Key to Modern English Poetry. p.40.
16) T. S. Eliot; Selected Essays. p.14

本的인 社會的 契機는 무엇 무엇인가? 또 그것들은 詩에 어떻게 作成하나? 다른 文化領域의 諸 分科와 詩와의 相互關聯은 어떤 것인가? 詩는 어떻게 그것이 屬한 文明을 反映하는가? 또 詩의 社會的 機能은 무엇인가? 그러한 問題들에 대하여 詩의 社會學은 언제고 解答을 해야 할 것이다. 또 그것이 廣汎한 意味의 觀念形態論을 그 基礎科學으로 삼을 것을 쉽사리 생각할 수 있는 것이다.

「리챠아즈」는 한편 意味傳達의 手段으로서의 詩의, 말하자면 意義學的 分析을 試驗한 것은 亦是 特記할 일이라 하겠다. 그가 詩의 傳達作用의 成立의 이 可能性을 어떤 데서 찾았는가—는 매우 궁금한 題目이면서 다만 詩人과 讀者의 經驗 사이에 대체로 비슷한 同僚關係를 想定하였을 따름이다.17) 도대체 詩的 效果라는 것이 있으려면 그 原因이 먼저 있어야 할 터이다. 이 原因이 情意的 言語의 이런 樣相을 通하여 어떻게 作用하는가—하는 過程은 아직도 充分히 그 意味分析에서 判明되지는 못한 것 같다. 이러한 詩의 意義學的 究明 또한 그가 開拓한 길을 좇아서 앞으로 더 成果가 나올 것이나, 그와 「옥덴」과의 共著인 「意味의 意味」에서 비롯해서 「콜릿지의 想像論」 「修辭哲學」 等에서 發展시킨 이 方面의 硏究는 매우 興味있는 題目이라 하겠다. 이 意義學 方面에 있어서도 「리챠아즈」의 特徵은 그 濃厚한 心理主義의 傾向에 있는 것이어서 그의 顯著한 功績도 또 그 體系의 不幸한 眼界도 거기 있다고 할 밖에 없다.

---

17) I. A. Richards; Principles of Literary Criticism. p.176

C. 形而上學의 誘惑

　形而上學과 批評은 말하자면 어떠한 유토피아를 無言 中에라도 想定하고 그것을 學問的인 術語로써 마치 學問인 것처럼 僞裝하는 것이다. 자세히 살펴보면 그러나 그것이 科學이 아님은 곧 알아낼 수 있다.[18] 뭇 形而上學的 幻想에 대해서 科學的 組織이 優位에 있다고 하는 根據는 그것만이 事實에 대한 가장 正確하고 信賴할만한 組織인 때문이다. 卽 經驗에 依하여 檢證된 知識이며 언제고 그러한 檢證을 豫想한 自身있는 知識이다.[19] 우리는 우리가 살고 있는 宇宙와 人間生活에 대한 수 없는 獨斷的인 幻想을 가지고 있다. 古代와 中世에는 主로 神話와 宗敎가, 自然과 人間에 대한 모오든 假知識을 提供하였던 것이다. 그러고는 希臘人이 天才的 構想에서 시초한 수 없는 形而上學의 體系들이 神話와 宗敎의 補足 또는 代用으로서 並行해 왔다.[20] 그러나 오늘에 와서는 情勢는 一變해버린 것이다. 神話나 宗敎는 歷史上 한 民族이나 種族의 꿈의 表現일찌언정 아무러한 知識의 源泉도 될 수 없다. 어떠한 篤信者도 오늘 와서는 物理學 공부를 聖書로써 대신할 수 있다고 생각하지는 않을 것이다. 科學에서 樹立된 知識과 科學에서 認定받은 方法을 거쳐 獲得한 知識만이 知識의 이름으로 通用되게 되었다.[21] 近世에 들어 와서 神話와 宗敎의

---

18) A. J. Ages; Language; Truth and Logic. pp.31-32. Rudolf Carnap; The Logical Syntax of Language. p.8. p.278. p.279. 參照

19) 한 命題는 萬一에 오직 萬一에 그 眞理性이 특징속에 描寫的으로 確立이 될 수가 있으면 述語의 가장 强한 意味에서 實證될 수 있다고 말한다. (Ayes; op. cit. p.22)
　「純粹한 論理的 思考는 經驗의 世界에 대한 어떠한 知識도 줄 수 없다. 實在에 대한 모오든 知識은 經驗에서 시작해서 經驗에서 끝나는 것이다.」(A. Einstein; On the Method of Theoretical Physics. p. 7)

20) B. Russell; Scientific Method in Phylosophy. p.7 參照

權威가 科學의 攻勢 앞에서 희미하게 되자 이 틈을 타서 새로운 形而上學들이 슬그머니 科學의 옷을 입고는 神話와 宗教의 祭壇을 橫領하려는 듯했다. 이를 形而上學의 體系에서 그 非科學性 反科學性을 端的으로 보여주는 것은 무엇인가? 倫理的 要素가 그것이다. 「비어트란드·럿셀」은 이 일을 이렇게 말하였다. 「가장 이름 높은 哲學體系의 많은 것에 顯著하던 倫理的 要素는, 나의 보는 바로서는 哲學問題 討究에 있어서의 科學的 方法의 勝利에 대한 가장 重大한 支障이다.」[22] 비록 「倫理的으로 中立한 科學으로서의 心理學이 成長해 온 것은 겨우 지난 世紀 동안의 일이며, 여기서도 또한 倫理的 中立性이 科學的 成功에 있어 本質的인 것이었었다」고 할찌라도, 人間心理의 研究에 있어서의 科學的 設計는 아직도 그리 進步된 것은 못된다. 이 領域에 대한 科學的 方法의 適用은 亦是 아주 是認되지는 못한 채 있다. 이러한 有用한 努力에 대하여 여러 가지 有害한 反動이 가지각색으로 모양을 달리해 가지고 나타나기도 했다. 오늘에 와서는 우리들은 지나간 날의 神話 宗教는 勿論이고, 公認된 形而上學까지라도 「無意味」한 것으로 물리치고 모오든 知識을 한가지 形態—卽 科學으로 統一할 必要하고도 切實한 要請을 느끼고 있는 것이다.

「리챠아즈」의 理論의 發展이 너무 飛躍이 많은 것처럼 보일 적에 우리가 一種의 不安을 느끼는 것은, 그가 科學에서 얻은 것을 形而上學에서 읽을까보아 두려워 한 때문이리라. 오늘의 心理學은 사람의 心理的 現象을 一括하여 說明해버릴 만큼 成熟하지는 못한 것이 事實이다. 비록 詩의 心理學의 成立을 위해서는 있을 법도 한 일이기는 하나 그의 人間心理의 假說은 좀 한심 한심한 모가 적지 않다.

---

21) C. W. Morris ; Logical Positivism, Pragmatism, and Scientific Empiricism. pp.7~8. 參照
22) B. Russell; op. cit. p.13.

그가 즐겨 쓰는 心理的 均衡(Equilibrium) 또는 平衡(Balance)이라는
말은 物理的 現象에서 얻는 한 類推인 것이다. 그의 理論이 人間心
理를 더욱 總括用으로 說明해 내친 듯해 보이면 보일수록 도리어 위
태스러워 보임은 어쩐 까닭일가? 만일에 心理學이 그 自體가 科學으
로서 더욱 武裝하고 싶을찐댄 차라리 이러한 一括的인 企圖는 當分
間은 斷念하는 것이 옳을 것이나 아닐까? 近世 以來 哲學으로부터
여러 分科 科學들이 分家해 나온 經路를 살펴보면, 늘 全體의 構圖
에 未練을 가졌을 적에 그만큼 哲學의 遺習에 아직도 얽매인 증거였
으며, 차라리 지극히 작은 部分에서부터라 할지라도 그것이 質的으
로 確實한 것일 적에 그 작은 部分이야말로 將來의 大科學의 가장
믿을만한 礎石이었던 것이다. 「뉴우톤」이 「나는 假說을 만들지 않는
다.」(Hypothesis non Pingo)고 말하였을 적에 그는 科學의 이러한
謙虛性을 잘 表現한 것이다. 나의 보는 바로는 「리챠아즈」뿐 아니라,
그밖에도 모오든 心理學派 가령 精神分析學, 行動主義心理學, 內觀心
理學은 勿論 形態心理學마저가 늘 雄大한 體系의 樹立에 너무 燥急
한 것 같다. 이 일은 오늘의 心理學이 그만치 科學으로서는 철이 들
지 못한 좋은 증거임에 틀림없다. 宏大한 構造를 가진다는 것은 形
而上學으로서는 자랑일지 몰라도 科學으로서는 자랑도 아무 것도 아
닌 것이다. 科學은 실로 늘 虛榮을 忌避하면서 가장 正確하고 確實
한 小部分에서부터 그 宮殿을 쌓아 올리기를 게을리 하지 않았다.
그리고 그 小部分은 어디까지 徹底히 說明되어야 하며 무엇보다도
事實 그것과 對應해야 하는 것이다. 그런데 心理學의 弱點은 心理的
事實이라고 하는 것이 원체, 物理的 事實과는 달라서, 正確한 檢證이
나 實驗에 ——이 걸기 어려운 點이 너무나 많다는 일이다. 오늘 心
理學 研究에 있어서 實驗은 많이 쓰여진다고는 하지만, 언제든지 量

의 關係로 還元시킬 수 있는 自然科學의 實驗結果에는 그 精密性을
비교할 수가 없다.23)

　科學의 테두리에서 모오든 케케묵은 無用한 思辨을 떨어버리는
일만해도 결단코 些少한 일은 아닐 터이라 危險은 차라리 아직도 事
實의 科學的 保證을 十分 얻기 前의 論證을 가지고 一括的인 尨大한
體系를 構想할 적에 胚胎되는 것이다. 그러한 結果의 하나로서 「리
챠아즈」24)는 文明에 있어서의 詩의 位置를 너무나 지나치게 높이 치
켜올렸던 것이다. 그리하여 詩는 現代와 같은 危機에는 神話의 地位
에까지 어느새 올라 앉혀졌던 것이다. 그가 文明에 있어서의 詩의
地位에 말이 미치기만 하면 그의 붓끝에서는 最上級의 形容詞가 잇
달아 나오는 것이다. 가령 「가장 有力한」「으뜸가는 手段」「言語의
最上의 使用」「人間의 主要한 調整 道具」 等等의 例를 수두룩하게
꽂을 수가 있다. 詩는 아마도 이러한 面을 가지고 있을찌는 모른다.
그렇다고 할지라도 그것이 바로 그러한 것의 最高의 것이라고 斷案
을 내림은 論理的 飛躍이라는 非難을 免할 수가 없을 것이다. 詩의
擁護는 여기에 이르러서는 當者인 詩조차가 얼굴을 붉힐 정도로 分
을 넘어선 느낌이 없지 않다. 너무나 높은 구름 위에서 詩는 或은
眩氣를 일으킬지 모른다.

〈학풍 (1권 1호. 1948. 10.)〉

---

23) B. Russell;On Knowledge of the External World. p.38.

24) Ritchie; Scientific Method. p.22.

새 文體의 確立을 爲하여

(上)

民主文化의 建設의 소리는 들린 지 오래다. 혹은 文化의 大衆化 民主化를 부르짖는 소리 또한 놉핫다. 우리 文化運動의 理念으로서 또 향할 바 指標로서 아무도 異論업시 승인하는 바다.

무릇 理念은 내세우기가 쉬운 노릇이다. 어떠한 놉고 아름다운 規範도 한 줄의 文句로서 足히 나타내 보일 수가 잇다. 어려운 것은 理念의 提示가 아니라 실은 그 實現을 위한 實천인 것이다. 그리해서 方法의 問題는 어려운 까닭으로 해서 피차에 건드리지 안는 동안에 어느새 忌避되고 이저버리운 채 휘황찬란한 理念만 허망 공중에 둥々 떠 잇게 되는 경우가 十中八九다.

두말할 것도 업시 民主文化는 그 內容에 잇서서 民主的이라야 할 터이다. 特權的인 貴族主義的인 要素를 完全히 淸算한 그대로 大衆의 生活에 뿌리박고 그 속에 퍼저 가서 그들의 福利를 增進하는 그

러한 性質의 文化일 터이다. 그것은 文化의 內容에 잇서서의 民主化
다. 그러한 文化는 당연히 또 스스로의 성격에서 오는 必然한 要請
으로서 大衆속에 넓리 퍼저 드러가는 그러한 것일 터이다. 民主文化
의 建設이라는 要望은 그리해서 文化의 民主化를 위한 方便의 問題
를 가장 진지하게 提起해야 할 것이다. 方便은 말(言語)인 것이다.
말은 한 옛날에 잇서서 늘 주장 입으로 전해지는 口碑의 모양으로서
의 文化 傳播의 일을 마터 본 것이다. 아직 幼稚하고 단순한 그 당
시의 文化는 이 정도의 方便을 가지고도 그리 不便업시 保存 傳達되
엇던 것이다.

  그러나 文化가 發達하야 그 內容이 복잡多端해짐을 따라 더군다
나 오늘과 갓튼 高度의 文化에 잇서서는 그것을 保存傳達하기 위하
야는 입으로만 하는 말을 가지고는 중간에 흘러버리는 것이 너무 만
을 것이오 安定性이 잇슬 수가 업고 또 그 큰 규모를 도저히 담당해
낼 수가 업슬 것이다. 活版印刷術이 發明된 뒤라고 하는 것은 (물론
그 이전에도 手寫 또는 木刻의 形式이 잇섯지만) 文化의 保存傳達의
方便으로서는 글이 口語를 제께 노코 가장 큰 목을 마타보게 된 것
은 너무나 뚜렷한 일이다. 글이란 별게 아니라 혹 聲記號의 體系인
말을 글짜라고 하는 視覺을 刺戟하는 記號로서 다시 옴겨 노흔 것에
지나지 안는 것이다. 특히 表音文字라는 말이 보여주드시 글짜라는
記號는 記號로서의 音聲을 代表하는 것이오 그 音聲이 代表하는 意
味를 直接 代表하는 것은 아니라 적어도 일상 우리가 글이라고 부르
는 것은 대체가 그런 것이다. 다만 數學의 記號와 가튼 것은 音聲을
代表하는 것이 아니라 바로 어떤 意味聯關을 대표하는 것임은 말할
것도 업다. 그런 까닭에 그것은 一定한
  特殊한 音聲體系인 各 民族語의 制約을 받지 안흔 채 國境을 無視

하고 意味가 適用되는 것이다.

〈自由新聞(1948. 10. 31)〉

(下)

　그러나 그러한 「쓰리나지 안는 글」이란 것은 例外에 지나지 안는다. 어떠한 나라의 글이고 그것은 그것에 固有한 어떤 音聲體系의 政再表現이라는 意味에서 모다 「소리나는 글」인 것이다. 한 나라 글의 가장 건전한 상태라고 하는 것은 그것이 그 나라 말과 자못 긴밀하게 연결되어 잇는 때다. 글이 말을 멀리 떠나면 떠날스록 그것은 病的이며 위대한 길을 걷는 것이오 또 말을 건전한 상태의 글에서 스스로를 정돈하고 자리잡는 길을 찾는 것이다. 새로운 文體문제의 올흔 해결의 열쇠는 다름 아닌 여기 잇는 것이다.

　그러나 글이 한 記號體系로서 技術로서의 성적을 갓고 잇는 까닭에 그것은 學習을 거처서야 내 것을 맨들 수 잇는 것이다. 말도 물론 나가지고 배우는 것이지만 社會的 生活의 한 因習인 때문으로 해서 放任된 상태에서도 제절로 배워가는 것이다. 그러나 글은 意識的으로 배워가지 안으면 말처럼 제절로 배워가지지는 못한다. 글에는 말 以上의 人工性과 技術性이 잇는 것이다. 奴隷社會 以來 오늘에 이르기까지 階級社會에서는 어떤 데서고 대체로는 글은 時間과 物質의 여유를 가진 特權層의 專有物이엇던 것이다. 그리해서 글에는 그것이 주로 特權層의 所有엿던 관계로 자칫하면 스스로를 特權의 標識이 되도록 장식하는 경향이 잇서 왓다. 그리해서 심한 경우에는

402

글이 제나라 말을 아주 떠나서 전연 연결이 업는 機械的인 約束으로
서 特權層의 骨董的 노리개 또는 獨占物이던 例도 잇엇다. 歐羅巴에
서는 「라틴」이 그 例요 우리 나라에서는 漢文이 그 例다. 글의 歷史
에 잇서서 가장 不健全한 時期엿다. 그리해서 世宗은 「訓民正音」을
制定함에 잇서서 그 動機를 說明하야 우리 나라 語音이 中國과 달라
서 文字가 適用되지 안흠을 恨歎한 나머지 獨自의 記號方式을 맨든
것이라고 한 것 가튼 것은 우에서 말한 不健全한 상태를 스스로 깁
히 意識한 것이라 하겠다.

　글의 다음가는 온당치 못한 상태는 스스로 제나라 말을 옴기는 특
수한 記號體系는 갓고 잇스면서 글 自體가 제나라 실제의 말에서 멀
리 떠러저 스스로의 몸짓과 냄새와 맛을 가지려고 하는 때에 생기는
것이다. 文體上으로서는 文語體가 口語體를 업신여기고 스스로 貴族
的 차림차림으로 가추려 하는 때다.

　文化의 民主化 또는 民主文化의 建設은 그러므로 傳播方便의 看
點에서 말과 글의 問題에 關聯해서는 아래의 두 問題를 具體的으로
提起해야 할 것이다.

　하나, 民主的인 글짜記號의 確立과 또 그 大衆化

　둘, 文體의 民主化

　하나는 한글의 철저한 使用과 그 普及으로서 해결지을 문제다. 적
어도 漢字의 힘을 빌지 안코 한글로써 오늘의 文化의 놉흔 內容을
거리낌 업시 다룰 수 잇도록 되어야 할 것이다. 유감이지만 오늘의
우리 語文生活의 實際는 漢文과 國語混合時代를 면치 못하고 잇다고
할 박게 업다. 理想으로서는 하로 바삐 완전한 「우리말·한글」 상태
로 우리 語文生活을 統一하고 놉혀야 할 것이다. 급속하게 철저히
해야할 것이다. 漢字廢止는 한 方法이기는 하다. 그러나 그것은 消極

的인 面을 가지고 잇슴을 면치 못한다. 박갓 모양만의 해결이다.

　漢字를 몰아냄으로써 부대치는 表現과 技術上의 不足과 빈틈과 缺陷과 混亂이 잇다면 그러한 것들—即 漢字를 몰아낸 뒤에 眞空이 된 구석구석을 어떠케 메울까 하는 문제는 우리 語文生活의 실제에 비춰어 그리 훌훌한 일은 아니다. 그러한 곤란을 가장 절실히 알아차리고 그 곤란을 밀이 업시할 임무를 진 것이 특히 文學에 종사하는 사람들일 것이다. 그리하야 한글 徹底化의 운동은 한편에 잇서서 이 나라 文學人들의 절절한 노력에 依한 이에 따루는 새 文體의 確立을 어더서 비로소 이 나라의 民主文化의 建設은 그 保存傳達을 위한 方便의 問題한 것으로는 民族文化의 形式問題의 解決을 기대하게 되는 것이다.

　그러면 새 文體는 어떠케 確立될 것이냐? 그 具體的인 論議는 紙面관계로 다른 기회로 밀고 여기서는 問題의 所在와 解決의 方向만을 暗示함에 끈짐을 유감으로 생각한다.

〈自由新聞(1948. 11. 2)〉

體驗의 文學

　體驗이라는 말은 반드시 몸으로 겪는 것을 의미하지는 않는 것 같다. 偉大한 體驗 좋은 體驗 높은 體驗에서 큰 作品이 나온다는 것은 거지반 누구나 아는 일이 되었다. 그런데 그 體驗은 作家의 몸소 겪는 經驗이 뿌리가 되고 줄거리가 될 것은 물론이지만 作家는 다시 自己의 個人的 經驗을 核으로 해 가지고 類推와 理解를 통해서 자기의 經驗을 넘어선 일과 처지와 人物의 世界마저 껴안아드리는 것이다. 그리해서 類推를 통해서는 人物이나 情況의 적확한 典型을 부잡아 내며 理解를 통해서는 작은 主視의 문을 열어 커다란 客視의 世界에 자기를 溶解시키는 것이다.

　世界는 이러한 높은 意味의 體驗을 거처 作家에게 있어 主體化하는 것이며 그의 主觀은 世界와 抱擁하는 것인가 한다. 큰 作品이 태나는 것은 바로 이렇게 해서 깊어지고 부프러 가고 充實해진 體驗을 産母로 가졌을 때인 것 같다. 그런 까닭에 어떤 유별난 經驗이 體驗으로 깊어가고 높아저서 큰 作品으로 모양을 갖추기까지는 상당한 시간이 걸릴 밖에 없다. 그런데 여기서 한 가지 注意할 點은 그 經

驗이 가령 「푸르스트」의 경우와 같이 作家 個人의 世界에 集中하는 데 끊지지 않고 「톨스토이」와 같이 民族에서 다시 人類에게로 퍼저 갈 적에 더 심각한 感動을 사람들에게 줄 수 있다는 일이다.

　이런 의미에서 본다면 오늘 文學을 하는 우리는 매우 유리한 처지에 있는 것 같다. 八・一五 이후 몇 해 동안의 이 남다른 경험은 作家 個人의 것이라느니 보다는 보다 더 民族의 運命에 連結되어 있는 것이며 만약에 그것을 作家의 體驗의 世界로 높이고 또 안을 채워간다면 우리는 머지않아 큰 文學을 기대할 수가 있어 보인다. 또 이 남다른 歷史的 體驗을 核으로 삼아 가지고 우리는 日帝 四十年 동안의 여러 가지 큰 事件을 例를 들면 三一運動 같은 것으로부터 저 開化期의 偉大한 陣痛 壬辰倭亂 같은 民族的 事件이 새로운 意味와 生氣와 具體性을 띄고 文學속에 다시 살아날 수도 있을 것이다. 八一五 이후 어느덧 四年이 지났다. 우리의 作家들도 그 동안 엄청난 激動을 거쳐 인제야 차츰 자기의 經驗을 정리하고 수습하며 體驗을 정돈해서 그것을 作品으로 살리고 길러낼 때가 찾아온 것 같다.

　일찍이 大「톨스토이」는 一八五四年으로부터 五六年까지의 「크리미아」戰爭에 참가해서 특히 五五年의 「세바스토폴」攻略戰을 몸소 겪고서 作品 「세바스토폴」을 남겼거니와 그는 다시 이 體驗을 基礎로 해 가지고 十年의 세월을 두고 다지고 짜아올린 결과 一八一五年 「나폴레옹」의 「모스코」 遠征을 絶頂으로 한 「러시아」 國民의 一大敍事詩라고도 할 大作 「戰爭과 平和」를 능히 쓸 수 있었던 것이다. 歐羅巴에서도 美國에서도 아직은 이번 大戰을 「테마」로 한 큰 作品이 나오지 않은 모양으로 겨우 「노-만・메일러」의 「벌거숭이와 죽은 사람늘」 따위의 戰爭風景小說이 나오고 있는 모양이라고 한즉 偉大한 戰爭小說은 인제부터 나올 것이나 아닌가 한다. 第一次 大戰의

體驗이 戰爭文學다운 作品을 낳기까지는 역시 十年 가까운 시일이 걸려던 것이다.

이 風浪에도 비길 이 몇 해 동안의 民族의 受難을 作家의 體驗으로서 燃燒 昇華시키고 다시 그것을 人類의 未來에까지 連結시키는 큰 作品들이 새해쯤에는 우리들 속에서도 나와 무방하겠다. 一九四九年은 그런 의미에서 祝福받게 될지 모른다.   (了)

〈경향신문. (1949. 1. 4)〉

時調와 現代

(上)

時調를 現代에 부활시키려는 운동은 무엇보다도 먼저 우리 復興
文學의 잊어버려왔던 價値를 찾아내서 그것을 다시 살려보려는 좋은
의미의 文化的 反省에서 온 것이라고 생각한다. 그러므로 이 경우에
는 現代가 時調를 요구한다느니 보다도 古典文學에 보이는 어떤 애
정이 지나간 날의 詩의 定形이라는 낡은 부대에 現代의 感性과 意識
과 생각이라는 새 술을 담아보려고 하게 하는 것이다. 그리 하므로
서 「햇마늘」이나 「양은」과는 다른 놋그릇의 그윽한 감촉과 별다른
쓸모를 다시 한 번 찾아내려는 것이다. 새것만을 찾는 것이 반드시
좋은 것은 아니겠다. 새 보석만 찾아 헤매댕기는 동안에 제 집에 파
묻겨 있는 진주는 버려둔 채로 지나기가 쉽다. 그것은 우리 古典文
化 遺産文化 一般整理 問題의 한 토막으로서 당연히 등장해야 될 계
제에 있으며 우리 新文化 초창기에 벌써 그 문제를 재빨리 끄집어올
린 六堂이나 그 뒤에 時調復興運動의 선수로서 높이 登場한 爲堂·

가람·鷺山 等의 의도와 공적은 또한 처들어 마땅할 것이다.

그럼에도 불구하고 그러한 「의도」 자체의 倫理的 評價와는 떠나서 과연 時調라는 詩의 형식이 現代 그것의 時代的 요구에 적응한 것이며 또는 할 수 있는 것인가—하는 문제는 특히 젊은 詩人들의 머리를 한번은 스치는 것으로 되어 있다.

定形詩라면 덮어놓고 반발 또는 경멸하기 조롱하는 것은 오늘의 젊은 詩人 또는 젊은 讀者 사이에 너무나 깊이 박혀버린 풍속이다. 그것은 「유럽」 象徵派 운동에서 물려 가진 「自由詩」라는 생각이 우리 사이에 너무나 뚜렷이 자리잡혀 버린 데서 온 자연스러운 사세라 하겠다. 오늘 詩라고 하면 東西洋을 막론하고 의례 自由詩를 일커르는 것으로 그 대신 定形詩라고 하면 무슨 化石이라도 대하는 것처럼 다루는 것이 우리의 버릇이다. 그러나 필자는 연래로 時調에 대하여 오늘의 우리로서도 그렇게 소홀히 넘겨버려서는 못쓸 어느 구석이 있는 듯싶어 늘 숙제의 하나로 지녀 내려오는 터이다. 그것은 아래 몇 가지 점에 연유하는 것이다.

時調가 一종의 定形詩라고 하는 아무도 움직일 수 없는 상식이겠다. 그러나 그 특수한 定形의 의미는 아직까지도 남김없이 검토된 것 같지는 않다. 즉 그 定形性은 自由詩로서 해결하지 않으면 멀리 달리는 길이 아주 막혀버린 그런 의미에서 융통성이 아주 없는 고집스러운 것인가? 또 그 定形의 構造는 본질적으로 어떤 것인가? 定形이라는 말은 時調가 그대로 한 「틀」이려니와 그 형식상의 「틀」은 詩의 내면적인 형식이랄가 즉 그 意味形成의 방식 다시 말하면 詩想의 발전형식하고는 어떤 有機的 관계가 있나?

時調의 定形性의 본질과 실상이 이렇게 밝혀진 연후에는 그러면 그러한 定形은 現代가 詩에 기대하는 그런 感性이나 생각이나 意識

을 받아들일 可能性이 있는 것인가 아닌가. 있다면 얼마만치나 있는 것인가 — 하는 문제를 따져가야 좋을 것이다.

「프랑스」에서 自由詩운동이 일어날 적에 새 詩人들의 머리에 있는 舊式 定形은 다름 아닌 「알렉산드린」調였었다. 「알렉산드린」의 구속과 기계성에서 산 定形을 해방한다는 것이 그 口號였다. 情緖의 갖은 움직임과 「뉴앙쓰」는 그 때 그 때 안으로부터 울어나오는 形式에 대한 內在的인 요구로서 스스로의 「운율」을 찾아낸다는 것이다.

그리하여 自由詩論者는 韻律無用論을 주장한 것이 아니라 한 詩 속에서도 자유자재한 운율의 변화를 인정한 것이 된다. 가령 극단의 自由詩를 쓴 「에즈라·파운드」의 「프로소디」가 현란망측하다고 하는 것은 그가 英詩의 基本인 「아이액빅」뿐 아니라 「트키-」 「댁틸」 「아나페스트」 등을 그 때 그 때의 필요에 따라 마음내키는 대로 뒤섞어 휘둘러서 한 協和的 효과를 거둘 수 있었다는 것을 의미한다.

이를 돌이켜 보면 時調는 古時調나 日本의 「하이꾸」(排詩) 短歌보다는 定形的 구속이 퍽 완화되어 있어 보인다. 古時調의 대부분이 거의 初章 中章 終章의 音數의 樣式에 그대로 들어맞지는 않는다. 初章 中章의 「三四四四」의 정식은 그것을 漸近線으로 잡을 한 基準일 따름이지 절대적으로 기계적으로 맞추어 가야할 至上命令은 아니다. 이 점에 時調에 대한 오해가 적지 아니 연유하는 것 같다. (繼續)

〈國都新聞(1950. 6. 9)〉

(中) 버림받는 時調의 再檢討

동창이 밝았느냐 노고지리 우지진다

소치는 아해놈은 상기 아니 이럿나냐
재넘어 사래 긴 밭을 언제 갈려 하느냐

  와 같이 고르게 찰삭 音數의 規格에 들어맞는 時調는 실제로는 퍽
드물었다.

간밤에 부든 바람 滿廷桃花 다 지거다
아해는 뷔를 들고 쓸을려 하는고야
落花-ㄴ 들 꽃이 아니랴 쓸어 무삼하리오

가마귀 검다하고 백로야 웃지 마라
겉이 검은들 속조차 검을소냐
겉 희고 속 검은 즘싱은 네야 긴가 하노라

등에서 보듯 실제의 작품은 늘 규격에서 필요에 따라 다소간 어긋난
약간씩의 變調라 하겠다. 너무나 당연한 말이면서도 定形에 이만한
융통성을 인정한 것이 時調를 창안하고 또 실천해 온 우리 先人들의
詩의 형식에 대한 天才的인 예술을 느낀다. 「규격」에 있어서 조차
初章 中章 꼭대기에 三音節을 놓아서 四四調의 原始的인 素朴性을
깨뜨린 곳에 이 詩形의 基盤이 이미 어느 정도 높아진 文化的 분위
기에 싸여있었다는 증거가 있어 보인다. 동시에 民謠에서 貴族詩로
옮아간 유력한 흔적이라고도 하겠다. 그러나 時調의 定形의 묘미는
실상은 終章에 있는 것인가 한다.
  「三五(六…)四三」
  의 「규격」에 있어서 「五(六…)」에서 보듯 여기서는 거진 無制限에
가까운 자유로운 영역을 詩想의 비약과 전환과 탈출과 연장과 반전

의 갖은 변화를 위하여 남겨두었다. 앞에서는 본 「규격」에서 필요에 따라 적당히 이탈할 수 있는 융통성이 준비되었다는 것과 또 終章에 남겨둔 너무나 너그러운 脫出路가 마련되어 있었다는 이 두 가지는 時調의 형식의 어떤 偉大性을 표시하는 것 같다. 初章 中章에서는 어느 정도 형식상의 縮性을 느끼다가도 終章의 변화 풍부한 展開와 歸結에서 우리는 時調의 끝없는 묘미를 맛보는 것이다. 時調의 생명이 처음에 꿈틀거리다가도 이 대목에 와서는 툭 튕겨나며 불거지는 것 같다.

그러나 時調의 定形의 진정한 신비로운 구석은 이러한 音數의 기계적인 計算을 다져감으로써만 도달할 수 없는 것으로 그 定形을 규정하는 內面的인 약속을 깨치지 못하면 스박 거죽할기가 되는 것 같다. 즉 初章에서 想을 일으켜서 中章에서 그것을 부연하거나 전개하였다가 終章에 가서는 돌연 뜻하지 않은 전환이나 비약을 꾀하도록 되어있는 내면적인 제약이 결국은 音數의 산술로 되어 밖에 나타나 버린 것으로 볼 적에만 時調의 定形은 실로 그 본질이 해명될 것이라 하겠다.

한 개의 「이데-」나 「이미지」에 대하여 그와 대립하는 質이 다른 「이데-」나 「이미지」를 충격시킴으로써 거기서 詩的 효과의 불꽃이 튕기도록 하는 것은 十七世紀의 영국 形而上學派 가까이는 超現實派의 장끼였으나 같은 着想 적어도 그 原形을 우리는 時調형식에서도 발견하는 것이다. 「다일러・로따산」은 이것을 詩의 「테크닉」상 「다이알렌티클」한 방법이라고 불렀지만 이러한 「다이알 렌티클」한 성질은 또 時調형식의 생명에 해당하는 것으로 나는 생각한다.

문제를 틀려서 그러면 형식에 있어 이렇게 우수한 모를 가지고 있었으면서도 時調 그것이 우리들의 젊은 食慾을 그리 건다리지 못하였다는 것은 무엇 때문인가? 물론 뛰어난 예외는 얼마든지 있는 것이고 실로 그것 때문으로 해서 時調가 우리에게 있어 문제가 되는 것이겠지만 여하간 대체로 보아서 時調는 아래와 같은 두 가지 점 때문으로 해서 우리와의 사이에 커다란 도랑에 의하여 지움쳐버린 것 같다.

첫째 그것은 封建社會의 儒敎的 뭇 理念의 類型을 판에 박은 듯 되풀이해 찍어냈을 뿐 人間性의 자유로운 충동과 그 발로에서 울어나온 近代的인 個人的 抒情詩에까지 꽃피우지 못 해왔던 것이다. 時調 詩集의 어느 것을 꺼내놓고 보아야 거진 千편一律로 노래되어 있는 것이 儒敎思想의 因襲이 아니면 路柳墻花의 「한량」사상 고작해야 脫俗逃避의 道敎的 感想이다. 이런 점에서 女性의 개인적인 경험의 절실하고 성실한 표현에 성공한 黃眞이의 몇 편의 時調에 우리는 높은 가치를 붙여주게 되는 것이다. 黃眞이에게서 우리는 비로소 近代의 個人的 抒情詩에의 系譜에 줄이 나은 물리와 같은 핏줄을 느끼는 것이다.

> 내 언제 信이 없어 임을 언제 속였관대
> 月沈三更에 온 뜻이 전혀 없네
> 秋風에 지는 잎 소리야 낸들 어이하리오

> 어저 내 일이여 그럴 줄을 모르는가
> 있으라 하드면 가련만은 제 구태어
> 보내고 그리는 정은 나도 몰라 하노라

〈國都新聞. (1950. 6. 10)〉

(下) 버림받는 時調의 再發見

이런 시편에서 우리는 비로소 儒教와 封建사상의 냄새가 풍기는 舊態依然이 아니라 封建社會의 그늘에서도 오히려 간엷히 밀리고 있는 한 여성의 숨김없는 人間性의 體溫을 느끼는 것이다. 여성의 마음속에 얼키는 복잡 미묘하고도 모순에 차있는 「愛情의 論理」에 우리 또한 공명하지 않고는 배기지 못하는 것이다. 그러한 청신한 세계를 다루는 것이기 때문에 특히 둘째에게서 보듯 그는 時調 定形의 約束을 제멋대로 속여 새로운 풍습조차 약동시킬 수 있었던 것이다.

둘째로 時調詩人들은 대부분 우리말 본래의 자연스럽고도 펄펄 뛰는 싱싱한 語彙나 語法을 살려부리려 하느니보다는 漢文이나 漢詩에서 온 죽은 因襲的 表現을 기계적으로 떼다 붙이는 못난이 짓을 즐겨했던 것이다. 天才的 時調詩人 黃眞이로도 아래 예에서 보듯 이 폐풍에 사로잡히는 때가 적지 않았다.

青山裏 碧溪水야 수이감을 자랑마라
一到滄海하면은 다시 오기 어려우니
明月이 滿乾坤할 제 쉬어간들 어떠리

한 나라 國語 또는 한 民族의 民族語 속에 살며 그것과 함께 호흡하며 그것을 길러가며 북돋아가며 밀어가는 곳에 詩人의 중요한 임무와 자랑이 있을진대 지나간 날의 大部分의 時調詩人은 漢文과 漢文투의 얼치기 말의 죽은 무덤에서 몬지를 호흡하면서 그나마도 아무 정신에도 쓸데없는 化石 부스레기를 주물르고 있는 것이 된다.

414

그들은 우리말의 맥박에 흘러서 굵어가는 성장에 아무 것도 보탤 수
없는 불행한 사람들이었다.

우리 新文學 黎明과 함께 새 時調運動 기운도 움직였던 것은 앞에
도 본 것과 같다. 六堂이 古典文學으로서의 時調의 存在에 대하여
우리의 눈을 띠워주었다면 爲堂 가람 鷺山 같은 분들은 그것을 藝術
의 한 抒情詩의 형식으로 살려보려 하였다. 그러나 새 時調는 그 主
題와 수법에 있어서 現代의 구미에 맞을 만치 새 창안점을 시험했다
고 할까? 의연히 懷古的인 主題는 時調의 본고장에으 돌아 가야할
영구한 草堂처럼 되어있지는 않은가? 都市와 經濟學과 原子物理學
의 세계를 時調는 과연 맞아들일 수 없는 것일가? 우에서 본 그 융
통성과 「다이알랙틱」의 한계는 역시 이러한 새 主題를 용납할 수 없
는 정도의 것인가?

물론 「三章」이라고 하는 형식 또는 비록 「사설시조」 같은 것도 있
다고 하나 終章의 끝에서 「四三」으로 닫아버리는 옹졸하고도 비좁은
틀을 가지고는 現在生活과 現代文明의 多面的인 情緖의 세계조차 다
루어내기 어려워 보인다. 그러나 그 어느 面 하나 하나를 豫覺的으
로 붙잡아내는 한 「쉐퍼그람」의 형식으로서 時調에는 아직도 더 可
能性이 남아있는 것은 아닐가? 日本 短歌에 일으킨 石川啄木의 충격
적 같은 것도 우리 時調는 일찌기 겪은 일이 없어 보인다. 필자의
개인적 소감으로는 天才의 출현은 어쩌면 時調에 한번 더 새 生面을
가져올 것만 같다. 여기서 天才라고 하는 것은 물론 一「퍼센트」의
奇蹟도 의미하는 것이 아니고 꾸준하고도 발랄한 文化的 창조사를
가르치는 것이다.

덮어놓고 걸핏하면 「안된다」 「못쓴다」하고 판결부터 나리는 것은
우리가 제일 걸리기 쉬운 獨斷病이라고 생각한다. 우리에게는 매사

에 警察이나 檢察官이나 裁判官처럼 서둘르는 버릇이 있다. 우리는 그보다 먼저 좋은 診斷者가 되어야 할 것으로 생각한다. 批評家에게 그윽히 기대하는 것도 그것이다.

내게 이 제목을 준 편에서도 바탕 찬란하게 時調를 냅다 결겨서 讀者의 가슴을 써늘하게 맨들기를 예기했을지 몰라도 갑갑하고 막막할 적에 다른 詩와 마찬가지로 역시 時調속에도 외우면 훌훌 마음이 페우는 것이 있을진대 이렇게 時調의 좋은 구석과 어느새 맺어진 「애정」이 필자로 하여금 그 盲目的 반대파를 맨들지 않는 것을 어쩔 수가 없다.

　　겨울날 다사한 볕을 님의 등에 쪼이과저
　　봄미나리 살진 맛을 님의 손에 들이과저
　　임이야 무엇이 없으리오마는 내 못잊어 하노라

글 읽고 있노라면 이렇게 우수운 詩일 수 있는 형식에 새 숨결을 불어넣는 어느 黃眞伊의 소리가 어디선가 또 다시 들려올 것만 같다. (끝)

〈國都新聞(1950. 6. 11)〉

제Ⅵ부

現文壇의 不振과 그 展望

一. 그대는 왜 글을 쓰는가.

우리는 回想한다. 무서운 動亂, 疲弊, 주림, 悲鳴, 부르지즘 등 大戰 直後의 그 놀라운 混亂속에서, 人類가 또다시 새로운 價値의 建設로 향하야 출발하려고 하는 순간에 모든 藝術의 旣成的 分野에 아낌없이 破壞의 진흙발을 던지던 다다運動의 마니페스트의 하나는 「그대는 웨 글을 쓰는가?」하는 訊問을 던진 것이엇다. 그래서 當時의 佛蘭西의 作家들은 「글쓰는 일에 意識的 動機를 찾으려고 하는」 이 痛烈한 訊問에 對하야, 잠깐 어떠케 대답할 줄을 모르고 멍서릴 밖에 없엇다. 그 중의 가장 「솔찍한」 사람들은, 戰時에는 徵兵忌避者 라는 指目을 받고 民衆의 미움을 사던 自己들이, 역시 戰後에도 「다른 職業에는 從事할 수 없다고 느낀 까닭이라」고 悲痛한 대답을 하엿다.

春園, 東仁 等 우리 新學의 先驅者들이 눈떠오는 조선의 새 子孫

의 앞에 화려한 文學의 길을 啓示한 후, 以來, 一九二九年의 그 무서운 世界的 恐慌의 初發까지에 우리는 어떠케 文學에 對하야 熱中하엿으며 그것의 社會的 役割, 商品價値(?) 등에는 생각을 돌릴 틈도 없이, 無條件하고 그것을 사랑하엿든가. 젊음이 모든 方面에 넘치엇든 것이다.

그러던 것이 지금의 우리 文壇은, 그 以前의 그 熱狂과 恍惚에 비해서, 얼마나 혹심한 沈滯의 狀態를 보이고 잇는가?

우리는 다만 한 개의 文學雜誌도 길러갈 수 없다. 한 사람의 놀라운 作家나 詩人도 (그러나 나는 辛夕汀氏의 그 아름다운 「리리시즘」을 잊어버린 것은 아니다) 나타나서 우리들의 心臟을 굳세게 따려준 일은 없다.

오히려 文學의 選手들은, 한 분식 두 분식 붓대를 꺾어버리고 그 대신에 혹은 광이를 혹은 算盤을 잡으며, 차츰차츰 文學의 써클에서 모양을 감춘다.

오늘날 文學은, 겨우 여러 雜誌들의 英國式의 紳士的 理解와 憐憫에 依存하야, 그 生命을 부지하고 잇다. 많은 이름 높은 文人을 가지고 잇는 우리들의 唯一한 新聞조차가 그 學藝欄을 애매하게 婦人欄 속에 解消해 버렷다.

二. 生活手段으로써의 文學

지금 어느 權威잇는 잡지가, 文人들에게 향하야, 「그대는 웨 글을 쓰는가」하고 묻는다면 아마도 金東仁氏만이 「다른 직업에 종사할 수 없는 까닭」이라고 대답할 수 잇는 唯一人일 것이다.

글쓰는 사람은 多少間에 1.名聲, 2.일에 대한 愛, 3.生活手段 이러한 것을 「글」속에 求하면서 혹은 느끼면서 붓을 잡는다. 그런데 오늘의 우리에게 잇어서는, 文學은 生活手段으로서의 價値 卽 交換價値를 ○以上으로 가지고 잇지 못하다.

最近 文人들의 어떤 「그룹」은, 原稿料를 꼭 받을 것을 決議하엿다는 풍문을 들엇다. 그것을 支拂할 수 잇엇음에도 不拘하고 눈을 감엇다면 허물은 勿論 出版業者의 편에 잇을 것이나 空前의 世界的 恐慌에 흙물결이 믲이는 우에 二重 三重의 타격으로 인하야 조선의 대중의 호주머니는 文學이라는 奢侈品은커녕, 그날의 生活上의 必須品조차 손에 넣을 수 없이 말러버렷음을 어찌하랴.

生活은 大衆의 앞에뿐 아니라 作家의 앞에도 속일 수 없는 嚴然한 사실로 나타낫다. 藝術은 生活하는 속에서 피여나는 웃음이며 꽃이다. 그러므로 文人들이 團結의 强壓的인 힘에 依하야서라도, 原稿料를 받어야 하겟다고 決議할 수받게 없은 것은 확실이 三面 記事中의 生活難 自殺 등과 함께, 도저이 웃을 수 없는 生活悲劇의 하나다.

오늘날까지 藝術이 가장 華麗한 歷史를 가진 時代는, 經濟的으로도 가장 祝福받은 때엿다. 希臘의 藝術을, 當代의 그 巨大한 富를 배경으로 하고 「아트리아」의 바다가에 꽃을 피운 것이다. 좋은 藝術의 發達은 늘 經濟와 時間 두 가지의 餘裕를 肥料로 삼는다. 그런데 우리에게는 그러한 幸福스러운 條件이 許諾되어 잇지 않다.

「위선 生活을 주시오」하고 文學에 향하야 청한다면 文學은 지금의 環境 아래서는 아주 대답할 資格이 없다.

그런데 文學의 이러한 經濟的 條件에는 아주 眼目을 두지 않엇고 차라리 武器로서의 功利性에서만 붓을 잡엇을 터인 「푸로레타리아」 文學의 領域에서까지 그 熱烈하던 鬪士의 氣焰이 매우 꺼저 버린 것은, 大彈壓의 눈포래의 暴威에 눌린 까닭도 잇겟지만, 한편으로 階級的 戰野에서의 有力한 武器로만 觀念的으로 思惟되엇던 文學이 實際의 經驗에 의하야 그 無力性이 實證된 까닭이 아닐까?

이것은 잠깐 脫線이지만 文學은 늘 間接的이고 觀念的일 수밖에는 없는 宿命을 가지고 잇다. 가장 有效한 싸홈을 찾는다면 戰士는 마땅이 文學과 같이 本質的으로 間接的이고 觀念的이고 姑息的인 手段은 버릴 것이다.

三. 文學의 混線

오늘의 文學의 沈滯가 前記한 바와 같이 經濟的 原因으로부터 由來함은 勿論이지만 文學에게 잇어서 더 致命的인 打擊은 文學 自體의 目標喪失에 잇다. 오늘처름 文學이 아니 모든 藝術이 大膽하게 그 傳統을 無視하고 어지럽게 跳躍한 時代는 前에 없다.

이것은 좀 오래된 이애기지만 따따이스트의 한 사람이 紙面에 한 방울의 「잉크」물을 흘려 놓고 「聖母마리아의 像」이라고 題目을 부첫을 때, 그때까지의 美學은 그 앞에서 다만 먼하니 입을 버리고 잇을 수밖에 없엇다. 마치 飛行機 앞에 갑짝이 붓잡아다가 세워 놓은 野蠻人의 얼골처름 그것은 從來의 美學 이상의 것인지 아닌지는 모르지만, 從來의 美學으로서는 도저이 律할 수 없는 그 以外의 것이엇다.

오는 文學의 여러 分野 卽 詩, 小說, 戱曲 등은 지금 각각 그 境界線을 잃어버리고 잇다. 서로서로 混亂되어 잇다. 그야말로 文學의 一大 混線을 이루고 잇다. 그럴 뿐 아니라 그것들은 그것을 各各의 장르를 잃어버렷다.

詩는 벌서 以前에 人氣가 없어젓지만, 小說조차가 그 存在의 意氣가 다한 것처름 보인다. 小說은 웰쓰나 무어나 루이쓰쯤으로 그만 끝을 맺어도 별로이 유감이 없으리라고 생각되엇다. 바로 忘却되려는 불상한 狀態에 文學은 놓여 잇을 것이다. 早晚間 小說 以外의 것이 나타나고야 말리라는 豫感이, 모든 進步的 인테리겐챠의 가슴을 울렷다.

여기에 가장 심한 콕텔의 標本으로 쩨임쓰쬬이쓰의 율리씨즈를 들 수 잇다. 그것은 方今 世界에서 가장 큰 物議를 이르키고 잇는 것이지만 사람들은 얼른 小說의 카테고리에 그것을 집어넣는다. 그러나 엘리옷트가 「諸君은 그것을 敍事詩라고 불러도 좋아」고 한 것처름 單純한 小說이 아니엇다. 어떤 意味에서 旣成文學의 終點이기도 하다.

如何間에 내가 말하고 싶은 것은 이것이다. 文學은 방금 前에 없는 自己分裂의 危機에 直面하야 分解作用을 이르키고 잇다는 것이다.

오늘의 우리 文壇의 沈滯도 文學의 이러한 世界的 特徵의 影響을 받은 까닭에도 잇지 않을가.

四. 展望

　그러나 悲觀主義者여 安心함이 좋다.

　偉大한 寫實主義者 프로-베르나 모팟쌍 등이 現代처름 熱心으로
硏究되고 論議된적이 잇는가 보라. 우리는 또한 詩의 世界에 잇어서
도 봘레리의 根氣잇는 努力을 잊어서는 아니 된다. 그는 詩의 復權
에 着手하엿다. 그것은 아주 다른 것과 마찬가지로 價値잇는, 그러고
다른 많은 것들보다는 調子가 좋은, 遊戲엿다. 詩의 世界는 그 眞實
을 主張하엿다. 그러고 다시 한번 散文의 世界보다 우에 잇는 것을
요구하엿다.」

　우리는 또한 過去에 잇어서 많은 功績을 世界文學에 寄與한 世界
的 實驗場인 튜란시슌이 유진쥴라쓰의 손으로 헤그에서 다시 나타나
게 되엇다는 축복할만한 보도에도 귀를 기우림이 좋다.

　文學의 地平線에 突然이 나타난 율리씨즈조차가 그 題目 自體가
表示하는 것처름 가장 古典인 호머의 오데씨의 用意周到한 現代化라
는 것을 생각할 때 「歷史는 되푸리한다」는 옛 格言이 단순한 옛 格
言이 아니며, 이 큰 作品이 새 文章의 出發點일지도 모른다.

　朝鮮의 進步的인 인테리겐챠도 다시 한번 「우리는 웨 글을 쓰는

가」 하는 根本的인 質問에 確信잇는 斷案을 나리므로써 그러고 또한
自身의 時代的 社會的 任務를 反省하므로써 病者와 같이 힘 버린 文
學을 걸머지고도 새 時代의 새벽에로 向하야 땀을 흘리며 꺼꾸러지
며 다시 일어나면서도 꾸준이 거러갈 것이다. (群仙旅舍에서)

〈동광 (4권 10호, 1932. 10)〉

詩評의 再批評
◇딜렛탄티즘에 抗하야◇

1. 寬大한 批評家

그 달 그 달에 나오는 小說이나 詩의 거지반을 읽으며 그 달 그 달에 나타나는 모-든 小說 혹은 詩의 筆者(나는 敢히 作家詩人이라고 말하지 안는다)를 거진 남김없이 거두어 問題삼는 偉大한 精力을 가진 批評家에 白鐵氏가 있다. 發表되는 文學作品이면 모조리 問題삼고 시퍼하는 奇蹟的이라고 할 만치 多方面의 誘惑을 氏는 늣기는 모양이여서 過去에 우리 文壇이 가진 어느 批評家보다도 寬大한 性格의 主人이다.

우리는 이러한 氏의 非常한 精力에 참말 驚嘆할 밧게 없고 自己의 趣味에 依하야 作品을 取捨選擇하야 읽을 밧게 없도록 時間과 奇癖의 約束을 받는 筆者와 가튼 사람은 氏와 가튼 精力家를 羨望하야 마지 안는다.

그래서 批評家로서의 白鐵氏의 特性은 어대까지던지 量的 廣汎性에 있다.

이 일은 보는 사람을 따라서는 批評의 長點이기도하나 同時에 短處일른지도 모른다. 웨 그러냐 하면 量的으로 항상 擴大하려는 意慾이 불타고 있는 까닭에 그 批評은 平面的으로 흘러버릴 危險을 多分히 가기제 되는 것이다. 적어도 氏에게 있어서는 이 일은 妥當性을 가지고 있다고 생각한다.

이 일 때문에 實로 氏의 批評에 대하야 讀者는 權威를 疑惑하게까지 되는 것이나 아닐가!

最近(너무 느진 듯한 늦김이 있으나) 「칼버-튼」의 論文集을 읽고 나는 이 「아메리카」의 젊은 批評家의 古典에 대한 非常한 理解와 決코 輕薄에 흐르지 안는 그 沈着性에 嘆服한 일이 있다. 「칼버-튼」과 우리들의 白鐵氏와는 그 批評의 基調가 되는 方法論에 있어서 觀念的으로 매우 接近한 것이라고 생각되는데 그 方法論을 批評속에 具體的으로 應用하는 態度 그것에 있어서는 混同할 수 없는 差異가 있다고 생각한다.

「칼버-튼」의 態度는 적어도 立體的인 것처름 보이고 白鐵氏의 그것은 平面的인 것처름 보인다. 尤大한 同伴者 作家(傾向的으로만)의 一覽表를 맨든다던지 「全面的」으로 肯定 또는 否定해버리는 그러한 單純한 態度는 認識上 매우 鮮明하기는 하나 이윽고 作家들은(無名作家까지가) 戶籍簿와 가튼 批評속에서 問題되는 것을 決코 榮光으로 생각하지 안토록 이 種類의 批評에 대하야 不感性이 되지나 안을가. 그때는 벌서 그 批評으로서의 生命이 消滅되어버리는 때이다. 批評家란 것은 賦與된 對像으로서의 作品을 分析하고 說明하며 判斷하지 안으면 아니 된다.

判斷한다고 하는 것은 價値를 提示하는 것을 意味한다. 「A. 리촤-드」는 批評家에 關하야 「그는 價値에 대한 健全한 批評者가 아니면 아니 된다」고 말하엿다.

批評家의 이 機能은 그가 社會的인 立場에 섯던 또는 文學的인 立場에 섯던 間에 正當한 것이라고 생각한다.

批評家가 原理論的으로가 아니고 具體的으로 文學現像을 取扱할 때 人物을 中心삼는 것과 作品을 中心삼는 것과 두 가지 境遇가 있다. 첫 번째 境遇는 名聲이 「批評하고 시픈 魅力」이 되는 것이고, 둘재 境遇는 作品의 內在的 價値라던지 流派的 意義가 「批評하고 시픈 魅力」이 되는 것이다.

文藝時評家로서의 白鐵氏의 態度는 作品中心의 것이라고 생각되나 그의 評眼에 비최는 모-든 作品은 平等하야 「批評될만한 價値있는 것」과 그러치 못한 것과의 사히에 아모 區別도 層階도 없는 것 가티 나에게는 보인다. 이 點이 氏의 批評의 致命傷이 아닌가고 생각한다.

氏의 批評에서 이러한 不幸을 救援해줄 수 있는 唯一의 길은 氏의 批評이 量에 있어서 가지고 있던 그 큰 精力을 質에 있어서 獲得하는 것이라고 생각한다.

다시 말하면 無軌道的으로 擴大하고 있던 平面的 膨脹意慾에 만흔 制限을 加하고 立體的으로 深化하는 方向으로 邁進하는 때 白鐵氏의 批評은 完成에 더 갓가운 것이 될 수 있으리라고 생각한다.

2. 딜렛탄티즘의 干涉

過去에 우리들이 가진 文藝時調는 거진 創作中心의 것이엿다. 批評家는 故意론가 혹은 無意識的으로 詩에 대하야 沈默을 지켜왓다.

이 일은 外國에 있어서도 그러한 나라가 만타고 하나 엇던 나라에서는 文藝時評이라고 하면 반드시 詩中心의 것인데도 있다고 한다. 詩는 文學의 여러 가지 形態 中에서 가장 技巧를 尊重하여야 하는 宿命을 가진 形態다. 그 어는 것보다도 專門的 知識을 要하는 것이라고 생각한다. 그럼으로 過去의 詩史에 있어서 詩의 새로운 運動은 그것이 「아이디아」(理念)의 革命을 中樞로 한 것보다도 더 만히 「폼」(形)의 革命을 旗幟로 내세웠다.

「아이디아」의 世界에는 技巧의 問題가 侵入할 餘地가 없다.

이러한 일이 詩評으로 하여곰 特殊化 孤立化할 수밧게 없시 맨드러서 만흔 文藝 時評家로 하여곰 善意 或 惡意로 그것을 無視 或은 敬遠하게 맨든 것인가 하고 생각한다.

그런데 新東亞 三月號 誌上의 新春文藝評에 있어서 白鐵氏가 詩를 取扱하엿스며 더욱이 論文의 劈頭에 그것을 優待한 것은 氏의 高尙한 趣味로부터 나온 일이라고 解釋하련다. 그 속에서 白氏는 金億, 權九玄, 金海剛 兩氏와 그러고 今日 가장 各方面에서 宣傳되고 있는 女流詩人 毛允淑 孃이 俎上에 올려 노여젓다. 그러고 아마도 白氏의 例의 寬大한 性格으로부터 나온 일이라고 생각하나 多幸히 筆者도 白氏가 쏘려고 겨눈 「과녁」 한 구석에 참예하는 榮光을 가젓다.

그런데 이 詩評에서도 白氏는 例의 「全面的 否定」의 態度를 露骨하게 보여주엇다.

「全面的」이라는 말은 白氏가 가장 愛用하는 말 가운데 한 말이다. 그러고 이 말처름 科學과 먼 말은 없다. 科學은 決코 한 개의 公理의 色眼鏡을 通하야 모-든 事物을 全面的으로 한 빛깔로 칠해버리려는 單純하고 無謀한 英雄은 아니다. 그것은 決코 過去의 法則에 滿足하지 안는다. 늘 새 法則을 파려고 쉴새없이 現實의 鑛層을 採掘

한다. 科學은 永久한 不平家다. 科學이 그 一面에 一樣化의 傾向을 强烈하게 가지고 있는 것은 筆者도 否認하지 안으나 科學의 精神은 賦與된 事物을 冷靜하게 分析하야 個々의 意味를 發見하는데 있다. 「모-든 것을 사랑하여라. 그런 뒤에 理解하여라. 하고 말한 「로멘 로-랑」은 近代의 科學的 精神의 조흔 代言者라고 생각한다.

觀念的인 否定的 態度-盲目的 憎惡感-은 「보그라노프」도 「兵士的 觀念」이라고 부른 바로 그것이다.

엇던 詩를 社會學的 立場에서 社會的 現實的 事件과 關聯시켜서 그것을 分析 提示한다고 하면 우리는 그 일에 아모 不平도 말하지 안으련다. 그 分析이 過誤를 犯하지 안은 限一. 그것은 科學者의 일 이다.(이런 意味에서 나는 「칼버-튼」을 科學者라고 생각한다.)

그런데 詩의 批評家는 그의 判斷을 失手없이 하기 위하야 混然한 한 개의 詩를 分析하려면 위선 그 詩 속에 드러가야 한다. 이것은 매우 「파라독씨칼」한 말이나 나는 區々한 나의 辨明을 느려노키 前 에 다시 한 번 리촤-드를 引用하는 것이 便하리라고 생각한다. 그는 조흔 批評家의 資格의 하나로서 「그가 判斷하면서 있는 作品에 關한 마음의 狀態를 個人的인 偏癖없이 經驗하는 일에 있어서 達人이 아 니면 아니 된다」라고 規定하엿다. 그러함에도 不拘하고 엇던 批評은 그것이 取扱하는 對像으로서의 詩의 門前에서 그 內部의 樞密을 알 려고도 하기 前에 先入的으로 公式的으로 이 집의 內部는 「낫부다」 「조타」하고 判斷해버리는 지극히 素朴하고 原始的인 것도 있다. 이 種類의 批評을 일삼는 批判家는 실로 「아리스토-틀」 以來 모-든 藝 術批判家가 困難하다고 머리를 떨던 批判이라는 일을 가장 아모렂치 도 안케 손쉽게 해버리는 놀라운 手腕을 가진 事務家라고 생각한다. 이만치 單純한 일이라면 將來의 批評은 「로봇트」에게 一任하게 될른지도 모른다. 그러니까 그런 批評은 權威가 없는 것도 當然하다. 또한 항상 明日을 생각하는 突進的인 永久히 滿足할 줄 모르는 實驗的인 精神이 缺乏한 公式主義的 批評은 그것이 아주 取扱해 못본 「全然 새로운 것」이 突然 그 眼界에 나타날 때 일즉이 「마티쓰」 등의 展覽會에 갓다가 엇절줄 모르고 멍서리던 낡은 批評家들처름 慌忙하게 自己의 古色蒼然한 美學의 상자를 뒤질 것이다. 그래서 이 새로운 出現物에 適用할 美學은 아모래도 차저지々 안으니까 亦是 古色이 蒼然한 術語를 꺼내 가지고는 이것은 「따々가 아니냐」 「아니 立體派다」 「그러치도 안타 포브(野獸)다」 하고 짓거리던 그러한 失敗를 되푸리할 수밧게 없는 可憐한 運命에 노혀있는 것이다. 現代의 詩를 對像으로 하는 批評家는 石器時代의 器具와도 가튼 따々라던 「末梢神經」 等의 무딘 「메쓰」로써 對할 것은 아니다. 詩에 있어서도 「컴밍쓰」에 依하야 「케이덴쓰」가 問題가 되엿고 또는 「이메지」 或은 「메타폴라」가 問題가 되고 다시 「딕슌」이 問題되고 있는 오늘날 大戰 以前의 머리로써 이것을 對하는 것은 그 批評家 自身으로서도 매우 危險한 일이오. 그러니까 對像이 된 不幸한 詩는 「묫세」처름 눈물 속에 避難할밧게 없을 것이다. 白氏는 나의 實驗的 試作 「暴風警報」를 多少 稱讚하면서 나로 하여곰 그러한 政治的 題材를 取扱하기를 親切하게 勸해 주섯다. 그 好意는 勿論 고맙게 생각하나 實相 詩人에게 있어서 그의 視線을 政治的 題材의 한 方面에만 結縛해 두는 것은 그 以上 殘忍한 일이라고는 없을 것이다.

그에게 모름직이 그의 獨自的 態度로써 모-든 現實의 斷片을 그러고 觀念世界 그것까지를 題材로 삼을 수 있는 自由를 주어라. 아니 「뿌레몽」의 純粹詩의 理念에 있어서는 題材 그것조차가 超越해젓다. 政治的 藝術家를 排擊한 「윈담루이쓰」도 詩人의 自由를 高調

하려는 衷心에서 그러케 한 것이라고 생각한다. 現在의 나의 詩가 「따々」가 아닌 것은 白氏보다도 나 自身이 잘 알고 잇는 일이며 또 한 스스로 意識的으로 버서버린 關門이다. 「따々」를 그 祖先으로한 「슈-르레알리즘」조차가 나에게는 不滿이다. 要컨대 白鐵氏의 批評 은 「딜렛탄티즘」의 色彩를 濃厚하게 가지고 있다. 따라서 「딜렛탄 티즘」이 이윽고 墮落해 버리고 마는 「필리스타이즘」(卑俗主義)에 매우 親近한 點을 가질 수밧게 없다. 詩人은 政治的 哲學的 社會學 的 人類學的 모-든 分野로부터 들려오는 모-든 種類의 「딜렛탄티」 의 脅威에 대하야 卑怯해질 필요는 없다. 일즉이 「괴테」도 「두 種 類의 딜렛탄티즘이 詩에 있다. 必須한 機械的 部分을 等閑에 부치 고 精神的인 事件이라던지 感情을 表示만 할 수 있으면 充分하다 고 생각하는 者와 藝術家의 機構를 獲得하야 魂도 事物도 없고 機 械的 組織에 依해서만 詩에 到達하려고 追求하는 者다」라고 말하 엿다고 한다. 文學 以外의 모-든 領域으로부터 文學에 向하야 干涉 을 시험하는 「딜렛탄트」들은 모조리 前者에 屬할 것이여서 괴테는 그들은 藝術을 害한다고 警告하엿다.

　事實 批判의 여러 種類 1. 詩人의 詩論 2. 批評家的 批評 3. 딜렛 탄티즘 批評 中에서 詩人에게 가장 利益될 수 있는 것은 1의 詩人들 自身의 詩論들이며 가장 利益이 적고 危險이 만흔 것은 最後의 것이 다. 그러치만 白鐵氏의 批評 속에는 「딜렛탄트」 以上의 것이 번적이 고 있는데 우리는 盲目하도록 惡意있는 者는 아니다. 그러고 그 「딜 렛탄트 以上의 것」이라고 하는 것은 氏 自身이 스스로 그 殘滓를 마 저 脫落해버릴 수 없는 까닭에 嘆息하는 듯한 「小市民性」 그 속에 있다고 하는 것은 얼마나 慘憺한 「아이로니일가? 例를 들면 社會的 立場에선 氏는 또한 엇더케 그가 不滿해 하는 「카페의 大儒學派」 속

432

에서도 「文學的 價値」를 認定할 수밧게 없엇고 그가 「젊은 靑少女들
의 意識을 마춰시키며 가로막는데서 얼마나 만흔 害毒을 기칠 것인
가를 憎惡하야」 마지안는 李泰俊 氏의 小說에 「無意識的으로 취해」
버리는가의 理由를 알 것 같다.

그의 感性은 明白하게 그의 思想에 叛逆하고 있는 것을 우리는 看
取한다. 事實 나는 氏가 權九玄氏와 毛允淑孃의 「센티멘탈리즘」을
痛烈하게 攻擊한 것은 매우 痛快하게 생각한다.

그래서 나는 觀念과 現實思想과 感性, 「딜레탄티즘」과 文學的 立
場 그 중간에 서있는 氏가 詩的 現實과 經驗과 知性과 感性에 대하
여 決코 公式主義에 구애되지 아니하고 더 한층 愛와 이해를 가지는
때 우리는 氏의 批評에서 배울 것을 찾을 수 있으리라고 믿는다.
(끝)

〈新東亞 (1933. 5)〉

毛允淑씨의 「리리시씀」

― 詩集 「빗나는 地域을 읽고」

(上)

1

그것은 검은 비단결 가치 부드러운 밤일는지도 모른다.

그 한울에 둥근 보름달 달고 病드러 여즈러진 새파란 그믐달이 떠 잇스면 더욱 조흘 것이다. 그것은 바로 詩人 毛允淑씨의 詩가 늣겨 울기에 조흔 밤이다. 끗업는 孤寂―鄕土를 사랑하는 殉情―病든 靑春의 噓晞― 그러고 싸닭 모르는 젊문 째의 눈물― 放浪하는 靈魂― 이것들은 詩人 毛允淑씨의 詩의 世界를 構成하는 重要한 「엘리멘트」 들이다.

이러한 至極히 感傷的인 亡國的인 情調에 물든 世界에서 이 詩人 의 纖細한 엇던 째는 아주 野生的인 「리리시즘」이 슬푼 피리소리와 가티 가늘게 썰고 잇는 것이다.

나는 그의 處女詩集 「빗나는 地域」을 읽고 나서 이러케 생각하엿다.

거기에 잇는 것은 「살로지니 나이두」의 「부러진 죽지」의 힘찬 「리듬」이 아니엿다. 차라리 悲哀를 품고 그 悲哀를 기르고 잇던 「뭇세」의 늣김 소리에 갓가운 것이 잇섯다. 十九世紀의 初期 그러치 안코라도 갓가워도 十九世紀의 末葉—저 象徵派의 黃昏속에서 詩人 毛允淑씨의 詩評을 쓰지 못하는 것은 確實히 우리들의 遺憾이다.

쏘한 「뭇세」의 時代 쏘는 「알프레드싸망」의 時代에 毛允淑氏가 詩作을 하지 못하엿다고 하는 것도 그에게 잇서서 悲劇인 것 갓다.

2.

詩人 毛允淑氏에 對하야는 이 前부터도 過少評價와 過大評價가 奇異하게도 함께 잇서 왓다.

그 兩쪽의 原因이 모다 그가 女性이라고 하는 點에 잇섯다고 하는 것은 우리만이 가질 수 잇는 不愉快한 일이다.

그러나 「오늘」이라는 批評의 客觀的 制約 미테서는 詩集 「빗나는 地域」 속의 優秀한 몃 篇의 詩를 읽을 째 그에게 대한 過大評價에도 無理가 그러케 업섯다는 것을 肯定하게 한다.

엇던 째에는 그는 分明히 「나이두」의 힘찬 「리듬」을 본바드려 하엿다.

「조선의 쌀」「빗나는 地域」「안해의 所願」「리별」「여름밤의 祈願」 等에는 우렁찬 「리듬」이 흐르고 잇다.

그리고 그것들은 그의 詩集 속에서는 最上級에 노힐 詩들이 아닐가 한다.

　　그것은 또한 詩人 毛允淑씨의 獨特한 氣分이며 그러한 곳에만 詩人으로서의 그의 個性이 굿세게 우리에게 육박해 올 수 잇지 아니할가?

　　그는 事物에 對하야 精細한 觀察眼을 가젓고 사람에게 對해서는 誠懇하다. 그는 그 原稿를 細心히 修正하며 原稿는 毛筆를 쓰는데 毛筆의 글씨는 볼만하다고 한다. 그의 夫人은 北京女師大學 出身 許崇馥 女士로 廣東에서 낫고 有名한 廣東派 政客 許崇智의 姪女가 된다. 狂飇社 詩人 高長虹도 그 女子에게 戀愛하얏스나 結局 魯迅은 崇霞女士의 詩를 代作하야 주어 그것이 高長虹의 詩를 凌駕함으로 高는 魯를 甚히 원망한다고 한다.

〈조선일보. (1933. 10. 29)〉

毛允淑씨의 「리리시씀」(下)

　　그는 또한 「그 處女」 「바닷가에서」 「무지개」 「그이가 오신다기에」 「나의 별」 等의 詩에는 아름다운 「리리시즘」을 곱게 짤 수 잇다는 才分을 보히고 잇다. 「梨花에게」와 가튼 詩는 「알마마나」(母校)에 대한 귀여운 純情이 그대로 흐르는 것이 조왓다.

　　그런데 詩集 「빗나는 地域」 中에서 그 最初의 두 篇 「그늘진 天國」과 「極樂水」와 가튼 詩의 素材를 그대로 陳列한 詩寫들은 차라리 업섯드면 조왓슬 것 갓다. 네 篇 中에서는 「빗나는 地域」의 題目 아래 모아 노흔 詩들이 가장 빗낫다.

436

3.

　詩人 毛允淑氏는 이러한 조흔 한 편의 反面에 잇서서는 매우 危險한 쌔째로는 그의 詩에 致命傷을 주는 有毒한 傾向을 가지고 잇다. 그는 詩의 素材의 感傷性에 너무 붓잡힌다. 그래서 쌔째로 詩가 그 對像과 主觀과의 渾然한 一致에서 오는 創造的인 感激을 낫키 前에 素材의 感傷性 그것을 가지고 讀者의 「딜렛탄티즘」에 呼訴하려고 한다. 그럼으로 나타나는 것은 詩的
　感激이 아니고 素材 그것의 感傷이다. 例를 들면 「憂愁」「금음밤」「눈보라치는 밤」「異域斷想」「웨 우느냐고?」「北間島 바람」「봄 찻는 마음」 等에서 들려오는 것은 詩人의 痛哭소리가 아내면 늣겨우는 소리고 詩가 우리들의 마음에 傳하는 詩的 感激은 아니다.
　이 「센티멘탈리즘」의 誘惑은 詩人 毛允淑씨가 그의 藝術을 살리기 위하야는 恨死코 克服하여야 할 障害가 아닐가 한다.
　또 한편으로 그의 詩를 卑俗한 「딜렛탄티즘」에 墮落시킬 넘녀가 잇는 것은 그의 詩想 속에 각금 侵入하는 流行歌的 氣分이다. 그것은 例를 들면 「밤하늘」과 밋 그것과 비슷한 主로 情愛를 노래한 小曲에 만히 나타낫다.
　일즉히 盧春城의 詩속에서 우리는 그러한 가튼 傾向에 염증을 늣긴 不快한 記憶을 가지고 잇다.

4.

　毛允淑씨의 詩의 技巧의 特徵은 그의 音樂性에 잇다. 그만치 그는 매우 素朴한 境地에 잇다고 생각한다. 어대까지던지 「리듬」의 効果

를 겨눈 곳에 그의 努力의 자최가 歷歷히 보인다. 그래서 엇던 째에
는 「리듬」이 內面性을 얼허버리고 다만

　機械的인 音樂的 效果 卽 音 그 自體의 感覺만 나타난 곳이 적지
안엇다.

　「北間島의 바람」에 잇서서 우리는 그 最惡의 例를 보앗다. 쏘한
「가터라」「잇서라」「전조여라」等 우리들의 新詩史에 잇서서는 매우
幼稚한 時代의 結語의 風俗을 무슨 싸닭엔가 씨는 그의 最近의 詩作
에조차 그대로 襲用하엿다. 이것도 亦是 씨가 너무나 詩의 音樂的
效果만 追求한 싸닭에 詩의 歷史에까지 全然 無知하엿든 것 가튼 印
像을 남긴 것이나 아닐가?

5.

　最後로 나는 이런 말을 「빗나는 地域」의 作者와 밋 우리들 文學의
젊은 「제네레이슌」과 함께 記憶하고 십다.

　우리는 한 개의 詩集 한 개의 創作 等 아니 다달이 나오는 한 篇
의 創作 한 편의 詩조차 허수하게 맛고 쯧업시 니저버리고 십지 안
다.

　우리는 恒常 藝術의 戰野에서 낡은 傳統과 밋 나의 習作에 勇敢하
게 輓歌를 보내고 새로운 境地를 날로 開拓해가는 「아방갈트」의 榮
光을 가지자. 한 개의 詩集 아니 한 篇의 詩로 하여곰 우리들의 新
文學 創設의 途程에서 한 개의 紀念塔으로 남기면서 前進 쏘 前進할
것이 아닐가. 筆者는 朝鮮이 가진 오직 하나 쑨인 女流詩人과 함께
이 일을 되푸리하야 되푸리하야 생각하고 십다.

〈조선일보 (1933. 10. 30)〉

1933年의 詩壇의 回顧와 展望

(一)

1.

　우리들의 過去의 足跡에 대한 冷淡한 反省과 또한 우리들의 社會的 個人的 活動 혹은 文化工作에 잇서서의 새로운 設計와 展望을 위하야 年末이라는 時期는 우리에게 特別한 機會를 提供한다.

　一九三三年의 마지막 달에 와서 지나간 한 해의 詩壇을 回顧하는 것을 우리는 單純한 年中行事의 하나으로만 지내보내고 십지는 안타.

　해마다 거의 週期的으로 演奏하는 悲觀論者들의 「文壇不振」이라는 슬푼 피리소리도 인제는 드를대로 드럿다.

　다음에 남어잇는 우리의 할 일은 다만 周到한 反省과 計劃쑨이다. 이 論文은 실로 그것 째문에 씨여지는 것이다.

2.

위선 시험삼아 지난 한 해 동안의 몃 개의 큰 雜誌의 詩欄을 살펴 볼 때 우리는 거기에 展開되는 「아나르시」(無政府)의 狀態에 놀내지 안을 수 업다.

긔기는 「로만틱」이나 「씸볼리즘」의 殘滓를 反芻하는 無氣力한 惰性作用이 暴露되여 잇다는 것을 본다. 더욱 놀라운 것은 한 詩欄 속에서 「엘리사벳」 時代와 「스트룸운드랑크」 時代와 「팔낫산」과 그러한 여러 개의 時代가 지극히 粗雜한 形態로 한 時代의 水準에 억개를 나란히 하고 浮沈하고 잇는 일이다.

그것은 한 개의 산 展覽會가 아니라 차라리 博物館을 聯想시킨다. 이러케 한 개의 不可能이 現實的으로 可能한 곳에 朝鮮詩壇의 特殊事情이 잇는가 보다. 우리는 一九三三年에 다시 登場하야 活動한 우리들의 오래인 先輩 月灘 岸曙 늘샘 麗水 東鳴 等의 詩를 어더보고 깃버하엿다. 그러나 그들은 우리들의 時代의 詩에 아모 것도 加할 수 업는 것을 發見하엿슬 때 우리는 過去의 大家들에 대하야 一種의 幻滅을 늣것다. 月灘에게서 본 것은 일즉이 「黑房秘曲」이 짜내던 그 絢爛한 象徵主義의 香氣가 아니엿다.

岸曙의 새로운 意匠인 듯한 所謂 平面詩 斜事叙 그것들이 發表될 적마다 그것은 오즉 「무-즈」(詩神)이 써나간 뒤의 텅빈 象牙塔의 殘骸에 不過한 것을 더욱 기피 印像시킬 쑨이엿다.

그러하고 先輩들의 뒤를 니어야 할 새 子孫들은(勿論 優秀한 몃 사람의 詩人은 除外하고) 진실로 時代的으로 그들의 일을 繼承하야 發展시키고 잇다고 할 수 잇슬가. 여기에 「로맨티시즘」의 「에피고-넨」이 잇는가고 하면 저기는 「센티멘탈리즘」이 잇다.

그것들은 眞正한 意味의 「로맨티시즘」도 아니다. 「허-버-트 리-드」의 말을 빌면 그것은 「센티멘탈 로맨티시즘」의 一種에 不過하다. 거기는 아직도 藝術家은 「아마추어」의 區別조차 確立되지 못하엿다. 우리는 시험삼아 「매듀-아-놀드」가 그의 詩集의 一八五二年版의 序文에서 引用한 「괴-테」의 말을 參考로써 생각해보자. 그는 引用하엿다.

— 「아마츄어」로부터 藝術家를 區別하는 것은 最高의 意味에서의 建築學이다. 卽 創造하고 形成하고 築造하는 것을 實行하는 힘이다 —

巨匠의 이 말을 念頭에 두면서 우리 詩壇을 둘러볼 때 우리는 거기에 彌滿해 잇는 不名譽스러운 「아마추어」的 境地를 否認한 勇氣를 가질 수 업다. 쏘한 거기는 事實의 單純한 通知에 不過한 것이 詩의 形相을 가지고 얼마나 만히 登場하는지 모른다.

「리-드」는 「엇던 기럭지의 詩던지 詩는 可觀的이다. 그러치 안으면 그것은 支離하다. 그것은 動作의 힘 쏘는 影像의 힘에 依하야 可視的이라야 한다. 그것은 詩인도 안은 通知的 쏘는 槪念的일 수는 업다」고 말하엿다.

그러나 우리들의 周圍에는 그러한 通知 혹은 槪念의 集積에 不過한 詩가 얼마던지 흐터저 잇다. 여기에 쏘 詩集 「빗나는 地域」으로써 代表되는 「쎈티멘탈리즘」의 汎濫이 잇다.

〈조선일보 (1933. 12. 7)〉

(二)

나는 機會잇슬 적마다 「쎈티멘탈리즘」에 대하야 抗爭하려고 햇고
나 自身 속에서도 째째머리를 추어들려고 하는 「쎈티멘탈리즘」을 淸
算하는 데 必死의 努力을 바처 왔다. 「쎈티멘탈리즘」은 藝術을 否定
하는 한 개의 虛無다.

詩의 製作過程에 잇서서는 「쎈티멘탈리즘」은 藝術的 形象의 作用
을 妨害하고 詩의 內容으로서 卽 한 개의 「모랄」로서 나타날 째는
그것이 社會的 方向으로 움직일 境遇에는 社會的 目標의 正當한 認
識을 混亂케 하고 個人的 方向으로 움직일 境遇에는 單純한 痴情의
擁護에 끈치고 만다.

(詩人 朴龍喆氏는 詩論으로 「센티멘탈리즘」을 主張하는데 그 點에
잇서서는 氏는 나와는 對蹠點에 서고 잇다. 그러나 氏가 意味하는
「쎈티멘탈리즘」의 內容은 내가 意味하는 그것과는 다른지도 모른다.
適當한 機會에 그 點에 대하야 가르침을 밧고저 한다)

3.

이러한 거진 死에 각가운 倦怠와 停頓에 대하야 가장 敏感하여야
할 詩人들이 아모러한 痛烈한 批判과 反省이 업시 한 개의 「에피고-
넨」으로써 滿足하는 것은 大體 무슨 까닭일가.

가장 創造的인 詩人은 엇던 完成된 詩派의 「에피고-넨」으로서 停
止하지는 아니할 것이다. 그는 月灘이 노래한 그러한 世界를 쏘는
岸曙가 노래한 世界를 그들과 쏙가튼 모양으로 노래하는 일이 無意

味한 것을 느낄 것이다. 그것은 事實 必要치 안은 일이다.

그는 徐徐히 獨創的 世界의 建築에로 出發할 것이다. 그의 속에는 實로 前代의 모-든 巨匠의 一部分이 깃드려 잇슬 것이다. 「버-지니아 울프」가 그의 「엇던 젊은 詩人에게 보내는 편지」 속에서 말한 것처름 「過去의 모-든 詩人이 그의 속에 사러잇고 早晩間 모-든 詩人이 그의 속에서 나올 그러한 詩人」일 것이다.

다시 말하면 오늘의 詩人은 그의 藝術的 生長의 過程에서 過去의 詩史의 모-든 發展段階를 經驗한 후 거기서부터 別다른 새 世界를 準備하는 詩人일 것이다.

「프로이드」에 依하면 모-든 사람은 그 母胚 안에서 人類가 몃 億萬年 동안 지내온 進化의 全階段을 即 「아메-바」로부터 現在의 사람에까지 이르는 過程을 短縮하야 經驗한다고 한다.

오늘의 詩人은 모-든 過去의 傳統的 雰圍氣를 그 胚盤과 함께 차버리고 낡은 時代의 致命的인 沈默을 깨트리는 叛逆者라야 할 것이다. 藝術史上에 잇서서 새로운 叛逆은 한 개의 生命이며 힘이며 發展이며 創造며 아니 藝術 自體다.

「萬若에 君이 美에 대한 慾望을 가지고 잇다고 하면 오늘날 와서는 새로운 美를 創造하는 길박게 업다. 君은 過去의 우에서 君 自身을 더 길러갈 수는 업다. 그것의 財産은 업서젓다. 過去는 아모데서도 實在가 아니다」(원담루위쓰)

그럼으로 내가 오늘의 同僚들에게 勸하고 시픈 것은 過去에 대한 奴隷的 盲從의 美德이 아니다. 차라리 一見無謀한 冒驗的인 實驗의 美德에 대하여서다.

「우리들의 가장 優秀한 小說家들은 恒常 實驗家엿다」라는 「쎄레스포-드」의 말에서 「小說家들」이라는 文句 대신에 「詩人들」이라는

文句를 박구어 노으면 그 말은 쏘한 다른 方面에 잇서서 한 개의 眞理를 說明하고 잇다.

倦怠와 厭症을 誘發하고 그들을 離反식혀야 되지 안켓는가.

趙碧巖 自身이「詩는 內部의 召還이요」「混沌한 무게」이며「참된 熱情」이며「心上의 不滅의 重荷」이며「詩人은 一個의 興奮家이여야 하고 나이부한 感激家이여야 한다」는「워-쓰워-드」「키-쓰」「아-놀드」「벨르하-렌」等의 過去 詩人의 말을 아모 批判도 업시 躊躇도 업시 引用햇다는 그것이 벌서 盲目的으로 過去의 詩에 陶醉한 것이요 본뜬 것이요 그럼으로써 文化를 ×××過去의 그 詩人들은 다시 趙碧巖의 文化(詩)를 ××해버렷기 때문에 詩에 留意하는 사람은 趙氏의 詩에서 倦怠와 厭症을 가지고 離反하는 것이 아닐가!

〈조선일보 (1933. 12. 8)〉

(三)

그러면 우리들 속에서는 아모 데서도 그러한 實驗的인 精神이 움직이지 안엇든가. 아니다. 움직엿다.

그러한 無謀(?)한 叛逆者들의 亂暴한 跫音들을 우리는 이 騷亂한 無秩序 속에서도 희미하게나마 드를 수가 잇섯다.

鄭芝溶

첫재로 朝鮮 新詩史上에 새로운 時期를 그을려고 하는 어린 叛逆者들의 唯一한 先驅者인 不遇한 詩人 鄭芝溶씨의 거츨고 쑤렷한 발자최가 그것이다. 最近까지도 그러케 多辯한 批評家들도 씨가 가진 價値는 新詩史上의 位置를 가장 正當하게 認識하고 指定해 노앗다는 말을 寡聞한 나는 드른 일이 업다.

極히 最近에 와서 雜誌「新東亞」十二月號에서 梁柱東 敎授가 한 鄭芝溶씨에게 대한 評은 鄭芝溶씨의 빗나는 眞價가 當然히 가저야 할 名譽라고 나는 생각한다. (잠간 脫線하지만 가튼 評文에서 梁柱東 敎授가 筆者의 詩의 缺點에 대한 감춤업는 指摘을 나는 虛心으로써 感謝한다. 親切하고 또한 有益한 忠言으로써 밧는다) 벌서 六七年 예전에 그는 全然 빗다른 詩風을 가지고 雜誌「朝鮮之光」季刊「詩文學」等을 舞臺로 草創期를 겨우 버서난 朝鮮詩壇에 高慢한 異端者의 소리를 보냇든 것이다.

그러고 몃 해 동안 그의 詩는 도모지 어더볼 수가 업섯다. 그러던 것이 今年에 와서 雜誌「카톨릭 靑年」의 創刊과 함께 다시 그 誌上에서 그 完美에 각가운 詩作을 發表하야 朝鮮의 어린 詩壇에 作用할 수가 잇는 것은 一九三三年의 우리 詩壇으 큰 收穫이엿다.

그는 실로 우리의 詩 속에「現代의 呼吸과 脈搏」을 불러 너흔 最初의 詩人이엿다. 一時 詩壇을 風靡하던 象徵主義의 朦朧한 音樂 속에서 詩를 건저낸 것은 그다.

그래서 象徵主義詩의 時間的 單調에 不滿을 품고 詩 속에 空間性을 이쓰러 너엇섯다. 詩는 時間的이여서 空間的인 繪畫에 明瞭하게 對立한다고 한 것은「렛싱」의「라오콘」이 가진 單純한 생각이다.

그런데「렛싱」以後「로만틱」時代를 지나 象徵主義 時代에 이르기까지 詩는 單純히 時間性 속에 規範할 것이라는 이 機械的 解釋이 詩人들의 머리를 支配하엿다. 詩에 잇서서 그것이 가진 空間性이 重要하게 보여지기 시작한 것은 二十世紀에 드러서의 重要한 新詩運動

의 産物이 아닌가 한다. 時間的이라고 하는 것은 必然的으로 音樂的인 것 다시 말하면 可聽的인 것을 意味한다. (「쓔레몬」師의 純粹詩의 主張은 詩의 이 方面을 極端으로 展開시킨 것이다. 「이-리스・씻트웹」도 이 方面을 重視한다. 이 點이 그가 다른 「모더니스트」와 區別되는 點이다) 이와 反對로 空間的이라 함은 繪畵인 것 다시 말하면 可視的인 性質을 의미한다.(「엘리읏트」「커밍쓰」 등의 詩의 特徵이다)

그런데 未來派나 超現實派의 그림에는 時間的 同存性이 意識的으로 企圖되엿스며 寫象派 超現實派의 詩 속에서는 엇더케 意識的으로 空間性이 尊重되엿는가. 이곳에 現代의 모-든 藝術의 「잔르」(部類)와 「잔르」의 混線이 숨어 잇다. 그래서 詩人이면 詩人 音樂家면 音樂家들의 追求하는 目標 속에는 「포에시」라고 하는 것에 대한 單一的인 共通한 要求가 그 底流에서 흐르고 잇는 것이다. 現代詩의 이러한 根本的인 要求를 意識的인가 無意識的으론가 가장 明瞭하게 把握한 것은 이 詩人뿐이엇다.

〈조선일보 (1933. 12. 9)〉

(四)

엇던 評家들은 그의 詩의 感覺性을 指示하야(實로 榮光스럽게도 筆者까지를 너어서) 多少 輕蔑의 뜻을 包含시켜서 新感覺派라고 命名한 일도 잇다. 그러나 그들이 感覺이라는 이 말을 官能的인 末梢神經的인 意味로써 쓰지 안코 가장 野性的이고 原始的이고 直觀的인 感覺을 가르처서 쓴 것이라면 이 말은 妥當할른지도 모른다.

446

그는 실로 그러한 「유니-크」한 感性의 窓門을 여러서 現代의 心臟에서 움직이고 잇는 主知的 精神—더 廣汎하게 말하면 古典的 精神을 敏感하게 마저 드려서 그것에 相當한 獨創的인 形象을 주엇다.

詩는 무엇보다도 爲先 言語를 材料로 하고 成立되는 것이라는 것을 明確하게 認識하고 詩의 唯一한 諜材인 이 言語에 대하야 注意한 眞正한 意味의 詩人이다. 그래서 우리말의 各個의 單語가 가지고 잇는 무게와 感觸과 光과 陰과 形과 晉에 대하야 그처럼 適確한 識別을 가지고 驅使하는 詩人을 나는 아직 아지 못한다.

그뿐 아니라 單語와 單語의 特異한 結合에 依하야 言語의 香氣를 釀出하는 優秀한 手腕을 가지고 잇다.

그래서 그는 岸曙 등이 盛하게 써오던 「하여라」 「잇서라」 等의 用語에서부터 오는 不自然하고 機械的인 「리듬」의 拘束을 앗김업시 깨여 버리고 日常對話의 語法을 그대로 詩에 引用하야 生氣잇고 自然스러운 內的 「리듬」을 創造하엿다.

詩는 어대까지든지 散文과 달라서 凝結하는 데 生命이 잇는 것이다. 그는 그의 詩에서 모-든 不必要한 部分을 털어 버리고 깨엇던 째에는 詩의 한 行을 오직 한 개의 單語에 集約하야 詩를 가장 純粹한 形態에까지 醇化시켯다.

詩人 鄭芝溶이 오늘의 새로운 詩人들에게 가지고 잇는 關係는 마치 英國의 「모더-니스트」들에게 대한 「제랄드·맨리·홉킨쓰」의 關係와 갓고 그의 影響은 佛蘭西의 「超現實派」에 대한 「로-트레아몬」의 그것에 比길 수 잇다.

그래서 모-든 先驅者의 運命과 가티 그는 不遇하엿든 것이다. 그러나 그의 眞價는 차츰차츰 認識되여가면서 잇다. 그것은 깃거운 일이다. 조곰도 쓰칠 줄 모르고 精進하는 그의 精力은 今後에도 亦是

어린 詩壇에 生命力에 갓가운 影響을 미칠 것을 밋는다.

辛夕汀

그리고 우리는 鄭芝溶씨처름 現代文明 그 속에서 그 周圍와 自我의 內部에 向하야 特異하고 洗鍊된 詩眼을 돌리는 것이 아니라 現代文明의 雜還을 멀리 避難한 곳에 한 개의 「에덴」을 陰謀하는 牧歌詩人 辛夕汀을 니즐 수는 업다.

그가 꿈꾸는 詩의 世界는 全然 個性的인 것이다. 그는 牧神이 조으는 듯한 世界를 조곰도 誇張하지 아니한 素朴한 「리듬」을 가지고 노래한다. 「綠色寢臺」 「空想의 새새끼」 등 그가 쓰는 「이메-지」(映像)는 全然 獨創的인 美를 가지고 잇다. 그는 噪音 亂調에 찬 現代文明의 煤煙을 모르는 「다빗드」의 幸福한 故鄕에 疲弊한 現代人이 靈魂을 위하야 한 개의 安息所를 準備하고 잇다. 그의 牧歌 그 自體가 見地에 짜라서는 훌륭하게 現代文明에 대한 痛切한 批判이기도 하다.

〈조선일보 (1933. 12. 10)〉

(五)

現代詩는 技術의 方面에 잇서서 여러 가지의 새로운 方法을 開拓하엿다.

나는 지금 主로 雜誌 「新女性」의 詩欄을 通하야 꾸준히 빗 다른 詩를 보여주는 한 사람의 숨은 詩人에 대하야 讀者의 注意를 喚起하려고 하는 것이다.

새로운 詩人 朴載崙씨는 今年中에 「新女性」에 發表한 몃 篇의 詩
로만도 그는 現在의 詩壇의 一般的 水準보다 노푼 實力에 到達한 것
을 스스로 말하엿다.

그가 驅使하는 「이메-지」(影像)은 決코 傳統的인 것은 아니다. 그
러한 特異한 「이메-지」를 連結하야 비저내는 그의 「메타폴라」(隱喩)
는 자못 含蓄 만흔 思想의 衣裳과 기피를 가지고 잇다. 勿論 우리들
의 先驅者 鄭芝溶씨가 그의 天才的인 詩에서 의미 試驗한 것이지만
詩人 朴載崙씨는 그의 詩에서 恒常 「릭슌」(語法)의 美에 대한 周到
한 注意과 彫琢을 베풀고 잇다.

다만 單語 그것의 美보다도 單語와 單語의 位置와 配置에 依하야
생겨나는 意味의 香氣를 자아내려고 하는 곳에 그의 「릭슌」의 特徵
이 잇는 것 갓다.

그는 의미 매우 老熟한 詩境에 到達하고 잇스나 우리는 오히려 이
詩人의 今後의 努力에 만은 것을 期待하고 십다.

趙靈出

다음에 나는 한 개의 커-다란 素材에 대하야 이야기하련다.

幾多의 詩를 통하야 趙靈出씨가 우리에게 보여준 것은 한 개의 큰
希望이며 約束이며 野心이다. 西洋詩에 잇서서 都會라고 하는 것이
斷片的이 아니고 한 詩의 當當한 主題로서 노래되기 시작한 것은 내
가 記憶하는 範圍에서는 「벨하-렌」으로써 濫觴이 아닌가 한다.

그때까지는 田園은 詩의 唯一한 寵兒엿다. 朝鮮에 잇서서는 都市
그것을 完全히 그 詩 속에 消化한 詩人은 나오지 안엇다.

그런데 우리는 趙靈出씨에게서 都會詩人으로서의 非凡한 素質을

發見하엿다. 우리는 이와는 아주 反對인 辛夕汀씨의 牧歌도 否定하지는 안엇다. 그러고 여기에 쏘 한 사람의 優秀한 都會詩人이 잇다고 하면 그도 우리는 歡迎할 것이다. 그러함으로 우리의 詩의 視野는 더 넓은 領土를 가질 수 잇기 째문이다.

趙靈出씨의 詩 속에서 쏘한 남달리 빗나는 것은 「윗트」(機智)의 片鱗이다. 그런데 「윗트」는 실로 「새로운 詩」의 큰 特徵의 하나다. 「로맨티스즘」 이후 어제까지의 詩人은 이 「윗트」를 非詩的인 것이라고 하야 極力 排除하엿다. 그 代表的인 意見으로서 「매듀-아-놀드」의 다음 말을 들을 수 잇다.

「純粹한 詩와 「드라이덴」 「포-ㅂ프」와 밋 그 流派의 詩 사이의 區別은 簡單히 말하면 이것이다. 그들의 詩는 그들의 「윗트」(機智)로써 씨여젓는데 純粹한 詩는 靈魂 속에서 考案된 것이다」

이 말에 대하야 英國의 저 쒸여난 女流詩人 「이-디스쎗트웰」은 무엇이라고 하엿는가.

「그러나 호을로 機智로서만 考案되는 것도 아니요 그러타고 靈魂만으로도 考案되는 것이 아니다. 그것은 心情과 本能에와 마찬가지와 피와 皮膚의 表面에도 關聯한다」

事實 무서운 詩人 「쟌 콕토-」의 詩들에 잇서서 「윗트」는 얼마나 重要하엿는가. 우리는 이 「윗트」(혹은 「에스푸리」)가 엇더케 새로운 詩的 歡喜를 이르킬 수가 잇는가를 의미 經驗하엿다.

우리들의 趙靈出씨는 이 「윗트」의 片鱗을 만히 가지고 잇다.

나는 前에 내가 한 개의 큰 素材에 대하야 말하려고 한다고 前提햇다. 그러타 그는 한 큰 素材다. 그가 詩人으로써 큰 足跡을 남기고 안 남기는 것은 오로지 今後의 그의 努力과 工夫에 잇다고 생각하다.

〈조선일보 (1933. 12. 12)〉

(六)

結語

이 우혜 列擧한 詩人들 中에서 辛夕汀을 除外한 나머지 세 詩人에게는 엇더한 한 개의 共通點이 잇는 것을 차저낼 수가 잇다. 그것은 쏘한 그들을 그 엇더한 旣成詩人과도 區別할 수 잇는 特徵이기도 하다 할 수 잇다. 우리는 그것을 主知的 精神이라고 부른다. 엇더한 「로맨치시즘」과도 그것은 關聯이 업다. 「쎈치멘탈리즘」과는 더군다나 關係업는 立場에 서고 잇는 것은 勿論이다.

이 主知的 精神이라고 하는 것은 한 時代가 쏘는 事物이 混沌無秩序의 狀態에 잇슬 째에 그것 批判하고 整理하기 위하야 要求되는 精神이다. 쏘한 그러기 위하야 發動하는 精神이다. 그럼으로 그것은 차디찬 理智 우혜 두 다리를 나리우고 잇다.

打開를 위하야 實로 打開를 위하야만 「로맨티시즘」은 必要하다. 그럼으로 그것은 破壞的이다. 그래서 그것은 騷亂을 낫코 渾沌을 낫는다. 戰爭은 가장 偉大한 「로맨티시즘」의 具像이다. 그래서 世界大戰의 熱病이 지나간 뒤에 온 것은 까닭모르는 興奮에 대하야 그것을 가장 쑥바라 보고 批判하려는 理智에의 要望이엿다. 지금 世界는 쏘 다른 熱病에의 發作의 徵候가 濃厚하게 보이고 그 雰圍氣로서 發憤한 「로맨티시즘」이 豊滿한 噴水와 가치 모-든 國土를 적시고 잇다.

여기에 批判에 要求가 理智에의 要求가 卽 「로맨치시즘」과 尖銳하게 對立하기 위한 强烈한 主知的 精神이 人類의 暗夜에 잇서서 한 개의 太陽과 가치 要求되고 잇다.

現段階에 잇서서 그것은 「인텔리겐챠」의 精神의 最後의 불꼿인지 아닌지는 나는 豫言하려고 아니 한다.

* * *

以上의 세 詩人의 態度에 主知的 色彩가 진한 것을 나는 반가워 한다. 다만 그들의 詩의 對像이 充分히 넓어젓다고는 아직도 말할 수 업다. 主로 그들의 눈은 人間精神의 內部에 向하고 잇다는 까닭이 今後로 種種의 外的 不安이 그 度를 더해오고 詩人의 活動을 에워싼 空氣가 자못 明朗하지 못하고 또한 그 密度가 더 빽빽해가면 갈수록 詩人의 눈은 外部의 世界를 避하기 쉽고 그 反面으로 점점 더 內面에로 內面에로 向할 危險性이 잇다.

(나는 外的 不安에서부터 오는 內的 不安 以外에 人間의 靈魂 기피 뿌리박엿다는 所謂 形而上學的 不安이라는 것을 想定할 수 업다)

그러나 우리들의 詩 속에는 現代의 文明을 形成하는 또는 着色하는 모든 材料와 配置가 或은 部分으로 或은 全體로 가릴 것 업시 드러와야 한다.

共同便所 下水道 私生兒의 壓殺體 電線 國際聯盟 賣春婦의 눈물 「핸드빽」 飛行機—무엇이고 詩人의 붓에 부대처 살 수 잇는 自由를 가지고 잇다. 詩人은 그의 門을 모-든 것에 대항하야 여러놀 것이다. 그는 아모 것도 拒絶해서는 아니 된다.

主知的 精神 그것이 우리들의 文學의 精神이고 態度라야 되겟스며 그러고 詩는 文明批評이라야 한다고는 벌서 여러 곳에서 말한 일이 잇다.

그래서 오늘과 밋 來日의 詩人은 어적게까지의 詩人의 모-든 事蹟을 冷靜하게 批判하고 그것을 敢然放棄하는 權利를 가저라. 그래서 이 無秩序를 秩序에까지 整理해야 할 것이다.

그리함으로 여기에 한 개의 새 時代를 비저낸다고 한들 우리들의 野心을 누가 責望하랴.

* * *

그러고 나는 지난 한 해 동안의 詩壇에 이러난 事件의 하나로서 毛允淑씨의 詩集 「빗나는 地域」을 記憶한다.

의미 그것에 대하야는 이 欄에서 筆者가 評을 시험한 일이 잇기에 여기서는 그만두거니와 그 詩人이 意識的으론가 無意識的으로가 「새로운 時代」와 아주 關係업는 立場에 서고 잇는 것—그래서 우리가 그와 同性인 巨大한 現代女性들 例를 들면 「스타인」「에미·로-월」「울프」「이디스 씻트웰」「도로티 리좌-드슨」等에게 바치는 名譽를 우리들의 드문 女流詩人에게도 바치지 못하는 것을 遺憾으로 생각한다.

그박게 詩人이오 쏘 飜譯家인 異河潤씨의 譯詩集 「失鄕의 樂園」이 만흔 讀者의 苦待 속에 나왓다. 여기 대해서도 日後 말할 기회가 잇겟기에 여기서는 略한다. 筆者가 小論에 取扱한 詩人은 매우 적은 範圍에서나 우리는 이박게도 明日의 詩壇을 擔當하기 위하야 꾸준히 努力해가는 젊은 詩人들이 (비록 일홈은 들지 안치만) 새해에는 各各 華麗한 活動을 남길 것을 期待한다. 그래서 닥처오는 一九三四年은 한 개의 偉大한 飛躍의 時期를 맨드자. (尾)

〈조선일보 (1933. 12. 13)〉

新春 朝鮮 詩壇 展望

(一)

가장 效果잇는 展望은 恒常 가장 緻密한 回顧와 反省을 準備하기를 命한다. 그것은 똑바른 일이다.

여기에 一九三五年의 朝鮮詩壇에 대한 不確實한 展望記를 쓰기 전에 그 前記로 斷片的이나마 지나간 한해 동안의 詩壇의 事件과 風景의 서투른 素描를 시작하는 것도 그 까닭이다.

一. 一群의 大家들

體操는 健康에뿐 아니라 우리들의 視覺에 대하야도 훌륭한 구경거리다.

그러나 體操의 여러 가지 儀式 中에서도 나는 「답보로」만은 실혀한다.

詩作이라고 하는 것은 大體로 우리들의 精神의 體操다.

나는 지난 한 해 동안의 우리 詩壇을 回顧할 때 爲先 한 떼의 「답보로」軍을 回想하여야 하는 것을 不快하게 생각한다.

主로 雜誌 「三千里」의 事大主義的 編輯 方針은 恒常 그 雜誌에 大家들의 얼골만을 陳列하는 傳統을 맨드렀다. 그래서 우리는 主로 春園, 요한, 月灘, 巴人, 岸曙, 素月 等 諸先輩의 일홈을 항상 그 目錄 속에서 發見한다. 그러나 거기서 우리는 오직 惰氣滿滿한 「답보로」를 구경하고는 失望하지 안으면 아니 된다.

일즉이 그들은 모다 우리 詩壇에 제각기 큰 足跡을 남긴 것은 否認할 수 업다. 그러나 最近의 氏들의 詩作은 精神的 惰氣의 所産 以上의 것인 것 갓지는 안타.

不幸하게도 그들은 벌서 詩의 前線에서 恒常 突進하는 冒險은 危險한 것임을 느끼기 시작한 모양이며 매우 安全한 「답보로」를 繼續하거나 그러치 안으면 때때로는 오히려 時代에서 멀리 뒷거름을 치고 잇는 것을 본다.

요한에게도 巴人에게도 月灘에게도 素月에게도 저 옛날에 그러케 蠱惑的이든 「아름다운 새벽」의 新鮮도 「國境의 밤」의 覇氣도 「黑房秘曲」의 深奧도 「금잔듸」의 純情도 벌서 차즐 길이 업다.

春園은 맨 처음부터 詩에 잇서서는 「답보로」 以上의 課程을 工夫해본 일이 업는 것 갓고 요한의 요새의 詩作은 대할 적마다 여위어 가는 녯날의 天才가 앗가웁고 그박게 분들은 大槪는 時代와는 아모 關聯이 업는 林間 體操場에서 극히 初步的인 「답보로」들을 계속하고 잇다.

그러고 이분들을 에워싸고 若干 아니 훨신 만흔 「레디오」 體操軍들이 熱心으로 「답보로」를 숭내내고 잇다.

二. 民衆派

以上의 大家들은 벌서 發展하는 詩壇의 動向에 대하야 積極的 意志를 가지고 잇지 아님은 明瞭하다. 그런데 한 가지 注目할 일은 그 중에서 巴人은 지난 八月의 「中央日報」 紙上에 民謠復興論을 써서 漠然하나마 한 개의 主張을 表明햇다.

그는 그 속에서 大體로 네 가지의 일을 高調하려고 하엿다.

一. 詩人은 「人民」 기쁨과 슬품을 잘 아러야 한다.

二. 簡易하게 表現할 것. 웨 그러냐 하면 「民衆」은 「複雜한 感情」이나 纖細한 表現」은 모르니까

三. 우름을 보이지 말고 우슴을 보일 것.

四. 朝鮮 냄새 朝鮮 빗갈을 보일 것.

詩人 巴人의 意見은 論議의 對像을 삼어야 하도록 그러케 重要한 것은 아니다.

그러나 果然히 그는 筆者에게 「民衆」에게 대한 考察을 할 契機를 맨드러 준 것은 多幸한 일이다. 나는 그러한 機會를 가지고 시펏다. 그것은 恒常 民衆의 역을 드는 것 가치 보이는 이 種類의 意見은 選擧演說처름 잘 民衆에게 迎合할 수 잇서서 그 影響이 意外로 큰 것을 우리는 보아온 까닭이다.

事實 以上에 列擧한 巴人의 民謠論은 다른 사람들의 이 種類의 意見과 마찬가지로 實質的으로는 選擧演說의 內容에 갓가운 것이며 到處에서 民衆 속에 拍手를 喚起할 可能性을 만히 가지고 잇다. 그러나 選擧演說이란 大體로 그 뒤를 뒤저보면 텅빈 것일 때가 普通이다.

그런데 巴人은 前記 論說 속에서 民衆이라는 말 以外에 人民이라

는 말도 썻다. 그 말들이 가진 內容이라든지 境界線은 朦朧하야 알 수가 업다.

그러면 一般으로 그러한 朦朧한 初步的인 民衆主義者들이 意味하는 民衆이란 무엇을 가르친 말인가?

佛蘭西革命 直前에 잇서서 市民階級은 그들의 要求를 恒常「民衆」의 일흠에 依하야 要求함으로써 거기에 한 개의 倫理的 妥當性과 同時에 優勢한 政治的 背景을 示威하려고 하엿다.

「데모크라시」는 政治에 잇서서의「民衆」의 擁護와 그래서 本來에는 訓義上으로는「데모크라시」속에는 大衆의 權利도 包含되여 잇섯든 것이다.

〈조선일보 (1935. 1. 1)〉

(二)

그러나 實質에 잇서서는 欺瞞당한 것은 民衆이라는 말 그 自體나 市民階級은 民衆의 일흠 아래서 그 自體의 利益만을 擁護하엿다.

오늘에 와서는 民衆이라는 말은 얼마 流行하지 안는다. 民衆 그것을 大衆과 市民階級의 두 편으로 明瞭하게 區別함으로써 그 相反하는 利害關係도 明瞭하게 하려고 한 것은 퍽 뒤의 일이다.

大衆이라는 말은 結局 民衆이라는 말속에서 그 말을 利用하고 잇는 部分만을 驅逐한 나머지의 大多數의 下層에 適用된 것이다.

그런데 그 大衆속에는 말하자면 低級하고 無意識的이고 가장 生物學的인 層과 그와 딴판으로 意識的인 高級의 層이 遍在해 잇는 채 아직은 區別되지 안코 써여지고 잇다.

大衆文學이라고 할 때의 大衆은 前者요 大衆運動이라고 할 때의 大衆은 後者다. 나는 前者만은 俗衆이라고 불러왔다.

그러면 巴人의 論說로써 대표되는 그러한 原始的인 民衆主義者가 意味하는 民衆은 大體 佛蘭西革命 以前의 「民衆」인가? 또는 大衆인가? 그 中에서도 俗衆인가? 意識的인 大衆인가?

「民衆을 위하야」 되는 그들의 勞作에 依하야 禪益되는 것은 果然 엇더한 民衆인가? 이 點은 遺憾이나마 一體 明瞭性을 缺如하고 잇다. 그런데 「民衆을 위하야」라는 標語는 아페 引用한 巴人의 意見처럼 大體로 세 가지임을 同時에 包含하거나 그러치 안으면 그 一部分을 意味하는 것이다. 卽

一. 民衆의 感情과 思考에 立脚할 것

二. 民衆을 敎導하는 詩를 쓸 것

三. 民衆이 알 수 잇고 同時에 즐길 수 잇도록 쓸 것. 이 境遇에 그들이 意味하는 民衆이란 말의 內容의 相違를 따라서 그 主張의 價値도 스스로 달러지겟지만 爲先 詩라고 하는 것은 그들이 생각하는 것처름 우리의 政見에 依하야 그러케 쉽사리 鑄型된 한 機械가 아니고 한 개의 眞理探求의 道程이라고 생각할 때에 이 問題는 簡單 解決될 수 잇다.

詩人은 單純히 남을 위하야 쓰는 것은 아니다. 爲先 自己를 위하야 쓴다. 그의 길은 人生에서 眞理를 붓잡으려는 不斷의 精神속에만 뚤려잇다. 詩人이 自己를 通하야 싸와서 잇는 眞理—그것이야말로 人類의 文化에 不滅의 光彩를 더하며 딸하서 그 時代 또는 다음 時代의 子孫을 禪益할 수가 잇는 것이다.

그러므로 그가 正直한 詩人이면 詩人일수록 엇던 다른 사람들의 感情이나 思考를 假裝하고 詩를 쓸 수는 업다.

그것이 可能한 길은 오직 하나 잇다. 卽 그가 가지고저 願하는 感情이나 思考의 所有者인 사람들의 生活 그 속에 詩人이 自身의 生活을 파뭇는 때다. 感情과 思考는 恒常 生活의 發露다. 그때에는 벌서 그것은 假裝이 아니고 現實이다.

오늘의 大小 民衆派는 果然 民衆(어느 層이고간에)의 生活속에서 自身의 生活을 發見하엿는가? 卓上에서 올린 民衆主義의 烽火는 民衆 自體에게 잇서서는 아마 「먼 山의 불」에 不過할 것이다.

또한 近代藝術의 根本精神은 人間探求의 「르네쌍쓰」의 精神속에 뿌리를 박은 것을 아는 우리는 藝術이 敎訓的인 虛勢로부터 엇더케 自己探求의 方向을 더드머 피투성이인 巡禮의 길을 떠낫는가를 보아왔다. 勸善懲惡의 原始的인 「모랄」에서 自由로운 眞理의 發見에로 向한 瞬間에 近代文學의 첫 거름이 떼여진 것이다. 더욱이 民衆이라는 漠然한 말을 씀으로써 俗衆의 感情思考를 가지기를 勸한다면 그것은 文化에의 叛逆이다. 卑俗한 感情 卑俗한 思考에서 一步一步 脫却함으로써 完成에 각가워 갈 수 잇는 까닭이다.

民衆派가 「民衆이 알도록 또는 즐기도록 쓰라」고 할 때의 民衆은 語句의 意味에서 類推하야 俗衆을 가르친 것이라고 假定할 수 잇다. 文學속에는 俗衆이 즐기는 文學과 즐기지 안는 文學이 잇다. 俗衆의 趣味는 大衆文學이라는 槪念과 매우 近似한 것이다. 그들은 事實로 그들이 읽는 한 一篇의 小說이나 詩가 文學임을 要求하지 안는다. 다만 그들의 卑俗한 感情과 思考와 一致하면 그만이다.

問題는 意外에로 明瞭하다. 詩人은 다른 사람에게 忠實하기 前에 爲先 自身에게 忠實하여야 한다. 여긔에 詩人의 眞摯性이 잇다.

現代의 詩人은 너무나 群衆에서 떠러진 곳에 서고 잇는 것도 事實이다.

〈조선일보. (1935. 1. 2)〉

(二)

1.

그러나 그는 그의 孤獨한 位置에 대하야 너무 落心할 것은 업다. 어떠한 時代에도 眞實한 詩人은 受難者엿다.

내가 너의 외로운 그림자에 겁을 내가지고 황겁하게 낫선 군중에게 아유하려고 할 때에 나는 네가 네 자신조차를 니저 버리고 군중의 비속한 「모랄」속에 빠저 버릴 것을 두려워한다. 萬若에 詩人이 眞正으로 大衆속에서 (그런 境遇에는 勿論 意識的 大業일 것이다) 그의 詩의 새로운 살길을 차즈려고 하면 위선 生活 그것에부터 變革이 잇서야 할 것이다. 그러치 안코는 모다 虛僞에 不過하다고 함은 아페서도 簡單히 말한 바다. 이 點에 대하야 民衆派는 매우 簡便한 생각을 가지고 잇다.

民衆主義者들은 民衆의 感情이나 生活意欲을 假裝함으로써 民衆自身의 것은 못되여도 民衆의 것에 각가운 것은 될 수 잇다는 假說우헤 그들의 詩作의 崇高한 動機를 合理化하라고 한다.

그러나 詩作에 참말로 自覺한 詩人은 그러한 近似한 것의 程度에서 滿足할 수 잇는 지극히 便利한 良心을 가지고 잇지 못할 것이다.

眞摯性에서 至極히 距離가 먼 安協的 態度는 詩의 墮落박게는 結果할 것이 업다. 그 경우에 그는 벌서 詩人인 것을 그만두고 한 사람의 거리의 匠人으로 변해버린 것이다.

詩人 鄭芝鎔은 언젠가 學校의 校歌를 지을 수 업는 苦痛을 告白하는 것을 드른 일이 잇다. 眞正한 詩는 어떠한 註文에 의하야 또는 註文者를 豫想하면서 씨여질 수는 업슬 것이다.

朝鮮에서 民衆을 위하야 詩를 쓰는 大小의 만흔 民衆主義 詩人들이 意味하는 「民衆」이란 말은 以上과 가티 매우 朦朧하며 거기는 哲學이 업다.

「쥬-르로망」 等의 「유나니미즘」은 集團 속에서 한 개의 哲學을 構成하엿스며 唯物論者들이 말하는 大衆의 根據에는 科學的 分析이 잇다. 그러나 朝鮮의 興奮된 民衆主義者의 머리속에서는 階級分化 以前의 民衆이 十八世紀의 옷을 입은 채 偶像이 되여 남어 잇다.

民衆이라는 말은 오늘에 와서는 成立될 수가 업스며 完全히 分化되고 紛糾되엿슴에도 不拘하고 朝鮮의 民衆主義者들은 이 槪念的 殘骸를 안고 恍忽하며 의미 解體된 亡靈의 註文을 豫想하면서 詩를 쓴다.

나는 반드시 여기서 大衆의 敵이기를 스스로 宣言하는 것은 아니다. 다만 詩作에 잇서서 生活을 通하지 안코 오직 觀念的 假裝에 의하야 大衆의 편인 체 하는 일의 虛僞性을 分析하려고 하엿스면 따라서 朝鮮詩壇의 一方의 詩作上의 態度인 民衆主義(便宜上 이러케 命名해 둔다)와 그것의 誘惑에 대하야 만흔 先輩와 同僚와 함께 反省해보려고 한 데 지나지 안는다.

三. 詩의 危機

지난 한해 동안처름 朝鮮詩壇이 沈痛한 表情을 보인 일은 업는 것

갓다. 勿論 한편에는 如前히 十九世紀的 感情을 十九世紀的 表現樣
式으로써 노래하는 일에 조곰치도 不滿을 느끼지 안는 幸福스러운
詩人들도 잇섯지만 進步的인 몃 사람의 詩人의 詩作 우혜 또는 沈默
속에는 한글가티 한 개의 危險을 느끼게 하는 것이 잇슨 것 갓다.

그것은 첫재로 거진 無意識的으로 素朴하게 그저 쓰므로써 만족
해하든 지금까지의 自然發生的인 時代는 지나가고 詩作 自體의 意義
를 發見하려고 하는 摸索의 精神 即 全詩壇的인 雰圍氣와 둘재로 詩
人 各自의 藝術上의 苦悶과 셋재로 外的 情勢의 不安에서 오는 일
갓다.

이것들이 얼키어서 한 개의 詩的 危機라는 全體的 樣姿를 맨드러
낸 것인가 한다.

〈조선일보 (1935. 1. 3)〉

(三)

詩人이 그 自身의 하는 일에 아모 疑惑을 가지고 잇진 안는데 그
는 分明히 「幸福한」이라는 形容詞를 밧기에 適當하다.

그러나 그러한 詩人에게서 詩의 새로운 發展을 求하기는 어렵다.
그들은 詩는 永久히 停頓하여도 조타고 생각함으로써 「라듸오」體操
軍의 嗜眠病의 徵候를 보인다. 오늘이나 어적게나 똑 마찬가지로 꼿
을 보고 感激하고 달을 보고 님을 그리고 힌눈을 보고 英雄의 마음
을 숭내낸다.

危機라는 말하고는 무릇 因緣이 먼 層이다.

그러치 안코 詩는 發展하는 것이며 또 그리 하여야 한다고 생각하

는 詩人들—그들은 또한 時代와 社會의 流動相의 복판에서 自己의 位置를 意識한다.

時代의 不安—그러한 것을 그는 吸紙와 가치 敏感하게 吸取할 박게 업다. 그의 理智는 그의 藝術活動에 대하야 恒常 批判과 反省을 峻烈하게 命한다. 때때로는 藝術 自體에 對한 不信 卽 疑惑과 不安은 實로 根元的인 데까지 到達한다.

여기에 悲痛한 沈默이 계속할 수박게 업섯다.

엇던 詩人은 現實 그것의 多彩에 眩惑하야 또는 生 그것의 「싱슴」에 나타나는 限度 안에서는 沈默을 지키고 잇고 趙碧岩은 自然의 「리리시즘」으로 復歸하는 듯하엿다. 지난해 中에 出現한 異端者 李箱의 詩는 危機 그것의 表現이다. 이러한 詩의 危機의 諸樣姿는 早晩 超克하여야 할 것이다.

幽靈과 가튼 觀念으로서의 民衆이 아니고 또 俗業은 더욱 아니고 眞實로 進步的이고 意識的인 大衆의 生活속에 뛰여 드러감으로써 거기서 새로히 잇는 生活意慾속에서 詩의 動機를 發見하는 것도 한 脫出의 方法일 것이다.

엇던 詩人은 神에게 依支할른지도 모른다.

또는 새로운 「휴매니즘」이 救援의 손이 될지도 모른다. 如何間 나는 이 詩의 危機는 詩의 滅亡의 終曲이 아니고 詩의 再生의 序曲이라고 밋는다.

卽 이 危機는 詩 自體에 대한 詩壇 全體의 自覺과 또한 詩人 各自의 內部에 잇서서의 飛躍과 最後로 外部的 情勢에 대한 詩人의 關心 이러한 것은 眞實로 인제로부터야 우리 詩壇에 現代의 呼吸을 가저올 것이라고 밋는다.

다만 니저서는 안될 것은 詩에 뜻하는 사람은 맛당히 恒常 그 內

部에 飛躍을 準備하여야 된다는 것과 엇더한 時代에서도 進步的 詩
人의 報酬는 名聲이나 優待가 아니엿고 迫害라는 것을 깨닷는 일이
다.

그러나 「地球는 亦是 도라간다」

四. 新人

古來로 大學 自體가 새로운 藝術運動의 先鋒이 되어본 일은 업다.
그것은 大學 그것의 存在의 限界에서 오는 것이지만 그것은 그것 自
體의 「아카데미」的 精神의 反動으로서의 新精神을 길름으로써 새로
운 藝術運動의 搖籃이 될 수 잇다는 「아이로니칼」한 特權을 때때로
發揮한다. 우리는 朝鮮 안에서 文科를 가진 세 곳의 私學을 가지고
잇다.

平壤에 崇實 京城에 延禧 梨花가 그것이다. 우리는 이 文科들의
傳統의 날개 미테서 새로운 詩가 나오리라고는 企待한 일이 업다.

다만 그러한 傳統的 雰圍氣속에서 反動으로써 새로운 詩가 나오
지나 안흘가? 또는 그러하기를 바라왓다. 그런데 지난해에는 崇實에
서 金顯承 閔丙均 等 諸君 延專에서 몃 사람의 「三四文學」의 同人을
내고 잇서서 거기서 各各 希望잇는 搖籃의 노래가 들려오는 것을 느
겻다.

그들은 한글 가치 前述한 「라듸오」 體操의 無爲와 無價値에는 充
分히 厭症을 느끼고 잇는 것을 그들의 詩作을 通하야 發見할 수가
잇섯다. 그들 各 個人에 대하야 例를 들면 影像의 過剩이라든지 病
的인 異國趣味 等 말할 것이 만치만 그것은 다른 機會로 밀고 爲先
날근 詩에 대한 不滿과 詩 그것에 대한 情熱 그러한 것 때문에만도

그들은 朝鮮詩壇의 進步의 一面을 證明해 주엇다.

의미 一方에서는 名聲이 決定된 詩人 毛允淑 氏를 낸 梨花에서는 그 후 盧天命 朱敬元 等 諸氏의 詩作 發表를 구경하지만 아직은 새로운 詩的 精神의 發露를 볼 수가 업다.

그러나 이 세 文科는 各各 梁柱東씨 鄭寅燮씨 金尙鎔씨 等 優秀한 文學者 또는 詩人을 敎授로 가지고 잇스니까 今後 朝鮮의 詩壇뿐 아니라 넓이 文壇에 만흔 것을 寄與할 줄 밋는다.

大體로 一九三四年의 後半期에는 素朴한 「로맨티시즘」의 反動이라고 보이는 「에스프리」(機智)의 詩가 新人들의 詩作의 大部分을 차지한 일을 注目할 現象이엿다. 例를 들면 主로 童謠와 짧은 詩를 구경시켜준 吳章煥 君과 가튼 분은 비록 表現材料로서 言語는 아직 洗鍊되지 안은 點이 만치만 그 놀라운 「에스프리」의 發火에 잇서서는 때때로 「콕토-」를 생각게 하는 大膽한 곳이 잇다. 萬若에 朝鮮詩壇이 「테니슨」이나 「뿌라우닝」이나 「타고르」나 「뮷세」나 「유고-」로부터 「콕토-」에로 각가워젓다고 하는 것은 그만치 進步를 意味하는 것이라고 생각한다.

或은 이 新人들을 가르켜서 그들의 詩作이 先進諸國의 다른 詩人들의 模倣이라고 하야 非難하는 것을 드른 일이 잇다. 그러나 비록 模倣이라고 할지라도 模倣하는 그 사람의 뒤에 詩人이 깃드려 잇슬 때 그 模倣은 眞價가 잇다고 생각한다.

또한 先進國과 後進國 사이의 文化의 交流 속에는 恒常 模倣이라고 하는 일이 重大한 일을 마터서 하는 것을 니저서는 아니 된다.

가튼 模倣이라면 「뿌라우닝」의 模倣과 「뿌르톤」의 模倣과는 時代的 意味가 다르다.

또 거기에 二年 或은 三年의 年代의 差異가 잇다고 하야 곳 느즌

便을 模倣者라고 告發하는 것은 너무 輕率한 일이다.

世界文學의 最後의 段階로 向하야 各國의 文學이 서로서로 國境을 문허떼리면서 각가워 가고 잇슬 때에 거기에 共通하게 움직이는 어떠한 世界樣式을 模倣이라고 誤診하는 일에는 나는 反對한다. 그러므로 오늘의 新人들을 模倣者라고 하야 非難할 때 그 告發人의 判斷 속에는 或이 이러한 誤診이 만히 석겨잇지 안흔가 의심한다.

다만 한가지 우리들이 銘心할 것은 우리는 決코 模倣이나 「에피고-넨」(末流)에 滿足해서는 안 된다는 것이다. 恒常 우리는 새로운 發見者라야 한다는 것이다.

그박게 張貞心씨가 詩集 「琴線」을 냇고 黃順元씨의 詩集 「放歌」도 구경하얏스나 前者는 平凡하얏고, 後者는 아직 詩로서의 形象化의 過程을 充分히 밟지 안흔 詩 以前에 屬하는 것 가햇다.

〈조선일보 (1935. 1. 4)〉

(四)

詩에 關聯한 事件이나 問題로서는 그박게 岸曙의 譯詩集 「忘憂草」의 出版과 아울러 氏의 譯詩論이 「中央日報」 紙上에 發表된 일이 잇섯다.

氏의 譯詩論은 여러 가지 意味로 자미잇섯다.

氏는 結論으로서 飜譯 不可能論을 主張하얏스며 나아가서는 嚴正한 意味의 客觀的 飜譯은 잇서서는 안 된다는 當爲論에 까지 主張을 發展시켯다.

다만 可能한 일은 原作者의 想을 따서 譯者는 그 自身의 것으로

創作할 수박게 업스며 또한 그리하여야 한다는 것이다.

氏의 譯詩와 함께 읽어보면 그 譯詩論은 一樣化한 氏의 譯詩를 合理化한데 지나지 안는 느낌이 잇서서 자미잇섯다. 「쟝·포-란」은 아니지만 事實 言語라고 하는 것은 끗업는 誤謬의 根元이며 다만 사람은 그 近似値에 滿足할 박게 업는 것인지도 모른다.

한 사람의 입을 通하야 나오는 가튼 말이 그 時間의 差異로부터 意味가 달러지는 極端의 例조차 發見한다.

對話와 가치 그 때 그 때의 語調의 抑揚이나 表情 動作의 補助가 업시 다만 文字로 나타난 言語를 그 素材로 쓰는 詩와 飜譯에 잇서서 거진 機械的인 數學的 正確을 求하는 것은 求하는 편이 잘못이다. 여기에 飜譯의 한 限界가 잇는 것이 事實이다. 그러타고 해서 飜譯은 飜譯이면서도 譯者가 想을 除한 外에는 맘대로 해도 조타는 口實을 提供할 것 갓지는 안다.

不得已한 限界의 範圍 안에서도 그 韻律 音響 雰圍氣 情調 等에 잇서서 飜譯으로서의 可能性은 더 넓은 것이 잇슬가 한다. 그 산 例로는 氏의 譯詩集 「懊惱의 舞蹈」는 적어도 今番의 「忘憂草」처럼 그러케 單調로운 것은 아니엿스며 거기는 各 原作者를 따라서 어느 程度의 必要한 多樣性이 發現된 것을 구경하엿다.

나는 氏의 譯詩論이 때때로 氏의 飜譯者로서의 才能을 스스로 죽이는 조치 못한 結果를 가저오지나 안흘까 念慮한다.

「에즈라파운드」는 詩를 音響만을 追求하는 詩와 影像과 意味를 追求하는 詩의 세 部類로 난호고 前者만은 譯이 不可能하다고 하엿고 뒤의 兩者는 可能하다고 하엿다. 體系化한 譯詩論은 아닐지라도 아울러 參考할 點이 만타고 생각한다.

그런데 氏의 飜譯 不可能論은 學的으로는 討究의 餘地가 만흠에

도 不拘하고 恒常 言語를 주물르는 詩人으로서 言語의 宿命과 限界
에 대한 한 絶望的인 自覺에서 나온 것이라고 생각할 때 우리는 우
리 自身을 反省하지 안코는 못견된다.

即 氏는 言語라는 것의 그 微妙한 作用과 變化에 대하야 詩人인
까닭에…無限한 神秘조차를 드듸여 거기서 발견하고는 言語 그것의
飜譯 不可能의 結論에까지 到達한 것이다.

言語에의 自覺과 把握—그것은 詩人의 最初의 修業이다. 그럼에도
不拘하고 言語를 無視한 生硬한 詩想의 素材를 그대로 詩라고 생각
하는 原始的인 思考들은 무슨 까닭에 아직까지도 文學人들 속에 조
차 남어 잇슬가? 이 박게 내가 記憶하는 限度 안에서는 韓黑鳩氏가
亦是「中央日報」에「現代詩人의 哲學的 研究」를 發表하야 朝鮮 新詩
史上의 先驅者의 몃 분에 대한 研究의 一端을 보여 주엇다.

이 種類의 研究는 今後 더욱 더욱 잇서야 할 것이며 朝鮮詩壇의
過去는 이미 研究의 對像으로 充分히 여러 개의 題目을 품고 잇다고
생각한다.

韓氏의 前記 論文은 좀더 哲學과 思想의 概念이 明確히 區別되엿
드면 그러고 現實主義와 理想主義라는 너무나 單純한 두「카테고리」
에만 비추어보지 말고 各各의 詩人의 思想이라든지 哲學을 그 自體
의 特性에 依하야 發見하야 보여주엇스면 하는 希望을 가지게 하엿
다.

또한 現代詩人의 哲學的 研究(事實은 思想의 研究)이면서도 現代
의 意味가 明確하지 못하엿고 各 詩人의 時代的 差異 特徵 等을 區
別업시 論한 것은 우리로 하여금 理解하기 어렵게 맨든 혐의가 잇섯
다.

또한 이것은 純全한 詩에 대한 것은 아니지만 崔載瑞氏의 때때로

發表한 現代 英國文學의 生新한 理論的 方面의 紹介는 詩壇에도 恒常 적지 아니한 조흔 影響을 미첫다고 생각한다.

이 種類의 外國의 新文學과 그 理論의 輸入은 恒常 이 따의 文壇을 裨益하는 일이 크다고 생각한다.

우리는 古典의 輸入 再吟味와 아울러 우리와 함께 現代를 呼吸하는 外國의 新文學의 理論과 實際에 接하는 일은 至極히 必要한 일이다. 우리는 現代에 關心하는 더 만흔 篤實한 外國 文學者를 가지기를 願한다.

展望이라는 題目을 걸고 回顧에만 여러 回를 虛費햇다. 이것으로써 발서 讀者는 充分히 支離하게 생각하엿슬 줄 안다.

그럼으로 얼마동안 쉬여 가지고 展望의 남은 짐을 마저 풀려고 한다. 讀者의 寬大한 恕諒을 빈다.

〈조선일보 (1935. 1. 5)〉

乙亥年의 詩壇

오늘의 우리 詩壇을 이야기할 때에 우리는 悲觀과 樂觀을 할 口實을 함께 갖이고 있다.

悲觀은 주로 詩의 周圍를 에워싼 混沌 때문이고 樂觀은 勿論 一部의 活潑한 斥候隊의 꾸준한 探求를 信賴하는 까닭이다.

萬若에 이 探求의 精神이 죽었다면 그 詩壇은 무덤을 이야기하는 以上의 興味를 우리에게서 자아낼 수는 없을 게다. 그 探求의 精神은 언제든지 별 아래 隊商처름 孤獨해도 좋다. 그것은 그것 自體의 發光에 依하야 그 身邊에 이윽고는 望遠鏡들을 集中시키는 새 星望일 것이다. 스스로 나아가서 望遠鏡에게 妥協을 申請하는 것은 卑怯하다.

그러므로 그 不拔한 「에스프리」의 保育을 위하야 생겨난 「三四文學」이 旣成文人에게 향하야 忠告와 같은 것을 期待하는 設問을 보낸 것은 望遠鏡에 대한 握手의 申請에 틀림없다. 그것을 遺憾으로 생각하는 동안에 「三四文學」은 벌서 年齡을 느끼고 그만 廢刊이 되고 오직 李時雨氏의 「에스프리」의 發火가 남었다.

이 「하이칼라」한 一現代人은 爲先 낡은 詩에 대한 高尙한 潔癖을
갖었다. 그러나 될 수 있는 대로 漂白된 形而上學에 昇華하려는 歐
羅巴的 藝術思想의 忠實한 中毒을 그가 피할 수 없었든 것은 한가지
로 삐뚜러진 敎養때문일가? 그러니까 氏는 五色透明한 形而上學의
擁護를 위하야는 그것에 適應할 수 있는 詩的 貴族의 創設까지 바라
지 않었는가? 그러나 君과 우리의 앞에서 우리가 머리를 알어야 할
數없는 詩의 問題가 가로 놓여있다.

君은 그러한 苦悶에 가장 敏感할 수 있는 젊은 「에스프리」에 屬하
는 한 사람이다. 따라서 來日을 믿고 싶은 가장 큰 期待를 約束하는
한 사람이기도 하다.

이 李時雨氏에 精神的 近似를 많이 가지고 있는 李箱氏의 沈默은
大體 무슨 까닭일가 或은 李時雨氏의 바로 한 거름 더 앞에서 벌서
돌뿌리를 거더찬 까닭이 않일까?

金光均, 金朝奎, 閔丙均, 金顯承 諸氏의 世界가 아직도 조심스러운
「이마지즘」에 끈진 것은 매우 遺憾이다. 우리는 벌서부터 禮服을 입
기에는 너무나 젊지 않은가? 우리가 冒險을 中止하나니 그러면 「컬
럼버쓰」보다도 卑怯해서야 될 수 있느냐?

외래인 「푸로」詩人 林和 君은 荒漠한 廢墟에서 혼차 소리를 높여
어두운 노래를 부른다.

이때 나로는 哀切慘絶한 回想의 노래는 늘 老戰士의 「白鳥의 노래
」를 聯想시켜서 읽는 사람의 가슴을 어이나 그것은 그의 詩에 엉크
려 있는 個人的 社會的 傳說 때문이고 그 詩境은 依然히 「쎈티멘
탈·로만티시즘」이여서 詩의 進步에는 얼마 關聯하고 있지 않은 것
같다.

그밖에 李秉珏氏의 十月 中 「中央日報」에 실린 「아도와의 聖戰」을

비웃은 諷刺詩는 近來의 收穫이라고 생각한다.

이 글을 쓰는 때까지는 않 나왔으나 不日間에 鄭芝溶 詩集이 나오리라고 傳하는데 이것은 今年 詩壇 아니 우리 新詩史上의 한 「피라밋드」를 指示할 것으로 여기 鄭芝溶 以前과 鄭芝溶 以後라는 말이 名實함게 確立될 것이라고 믿는다. 그래서 今後의 詩人은 적어도 鄭芝溶 以前에서 헤매는 徒勞는 免할 것이다.

辛夕汀氏의 牧歌의 「리리시즘」은 如前히 아름다웠다. 以下略—

雜誌 「詩苑」이 如何間에 詩의 專門雜誌로서 繼續하고 있는 것은 유쾌한 일이다. 다만 別莊地帶의 아담한 庭園이 되는 일에 스스로 滿足지 말고 나아가서 詩의 進步의 搖籃이 된다면 詩壇과 「詩苑」을 위하야 함게 반가운 일일 것이다.

〈학등 (3권 1호. 1935. 12)〉

鄭芝溶 詩集을 읽고

「넥타이」를 모양있게 맨다고 하는 것만으로는 紳士의 趣味 以外의 아모 것도 아니라고 할른지 모른다. 우단 「망또」를 입은 「오스카·와일드」는 오늘의 靑年들에게는 벌서 우수꽝스럽다고 할른지도 모른다.

그러나 高尙한 敎養과 洗鍊된 感性을 表示하는 깜장 「넥타이」를 端正하게 매고 우단이 아니라 밤빛의 羅紗 「망또」로써 그 不潔한 周圍로부터 自身을 가리려는 듯이 몸을 둘른 한사람의 詩人이 저 「쎈치멘탈·로맨티시즘」의 雜草와 灌木이 욱어진 一九二〇年代의 저므름의 朝鮮詩壇이라는 荒蕪地를 걸어가는 모양을 想像만 해보아도 우린 유쾌하다. 깜장빛 「넥타이」는 얼골의 유리빛 明朗과는 딴판으로 「당나귀처럼 凄凉한」 그의 마음의 喪章이라. (갈매기 歸路) 그런 까닭에 詩人 芝溶의 出發은 實로 이렇게도 中世紀의 騎士傳처럼 孤獨하고도 華奢했든 것이다.

그러나 그는 決코 「탕크」를 타고 그 荒蕪地를 侵略하려고 하지는 않었다. 裝甲自動車는커녕 自働自轉車조차 타지 않었다. 그것들은 그

의 물제비처럼 端雅한 感性에 너무 거츠렀든 까닭이다. 그는 실로
다락같은 말을 몰아서 周圍의 뭇 荒凉에 輕蔑에 찬 視線을 던지면서
새로운 詩의 地平線으로 향해서 荒野를 突進했든 것이다.(말1. 말2.
말) 一九三三年까지도 사람들의 무딘 귀는 그들에게 익숙지 않은 이
말발굽소리를 깨닷지는 못했다. 허나 어느새 그가 달려가는 길의 左
右에서 또는 戰後에서 마치 그 발자취에 놀라서 깨여난 것처럼 몇
낫의 새로운 詩의 병아리들이 慌忙히 날기 시작했다. 이 不拔한 騎
士는 오늘도 계속해서 달리고 있다. 이제 그가 지나온 貴重한 발자
최를 한 卷의 詩集에 모아서 한꺼번에 바라볼 수가 있다는 것은 實
로 우리들에게 幸福이 한가지 더한 일임에 틀림없다. 우리는 오히려
너무나 오래 동안 기다리든 것이 늦게야 나왔음에 야속함을 느낄 지
경이라. 사람들은 이 端麗한 裝幀속에 쌓인 아름다운 詩集에 依해서
낡은 詩와 새로운 詩라느니보다는 詩 아닌 것과 참말 詩의 境界를
다시 한번 뚜렷하게 分別할 것이다. 또한 어떠한 詩集에고 무슨 傳
說이 붙어댕기기 쉽고 그 傳說은 實相은 그 책의 價値와는 아모 關
係가 없는 것이나 그것이 그 책에 어떠한 人間的인 體溫을 느끼게
하는 것은 事實이다. 이 詩集의 誕生에 뭇 産婆의 勞役을 다한 朴龍
喆氏의 어여쁜 友情은 이 詩集의 뒤에 숨은 아름다운 傳說의 하나일
것이다.

〈朝光 (2권 1호. 1936. 1)〉

「사슴」을 안고
― 白石 詩集 讀後感

綠豆묘빗 「떠블 뿌레스트」를 제끼고 寒帶의 바다의 물결을 聯想시키는 검은 머리의 「웨이브」를 휘날리면서 光化門通 네거리를 건너가는 한 靑年의 風采는 나로 하여금 때때로 그 周圍를 「몽·마르나쓰」로 幻覺시킨다.

그러컨만은 며칠 전 어느 날 午後에 그의 詩集 「사슴」을 바더 들고는 外貌와는 너무나 딴판인 그의 肉體의 또 다른 秘密에 부디처슬 때 나의 놀램은 오히려 唐慌에 가까운 것이였다.

表裝으로부터 조히 活字 餘白의 配定에 이르기까지 그 詩人의 主觀의 呼吸과 脈搏과 趣味를 이처름 强하고 솔직하게 나타낸 詩集을 나는 朝鮮서는 처음 보앗다.

白石의 詩에 대하야는 벌서 朝光 誌上을 通해서 오래 전부터 親分을 느껴오는 터이지만 이번에 한 卷의 詩集으로 成果된 것과 대면하고는 나의 머리의 한구석에 아직까지는 多少 몽롱햇든 詩人 白石의 너무나 뚜렷한 存在의 구쎈 自己主張에 거의 壓倒되엿다.

「유니-크」하다고 하는 것은 한 詩人 한 作品의 生命的인 部分에 該當한다. 어떠한 詩人이나 作品에 우리가 魅惑하는 것은 그의 또는 그것의 「유니-크」한 風貌에 틀림업다.

詩集 「사슴」의 世界는 그 詩人의 記憶속에 쭈그리고 잇는 童話화 傳說의 나라다. 그리고 그 속에서 實로 소김업는 鄕土의 얼골이 表情한다.

그러컨만은 우리는 거기서 아모러한 回想的인 感傷主義에도 부어오른 復古主義에로 맛나지 안어서 이 우헤 업시 유쾌하다.

白石은 우리를 充分히 哀傷的이게 맨들 수 잇는 世界를 주무르면서도 그것 속에 빠저서 어쩔 줄 모르는 것이 얼마나 醜態라는 것을 가장 切實하게 깨다른 詩人이다. 차라리 거의 鐵石의 冷淡에 匹敵하는 不拔한 精神을 가지고 對像과 마조 선다.

그 點에 「사슴」은 그 外觀의 徹底한 鄕土趣味에도 不拘하고 주착업는 一聯의 鄕土主義와는 明瞭하게 區別되는 「모더니티」를 품고 잇는 것이다.

「유니-크」하다는 것은 그의 作品의 性格에 대한 形容이지만 또한 그 態度에 잇서서 우리를 敬服시키는 것은 한 거름의 讓步의 餘地조차를 보이지 안는 그 熾熱한 非妥協性이다. 어대까지든지 그 一流의 風貌를 입지 아니한 한 卷이 詩集을 그는 實로 한 개의 砲彈을 던지는 것처름 새해 첫머리의 詩壇에 내던젓다.

그러나 그는 그가 내던진 砲彈의 影響에 대하야는 도모지 考慮하는 것 갓지도 안타. 그는 決코 일부러 사람들에게 向하야 그 自身을

認定해 주기를 바라지 안는다. 阿諛라고 하는 것은 그 하고는 무릇 距離가 먼 禮儀다. 그러면서도 사람으로 하여금 끗내 그를 認定시키고야 만다. 누가 그 純潔한 姿勢에 惑하지 안을 수가 잇슬가?

◇

溫室속의 고사리가 아니다.

標本室의 人造사슴은 더군다나 아니다.

深山幽谷의 靈氣를 그대로 감춘 한 마리의 「사슴」은 이미 詩人의 품을 떠나서 詩壇을 달려가고 잇다.

그가 가지고 온 山나물은 우리들의 味覺에 한 驚異임을 일치 아니할 것이다.

나는 이 아담하고 超然한 「사슴」을 안고 느낀 感動의 一端이나마 同好의 여러 벗에게 傳하지 안코는 견딜 수 업섯다.

삼가 가튼 기쁨을 가지기를 讀者에게 권하려 한다. 妄言多謝. (定價二圓, 發行所 京城府通義洞七六)

〈조선일보 (1936. 1. 29)〉

吳章煥氏의 詩集

一「城壁」을 읽고

　知識人은 現實에 대한 平凡한 適應者는 아닐 것이다. 그는 現實의 分析者며 또 批判者다. 그러타면 우리는 어떤 文化의 部門에 向해서도 歷史와 現實에 대한 良心을 물을 權利가 잇슬 터이다. 詩의 衰滅을 云謂하는 것은 오늘 西洋을 唾棄하는 것과 함께 流行처럼 되어 잇지만 나는 詩의 衰滅이란 小說이 千部를 印刷하는데 詩集은 겨우 百部를 印刷한다는 算術的인 事實을 가르치 말하는 것은 아니라고 생각한다. 詩集은 혹은 열 部만 바처도 조타. 다만 그 속에서 現代에 대한 良心이 들려올 때 우리는 어떤 類의 小說의 繁榮을 반드시 嫉妬할 필요는 업다.

　吳章煥氏는 일즉이는 길거리에 버리워진 조개껍질을 귀에 대고도 바다의 波濤소리를 듯는 아름다운 幻想과 直觀의 詩人이엿다. 그러나 이번 「城壁」에 골라서 여끈 詩篇들은 그러한 꿈의 世界와는 딴판으로 成熟하고 생각 만흔 靑年의 情熱에 그슨 告白으로서 꾀뚤려저 잇다. 그것은 貴公子의 옷기슬 裝飾할 眞珠 부스러기는 아닐지 몰라도 分明히 읽는 사람들의 精神에 情熱과 良心을 點火하는 불꽃들이

478

다. 우리는 이 한 卷을 通해서 吳章煥씨의 熾烈한 精進의 氣魄과 아울러 그 健康한 進展의 方向을 알엇다.

씨는 새 「타입」의 抒情詩를 세윗다. 거기 담겨잇는 感情은 틀림업시 現代의 知識人의 그것이다. 現實에 대한 極端의 不信任. 行動에 대한 熱烈한 意向 그러면서도 理智와 本能의 矛盾 때문에 支離滅烈해가는 心理의 變移. 惡과 頹廢에 대한 기픈 洞察. 混亂속에서도 어떠한 秩序를 追求해 마지 안는 悲劇的인 努力 무릇 그러한 煉獄을 通過하는 現代의 知識人의 特異한 感情에 表現을 주엇다.

우리 詩는 分明히 자랏다. 芝溶에게서 아름다운 語彙를 보앗고 李箱에게서 「이메지」와 「메타포어」의 彈力性을 白石에게서 어두운 東洋的 神話를 차젓다. 「城壁」 속에서 그러한 여러 餘音을 듯는 것은 우리 詩가 한 傳統속에서 꾸준히 자라가고 잇다는 반가운 증거다.

「城壁」 한 卷은 씨가 到達한 새 階段 우헤 세워진 푯말이다. 또한 우리 詩의 前衛部隊의 堅牢한 일방의 堡壘일 것이다.

〈조선일보 (1937. 9. 18)〉

詩壇의 動態

1

다만 한 篇의 詩를 詞華集 속에 남김으로써 記憶되는 詩人이 있다. 그것은 果然 詩人의 榮光일까? 몇 사람의 同好의 士가 무슨 契機를 맨들어 가지고 或은 꽃을 두고 人情을 두고 詩를 써서 바꾸는 詩會라는 것이 있었다. 거기서는 主題가 똑 같고 統一되었으니까 짓는 사람이나 읽는 사람이나 노리는 것은 主로 表現의 妙였다. 한 篇의 詩가 또는 한 篇 속의 한 句節이라도 絶妙한 것이 있으면 그것이 讚嘆된다. 이것은 東洋의 오래인 習慣이다. 그러므로 한 時代의 詩속에 그 時代의 精神을 追求해 보거나 한 詩人의 詩人的 發展 속에, 時代를 사라나간 한 精神의 歷史를 더듬어 본다던지 하는 일은 얼마 돌보지를 않는 習慣이 우리 속에도 있다. 三千年 前 或은 二千年 前에 한번 이룬 燦然한 文明 뒤에는 오직 隨性에 支配된 오랜 停頓 속에서 빚어진 必然한 結果다. 따라서 그러한 雰圍氣에서는 形成하는 精神에 자라나는 것이 아니고 綿密한 匠人바치 氣質이 遺傳될 뿐이다. 西洋文化에 對立시켜서 東洋文化의 特徵을 裝飾性에 있다고 말한 사람도 있지만 東洋에 裝飾美術이 精妙한 發達을 했고 또 넓리 東洋美術의 大部分이 裝飾性을 띠게 되었다는 것은 決코 遇然한 일이 아니다. 儒敎文化의 한 적은 貯水池었던 李朝時代의 遺物인 그 骨董에서 우리는 이러한 裝飾性—或은 匠人바치 氣質의 가장 甚한 例를 본다.

한 篇의 詩 또는 그 한 句節에서 오직 精妙한 言語의 刺繡를 計劃한다는 것 또 詩를 對할 적에 그 어느 句節의 巧緻를 極한 말재조만을 찾는다는 것은 詩를 짓거나 읽는 바른 態度일까? 그것은 올흔 일일까? 이 일의 是非는 暫時 말하지 말고 이러한 匠人바치 氣質이 우리 詩人 사이에 오늘까지 남어 있고 아니 더 盛해 가고 또한 詩에서 言語의 刺繡만을 찾는 讀者가 많이 있고 또 늘어갈는지도 모른다는 일은 이 해가 바뀌려는 時間에 깊이 反省해야 할 일의 하나라고 筆者는 생각한다.

2

여기 詞華集 編纂方針의 重要性이 있다. 다만 漠然히 좋다고 하는 詩篇만을 收錄하는 方針이 있다. 大衆을 目標로 하고 짜는 詞華集의 大部分이 이에 屬하고 One-poem poet라는 말이 생기는 것도 이런 詞華集 때문이다. 詩人은 全然 제 마음과는 딴 모양으로 全然 意外의 詩에 依해서 代表되는 때가 大部分이다. 「스티-분·쩨임쓰」는 詩人에게 向해서 이런 忠告를 했다. 萬若에 한 詞華集에 열名 以上의 詩人이 收錄될 경우에는 參加를 拒絕함이 좋다. 또 自己의 詩가 열

篇 以上 收錄될 수 없는 경우에는 亦是 謝絶하는 것이 賢明하다고. 第一의 方針은 한 詩人에 대한 錯覺을 結果하기가 쉽고 時代라고 하는 場所를 잃은 仙女와 같은 모양으로 詩가 讀者 앞에 나타나게 하기 쉽고 發展이라고 하는 重大한 角度를 詩나 詩人에게서 去勢하는 不幸한 結果를 낳기 쉽다.

第二의 方針은 花草라던지 戰爭이라던지 戀愛라던지 한 一定한 共通된 主題를 標準으로 하고 收錄하는 것이다. 그것은 매우 便宜있는 때가 많다. 앞엣 것과 같은 誤解를 가졌을 危險은 퍽 적다.

또 時代와 流派에 대한 어느 程度까지의 洞察을 가질 수 있도록 周密한 設計 아래서 어느 特定한 時期의 한 나라의 詩史를 彷彿시키려는 意圖로 된 詞華集이 있다. 가령 「킬러쿠-치」 敎授의 「옥쓰포-드 英詞華集」 같은 것은 그러한 有用한 것의 代表일 것이다. 또 「寫象派 詩華集」이라던지 「에즈라·파운드」 編纂 「엘리-뜨·안톨로지」 모양으로 한 流派의 文學運動의 表現인 것도 있다.

우리는 今年 初에 林和氏編 「現代朝鮮詩人選集」과 異河潤氏編 「現代抒情詩選」의 두 詞華集을 맞았는데 後者는 우리가 말한 第二의 「카테고리」에 屬하는 것으로서 現代詩를 抒情詩와 抒情詩 아닌 것으로 난호아서 取扱한 것은 매우 賢明한 일이었다고 생각한다. 다만 이러한 좋은 收穫들이 匠人바치意識으로서만 享受될 것을 念慮하여 今後의 詞華集 編者는 林和氏가 前記 詞華集에서 말한 時代的 觀點과 歷史的 觀點을 더욱 明瞭하게 具現하기를 希望한다.

3

　그러면 匠人바치 氣質에 對立하는 것은 무엇인가? 筆者는 그것을 眞正한 意味의 詩精神이라고 한다. 詩精神이라는 말이 항용 單純한 詩人的 氣質의 同意語를 씨어지는 傾向이 있는 것은 매우 반갑지 못한 일이다. 精神이라는 말은 單純한 心理 以上의 것을 意味한다. 「막쓰·쉘리」의 現象學的 心理學에 있어서의 精神이라는 것도 그렇다고 생각한다. 文化의 形成이라는 일을 떠나서는 精神이라는 말은 「넌센쓰」다. 한 時代가 품고 있는 文化意慾을 自身속에 난호아 가지고 그것을 詩에 具現해가는 創造的 精神이야말로 詩精神이라는 말에 該當한다. 그래서 한 詩人의 經歷을 動하는 歷史속에서 끊임없이 擴大하고 높아가는 한 時代의 價値意識을 體現하여 그것을 發展시켜가는 한 特殊한 精神史에 틀림없다. 여기 詩가 普遍性을 가지는 契機가 있다. 다시 말하면 詩란 價値의 形成이고 뿐만 아니라 그것은 좁은 個性의 울타리를 넘어서 한 時代의 普遍的인 文化에 늘 다리를 걸놓고 있는 것이다. 한 篇의 唐詩나 古時調는 決코 이러한 것으로서는 우리의 鑑賞을 받지 못한다.

4

　이리해서 匠人바치 氣質로부터 詩精神을 區別하는 線은 同時에 詩의 舊世代와 新世代를 區劃하는 境界線이기도 한다. 甚하게 말하면 古代와 近世를 갈라놓은 境界線이며 東洋的 不動性에 叛逆하는

創造的 精神의 出發點이다. 近年에 우리 古典에 대한 關心과 熱意가 膨湃한 것은 매우 좋았으나 그것이 詩뿐 아니라 文化의 넓은 領域에 意外에도 東洋的 不動性마저를 支持하는 傾向을 가져왔다면 모처럼 勃興된 좋은 氣運에서 가장 願치 않았든 열매를 따게 된 세음이다. 林和氏의 「詩壇의 新世代」(朝鮮日報)라는 論文은 지난해 동안 우리 사히에서 詩에 대해서 씨어진 가장 情熱的인 文字였고 또 거기 該當한 感銘을 各 方面에 깊이 남겼거니와 氏가 推獎한 두 詩人 卽 金光均氏와 吳章煥氏 속에 共鳴하는 것은 決코 單純한 言語의 紋樣이 아니었다. 그런 것이라면 우리는 딴 데서 수두룩하게 發見할 수 있을 것이다. 勿論 詩란 한 時代의 方言의 特異한 部門임에는 틀림없다. 따라서 그것을 意味의 形成이다. 따라서 그것이 다른 言語樣式과 달라서 보다 濃厚하게 그 時代의 情緒生活의 痕跡을 남겨 가진다는 點이 注目되어저야 할 따름이다.

噴水처럼 흩어지는 푸른 鍾소리
  (金光均氏의 「外人村」의 一句＝詩集 「瓦斯燈」 속에서＝)

라던지

파란 旗幅이 바람에 부서진다
  (同氏의 「街路樹」의 一句＝同書에서＝)

等에서 가장 그 典型的인 語法을 보이는 金光均氏의 「瓦斯燈」에서 오는 驚異란 주장 어대서 오는 것일가? 그것은 우리가 共感할 수 있는 現代의 方言인 때문이 아닐가? 우리는 過去의 文法과 語法을 한 가지를 쓸 대로 써버려서 그것은 우리의 客觀的 認識과 主觀的 情緒를 記號하는 手段으로서 너무 낡아버린 것을 느낀다. 自然科學에 있어서 數字는 우리의 客觀的 認識의 記號로서 驚異에 該當한 發達을 하였고 記號論理學을 뭇 文化科學의 用語에까지 擴張시키려는 企圖는 言語의 科學的 命題로서의 機能에 아주 새로운 可能性을 開拓하고 있다. 이 方面에 있어서도 過去의 多策한 形式論理學은 날로 精密해가는 오늘의 物理學과 및 科學으로서 確立하려는 오늘의 文化科學 社會科學의 意慾을 滿足시킬 수가 없었다. 이와 마찬가지로 情緒를 記錄하고 誘發하는 言語로서의 詩의 文法 乃至 語法도 「빅토-리안」은 더군다나 「죠-지안」의 方言을 가지고는 滿足할 수가 없었다. 南浦의 배ㅅ沙工은 가령 岸曙의 語法에 매우 同感할 것이다. 「뿌릿자스」의 말은 上院議事錄과 一致할 것이다. 그러나 現代人의 情緒의 絃을 건드려 울리기에는 너무나 單純하고 單調하다. 이것은 매우 曖昧한 比喩일지 모르나 十九世紀의 詩人이 투기는 風琴은 줄이 하나뿐인데 現代의 詩人의 그것은 무척 줄이 많다. 다시 말하면 더 高度의 「하모-니」를 나타낼 수가 있다. 또 十九世紀의 마음은 오직 한 줄만 따려도 感動했는데 現代의 마음은 여러 개의 줄을 同時에 或은 繼續해서 건드리므로써 비저지는 複雜한 「뉴안쓰」에서만 비로소 感動한다.

金光均氏를 昨年이나 今年에 나온 新人처럼 取扱하는데 대해서는 筆者는 매우 意外로 생각한다. 그는 벌써 三十年代의 前半期부터 우리 사히에서 特異한 存在였는데 다만 요사이에야 여러 군데서 늦게 注目하기 시작했달 따름이다. 그는 맨 처음부터도 特異한 方言을 가지고 나타났다. 그것이 우리의 要望을 유달르게도 滿足시키는 作用을 가춘 것을 사람들은 그리 注意하지 않았다. 素月이나 朴龍喆氏가

아모리 울라고 强勸해도 울지 못하던 사람들도

　　슬픈 都市엔 日沒이 오고
　　時計店 지붕 위에 靑銅비들기
　　바람이 부는 날은 구구 울었다
　　　　(金光均氏의 廣場의 一節=「瓦斯燈」 속에서=)

　에 이르러서는 어느새 제 自身의 소리 없는 흐느낌 소리를 깨처
듣고는 놀랐다. 그가 傳하는 意味의 秘密은 林和氏도 指摘한 것처럼
그 繪畵性에 있는데 事實 그는 소리조차를 모양으로 飜譯하는 奇異
한 才操를 가졌다. 벌써 「레오나-드 · 다빈치」나 「머켈란젤로」에서
開花하기 始作한 近世文明의 精神도 音樂의 그것이라느니 造塑의 精
神이었다. 聽覺의 文明은 「騎士 로만쓰」나 民謠와 함께 흘러가고 視
覺의 文明 觸覺의 文明이 擡頭해서 地上의 面貌를 一變시켰다. 그러
다가 立體派의 理論에 依해서 더욱 高調된 造塑의 精神은 다름아니
라 十九世紀 末葉 以來 人類를 掩襲해온 不安 動搖속에서 安定을 찾
는 다시 말하면 造形藝術로서 固定하려는 意慾의 發現이 아닐가? 그
러므로 가장 「히스테릭」해 보이는 이 運動이 事實은 徹底한 微視的
寫實主義에 틀림없었던 까닭도 여기 있었스리라고 생각한다. 生成하
고 變化하는 것을 꺼리고 따라서 그러한 것과 運命을 共有하는 것을
不快하게 생각하고 無機的인 幾何學的인 藝術을 高調한 「T · E · 흄」
의 理論은 안으로 돌아가 보면 事實은 動搖속에서 安定을 찾는 熱烈
한 소리였다. 繪畵的인 寫象派는 그리해서 「흄」의 理論의 溫床에 눈
틀 수 있었던 것이다. 音樂的인 것 그것은 比喩的으로는 사라저 가
는 것 不安한 것 動搖하는 것이다. 繪畵的인 것 그것은 永續하는 것

486

固定하는 것이다.

金氏의 詩에서 부대치는 것은 이러한 끊임없이 安定을 求하는 精神이 아닐가? 거기 심여 있는 感傷이란 安定을 깨트리는 現實의 殘忍한 壓力과 安定을 求해서 마지않는 强한 線과의 相衝과 圭角에서 오는 떨리는 그 자가 아닐가?

5

이렇게 動搖속에서 安定을 찾는 努力은 虛無와 混沌으로 有와 秩序로 整頓하려는 藝術의 根本的인 形象作用과 關聯을 가진다. 우리가 위에서 繪畵와 音樂을 對立시킨 것은 解釋의 便宜上 쓴 한 比喩에 지나지 않는다. 이 藝術의 根本的 性格에 있어서는 音樂이나 繪畵나 彫刻이나 文學이나 마찬가지다. 우리는 至今까지 「이메지」라는 말을 視覺的인 「이메지」에 限해서 써 왔는데 心理學의 用語 例를 採用한다면 聽覺의 「이메지」라는 말도 쓸 수가 있다. 그러면 音樂과 繪畵에 있어서 다른 것은 「이메지」의 內容이고 形象이라는 點에서는 마찬가지다. 文學作品에서 音樂的 構造나 繪畵的 陰影으로 말할 수 있는 것은 藝術의 이러한 普遍的 性格 때문에 可能한 것이다.

그런데 吳章煥氏의 「獻詞」의 世界는 거진 「瓦斯燈」의 世界와는 對蹠的 「이메지」에 차있는 것을 본다. 繪畵라느니보다는 차라리 音樂의 世界다. 希臘的 明確에 대한 「게르만」적 放蕩이고. 「카오쓰」다. 「瓦斯燈」보다는 몇 층 더 어둡고 캄캄한 深淵이다. 그것보다도 훨씬 더 젊어서 따라서 激烈하게 움지기는 世界다. 吳氏의 特異性은 이렇게 現代人의 精神的 深淵을 가장 깊이 體驗하고 그것에 거기 適應한

形象을 주었다는 點에 있다. 따라서 우리의 精神史에 系列을 쫓아서 본다면 「瓦斯燈」의 詩人보다도 더 가까운 새 時期에 屬한다. 金光均氏의 마음은 三十年代 前半의 마음을 많이 남겨 가지고 있다느니 보다는 根本的으로는 그 時期의 마음이다. 그러나 吳章煥氏의 마음을 바로 이 瞬間 이 場所 尤中에도 靑年의 마음이다.

滅해하는 것에 對한 咏嘆이라고 하는 點은 「獻詞」의 外貌에 지나지 않는다.

　　　모름직이 滅하여가는 것에 눈물을 기우림은
　　　分明 滅하여가는 나를 慰勞함이라. 分明 나 自身을 慰勞함이라.
　　　　　(吳氏의 「咏懷」의 一節=「獻詞」 속에서=)

　이것은 吳氏의 心情의 率直한 告白이라고는 들리지 않는다. 웨 그러냐 하면 그에게는 滅하여 가는 것을 아낄만한 過去라는 것이 없다. 「뽀-들레르」가 잃어버린 貴族의 世界에 匹敵한 魅力있는 對象을 그는 過去 속에 갖이지 못했다. 그러면 그가 그렇게 아까워서 號哭하는 것은 무엇이냐? 十九世紀의 「로맨티시즘」은 中世紀의 꿈에 대한 鄕愁요 咏嘆이었다. 그러나 「獻詞」의 「로맨티시즘」의 鄕愁는 차라리 묽어저 가는 未來로 向한 것이며 거기 對한 咏嘆이다. 昨日의 榮光에 대한 回想이 아니다. 「칼렌다-」의 마지막 장을 떼버리고 다시 더 제껴야 할 장이 없어서 거기 無明과 虛無와 深淵에 直面하는 時間의 心情이다. 그리해서 지금 그가 막 餞送해 보낸 最終 列車 다음에 그가 타고 갈 다음 列車는 아모 「다이야」에도 없다. 靑春에게는 過去는 그리 問題가 아니라. 그것은 아모래도 좋았다. 다만 미래만이 關心의 大部分을 차지한다. 그것은 無限한 素材요 可能性이라야 할 것이다. 그러나 젊은 「미켈란젤로」가 「다비테」의 影像을 품고 熱烈한 衝動으로써 大理石에 마조 섰을 때 意外에도 그것이 大理石이 아니고 진흙뎅이였다면 그 우에서 부실부실 뭉어지는 썩은 흙이였다면 吳氏는 이리하여 젊은 現代의 마음에 거기 알마즌 言語의 옷을 이펴 놓았다. 「쎈티멘탈리즘」을 그처럼 唾棄할 수 있었던 우리가 자칫하면 그의 우룸소리에 感動되는 까닭은 바로 여기 있다.

筆者의 見解로서는 「瓦斯燈」과 「獻詞」는 各各 다른 性格을 갖인 것으로서 가령 「瓦斯燈」의 詩人이 쉽사리 「獻詞」의 世界로 同化되리라고는 생각되지 안는다. 여기는 한 가지 年齡의 差異가 한 溝梁을 맨드러 놓은 까닭이다. 卽 「瓦斯燈」은 말하자면 成年의 詩인데 「獻詞」는 靑年의 詩다. 나는 決코 두 詩人의 年齡의 實狀을 갖이고 말하는 것이 아니라 詩의 世界의 性質을 말하는 것이다. 勿論 거기는 實際의 年齡의 差異가 重大한 作用을 하는 것은 事實이다. 말하자면 「瓦斯燈」은 三十代 以上의 사람 나이에 더 많은 理解者를 갖일 것이고 「獻詞」는 보다 더 二十代의 사람들 사이에 共鳴을 불러 이르킬 것 같다. 따라서 「瓦斯燈」으로부터 「獻詞」에 이르는 길은 一種의 不可逆의 經路가 아닐까?

6

如何間에 過去 十年間에 우리 詩는 深刻한 變化를 거처 왔다. 그래서 늘 詩壇 밖에 孤高하게 물러서 있을랴는 드시 보이는, 金尙鎔 氏 같은 분이 實際로 詩集을 내놓은 것을 보면 詩의 中流에 몸부림 치므로써 얻은 變化를 그에 못지 않게 그 詩속에 받어 드린 것을 發

見한다. 「望鄕」은 氏가 詩에 있어서 늘 「새로움」을 理解하고 包容하려는 높은 雅量과 努力을 그대로 보여주는 詩集이였다. 다만 氏가 될 수 있는 대로 詩壇의 몸부림에는 건드리지 않고 詩壇 밖에 서서 그러면서도 詩壇과 늘 거름을 마추어 가려는 너무나 지나친 조심성이 詩壇의 中流와의 사히에 장차 距離를 맨드러 놓을가 보아 염려된다.

「動物詩集」을 내놓은 尹崑崗氏는 늘 詩에 있어서 새로운 領土를 開拓하려는 끈임 없는 努力을 해오는 사람 가운데 한 분인데 氏의 勞苦는 過去 十年 동안 우리 新詩가 經驗한 摸索의 歷史가 文獻의 形式으로 잘 남어 있지 못한 까닭에 그것을 헛되히 되푸리한 部分이 많다. 出版의 不振으로 그 때 그 때의 詩史의 토막 토막이 印刷되여 保存, 傳承되지 못한 罪 때문에 그 뒤에 오는 사람들이 작구 徒勞를 거듭하게 되는 것은 遺憾이다. 氏와 같은 純粹한 努力家가 萬若에 그런 便宜만 있었다면 반드시 더 큰 새로운 收穫을 갖어 왔으리라고 믿는다.

嘉藍 時調集과 및 現代詩의 새로운 源泉을 時調의 形式에서 찾으라고 한 李源朝氏의 示唆(朝鮮日報)는 우리에게 時調 問題에 當分間이라도 좋으니 어떤 決定을 나려야 할 것을 衝動하는데 筆者는 새해에 따로 題目을 設하고 좀더 깊게 또 具體的으로 이 問題를 생각코저 해서 여기서는 그만둔다. 最後로 林學洙氏의 「戰線詩集」은 特異한 題材를 우리에게 寄與한 點에서 注目되여야 하리라고 생각한다. 이 非常한 主題에 適合한 「리듬」을 發見하려고 애쓴 痕跡은 곳곳에서 歷歷히 보인다. 또 筆者의 見解로서는 氏의 지금까지의 詩作의 系列에서 이 詩集은 그 最上位에 선 것이라고 생각한다.

7

이렇게 생각해오면 이 한해는 우리 新詩史上에서 例에 드물게 振動이 넓고 깊은 期間이였다. 몇 해 동안 계속된 混迷 뒤에 차츰차츰 新世代란 것의 面貌가 뚜렸해졌고 따라서 舊世代라는 것이 決定的으로 退却할밖에 없는 形勢에 있다.

이 混迷를 뚫고 무슨 意味로던지 길을 열려는 詩人들의 努力이 이해에서처럼 齷齪한 적은 드물었다. 그것은 健全하게도 조고만한 詩會意識, 匠人바치 氣質의 울타리 속에 물러앉으려 하지 않고 넓히 時代의 精神 또는 文化一般의 發展속에서 살고 또 그것은 體現하려는 方面을 잃지 않었다.

그래서 새해는 첫째 이 자못 뚜렸해진「新世代」의 얼골을 더욱 밝히는 것과 또 詩精神을 더욱 굳세게 文化의 昻揚속에 끌어가는 것과 또 時調의 再檢討 等等의 眞摯한 問題의 一束을 그 전해에서 繼承해 받을 것이다.

(끝으로 부처 적을 것은 이 小論은 主로 한해동안에 나온 詩集만을 中心으로 展開시켰고 新聞雜誌에 실린 數많은 詩들을 ――이 問題삼지 못하였다. 그러나 抽象的으로는 모다 論旨속에 엮어 넣었을 터이다. 다만 時間 其他 關係로 손에 넣지 못한 詩集이 몇 卷 있었던 것은 그 著者를 위하여 매우 未安하다)

〈人文評論 (1939. 12)〉

"촛불"을 켜 노코

— 辛夕汀 詩集 讀後感

★夕汀이 사는 곳에 湖水가 잇고 업는 것을 나는 分明히 모른다. 그러나 夕汀의 詩는 언제고 저 强한 햇비치나 달빗조차를 피해서 山 그늘에 숨은 작은 湖水ㅅ가로 우리를 다리고 가군햇다. 夕汀은 거기 서 山비둘기들과 새새끼들과 구름과 그러한 것들의 「이마쥬」의 羊떼 를 기르는 어딘지 故鄕을 모르는 牧者엿다. 이윽고 별들이 부서지는 오슬길을 거러서 그의 草家집으로 도라온 뒤에도 그는 차마 대낫의 가엽슨 「이마쥬」의 떼를 한 어둠속에 내버려둘 수가 업서서 그의 寢 室로 그들을 껄어 드린다. 이 어린 「이마쥬」들이 怯을 내서 다라날 가보아 그의 조심스러운 마음은 될 수 잇는 대로 히미한 촛불을 켜 놋는다. 그러고는 그의 羊떼를 어르만저 준다. 다음에는 어느새 羊떼 도 牧者도 아름다운 꿈과 어머니의 목소리를 마지하려 잠의 문을 연 다.

★고요한 時間을 가질 적마다 「메소포타미아」의 어느 풀숩 속에 우리들의 어머니와 靑春과 꿈을 두고 온 것처럼 문득 생각하군 하는 것은 現代에 사는 사람들의 共通한 鄕愁인듯 하다. 夕汀의 詩가 우

리에게 다닥처 오는 것은 이 人類史的이라고도 할 現代人의 鄕愁를
노래한 까닭이 아닐까? 얼른 보아서는 舊約聖書에서라도 튀어나올
듯한 「이마쥬」들인데, 만약에 그것들이 무슨 神秘의 보자기라도 뒤
집어 쓰고 나온다면 한낱 망쳐 논 「메-테르링크」박게 될 것이 업다.
그러나 夕汀의 世界는 神들의 憂鬱한 記憶에 찬 黃昏이 아니다. 다
만 健康하고 原始的인 말하자면 어린이의 世界다. 이 點이 또한 우
리와 쉽사리 親할 수 잇는 理由이기도 하다.

★그래서 그가 조용히 그의 꿈을 이야기하는 말은 決코 저 間文의
때가 다닥다닥 무든 俳優의 말이 아니엇다. 자못 素朴하고 自然스러
운 會話의 「리듬」을 가지고 우리들의 겨테서 말을 건닌다. 여기 그
의 語法의 獨特한 魅力이 잇섯다.

★夕汀은 벌써 十年의 經歷을 가진 詩人이다. 或은 그가 그러케
아껴하는 湖水의 平穩을 기르기에는 오늘의 天候는 너무 險할지 모
른다. 그러나 우리의 새로운 詩가 적어도 새로운 風貌를 가추게 되
엇다고 하면 夕汀의 詩風은 「詩의 오늘」을 길러온 有力한 産母의 한
사람일 것이다. 이제 氏의 첫 詩集 「촛불」이 氏의 十年間의 收穫을
한곳에 실꼬 實로 너무 늦께야 나왓다. 詩人은 謙遜하게 「촛불」이라
고 불럿스나 그러나 그것은 分明히 우리 新詩史의 最近 一篇의 한모
를 輝煌하게 밝히든 횃불이엇든 것이다.

(京城 光化門通 · 人文社 發行 · 定價 一圓 二十錢)

〈朝鮮日報 (1939. 12. 25)〉

詩壇 月評

— 感覺·肉體·리듬

詩가 高原이나 氷原에서 외롭게 朗朗하게 을퍼진 적이 있었다. 그것은 世評과 批難 우헤 超然하여 孤獨하였다. 그러나 事務室이나 街頭나 電車 안에서 읽혀지고 또 群衆속에서 激讚된다던지 嘲笑된다고 할지라도 詩人이 그 일을 怒할 까닭은 없다. 될 수 있으면 詩가 더 많은 讀者에게 理解되기를 願할 것이다. 다만 詩人은 群衆의 注文에 應해서 商品을 陳列하여서는 아니 된다. 이런 意味에서 요지음 詩人이 安心하고 그 作品을 發表할 수 있는 紙面이 점점 더 넓어저 가고 있다는 것은 確實히 반가운 일이다.

* * *

金光燮氏 「百合」(人文評論)을 읽었다. 氏의 感覺은 언제나 잡으면 바서질드시 纖細하다. 그뿐만 아니라 그 纖細한 가운대 낱아나 있는 美는 「데카당」하고 바로 이웃이다.

이 詩의 첫 節이 비저내는 幻想이란 象徵派를 聯想시키는 그런 것이다. 이렇게 섬세하고 나약한 一瞬의 幻想을 싼 것이 바로 「피아니시모」와 같은 역시 섬세한 音樂이다. 둘재 節의 첫 두 줄이 꾸며내

494

는 「메타포아」의 「뉴안쓰」는 어쩐지 第一節의 古代的 裝置보다도 더 率直하게 共感된다. 밤속에서 詩人이 앉다까이 저다보는 것은 「傷함이 없는 별」이다. 우리는 이 第二節에 와서 傷함이 없는 神의 것들과 傷함이 많은 人間(詩人)의 對立에서 오는 悲劇感을 느낀다. 西洋詩의 敎養을 깊이 기른 이 詩人이 그것을 잘 살려서 自然에 대한 東洋人的 哀愁를 浮彫시켰다.

* * *

吳章煥氏의 「新生의 노래」(人文評論)는 亦是 이 달 作品들 중에서 뛰어나게 感銘이 끌었다. 「獻詞」以來 이 詩人의 詩가 우리에게 肉迫해 오는 힘은 어떤 肉體的인 壓力이다. 精神의 悲劇을 肉體로써 體驗할 때 거기서는 어떤 體溫조차가 느껴진다. 精神의 悲劇이 다만 精神的인 모양만 가출 때에는 거기는 싸늘한 形而上的인 美가 있다. 그러나 그것이 다시 肉體를 통해서 傳達될 때에는 또 다른 迫力을 갖이고 다닥처 온다는 것을 우리는 이 詩人의 詩에서 본다. 일찍이 는 「콕토-」의 機智에 讚嘆하였고 또는 「뽀-들레르」의 頹廢의 美에 傾倒하던 異常한 經歷을 거처 이 詩人이 到達한 地點은 一種의 「앙팡·테리불」의 境地다. 「新生의 노래」에서도 보이는 것처럼 그가 驅使하는 「이메지」들은 매우 線이 굵고 健康하다. 頹廢的인 感覺은 아주 모양을 감추었고 機智가 들어오기에는 너무 嚴肅한 風貌를 갖었다. 高原이 있고 거기 짐생들이 있고 그것들이 모다 詩人의 따뜻한 血脈으로 싸안것다. 여기 回復된 것은 知的인 現代가 잃어버렸던 肉體다. 그것이 現代라는 커-다란 旋風에 힘껏 부대치는 데서 오는 一種의 運命感을 갖이고 우리에게 臨한다.

* * *

柳致環氏는 「文章」과 「朝光」에 各各 하나씩 詩를 썼다.

氏의 두 篇의 詩에서 받는 共通된 未洽은 그 「리듬」의 지나친 「포
-즈」에서 오는가 한다. 거기 담긴 어떤 精神의 「써스펜쓰」에 맞추기
위해서 이런 「리듬」을 考案했는지는 몰라도 朝鮮말처럼 매우 感覺的
인 말을 主장 「리듬」을 통해서만 굿센 旋律을 傳하려고 할 때 虛張
聲勢가 되기 쉽지 않을까? 일찍이 이 失手는 所謂 昔日의 溶鑛爐派
의 詩人들이 經驗한 것이다. 調節되지 않은 「리듬」의 激流는 그것이
담은 悲劇感을 傳하기 전에 먼저 讀者를 强壓하고 나중에는 쉽사리
지치게 한다. 柳氏는 한동안 몹시 形而上的인 色彩를 갖인 詩를 썼
다. 形而上的 詩를 乾燥平坦에서 救援하는 것은 「윗트」였고 思想의
美였다. 한데 이 詩人의 이전 詩는 形而上派의 이런 武器를 미처 갖
후지 못한 것 같았다. 자칫하면 說教에 끌일 염려가 있다. 「짜-라-투-
쓰트라」는 詩라느니보다 思想의 깊이를 갖이고 威脅한다. 形而上的
인 詩를 「짜라-투-쓰트라」的인 氣分으로써 救援하려는 柳氏의 最近
의 試驗들은 우리들이 冷靜하게 살펴야 할 일이라고 생각한다.

* * *

盧天命氏의 「사슴처럼」(人文評論)은 作者가 될 수 있는 대로 女性
的인 것에서 떠나려고 한 努力의 結果인 것 같다. 作者의 意圖는 높
이 評價하려고 하면서도 그 詩가 우리의 印象에 삿삿이 슴여들지 않
는 것은 詩人의 體驗에서 그대로 率直하게 오는 것이 아니고 그보다
는 더 槪念에서 오는 느낌을 주는 때문이다. 여러 節로 된 詩篇에서
絶頂을 맨 冒頭에 둔다는 것은 比小法인데 남다른 用意를 베풀지 않
다가는 失敗하기 쉬운 技巧의 하나다. 더군다나 比小法도 아니고 맨
첫 節부터 끝節까지 絶頂에서 시작해서 絶頂에서 끝나는 것을 더욱
어려운 手法인가 한다. 柳致環氏에게도 그런 데가 있었다. 吳章煥氏
도 「리듬」에 있어서는 그런 데가 있는데 吳氏의 詩를 平坦에서 救해

내는 것은 意味의 屈折이라고 생각한다. 盧氏의 詩는 그 語彙와 語法에는 아직도 盧氏의 것이 아닌 남의 것들이 많이 남아 있다. 氏가 이 남의 것들을 잘 整理한 연후 氏 自身의 것을 붓잡는다면 氏는 囑望할 詩人 中의 한 사람일 것이다.

* * *

어느새 制限된 枚數를 다 썼다. 여러 雜誌에 여러분의 詩가 실렸는데 ——이 마저 取扱하지 못하는 것을 遺憾으로 생각한다. 다만 呂尙玄氏의 「地鎭祭」는 매우 자미있었는데 한 걸음만 올라 한 걸음만 더 槪念이 肉體를 거첫스면 더욱 感銘이 깊은 것이 되였으리라고 생각한다.

如何間에 이 달은 매우 詩作이 豊盛했고 우리 詩의 어떤 水準을 보여주어서 工夫가 되었다. 筆者의 不吉한 豫想을 깨트리고 참말 詩의 「르네쌍쓰」가 온다면 筆者는 언제고 筆者의 短見을 謝할 터이다.

〈人文評論 (1940. 2)〉

詩壇 瞥見
— 공동체의 발견

아모도 眩暈을 이르키지는 않었다. 다만 새로운 事態와 마조 설 精神的 姿勢를 어떠케 바로잡는가가 問題였으며 또 時間을 要하는 일이었다. 詩人은 그러타고 해서 曲藝師처럼 아모러케고 재주를 넘을 수는 없다. 自己의 精神을 새로운 時代에 向하야 어떠케 焦點을 마출 것인가. 그의 信念을 時代의 거센 潮流의 어느 곳에 뿌리박을 것인가. 그런 것들이 詩人의 全人格을 通하야 우러나올 적에 비로소 우리는 새로운 詩를 구경하게 될 것이다. 알고 있는 일들이다. 그러나 알고만 있어서는 論文은 되어도 詩는 아니 된다. 知性과 情意와의 渾然한 全一의 世界가 그 自體의 言語를 가출 적에 詩는 誕生한다. 이 錯雜多端한 現實世界속에서 바른 歷史의 志向을 가리어 듯는 날카로운 知性은 얼마나 貴重한 것일까. 그러나 그것은 全人格의 소김 없는 眼光이라야 할 것이다. 偏見이나 因襲的인 思考方式을 모조리 버서 팽개치고 大膽한 科學的인 眼光을 가지고 나타날 새로운 知性은 그러나 그것이 全人格的인 體驗을 거처서 情意가 빈틈없이 慘透할 적에 그럴 적에만 詩가 될 수 있다는 것은 새삼스레 詩의 길이

한 修業의 過程임을 느끼게 한다.

八·一五 以來 詩人들은 이러한 自身의 課題를 內面的으로 어떠케 提起하며 또 解決해 왔는가? 思考에 있어서 生活의 意慾에 있어서 한 肉體的인 生理로서 詩人은 어떠케 成長해 왔는가.

이른바 解放詩의 일흠으로 불러지고 있는 詩들은 아직 한 端初에 지나지 않었다. 그러나 이러한 詩를 通해서 한 가지 特徵은 그 어느 것이고 한 共通된 民族的인 感覺과 感情의 發露라는 일이다. 다시 말하면 우리 詩가 解放詩를 通해서 얻은 자못 重大한 것은 한 共同體의 意識이었던 것이다. 勿論 前에도 그런 것이 우리 詩 속데 없은 것은 아니나 이번에서처럼 單一的인 昂揚된 狀態에서 詩人의 感情이 엉킨 적은 없었다. 그것은 詩人의 한 새로운 財産으로 한층 더 發展시키고 키어가야 할 일이다.

이 點에 있어서 가장 自信을 가진 것은 過去에 이른바 「傾向派」의 影響속에서 자라온 詩人 또 그러한 影響을 直接 북돋던 詩人들이었다. 「횃불」 「우리 文學」 等에서 活躍한 詩人들이 그것이다. 「心火」의 朴芽枝, 또 朴世永, 趙碧岩, 尹崑崗 等 諸氏다. 그들은 또 하나의 强點으로서는 始終一貫해서 感傷主義에 대하야 굿센 反撥을 보이고 있는 것이다. 이러한 健實性과 素朴性은 우리 詩壇의 한 좋은 貯藏으로서 保育해 나가야 할 일이었다. 다만 이러한 傾向의 詩는 자칫하면 常識에 떠러질 念慮가 있다. 生活의 體驗과 높은 情操만이 그러한 危險을 除去할 수 있을 것이다. 다른 한편으로 새로 자라나는 말하자면 浪漫的 民族詩人의 「그룹」이 있다. 「象牙塔」을 거처 發表하는 特徵있는 詠嘆을 主로 하는 詩人들이다. 昨年末 戰後의 政治的 混沌과 暗澹은 이러한 詠嘆을 通해서 늘 좋은 詩題를 提供하였다. 그러나 그들의 옆에서는 늘 感傷主義라는 危險한 敵이 따라댕기면서

侵入의 機會를 노리고 있는 것을 이저서는 아니 된다. 가장 悲壯한 表情을 하면서도 거기 相應한 充實한 意味가 안을 바치지 못할 때에 感傷主義는 종이 한 겹의 엷은 것이 된다. 個人的으로는 「象牙塔」에 關聯이 없으면서도 李庸岳氏는 이 새 浪漫詩의 먼 先驅였다.

最後로 過去에 歐羅巴의 새로운 詩를 敏感하게 攝取하고 있던 말하자면 主知主義系列의 詩人들은 어쩌고 있는가. 自然發生的인 民族 感情은 그들의 世界意識에 一定한 論理的 過程을 거처 定着해야 하고 또 共同體의 意識은 知性을 거처서는 이미 들어왔으나 한 生活的 體驗의 根據는 아직도 가지々 못했다. 여기 吳章煥氏의 외로운 몸짓이 있고 金光均氏의 숨가뿐 探索이 있는 것 같다.

여기 한 가지 注目할 일은 八·一五 후의 文學的 習性에 얼마 젖지 않은 詩壇의 새로운 世界가 차츰 자라나가고 있는 일이다. 가령 雜誌 「學兵」에 淸新하게 登場한 金尙勳, 朴山雲 諸氏다. 앞으로 職場에서 工場에서 農村에서 새로운 風俗과 生理를 가진 詩人들이 나타날 것을 期待한다.

우에서 말한 이러한 摸索과 努力 속에는 우리 詩壇은 그러나 希望에 찬 새날을 準備하고 있다고 해도 좋을 것이다. 한번 얻어본 共同體의 意識은 8·15 以後의 우리 詩의 가장 크고 貴重한 寶貨다. 여기다가 우리는 다시 世界史의 感覺과 意識을 부어 넣어 完全히 우리 것을 맨들어야 할 것이다. 여러 갈래가 結局은 나종에는 한 갈래로 向하야 各々 自身들의 特殊한 地理와 傾斜로부터 精神的 姿勢를 바로 가추어 가고 있는 것이라고 생각한다. 要는 彼此가 誠實을 잊지 말일이다. 詩人 各自가 그 生理와 人格의 全部를 기우려서만 自身과 時代와 民族과 世界의 問題를 詩와의 關聯에서 解決해 나가야 할 것이다.

한 가지 크게 서로 警戒해야 할 일은 새로운 모양으로 한편에서
이러나는 藝術至上主義의 脅威다. 尤中에도 그것이 어떠한 政治的인
不純한 外在的 意圖에 利用되어 推進되는 氣味가 있음은 不幸한 일
이다. 詩人은 모다가 커다란 共通된 世紀的 苦惱을 가지고 있을 것
이며 그러한 意味에서 政治的으로 分立 突擊하기 前에 彼此의 問題
를 들고 率直하게 共通된 試鍊에 臨할 수 있을 것이다. 外在的「메
마고-그」의 掌中을 떠나서 詩人만이 몽여 앉으면 問題는 五分間의
풀리고 말지도 모른다. 이것 극히 총々한 素描에 不過하다. 더 詳細
한 論議를 다른 機會에 펴보고저 한다.

〈문학 (1권 1호. 1946. 7)〉

새로운 詩의 生理

— 一聯의 새 詩人에 대하야

생각하면 그것은 一瞬의 回顧조차 休息조차도 허락지 않는 緊迫한 一年이었다. 말할 수 없이 찬란한 무지개가 갑짝이 우리들 길 앞에 피었을 적에 이윽고는 限없는 苦難의 길이었음에도 不拘하고 우리는 도시 恍惚하지 않을 수가 없다. 우리는 그토록 모두가 너무나 젊었던 때문이다. 그러므로 아모도 後悔하지 않는다. 더군다나 첩첩한 苦難에 쌓여 있기는 하였을망정 비길 데 없이 큰 希望에 차있는 길인 以上 모두가 잘 견디어 갈 줄도 알었다.

이러한 것이 말하자고 하면 오늘 이 나라에 사라가고 있는 새로운 젊은 世代의 感情이오 表情이오 決意요 生理가 아닌가 한다. 총총한 一年 뒤에 우리는 우리 詩의 世界에도 일쯕부터 이러한 새 世代가 머리를 추어들고 닥아오고 있었던 것을 바로 느낀다.

그것은 社會的으로는 이 나라 歷史가 있은 후 가장 政治的 關心이 높았던 때며 젊은 詩人은 詩人이기 前에 먼저 이 회오리바람에도 匹敵할 政治의 世界의 한 갈래일밖에 없었다. 한 個人의 詩의 運命보다도 먼저 民族의 運命이 壓倒的으로 詩人들의 생각을 휩쓸고 있었던 것이다. 너무나 當然한 일이었다. 이러한 激動의 時代에 冷情을 잃지 않기에는 그것들의 生理는 너무나 많은 피의 量에 支配되었던 것이다. 우리는 一九三六年 西班牙 內亂이 全世界 特히 歐羅巴의 젊은 作家와 詩人을 그 물구비 속에 어떻게 껄어 넣었던가를 잘 보아 알고 있다. 重要한 일은 이러한 政治的 關心과 行動이 어떻게 詩속에 沈澱하야 詩의 全組織에 有機的으로 吸收同化되는가— 하는 문제다. 그때에 비로소 그것은 詩의 問題로서 그 바른 位置에 安定된다고 할 수 있을 것이다. 이 空前의 政治的 社會的 關心과 情熱은 인제로부터 우리 詩뿐 아니라 文學의 모—든 分野에 걸쳐 그것의 幅을 넓히고 깊이를 두텁게 하며 質的으로 새로운 含蓄에 배인 것을 맨드는데 도움이 되어야 할 것이다. 한 개의 社會的 激動이라던지 歷史的 變革을 文學속에 定着시키는 것은 決코— 容易한 일은 아니다. 事實上 이에 상당한 꽤 긴 時間의 濾過와 또 作家나 詩人의 深刻한 藝術的 試鍊 分解 反芻 凝結의 全過程을 거쳐야 하는 것임도 우리는 지나간 文學史의 敎訓에서 잘 알고 있다.

그러나 우리가 겪고 있는 이 時代的 激動이라는 것은 우리에게 있어서 單純한 한 客觀的인 對象이 아님은 勿論이오 여느에 말로 하는 體驗에만 끊지는 것도 아니오 實로 그 體驗은 우리들의 精神을 송두리채 뒤흔들어 바꾸어 놓는 그런 종류의 非常한 것이다. 다시 말하면 우리 文學이 過度하게 넘처 흘러온 社會的 政治的 視野와 精神的 態度에까지 決定的으로 높이고 퍼지게 하는 것이야말로 더욱 重大한 일이라 하겠다.

그런데 이 두 가지 일은 한가지로 제아금씩 그 특별한 心理的 位相으로부터 오는 危險을 지니고 있다. 하나는 感傷主義의 陷穽이오 다른 하나는 槪念化의 무魁이다. 그리하야 오늘 우리들의 젊은 詩人

들 앞에 이 두 가지 危險을 피하기 위한 두 개의 赤信號를 장만해야
할 것이다. 오늘의 새로운 詩의 航路는 亦是 자못 늠늠하면서도 한
편 이처럼 자못 조심스러운 海圖를 준비하여야 하게 되었다.

　가령 金尙勳 金光現 李秉哲 朴山雲 兪鎭五 等 一聯의 젊은 詩人들
의 詩가 보이는 生理는 分明히 時代의 거센 氣流의 모-든 徵候를 濃
淡의 差는 있을망정 모두가 받어 가지고 또 그들 앞에 벅차게 닥아
오는 새 時代라고 하는 것을 벌써 가슴을 벌여 그대로 껴안으려 한
다.

　　　조금식 서로 닮은
　　　비슷비슷한 얼골들
　　　모두다
　　　해바라기처럼 싱싱한 포기 포기
　　　　　　　(李秉哲 作 -隊列-에서)

　이는 大衆속에서 난후는 生活의 感激에서만 올 수 있는 「리리시
즘」이다. 詩人은 自己의 呼吸과 脈搏에 맞는 自己의 말을 찾기 시작
하였다. 事實上 젊은 詩人들이 그들의 마음속에서 한 藝術的 形象으
로 향하야 용소슴치는 생각의 混沌에 뒤흔들렸을 적애 그들이 가지
고 있는 言語의 素材의 가난 때문에 얼마나 딱딱하고 안타까웠으랴.
勿論 아직도 그들이 자기 生理에 合致하는 저들의 말을 完全히 制御
하였다고는 생각지 않는다. 그러나 이는 그 동안 우리말이 당해온
迫害에 비추어 볼 적에 不得已한 일이었으며 이 땅의 모-든 作家나
詩人이 한결같이 당장 눈앞에 가지고 있는 課題다.
　이러한 여러 가지 困難한 課題를 豫想하면서도 우리 詩의 새 世代

의 以上의 한 部隊는 우리 詩의 앞날을 위하야 한 굳은 約束을 던저 준다. 때때로 거기는 淋漓한 感情이 그대로 肉色을 들추어 내놓기도 한다. 概念의 過剩이 눈에 뜨이는 적도 없다. 그러나 그들의 素質은 詩의 씨가 槪念의 沙漠에 떨어저 매마르는 것을 삼갈 것을 保證한다고 생각한다. 詩의 健全을 위하야는 얼마만한 適當한 「리리시즘」의 濕度가 必要한 것도 先天的으로 알고 있는 듯싶다. 여기서 先天的이라는 말은 決코 허수하게 쓴 것은 아니다. 이 部隊가 多幸스럽게도 가지고 있는 詩的 天分을 나는 믿는 때문이다.

〈경향신문 (1946. 10. 31)〉

憤怒의 美學
— 詩集「葡萄」에 對하여

우리가 일찍이 薛貞植氏 第一詩集「鍾」에서 놀랜 것은 그 燦然한 「憤怒」와 또 「咀呪」의 美였다. 詩가 사람들의 彷徨하는 精神을 黃昏과 無明으로 키 돌려 가던 것을 「호프만스」 말에서 「릴케」에서 우리는 잘 보았던 것이다. 그러나 오늘 歷史를 길머진 무수한 精神들로 하여금 이 混亂한 時代의 회오리바람에도 조금치도 眩暈을 이르키는 일이 없이 다시 도라서 全力을 다하여 똑바로 狂亂의 中心에 感性의 焦點을 마추게 하고야마는 힘이 이렇게 纖細하고 簡略한 詩의 組織에서도 올 수 있다는 奇蹟을 우리는 이제 다시 詩集「葡萄」에서 發見하고 두 번 놀란다. 닥아서며 눈을 흘기는가 하면 물러서 달래도 보고 煙幕을 쳤다가도 어느새 「마스크」를 벗고 나서기도 하고 따려도 보고 뒤흔들어 놓기도 하는 그야말로 變化無雙하고 殘惡冷血한 이 現實과 마조 서서 一瞬도 한눈을 파는 일이 없이 이를 노려보면글 全體를 透視하고야마는 冷徹한 詩精神은 「鍾」과 「葡萄」에 一貫해서 떨리는 無敵한 神經中樞리라. 詩人은 해바라기의 「이마쥬」를 즐겨 쓰고 있어서, 「鍾」 속에서는 그것은 詩人의 希望과 感傷과 아니

全生理의 한 아름다운 象徵에까지 結晶된 느낌이 있었다. 아름답다는 形容만으로는 여기서는 甚히 不足하다. 그것은 生命의 戰慄에 該當하는 한 熾烈한 불꽃인 때문이다. 구태어 찾는다면 어떠한 唯美主義에도 超絶한 저 「고호」의 爆發物에 匹敵하는 激烈한 해바라기의 아마도 同種일 것이다.

그러므로 詩集 「鍾」이 벌써 十分異色의 文이었다. 從來의 詩가 다루던 感種의 種目으로는 헤아릴 수 없는 새로운 「장르」를 우리 詩에 더하였으며 모든 「이마쥬」가 진니는 여러 겹의 意味가 凝結하여 到處에서 光彩를 쏘는 象徵의 아름다움은 이 詩人이 우리 詩에 寄與한 새로운 手法의 所産일 것이다. 그리하여 「鍾」에 대한 우리의 心醉는 充分한 理由와 價値가 있었던 것이다.

이제 다시 詩集 「葡萄」는 詩人 薛貞植氏가 提示한 그 特異한 個性的인 詩의 世界가 한층 더 琢磨되고 醇化되고 結晶되어 一種陰影이 鮮明한 彫塑性조차를 發揮하였다. 거기서도 熾烈한 詩精神은 全身으로써 現實속에 부디처 그리하여 異質의 두 世界의 衝擊으로부터는 소름기친 불꽃이 찬란하게 퉁겨지는 것이다. 이러한 旺盛하고도 사나운 精神 앞에서는 저 無知스러운 現實도 오히려 뒷거름을 칠 번한다. 해바라기의 「이마쥬」는 反轉해서 葡萄의 「이마쥬」가 새로 「클로쓰업」된다. 輕率하던 저 호협한 「디오니소쓰」의 果實일 줄 알지마러라. 새로운 時代에 바치는 祭壇 우에서 너무나 燦然스러운 神과 太陽을 원망스레 흘겨보며 검은 果汁을 鮮血처럼 뿌려 神秘한(?) 뭇 祭物을 적셔놓는 反抗과 冒瀆의 象徵인 것 같다.

일찍이 「鍾」은 勿論 餘裕緯綽할 餘韻을 남기든 저 처자의 常識的인 鍾이 아니었다.

차라리 그것이 지니고 있는 音樂이 너무나 複雜하고 切迫한 까닭에 참아 소리를 맨들어 내지 못한 채 그저 괴로운 몸짓과 表情을 짓는 것이었다. 거기 詩人의 不規則한 呼吸의 原因이 숨어있었으며 때때로 깔기는 詩人의 한숨은 이 不規則을 調節하기 위한 無意識的인 生理作用같기도 하다. 그러므로 이 詩人을 읽으면서 우리가 어느 결에「로-렌쓰」를 聯想하고「랭보」를 想起함은 아주 緣由없는 일이 아니겠다.「鍾」은 分明히 지난 해 우리 詩壇 最大의 收穫이 하나이었거니와 오늘「葡萄」는 새해 劈頭의 詩壇에 보내는 또 하나 玲瓏한 結實일 게 分明하다. 그 野蠻한 現實 그것에는 事實은 刻刻으로 죽음의 그림자가 지터갈 적에 우리의 곁에는 도리혀 不感의 財産이 不知不識간에 하나하나 불어가고 있음은 즐거운 일이다. 그리하여 우리의 財産目錄 속에서 분명히「葡萄」는「鍾」과 더부러 지금 寶石처럼 빛나고 있는 것이다.

〈민성 (24, 1948. 4)〉

역사적 · 사회적인 실천으로서의 시론
— 김기림 문학론의 선택과 변모

윤여탁

(서울대 교수)

I.

문예 사조론에서 모더니즘(modernism)은 다다이즘(dadaism), 큐비즘(cubism), 미래파(futurism), 이미지즘(imagism), 주지주의(intellectualism), 초현실주의(surrealism), 신심리주의(new psychologism) 등의 근대적 문예 사조를 통칭하는 개념이다. 이 중에서 우리 시 문학사에는 다다이즘, 이미지즘, 주지주의, 초현실주의, 신심리주의 등이 소개된 바가 있다.

일찍이 우리 문학사에서 다다이즘은 박팔양, 임화, 김화산, 정지용 등이 실험한 바 있으며, 이미지즘은 정지용을 비롯한 『시문학』파가 선택했던 창작 방법이었으며, 김기림은 『기상도』(장문사, 1936)에서 주지주의를 실천하였으며, 초현실주의는 이상, 신심리주의는 『34문학』, 『단층』 동인 등에 의하여 활발하게 이론이 소개되거나 창작이 이루어졌다.

그런데 우리 문학사에서 모더니즘은 주로 이미지즘과 주지주의를 이해되고 있으며, 이 모더니즘 시론 전개나 시의 창작 역시 이 두 경향이 중심을 이루었다. 즉 모더니즘의 중요한 경향인 흄(T. E. Hulme)에서 엘리어트(T. S. Eliot)로 이어지는 주지주의는 김기림, 파운드(E. Pound)의 이미지즘은 김광균에 의하여 창작적 실천이 이루어진다. 물론 이같은 견해들은 지나친 단순화이고, 편견이라고 할 수 있다.

그럼에도 불구하고 한국 모더니즘 시론의 소개와 형성은 대체로 김기림의 초기 시론 전개 과정과 일치한다. 그 대체적인 모습은 이미지즘을 비롯한 모더니즘 시론을 소개하고 주지주의로 나아가 이를 창작적 실천으로 보여주고, 다시 리얼리즘 시론의 편린이라고 할 수 있는 전체시론과 신비평의 시학을 수용하는 과학적 시학을 거쳐 해방 정국에는 리얼리즘 시론으로 나아가는 도정(道程)을 보여준다.

이 과정에서 김기림은 ① 「포에지와 모더니티 — 현대시 평론」(1933) ② 「오전의 시론」(1935) ③ 「과학으로서의 시학」(1940) ④ 「우리 시의 방향」(1946) 등의 중요한 시론을 발표하게 된다. 그 대략적인 내용은 이미지즘과 주지주의, 전체시론, 과학적 시학, 리얼리즘 시론의 이론적 기반을 밝힌 것으로 정리된다.[1] 이 밖에도 ①과 ②의 중간에 놓이는 글인 시집 『태양의 풍속』(학예사, 1939)의 머리말인 「어떤 친한 '시의 벗'에게」[2]와 「시에 있어서의 기교주의의 반성과

---

1) 김기림의 시론에 대해서는 다음의 글들이 참고가 된다.
　　문덕수, 『한국 모더니즘시 연구』, 시문학사, 1981.
　　김윤태, 「한국 모더니즘 시론 연구」, 서울대 대학원, 1985.
　　김학동, 『김기림 연구』, 새문사, 1988.
　　서준섭, 『한국 모더니즘 문학 연구』, 일지사, 1988.
　　김유중, 『한국 모더니즘 문학의 세계관과 역사 의식』, 태학사, 1996.
2) 이 시집은 1939년 학예사에서 간행되었다. 그러나 여기에 실린 대부분의 시는 1934

발전」(1935), 「'모더니즘'의 역사적 위치」(1939)가 주목되며, 해방 정
국에 발표된 일련의 글로『바다와 나비』(신문화연구소, 1946)의 「머
릿말」 등이 있다.

이 글들은 김기림의 시론을 요약하거나, 변모 과정을 살피는데 중
요한 시사점을 제공한다. 또한 비교 문학의 관점에서는 이미지즘과
파운드, 주지주의와 흄 그리고 엘리어트, 과학적 시학과 리차즈와의
대응 관계를 중심으로 설명되기도 한다. 어떻든지 김기림은 일제 강
점기와 해방 정국이라는 격동의 시기를 살면서, 문학 내·외적인 상
황 변화에 따라 자신의 문학관을 끊임없이 수정·발전시키고 있다.

본고는 이같은 김기림 시론의 전개 과정을 앞에서 소개한 글들을
중심으로 간단히 살피고, 그 의미를 설명하는 글이다. 다만 김기림의
시론을 소개하는 이 글의 성격상 때문에 심층적인 내용 분석보다는
대략적인 전개 양상을 요약하는 방식을 택한다. 이를 통하여 김기림
문학론을 개괄하는 관점을 확보할 수 있을 것이다.

Ⅱ.

한국 근대 시문학사에서 모더니즘 시 운동의 이론가이자 선구자
였던 김기림은 1930년 일본 유학을 마치고 귀국하여『조선일보』사
회부 기자로 취직하면서 자신이 유학 시절에 접했던 문학에 관한 이
런저런 이야기를 소개하는 것으로 문단에 얼굴을 내민다. 즉 하이네,
초현실주의, 노벨 문학상, 신민족주의 문학론, 주지주의, 딜레탕티즘

년 10월 이전에 발표된 시들이며, 머리말의 끝에도 '소화 9년 10. 15'로 명기되어 있
다. 이런 점에서 이 시집이 김기림의 첫 시집이라고 볼 수 있다.

등 다양한 문학 현상들에 대한 관심을 보여준다.

　이같은 편력 끝에 김기림은 1933년 8월 이종명, 김유정, 이태준, 이무영, 이효석, 정지용, 조용만, 유치진 등과 함께 <구인회>를 결성하는 무렵부터 자신의 문학관을 본격적으로 표명하기 시작한다. 그 대표적인 글이 <구인회> 결성 직전인 1933년 7월 『신동아』에 발표한 「포에지와 모더니티」다. 이 글은 지나간 날의 시와 새로운 시를 비교하는 표로 요약되는데, 그 부분을 보이면 다음과 같다.

과거의 시	새로운 시
독단적	비판적
형이상학적	즉물적
국부적	전체적
순간적	경과적
감정적	이지적
유심적	유물적
상상적	체계적 구성적
소주관적	객관적(「포에지와 모더니티」)

　그리고 김기림이 이처럼 과거의 시와 새로운 시의 비교하는 방식은 일본의 춘산행부(春山行夫)가 「일본 근대 상징주의의 종언」(『시와 시론』, 1928)에서 상징시 이전의 ego(주관)와 20세기적인 cubi(객관)의 대조표와 비슷하다고 밝혀졌으며[3], 이 점에 대해서 일찍이 임화도 김기림이 춘산행부 등에서만 근대시를 본 결과[4]라고 평가한

---

3) 문덕수, 앞의 책, 230면.
4) 임화, 「담천하의 시단 1년」, 『신동아』, 1935. 12.

바 있다.

이 글은 서구 모더니즘의 한 갈래인 이미지즘의 시론을 본격적으로 소개하고 있으며, 글이 발표된 시기부터 전개되기 시작한 시작 경향 ─ 김광균, 장만영, 조용만 등이 이미지와 공감각을 중시하는 경향에 대한 이론적 근거를 마련하기도 한다. 또한 이를 통하여 우리 문단에도 서구 산업 사회의 문학·예술적 실천의 산물인 모더니즘이 본격적으로 수입되게 된다.

김기림은 이전의 낭만주의나 상징주의 시와는 다른 새로운 시가 출현해야 하며, 그것을 흄에게서 배워야 한다고 주장하고 있다. 즉 새로운 시론의 이론적 모색을 주지주의에서 찾고 있는데, 그것은 바로 1935년 전·후반에 걸쳐 『조선일보』에 발표한 「오전의 시론」5)이었다. 이 시론에서 김기림은 형식의 기술(技術)만이 있는 시가 아니라 비판(批判)과 이지(理智)에 기반을 둔 시인의 정신을 강조하고 있다.

이 두 편의 글로 대표되는 김기림의 초기 시론은 대략 센티멘탈이즘의 배격과 지성에 의한 명랑함의 추구, 의도적 창작(기교)의 강조, 선명한 이미지의 포착을 통한 시의 회화성 중시 등으로 요약된다6). 그리고 이 초기 두 편의 시론은 이미지즘(「포에지와 모더니티」)과 주지주의(「오전의 시론」) 이론의 핵심을 이루는 것이기도 하다.

또한 김기림 시론을 대표하는 「오전의 시론」은 직전에 발표한 「시

---

5) 「오전의 시론」은 '제1편 기초론'이 1935. 4. 20~5. 2, '기초편 속론'이 6. 4~6. 24, '기술편'이 9. 17~10. 4에 나뉘어 『조선일보』에 연재된다. 그리고 이 중에서 '제1편 기초론'과 '기초편 속론'의 '각도의 문제'와 '기술편'의 '용어의 문제', '의미의 문제'가 「오전의 시론」이라는 이름으로 『시론』(백양당, 1947)에, 나머지 글들이 「속 '오전의 시론'」으로 묶이어 『바다와 육체』(평범사, 1948)에 수록되어 있다.

6) 김윤태, 앞의 글, 32면.

에 있어서 기교주의의 반성과 전망」(1935. 2. 10~14)에 기반을 두고 있다. 이 시론에서 그는 첫째 기교주의는 1920년대의 감상적인 쎈티멘탈의 경향을 보였던 로맨티시즘과 프로시가 보여주었던 편내용주의에 대한 반발에서 시작되었다. 둘째 기교주의의 구체적인 모습은 음악성을 강조하는 순수시와 회화성을 실현하려는 형태시다. 셋째 앞으로의 근대시는 순수시나 형태시보다는 기교와 시대 정신을 같이 실현할 수 있는 전체시로 나아가야 한다고 주장하고 있다.

특히 이 시론은 발표 당시에는 별로 주목을 받지 못하고, 「오전의 시론」의 이론적 근거 정도로 받아들여졌다. 그러나 「오전의 시론」이 본격적으로 발표되면서, 이 글은 개인적으로는 전체시론으로 나아가는 길을 찾고 있으며, 다른 사람들과는 이후 기교주의 논쟁의 계기를 마련한다. 즉 기교(「오전의 시론」에서는 기술)와 시대 정신을 실현하는 전체시로 나아갈 기틀을 마련할 뿐만 아니라, 기교라는 용어를 중심으로 임화, 박용철 등과 논쟁을 벌이게 된다.

III.

이 부분에서는 기교주의 논쟁으로 전개되었던 계기를 마련한 「시에 있어서 기교주의의 반성과 전망」의 내용을 요약하고, 이 논쟁의 전개 과정을 간단히 살펴보고자 한다. 그 이유는 이같은 고찰을 통하여 김기림 시론의 이론적 출발점을 확인할 수 있으며, 김기림을 비롯하여 이 당시 우리 근대 시단(詩壇)의 지형도를 가늠할 수 있을 것이기 때문이다.

먼저 김기림의 논의는 그동안의 우리 시단에 대한 점검에서 출발하고 있다. 그는 우리가 경멸하고 기피하여야 할 경향으로, 평범하고 우연하고 잠정적인 시적 사고나 감정이 시의 전부라고 생각하여 이를 배설하였던 로맨티시즘과 이것이 내용주의라는 이름으로 새로운 옷을 바꿔 입고서 자연 존중이라는 소박한 사상에서 출발한 시라고 규정하고 있다.

그리고 그는 대략 신시의 출발기부터 4반세기에 걸친 시의 전개 과정에 있어서 중간 결산을 하는 의미에서 기교주의는 출발하고 있다고 진단한다. 그러므로 혼돈 속에서 진정한 시적 발견이라고 요약할 수 있는 기교주의 발생은 원시적 상태를 극복하려는 강렬한 문화적 욕구에 의하여 소박한 자연의 상태를 정리하고 고도의 문화 가치를 실현하는 문화적 의의가 있다고 보았다.

다음으로 김기림은 우리 시단 전개를 내부적인 자각보다는 서구의 시 운동의 영향이라고 진단하고서, 서양의 근대시가 걸어온 길을 검토한다. 그가 진단하기에는 서양 근대시의 대표적인 흐름의 하나는 상징파에 의하여 존중되었던 시의 음악성에 매달린 순수시이며, 다른 하나는 시의 회화성이 본질적이라고 생각한 형태시라는 것이다. 그런데 전자는 시의 본질을 시간성에 두고 편성된 낡은 형태학의 반복을 극복하지 못했으며, 후자는 분명한 미학을 정립하지 못하고 시의 외형에 대한 변혁과 인쇄술의 시적 표현에 머물렀다. 또 초현실파도 일찍이 주제의 포기를 선언함으로써 순수화된 시에는 이르지 못하였다고 본다.

그리고 그가 생각한 근대시 또는 근대시의 순수화의 경향은 기교주의라는 방향을 더듬어 왔다는 것이다. 아울러 기교주의의 내용을 규정하고 있는데, 기교주의는 "시의 가치를 기술을 중심으로 하고 체계화하려고 하는 사상에 근저를 둔 시론을 지칭하는 것이다. 그러나 낡은 '예술을 위한 예술'론이라든가 '이스테티시즘'(aestheticism, 미학: 필자주) 혹은 예술지상주의와는 엄연하게 구별되어야 한다. 즉 예술지상주의는 윤리학의 문제에 속하나 기교주의는 순전히 미학권 내의 문제다."라는 것이다. 이같은 규정에 근거하여, 김기림은 그 동안의 시처럼 음악성이나 외형 같은 각각 기술의 한 측면만을 추상하여 고조하는 것은 시의 순수화가 아니고 편향(일면)화라고 단정한다.

이런 전제와 진단을 통하여 김기림은 근대시가 나아갈 바로 '전체로서의 시'라는 결론을 이끌어내고 있다. 이같은 단정적 결론에는 이미 앞에서 언급한 기술의 한 측면만을 강조한 시가 명징성(明澄性)을 획득하는데 도움을 주었다는 의의와 더불어 이런 모색이 더 이상 계속될 수 없다는 판단을 전제로 하고 있다. 그래서 "이미 그 역사적 의의를 잃어버린 편향화된 기교주의는 한 전체로서의 시에 종합되어야 할 것이다. 그것은 한 조화 있고 충실한 새 시적 질서에의 지향이다. 전체로서의 시는 우선 기술의 각 부면을 그 속에 종합 통일해 가지고 있어야 할 것이다. 그러한 전체로서의 시는 그 근저에 늘 높은 시대 정신이 연소(燃燒)하고 있어야 할 것이다."라고 예언하고 있다.

그러나 이같은 김기림의 발언은 상당한 부분에서 문제가 복합적으로 엉키어 있다. 즉 프로시와 순수시를 내용이나 정신의 측면, 기술의 측면에서 지양되어야 할 양 극단으로 설정하였다는 점이다. 이 점은 당시의 대표적인 이론가들이었던 임화와 박용철을 자극하는 결과를 낳았다. 또 이런 극단적인 경향의 극복 형태로 전체시라는 개념을 도입했다는 점이다. 이 점에 대해서는 임화의 마음을 끌 수는 있었으나, 박용철에게는 김기림이 자신과는 너무 다른 관점에 있음을 일깨워주는 계기가 되었다.

김기림의 이 발언은 「오전의 시론」이라는 주지주의 시론이 발표
된 이후 임화에 의하여 비판을 받게 되고[7], 이 비판에 대하여 약간
다른 각도에서 박용철이 전개한 논의가 이루어진다.[8] 즉 임화가 기
교주의의 발전에 대하여 김기림과는 다른 견해를 피력하게 되고, 이
와는 다른 각도에서 임화의 견해에 대한 비판과 아울러 김기림의 기
교주의 이해에 대한 비판이 박용철에 의하여 이루어진다.

이어 김기림이 임화와 박용철의 비판 중에서 임화의 견해에 접근
하는 글이 나오게 된다.[9] 그리고 박용철의 비판에 대하여 임화의 반
론이 있었고, 이에 대하여 박용철의 재반론이 곧바로 나오게 된다.[10]
이 과정에서 이들은 기교주의의 발전에 대한 견해의 차이를 첨예하
게 드러내게 되며, 그 본질에 대해서도 각기 다른 관점에서 이해하
는 모습을 보인다.

이 논쟁을 통하여 이들은 자신들이 기반으로 하고 있는 문학관의
차이 즉 도시 부르주아의 모더니즘(김기림)과 프롤레타리아의 계급
주의 문학론(임화), 지주 계급의 순수 문학론(박용철)의 차이를 노정
하는 동시에, (때로는 오해에서 생기는) 감정적인 비판을 위한 비판
의 과정을 거쳐서 그들 계급 나름의 문학론을 정립하게 된다.

그 구체적인 모습은 김기림의 경우에는 「시인으로서 현실에 적극
관심」이라는 과정을 거쳐 「모더니즘의 역사적 위치」를 통하여 내용
과 기교의 통일을 통한 전체시론으로 나간다. 김기림은 이 논쟁에
참여했던 다른 시인에 비하여 비교적 논리적 모순이나 혼란이 없이,

---

7) 임화, 「담천하의 시단 1년」, 『신동아』, 1935. 12.
8) 박용철, 「을해시단총평」, 『동아일보』, 1935. 12. 24~28.
9) 김기림, 「시인으로서의 현실에 적극 관심」, 『조선일보』, 1936. 1. 1~5.
10) 임화, 「기교파와 조선시단」, 『중앙』, 1936.2.
　　박용철, 「기교주의설의 허망」, 『동아일보』, 1936. 3. 18~19.

처음의 생각을 일관성 있게 유지하면서 발전시키고 있는 것이다.

이에 비하여 임화는 주로 기교주의를 반대하면서, 이를 극복하려는 태도를 주로 취하고 있다. 그러면서도 경향시의 퇴조와 더불어 등장한 낭만적 경향 또는 프로시의 내면화나 풍자시에서 새로운 활로를 찾으려 한다. 즉 「진보적 시가의 작금」(『풍림』, 1937.1)을 통하여 일단의 진보적 시가의 발전 과정과 그 위치를 진단하면서 낭만적 경향을 보이는 시작 경향을 옹호하는 견해를 보인다.

그러나 임화가 이런 주장을 하는 밑바탕에는 프로 문학 침체기에 수용하는 낭만주의 이론이 깊이 깔려 있으며,11) 이것은 당시에 새로운 창작 방법으로 도입된 사회주의 리얼리즘에서 그 문학적 실현의 계기로 작용하는 혁명적 로맨티시즘의 영향을 받은 것이다. 이후 임화는 다시 사실주의로 방향을 선회하게 되는데,12) 이 단계에서는 '시인론'과 같은 단평 외에는 구체적인 시론을 전개하지 않는 관계로 그 실상을 쉽게 확인할 수는 없다.

끝으로 박용철은 「시적 변용으로」(『삼천리 문학』, 1938. 1)에서 낭만주의 시론으로 발전시켜 나간다. 그런데 박용철은 임화와 김기림이 논쟁의 전개 과정에서 보였던 두 양상을 두루 보여주고 있다. 즉 임화와 같이 논쟁적인 설전을 하면서는 논리적이라기보다는 감정적인 경향을 보이는 반면, 김기림과 같이 자신의 일관된 주장 ― 낭만주의에 바탕을 둔 순수시론을 펼쳐 보이기도 한다.

비교 문학적인 측면에서 보면, 박용철의 시론은 물론 하우스만 시론을 번역한 「시의 명칭과 성질」(『문학』, 1934. 4)을 적용한 것으로

---

11) 임화, 「낭만적 정신의 현실적 구조 ― 신창작이론의 정당한 이해를 위하여」, 『조선일보』, 1934. 4. 19~25.
12) 임화, 「사실주의의 재인식 ― 새로운 문학적 탐구에 기하여」, 『동아일보』, 1937. 10. 8~14.

518

하우스만이 17세기 형이상학파시를 비판했던 논거에 의존하여 논의를 전개하고 있다. 그러나 그가 이같은 논쟁 과정을 통하여 비교적 활발한 창작적 성과를 보여주었던 순수시, 또는 낭만적인 경향의 시에 대해 이론적 바탕을 마련했다는 점에서 그 의의는 매우 크다.

<h2 style="text-align:center">IV.</h2>

　여기서 다시 김기림 시론의 대표라고 할 수 있는 「오전의 시론」의 후반부에 보다 구체화되는 전체시론에 대해서 살펴보자. 앞 부분에서 밝힌 바와 같이, 김기림의 초기 시론인 「포에지와 모더니티」에서는 이미지즘과 주지주의가 혼재되어 나타난다. 그러나 「오전의 시론」에 와서는 비교적 선명하게 주지주의를 표명하고, 후반부에 가서는 전체시론이라는 새로운 방향성을 제시하게 된다.

　이 전체시론은 「시에 있어서의 기교주의의 반성과 전망」에 이어 「오전의 시론」에서 보다 구체화되는데, 이 과정에는 그의 기교주의 비판이 개입되고 있다. 그는 모더니즘의 잘못된 모습인 형태시가 보여준 기교주의를 극복한 형태로 전체시론을 주장하고 있으며, 이런 견해 역시 「오전의 시론」의 핵심인 주지주의의 다른 모습이라고 할 수 있다. 김기림은 이미지즘이 중시되던 초기 모더니즘을 비판하고, 이제 새로운 시는 시대의 정신을 담아야 한다고 주장하고 있다.

　이런 측면에서 김기림이 이미지즘 편향성을 보인 「포에지와 모더니티」를 넘어 기교주의를 비판하면서 전개하게 되는 「오전의 시론」은 주목된다. 즉 그는 「오전의 시론, 기술편」에서는 새로운 시의 방향성을 제시하면서 그것을 전체시론이라고 명명하여, 그 구체적인 모습을 설명하고 있다. 나아가서는 기교를 중시했던 이미지즘과 지성만을 강조했던 주지주의를 아울러 극복하는 모습을 보인다.

시를 말할 때에 내용과 형식을 항용 구별한다. 내용은 사상이라고 불려지고 형식은 기술이라고도 불려진다.
그래서 내용주의라고 함은 사상을 편중하는 것이고 형식주의라 함은 기술을 편중하는 것을 가리켜 이르는 것이다.
내용과 형식 = 사상과 기술이 혼연(渾然)한 통일체로서만 시를 이해하려는 의견은 한 전체주의(全體主義)라고 불러도 좋을 것이다. (「오전의 시론, 기술편」)

김기림은 이 글에서 전체주의를 요약적으로 설명하고 있다. 그리고 그는 이상과 같은 맥락에서 "정서와 사상과 감흥과 영감의 만능에 대한 반역"이었던 기술주의 역시 과격하였고, 성급하였으며 극단으로 흘렀다고 비판하고 있다. 또한 기술주의는 내용주의가 성급하였던 것처럼 기술의 편중에 성급하였으며, 시의 순수화의 방향을 더듬다가 기술의 일면화라는 잘못을 저질렀으며, 그것의 반역은 시의 근원인 인간 정신의 사고(思考)에까지는 이르지 못하였다고 진단하고 있다.
그는 초기 모더니즘 시론의 핵심인 이미지즘이 보여준 기교주의(여기서는 기술주의)를 극복하고 사상과 기교의 통일체를 지향하고자 하였다. 그리고 그의 이같은 전체시론은 이어 과학적 시학에 이르러 모더니즘 시론을 전면적으로 반성하는 계기를 마련한다. 시대적 상황의 변화는 기교 중심의 모더니즘 시론에만 머물게 하지 않았다는 것이다. 그래서 그는 "영원한 '모더니즘'이란 듣기만 해도 몸서

리치는 말이다."(「모더니즘의 역사적 위치」)라는 현실 인식에 이르게
된다.

모더니즘도 새로운 방향을 모색해야 할 처지가 된 것이다. 이런
변화의 움직임은 1930년대 중반의 위기 의식과도 밀접한 관련이 있
다. 이런 정황은 카프로 대표되는 리얼리즘 계열이나 『시문학』으로
대표되는 순수 서정시 계열도 마찬가지였다. 일제의 파시즘이 전면
적으로 강화되면서, 내용이나 형식 어느 한 측면에 중점이 놓이는
편향성이 극복되게 된다. 이런 변화에는 우리 시사의 역량 축적도
물론 중요하게 작용한다.

이에 시를 기교주의적 말초화(末梢化)에서 다시 끌어내고 또 문명
에 대한 시적 감수에서 비판에로 태도를 잡아야 했다. 그래서 사회
성과 역사성으로 이미 발견된 말의 가치를 통해서 형상화하는 일이
다. 이에 말은 사회성과 역사성에 의하여 더욱 함축이 깊어지고 넓
어지고 다양해져서 정서의 진동은 더욱 강해야 했다.

전 시단적으로 보면 그것은 그 전대의 경향파와 '모더니즘'의 종합
이었다. 사실로 '모더니즘'의 말경(末境)에 와서 경향파 계통의 시인
사이에도 말의 가치의 발견에 의한 자기 반성이 '모더니즘'의 자기
비판과 거의 때를 같이하여 일어났다고 보인다. 그것은 물론 '모더니
즘'의 자극에 의한 것이라고 보여질 근거가 많다. 그래서 시단의 새
진로는 '모더니즘'과 사회성의 통합이라는 뚜렷한 방향을 찾았다. 그
것은 나아가야 할 오직 하나인 바른 길이었다.(「모더니즘의 역사적
위치」)

1930년대 후반의 우리 시단을 종합적으로 평가하고 있는 이 글은

파시즘으로 대표되는 새로운 문명의 위기에 닥친 현실 인식에 바탕을 두고 있다. 밝게만 보였던 현대 문명의 미래에 대한 모더니스트들의 현실 인식이 잘못되었음을 인식하기에 이르고, 어두워지고 이지러지는 사회적 상황에 대한 비판의 목소리를 낼 것을 김기림은 주장하기도 한다.

그리고 근대 모더니즘 시론의 이같은 변화는 근대 문명에 대한 비판에서 시작하였던 모더니즘의 출발점과도 밀접한 관련이 있다. 즉 모더니즘이 휴머니즘을 말살하는 근대의 기계 문명이나 분업화된 산업 체계를 비판하면서 시작하였던 모더니즘의 정신을 되새기고 있는 것이다. 같은 맥락에서 이같은 모더니즘 정신의 대표적인 산물인 엘리어트의 「황무지」를 계승하고 있는 김기림의 장시(長詩) 「기상도」도 의미를 지니게 된다.

이제 김기림은 일제 말로 대표되는 새로운 시대에 대한 여러 시적 대응을 역사적 사회적 맥락에서 바라볼 수 있게 되었다. 모더니즘이 지향했던 시의 자율성에 머물지 않고, 전체시론이 지향했던 시의 사회적 기능에 무게를 두게 된다. 이같은 현실 인식 아래 김기림의 시론과 시적 대응이 의미를 지닌다. 또 다음과 같은 고백을 받아들일 때, 1930년대 후반에 주로 창작되어 『바다와 나비』라는 시집의 2부와 3부에 실린 시들도 그 의미를 지닌다.

1939년 제2차 세계 대전의 발발은 벌써 피할 수 없는 '근대' 그것의 파산의 예고로 들렸으며 이 위기에선 '근대'의 초극이라는 말하자면 세계사적 번민에 우리들 젊은 시인들은 마주치고 말았던 것이다. 이러한 일들이 일본 제국주의의 조선에 대한 점점 고조로 향하는 정치적 문화적 침략의 급한 '템포'와 집중 사격과 함께 다닥쳤으며 따

라서 생활의 체험을 통해서 실감되어 왔던 것은 물론이다.(『바다와 나비』의 서문)

V.

김기림이 과학이라는 용어를 처음 거론하기 시작한 글은 「현대 비평의 '딜레마'」(1935)이지만 보다 구체적으로 문학 또는 시와 관련하여 과학을 언급한 글은 「과학과 비평과 시 — 현대시의 실망과 희망」(1937)이다. 이 글에서 그는 과학, 과학적 방법, 과학적 태도 등의 용어를 빌어 과학적 시학이라는 새로운 지향을 준비하고 있었다. 즉 주지주의와도 거리가 멀지 않은 지성의 힘에 의존하는 객관적인 결과 도출을 목표로 하는 과학의 방법론을 문예학에 도입하고자 한 것이다.

비평은 실로 가장 진지한 과학적 태도와 방법 위에서만 가능하다. 오늘의 작가나 시인은 단애 위에서 일보 전락(轉落)을 늘 발아래 위태롭게 느끼면서 죽음과 싸우듯이 제작한다. 그러한 진지한 노력의 결과인 작품에 대해서 자기류의 환상이나 기지나 인상만을 가지고 비평하려고 하는 것은 현대 비평의 윤리일 수도 없다.

우리는 다시 시로 돌아가서 얘기를 계속하자.

형이상학적 방법이 파산한 지대를 과학적 방법에 의한 시의 연구는 시의 사실에서 출발할 것은 물론이다. 그래서 그것의 치밀한 관찰과 분석에서 일을 시작할 것은 물론이다.

시의 비평은 또한 논하려는 시편(詩篇)의 효과의 그러한 과학적 분석과 계획을 토대로 하고 그 위에 내리는 판정(判定)을 품은 것이다.(「과학과 비평과 시」)

　여기서 김기림은 과학적 방법이 무엇인가를 밝히고 있으며, 과학적 태도야말로 세계의 새로운 정세가 요구하는 유일한 진정한 인생태도이자 결론이라고 주장하고 있다. 이어 그는 시의 문제가 인생문제와 분리된 한가한 것이 아니기 때문에, 시의 재료인 말과 이렇게 표현된 의식은 역사적 사회적으로 규정된다는 밝히고 있다.

　이런 점으로 보아 그가 이 시기에 새로운 방법론으로 모색한 과학적 방법 역시 이전의 문학관과 밀접한 관련이 있다. 즉 그가 내세운 과학은 주지주의적 태도의 다른 모습이며, 시 의식의 역사성이나 사회성을 강조한 것은 전체시론의 지향에서 크게 벗어난 관점이 아니나. 1930년대 후반 김기림은 각기 다른 용어로 자신의 문학관을 주장하지만 그것들의 간격은 그리 멀지 않았다고 할 수 있다.

　이후 그는 「과학으로서의 시학」에서 본격적으로 과학적 시학을 내세우고 있다. 이 글의 논지 역시 위에서 살핀 글들에서 크게 벗어나지 않는다. 그는 과거의 시학이 과학적이라기보다는 형이상학적이었다고 진단하고, 새로운 시학, 즉 과학적 시학을 이룩할 것을 주장하고 있다. 그리고 이를 위해서는 첫째는 이전의 모든 형이상학적 시학에 흩어져 있을 시의 사실에 맞는 진술을 뽑아서 자신의 체계 속에 새롭게 활용할 것, 다음으로 근친 과학의 업적에서 단순히 그 부분적 진리를 빌려올 뿐만 아니라 기초 개념조차도 참고해야 한다고 밝히고 있다.

　이러한 점에서 시학에 가장 중요한 도움이 될 과학으로는 언어학과 심리학과 그리고 사회학이었다. 지금까지 이런 방면의 선각자는 몇몇 있었으나 대개는 어느 일면에만 고집하였다. 가령 칼버튼 같은 평론가는 문학 연구에 있어서 사회학의 필요를 고조했으나 언어학이나 심리학에 대해서는 등한했다. 리차즈 같은 사람은 시의 연구에 있어 심리학의 원용(援用)은 역설하면서 도모지 돌보지 않았다

과거의 모든 형이상학적 시학을 모조리 거부하는 리차즈와 같은 태도는 아직도 완전히 과학적이라고 할 수 없다. 씨가 과학적 시학의 건설에 그렇게 출중한 '일'을 남겼으면서도 다만 모든 방면의 혁신자가 그럴 수밖에 없었던 것과 마찬가지로 낡은 것에 대하여 맹렬한 파괴자였다는 것은 양해할 수 있으나 이미 단순한 파괴자의 흥분이 지났을 우리는 고전적 시학에 대하여 냉정한 태도로 임할 수 있을 것이다. 리차즈 씨 자신도 콜리지에게서 '상상(想像)'론을 원용하였던 것이다.(「과학으로서의 시학」)

그는 이어 완성된 시학이라는 것을 미리 상정할 수 없음을 밝히고, 오늘의 문명 생활이 사람들의 문화적 충동을 더욱 복잡하게 할수록 어떤 문화 부분의 일반성에 새로운 사태가 나타나도록 변천이 심할 수 있으며, 그 문화 부분을 취급하는 일반적인 과학도 이를 포용할 수 있도록 체계의 확충, 경신을 해야 한다고 주장하고 있다. 이점 역시 과학의 약점이 아니라 당연하고 또 필연적인 운명이라고 보았다.

이처럼 김기림은 과학으로서의 시학의 가능성을 거듭 주장하고, 그 효용에 대해서 마지막으로 밝히고 있다. 즉 첫째 과학으로서의 시학은 시의 감상에 있어서 기초 교양으로 작용하며, 둘째 시의 비평에 있어서 한 가지 기초적인 준비이며, 셋째 시사를 쓰는데 역시

기초 준비이며, 이런 것보다 더 중요한 것은 문화가 우리의 심리적 충동으로서는 어떻게 의욕되고 또 향수되며 사회적 역사적으로는 어떤 작용을 하는가 하는 우리의 문화 생활에 대한 자각을 더욱 높일 수 있다는 것이다.

다만 그의 이같은 과학적 태도나 과학적 방법, 과학적 시학은 이전의 문학론13)에 비하여 리차즈를 비판하면서도, 리차즈의 영향을 보다 솔직하게 드러내고 있다. 이 점은 그가 일찍이 동북제대(東北帝大)에서 영문학 교수였던 토거광지(土居光知)의 지도로 리차즈의 비평론에 관한 글을 졸업 논문으로 제출한 것과 무관하지 않으며, 해방 이후 『문학개론』(신문화연구소, 1946)이나 『시의 이해』(을유문화사, 1950) 등에서는 보다 적극적으로 리차즈에 기대고 있다.

VI.

앞에서 살핀 바와 같이 김기림은 이미지즘, 주지주의, 전체시론, 과학적 시학 등의 시론을 주장하고, 이에 대응되는 시를 쓰면서 일제 강점기를 보냈다. 그러나 그는 그저 그렇게 이 시기를 보낸 것만은 아닌 것 같다. 끊임없이 새로운 지향을 모색하면서, 그는 우리 민족이 처했던 사회와 현실에 대해서 눈감는 문학은 바람직한 것이 아니라고 판단했던 것 같다. 이런 점은 다음의 글에서 읽어낼 수 있다.

이번 대전의 마지막 몇 해 동안 적이 이 땅에서 저지른 문화의 악마적 침략과 파괴 속에서 우리 시도 그 표현의 전통적 수단이었던 말을 약탈당하였고 자유로운 시의 정신은 학살당하였던 것이다. 그

---

13) 「오전의 시론」의 한 부분인 '언어의 요소'에 있는 도표가 그 대표적인 예이다.

동안 시의 정신을 팖으로써 표현 수단으로서의 민족의 말이 여명(餘命)을 보존하려는 일부의 계획도 있었으나 이는 드디어 수단과 정신을 둘 다 적의 수중에 넘겨주는 결과를 가져왔던 것이다.(「우리 시의 방향」)

　김기림은 일제 강점기에 민족의 언어를 시의 정신으로 지키려는 첨병으로 보았다. 그러나 개인으로서는 이같은 의미를 지니는 시와 언어를 지킬 수 없었다. 김기림도 그랬고, 정지용[14]도 그랬다. 일제 강점기의 조선말을 지키는 정도의 창작을 최소한의 양심을 지키는 것이라고 생각했던 정지용처럼 그는 언어 문자를 고수함으로써 일제에 대항하고자 했다. 즉 시 쓰기를 통하여 저항으로의 담론(談論)을 실천하고자 했다.[15]

　그러다가 1945년 해방을 맞게 된다. 그는 새로운 역사·사회적 환경과 과제에 직면하게 된다. 이 때 이전의 모더니스트 또는 전체시론이나 과학적 시학을 주장하던 애매한 태도를 포기한다. 그는 역사와 민족이 요구하는 투쟁의 현장으로 나아간다. 이같은 선택을 할 수밖에 없었던 상황을 그는 다음과 같이 고백한다.

　우리의 굴욕과 배신과 변절과 거짓과 아부에 찬 36년 특히 최후의 수년간을 우리는 쉽사리 잊어서는 아니 될 것이다. 안타깝게 쳐다보는 민중에게 아무 표정도 지어 보일 수 없었으며 더군다나 대중을 속이며 역사를 속이며 가장 무서운 것은 스스로의 양심을 속여가며

---

14) 윤여탁, 「시 교육에서 언어의 문제 ― 정지용을 중심으로」, 『시 교육론 2』, 태학사, 1998.
15) 윤여탁, 「한 모더니스트의 변모와 그 의미」, 위의 책.

침략자의 복음(福音)을 노래하던 날을 너무나 값싸게 잊어서는 아니 된다. 나는 감히 돌을 잡으라고 하지는 않는다. 누가 누구에게 돌을 던지랴? 돌을 던질 대상은 반드시 우리들 주위에만 있는 것이 아니고 실로 우리들의 정신의 내부에 먼저 있는 것이다.(중략)

우리 신시는 30수년 전에 민족 문화 건설의 한 첨병(尖兵)으로서 침략자에 대한 항의로서 출발한 영광스러운 역사를 가지고 있다. '르네상스'가 발견한 새로운 근대적 인간의 의식과 세계관의 제시자로서 등장하였었다. 몇 개의 계단을 거쳐 한 중단기(中斷期)를 지나 이제야 시는 새로운 시대를 가지게 되었다. 여러 가지 시련을 스스로 달게 받아들여 그것을 통하여 그 정신을 높이고 굳혀감으로써 인류의 정신사에 한 확호한 위치를 차지하게 될 것이다.(「우리 시의 방향」)

이 글의 앞 부분은 우리 시의 과거에 대한 반성이며, 뒷 부분은 우리 시의 방향을 새롭게 제시하는 내용이다. 김기림은 이 부분에서 우리 시의 과거를 반성하면서, 새로운 역사 앞에 설 수 있어야 한다는 말하고 있다. 그리고 이런 반성은 우리 자신으로부터 준엄하게 이루어져야 한다는 것이다. 이럴 때 반성은 의미를 지니고, 새로운 출발도 의미를 가지게 된다는 사실을 암시적으로 드러내고 있기도 하다.

또 우리 근대시의 역사가 근대라는 새로운 시기에 합당한 민족 문화를 건설하는 과정이자, 일제에 대한 항의의 역사임을 말하고 있다. 나아가서는 시를 통하여 우리의 정신을 표현하고 정립하는 과정의 산물로 이해하고 있다. 이제 김기림은 시를 자족적인 언어 표현으로 보지 않고 문화, 정신 등과 같은 위치에 놓는 것은, 자신이 주장하였던 초기 모더니즘 시론16)에 스스로 돌을 던지면서 새로운 선택을 한다.

　그것은 새로운 사상이었고, 사회주의 이념이었다. 그리고 김기림은 이 길을 충실하게 걸어가는 사람이고자 했다. 그는 자유롭고 희망찬 국가인 조선을 건설하는 일에 마지막 시심(詩心)을 쏟았던 것이다. 그렇기에 해방 정국에 보여주었던 이런 김기림의 시적 모색은 이전의 시적 경향과는 전혀 다른 모양새를 보여준다.

　해방이라는 새로운 현실이 주는 의미를 적극적으로 그리고 있으며, 거기서 의미를 찾고자 한다. 시 쓰기라는 실천보다 적극적인 참여의 길을 택했던 정지용과는 달리, 김기림은 창작적 실천을 통하여 문학의 현실 참여라는 의미를 찾고 있다. 이미지즘도 모더니즘도 전체시도 버리고 리얼리즘의 시세계로 나아가고 있다. 새로운 시는 '미이라'와 같은 시가 아니라 살아있는 노래이고자 했다.

　벌써 한낱 정신의 형이상학은 아니라 할지라도 또 단순한 육체의 동계(動悸)일 수도 없었다. 그러한 것을 실천의 혜지(慧知)와 정열 속에서 통일하는 한 전인간의 소리라야 했다. 생활의 현실 속에서 우러나와야 했다. 떨어져 나간 한 고독한 혼의 독백이 아니라 새 역사를 만들어 가는 민족의 베일래 베일 수 없는 한 토막으로서의 한 사람의 무엇보다도 노래라야 했다. 시를 읽는 것만으로는 아무도 만족하지 못했다. 무척 노래하고 싶었던 것이다…….(『새노래』의 발문 「새노래에 대하여」)

---

16) 서준섭, 앞의 책, 77~87면.
　서준섭은 김기림 모더니즘론을 '자율성론과 매개론'이라는 주지주의적인 관점에서 설명하고 있다.

김기림이 생각하기에, 해방된 나라가 요구하는 시는 청결하기는
하나 피가 흐르지 않는 한낱 미이라와 같은 것만은 아니었다. 사람
의 흘린 피와 더운 입김이 섞인 노래였다. 아울러 모든 사람들에게
널리 불리는 노래가 되어야 한다고 보았다.17) 김기림이 이런 판단을
통해 선택한 것은 시를 읽을 수 있는 독자들이 읽을 수 있는 시가
아니라 새로운 시, 즉 인민 대중들이 부를 수 있는 노래였다.

이처럼 해방 정국에 김기림은 모더니즘의 실천자에서 리얼리즘의
실천자로 변모하였다. 그의 이같은 변신은 시 쓰기를 통한 이데올로
기의 실천으로 나아가는 것이었다. 즉 일제 강점기 그가 주로 활동
했던 1930년대와는 사뭇 다른, 보다 적극적인 담론으로서의 시 쓰기
를 실천하고 있다. 어찌 보면 그가 1950년 북한을 선택한 것도 이런
맥락에서 해석될 수 있다.

---

17) 김기림이 해방 정국에 쓴 시 중에서 '~ 노래'라는 제목이 많은 것도 이와 같은 맥
   락에서 설명된다. 예를 들면 『새노래』(아문각, 1948)를 '새날에 부치는 노래'라고
   명명한 것이나 개별적인 시의 제목인 「지혜(知慧)에게 바치는 노래」, 「나의 노래」,
   「새나라 송(頌)」, 「인민 공장에 부치는 노래」, 「데모크라시에 부치는 노래」, 「사슴
   의 노래」, 「시와 문화에 부치는 노래」, 「새해의 노래」 등이 이에 해당한다.

서지 목록

I

「피에로의 독백-포에시에 대한 사색 단편」(조선일보, 1931.1.27)

「시의 기술, 인식, 현실 등의 제문제」(조선일보, 1931.2.11~14)

「현대시의 전망, 상아탑의 비극 -싸포에서 초현실파까지」(동아일보, 1931.7.3
0~8.9)

「시작에 있어서의 주지적 태도」(신동아, 1933.4)

「포에시와 모더니티」(신동아, 1933.7)

「현대시의 성격 원시적 명랑 -수첩에서 하」(조선일보, 1933.8.10)

「예술에 있어서의 리알리티, 모랄 문제」(조선일보, 1933.10.21~24)

「문예시평」(조선일보, 1934.3.25~4.3)

「현대시의 발전」(조선일보, 1934.7.12~7.22)

「장래할 조선문학은?」(조선일보, 1934.11.14~18)

「현대시의 기술(시의 회화성)」(시원, 1935.2)

II

「오전의 시론-제일편 기초론」(조선일보, 1935.4.20~5.2)

「오전의 시론-기초편 속론」(조선일보, 1935.6.4~6.20)

「오전의 시론-기술편」(조선일보, 1935.9.17~10.4)

III

「시에 있어서의 기교주의의 반성과 전망」(조선일보, 1935.2.10~14)

「현대시의 육체-감상과 명랑성에 대하야」(시원, 1935.4)

「현대시의 난해성」(시원, 1935.5)

「객관세계에 대한 시의관계」(시론, 1947)

「객관성에 대한 시의 '포즈'」(예술, 1935.7)

「시대적 고민의 심각한 축도-문학의 옹호」(조선일보, 1935.8.29)

「현대비평의'딜렘마'」(조선일보, 1935.11.29~12.6)

「시인으로서 현실에 적극 관심」(조선일보, 1936.1.1-5)

「과학과 비평과 시-현대시의 실망과 희망」(조선일보, 1937.2.21~26)

「현대와 시의 르네상스」(조선일보, 1938.4.10-16)

「모더니즘의 역사적 위치」(인문평론, 1939.10)

IV

「푸로이드와 현대시」(인문평론, 1939.11)

「언어의 복잡성」(한글, 1940.1)

「과학으로서의 시학」(문장, 1940.2)

「시인의 세대적 한계」(조선일보, 1940.4.20)

「시와 과학과 회화-시학의 기초가 될 언어관」(인문평론, 1940.5)

「시의 장래」(조선일보, 1940.8.10)

「조선문학의 반성」(인문평론, 1940.10)

V

「우리 시의 방향」(전국문학자대회 연설문, 1946.2.18) -시론

「낭독시에 대하야」(신민일보, 1947.3.13)

「시와 민족」(신문화, 1947.-시론, 1947)

「예술에 있어서의 정신과 기술」(문장, 1948.10)

「I.A 리챠아즈론-'시의 과학' 설계의 일례」(학풍, 1948.10)

「새 문체의 확립을 위하야」(자유신문, 1948.10.31~11.2)

「체험의 문학」(경향신문, 1949.1.1)

「시조와 현대」(국도일보, 1931.1.27)

VI

「현 문단의 부진과 그 전망」(동광, 1932.10)

「시평의 재비평-딜렛탄티즘에 항하야」(신동아, 1933.5)

「모윤숙의 '리리시즘'-시집 『빛나는 지역』을 읽고」(조선일보, 1933.10.29~30)

「1933년 시단의 회고와 전망」(조선일보, 1933.12.7~13)

「신춘 조선시단 전망」(조선일보, 1935.1.1~5)

「을해년의 시단」(학동, 1935.12)

「정지용 시집을 읽고」(조광, 1936)

「사슴을 안고-백석 시집 독후감」(조선일보, 1936.1.29)

「오장환 시집『성벽』을 읽고」(조선일보, 1937.9.18)

「시단의 동태」(인문평론, 1939.12)

「촛불을 켜놓고 신석정 시집 독후감」(조선일보, 1939.12.25)

「시단월평-감각, 육체, 리듬」(인문평론, 1940.2)

「공동체의 발견-시단별견」(문학, 1946.7)

「새로운 시의 생리-일련의 새 시인에 대하야」(경향신문, 1946. 10.31)

「분노의 미학-시집『포도』에 대하야」(민성, 1948. 4)

● 편저자 약력

윤 여 탁(尹汝卓)

서울대학교 사범대학 국어교육과 졸업, 동대학원 국어국문학과 졸업, 문학박사. 문학 평론으로 등단〈문학과 비평사〉, 문학평론가, 현 서울대학교 국어교육과 교수. 주요 저서로는『국어교육학사전(1998)』『한국현대리얼리즘시인론(1990)』『나의 시, 나의 시학(1992)』『한국 현대문학의 이해(1994)』『리얼리즘시의 이론과 실제(1994)』,『한국 현대시론사 연구(1998)』『시 교육론2 : 방법론 성찰과 전통의 문제(1998)』『문학교육원론(2000)』『시와 함께 배우는 시론(2001)』,『고등학교 국어생활(2001)』『시와 리얼리즘 논쟁(2001)』 외 다수.

김기림(金起林) 문학비평

1판 1쇄 인쇄 2002년 11월 20일
1판 1쇄 발행 2002년 11월 30일

편저자 ● 윤 여 탁
펴낸이 ● 한 봉 숙
펴낸곳 ● 푸른사상사

등록 제2-2876호
서울시 중구 을지로3가 296-10 장양B/D 202호
전화 02) 2268-8706~8707 팩스 02) 2268-8708
메일 prun21c@yahoo.co.kr / prun21c@hanmail.net
편집 · 김현정 / 박영원 / 박현임
기획 영업 · 김두천 / 김태훈 / 곽세라
ⓒ 2002, 윤여탁
ISBN : 895640-058-X-03810

*저자와의 합의에 의해 인지 생략함.
*잘못된 책은 바꾸어 드립니다.

金起林 作品 年譜

(연도 및 제목은 처음 발표 당시를 기준으로 함)

년도	제　　　　목	발표지(월일)	구분
1930	午後와 無名作家들-日記帖에서	朝鮮日報(4.28-5.3)	평론
	新聞記者로서 最初의 印象	鐵筆1권1호(7)	時論
	詩人과 詩의 槪念	朝鮮日報(7.24-30)	평론
	豆滿江과 流筏	三千里2권4호(9)	수필
	貞操問題의 新展望	朝鮮日報(9.2-14)	時論
	最近 海外 文壇 消息-하이네의 銅像問題	朝鮮日報(9.3)	時論
	가거라 새로운 生活로	朝鮮日報(9.6)	시
	슈르레알리스트	朝鮮日報(9.30)	시
	가을의 太陽은 「플라타나」의 燕尾服을 입고	朝鮮日報(10.1)	시
	屍體의 흘음	朝鮮日報(10.11)	시
	一人一文:찡그린 都市風景	朝鮮日報(11.11)	수필
	「노벨」文學賞受賞者의 푸로필	朝鮮日報(11.22-12.9)	평론
	저녁별은 푸른 날개를 흔들며	朝鮮日報(12.14)	시
1931	剽徼行爲에 대한 저널리즘의 責任	鐵筆 2권 1호(1)	時論
	尖端的 流行語	朝鮮日報(1.2-13)	時論
	훌륭한 아츰이 아니냐	朝鮮日報(1.8)	시
	詩論	朝鮮日報(1.16)	시
	꿈꾸는 眞珠여 바다로 가자	朝鮮日報(1.23)	시
	피에로의 獨白-포에시에 對한 思索 短篇	朝鮮日報(1.27)	평론
	떠나가는 風船	朝鮮日報(1.29-2.2)	희곡
	詩의 技術,認識,現實 等 諸問題	朝鮮日報(2.11-14)	평론
	都市風景 Ⅰ・Ⅱ	朝鮮日報(2.21-24)	수필
	木馬를 타고 온다던 새해가	朝鮮日報(3.1)	시
	天國에서 왔다는 사나희	朝鮮日報(3.1-21)	희곡
	어째서 네게는 날개가 없느냐	朝鮮日報(3.7-11)	수필
	出發	朝鮮日報(3.27)	시
	食前의 말-우리의 文學	朝鮮日報(4.7-9)	수필
	三月의 「프리즘」	朝鮮日報(4.23)	시
	인텔리의 將來-그 위기와 分化過程에 관한 硏究	朝鮮日報(5.17-24)	時論
	屋上庭園(散文詩)	朝鮮日報(5.31)	시
	「環境은 無罪인가	批判 1권 2호(6)	수필

년도	제 목	발표지(월일)	구분
1931	戀愛의 斷面	朝鮮日報(6.2)	시
	SOS	朝鮮日報(6.2)	시
	解消可決 전후의 「新幹會」	三千里 3권6호(6)	時論
	撒水車	三千里 3권7호(7)	시
	現代詩의 展望, 象牙塔의 悲劇 -싸포에서 초현실파까지	東亞日報(7.30-8.9)	평론
	바다의 誘惑(上中下)	東亞日報(8.27-8.29)	수필
	어머니를 울리는 자는 누구냐?	東光 3권 9호(9)	희곡
	文藝時評-「紅焔」에 나타난 意識의 흐름	三千里 3권 9호(9)	평론
	날개만 도치면	新東亞 1권 1호(11)	시
	苦待	新東亞 1권 1호(11)	시
	아침해 頌歌	三千里 3권 12호(12)	시
	가을의 果樹園	三千里 3권 12호(12)	시
1932	聽衆없는 音樂會	文藝月刊 2권 1호(1)	수필
	어머니 어서 이러나요	東亞日報(1.9)	시
	1932년의 文壇展望-어떻게 展開될까, 어떻게 展開시킬까?	東亞日報(1.10)	설문답
	新民族主義 文學運動	東亞日報(1.10)	평론
	별들을 잃어버리는 사나이	新東亞 2권 2호(2)	수필
	오-어머니여	新東亞 2권 2호(2)	시
	내게 感化를 준 人物과 그 作品(2) -로맨로랑과 장그리스토프	東亞日報(2.19)	평론
	風雲中의 2巨星: 前獨帝 "카이자", 愛蘭帝相 떼. 발레라 氏	三千里 4권 3호(3)	時論
	結婚	新東亞 2권 3호(3)	수필
	잠은 나의 배를 밀고	三千里 4권 4호(4)	시
	봄은 電報도 안치고	新東亞 2권 4호(4)	시
	붉은 鬱金香과 〈로이드〉 眼鏡	新東亞 2권 4호(4)	수필
	金東煥論	東光 4권 7호(7)	時論
	오-汽車여(한 개의 實驗詩)	新東亞 2권 7호(7)	시
	月世界 旅行	新東亞 2권 8호(8)	수필
	가을의 裸像	東光 4권 9호(9)	수필
	미쓰 코리아여 斷髮하시오	東光 4권 9호(9)	時論

년도	제목	발표지(월일)	구분
1932	잊어버린 傳說의 거리(그 江山과 그 文學)	新東亞 2권 9호(9)	수필
	現 文壇의 不振과 그 展望	東光 4권 10호(10)	평론
	첫 기러기	新東亞 2권 12호(12)	수필
	아롱진 記憶의 옛 바다를 건너	新東亞 2권 12호(12)	시
	暴風警報	新東亞 2권 12호(12)	시
	「나의 總決算」에서	新東亞 2권 12호(12)	설문답
	黃昏	第一線 2권 11호(12)	시
1933	黃金 行進曲	三千里 5권 1호(1)	수필
	사랑은 競賣 못합니다 (스니-드 오그번 원작)	三千里 5권 1호(1)	번역 꽁트
	生活戰線 偵察	三千里 5권 1호(1)	수필
	新聞小說 "올림픽" 時代	三千里 5권 1호(1)	평론
	生活과 파랑새	新東亞 3권 1호(1)	수필
	바닷가의 아침	新東亞 3권 1호(1)	시
	祈願	新東亞 3권 1호(1)	시
	새날이 밝는다	新東亞 3권 1호(1)	시
	써클을 鮮明히 하라-文藝人의 새해선언	朝鮮日報(1.4)	時論
	文人 座談會	東亞日報(11.1-11)	대담
	「앨범」에 부쳐둔 「노스탈자」	新女性 7권 2호(2)	수필
	별들을 잃어버리는 사나희	新東亞 2권 2호(2)	수필
	봄의 傳令(北行列車를 타고)	朝鮮日報(2.22)	수필
	離別	新東亞 3권 3호(3)	시
	十五夜	新東亞 3권 3호(3)	시
	街燈	新東亞 3권 3호(3)	시
	람푸	新東亞 3권 3호(3)	시
	구두	新東亞 3권 3호(3)	시
	立春風景	新女性 7권 3호(3)	수필
	비지	第一線 3권 3호(3)	수필
	당신이 제일 이쁜 때는(一鼓一鳴)	新家庭 1권 4호(4)	설문답
	午後의 꿈은 날줄을 모른다	新東亞 3권 4호(4)	시
	들은 우리를 부르오	新東亞 3권 4호(4)	시
	詩作에 있어서의 主知的 態度	新東亞 3권 4호(4)	평론

년도	제목	발표지(월일)	구분
	밤거리에서 집은 憂鬱(春景의 로만스)	新東亞 3권 4호(4)	수필
	「코스모포리탄」 日記	三千里 3권 4호(4)	수필
	종달새와 가치(心琴으 울린 文人의 이 봄)	東亞日報(4.22)	수필
	職業女性의 性問題	新女性 7권 4호(4)	時論
	女人 禁制國	新女性 7권 4호(4)	時論
	心臟업는 汽車	新東亞 3권 5호(5)	수필
	詩評의 再批評(딜렛탄티즘에 抗하야)	新東亞 3권 5호(5)	평론
	잊어버리고 싶은 나의 港口	新東亞 3권 5호(5)	수필
	古典的인 處女가 있는 風景	新東亞 3권 5호(5)	시
	協展을 보고(2)	朝鮮日報(5.6-12)	평문
	噴水-S氏에게	朝鮮日報(5.6)	시
	어머니	新家庭 1권 5호(5)	설문답
	五月의 아침	新東亞 3권 6호(6)	수필
	遊覽뻐스-動物園	朝鮮日報(6.23)	시
	-光化門①	朝鮮日報(6.23)	시
	-慶會樓	朝鮮日報(6.23)	시
1933	-光化門②	朝鮮日報(6.23)	시
	-파고다 公園	朝鮮日報(6.23)	시
	-南大門	朝鮮日報(6.23)	시
	-漢江 人道橋	朝鮮日報(6.23)	시
	스타일리스트 李泰俊 氏를 論함	朝鮮日報(6.23)	평론
	어둠 속에 흐르는 반딧불 하나	新家庭 1권 7호(7)	수필
	포에시와 모더니티	新東亞 3권 7호(7)	평론
	미스터 뿔떡(全二幕)	新東亞 3권 7호(7)	희곡
	웃지 안는 「아폴로」, 그리운 「폰」의 午後	朝鮮日報(7.2)	수필
	劇詩 「武器와 人間」 短評	朝鮮日報(7.2-4)	평론
	한여름	카톨닉청년 1권3호(8)	시
	海水浴場의 夕陽	카톨닉청년 1권3호(8)	시
	바다의 幻想	新家庭 1권 8호(8)	수필
	카피盞을 들고	新女性 7권 8호(8)	시
	하로ㅅ 길이 끗낫슬 때	新女性 7권 8호(8)	시

년도	제　　　　　　　목	발표지(월일)	구분
	최근의 미국 평론단	朝鮮日報(8.4-6)	번역평론
	現代藝術의 原始에 對한 欲求 -(手帖에서 上)	朝鮮日報(8.9)	평론
	現代詩의 性格 原始的 明朗 -(手帖에서 下)	朝鮮日報(8.10)	평론
	未來 透視機	新女性 7권 8호(8)	수필
	林檎밧	新家庭 1권 9호(9)	시
	나의 探險船	新東亞 3권 9호(9)	시
	文壇時評-(1)隨筆을 위하야 　　　　　(2)不安의 文學 　　　　　(3)카톨리시즘의 出現	新東亞 3권 9호(9)	평론
	田園日記의 一節	朝鮮日報(9.7-9)	수필
	바다의 幻想	新家庭 1권 9호(8)	수필
	어린 山羊의 思春期	新女性 7권 9호(9)	수필
	바다의 서정시	카톨닉청년1권5호(10)	시
	나도 詩나 썼으면	新東亞 3권 10호(10)	수필
1933	戰慄하는 世紀	학등 1권 1호(10)	시
	藝術에 있어서의 리알리티, 모랄 문제	朝鮮日報(10.21-24)	평론
	毛允淑氏의 「리리시즘」 -詩集 「빛나는 地域」을 읽고	朝鮮日報(10.29-30)	평론
	文藝 座談會	조선문학 1권 4호(11)	잡저
	어-네스트 헤밍웨이의 작품 「戰爭아 잘잇거라」 原作者	朝鮮日報(11.2)	평론
	가거라 너의 길을	新家庭 1권 11호(11)	시
	日曜日 行進曲	新家庭 1권 11호(11)	시
	編輯局의 午後 한 時半	新東亞 1권 3호(11)	시
	어둠의 흐름	新女性 1권 3호(11)	시
	밤	조선문학 1권 4호(11)	시
	비행기	조선문학 1권 4호(11)	시
	새벽	조선문학 1권 4호(11)	시
	貨物自動車	中央 1권 2호(12)	시
	바닷가의 하룻밤	新家庭 1권 12호(12)	희곡

년도	제　　　　　　　목	발표지(월일)	구분
1933	送年辭	新家庭 1권 12호(12)	설문답
	1933年 詩壇의 回顧의 展望	朝鮮日報(12.7-13)	평론
1934	밤의 SOS	카톨릭청년 2권1호(1)	시
	첫사랑	개벽 1권 1호(1)	시
	散步路	문학 1권 1호(1)	시
	초승달은 掃除夫	문학 1권 1호(1)	시
	그 녀석의 커다란 웃음소리	新東亞 4권 1호(1)	수필
	食料品店	新女性 8권 1호(1)	시
	나의 聖書의 一節	조선문학 2권 1호(1)	시
	小兒聖書	조선문학 2권 1호(1)	시
	날개를 펴렴으나(새해첫아츰에드리는 時)	朝鮮日報(1.1)	시
	航海의 一秒前	朝鮮日報(1.3)	시
	눈보래에 싸힌 「마천령 아래의 옛 꿈」	朝鮮日報(1.3)	수필
	어떤 人生	新東亞 4권 2호(2)	소설
	거지들의 크리스마쓰 頌	형상 1권 1호(1)	시
	1934年을 臨하야 文壇에 對한 希望	형상 1권 1호(1)	설문답
	女流文人 片感寸評	新家庭 2권 2호(2)	잡저
	님을 기다림	新家庭2권3호(1934.3)	시
	스케이팅	新東亞 4권 3호(3)	시
	惡魔	中央 2권 3호(3)	시
	詩①	中央 2권 3호(3)	시
	詩②	中央 2권 3호(3)	시
	除夜詩	中央 2권 3호(3)	시
	港口	학동 2권 2호(3)	시
	煙突	학동 2권 2호(3)	시
	님을 기다림	新家庭 2권 3호(3)	시
	여호가 도망한 봄(上中下)	朝鮮日報(3.2-4)	수필
	신문-한국-어린이에게	東亞日報(3.9)	잡지
	1日1文: 散步路의 異風景- 행복스러운 나폴레옹군에 對하야	朝鮮日報(3.11)	수필
	文藝時評 1. 文學에 對한 새 態度	朝鮮日報(3.25)	평론
	2. 批評의 態度와 表情 上	朝鮮日報(3.28)	평론

년도	제 목	발표지(월일)	구분
	3. 批評과 態度와 表情 下	朝鮮日報(3.30)	평론
	4. 作品과 作者의 距離	朝鮮日報(4.1)	평론
	5. 「인텔리겐챠」의 눈	朝鮮日報(4.3)	평론
	사진속에 남은 것-잃어버린 나의 어린 날	新家庭 2권 5호(5)	수필
	호텔	新東亞 4권 5호(5)	시
	진달래 참회	朝鮮日報(5.1)	수필
	五月에게 주는 선물	朝鮮日報(5.9-9)	수필
	風俗(近作詩 1)	朝鮮日報(5.13)	시
	觀念訣別(近作詩 2)	朝鮮日報(5.15)	시
	五月	朝鮮日報(5.16)	시
	商工 運動會(近作詩 3)	朝鮮日報(5.16)	시
	아스팔트	中央 2권 5호(5)	시
	旅行	中央 2권 7호(7)	시
1934	現代詩의 發展: 理解라는 非難에 대하여	朝鮮日報(7.12-13)	평론
	超現實主義의 方法論	朝鮮日報(7.14-18)	평론
	스타일리스트	朝鮮日報(7.14-19)	평론
	아름다운 음악성	朝鮮日報(7.14-20)	평론
	感情과 知性의 조소성	朝鮮日報(7.14-21)	평론
	속도의 詩 문명비판	朝鮮日報(7.14-22)	평론
	裝飾	新家庭 2권 8호(8)	시
	「避暑秘法」중에서	新家庭 2권 8호(8	설문답
	아이스크림 항구	中央 2권 8호(8)	수필
	칠월의 아가씨	朝鮮日報(8.2)	시
	항해	朝鮮日報(8.15)	시
	여행풍경(上)-서시	朝鮮日報(9.19)	시
	(1) 대합실	朝鮮日報(9.19)	시
	(2) 해수욕장	朝鮮日報(9.19)	시
	(3) 함경선	朝鮮日報(9.19)	시
	(4) 고원 부근	朝鮮日報(9.19)	시
	(5) 원산 이북	朝鮮日報(9.19)	시
	(6) 마을	朝鮮日報(9.19)	시
	(7) 풍속	朝鮮日報(9.19)	시

년도	제　　　　　　목	발표지(월일)	구분
	여행풍경(上) (8) 함흥평야	朝鮮日報(9.19)	시
	(9) 불행한 여자	朝鮮日報(9.19)	시
	여행풍경(中) (10) 신창역	朝鮮日報(9.20)	시
	(11) 숨박곱질	朝鮮日報(9.20)	시
	(12) 뽀이	朝鮮日報(9.20)	시
	(13) 동해	朝鮮日報(9.20)	시
	(14) 식충	朝鮮日報(9.20)	시
	(15) 동해수	朝鮮日報(9.20)	시
	여행풍경(下) (16) 벼록이	朝鮮日報(9.21)	시
	(17) 바위	朝鮮日報(9.21)	시
	(18) 물	朝鮮日報(9.21)	시
	(19) 따리아	朝鮮日報(9.21)	시
	(20) 산촌	朝鮮日報(9.21)	시
	(21) 바다의 여자	朝鮮日報(9.21)	시
	光化門通	中央 2권 9호(9)	시
1934	향수	朝鮮日報(10.16)	시
	관북의 숨은 絶勝-朱乙溫泉行	朝鮮日報(10.24-11.2)	수필
	해변시집　(1) 기차	中央 2권 10호(10)	시
	(2) 정거장	中央 2권 10호(10)	시
	(3) 조수	中央 2권 10호(10)	시
	(4) 고독	中央 2권 10호(10)	시
	(5) 에트란제(이방인)	中央 2권 10호(10)	시
	(6) 밤항구	中央 2권 10호(10)	시
	(7) 파선	中央 2권 10호(10)	시
	(8) 대합실	中央 2권 10호(10)	시
	名士와의 독서문답	新家庭 2권 10호(10)	설문답
	戲畵	카톨닉청년2권11호(11)	시
	마음	카톨닉청년2권11호(11)	시
	밤	카톨닉청년2권11호(11)	시
	가을의 누이	中央 2권 11호(11)	수필

년도	제목	발표지(월일)	구분
1934	將來할 조선문학은? : 문학상 조선주의의 諸樣姿	朝鮮日報(11.14)	평론
	朝鮮의 무대에서 세계문학의 방향으로	朝鮮日報(11.15)	평론
	新휴매니즘의 요구	朝鮮日報(11.16)	평론
	태만 휴식 탈주에서 비평문학의 재건에	朝鮮日報(11.17-18)	평론
	嫉妬에 대하야(上下)	朝鮮日報(12.8-9)	수필
1935	梨花式 옷차림	新家庭 3권 1호(1)	時論
	窓	개벽 2권 1호(1)	시
	봄은 詐欺師	中央 3권 1호(1)	수필
	신춘 조선 시단전망(1-4)	朝鮮日報(1.1-5)	평론
	현대시의 기술	詩苑 1권 1호(2)	평론
	층층계	詩苑 1권 1호(2)	시
	俳優	詩苑 1권 1호(2)	시
	膳物	中央 3권 2호(2)	시
	戀愛	中央 3권 2호(2)	시
	시에 있어서의 기교주의의 반성과 展望	朝鮮日報(2.10-14)	평론
	어느 午後의 스케트 철학	朝鮮日報(2.19-20)	수필
	상형문자	카톨닉청년3권3호(3)	수필
	들은 우리를 부르오	三千里 7권 3호(3)	시
	그 봄의 전리품	朝鮮日報(3.18)	수필
	현대시의 육체-감상과 명랑성에 대하야	詩苑 1권 2호(4)	시론
	나	詩苑 1권 2호(4)	시
	생활	詩苑 1권 2호(4)	시
	습관	詩苑 1권 2호(4)	시
	오전의 시론-제일편 기초론	朝鮮日報(4.20)	평론
	현대시의 주위	朝鮮日報(4.21-23)	평론
	시의시간성	朝鮮日報(4.24)	평론
	인간의 결핍	朝鮮日報(4.25)	평론
	동양인	朝鮮日報(4.26-28)	평론
	고전주의와 로맨티시즘	朝鮮日報(5.1-2)	평론
	도라온 시적 감격		

년도	제　　　　목	발표지(월일)	구분
	기상도 Ⅰ-아침의 표정	中央 3권 5호(5)	시
	시민행렬	中央 3권 5호(5)	시
	태풍의 起寢	中央 3권 5호(5)	시
	손(第一報,第二報,폭풍경보府 　　　의 揭示板)	中央 3권 5호(5)	시
	현대시의 난해성	詩苑 1권 3호(5)	시론
	午前의 시론-기초편 속론		
	각도의 문제	朝鮮日報(6.4)	평론
	몇 개의 단장	朝鮮日報(6.5)	평론
	시의 제작과정(상·하)	朝鮮日報(6.6-7)	평론
	시인의 포-즈	朝鮮日報(6.8)	평론
	秩序와 知性	朝鮮日報(6.20)	평론
	바다의 鄕愁	朝鮮日報(6.24)	시
	客觀에 대한 詩의 「포즈」	藝術 1권 3호(7)	평론
	기상도 Ⅱ-만조로 향하야	中央 3권 7호(7)	시
	생활의 바다-제주도 해녀 심방기	朝鮮日報(8)	수필
1935	새대적 고민의 심각한 축도-문학의 옹호	朝鮮日報(8.29)	평론
	기적(산문시)	三千里 7권 9호(9)	시
	오전의 시론; 기술편		
	자유와 기술(1.2.3)	朝鮮日報(9.17-19)	평론
	언어의 요소	朝鮮日報(9.22)	평론
	용어의 문제	朝鮮日報(9.27)	평론
	의미와 주제	朝鮮日報(10.1-4)	평론
	길을 가는 마음	批判 3권 5호(10)	수필
	현대비평의 「딜레마」	朝鮮日報(11.29-12.6)	평론
	청량리	朝光 1권 1호(11)	수필
	다도해 난상	朝光 1권 1호(11)	수필
	바다	朝光 1권 1호(11)	시
	기상도 Ⅲ-올배미의 노래	三千里 7권 11호(11)	시
	번영기	朝鮮日報(11.1-13)	소설
	철도 연선	朝光1권 2호-2권 2호 (35.12-36.2)	소설

년도	제　　　　목	발표지(월일)	구분
1935	「하나」 선후감	三千里 7권 12호(12)	작품평
	기상도 Ⅳ-車輪은 듯는다	三千里 7권 12호(12)	시
	금붕어	朝光 1권 2호(12)	시
	을해년의 시단	學燈 3권 1호(12)	평론
1936	戀愛와 彈石機	三千里 8권 1호(1)	시
	어떤 戀愛	三千里 8권 1호(1)	시
	祝電	三千里 8권 1호(1)	시
	鄭芝溶 詩集을 읽고	朝光 2권 1호(1)	평론
	詩人으로서 現實에 積極 關心	朝鮮日報(1.1-5)	평론
	「사슴」을 안고-白石 詩集 讀後感	朝鮮日報(1.29)	평론
	秒針	朝鮮日報(2.28)	수필
	길	朝光 2권 3호(3)	수필
	除夜	시와 소설 1권 1호(3)	시
	傑作에 대하여	시와 소설 1권 1호(3)	평론
	關北紀行斷章 : 夜行列車	朝鮮日報(3.14)	시
	機關車	朝鮮日報(3.14)	시
	山驛	朝鮮日報(3.14)	시
	마을(가-다)	朝鮮日報(3.16)	시
	故鄕(가-다)	朝鮮日報(3.17)	시
	豆滿江	朝鮮日報(3.18)	시
	國境(가-라)	朝鮮日報(3.18-9)	시
	밤중	朝鮮日報(3.19)	시
	東海의 아침	朝鮮日報(3.19)	시
	肉親(가-나)	朝鮮日報(3.20)	시
	出程	朝鮮日報(3.20)	시
	파랑 港口	여성 1권 1호(4)	시
	女像	여성 1권 1호(4)	수필
	촌 아주머니〈村婦〉	여성 1권 3호(6)	수필
	追憶	여성 1권 3호(6)	시
	「아프리카」 狂想曲	朝光 2권 7호(7)	시
	「氣象圖」	彰文社(7)	시집
	나의 關心事-民族과 言語	朝鮮日報(8.28)	時論

년도	제목	발표지(월일)	구분
1936	내가 좋아하는 女俳優의 印象記	「모던」朝鮮1권1호(9)	시론
	林檎의 輓歌	朝鮮日報(9.30)	수필
	殊方雪信(思鄕論爭)	朝鮮日報(12.24-25)	수필
1937	作品 年代表	三千里 9권 1호(1)	설문답
	科學과 批評과 詩-現代詩의 失望과 希望	朝鮮日報(2.21-26)	평론
	故 李箱의 追憶	朝光 3권 6호(6)	수필
	인제는 늙은 望洋亭-어린 꿈이 航海하던 저 水平線	朝鮮日報(7.31)	수필
	旅行	朝鮮日報(7.25-28)	수필
	吳章煥 시집 「城壁」을 읽고	朝鮮日報(9.18)	평론
1938	現代詩와 詩의 르네상스	朝鮮日報(4.10-16)	평론
1939	信念있는 生活	朝光 3권 1호(1)	時論
	山-詩人 散文	朝鮮日報(2.16)	수필
	바다와 나비	여성 4권 4호(4)	시
	連禱	朝光 4권 4호(4)	시
	엽서	여성 4권 5호(5)	편지
	박태원 형에게	여성 4권 5호(5)	편지
	에노시마(續 東方記行詩)	文章 1권 5호(5)	시
	「가마꾸라」海邊	文章 1권 5호(5)	시
	「에노시마」海水浴場	文章 1권 5호(5)	시
	軍港	文章 1권 5호(5)	시
	서울 색시, 窓-파라솔	여성 4권 6호(6)	수필
	「心紋」의 生理	朝鮮日報(6.2)	수필
	懶戶內海-(續 東方紀行詩)	文章 1권 6호(7)	시
	安藝幸崎附近	文章 1권 6호(7)	시
	神戶埠頭	文章 1권 6호(7)	시
	海洋動物園 : A. 코끼리	朝光 5권 7호(7)	시
	B. 낙타	朝光 5권 7호(7)	시
	C. 잉꼬	朝光 5권 7호(7)	시
	D. 씨-라이언(加洲産물개)	朝光 5권 7호(7)	시
	東洋의 美德	文章 1권 8호(9)	수필
	賤別 Ⅰ·Ⅱ	여성 3권 9호(9)	시

년도	제　　　　목	발표지(월일)	구분
1939	요양원	朝光 5권 9호(9)	시
	山羊	朝光 5권 9호(9)	시
	「太陽의 風俗」	學藝社(9)	시집
	共同墓地	人文評論 1권 1호(10)	시
	모더니즘의 歷史的 位置	人文評論 1권 1호(10)	평론
	푸로이드와 現代詩	人文評論 1권22호(11)	평론
	詩壇의 動態	人文評論 1권 3호(12)	평론
	落葉日記	朝鮮日報(11.22.23.25.28)	수필
	겨울의 노래	文章 1권 11호(12)	시
	촛불을 켜 놓고 辛石汀 詩集 讀後感	朝鮮日報(12.25)	평론
1940	文學의 諸問題(新春 座談會)	文章 2권 1호(1)	대담
	소나무 頌	여성 5권 1호(1)	수필
	言語의 複雜性	한글 8권 1호(1)	평론
	文壇 不參記	文章 2권 2호(2)	수필
	科學으로서의 詩學	文章 2권 2호(2)	평론
	詩壇 月評(感覺, 肉體, 리듬)	人文評論 2권 2호(2)	평론
	흰장미 같이 잠이 드시다	人文評論 2권 4호(4)	시
	詩人의 世界的 限界	朝鮮日報(4.20)	평론
	斷念	文章 2권 5호(5)	수필
	詩와 科學과 會話 　-詩學의 基礎가 될 言語觀	人文評論 2권 5호(5)	평론
	인형의 옷	여성 5권 7호(7)	時論
	二十世紀의 敍事詩-올림피아 映畵 '民族의 祭典' 讚	朝鮮日報(7.15)	평론
	퍼머넌트(語彙集)	朝鮮日報(7.17)	수필
	행복(語彙集)	朝鮮日報(7.18)	수필
	奇蹟의 心理(語彙集)	朝鮮日報(7.19)	수필
	雄辯(語彙集)	朝鮮日報(7.20)	수필
	목의 問題(語彙集)	朝鮮日報(7.21)	수필
	逃亡(語彙集)	朝鮮日報(8.2)	수필
	詩의 將來	朝鮮日報(8.10)	평론
	여성과 현대문학	여성 5권 9호(9)	평론
	朝鮮文學에의 反省	人文評論 2권 9호(10)	평론

년도	제목	발표지(월일)	구분
1940	公憤(語彙集)	朝光 6권 10호(10)	수필
	科學과 人類	朝光 6권 11호(11)	번역논문
1941	못	춘추 2권 1호(2)	시
	健康	朝光 7권 3호(3)	수필
	東洋에 關한 斷章	文章 3권 4호(4)	논문
	小曲	朝光 7권 4호(4)	시
	詩人의 世代的 限界	朝鮮日報(4.20)	평론
	詩와 科學과 會話	人文評論 2권 5호(5)	평론
	詩의 將來	朝鮮日報(8.10)	평론
1942	새벽의 「아담」	朝光 8권 1호(1)	시
	女流詩人(片感寸評)	新家庭 2권 2호(2)	잡저
	健忘症	국민문학 2권 3호(3)	수필
	年輪	춘추 3권 5호(5)	시
	靑銅	춘추 3권 5호(5)	시
	分院遊記	춘추 3권 7호(7)	수필
1945	파도소리 헤치고	新文藝 1권 1호(12)	시
	知慧에게 바치는 노래	해방기념시집(12)	시
1946	우리 詩의 方向	전국문학자대회(2.18)	강연논문
	두견새	학병 1권 2호(2)	시
	모다들 돌아와 있고나	서울신문(2)	시
	殉敎者	신문학 1권 1호(4)	시
	「바다와 나비」	신문화연구소(4)	시집
	나의 노래	서울신문(4)	시
	무지개	대조 1권 2호(6)	시
	建國運動과 知識階級	대조 1권 2호(6)	좌담회
	새나라 頌	문학 1권 1호(7)	시
	어린 共和國이여	신문예 2권 2호(7)	시
	한 旗ㅅ발 받들고	인문평론(7)	시
	共同體 發見(詩壇瞥見)	문학 1권 1호(7)	평론
	다시 八月에	독립신문(8. 2)	시
	우리들 모두의 깃쁨이 아니랴	民聲 9(8)	시

년도	제목	발표지(월일)	구분
1946	出版物 配給 時急	경향신문(10.19)	시론
	새로운 詩의 生理 -일련의 새 詩人에 대하야	경향신문(10.31)	평론
	「文學槪論」	신문화연구소(12)	논저
1947	前進하는 詩精神	국학 1권 2호(1)	평론
	詩와 文化에 부치는 노래	문화창조 2권1호(3)	시
	人民工場에 부치는 노래	文學評論 1권 3호(4)	시
	하나 또는 두 世界	신문평론 1권 1호(4)	時論
	政治와 協同하는 文學	경향신문(4.8)	평론
	어머니와 資本	문화일보(4.11)	時論
	이브의 弱點	만세보(4.20)	時論
	共委休會中의 南朝鮮現實; 民族主義 危機	文學(7)	時論
	民族과 文學의 隆盛에 必히 成功되기를 熱願	경향신문(6.6)	잡저
	句節도 아닌 두서너마디 더듬는 일인데도	개벽 9권 1호(8)	시
	「詩論」	白楊堂(11)	논저
	希望	新天地 2권 10호(12)	시
	詩와 民族	新文化	평론
1948	슬픈 暴君	民聲(3)	수필
	낭독시에 대하여	신민일보(3.13)	평론
	육체에 타이르노니	新世代 3권 3호(3)	수필
	「새노래」	雅文閣(4)	시집
	분노의 미학-시집 「葡萄」에 대하야	民聲 24(4)	평론
	쎈토-르	開闢 10권 3호(5)	시
	「科學槪論」(J.A.Thomson 원저)	을유문화사(6)	역서
	藝術에 있어서의 精神과 技術	文章 4권 1호(10)	평론
	I.A. 리챠아즈論(詩의 科學」設計의 一例)	학풍 1권 1호(10)	평론
	문학의 전진	朝光 123(1)	평론
	새 文體의 確立을 爲하야	自由新聞(10.31-11.2)	평론
	「T.S. 엘리엇」의 詩(노벨文學賞受賞을 契機로)	自由新聞(11.7)	평론
	窓머리의 아츰(E.S.Eliot 원작)	自由新聞(11.7)	역시
	「바다와 肉體」	平凡社(12)	수필집
	체험의 문학	京鄕新聞(1.1)	평론

년도	제　　　　　목	발표지(월일)	구분
1949	나의 서울 設計圖	民聲 5권 5호(4)	수필
	꽃에 부쳐서	國都新聞	수필
	이상 문학의 한 모습	太陽新聞(4.26-27)	평론
	哭 白凡 先生	國都新聞(6.30)	시
	새말의 이모저모	學風 2권 5호(7)	논문
	漢字語의 實相	學風 2권 6호(10)	논문
	民族文化의 性格	서울신문(11.3)	평론
1950	評論家 李源朝君 民族과 自由와 人類의 편에 서라	以北通信 5권 1호(1)	편지
	「學生과 戀愛」(共著)	首都文化史(3)	時論
	文化의 運命(20世紀後半期의 展望)	文藝 2권 3호(3)	평론
	「詩의 理解」	乙酉文化社(4)	논저
	「文章論 新講」	民衆書館(4)	논저
	小說의 破格(까뮈의 「페스트」에 대하여)	文學 6권 3호(5)	평론
	時調와 現代	國都新聞(6.9-11)	평론

金起林 연구 자료 목록

박용철, 「1931년 시단의 회고와 비판」, 〈중앙일보〉(1931. 12. 7~8)

이원조, 「근대 시단의 한 경향—특히 낭만파와 감각파에 대하야」, 〈조선일보〉(1933. 4. 26~29)

백　철, 「사악한 예원의 분위기」, 〈동아일보〉(1933. 9. 29~10. 1)

윤곤강, 「1933년도 시작 6편에 대하야」, 〈조선일보〉(1933. 12. 17~24)

임인식, 「1933년의 조선문학의 제 경향과 전망」, 〈조선일보〉(1934. 1. 1~14)

임　화, 「33년을 통하여 본 현대 조선의 시문학」, 〈조선중앙일보〉(1934. 1. 9)

홍효민, 「1934년과 조선문단」, 〈동아일보〉(1934. 1. 1~10)

임인식, 「신춘 창작 개평」, 〈조선일보〉(1934. 2. 21)

박영희, 「상반기 단편소설 총평」, 〈신동아〉(1934. 8)

박승국, 「문예와 정치」, 〈동아일보〉(1935. 6. 5)

신고송, 「문단유감」, 〈조선중앙일보〉(1935. 11. 16~17)

엄홍섭, 「을해 년의 창작 결산」, 〈조선일보〉(1935. 12. 11)

박용철, 「〈기상도〉와 〈시원〉 5호-을해 시단 총평」, 〈동아일보〉(1935. 12. 28) 『박용철 전집』 2(동광당 서점, 1940) 재수록

김두용, 「구인회에 대한 비판」, 〈동아일보〉(1935. 7. 28~8. 1)

임　화, 「담천하의 시단 일년」, 〈신동아〉50(1935. 12),『문학의 논리』(학예사, 1940) 재수록

임　화, 「기교파와 조선 시단」, 〈중앙〉28(1936. 2),『문학의 논리』(학예사, 1940) 재수록

박귀송, 「새 것을 찾는 김기림」, 〈신인문학〉(1936. 2)

박승국, 「조선문학의 재건설」, 〈신동아〉(1936. 6)

최재서, 「현대시의 생리와 성격」, 〈조선일보〉(1936. 8. 21~27),『최재서 평론집』(청운출판사, 1961) 재수록

윤곤강, 「기교파의 말류―주지시가의 이론적 근거」, 〈비판〉 35 (1936. 4)

김광균, 「현대시의 황혼―김기림론」, 〈풍림〉 5(1937. 4)

최재서, 「여행의 낭만―김기림 시집『태양의 풍속』」, 〈매일신보〉(1939. 11. 5)

이원조, 「김기림 제2시집『태양의 풍속』」, 〈조선일보〉(1939. 12. 11)

이병각, 「『태양의 풍속』―김기림 시집」, 〈문장〉 11(1939. 12)

이원조, 「시의 고향―편석촌에게 보치는 단언」, 〈문장〉(1941. 4)

단　운, 「『바다와 나비』의 세계―김기림 시집을 읽고」, 〈한성일보〉(1946. 5. 2)

김광균, 「신간평―『바다와 나비』」, 〈서울신문〉(1946. 5. 19)

임　화, 「김기림 시집『바다와 나비』」, 〈현대일보〉(1946. 6. 6)

김동석, 「금단의 과실」,『예술과 생활』(박문출판사, 1948)

김철수, 「『기상도』의 논리―김기림론」, 〈민성〉(1948. 11)

김광현, 「김기림씨에 대한 일고」, 〈신인〉(1948. 3)

홍효민, 「김기림론」, 〈예술평론〉 1·2(합)(1948. 1)

임호권, 「김기림 장시『기상도』를 일고」, 〈자유신문〉(1948. 11. 16)

박인환「『기상도』전망-김기림 장시집(서평)」, 〈신세대〉 30(1949. 1)

윤영춘, 「김기림 저 『바다와 육체』-신간평」, 〈경향신문〉(1949. 5. 30)

이남수, 「문학 이론의 빈곤성-백철·김기림 양씨의 문학개론에 대하여
」, 〈신천지〉 34(1949. 4)

이봉래, 「한국의 모던이즘」, 〈현대문학〉(1956. 4~5)

조용만, 「구인회의 기억」, 〈현대문학〉(1957. 1)

이상로, 「운성의 무덤 위의 김기림-월북 작가의 문학적 재판」, 〈동아춘
추〉 2권 3호(1963. 4)

송 욱, 「한국 모더니즘 비판」, 『시학평전』(일조각, 1963)

조동민, 「한국적 모더니즘의 계보를 위한 연구」, 〈문호〉 4(건국대 국어국
문학회, 1966)

김해성, 「한국 주지시 발달 과정 소고」, 〈국어국문학〉 37·38(국어국문학
회, 1967. 12)

이재선, 「문장론 성립에 있어서의 서구의 영향-김기림과 I. A. Richards
의 관계를 중심으로」, 〈어문학〉 17(1967. 12)

김 훈, 「한국에 있어서의 모더니즘의 시와 시론」(서울대 대학원 : 석의
관계를 중심으로」, 〈어문학〉 17(1967. 12)

김우창, 「한국시와 형이상-하나의 관점」, 〈세대〉 60(1968. 7)

장윤익, 「1930년대 한국 모더니즘 시 연구」(경북대 대학원 : 석사, 1969)

이창배, 「영미 현대시론이 한국 현대시론에 미친 영향」, 『이호근·조용
만 교수 회갑 기념 논문집』(1969)

김인환, 「김기림의 비평」, 『문학과 문학 사상』(열화당, 1970)

양왕용, 「1930년대 한국시의 연구」, 〈어문학〉 26(한국어문학회, 1972. 3)

성행자, 「한국시의 모더니즘에 대한 고찰-김기림, 정지용, 김광균을 중
심으로」, 〈국어과교육〉 3(부산교대 국어교육과, 1973. 2)

이창준, 「20세기 영미 시비평이 한국 현대시에 끼친 영향」, 『단국대 논

문집』 7(1973)

하동호, 「편석촌 시론 서지 분석」, 〈공주대 인문과학〉 제2집, 1973.

장백일, 「한국적 모더니즘 시 연구−김기림 시세계의 내용 비판」, 〈북악〉 25(국민대 국어국문학과, 1974. 2)

김종길, 「한국 현대시에 끼친 T. S. 엘리엇의 영향」, 『진실과 언어』(일지사, 1974)

김윤식, 「모더니즘의 한계−정서언, 편석촌, 정지용론」, 『한국근대작가론고』(일지사, 1974)

김윤식, 「한국 모더니즘 시운동에 대하여」, 〈시문학〉(1974. 11)

김용직, 「모더니즘의 시도와 실패」, 〈서울대 교양과정부 논문집〉 6(서울대 교양과정부, 1974)

이창배, 「현대 영미시가 한국의 현대시에 미친 영향」(동국대 대학원 : 박사, 1974)

오탁번, 「현대시 방법의 발견의 전개」, 〈문학사상〉(1975. 1)

유병석, 「30년대 모더니즘의 특질」, 〈국어교육〉 26(국어교육연구회, 1975)

어세영, 「모더니스트, 비극적 상황의 주인공들」, 〈문학사상〉(1975. 1)

김규동, 「모더니즘의 역사적 의의」, 〈월간문학〉(1975. 2)

오세영, 「모더니즘, 그 발상과 여향」, 〈월간문학〉(1975. 2)

김종철, 「30년대의 시인들」, 〈문학과지성〉(1975. 봄)

김용직, 「새로운 시어의 혁신과 그 한계」, 〈문학사상〉(1975. 1)

유병석, 「절창에 가까운 시인의 집단」, 〈문학사상〉(1975. 1)

이재철, 「모더니즘 시론 소고」, 〈시문학〉(1976. 9〜10)

김시태, 「기교주의 논쟁고」, 〈제주대논문집〉 8(제주대, 1976)

김재홍, 「한국 모더니즘의 사적 전개」, 〈심상〉(1976. 12)

김시태, 「구인회 연구」, 〈논문집〉 7(제주대, 1976)

문성숙, 「김기림 연구−1945년 이전의 활동을 중심으로」(동국대 대학원 :

석사, 1976)

김병욱, 「한국 현대시파의 공과」, 〈심상〉(1976. 12)

서준섭, 「1930년대 한국 모더니즘 연구」, (서울대 대학원 석사, 1977)

김은전, 「30년대 모더니즘 시운동에 대한 비교문학적 연구(상)」, 〈국어교육〉 31(1977. 12)

김우창, 「한국시와 형이상」, 『궁핍한 시대의 시인』(민음사, 1977)

장윤익, 「한국 주지시의 문명 비평적 성격—김기림의 시와 시론을 중심으로」, 〈명지어문학〉 9(명지대 국어국문학과, 1977. 2)

문성국, 「김기림 연구」, 〈동악어문논집〉 10(동국대 동악어문학회, 1977)

홍정운, 「한국의 모더니즘 시 연구」, 〈동악어문논집〉 10(동국대 동악어문학회, 1977)

김규동, 「주지주의와 문학」, 〈시문학〉(1978. 2)

김영실, 「김기림의 모더니즘 문학관 산고—그의 『시론』을 중심으로」, 〈논문집〉 17(진주교대, 1978. 12)

김용직, 「1930년대 한국시의 스티븐 스펜더 수용」, 〈관악어문연구〉(서울대 국어국문학과, 1979. 12)

김용직, 「모더니즘의 시도와 실패」, 『한국 현대시 연구』(일지사, 1979)

문덕수·마광수, 「1930년대 모더니즘 문학 연구」, 〈홍대논총〉 11(홍익대, 1979)

정상균, 「한국 모더니즘 시론 비판」, 〈국어교육〉 35(국어교육연구회, 1979. 12)

박정희, 「김기림 연구」, (단국대 대학원 : 석사, 1979)

채만묵, 「한국 모더니즘 시 연구—1930대를 중심으로」, (전북대 대학원 : 박사, 1980)

이창배, 「현대 영미시가 한국의 현대시에 미친 영향」, 〈한국문학연구〉 3(동국대 한국문화연구소, 1980)

박정희, 「김기림 연구」, (건국대 대학원 : 석사, 1980)

박철희, 「김기림의 모더니티」, 『한국 시사 연구』(일조각, 1980)

서준섭, 「한국 현대 문학 비평사에 있어서의 시비평 이론의 체계화 작업
　　　의 한 양상」, 〈비교문학〉 5(한국비교문학회, 1980. 12)

김시태, 「기교주의 노쟁고」, 『현대시 연구』(정음사, 1981)

전규태, 「한국 모더니즘의 수용 양상고」, 『비교 문학―그 국문학적 연
　　　구』(이우, 1981)

이재선, 「한국 현대시와 T. E. 흄」, 『한국 문학의 분석』(새문사, 1981)

조남철, 「김기림 연구」, (연세대 대학원 : 석사, 1981)

박상천, 「김기림의 시론 연구」, (한양대 대학원 : 석사, 1981)

문덕수, 「김기림론」, 『한국 모더니즘 시 연구』(시문학사, 1981)

김시태, 「김기림의 시와 시론」, 〈한국문학연구〉 4(동국대 한국문화연구
　　　소, 1981)

정한모, 「순수 문학과 모더니즘」, 『현대시론』(보성문화사, 1982)

김재홍, 「모더니즘과 30년대의 현대시」, 황패강 외 편, 『한국 문학 연구
　　　입문』(지식산업사, 1982)

김윤식, 「모더니즘 시 운동 양상」, 『한국현ㄴ대시론비판』(일지사, 1982)

서준섭, 「30년대 모더니즘 시 연구의 현황과 문제점」, 〈한국학보〉 50(일
　　　지사, 1982. 겨울)

오완석, 「김기림의 시론 연구」, (한양대 대학원 : 석사, 1983)

이선희, 「김기림의 시론 연구」, (동아대 대학원 : 석사, 1983)

장승엽, 「한국 모더니즘 시의 기본 패턴 시론―특히 김기림, 정지용, 김
　　　광균, 박인환을 중심으로」, 〈국어국문학〉(동아대 국어국문학과,
　　　1983)

원명수, 『모더니즘 시 연구』, (계명대 출판부, 1983)

민병기, 「편석촌의 시세계」, 〈논문집〉 5권 1호(마산대, 1983)

정규용, 「북행 시인 정지용과 김기림」, 〈정경문화〉 220(1983. 6)

한계전, 「모더니즘 시론의 수용」, 『한국현대시론연구』(일지사, 1983)

김병택, 「1930년대 한국 모더니즘 시에 나타난 시대 인식」, 『논문집－인문학편』 17(제주대, 1984)

김윤식, 「전체시론－김기림의 경우」, 『한국 근대문학사상사』(한길사, 1984)

안상준, 「한국 모더니즘 운동의 구호와 그 실제적 좌표－김기림의 해방 전 활동을 중심으로」, 〈국어교육논총〉 1(청주대 교육대학원, 1984. 8)

장도준, 「김기림 연구」, (연세대 대학원 : 석사, 1984)

최하림, 「30년대의 시인들 (5)－김기림의 시를 중심으로」, 〈문예중앙〉 (1984. 6)

조용만, 「9인회 만들 무렵」, (정음사, 1984)

박상천, 「기상도 연구」, 〈한국학논집〉 6(한양대 한국학 연구소, 1984)

김기중, 「김기림 연구」, (고려대 대학원 : 석사, 1984)

송순애, 「이미지즘의 한국적 수용양상에 관한 연구－김기림 시와 시론을 중심으로」, (서강대 대학원 : 석사, 1984. 2)

김영실, 「김기림의 모더니즘 문학관 연구」, (경남대 대학원 : 석사, 1985)

이기형, 「한국 모더니즘 시론 연구」, (인하대 대학원 : 석사, 1985)

김윤태, 「한국 모더니즘 시론 연구－김기림의 시론을 중심으로」, (서울대 대학원, 1985)

최원규, 「한국 현대시에 대한 미(영)시의 영향」, 『한국현대시론고』(예문관, 1985)

박상천, 「김기림의 소설연구」, 〈한국학논집〉 7(한양대 한국학연구소, 1985)

원명수, 「한국 모더니즘 시에 나타난 소외의식과 불안의식 연구」, (중아

대 대학원 : 박사, 1985)

오세영, 「한국 모더니즘 시의 전개와 그 특질」, 〈예술원논문집〉 25(대한
    민국 예술원, 1986)

김종길, 「한국에서의 장시의 가능성」, 『시에 대하여』(민음사, 1986)

서준섭, 「모더니즘과 1930년대의 서울」, 〈한국학보〉 45(일지사, 1986. 겨
    울)

정영호, 「김기림 시론과 조지훈 시론의 대비적 고찰」, 〈어문학교육〉
    9(1986)

신명석, 「한국 Modernism 시의 변천 과정」, 〈논문집〉 4(성심외국어전문대
    학, 1986. 12)

강은교, 「김기림 시론 연구」, 『청천 강용권 박사 송수 기념 논총』(1986.
    10)

김윤식, 「모더니즘과 리얼리즘의 넘어서기에 대하여」, 『한국 근대 소설
    사연구』(을유문화사, 1986)

김 훈, 「모더니즘의 시사적 고찰」, 『한국 문학사의 쟁점』(집문당, 1986)

윤관중, 「김기림 시 연구」, (동아대 대학원 : 석사, 1986)

선효원, 「한국 주지주의 시의 비교 문학적 연구」, (동아대 대학원 : 석사,
    1987)

조병춘, 「모더니즘 시의 기수들」, 〈태능어문〉 4(서울여대 국문과, 1987.
    2)

나명순, 「납북 문인 김기림, 정지용 그들은 과연 누구인가」, 〈주간조선〉
    (1987. 8. 30)

박미령, 「1930년대 시론 연구」, (충남대 대학원 : 박사, 1987)

강은교, 「1930년대 김기림의 모더니즘 연구」, (연세대 대학원 : 박사,
    1987)

민병기, 「1930년대 모더니즘 시의 심상 체계 연구」, (고려대 대학원 : 박
    사, 1987)

강유일, 「납북 시인 김기림 미망인 김원자 여사－"남편 이름을 ○○○으로
        쓰는 37년의 고통을 상상해 봐요"」, 〈주간조선〉(1987. 8. 30)

이난영, 「1930년대 이미지즘 시론과 그 수용상 : 김기림, 정지용, 김광균
        을 중심으로」, 〈효성여대 문리대논집〉 4권, 1987.

예종숙, 「김기림 연구」, (한양대 대학원 : 박사, 1988)

김규동, 「시보다 인간을 더 사랑한 시인」, 〈문학사상〉(1988. 1)

이동순, 「문학의 민주화, 문화의 자주화－김기림 시의 세계」, 〈문학사상〉
        (1988. 1)

전규태, 「1930년대 한국 모더니즘 시 연구－김기림, 이상, 정지용, 김광
        균을 중심하여」, 〈시와의식〉(1988. 가을)

김윤식, 「정지용과 김기림의 작품 세계」, 〈월간조선〉(1988. 3)

이동순, 「김기림 시의 새로운 독법－한국 현대시사의 변증법적 확충을
        위하여」, 〈인문학지〉 3(충북대 인문과학연구소, 1988. 3)

김영수, 「영국 모더니즘의 수용과 거부－김기림의 『시론』에 있어서」,
        〈논문집〉(안동대, 1988. 12)

김학동, 『김기림 연구』, (새문사, 1988)

이남호, 「현실과 문학의 모더니즘－김기림론」, 〈세계의문학〉(1988. 가을)

최시한, 「김기림의 희곡과 소설에 대하여」, 〈배달말〉 13(배달말학회,
        1988)

김경린, 「김기림의 현대성과 사회성－그의 포에지와 작품 세계를 중심으
        로」, 〈월간문학〉(1988. 7)

원형갑, 「살아 있는 김기림－그 갈등과 숙제」, 〈월간문학〉(1988. 6)

김덕근, 「주지파 시론의 수용 양상 연구」, (청주대 대학원 : 석사, 1988)

서준섭, 「1930년대 한국 모더니즘 문학 연구」, (서울대 대학원 : 박사,
        1988)

채수영, 「김기림 시의 특질－바다를 중심으로」, 〈동양문학〉(1988. 11)

김용직, 「현대 한국시의 형성과 전개 (1)~(3)」, 〈동양문학〉(1988. 8~10)

정순진, 「김기림의 『기상도』연구」, 〈어문연구〉 18(충남대 어문연구회, 1988. 12)

이미경, 「김기림 모더니즘 문학 연구」, (서울대 대학원 : 석사, 1988)

박철희, 「김기림론」, 〈예술과비평〉 5권 4호(1989. 12)

전일숙, 「김기림 시론 연구」, (전남대 대학원 : 석사, 1989)

이경영, 「김기림의 시에 나타난 〈바다〉의 상징성 연구」, (성균관대 대학원 : 석사, 1989)

정순진, 「모더니즘 시론과 리얼리즘 시론의 접맥―기교주의 논쟁을 중심으로」, (충남대 어문연구회, 1989. 12)

박귀례, 「김기림 시 연구」, 〈성신어문학〉 2(성신어문학연구회, 1989. 2)

김유중, 「김기림의 주지주의 시론 연구―과학적 시학을 중심으로」, (서울대 대학원 : 석사, 1989)

박철희, 「김기림론」, 〈현대문학〉(1989. 9~10)

오세영, 「한국 모더니즘의 존재성」, 〈예술비평〉(1989. 봄)

박철석, 「1930년대 시의 사적 고찰」, 『한국문학논총』(한국문학회, 1989. 4)

이우용, 「김기림의 시론 연구」, 〈논문집〉 28(건국대 대학원, 1989. 2)

한상규, 「1930년대 모더니즘 문학에 나타난 미적 자의식에 관한 연구―이상, 김기림을 중심으로」, (서울대 대학원 : 석사, 1989)

백운복, 「한국 현대 시론의 역사적 연구―리얼리즘과 모더니즘의 상관적 연쇄망」, (서강대 대학원 : 박사, 1989)

문성숙, 「김기림론」, 『김장호 선생 회갑 기념 논문집』(1989)

신동욱, 「미적 거리의 원근법에 의한 김기림의 시작품의 이해」, 〈현대시〉(1990. 4)

신동욱, 「김기림 시작품의 한 이해」, 이선영 편, 『1930년대 민족 문학의

인식』(한길사, 1990)

이　활, 「PRO - TYPE 선택의 실패—근대의 초극에 나섰다가 길잃은 기림 선생」, 〈현대시〉(1990. 4)

이승훈, 「모더니티와 기교—우리 시론을 찾아서」, 〈현대시〉(1990. 12)

박철석, 「모더니즘의 시」, 『1930년대 시문학 연구』(백문사, 1990)

한원균, 「김기림 비평의 일고찰—『시론』의 인식론적 근거를 중심으로」, 〈경희어문학〉 11(경희대 국어국문학과1, 1990. 12)

최병준, 「30년대 한국 현대시」, 〈논문집〉 20(강남대, 1990. 12)

원형갑, 「모더니즘의 핵심과 포스트 모던의 가능성」, 『들꽃 김상선 교수 회갑 기념 논총』(1990. 11)

이숭원, 「김기림 시 연구」, 〈국어국문학〉 104(국어국문학회, 1990. 12)

유태수, 「한국에 있어서의 주지주의 문학의 양상—시를 중심으로」, 〈강원인문논총〉 1(강원대 인문과학연구소, 1990. 12)

곽봉재, 「김기림 시의 변모 양상과 서정적 특질」, 〈경희어문학〉 11(경희대 국어국문학과, 1990. 12)

한원균, 「김기림 비평의 일고찰 : 시론의 인식론적 근거를 중심으로」, 〈경희어문학〉 11(경희대 국어국문학과, 1990. 12)

정한용, 「김기림의 시 연구」, (인하대 대학원 : 석사, 1990)

박정희, 「1930년대 한국 모더니즘 시 연구—장시〈기상도〉를 중심으로」, 〈논문집〉 13(한양여전, 1990. 2)

노창수, 「한국 모더니즘 시론의 형성과정 고찰」, 〈인문과학연구〉 12(조선대, 1990. 12)

조창환, 「김기림론—포오즈의 시학 그 지향과 한계」, 〈현대시〉(1990. 4)

문혜원, 「김기림 문학론 연구」, (서울대 대학원 : 석사, 1990)

문성숙, 「김기림의 I. A. 리차드 시론 수용 양상」, 『심전 김홍식 교수 회갑 기념 논총』(1990. 6)

장은아, 「모더니즘 시교육론-김기림 『기상도』에 나타난 표현기법을 중심으로」, (동국대 대학원 : 석사, 1991. 2)

정정숙, 「김기림 연구」, 〈한성어문학〉 10(한성대 국어국문학과, 1991)

김용직, 「김기림의 모더니티 추구 양상」, 『정기호 박사 회갑 논총』(1991)

정순진, 「김기림 문학 연구」, (국학자료원, 1991)

김학동, 편 『김기림 연구』, (시문학사, 1991)

이 활, 『정지용·김기림의 세계』(명문당, 1991)

양혜경, 「김기림 문학의 효용론 연구-시론의 중심으로」, 〈동아어문논집〉 1(동아어문학회, 1991. 11)

한영옥, 「한국 현대시의 주지성 연구-20, 30년대를 중심으로」, (성균관대 대학원 : 박사, 1991)

하현식, 「1930년대 구원과 희망의 시학-기독교 문학론 (3)」, 〈시와 의식〉 (1991, 가을)

김용직, 「1930년대 김기림과 〈황무지〉-김기림의 비교 문학적 접근」, 『한국의 전후 문학』(한국현대문학연구회, 1991)

──, 「모더니즘과 그 초극 시도-김기림의 경우」, 〈세계의 문학〉 60(1991. 여름), 『한국 현대시 해석·비판』(시와 시학사, 1993) 재수록

김태진, 「한국 모더니즘의 사상-자기 반성과 새로움의 모색」, 〈시와시인〉(1991, 겨울)

좌지수, 「김기림 시론 연구-서구 수용을 중심으로」, (제주대 대학원 : 석사, 1991)

한상규, 「예술적 자각과 그 미학적 지반-한국 모더니즘 문학의 경우」, 〈한국학보〉 64(1991. 가을)

조달론, 「김기림 연구」, (동아대 대학원 : 박사, 1991)

신범순, 「30년대 모더니즘에서의 가의 꿈과 재현의 붕괴」, 『한국 현대시

사의 매듭과 혼』(민지사, 1992)

이기형, 「1930년대 시의 이미지론—정지용, 김기림을 중심으로」, (단국대
　　　대학원 : 석사, 1992)

김형주, 「한국 초기 모더니즘 시에 나타난 민족 의식 양상—정지용과 김
　　　기림의 시를 중심으로」, (수원대 대학원 : 석사, 1992)

이경란, 「김기림 시의 상상력 연구」, (이화여대 대학원 : 석사, 1992)

문혜원, 「김기림의 시론 연구」, 오세영 외, 『한국 현대 시론사』(모은사,
　　　1992)

유임하, 「1920~30년대 시에 나타난 근대 문명 인식」, 〈한국문학연구〉 14
　　　(동국대 한국문화연구소, 1992)

김윤식, 「〈쥬피타 추방〉에 대한 6개의 주석—이상과 김기림」, 『한국 현
　　　대 문학 사상사론』(일지사, 1992)

손채모, 「김기림 시에 나타나 바다 이미지 연구」, (조선대 대학원 : 석사,
　　　1992)

허윤희, 「김기림 시 연구」, (성균관대 대학원 : 석사, 1993)

이숭원, 「김기림 시집 『바다와 나비』의 연구」, (홍익대 대학원 : 석사,
　　　1992)

조달곤, 「위장된 예술주의 : 김기론의 『기상도』」, 〈용연어문논집〉 6(경성
　　　대, 1993)

홍성암, 「김기림 연구」, 〈한국학논집〉 23(한양대 한국학연구소, 1993. 8)

김유중, 「김기림의 〈바다와 나비〉—모더니즘과 문명비판」, 정한모 외 편,
　　　『한국 대표시 평설』(문학세계사, 1993)

신범순, 「김기림의 근대성 추구에 있어서 작은 자아, 군중, 그리고 가슴
　　　의 의미」, 『모더니즘 연구』(자유세계, 1993)

문혜원, 「김기림 문학에 미친 스펜더의 영향」, 〈비교문학〉 18(한국비교문
　　　학회, 1993)

김윤재, 「김기림 시론 재고」, 〈어문논총〉 13(한국외국어대 대학원, 1993)

이기철, 「1930년대 전반기 시론의 주류 : 박용철, 김기림, 김환태의 시론」, 〈국어국문학연구〉 21(영남대 국어국문학과, 1993)

문두군, 「한국 모더니즘시의 변이양상」, 〈비교문학논총〉 4(전주대, 1993)

김현정, 「임화와 김기림 비평의 대비적 연구」, (대전대 대학원 : 석사, 1994)

최학출, 「1930년대 한국 모더니즘 시의 근대성과 주체의 욕망 체계에 대한 연구-김기림, 백석, 이상의 시를 중심으로」, (서강대 대학원 : 박사, 1994)

김규동, 「아, 기림 선생과 인환!」, 『시인의 빈손』(소담출판사, 1994)

이삼현, 「김기림의 시론 연구」, (서강대 대학원 : 석사, 1994)

연용순, 「김기림 시 연구」, (중앙대 대학원 : 박사, 1994)

고명수, 「한국 모더니즘 문학의 공간 체험-정지용과 김기림의 경우」, 〈동국어문학〉 6(동국대 국어교육과, 1994. 2)

_____, 「한국 문학 이론과 모더니즘」, 〈한국문학연구〉 16(동국대 한국문화연구소, 1994)

김유중, 「1930년대 후반기 한국 모더니즘 문학의 세계관 연구-김기림과 이상을 중심으로」, (서울대 대학원 : 박사, 1995)

문혜원, 「1930년대 문학에 나타난 영화적 요소에 관한 고찰」, 〈국어국문학〉 115(국어국문학회, 1995. 12)

한계전, 「1930년대 모더니즘 시에 있어서의 문명 비판」, 〈국어국문학〉 114(국어국문학회, 1995. 5)

김유중, 「김기림의 래디컬 모더니즘 수용의 그 의의」, 『한국 문학과 리얼리즘』(한국현대문학연구회, 1995)

김시태·이승훈·박상천, 「1930년대 한국 모더니즘 연구」, 〈한국학논집〉 26(한양대 한국학연구소, 1995)

박기수, 「김기림의 모더니즘 시론 연구」, (한양대 대학원 : 석사, 1995)

이병헌, 「한국 현대 비평의 유형과 그 문체에 관한 연구―1930년대의 비평을 중심으로」, (고려대 대학원, 1995)

조영복, 「김기림 수필에 나타난 일상성」, 〈외국문학〉(1995. 여름)

김학동, 「김기림의 시와 산문」, 『현대 시인 연구 Ⅱ』(새문사, 1995)

윤여탁, 「기교주의 논쟁의 전개와 그 의미」, 『시의 논리와 서정시의 역사』, (태학사, 1995)

박정희, 「김기림시연구」, (서울여대 대학원 : 박사, 1996)

서준섭, 「모더니즘의 반성과 재출발」, 〈한양어문연구〉 13(한양대, 1995)

김용직, 「주지주의계 모더니즘」, 『한국현대시사』 1(한국문연, 1996)

조영복, 「1930년대 후반기 한국 문학 비평 연구」, (서울대 대학원 : 박사, 1996)

류보선, 「1930년대 문학에 나타난 근대성의 담론 연구 ―김기림, 이상을 중심으로」, (서울대 대학원 : 박사, 1996)

이용훈, 「김기림 시와 바다」, 〈해양문화연구〉 1(한국해양대, 1996)

김병택, 「김기림의 시론고」, 〈인문학연구〉 2(제주대 인문과학연구소, 1996)

김정숙, 『김기림 시론을 통해 본 '주체'의 의미변화 연구」, (한국외국어대 대학원 : 석사, 1996)

하태욱, 「김기림 시론의 전개양상연구」, (연세대 대학원 : 석사, 1996)

이정렬, 「한국 근대시에 나타난 도시공간연구」, (경남대 대학원 : 석사, 1996)

이명희, 「구인회 작가들의 여성의식―김기림, 박태원, 이태준을 중심으로」, 〈어문논집〉 6(숙명여대 국어국문학과, 1996)

김유중, 『한국 모더니즘 문학의 세계관과 역사의식』, (태학사, 1996)

윤여탁, 「한 모더니즘 변모와 그 의미」, 『시교육론 2』, (서울대출판부, 1998)

정순진 편, 『김기림』, (새미, 1999)

김용직,『김기림 : 모더니즘과 시의 길』, (건국대출판부, 1997)

김학동,『김기림평전』, (새문사, 2001)

오형엽,『한국근대시와 시론의 구조적 연구』, (태학사, 1999)

신범순,『한국 현대시의 퇴폐와 작은 주체』, (신구문화사, 1998)

조달곤,『의장된 예술주의 ―김기림 문학예술』(경성대출판부, 1998)

서준섭,『한국 근대문학과 사회』, (월인, 2000)